少女小説事典

岩淵宏子・菅聡子・久米依子・長谷川啓【編】

東京堂出版

はじめに

本書は、明治・大正・昭和・平成にわたる少女小説作家三六〇名、代表的な少女小説六二四作品を収録し、日本近現代少女小説を概観できる初の少女小説事典である。少女小説とは、主として十代の少女読者を対象とする、児童文学よりもやや大衆的な小説を指している。

日本で少女小説といえる最初の作品が発表されたのは一八九五（明治28）年、児童文学に関して最先端の認識をもつ閨秀作家、若松賤子の作であった。それから一世紀以上の年月が過ぎたが、少女小説は幾度かのモードの変更を経ながらも連綿と書き継がれ、読み継がれている。最近ではシリーズの累計が数百万部に達する作品もある。

歴史的にみればそれらの少女小説は、内容や教訓性、また受容の仕方において、近代日本のジェンダー構造を補強する面を備えていた。しかし社会的に軽視されがちな十代の少女を読者集団とし、彼女たちに語りかけ、教え、励ましを与える小説群がおびただしく生み出されたこと、そして読者の中から次代の作家群が育ち、関連領域にも種々の影響を与えたことなどは、日本の文化史において特筆すべき現象であったといえよう。

とはいえ少女小説は長い間、文学の下位ジャンルとして扱われ、本格的な研究や評価もほとんどなされなかった。男性／女性／少年／少女という階層構造のもとで、周縁文化として〈不可視〉の扱いをされてきたのである。近年ようやく、フェミニズム理論やジェンダー・スタディーズに対応した研究が進められてきているが、網羅的に調査した事典類などは皆無に等しい状態である。

本書は以上の見解に立ち、各時代で意義のあった少女小説の作家作品群を可能な限り取り上げ、等閑視されてきた少女小説の軌跡を展望しようとする試みである。収録作家と作品については、編者・編集委員の綿密な調査を経て、編者四名が最終的な選定を行った。現存する資料が乏しいものも多く、調査や執筆には困難が伴ったが、結果的に前述の作家・作品数に及んだ。また、少女雑誌と「関連事項」を取り上げ、さらに「関連領域」については、その分野の第一人者に執筆をお願いした。

初の試みであることから、さまざまな不備や問題点もあることと思う。しかし、まずはここを出発点に、近代日本の少女小説全般を理解する基盤が整い、研究と評価が盛んになることを願い、期待したい。少女小説の誕生から現在に至る歩み、その特色、時代背景までがわかる事典として、近現代文学研究、ジェンダー研究、文化研究などの発展に寄与するとともに、少女小説愛読者の要望にも応えるものであると考えている。

なお、本書の企画から項目選定作業まで熱意をもって尽力した編者の菅聡子は、二〇一一年五月に残念ながら急逝した。本書を菅氏の霊に捧げ、心からの感謝と哀悼の意を表したい。

末文ながら、本書の刊行までには、東京堂出版編集部の菅原洋一氏と上田京子氏に多大な御世話になった。厚く御礼申し上げる。

二〇一五年一月

編　者

◉凡　例

本書は少年・少女雑誌に掲載され、または単行本や文庫本で刊行された少女小説の中から、各時代の特徴を示すと考えられる作品とその作家を選び収録した。さらに主要少女雑誌と、少女小説と関連の深い社会的・文化的事項ならびに関連する領域についても論述した。

【作家】

○作家項目は五十音順に配列した。作家名が少女小説と一般文芸で異なる場合、少女小説での名義を見出しとし、一般文芸での名義を（　）内に示した。また、よく使われる異名がある場合も（　）で示した。

○作家項目では生没年、生地、最終学歴、略歴、少女小説の作風を中心に記述した。生地名は現在の表示による。

【作品】

○作品項目は、少女小説の変遷が自ずと浮き彫りになるよう、発表・刊行年月順に配列した。同年同月発表の場合は、五十音順に配列した。

○「少女小説」という角書きは、雑誌掲載作品においては割愛した。

○巻数四冊以上刊行のタイトル（場合によっては二冊以上）はシリーズ作品とし、シリーズ名称をつけ、見出しにした。シリーズ名は〈　〉で示した。

○各シリーズは、必ず第一作目の具体的書名を示した。刊行が五年以上途絶えているシリーズは終了とみなした。

○同作家の別作品項目は、末尾の→で示した。

【雑誌・関連事項・関連領域】

○雑誌項目は、少女小説の生成発展に果たした役割が明らかになるよう創刊年に従って配列し、刊行総冊数を出来る限り示した。

○「関連事項」「関連領域」は、少女小説を読み解くために役立つ項目を取り上げ、解説を付した。

【記述様式】

○表記については、新字体、現代仮名遣いを原則とし、慣用に従って漢字正字体を使用した。原則として、雑誌掲載作品は「　」、単行本・新聞名・雑誌名は『　』を用いた。引用文は「　」で示した。

○年代表記は西暦とし、元号を示す場合は（　）内に示した。同項目内の記述で再出以後の西暦は下二桁で示した。

○「作家項目」「作品項目」で取り上げた作家・作品には、＊をつけた。

【索引】

○巻末に作家索引、作品名索引を付した。

少女小説事典◉目次

◉執筆者一覧

五十音順、担当個所は項目末尾に（　）で示した

編　者――岩淵　宏子　菅　聡子　久米　依子　長谷川　啓

編集委員――川原塚　瑞穂　倉田　容子　小林　美恵子　高橋　重美
武内　佳代　中谷　いずみ　沼田　真里　橋本　のぞみ
矢澤　美佐紀　渡部　麻実

赤在　翔子　伊藤　里和　伊原　美好　内堀　瑞香
遠藤　郁子　及川　早紀　大串　尚代　大橋　崇行
尾崎　名津子　鴨川　都美　川端　有子　菊地　優美
金　夏娟　近藤　華子　櫻田　俊子　菅井　かをる
鈴木　恵美　鈴木　美穂　谷内　剛　千野　帽子
徳永　夏子　中島　佐和子　野呂　順子　芳賀　祥子
樋渡　隆浩　藤本　恵　布施　薫　溝部　優実子
鷲谷　正史　渡部　周子

少女小説の出発と変遷

明治・大正期

久米依子

◉少女小説の発生

少女小説の発生は、「少女」という呼称の流通と密接にかかわっている。もともと「少年」という言葉は「青年」と同様、年少の男女を共に意味する語だったが、一八九五（明28）年創刊の雑誌『少年世界』（博文館、主筆・巌谷小波）が「少女」欄を同年九月に開設して以来、「少年」「少女」の語の区分けが鮮明になった。当時は日清戦争期の国威高揚時代であり、国家を担う男子少年の価値が高まっていた。「少女」欄はその時期に「少女」に注目する一方、立身出世の躍進が期待される「少年」とは区別し、旧来の婦徳を説くような、「少女」の囲い込みの場ともなった。「少女」の語には、近代日本のジェンダー秩序が色濃く刻印されているのである。

その「少女」欄には少女向けの訓話的記事や詩などの他に、『小公子』の名訳（『女学雑誌』一八九〇～九二）で称賛された閨秀作家若松賤子の清新な創作短編が載り、これが本邦初の少女小説であったとみなせる。若松は、開学当初のフェリス女学校で英米文化を深く受容した作家であり、少女読者を愉しませながら教訓を語る「着物の生る木」（一八九五・九）「おもひで」（一八九六・一～二）を「少女」欄で発表した。そこには教訓性がファンタジーやロマンティックな要素と結合するという、次代の多くの少女小説を先取りするような面がすでに見られる。ただし若松は九六年に急逝し、「少女」欄も九七年には誌面改組で無くなった。その後の『少年世界』では「少女小説」という名称は定まるものの、少女向けの物語は悲哀感の濃い、閉塞的な話が多くなり、あまり人気が出なかった。一八九九年（明32）の高等女学校令以後、一時的に新傾向の少女小説が載ったこともあるが（巌谷小波「世界少女お伽噺」や武田桜桃の連作など）、それも長くは続かなかった。

◉少女雑誌の創刊

しかし一九〇〇年代（明治三〇年代後半）には、少女雑誌という新しい舞台が生まれ、少女小説はそこで発展することになる。高等女学校令によって、男子中学校と同様に各県一校の公立女学校設置が定められて以降、女子の進学率も上がり、勉強の副読本的存在が求められるようになった。結果的に少女雑誌の創刊が相次ぐ。皮切りの『少女界』（創刊一九〇二、金港堂書籍）は十年ほど続いて終わるが、一九一〇年代には『少女世界』（創刊一九〇六、博文館）『少女の友』（創刊一九〇八、実業之日本社）『少女画報』（創刊一九一二、東京社）という、昭和期まで刊行される人気誌が出そろった。日露戦争後の好景気とも相まってこれらの雑誌は華麗になり、挿し絵画家として竹久夢二などが活躍する。

その各誌に掲載された少女小説は、基本的には当時の女学校の教育理念である「良妻賢母主義」から逸脱しない、少女の献身や弱者への同情を語る物語が多かった。しかし次第に堅苦しい教訓話だけでなく、数奇な運命に翻弄され冒険的行動をする少女の話（押川春浪「少女冒険譚」一九〇六『少女世界』、「人形の奇遇」一九一一～一二『少女世界』）や、友愛を恋愛のように語る話（沼田笠峰「心の姉」一九〇九『少女世界』）など、娯楽的な要素が加味される。単行本も発行されるようになり、女性作家では尾島菊子が『御殿桜』（一九〇九）、山田（今井）邦子が『白い鳥よ』（一九一四）を刊行した。

◉少女小説の開花

大正期（一九一二～二六）に入ると少女小説は、ロマンティックな雰囲気を持つ作品が増える一方、貧富の差や病気などを悲劇として感傷的に描くようにもなる。それらの要素を洗練させたのが吉屋信子の『花物語』である。少女雑誌の投稿家だった吉屋信子は、『少女世界』の友愛小説や、山田邦子、伊澤みゆきなどの作品に触発され、少女同士の友愛と切ない別れを中心とし、抒情性あふれる優美な短編連作『花物語』を一九一六年から『少女画報』誌に長期連載した（のち『少女倶楽部』にも連載）。これが少女小説ジャンルを代表する作品とみなされていく。

こうして読者の嗜好を捉えた少女小説は、華やかな開花期を迎え、女学校進学者の増加で部数を伸ばす少女雑誌と共に、少女読者に愛読された。執筆者には、文壇で活躍する女性作家である与謝野晶子、田村俊子、野上彌生子、長谷川時雨、国木田治子、森田たまらが加わる。昭和期にモダニズムの作家として注目される尾崎翠も大正後半期には多くの少女小説を書いた。また田山花袋、徳田秋声、真山青果、秋田雨雀、宇野浩二、牧野信一、久米正雄ら著名な男性作家も作品を残している。

やがて大正末期の一九二三年には、新たな人気誌となる『少女倶楽部』（大日本雄弁会）が創刊される。その頃から少女小説は長編化が進み、長編ストーリーを支えるために、活発で行動的な少女主人公が描かれるようになる。また各誌には高畠華宵、蕗谷虹児、須藤しげるら人気画家がモダンで華麗な女性像の挿絵を載せ、少女雑誌の人気はさらに高まるのである。

昭和戦前期

岩淵宏子

◉昭和戦前期の社会と少女雑誌

昭和戦前期の少女小説は、明治・大正期に続いて主として少女雑誌を舞台に、内容も多様化し充実した成熟期を迎える。しかし、時代背景は、前後の時代に比して格段に厳しい。一九二九（昭4）年一〇月、ニューヨークの株式暴落に端を発した大恐慌は、翌年から日本に昭和恐慌を巻き起こし、農業恐慌にも発展した。さらに、三一年に満洲事変、三七年に日中戦争、四一年に太平洋戦争へと一五年戦争に突入し、軍国主義へとひた走った暗い時代である。

だが、少女小説の愛読者が女学生を中心としているためか、暗い世相を反映する作品は少ない。昭和に入ると女学生の数は中学生に追いつき、初年代には三〇数万人、一〇年代に入ると七〇数万人に達し、潜在的読者人口は飛躍的に増加する。少女小説を牽引した少女雑誌をみると、『少女世界』は三一年に終刊、『少女画報』は戦時雑誌統合令により四二年に『少女の友』に統合、戦後まで残るのは、『少女の友』『令女界』『少女倶楽部』である。八万部を発行し都市部で人気のあった『少女の友』に対し、後発の『少女倶楽部』は地方でも支持され最高発行部数四九万余部という勢いで、両誌は競い合って長編小説を連載。竹久夢二・川端龍子・中原淳一・蕗谷虹児・高畠華宵・松本かつぢたちを挿絵画家として起用し、美しく華やかな誌面を展開させた。

◉少女小説の多様化と成熟

内容の特色であるが、「エス」を中心とし、シスターフッド・異性愛など愛の問題を描く作品はむろんのこと、成長物語、時代小説・冒険譚、社会派系、ユーモア系、怪奇・探偵もの、悲しみや不幸をテーマとするもの、スポーツ少女・健康な少女の活写など多彩となり、戦局の進展に伴い、翼賛体制に迎合した国策少女小説も出てくるというように多種多様な趣を呈した。

まず、王道の「エス」系であるが、吉屋信子は『返らぬ日』（一九二六）『わすれなぐさ』（一九三二）を発表。川端康成『乙女の港』（一九三七〜三八）は、中原淳一の挿絵と相まって絶大な支持を得、「エス」を全国の女学生に広めたといわれる。また、片岡鉄兵『夜明前の花畑』（一九二七）、吉屋信子『紅雀』（一九三〇）、林芙美子『人形聖書』（一九三五）などは異性愛を、長田幹彦『嘆きの夜曲』（一九三〇）、大佛次郎『冬の太陽』（一九四一）はシスターフッドを描いている。

五四版を重ねた横山美智子『嵐の小夜曲』（一九二九〜三〇）は、「美しい心」の清純な少女が幾多の苦難を乗り越え、周囲の人々をも変えてゆくという内容だが、同じく主人公が苦難の末に世界的声楽家として大成する菊池寛『心の王冠』（一九三八〜三九）は、暗い時代の少女たちに希望を与えたといわれている。困難に負けず成長する物語には他に、佐藤紅緑『あの山越えて』（一九三六）、西條八十『天使の翼』（一九三七〜三八）、円地文子『朝の花々』（一九三九〜四〇）などがある。

女性が男性に劣らず活躍する時代小説も数多く書かれる。野村胡堂『大江戸の最後』（一九二九）、三上於菟吉『むらさき草紙』（一九三二〜三三）、山本周五郎『誉の競矢』（一九三五）、吉川英治『少女時代小説やまどり文庫』（一九三七〜三八）など、著名な男性作家の参入が注目される。

社会性に満ちた作品としては、福田正夫『荊の門』（一九二八）、北川千代『絹糸の草履』（一九三一）が書かれ、スポーツ少女や明るく健康な少女を描いたものに、橋爪健「友情の勝利」（一九二九）、島本志津夫『黒板ロマンス』（一九三九）などがある。死や病気、不幸をテーマにした作品には、山田邦子「蜘蛛の印象」（一九二七）、原田琴子「母の手紙」（同）、尾崎翠「哀しき桜草」（一九二九）などがあり、怪奇・探偵ものでは、横溝正史「薊を持つ支那娘」（一九三三）、海野十三『爆薬の花籠』（一九四〇〜四一）などが趣向を凝らしている。

百花繚乱の少女像だが、健康な少女を例に取ると、戦時下の人口増加政策に必要不可欠な少女像であったことは見逃せないだろう。なお、成功した職業に音楽家・画家が多くみられ、同時代の藝術家への憧れが窺われる。

◉戦時下の少女小説

戦争が激化すると、国策呼応傾向がみられるようになるが、他方、時代の暗さを吹き飛ばすようなユーモラスで機知に富んだ作品も出てくる。由利聖子『チビ君物語』（一九三四〜三六）『少女三銃士』（一九三八）や、佐々木邦『級の人達』（一九四一）などである。また、夭折した松田瓊子の『少女への物語　七つの蕾』（一九三七）は生前唯一の単行本であり、没後刊行の『小さき碧』（一九四一）は、純粋さと信仰心が幸福へと導く物語で、戦時下にあって清新さが際立っている。森田たま『石狩少女』（一九四〇）も、文学少女を描いていて興味深い。

戦時体制に合致した作品は、満州事変が勃発した三一年頃から出始める。山中峯太郎『万国の王城』（一九三一）、中河与一「輝く銀翼」（一九三二）、清閑寺健『荒鷲と母』（一九三八）、海野十三「美しき若蜂隊」（一九四一〜四二）、大庭さち子『新しき風』（一九四二）などだが、国に奉仕する少女の美談や息子の戦死を誉とする母の姿などが描かれている。従軍看護婦や女性飛行士など新しい女性像も登場するが、男性に代わって能力活用を要請した戦時下女性政策の反映であろう。

このように戦禍を被らざるをえなかったとはいえ、昭和戦前期は、少女小説が多彩な開花をみせた成熟期であった。日本の少女文化は、時代の制約を受けながらも、少女小説を通して独自の豊饒な世界を形成していったのである。

敗戦後から一九六〇年代へ

長谷川　啓

◉敗戦後の少女小説ブーム

一九四五年八月一五日に敗戦を迎える。国家主義的な日本の近代社会は崩壊し、戦後の焼け跡、混乱の中から再出発する。第二次世界大戦終結からサンフランシスコ講和条約締結（五一年調印、五二年発効、日本の独立が回復）まで、日本は連合国軍、特にアメリカの占領下でもあった。新しく日本国憲法が公布され、戦争中までの価値観が否定されて戦争を放棄した平和と民主主義を提唱する時代に入る。新憲法の中でも、農地解放、華族制度の廃止、家族制度の変革、男女平等の思想、そして何といっても六・三制の義務教育の実施が、少女小説に直接関わる制度の改革といえよう。

こうした状況の中で戦後の少女小説は空前のブームを引き起こす。少女小説の大衆化であった。男女とも全国民に公布された小中九年間の義務教育制度によるところ大きいが、戦前は上流階級の女学生の読み物だった少女小説が貸本屋の普及によって広い階層に読まれるようになったことも原因している。ブームのピークは五〇年代前半で、六〇年代には沈静化し、変わってジュニア小説が台頭する。又、五〇年代後半に入ると良書運動が起こり、大衆的なものを子供の読書から排斥する動きが出てきて、偕成社とポプラ社も出版の中心を世界名作に移行していくようになる。折しも高度経済成長期に突入した時代と重なっているが、朝鮮戦争の特需景気で経済復興の糸口を掴み、やがて好景気により戦争の影が希薄になっていくのである。

ブームの立役者は、偕成社とポプラ社の少女小説シリーズであった。戦前の代表的な作品の再刊に初刊を加える目配りの行き届いた構成と、美しい装丁が抜きん出ていた。さらに内容が、戦後の風俗を背景にした不幸の連続からハッピーエンドに至る物語が多く、戦争の傷と敗戦の痛みを負う少女大衆には水が染みいるように受容されていったに違いない。時代の深層と関わってこそそのブームの誕生であったろう。だがそれも、秋元書房の五五年創刊ジュニア・シリーズ、「思春期世代を描く」ジュニア小説へと流行が変容していく。

戦後は少女雑誌も相次いで発刊。戦前から続いている『少女の友』『少女クラブ』（『少女倶楽部』の改称）等に加えて、『それいゆ』『ひまわり』『少女』『少女ロマンス』『女学生の友』『少女サロン』『少女ブック』『ジュニアそれいゆ』『小説ジュニア』等が創刊され、賑わいを増す。挿絵画家は、これまでの中原淳一に加えて勝山ひろし・藤井千秋・藤田ミラノ等が活躍。作家では吉屋信子・北条誠・横山美智子・三木澄子・城夏子・船山馨・佐伯千秋等が中心的書き手であった。川端康成・円地文子・中里恒子・大田洋子・真杉静枝等も、当時ブームになった少女小説を執筆していたのである。

◉戦争の傷跡から再生へ

大衆小説は現実を映す鏡である。戦後の少女小説は戦争の影が強くつきまとっている。父や兄弟の戦死や復員。又、戦災で父や母を亡くし家族が引き裂かれた後の母親探しなど、母子物語が多い。さらに戦災孤児・浮浪児、疎開先での居留や孤児院、上海・満州・台湾・南方等外地からの引き揚げ、シベリア抑留、混血児、花売り娘、貧富の差、焼け跡、原爆、闇市、肺病の増加、誘拐事件、占領下の松川事件等まで、戦争の傷跡が多々表象化されている。少女を取り巻く敗戦後の世相が描かれ、現実がよく捉えられている。戦後の少女小説は大衆小説として評価が低かったが、今こそ再評価される必要があろう。

空襲で焼け出され生活や現実に直面せざるを得ない少女たちは、大正ロマン時代のようなモラトリアム期間に浸っていられない境遇に陥っているけれども、女学校や寄宿舎生活、キリスト系の教会など、戦前からの舞台も展開され、少女たちの友情や「エス」感情、貴公子（元華族）への憧れ、宝塚歌劇を初め少女歌劇への夢など、ロマンティックな心情は継続されている。清浄な白百合や神秘的な湖、純粋さなど少女たちの憧憬意識や価値観も変わらない。洋楽に洋画、洋館と、益々西洋風への傾斜が強まっている。そして何よりも新しい現象は、新憲法下の男女平等思想が、少女の自立志向や働くことの意義発見へと、早くも反映していることだ。苦難の人生からの克服という前向き姿勢は、スターへの夢も憧れとしてだけではなく、獲得する道として考えられてきているのだ。

六〇年代に入ってもなお戦争の影を引きずっているが、受験競争が始まり、エスやレズビアンよりも男女共学の浸透にともない異性愛へとシフトしていく。少女たちのロマンティックな価値観が変更していく端境期でもあった。高度経済成長期の真っ盛りであり、六〇年安保世代の学生運動から七〇年の全共闘運動への移行期でもあって、作品にも現出している。

七〇年代からゼロ年代へ

久米依子

◉七〇年代の改革

六〇年代後半は、少女小説がジュニア小説に変貌する時代だった。少女マンガが隆盛する中で、少女小説は、従来よりも年齢が高めの読者に照準を合わせるようになる。六〇年代半ばに『女学生の友』（小学館）が「ジュニア小説」を掲載し、六六年に集英社が『小説ジュニア』、六七年に小学館が『ジュニア文芸』を創刊するに至って、少女小説はジュニア小説と呼ばれることが多くなる。内容的にも、十代後半の読者の好奇心に応え、性愛表現まで含む恋愛が描かれるようになった。開放的な時代の風潮とも相まって、各誌には性愛を取り上げた記事が載り、そうした現象を捉えてマスコミが騒ぐこともあった。またジュニア小説の執筆作家陣はベテランが多く、のちにコバルト文庫の人気作家となる久美沙織は、十代の頃『小説ジュニア』を愛読したものの、「そこに描かれている、高校生の会話とか、生活感覚とかが、どーもヘン。はっきりいうと「古い」。ぜんぜんピンとこな」かった、と述べている（『コバルト風雲録』二〇〇四、本の雑誌社）。

その状況に風穴を開けたのが、氷室冴子である。氷室は大学在学中の七七年に『小説ジュニア』の青春小説新人賞佳作に入選し、翌年集英社文庫コバルトシリーズ（通称コバルト文庫）でデビュー。八〇年に学園ものの『クララ白書』で、少女マンガに影響を受けた軽快な少女の口語一人称表現と、コミカルなストーリーを展開、たちまち読者の圧倒的な支持を得た。さらに氷室は作中で意識的に「少女小説」という名称を使用し、ジュニア小説の流行以来あまり使われなくなっていた呼称を復活させた。一方、同時期の七七年、高校在学中にSF小説の分野でデビューした新井素子も、マンガ・アニメの影響が見られる少女の一人称表現の作品で注目される。またこの時期、赤川次郎の軽快なミステリーがジャンルに刺激を与えた。こうして少女小説の革新期が訪れる。八二年には『小説ジュニア』が『Cobalt』誌に変容した。

◉八〇年代のブームから九〇年代以降の多様化へ

八〇年代、氷室に続いてコバルト文庫の人気作家となった正本ノン、久美沙織、田中雅美は、氷室と合わせてコバルト四天王と呼ばれ、ジャンルの活性化に貢献する。藤本ひとみ、花井愛子も人気作を刊行した。彼女らが牽引した八〇年代少女小説は、すでに多種多様な表現を駆使していた少女マンガの手法に倣い、前例に囚われない自由な発想で、闊達な少女が生き生きと行動する物語を繰り広げ、読者の共感を呼んだ。作家と読者の年齢が近いことが、共感の土台になったと考えられる。表紙絵も作家の要望によって、少女マンガ風の画に変化した。人気作が十万部単位で売れたこの活況期には、やがて一般文芸で優れた作品を発表する竹内（岩井）志麻子、山本文緒、彩河杏（角田光代）、野原野枝実（桐野夏生）、唯川恵らも、少女小説の書き手として参入している。

こうした勢いがやや失速したのが、九〇年代の異世界ファンタジーブームの到来以降といわれる。コンピューターゲームの流行を端緒とする「剣と魔法のファンタジー」のブームは、それまでの、少女マンガ風ではあっても基本的にはリアルな日本の日常を描き、学園ものが多かった少女小説とはあいいれない部分があった。ファンタジックな作風へと転換が果たせた作家以外は、一般文芸で再スタートするなどの路線変更を余儀なくされたとされる。

その後の少女小説は、異世界ファンタジーや歴史ファンタジー（前田珠子、小野不由美、ひかわ玲子、高遠砂夜、金蓮花、結城光流、雪乃紗衣、毛利志生子）、伝奇的設定にボーイズラブ風味を加えた作（桑原水菜、牧原朱里）、戦前期からの友愛小説の系譜を引く学園もの（今野緒雪）、一九世紀ヨーロッパが舞台のシリーズ（谷瑞恵、青木祐子、椹野道流）など、新たな表現の領域を広げ、多彩な世界を展開している。人気シリーズは長年に渡り愛読され、二〇巻以上刊行される場合もある。

九〇年代以降は、少年向けの「ライトノベル」の売り上げが伸び、そのためゼロ年代からは少女小説も、ライトノベルジャンルの一部として捉えられることが多くなった。しかし少年向けライトノベルに見られる、主人公の軽快な一人称、ラブコメを基調とするコミカルな学園もの、少年顔負けの元気少女キャラ、読者に親しく語りかける「あとがき」などは、いずれも八〇年代の少女小説が切り開いた表現から派生したと考えられる。現在の少女小説群はもちろんのこと、過去の多数の少女小説もまた、新たな若々しい物語の源泉となって、輝きを放ち続けているのである。

少女小説事典

少女小説事典

作家

青木祐子《あおきゆうこ》　一九六九（昭44）年八月〜。長野県生。「ぼくのズーマー」が二〇〇二年度ノベル大賞（集英社）に入選。二〇〇三年、疑似中世ヨーロッパを舞台に美貌の公女レアミカらが伝説の剣をめぐってくり広げる冒険ファンタジー〈ソード・ソウルシリーズ〉（集英社コバルト文庫）の第一巻で文庫デビュー。さらに〇五年から*〈ヴィクトリアン・ローズ・テーラーシリーズ〉を刊行。ヴィクトリア朝の英国を舞台に、ドレスの仕立屋の少女クリスが経験する、青年貴族との身分違いの恋や社交界の人々との様々な交流を描いた本シリーズが大人気に。他に〈タム・グリンシリーズ〉〈霧の街のミルカシリーズ〉〈上海恋茶館シリーズ〉（すべて集英社コバルト文庫）など。　（武内）

青山えりか《あおやまえりか》　一九五九（昭34）年〜。インドネシアジャカルタ市生。現在はニューヨーク在住。本名黒部エリ。早稲田大学卒。編集プロダクションを経て、フリーライターとして独立。事務所GOLEMを共同設立し、一九八九年に*『だからお願いティンカーベル』でデビューした。三〇冊以上の少女小説を講談社X文庫ティーンズハートより出版。九三年からニューヨークに移住し、女性誌をメインにファッションやメイクなど様々なトレンドを伝える。二〇〇一年、ウェブマガジン「ニューヨークリッチ」を立ち上げ、〇四年に『生にゅー！生でリアルなニューヨーク通信』を刊行。ブログ「黒部エリぞうのNY通信」で、リアルな情報を発信している。　（溝部）

青山櫻洲《あおやまおうしゅう》（池田亀鑑《いけだきかん》）　一八九六（明29）〜一九五六（昭31）年。鳥取県日野郡生。東京帝国大学国文学科卒。のち東大教授。文学博士。特に「源氏物語」研究と日本古典文学の文献学的研究で功績を残す。東京高等師範学校時代から東大助教授就任までの間、研究の一方、学費や研究費、大家族の生活費のため実業之日本社に勤めて雑誌編集に当たるとともに、ロマンの香りに満ちた*「炎の渦巻」「陰謀」（一九二四）「悲しき野菊」（一九二三）などの多くの長編少女小説を『少女の友』に、また、少年小説を『日本少年』などに発表して人気を博し、雑誌の売り上げを伸ばすのに貢献。少年少女小説の筆名としては他に池田芙蓉、村岡筑水、北大路春房、闇野冥火などを使用した。　（鈴木美）

赤川次郎《あかがわじろう》　一九四八（昭23）年〜。福岡県福岡市生。桐朋高等学校卒。著作五〇〇冊を超える多作で知られ、映像化作品も多い。一九七六年、『幽霊列車』で第一五回オール読物推理小説新人賞受賞（連作化）。以後『三毛猫ホームズの推理』『三姉妹探偵団』など多くの作品が連作化されている。『セーラー服と機関銃』『探偵物語』などヒット作を次々と手がけるなか、『悪妻に捧げるレクイエム』で第七回角川小説賞受賞。二〇〇六年、第九回日本ミステリー文学大賞受賞。少女小説には、*『ふたりの恋人』*〈吸血鬼エリカシリーズ〉*『一番長いデート』『ふたり』*『乙女の祈り』などがあり、社会における弱者への眼差しが見られる。（矢澤）

赤羽建美《あかばねたつみ》 一九四四（昭19）年〜。東京都生。早稲田大学第一文学部卒。国語教師、少女雑誌編集長などを経て、一九八三年、『住宅』で文学界新人賞を受賞、以後作家生活に入る。*〈南子探偵クラブシリーズ〉をはじめとするユーモア・ミステリを数多く手掛ける。九〇年代後半より恋愛マニュアル本を多数執筆。二〇〇〇年以降、宝生茜の筆名でミステリの分野で活躍。（倉田）

赤松光夫《あかまつみつお》 一九三一（昭6）年〜。徳島県生。京都大学文学部卒。浄土真宗の僧侶の四男として生まれたが、出版社に勤務。女子中高生向け雑誌の編集長を務めた後、一九六〇年「われら高校生」で作家活動に入った。『三等高校生』*「愛してはいけない」*『アザミなぜ咲く』など青春小説の作家として人気を博したが、七〇年代後半からは官能小説、さらには歴史小説へとジャンルを移している。（小林）

秋田雨雀《あきたうじゃく》 一八八三（明16）〜一九六二（昭37）年。青森県黒石市生。本名秋田徳三。早稲田大学英文科卒。島村抱月の推薦により『早稲田文学』に小説「同性の恋」（一九〇七）を発表し、以後、詩、小説、戯曲、童話、随筆、評論など幅広い執筆活動を行う。主に大正期に『赤い鳥』『少年倶楽部』『少女の友』などに童話、少年・少女小説などを発表した。少女小説では、*「三人の少女」「お会式の夜」（一九一八）などがあり、人道主義的な傾向の作品を執筆したが、徐々に社会主義に傾き、一九二一年に日本社会主義同盟に加入した。プロレタリア児童文学運動の先駆的な位置を占める。（遠藤）

秋月達郎《あきづきたつろう》 一九五九（昭34）年〜。愛知県半田市生。早稲田大学卒。東映株式会社映画プロデューサーを経て、一九八九年、小説家デビュー。八九年に『ミルキーウェイ探偵団』を集英社コバルト文庫より、九一年に*『時計じかけのソフィア』を小学館パレット文庫より刊行、ＳＦファンタジーやミステリで人気を博す。一般文芸では、ＳＦロマン、歴史ファンタジー、ミステリなど多彩な分野で活躍。（倉田）

秋野ひとみ《あきのひとみ》 一九六二（昭37）年〜。一九八八年、編集者から高校生を主人公にしたミステリーを書かないかとの誘いを受け、『夕暮れ時につかまえて』でデビュー。以後＊〈つかまえてシリーズ〉として、一〇〇巻を超える長寿シリーズとなる。他に、〈ななみシリーズ〉〈ＥＳＰ戦記・イオシリーズ〉などサイキックファンタジーも執筆。また、林瞳の筆名で、『皆殺しの天使たち』『彼女がいた夏』というサスペンスタッチの作品も手掛けている。（芳賀）

朝香祥《あさかしょう》　一九六一（昭36）～。富山県高岡市生。一九九六年、「湖の瞳をしている」が『Cobalt』に掲載され、同時期に大化の改新を背景に額田王が活躍する『夏嵐』（一九九六）を発表。三国志に材をとり孫策と周瑜の出会いから赤壁の戦いまでを描いた＊〈かぜ江シリーズ〉は人気を博し、後に、『運命の輪が廻る時』（二〇〇三）『天翔る旋風』（二〇一三）も書かれている。日本古代神話や三国史物を手掛ける他、ファンタジー世界を舞台とする『スパイラルカノン』（二〇〇二）なども執筆。（野呂）

浅原六朗（鏡村）《あさはらろくろう（きょうそん）》　一八九五（明28）～一九七七（昭52）年。長野県北安曇郡生。早稲田大学英文科卒。同人誌『十三人』を刊行するなど大学時代から創作活動を行い、後に新興芸術派の一人としてモダニズム文学運動を担った。大学卒業後、実業之日本社に入社し鏡村の号で月刊各誌の編集に従事、自らも作品を寄せた。そのため一九一九年以後の『少女の友』には鏡村の作品が数多く掲載されている。二一年には実業之日本社より少年少女小説集『美しき幸福』を刊行、また同年六月の『少女の友』に「てるてる坊主」、一一月に＊「返らぬ日」を発表する。二四年、岩下小葉の後任として『少女の友』の主筆に就任。二八年には同社を退社するが、＊『長編少女小説想い出の歌』『白薔薇少女』＊『兄いもうと』など、その後も少女小説を書き続けた。（中谷）

浅見淵《あさみふかし》　一八九九（明32）～一九七三（昭48）。兵庫県神戸市生。早稲田大学卒。一九二六年、小説「アルバム」が注目される。その後文芸評論家として、梶井基次郎・梅崎春生などの才能を見出し名伯楽と呼ばれた。少女小説は童話風のものから、戦後の社会問題を扱った作品まで幅広く、著書に『少女小説集愛犬の泪』（昭和出版、一九四六）『少女小説母恋草』（大野書店、一九五〇）＊『少女小説港の見える丘』がある。（谷内）

安倍季雄《あべすえお》　一八八〇（明13）～一九六二（昭37）年。山形県鶴岡市生。別号村羊。函館中学卒。一九〇三年に上京し〇八年時事新報に入社、雑誌部長として『少年』、編集主幹として『少女』に関わる。主に口演童話家として知られているが、編集者時代には子供に理解しやすい教育性を重視した読物を執筆。野球を題材にした物語を好み、少女向けにも野球を通じて父親同士を和

解させる*「紅白試合」を書いている。（高橋）

阿部艶子《あべつやこ》　一九一二（大1）～九四（平6）。東京都生。別名三宅艶子。文化学院卒。一九二三年、母・三宅やす子との共著『母子童話集』を刊行。二九年、画家阿部金剛と結婚。以後、小説・随筆・評論など多彩な文筆活動で活躍。五八年に離婚し旧姓に戻る。少女小説に*『少女小説匂ひとともに』『白鳥の舞』（東方社、一九五〇）。静謐な筆致による少女の細やかで情感豊かな心理描写が特徴。（谷内）

雨川恵《あめかわけい》　二〇〇三年、「アダルシャンの花嫁」で第二回角川ビーンズ小説大賞読者賞を受賞し、〇四年文庫デビュー。新興国アダルシャンの青年王弟とその政略結婚の妻となったカストリア帝国の一〇歳の皇女との微笑ましい愛と危険な冒険の物語である同作は、のちに*〈アダルシャンシリーズ〉として人気を博す。他に〈アネットと秘密の指輪シリーズ〉〈とらわれ舞姫の受難シリーズ〉（同文庫）〈にせもの公主の後宮事情シリーズ〉（一迅社文庫アイリス）がある。（武内）

綾乃なつき《あやのなつき》　一九七〇（昭45）年～。大阪府生。同志社女子大学短期大学部日本語日本文学科卒。コバルト・ノベル大賞とファンタジー・ロマン大賞で最終候補に残り注目を集める。一九九四年、女剣士と不思議な力を持つ吟遊詩人の少年が繰り広げる冒険を描いた『月影のソムル』でデビュー。他に明治の外国人居留地、横浜を舞台にヒロインの女学生が事件を解決する*『ヨコハマ浪漫す　夢見る乙女じゃいられない』などがある。（野呂）

新井素子《あらいもとこ》　一九六〇（昭35）年～。東京都生。結婚後の本名は手嶋素子。立教大学卒。幼少時より大量の本に囲まれて育ち、一九七七年高校二年生の時に応募した『あたしの中の……』が審査員の星新一に絶賛され、第一回奇想天外SF新人賞の佳作入選。以降、SFやライトノベルの分野で若年層読者のカリスマ的存在になる。少女のミステリアスで微妙な心理を幻想的なSF作品に描き出した作風は、男性ファンも多く、またファンを大事にすることでも知られる。「あたし」／「おたく」という一人称と二人称を採用し、長短のセンテンスを軽快なリズムで使い分け、当時の口語を多用した、「よどみなく流れゆく饒舌体の完成度の高さ」（久美沙織）は、その後の当ジャンルに深い影響を与えた。八一年『グリーン・レクイエム』で第一二回星雲賞日本短編部門を受賞。翌年『ネプチューン』でも同賞受賞。九九年『チグリスとユーフラテス』で第二〇回日本SF大賞受賞。他にも熱狂的な支持を得た*〈星へ行く船シリーズ〉や*番外編

「αだより」『星から来た船』、サイコホラー的な『おしまいの日に』等があり、映像化された作品も多い。結婚後はコメディタッチの『結婚物語』『銀婚式物語』を手がけるなど作品の幅を広げている。（矢澤）

有本芳水《ありもとほうすい》　一八八六（明19）～一九七六（昭51）年。兵庫県姫路市生。本名歓之助。早稲田大学卒。一九一〇年に実業之日本社に入社し『婦人世界』記者、一三年より瀧澤素水の跡を継いで『日本少年』主筆となる。『芳水詩集』（一九一四）収録の少年詩など『日本少年』での活動が有名だが、『少女の友』にも「唐辛子」（一九一二）「あの鐘の音は」（一九一九）等を発表。また同社刊『美代子』に*「母さま」を書き下ろしている。（樋渡）

淡路智恵子《あわじちえこ》　生没年、出身地不詳。一九二二（大11）年から二五年にかけて『少女画報』に*「お兄さまの手記」等を執筆。寂しさを主題とした感傷的な作風は、当時の高年齢層向け少女小説の一典型を示す。（高橋）

生田葵《いくたあおい》　一八七六（明9）～一九四五（昭20）年。京都府八幡市生。本名盈五郎、別号葵山。東洋英語塾に学ぶ。上京後巌谷小波の「木曜会」に参加し一八九七年に入門。九九年に雑誌『活文壇』を創刊し永井荷風、黒田湖山らと活動した。明治四〇年代初めには自然主義作家の代表と目され「都会」（一九〇八）の発禁処分は文壇内外の話題を呼んだ。文壇の流行を追う一方で『少年世界』にも作品を発表。『少女世界』の創刊後は同誌に「花の役」（一九〇六）「花売娘」（一九〇七）等を、また他誌にも*「露子の夢」*「アルサスの少女」等の少女向け作品を発表した。但しその作風は大人向けの作品同様、多くが通俗的であった。作品集に『菫の花束』（一九一三）等。（樋渡）

生田春月《いくたしゅんげつ》　一八九二（明25）～一九三〇（昭5）年。鳥取県米子市生。本名生田清平。角盤高等小学校中退。父の事業の失敗により幼少の頃から貧困の中で独学する。小説詩歌等を多読しながら文学に目覚め『新生』『文章世界』等に投稿、『帝国文学』に詩を連載し頭角を現す。処女詩集『霊魂の秋』『感傷の春』などで詩人としての地位を固める。詩誌『文芸通報』（後に改題『詩と人生』）を主宰。その詩風は「人格即ち詩」であり、「詩人はまず自己の人格を完成しなければならない」とした純粋な詩人の魂を歌ったものであった。様々な相克に苦悩し播磨灘で投身自殺。大正三年『青鞜』に掲載された同人の一人、西崎花世の「恋愛及び生活難」の感想文に共鳴して求婚し、結婚した。ドイツ語専門学校の夜学に通いドイツ語を習得し、ハイネ全集等の翻訳書が多数ある。少女小説として*「愛の小鳥」*「空色の国」などが知

られている。（伊原）

池田みち子《いけだみちこ》　一九一〇（明43）～二〇〇八（平20）年。京都府生。日本大学芸術科卒。日本写真公社に勤めながら『三田文学』等で小説を書き始め、一九四〇年に「上海」で芥川賞候補となる。五〇年に「醜婦伝」で注目され、八一年『無縁仏』で平林たい子文学賞を受賞。六七年『山谷の女たち』を刊行するなど、社会の底辺を生きる女たちの強靱な生命力を描き続けた。少女小説では『女学生』『母の面影』*『希望の丘』を偕成社より、『花開く乙女達』を東方社より刊行。（長谷川）

伊澤みゆき《いざわみゆき》　一八九〇（明23）年頃、宮城県仙台市生。没年不詳。本名ひで子。父は医師で宮城医学校にも勤めた伊澤富次郎。東京師範学校校長、東京音楽学校長を務めた伊澤修二は伯父（父の長兄）、警視総監と台湾総督を歴任した伊澤多喜男は父の四弟、劇作家飯沢匡は多喜男の次男で従弟。宇野浩二『苦の世界』（一九二〇）の同棲相手「よし子」のモデルとなった伊澤きみ子は六歳年少の妹である。『苦の世界』には一九一七年頃、「よし子」の姉は二九歳で独身、「子供の雑誌にお伽話などを書く、女流文士」だったとある。一二年から一六年までに『少女画報』に*「闇に居て」*「春も逝く」など五〇編を超す少女小説、小品を載せた。特に少女同士の熱い友愛の物語が読者に支持されたが、以後の活動は不明。吉屋信子は「花物語」を『少女画報』誌に投稿したのは伊澤作品に魅了されたからだと述べている。（久米）

石黒露雄《いしぐろつゆお》　生没年未詳。博文館で編集、主筆を務める。数多くの児童文学を『少年世界』『少女世界』『少女号』『幼年世界』『少女画報』等に発表。他に、作品は紅潮社叢書『青き甕』等、『童話選集雀のお宿』（博文館）や『日本童話選集』（丸善）にも収められている。童謡や「少女運だめし双六」なども手掛けたが、少女小説としては「フランスの少女」や大人になりかけた少女の心を描く*「紅玉の指環」などがある。（菅井）

泉斜汀《いずみしゃてい》　一八八〇（明13）～一九三三（昭8）年。石川県金沢市生。本名豊春。兄の鏡花と同じく紅葉門下で、下町小説や狭斜小説を書いたが、のちにロシア文学に親しんだ。随筆家の泉名月は娘。代表作に、「木遣くづし」『松葉家乃娘』『深川染』（前・後編）『廃屋』など。主に『少年世界』や『日本少年』に児童文学を発表したが、少女小説としては「姫小松」（『少女物語』）や少女の旅立ちを描く*「別るゝ時」（『少女世界』）などがある。（菅井）

磯萍水《いそひょうすい》　一八八〇（明13）～一九六七（昭42）年。群馬県高崎市生。本名清。江見水蔭の門下で、一八九九年七月、『少年世界』に発表した「雨乞物語」で作家活動を開始。渡良瀬川鉱毒事件に取材した『木下川』や、洋画家の悲劇を描いた『うき寝』など、社会小説風の作品を描いている。また、『少女』（女子文壇社）に、*「海上の女」などの少女向け冒険小説を発表し、人気を博した。（川原塚）

磯野むら子《いそのむらこ》　生没年、出身地不詳。一九二二（大11）年六月から一二月まで毎月『少女世界』に登場。*「茶目子日記」などお転婆な女の子をユーモラスに描く短編には、少女像の変化に加え拡大する大衆文化の影響が窺える。（高橋）

伊藤佐喜雄《いとうさきお》　一九一〇（明43）～七一（昭46）年。島根県鹿足郡生。大阪高等学校中退。『コギト』『日本浪漫派』に参加。「花の宴」「面影」で芥川賞候補。一九四二年、「花の鼓笛」で池谷信三郎賞受賞。戦後、『少女世界』『少女クラブ』等で少女向けの小説や伝記を手がけ、少女小説『涙のアルバム』『浜辺の歌』*『姉妹星』等を刊行。（渡部麻）

伊藤たつき《いとうたつき》　熊本県出身。「アラバーナの冒険者達」が第四回角川ビーンズ小説大賞奨励賞を受賞し、二〇〇七年に受賞作を改稿した『アラバーナの海賊たち　幕開けは嵐とともに』でデビュー。同作はアラビアンファンタジー*〈アラバーナの海賊たちシリーズ〉として代表作に。他に化妖という獣が住む江戸を舞台に少女みこと幼馴染らの活躍と恋模様を描く〈あやかし江戸物語シリーズ〉等がある。少女の恋や冒険を描くコミカルな作品を執筆。（菊地）

井上明子《いのうえあきこ》　長崎県島原市生。佐賀県唐津市立第一中学校卒。中学卒業後、東京に出てアルバイト先を転々としながら同人誌『土曜文学』『木靴』を経て作家となる。児童文学、少女小説を主に書く。文芸家協会会員。主な作品に『涙よさようなら』（一九七二）*『朝の海に愛が生まれた』『愛・おとなになるって』（一九七八）などがある。（及川）

井上ほのか《いのうえほのか》　一九六四（昭39）年～。東京都生。本名永野愛。国学院大学文学部卒。一九八八年、『アイドルは名探偵』にて講談社X文庫ティーンズハートよりデビュー。ティーンズハート最年少デビューと謳われ、*〈アイドルは名探偵シリーズ〉としてシリーズ化。生き生きしたキャラクターと、トリックに重きをおいた本格ミステリーで人気を集める。他に、内気な少女が少年探偵の人格をもって活躍する〈少年探偵セディ・エロルシリーズ〉や、SF伝奇〈都市戦記・妖魔アルディーンシリーズ〉などがある。（芳賀）

伊福部隆輝《いふくべたかてる》　一八九八（明31）〜一九六八（昭43）年。鳥取県智頭町生。別名隆彦。鳥取県教育会講習所卒。小学校教員であったが、のち上京して同郷の生田長江に師事、文芸評論家となる。一九二三年、同人詩誌『感覚革命』、翌年に『無産詩人』を創刊。その後は老子の思想を探究して人生道場無為修道会を主宰した。代表作に、詩集『老鶴』、評論では『現代芸術の破産』『老子眼蔵』など多数。少女小説では、「幸福の使者」や*「野の百合の如く清し」などがある。　（菅井）

井伏鱒二《いぶせますじ》　一八九八（明31）〜一九九三（平5）年。広島県福山市生。本名井伏満寿二《いぶしますじ》。早稲田大学仏文科、日本美術学校中退。一九三八年、『ジョン万次郎漂流記』その他で直木賞受賞。六六年、文化勲章および、『黒い雨』により野間文芸賞受賞。戦中を中心に、少年少女向けの小説や翻訳を手がけ、少女小説*『おこまさん』を発表。　（渡部麻）

岩下小葉《いわしたしょうよう》　一八八四（明17）〜一九三三（昭8）年。熊本県山鹿市生。本名天年《てんねん》。早稲田大学英文科卒。寺の嫡男に生まれるが家業を継がずに上京、早大英文科に入学。在学中にキリスト教に入信し、教会活動を通じて児童文学と児童出版に興味を持つ。一九〇九年実業之日本社に入社（健康上の理由から正式入社は一〇年）。星野水裏の下で『少女の友』の編集に携わると共に、編集者が作家も兼ねる当時の慣例に従い作品の執筆も開始。シリーズものの小品や長編小説の連載などをほぼ毎号掲載する。一時『幼年の友』や『婦人世界』に関わるが、『少女の友』との関係は一貫して継続し、主筆となった二〇年以降は、愛読者会「友ちゃん会」の開催など同誌の振興に尽力した。文学的業績としては*『秘密の花園』等の翻訳作品が有名だが、自作では日本の少女を日常的な設定で描いた短編の他、*『少女の手紙』*「みなし児・めぐりあひ」*「人形の悩み」等、教育的内容を起伏に富んだストーリーで読ませる長編も得意とした。三二年に内山基に後を託し勇退、翌年死去。昭和期の『少女の友』隆盛を準備した編集者・作家として再評価が期待される。　（高橋）

巌本善治《いわもとよしはる》　一八六三（文久3）〜一九四二（昭17）年。兵庫県豊岡市生。別号山下石翁など。井上家から母方の伯父である漢詩人巌本範治の養子になる。一八七六年上京、キリスト教系の同人社や学農社農学校に学び、八三年木村熊二牧師から受洗。八五年に『女学雑誌』を創刊、同年木村夫妻の創設した明治女学校に勤め、のち校長になる。八九年に若松賤子（松川甲子）と結婚。九五年創刊の『少年世界』の「少女」欄に賤子と共に寄稿、*「鶴の貞操」*「どの児にしやう」などを掲載した。九六年に明治女学校が全焼、直後に賤子も病没。校舎を西巣鴨に移転したが時勢に抗えず一九〇九年に閉校。以後は実業方面に転じた。『女学雑誌』では先鋭的な女性論、家庭論を論じた巌本だが、「少女」欄では女徳的で良妻賢母主義的な教訓を強く説く姿勢がみえる。（久米）

巌谷小波《いわやさざなみ》　一八七〇（明3）～一九三三（昭8）年。東京都生。本名季雄。別号漣山人、大江小波など。父の修は近江国藩医から明治政府に仕え貴族院議員になり、書家としても著名。小波は医師になることを期待されたが文学に傾倒、尾崎紅葉に師事し硯友社に入る。少年少女を描くのを得意としたため博文館の本邦初の児童書「少年文学叢書」の第一冊を任され、『こがね丸』（一八九一）を著し好評を得る。一八九五年博文館創刊の雑誌『少年世界』主筆となる。同社から『日本昔噺』（一八九四～九六）『世界お伽噺』（一八九九～〇七）も刊行、明治児童文学の第一人者と目された。『少年世界』では「少女」欄を開設、若松賤子に寄稿を依頼し少女小説誕生の契機を作る。自身もグリム童話の翻案などを掲載。「少女」欄廃止後も田中夕風や北田薄氷の少女小説を掲載、ベルリン大に講師として赴任（一九〇〇～〇二）後の一九〇三年には*「世界少女お伽噺」を連載した。〇六年博文館が雑誌『少女世界』を創刊すると主筆となり、編集の実務は沼田笠峰に任せたが、読者への訓話を通じて「愛される」ことの重要性を説いたり、*『少女対話選』の諸作や*「蕾が岡」などを掲載。大正期以降は自伝執筆や『大語園』編集、口演童話の実践に努めた。小波の児童文化での業績は少年・幼年向けの仕事で評価されがちだが、『少年世界』にいち早く少女向けの記事や物語を載せて少女読者に配慮し、『少女世界』が『少年世界』を模して成功するなど、少女文化が開花する素地を用意した。（久米）

上田エルザ《うえだえるざ》　一八九七（明30）～一九八二（昭57）年。北海道函館市生。本名中村ツヤ。東京女高師国文科予科卒。一九二〇～二三年にかけて博文館に勤務しながら、少女小説を書き始める。二三年に「鐘が鳴る」が『少女の友』に掲載される。その翌年から同誌に*「ローマへ」*「葬送曲」などの短編を多数発表。三一年*「かがやく丘」以降は長編小説が主となる。『二つのゆりかご』（一九三三）『紫の花』（一九四九）『四ツ葉の誓ひ』（一九四九）などの著作がある。兄と妹との切ない関係や、両親との別離などの家族内における悲劇を主に扱い、悲壮さ溢れる物語をしばしば描いている点が特徴である。（及川）

植松美佐男《うえまつみさお》**（松美佐雄**《まつみすけお》**）**　一八七九（明12）～一九六二（昭37）年。群馬県高崎市生。本名戸塚峻。『明治文学書目』（村上文庫、一九三七）「松　美佐雄」の著作欄に「花籠　月見草　露子の運命」と挙げられているため、植松と松美佐雄《まつみさお》、また口演童話家の松美佐雄《まつみすけお》は全て同一人物だといえる。一八九六年に上京、工員生活を数年送ったのち江見水蔭に師事。『少年世界』などに童話を書く傍ら、少女向けの深刻小説ともいえる*『露子の運命』や、被差別部落出身の女性教師を主人公にし、少女小説版「破戒」を意図した趣がある*『日蔭の花』などの作品を発表。一貫して描かれたのは優しく正義感に富む女たちだった。編集者として創刊号から関わった『少女』には*「月の色」（松美佐雄名義）等を載せている。
（尾崎）

牛田麻希《うしだまき》　一九八六（昭61）年〜。一四歳の時に書いた*「問題のない私たち」が『別冊マーガレット』にて木村文により漫画化され、その原作本として、二〇〇一年、集英社コバルト文庫より同作品刊行。〇四年に映画化、一一年、一二年には舞台化された。現役中学生がいじめの加害者の問題について書いたことで話題となった。
（内堀）

打木村治《うちきむらじ》　一九〇四（明37）〜九〇（平2）年。大阪府大阪市生。本名内木保。早稲田大学政治経済学部経済学科卒業後、大蔵省官吏となり五年ほど勤務したが退職、同年同人誌『作家群』を創刊主宰、本格的に活動を始める。「喉仏」「部落史」「支流を集めて」など農民をモチーフにした作品を続けて発表、農民文学作家と称された。戦後は「夢のまのこと」が小学館文学賞を受賞、児童文学作品を多く残した。自伝的小説「天の園」がある。少女の成長物語を描いた*「ひごい物語」もある。
（櫻田）

内山基《うちやまもとい》　一九〇三（明36）〜八二（昭57）年。神奈川県横浜市生。早稲田大学英文科卒。雑誌『少女の友』『新女苑』の編集者であり、作家でもある。特に『少女の友』五代目編集長としての活躍（一九三一〜四五）が目覚しく、中原淳一を見出すなど、洗練された都会的誌面を企画した。『少女の友』に小品を多く書く。代表的な作品に少女たちが社会に出て様々な経験をしていく過程を描く*「白い燈台」がある。
（及川）

宇野浩二《うのこうじ》　一八九一（明24）〜一九六一（昭36）年。福岡県福岡市生。本名格次郎。早稲田大学中退。父と死別し、少年時代を大阪の伯父の家で過ごす。一九一九年「蔵の中」を発表し、続く「苦の世界」で新進作家の地歩を築いた。生涯にわたり多くの少年少女小説を手がけた。初期には社会派の*「十七年の春秋」がある。昭和はじめに精神を病むものの、*『海こえ山こえ』を含

め春陽堂少年文庫に七作品を寄せている。（溝部）

浦川まさる《うらかわまさる》　一九六一（昭36）年〜。大阪府生。本名、雅江。京都芸術短期大学美学・美術史専攻卒。八一年、「快刀乱麻　桃太郎」でりぼん新人漫画賞を受賞し、漫画家として『いるかちゃんヨロシク』などの作品を発表したのち、集英社コバルト文庫ピンキーより*『怪物にキスをして』で小説家デビュー。以後、サスペリアミステリー（秋田書店）等に活動の場を移し、姉の佳弥とともに、推理小説の漫画化、ドラマや映画原作の漫画化作品を手がけている。（内堀）

海野十三《うんのじゅうざ》　一八九七（明30）〜一九四九（昭24）年。徳島県徳島市生。本名佐野昌一。早稲田大学理工学部卒。電気工学を専攻し、逓信省電気試験所研究員となる。一九二八年、『新青年』に「電気風呂の怪死事件」を発表して本格デビューをし、以後、『新青年』や『少年倶楽部』を中心に、SF探偵小説、少年科学小説、冒険小説などに新生面を拓いた。一方で、丘丘十郎名義で「軍用鼠」（一九三七）を発表して以来、軍事科学小説を量産し、四二年に海軍報道班員として従軍したことを契機に、海軍報道班員で文学挺身隊を結成した。ほか、蜆貝介などの名で科学解説記事の執筆や、京人生の名で漫画を、海十斎号で俳句や川柳を発表したが、健康すぐれず四九年五月一七日に結核のため死去した。少女雑誌への執筆は三〇年代後半以降に多く、戦後まで続く。名探偵帆村荘六の連作に*「探偵小説ラヂオの女王」*「爆薬の花籠」「美しき鬼」（一九四九〜五〇）などがあるほか、愛国心の高揚を意図した「防空戦線」（一九三七）や*「美しき若蜂隊」、戦場を舞台とする「翼折る、とも」（一九三八）*「潜水島」などを発表している。（遠藤）

榎田ユウリ《えだゆうり》　東京都生。会社勤務を経て、一九九六年BL小説「夏の塩」（『小説JUNE』）でデビュー。同作は〈魚住くんシリーズ〉としてシリーズ化され、丹念な心情描写と深みのある物語で人気を得た。「榎田尤利」名義で多彩なBL小説を執筆しつつ、SFやファンタジーにも進出。二〇〇七年よりBL以外の作品で「榎田ユウリ」名義を使用。吸血鬼もの〈ヴァムピール・アリトスシリーズ〉や韓流ファンタジー*〈宮廷神官物語シリーズ〉などを執筆している。（芳賀）

江戸川乱歩《えどがわらんぽ》　一八九四（明27）〜一九六五（昭40）年。三重県名賀郡生。本名平井太郎。一九二三年、「二銭銅貨」でデビュー。「D坂の殺人事件」や「心理試験」「屋根裏の散歩者」（一九二五）など本格探偵小説を『新青年』に発表し、日本の探偵小説界を牽引。その後、通俗的な長編小説に転じる。少年向け小説の執筆もはじめ、少年探偵ものは広く読まれた。この連作のうち、少女が活躍する*「塔上の奇術師」を『少女クラブ』に連載。戦後は、『幻影城』（一九五一）などに見る評論活動や、後進の育成に尽力。推理作家協会の初代理事長。（橋本）

榎木洋子《えのきようこ》　一九六六（昭41）年〜。山口県生。都立光が丘高校卒。友人の波多野鷹が第五回コバルトノベル大賞を受賞し、デビューしたのを機に、小説家を志す。『特別の夏休み』で一九九〇年下期コバルトノベル大賞の読者大賞を受賞。翌九一年に『東方の魔女』が集英社コバルト文庫より刊行され、文庫デビュー。当該作が*〈リダーロイスシリーズ〉としてシリーズ化される。代表作に*〈龍と魔法使いシリーズ〉*〈影の王国シリーズ〉〈緑のアルダシリーズ〉（以上、集英社コバルト文庫）などがある。（金）

江間章子《えましょうこ》　一九一三（大2）〜二〇〇五（平17）。新潟県上越市生。駿河台女学院専門部卒。詩誌『椎の木』同人となり、一九三六年、詩集『春への招待』を刊行。戦後は「花の街」（一九四七）「夏の思い出」（一九四九）などの唱歌を作詞。また、戦後の困難な時代にある少女たちに、身も心も美しく育ってほしいとの思いから少女小説を多く執筆。『少女小説乙女の祈り』（偕成社、一九四八）*『長篇少女小説乙女の悲しみ』*『少女小説ささやきの小径』『黄色いリボンのお姫様』（ふたば世界社、一九四九）など。筋の興味に走らず、少女の心をそれぞれの立場に寄り添い丹念に描いた。（谷内）

江見水蔭《えみすいいん》　一八六九（明2）〜一九三四（昭9）年。岡山県岡山市生。本名忠功。共立学校を経て、杉浦重剛の称好塾に入る。一八八八年、巌谷小波の紹介で硯友社の同人となり、日清戦争期には「女房殺し」（『文芸倶楽部』）などを発表して好評を得た。明治三〇年代以降は、次第に純文学から離れ、少年向けの冒険小説や探検記などを執筆するようになり、『少年世界』や『探検世界』の主筆も務めている。少女向け小説としては、*「心の美人」や*「美しい玉」などがある。また、晩年に記した回想記『自己中心明治文壇史』（博文館）は、明治文士の生活記録としても高い評価を得ている。（川原塚）

円地文子《えんちふみこ》　一九〇五（明38）〜八六（昭61）年。東京都生。日本女子大附属高女中退。一九二六年、演劇雑誌『歌舞伎』の一幕物時代喜劇脚本懸賞募集に応募した「ふるさと」が当選、劇作家として出発。三五年、『日暦』同人となり小説に転じるが評価されず、三九年より*『朝の花々』をはじめとする少女小説を執筆。*『母月夜』*『雪割草』*『春待つ花』など数多くの作品を手掛けた。

不幸な境遇に陥った少年少女が正しい心によって幸福を切り拓いていくプロットを特徴とし、身体に障害を持つ少女の心の変化を描いた『涙の明星』や、ハンセン氏病の問題を扱った『あの星この星』など、社会的視野を持つ作品も多い。五四年に「ひもじい月日」で第六回女流文学賞を受賞して以後、一般文芸に転じる。少女小説は『円地文子全集』（新潮社）には収録されず、同全集第一六巻の年譜等にも記載がないが、陸川享子「円地文子と少女小説」（「書誌調査」一九九三・九）に書誌情報がまとめれている。（倉田）

大井冷光《おおいれいこう》　一八八五（明18）～一九二一（大10）年。富山県富山市生。本名信勝、別号に立山健夫。福野農学校卒。富山時代は新聞社等に勤務し、一九一一年に上京。翌年少年文学会設立に加わると共に時事新報社に入社。『少年』『少女』の編集を担当し、再話・童話・小説等を発表。著書に『現代の少女』（一九一六）*『七ツの鈴』等。富山県少年少女自作童話大会最優秀者には大井冷光賞が与えられる。（樋渡）

大池唯雄《おおいけただお》　一九〇八（明41）～七〇（昭45）年。宮城県柴田町生。本名小池忠雄。東北帝国大学文学部中退。一九三八年「兜首」「秋田口の兄弟」で、第八回直木賞受賞。東北出身者として初の直木賞作家となる。幕末や明治維新など、歴史に題材を求めた短編を多数発表している。女性たちに焦点をあてた*『命のかぎり』もある。社会教育にも力を注ぎ、槻木公民館長、柴田町公民館長などを歴任。船岡中学校校歌の作詞も手掛けた。（櫻田）

大木惇夫《おおきあつお》　一八九五（明28）～一九七七（昭52）年。広島県広島市生。本名軍一。筆名は当初大木篤夫。県立広島商業学校卒。博文館に勤める傍ら、正則英語学校、アテネ・フランセに通うが、文筆専念を機に小田原に移住。北原白秋の知遇を得、抒情詩人として活躍。アジア太平洋戦争中は宣伝班員としてジャワに応召、国策賛美詩を多数発表、戦後、批判を受けた。少女小説*『真珠の母』の他、『少女倶楽部』に*「懺悔の光」などを発表。（鈴木美）

大木圭《おおきけい》　一九三二（昭7）年～。東京都生。慶應義塾大学文学部卒。一九六六年、集英社の『小説ジュニア』創刊以来、同時代の若者をさわやかに描き出した青春ユーモア小説を数多く執筆。七〇年代に入ると、*『どっちがどっち』*『だめな女の子』*『ただいま反抗記』など、秋元書房を中心に活躍。中でも、双子の女子高生の日常をコメディタッチで描いた『どっちがどっち』は人気が高く、ＮＨＫでドラマ化された。八二年以降、新

刊書は出ておらず、作家としての消息は現在のところ不明。（小林）

大木雄二《おおきゆうじ》　一八九五（明28）～一九六三（昭38）年。群馬県伊勢崎市生。本名雄三。小学校教員を辞めて土岐善麿を頼り上京、編集者となる。長年にわたり翻案や伝記を含む数多くの児童文学を編集、執筆した。代表作に、歌集『街路と口笛』をはじめ『二宮金次郎』『月夜の馬車』『くろすけ・あかすけ』『童話を書いて四十年』など。少女小説では、本名で発表した*「優しいマリウシヤ」や「聖母微笑み給ふ」などがある。（菅井）

大倉桃郎《おおくらとうろう》　一八七九（明12）～一九四四（昭19）年。香川県生。本名大倉国松。家計を支えるために海軍工廠の造舟図工となる。『大阪朝日新聞』の懸賞小説に当選した「琵琶歌」で脚光をあびる。当初は通俗的な家庭小説や歴史小説を執筆していたが、児童文学に転身。『少年倶楽部』『少女倶楽部』の主要な書き手となる。現代物の*『おや星小星』の他、「日野阿新丸」『中江藤樹』『頼山陽』など時代物や伝記も多い。「講談社の絵本」にも多数執筆。（近藤）

大下宇陀児《おおしたうだる》　一八九六（明29）～一九六六（昭41）年。長野県上伊那郡生。本名木下竜夫。九州帝大応用化学科卒。農商務省臨時窒素研究所に勤務しながら一九二五年四月『新青年』に「金口の巻煙草」を発表する。以後次々と探偵小説を発表する。専業作家となってからは「蛭川博士」（一九二九）『石の下の記録』（一九四八～五〇）*「仮面城」などの長編を執筆している。『石の下の記録』で第四回探偵作家クラブ賞を受賞。（及川）

大田洋子《おおたようこ》　一九〇三（明36）～六三（昭38）年。広島県山県郡生。広島市進徳実科高等女学校本科・広島市進徳女学校研究科卒。教師生活を経て作家活動に入り、「海女」（一九二九）が『中央公論』の、「桜の国」（一九四〇）が『朝日新聞』の懸賞小説一等に入選する。一九四五年八月六日、疎開先の広島で原爆に遭い、被爆の惨状を描いた『屍の街』（一九四八）『人間襤褸』（一九五〇～五一）『半人間』（一九五四）で原爆作家として不動の地位を確立した。少女小説には、*『春の訪ずれ』がある。（岩淵）

太田黒克彦《おおたぐろかつひこ》　一八九五（明28）～一九六八（昭43）年。熊本県熊本市生。熊本県立中学済済黌中退。一九二二年より中央公論社編集部に勤務、雑誌記者を経て、二五年より文筆生活に入る。児童文学では歴史小説*『渡辺華山』の他、自然や動物を題材とした読物を数多く手掛け、野間文芸奨励賞受賞作『小ぶなものがたり』（一九四七）『山ばとクル』（一九六二）などがある。（伊藤）

大谷藤子《おおたにふじこ》　一九〇三（明36）～七七（昭52）年。

埼玉県秩父郡生。三田高等女学校卒。東洋大学の聴講生となるが、海軍大尉と結婚して中退。五年後の一九三二年、離婚。同年九月、同人誌『日暦』創刊に加わり「伯父の家」を発表、川端康成に認められる。『改造』の懸賞小説に女性として初当選した「半生」(一九三四)で文壇に登場し、『須崎屋』(一九三五)『山村の女達』(一九三九)など秀作を発表。戦後は「釣瓶の音」(一九五三)で第五回女流文学賞を受賞し、短編作家として不動の地位を得、『青い果実』(一九五八～五九)では長編作家としても認められる。『再会』(一九六九)で再度、第九回女流文学賞を受賞した。少女小説には、*『若草日記』『満洲のお友達』『花さそう嵐』*『少女小説ゆく春の物語』*『母の調べ』などがある。
(岩淵)

大庭さち子《おおばさちこ》　一九〇四(明37)～九七(平9)年。京都府生。本名片桐君子。同志社女子専門学校英文科卒。京都華頂高等女学校で教師を務める。一九三九年に「妻と戦争」で『サンデー毎日』大衆文芸賞に一等当選、文壇デビューを果たす。戦前・戦中の主著には『妻と戦争』『愛と血の記録』*『新しき風』があり、戦後は、戦禍にはぐれた母娘の試練を描いた『故郷の空晴れて』や*『嵐に立つ虹』*『みどりの朝風』など数多くの少女小説を発表。翻訳や再話も手掛け、テレスカ・トレースの翻訳『女の兵舎』、ナンシー・モルガンの翻訳『女の中隊』がある。
(近藤)

大林清《おおばやしきよし》　一九〇八(明41)～九九(平11)年。東京都生。慶應大学仏文科中退。一九三九年創刊の第三次『大衆文芸』に多く寄稿し、長谷川伸の「新鷹会」で大衆小説の腕を磨く。四一年以降、「士族移民隊」等で連続して直木賞候補、同予選候補となる。四三年、「華僑伝」「庄内士族」「松ヶ岡開墾」で野間文芸奨励賞受賞。戦後はラジオ・テレビドラマの脚本を手がけ、「ひつきはあかしといへど」で芸術祭優秀賞受賞。『少女クラブ』『女学生の友』を主要舞台に、少女小説作家としても活躍。*『哀しき円舞曲』『嘆きの夜曲』『母恋ちどり』*『赤い花白い花』*『花におう丘』『若草の歌』『夢いつの日に』等を上梓。
(渡部麻)

大原富枝《おおはらとみえ》　一九一二(大1)～二〇〇〇(平12)年。高知県長岡郡生。高知女子師範学校に入学したが結核のため中退。病気療養中に文筆活動を開始、一九三三年「姉のプレゼント」が『令女界』に、「氷雨」が『婦人文藝』に入選。五六年病再発の中で「ストマイつんぼ」を発表し、翌年女流文学賞を受賞。六〇年には「婉という女」で毎日出版文化賞・野間文芸賞を受賞、七〇年にも「於雪—土佐一条家の崩壊」で女流文学賞を受賞して

いる。少女小説では『父帰る日』*『古都の別れ』『悲劇の王妃』を偕成社より刊行。（長谷川）

岡篠名桜《おかしのなお》　一九七一（昭46）年〜。大阪府生。関西外国語短期大学米英語学科卒。「空ノ巣」で二〇〇五年度ノベル大賞読者大賞を受賞しデビュー。同作は鍵のない家の家守となった琴子が不思議な客をもてなすファンタジーで、続編を加え『花咲ける庭　お嬢さんと花嫁のススメ』（二〇一〇・九）として刊行。代表作に唐代を舞台に剣術少女琳琅の恋と冒険を描く*〈月色光珠シリーズ〉、結び目にまじないをかける力を持つ可也の活躍を描く大正ファンタジー『花結びの娘』『花結びの娘　神を呼ぶ笛』、桃山時代の商人の家で育った娘芽々と異国の少年シオの旅を描く〈玻璃シリーズ〉がある。日本や中国の時代性や風俗を活かした作が多く、一般向けの時代小説も執筆。（菊地）

岡田光一郎《おかだこういちろう》　一九〇〇（明33）〜七三（昭48）年。茨城県生。東京外国語学校露語部卒。実業之日本社や時事新報社の記者を務め、のちに作家となる。『日本少年』に「帝都壊滅団」や「輝くヘッドライト」等を発表。少女小説では、『少女の友』に、*「青いお母様」をはじめとして可憐な少女たちを主人公に多くの作品を発表。また、一九二八年の『天使園の唄』や四三年の*『春の小箱』には、いずれもディテールの美しい叙情的な作品が二〇編ほど収められている。（菅井）

岡田八千代《おかだやちよ》　一八八三（明16）〜一九六二（昭37）年。広島県広島市生。成女学校専科卒業。陸軍軍医の父が二歳で他界後、母・兄と上京。兄は劇作家小山内薫。一九〇二年に「めぐりあひ」を『明星』に発表したのがデビュー。劇評「真砂座の浮世清玄」などで劇評の力を、また徳冨蘆花原作「灰燼」ほかを脚色して劇作家の力を発揮、「新緑」などで小説家としても認められる。洋画家岡田三郎助と結婚。〇九年には兄の自由劇場結成にも協力。児童劇団「芽生座」や「女流劇作家会」を創立するなど、後進の育成にも尽力した。明治末期には、*「親木」*「必要」など、低年齢層の少女向けに社会的・教訓的な少女小説を手がけている。（小林）

岡野麻里安《おかのまりあ》　一九六六（昭41）年〜。早稲田大学第一文学部卒。一九九二年、竜族の公子ナージャと時空を超えてきたイルの冒険ファンタジー『暁の竜公子』で講談社X文庫ホワイトハートよりデビュー。のち同作が*〈竜王の魂シリーズ〉としてシリーズ化される。代表作に〈鬼の風水シリーズ〉〈少年花嫁《ブライド》シリーズ〉〈接吻両替屋奇譚シリーズ〉（以上、講談社X文庫ホワイトハート）などがある。（金）

荻野目悠樹《おぎのめゆうき》　一九六五（昭40）年〜。東京都生。横浜市立大学商学部卒。一九九六年、*『シインの毒』で集英社ロマン大賞を受賞し、デビュー。のち同作が集英社スーパーファンタジー文庫より刊行される。〈デス・タイガー・ライジングシリーズ〉（早川書房ハヤカワ文庫）〈双星記シリーズ〉（角川書店角川スニーカー文庫）〈野望円舞曲シリーズ〉（徳間書店徳間デュアル文庫）など、戦争を背景とした作品を多数執筆。（金）

尾崎翠《おざきみどり》　一八九六（明29）〜一九七一（昭46）年。鳥取県岩井郡生。県立鳥取高等女学校補修科を卒業後、小学校の代用教員となり『文章世界』に短文を投稿して第一席で入賞・入選したりするが、短編「夏逝くころ」が『新潮』に載ったのを機に本格的に文学に取り組む決意をして退職。一九一九年上京して日本女子大学校国文学部に入学するが、翌年「無風帯から」が『新潮』に掲載されたことを大学当局から問題視され、退学。独自の新しい文学世界を開こうとして混迷と希望の交錯の中で頭痛止めのミグレニンを用い始める。南条信子のペンネームで習作「影」を書くなど少女小説も手がける。『少女の友』に伝奇童話「少女ララよ」を、『少女世界』に*「露の珠」*「孤り描く」*「秋二題」*「指輪」*「哀しき桜草」を発表。二八年に『女人芸術』が発刊され、頭痛鎮静剤で体調を崩す中、「木犀」「アップルパイの午後」、チャップリンについてなどの「映画漫想」を発表。「地下室アントンの一夜」「歩行」、代表作「こほろぎ嬢」「第七官界彷徨」などポストモダンの時代を象徴する文学を紡ぎ出すが、一〇歳下の高橋丈郎と同棲する中いよいよ幻覚症状が激しくなり、長兄によって帰郷させられる。三二年、三六歳の時であった。最盛期を迎え始めた矢先に、文学活動の長い休止状態に入り、そのまま死を迎えている。（長谷川）

小山内薫《おさないかおる》　一八八一（明14）〜一九二八（昭3）年。広島県広島市生。東京帝国大学英文科卒。三木竹二、伊井蓉峰との出会いから演劇に傾倒する。イプセン会創立、一九〇九年に二代目市川左団次と自由劇場結成、関東大震災後には土方与志らと築地小劇場を起こした。近代演劇運動の中心をなし、「新劇の父」と称される。代表作に、『大川端』、戯曲に『国姓爺合戦』『息子』など。児童文学では『童話劇三つの願ひ』、少女小説としては*「ミンナの電話」などがある。（菅井）

大佛次郎《おさらぎじろう》　一八九七（明30）年〜一九七三（昭48）年。神奈川県横浜市生。本名野尻清彦。東京帝国大学政治科卒。外務省に勤める傍ら翻訳等を発表し、一九二四年大佛次郎の名前で大衆短編小説「隼の源治」を執筆。続いて代表作となる〈鞍馬天狗シリーズ〉がスタートし専業作家となる。深い教養と確かな筆力により、時代小説からノンフィクション、現代小説、少年少女小説、童話まで幅広く活躍。特に〈鞍馬天狗シリーズ〉は広範な人気を擁し、二七年より『少年倶楽部』でも度々連載された。その翌年から『少女倶楽部』『少女の友』といった少女雑誌でも連載が開始。*『冬の太陽』*「月かげの道」など、歴史小説や自立して生きようとする少女を描く小説が生まれた。（芳賀）

小沢《おざわ》淳《じゅん》　一九九一年『金と銀の旅』でデビュー。主な作品に『金と銀の旅』から始まる*〈第三の月の物語シリーズ〉がある。このシリーズは「ムーン・ファイアー・ストーン」五部作と「ムーン・ライト・ホーン」八部作、他短編集からなる。また、〈千年王国ラレンティアの物語シリーズ〉（一九九一〜九二）〈メルキア戦記シリーズ〉（一九九四〜九五）など多くの著作があり、その多くの作品が耽美的なBL小説の先駆けとなっている。（及川）

押川《おしかわ》春浪《しゅんろう》　一八七六（明9）〜一九一四（大3）年。愛媛県松山市生。東京専門学校（現・早稲田大）英文科、法科卒。在学中の一九〇〇年、『海軍冒険奇譚海底軍艦』を巌谷小波の推薦により文武堂から出版。潜水艦、軽気球といったSF的要素、波乱に富んだ冒険ストーリーが熱烈な支持を受け、一躍注目作家となる。日清・日露戦争期の国運伸長の気運に乗じて、彼の冒険小説は英雄豪傑にあこがれる少年たちの人気を集め、続編『英雄小説武侠の日本』『海軍冒険奇譚新造軍艦』『英雄小説新日本島』などが次々に発表された。また、「少女小説」というジャンルが確立してくるこの時期、少女を主人公とした冒険譚も執筆しており、〇六年の*「少女冒険譚」をはじめ、*「腕輪の行衛」*「人形の奇遇」*「空中の奇禍・空中の救ひ」など、『少女世界』にいくつかの少女向け冒険譚を発表している。〇八年からは『冒険世界』の主筆を務め、一二年からは『武侠世界』を主宰するなど、冒険小説というジャンルの確立に大きく寄与した。（川原塚）

尾島《おじま》菊子《きくこ》　一八七九（明12）〜一九五六（昭31）年（生年には諸説ある）。富山県富山市生。父の売薬事業の失敗、嫁姑の不和など、恵まれない幼少期を送り、一七歳で上京。第一高等女学校などに通うが、父の死、寄寓していた従姉夫婦の結婚生活の破綻、戸主となった弟の病死により、母と弟妹を呼び寄せ、代用教員、タイピスト、事務員、記者などをしながら一家を支えた。そして、小学校教師をしながら作家を志し『少女界』に投稿、一九〇五年の「秋の休日」を皮切りに作品が掲載されるようになる。また、徳田秋声に師事し、〇八年「妹の縁」(『趣味』)を発表、作家としての一歩を踏み出す。少女小説家としての活躍も続き、*「なさぬ仲」*「養女」*「綾子」など、『少女界』以外の少女雑誌にも作品が次々と掲載され、少女小説集も何冊か出版している。また、〇九年には、金港堂より長編*『御殿桜』が書きおろしで出版されている。菊子は不幸に負けずに献身的に生きる純朴な少女を多く描き、大正期にも少女小説を執筆し続け、このジャンルの確立に大きな役割を果たした。(川原塚)

小野不由美《おのふゆみ》　一九六〇(昭35)年〜。大分県中津市生。大谷大学文学部仏教学科卒。中津南高校在学中はアニメーションと漫画の研究部を創設し、大谷大学在学中は京都大学推理小説研究会で活動した。同研究会に所属していた推理小説家・綾辻行人と一九八六年に結婚。八八年、『バースデイ・イブは眠れない』で講談社X文庫ホワイトハートからデビュー。同レーベルの*〈悪霊シリーズ〉で人気を博す。また、壮大な構想をもつ*〈十二国記シリーズ〉は、アニメやゲームなどのメディアを横断しながら長期間にわたって書き続けられ、絶大な支持を得ている。〈悪霊シリーズ〉のようなホラー、〈十二国記シリーズ〉のようなファンタジー。いずれも非現実的な現象や世界を描くジャンルで、巧みに物語を展開し、読者を十分に楽しませながら、一方で人の心や社会の暗部までリアルに映し出す。その本格的なストーリーテラーとしての筆力で、少女にとどまらない広範な読者層を魅了した。一般小説にも進出し、『東京異聞』『屍鬼』などのベストセラーを送りだしている。(藤本)

小野上明夜《おのがみめいや》　一九七八(昭53)年〜。福岡県生。現在は愛媛県在住。二〇〇七年、没落貴族で変わり者のヒロインが嫁ぎ先の公爵家で事件に巻き込まれるラブコメディー*「死神姫の再婚」で、B's-LOG文庫新人賞優秀賞を受賞し、デビュー。本作が人気シリーズとなる。他に一一年九月刊の『悪魔が来たりて恋を知る』(一迅社アイリス文庫)がある。ブログ「空のお城」では愛読書やライトノベル作家井上堅二との交友などを明かしている。(武内)

折原みと《おりはらみと》　一九六四(昭39)年〜。茨城県石岡市生。一九八五年、雑誌『ASUKA』より漫画家としてデビュー。小説家としては、八七年、『ときめき時代 つまさきだちの季節』(ポプラ社)でデビュー。以後、講談社X文庫ティーンズハートを中心に人気作家として活躍し、九一年、看護師の卵たちの恋と葛藤を描いた*『時の輝き』がベストセラーとなる。同作は九五年に松竹より映画化された。他、少女小説の代表作としては、天使の少年と人間の少女の恋を描いたメルヘン・ラブストーリー*〈天使シリーズ〉、異世界ファンタジー*〈アナトゥール星伝シリーズ〉、九三年にテレビ朝日系列でドラマ化された『真夜中を駆けぬける』等がある。ほぼすべての少女小説で自らイラストを担当し、『時の輝き』をはじめとして自作のコミカライズも多数手がける。また、*〈Dokkin★パラダイスシリーズ〉など漫画のノベライズも多い。二〇〇三年以降、雑誌『デザート』にて難病や臓器移植の問題を取り上げた漫画〈真実の感動シリーズ〉を連載、活躍の幅を広げている。（倉田）

花衣沙久羅《かいさくら》　福岡県北九州市生。現在は東京都在住。一九九九年、ボーイズラブSF小説の『戒-KAI-』（ハイパーロマンシリーズ、全七巻）でデビュー。他に、戦国時代を舞台にヴァンパイアの青年が活躍する、時代物ファンタジー*〈野郎！戦国のヴァンパイアシリーズ〉がある。SF、ボーイズラブ、和洋の時代物ファンタジーと、そのジャンルは多彩。公式サイト「沙漫沙」もあり、読者に対しオープンな姿勢が感じられる。（沼田）

風見潤《かざみじゅん》　一九五一（昭26）年〜。埼玉県川越市生。本名加藤正美。青山学院大学法学部卒。在学中は推理小説研究会に所属。ミステリー・SF等の翻訳を手掛ける傍ら、一九七八年『喪服を着た悪魔』（朝日ソノラマ）を発表し、ミステリーの創作にも着手。大人向けのミステリー長編から、SF・ミステリーのアンソロジー編集など、幅広く活躍している。ジュニア向けの著作の中では、日本の津々浦々を舞台にしたミステリー*〈幽霊事件シリーズ〉が、長い人気を誇った。他に、江戸時代から現代にタイムスリップしてきた先祖とともに事件解決に挑む〈TOKYO捕物帳シリーズ〉（講談社X文庫ティーンズハート）、伝奇ミステリー〈ゾンビ・ウォッチャーシリーズ〉（同）などがある。（芳賀）

鹿島孝二《かしまこうじ》　一九〇五（明38）〜八六（昭61）。千葉県生。早稲田大学高等師範部卒。「夢子哀しや」（『少女画報』一九三〇・九）などの少女ものを含め、戦前戦後を通じて明朗なユーモア小説を発表。時代風俗の活写と社会的な人道主義が特徴。一九七八年に児童文化功労者に選出。少女小説の著書に、『カナリヤ娘』（偕成社、一九四九）*『友情馬車』『巨鯨《ホエール》先生』（宝文館、一九五三）『私は中学生です』（宝文館、一九五三）。（谷内）

柏木ひとみ《かしわぎひとみ》　一九二五（昭1）年〜。柏木瞳子、赤井ひとみの名でも執筆。『グリム童話』（小学館）や『若草物語』（小学館）など外国の児童文学の翻訳作品が多数ある。『週刊マーガレット』では写真小説*「白ゆりの丘」「愛のいずみ」の文章を手掛け、投稿形式による悩み相談のページでは顔写真入りで読者の相談に答えることもあった。（赤在）

柏木光雄《かしわぎみつお》　生没年、出身地不詳。大正末期から少女誌に現れ始めるスポーツ小説の書き手の一人。試合描写にエス的要素を絡めた類似作品群の中でも、*「最後のスマッシング」の筆力は秀逸。（高橋）

片岡鉄兵《かたおかてっぺい》　一八九四（明27）～一九四四（昭19）年。岡山県苫田郡生。慶應大学仏文予科中退（その後明治大学、日本大学に籍を置く）。新感覚派の旗手として小説、評論を発表。その後左傾し全日本無産者芸術連盟（ナップ）の文学部委員になるが一九三三年に獄中で転向。新感覚派、プロレタリア作家としてはもちろんのこと、婦人雑誌や少年少女向け雑誌でも活躍した。少女雑誌に*「二つの珠」「日々の銅貨」（『少女倶楽部』一九二六・一）「冬の薔薇」（『少女倶楽部』一九二七・一）などを発表。また単行本として講談社より『薔薇の戯れ』、平凡社より*『夜明前の花畑他十篇』などを刊行している。（中谷）

加藤武雄《かとうたけお》　一八八八（明21）～一九五六（昭31）年。神奈川県津久井郡生。川尻小学校高等科卒。小学校の教員として勤めるかたわら、『文章世界』などの投書家として頭角をあらわした。一九一一年に新潮社に入社して『文章倶楽部』の編集主任となる。一九年、第一創作集『郷愁』で作家として認められ、続く『夢見る日』『処女の死』により農民文学作家として注目された。その後も無産農民学校創設を援助、農民文芸会機関誌『農民』の発刊を手がけるなど、農民文学の推進に寄与した。二二年からはじまる『久遠の像』連載以後、通俗小説へと向かうようになり、少女小説の世界でも人気を博した。*『海に立つ虹』をはじめとして、*『君よ知るや南の国』は戦前から戦後にわたり版を重ねた代表作である。戦後は、*『山路越えて』*『矢車草』など多彩な少女小説を発表した。（溝部）

加藤まさを《かとうまさお》　一八九七（明30）～一九七七（昭52）年。静岡県藤枝市生。本名正男。別名藤枝春彦・蓬《よもぎ》芳夫。立教大学英文科卒（一説に中退）。病弱な幼少期より絵画に親しみ、英語教師にという父の意向で立教大学英文科に進むが、同時に川端画学校へも通って洋画を学ぶ。立大在学中に絵葉書集を出版、新進抒情画家としてデビュー。一九二〇年に詩画集『カナリヤの墓』で蕗谷虹児と並ぶ人気を得る。以降『少女倶楽部』『少女画報』『令女界』等で活動、挿絵と抒情詩の他に小説や童話・童謡なども手掛け、二二年『少女倶楽部』に発表した「月の砂漠」（佐々木すぐる作曲）は現在も愛唱される代表作となっている。小説では「あはれかの水着の人よ」（一九二三・八）「蛍のやうに」（一九二四・九、共に『少女画報』発表後、単行本＊『遠い薔薇』に収録）等、同性愛的友情関係に絡む少女の心理を抒情的に描いたものが多く、そのメランコリックな作風は、柔らかな描線と独特の色彩で描かれる少女像と共に読者の絶大な支持を得た。他に詩画集『合歓の揺籃』（一九二一）、童謡画集『人形の墓』（一九二三）、長編小説＊『消えゆく虹』、短編集＊『月見草』などが単行本として出版されている。（高橋）

加藤みどり《かとうみどり》　一八八八（明21）～一九二二（大11）年。長野県上伊那郡生。本名きくよ。赤穂尋常小学校高等科卒。徳田秋声に師事。一九〇九年加藤朝鳥と結婚。『青鞜』『大阪文芸』『ビアトリス』などに小説や戯曲を発表。女優や東京日日新聞社の探訪記者としても活動した。後年は児童文学に関心を持ち、＊「鬼灯と鼠」などを発表した。（徳永）

カトリーヌあやこ《かとりーぬあやこ》**・落合ゆかり**《おちあいゆかり》　カトリーヌあやこ、本名・香取綾子は一九六一（昭36）年～。千葉県出身。早稲田大学卒。第五回LaLa新人まんが賞に準入選しデビュー。『Cobalt』をはじめテレビ雑誌コラムなど幅広い分野で活躍。落合ゆかりと共同で描いた＊〈いきなりミーハーシリーズ〉で絶大な人気を得る。落合ゆかりは、東京都出身。〈電撃お騒がせ隊シリーズ〉〈BOYSサイキック・アクションシリーズ〉などを手掛けている。（野呂）

金子光晴《かねこみつはる》　一八九五（明28）～一九七五（昭50）年。愛知県津島市生。本名金子安和（保和）。早稲田大学英文科予科、慶應義塾大学英文科予科などを中退。肺尖カタルで病臥した大正期に詩作をはじめ、一九一九年に第一詩集『赤土の家』を金子保和の名で自費出版した。以後、東南アジアからヨーロッパへと放浪し、帰国後に詩集『鮫』（一九三七）を発表。少女雑誌に「嵐の夜」（一九三六）＊「白いお皿」など、多くの外国童話風の小説を発表した。（遠藤）

上条由紀《かみじょうゆき》　一九二八（昭3）年～。愛媛県生。愛媛県立川之江高等学校卒業後、テレビ・ラジオの脚本を書く。本名の高橋光子名で一九六五年「蝶の季節」、七二年「遺る罪は在らじ」の二度、芥川賞候補となる。その後、上条由紀名義で＊『美しく燃える炎を見た』『わが心の真珠』等少女小説を多数発表、七〇、八〇年代に活躍。まじめな男女の純愛を描く作品が多い。また、九三年には「高畠華宵とその兄」で潮賞ノンフィクション部門優秀賞を受賞している。（小林）

上司小剣《かみつかさしょうけん》　一八七四（明7）～一九四七（昭

22）年。奈良県奈良市生。本名延貴《のぶたか》。大阪予備学校中退。宮司の子に生まれ、実母の死後父が次々と後妻を取るなど複雑な家庭環境に育つ。予備校中退後、小学校の代用教員をしつつ文学に傾倒。堺利彦を通じて読売新聞社に入社し本格的執筆活動に入り、自然主義的作風の『髑髏の皮』（一九一四）『父の婚礼』（一九一五）などを書いた。大正期には児童向け作品も多く手掛け、『日本少年』『少年倶楽部』『おとぎの世界』などに発表。少女向けでは『少女の友』『少女画報』に執筆、特に『画報』では*「赤い花」のようなサスペンス絡みの起伏に富んだ筋立ての長編連載で人気を博した。（高橋）

神谷鶴伴《かみやかくはん》 一八七四（明7）年～没年未詳。静岡県小笠郡生。本名徳太郎。幸田露伴門下の小説家。『新小説』に「富士の煙」（一八九九）などを発表した。『新小説』『文芸界』の編集に参加し、『少年界』『少女界』では編集主任を務めた。『少女界』は日本最初の少女雑誌である。巻頭読物「をしへ草」、懸賞短文の選などを担当、*「玉子さん」「乳母が里」などの少女小説を書いた。他に*『少女小説みなし児』など。大正末から西鶴版本の複刻を志し『絵入好色一代男』などを刊行、『好色一代男注釈』などを著した。（中島）

茅野泉《かやのいずみ》 一九七六（昭51）年～。広島県生。経歴を明かしていないため詳細は不明。高校二年生の時に『雨のなかへ』で第二二回コバルト・ノベル大賞受賞。普通高校から通信制高校へ編入した時の体験や、学校という組織への違和感がモチーフになっている作品が多い。教師によるいじめや、高校生の性や大人への不信感などを真正面から扱った異色のコバルト作家。他に『堕ちる月』『ぼくを呼ぶ声』『教室』『視線』『悲鳴』*『約束』がある。（矢澤）

香山暁子《かやまあきこ》 一九七〇（昭45）年～。埼玉県浦和市生、福島県郡山市育ち。本名高橋暁子。東洋大学文学部国文学科卒。会社勤めをする傍ら、一九九五年、『りんご畑の樹の下で』にて九五年上半期コバルト・ノベル大賞を受賞。転生を繰り返す恋人たちのラブロマン『リフレイン！』、森の奥の教会に幽閉されたお姫様と二人の少年の交流を描く〈森の祈りシリーズ〉、推理もの*〈ミステリー作家・朝比奈眠子シリーズ〉など、人の優しさを丁寧に描く作風が特徴。（芳賀）

河井酔茗《かわいすいめい》 一八七四（明7）～一九六五（昭40）年。大阪府堺市生。本名又平。東京専門学校中退。一八九五年より『文庫』詩欄を担当、一九〇七年には『詩人』を主宰し多くの青年詩人を導いた。『女子文壇』編集には〇五年の創刊当初から携わった。同誌終刊後は婦人之友社に招かれ『子供之友』『新少女』の編集を担当。三〇年には『女性時代』、四九年には『塔影』を創刊するなど、終生女性詩人の育成に関わった。少女小説には*「花守橋」等がある。（樋渡）

川上宗薫《かわかみそうくん》　一九二四（大13）～八五（昭60）年。愛媛県西予市生。九州大学英文科卒。海星高校、千葉県立東葛飾高校等で約一〇年間教壇に立つ。一九五五年『文學界』に「企み」を、『群像』に「或る目醒め」を発表してデビューを果たす。六一年『新潮』に発表した短編小説「作家の喧嘩」をめぐるトラブルにより文芸誌から離れる。六六年『小説現代』に「リボンの過失」で中間小説誌デビュー。官能小説も多数執筆。のち、*『ただいま在学中』*『かなしみの海』*『わたしは青い実』などの少女小説を手がける。（金）

河崎酔雨《かわさきすいう》　生没年不詳。石川県金沢市生。本名哲雄、旧姓笠間。石川県尋常中学校中退。中退後に一家で上京。一九〇五年に金港堂に入社し『少女界』『少年界』編集を担当した。主任まで務めたが〇八年に金港堂を退社して金沢の婚家に移る。両誌への寄稿は一〇年一〇月まで続いた。少年向けに回想記や伝記を書いた他、少女小説としては*『少女小説花子の行衛』や『母のおもかげ』（一九一二）をあらわした。（樋渡）

川添利基《かわぞえとしもと》　一八九七（明30）年～没年未詳。新潟県佐渡市生。『読売新聞』記事（大正一二年二月一八日、一四年一一月七日）では「利基《りき》」と表記している。早稲田大学英文科、立教大学英文科などに学ぶ。文芸雑誌『合唱』を発行。松竹キネマ、東亜キネマの脚本部に在籍し、映画関係の著作、翻訳も多い。その後日本コロムビアに勤め、音楽関係の仕事をした。『映画劇概論』、小説『残忍な愛』、小説集『凝視』、編著『キネマ・ハンドブック』などを刊行した。少女小説に*「導きの星」「失われた宝石」（『少女画報』）などがある。（中島）

川端康成《かわばたやすなり》　一八九九（明32）～一九七二（昭47）年。大阪府大阪市生。東京帝国大学国文学科卒。新感覚派の旗手として「伊豆の踊子」（『文芸時代』一九二六・一～二）などの小説を発表、評論にも健筆をふるった。一九三七年六月に『雪国』を刊行（完結版は四八年）、戦後も『山の音』（一九五四）『古都』（一九六二）などを発表し、六八年にはノーベル文学賞を受賞する。戦前から婦人雑誌にも作品を発表、読者投稿欄の選者を務め、また子ども向けには『模範綴方全集』（中央公論社、一九三九）の編者なども担当、幅広く活躍した。『少女倶楽部』や『少女の友』『ひまわり』等の少女雑誌にも数多くの少女小説を発表しており、大きな反響を呼んだ*「乙女の港」の掲載誌『少女の友』には、グラビアページや訪問記などしばしば写真入りで登場している。他、代表的な少女小説に『花日記』*『美しい旅』『椿』『駒鳥温泉』*『万葉姉妹』*『歌劇学校』*『花と小鈴』*『親友』*『翼の抒情歌』などがある。なお少女小説に限ったことではないが、『乙女の港』や『花日記』『歌劇学校』のように川端の名で発表された作品に原作者がいるケースも見られる。（中谷）

川村蘭世《かわむららんぜ》　一九七五（昭50）年〜。千葉県生。代々木アニメーション学院ジュニアノベルス科在学中の一九九六年、「月を描く少女と太陽を描いた吸血鬼」で第二七回コバルトノベル大賞佳作受賞。九七年、『Cobalt』二月号に「王様のライセンス」掲載。同年九月、集英社コバルト文庫より*『吸血鬼の綺想曲《カプリチオ》』刊行。短文をたたみかける散文詩のような表現とオノマトペの多用で独特の世界観を表出した。（内堀）

神崎あおい《かんざきあおい》　一九五九（昭34）年〜。大阪府生。本名・岸本慶子。共立女子大学文芸学部卒。一九八二年、「夜明けの吸血鬼」で第三回講談社少女漫画原作賞受賞。以後、岸本けいこ、神崎あおいの名で『なかよし』などの少女漫画原作を書いた。『Catch me!! 幽霊くん』（一九八七・一〇）以降、講談社X文庫ティーンズハートにも作品を発表。*〈ヨコハマ指輪物語シリーズ〉は好評を博した。また、九〇年代からくらしき里央名義で〈ときめきクラブシリーズ〉を刊行した。（内堀）

樹川さとみ《きかわさとみ》　一九六七（昭42）年〜。鹿児島県生。佐賀大学教育学部卒。グラフィックデザイナーを経て、一九八八年に「環」で第一回ウィングス小説大賞に入選し、デビューした。それ以降、主に異世界ファンタジーの少女小説を発表しており、特に〈東方幻神異聞シリーズ〉（一九九三〜九六）など男性を主人公とする少女小説に特徴がある。代表作に、*〈楽園の魔女たちシリーズ〉のほか、*〈グランドマスター!シリーズ〉〈ねじまき博士シリーズ〉（二〇〇六〜〇七）などがある。（大橋）

菊田一夫《きくたかずお》　一九〇八（明41）〜七三（昭48）年。神奈川県横浜市生。本名菊田数男。乳児期より孤児同然の生活を送り、年季奉公を経て、台北や大阪を放浪。上京後、サトウ・ハチローや古川緑波の知遇を得、浅草のプペ・ダンサントや笑の王国、東宝で劇作家として活躍。戦後は、「君の名は」のヒットで、放送作家として一躍名をはせた。没後、菊田一夫演劇賞が創設。少女小説作家としては、戦後、『少女の友』『女学生の友』『ひまわり』を舞台に健筆をふるい、*『白鳥のゆくえ』*『涙の駒鳥』『あの丘越えて』*『幸福の鈴』等を刊行。菊田は、『涙の駒鳥』のはしがきで本作を、「たくさん書いた少女小説のなか

でも、いちばん好きな作品」と述べている。（渡部麻）

菊池《きくち》寛《かん》　一八八八（明21）～一九四八（昭23）年。香川県高松市生。本名寛《ひろし》。京都帝国大学文学部卒。在学時に友人と第三次、第四次『新思潮』を創刊し、同誌に初の戯曲「玉村吉弥の死」（一九一四）などを掲載。卒業後、時事新報社の社会部記者となり、戯曲「父帰る」（一九一七）や「恩讐の彼方に」（一九一九）を発表。自伝的短編小説を多作し、文壇的地位を築く。一九一九年二月、時事新報社を退職して大阪毎日新聞社の客員となり、『藤十郎の恋』をはじめ新聞小説を連載。初の長編小説『真珠夫人』（一九二〇）により、通俗作家として名を知られ、活躍舞台を広げる。二三年、雑誌『文藝春秋』を創刊。三五年に、芥川龍之介賞及び直木三十五賞を創設したほか、作家の保護、育成に貢献した。戦時中、『少女倶楽部』に連載した*『心の王冠』が大好評を得、つづけて*『珠を争う』*『輝ける道』を同誌に発表。起伏に富んだストーリーと世間知を鏤めた内容に特色がある。（橋本）

北川《きたがわ》千代《ちよ》　一八九四（明27）～一九六五（昭40）年。埼玉県深谷市生。三輪田高等女学校中退。父は日本煉瓦工場の初代工場長。女学校在学時から『少女世界』に投稿するなど執筆活動をスタートさせる。両親の反対を押し切って一九一五年に江口渙と結婚後も、童話や少女小説を新聞・雑誌に発表。その作風は夫の影響で社会主義の影響が色濃く、自身も社会主義婦人団体赤瀾会に参加する。渙と離婚の後、労働運動家の高野松太郎と再婚。娼妓解放支援などの社会運動に参加、社会矛盾をテーマに据えた作品を残す。少女小説については、子供のうちから現実把握ができるようにさせられる作品を、という思いを持っていた。多感な少女に読ませ、その成長の糧とされることを願って書かれた作品群にはヒューマニズムあふれる作風が指摘できる。代表作は*『絹糸の草履』*「名を護る」*「小鳥の家」など。宝文館淑女文庫の*『赤い花』は単独の小説集で一五作が収められている。晩年は千葉県の蓮沼で過ごす。七一歳で没、市川房枝が葬儀委員長を務めた。その業績を記念して、六九年、日本児童文学者協会によって北川千代賞が創設された。（小林）

喜多嶋《きたじま》隆《たかし（りゅう）》　一九四九（昭24）年～。東京都生。本名、喜多嶋隆夫。明治大学卒。CMディレクターを経て、八一年「マルガリータを飲むには早すぎる」で第三六回小説現代新人賞受賞。『ポニーテールはふり向かない』（角川書店、一九八四）*〈ダウンタウン・エンジェルシリーズ〉など著作多数。ハワイ通でガイドブックを刊行したこともあり、湘南を舞台にした作品も多い。葉山

在住で、ファンクラブ活動にも熱心。ケンカに強く、夢を持っている元気で活発な少女が主人公となる青春小説が多い。（内堀）

北田《きただ》薄氷《うすらい》 一八七六（明9）～一九〇〇（明33）年。大阪府大阪市生。本名尊子。麴町区私立女子文芸学舎卒。尾崎紅葉に入門し、一八九四年六月、『東京文学』に「三人やもめ」を掲載。以後、「黒眼鏡」「乳母」「白髪染」などを『文芸倶楽部』に発表、封建社会の中で過酷な運命にさらされて悲嘆に暮れる女性の姿を多く描いた。また、『少年世界』に*「いぢめつ子」*「先生様々」などの児童・少女向け作品も執筆しており、少女小説というジャンルの創生期に彼女の果たした役割は見過ごせない。九八年、画家の梶田半古と結婚、翌年男子を出産するも、病篤くその翌年秋に死去。一周忌に『薄氷遺稿』（春陽堂）が刊行された。（川原塚）

北畠《きたばたけ》八穂《やほ（やお）》 一九〇三（明36）～八二（昭57）年。本名美代。青森県青森市生。実践女学校高等女学部国文専攻科中退。郷里で代用教員となるが、脊椎カリエスを患い退職。その後、深田久弥と知り合い再び上京、同棲を経て結婚。離婚後文学活動を本格化、少年少女対象の小説を創作の中心とした。『ジロウ・ブーチン日記』（一九四八）『鬼を飼うゴロ』（一九七二）の他、少女小説*『アダ名は進化しつつ』など。キリスト教を背景とし、郷土色豊かな世界を詩的表現であらわした作品が多い。（鈴木美）

北村《きたむら》寿夫《ひさお》 一八九五（明28）～一九八二（昭57）年。東京都生。本名北村寿雄。早稲田大学英文科中退。雑誌『童話』に「鼠色のお爺さん」「村の祭」などを発表し、主要な書き手となる。少女小説は、*「神を見た少女」*『母の小夜曲』*『母の湖』など教訓的な内容が目立つ。活躍の場を次第に演劇、ラジオドラマへ移すと、手掛けた連続ラジオドラマが次々と人気を集めた。とりわけ戦国時代を背景とした冒険ロマン『新諸国物語』が日本中の子どもたちを魅了した。（近藤）

清川《きよかわ》妙《たえ》 一九二一（大10）年～。山口県生。奈良女子高等師範学校卒。教職に就いたのち、三十代半ばから執筆活動に入り、一九七〇年代の集英社コバルト・ブックスの中心的な書き手の一人として活躍する。まじめで愛らしいヒロインが、恋愛やトラブルを経て成長する姿を描くといった教訓的な作風は、*『花あんずの詩』や*『海と椿のプレリュード』などによく現われ、この後登場する氷室冴子や新井素子らに比較するとやや古典的なものと言える。九十代に入った現在もエッセイ等を発表している。（小林）

桐村杏子《きりむらきょうこ》**（青柳友子**《あおやぎともこ》**）**　一九三九（昭14）〜九一（平3）年。東京都生。立教大学大学院修了。本名青柳友子。少女小説以外の作家活動では本名を使用。「明日の菜々」（一九七二）が少女小説としての最初の刊行作品と思われる。一九七五年*「愛の鳥いつはばたく」から、『小説ジュニア』等を舞台に少女小説作家として活躍、*「オパールの涙」などを発表した。その後は成人向けの小説を執筆、とくにミステリー作家として知られたが、九一年に睡眠薬の過剰摂取で死去。（小林）

金蓮花《きんれんか》　一九六二（昭37）年三月〜。東京都生。在日朝鮮人三世として朝鮮大学師範教育学部美術科を卒業後、主婦業の傍ら小説家を志し、一九九四年「銀葉亭茶話―金剛山綺譚―」で第二三回コバルト・ノベル大賞を受賞、作家デビューを果たす。仙境の茶店・銀葉亭を訪れる神仙たちが茶店の主人に様々な純愛の思い出を語り聞かせる同作は、〈銀葉亭茶話シリーズ〉として人気を集める。作風として主に架空世界における王族・貴族の美しいラヴストーリーを得意とし、練り上げられた世界観と細やかな心情描写によってつねに読者の心を摑んできた。代表作として、二人の水の巫女姫をめぐる壮大な愛の物語*〈水の都の物語シリーズ〉をはじめ、鬼世界の常世姫である女子高生・泉が様々な奇怪な事件に立ち向かう〈月の系譜シリーズ〉、高校生陰陽師・杜那と憑巫体質の砌が互いの絆を深めながら常世姫の勢力と戦う〈櫻の系譜シリーズ〉、王国の呪いを解くため王子と傭兵が冒険の旅をする〈竜の眠る海シリーズ〉、大国の才色兼備の若き女王をめぐる戦いと愛の物語〈砂漠の花シリーズ〉、様々な「聖痕の乙女」をめぐる王宮恋愛ファンタジー*〈銀朱の花シリーズ〉（すべて集英社コバルト文庫）などがある。（武内）

葛原滋《くずはらしげる》　一八八六（明19）〜一九六一（昭36）年。広島県福山市生。東京高等師範学校英語科卒。一九一二年博文館に入社、『少年世界』などを編集。同時に精華、跡見、女子音楽、至誠等の女学校に勤務し、六〇年の退職まで女子教育に携わる。創作面では「夕日」「キューピーさん」などの童謡を手掛ける一方、子供向け読み物も書き、少女小説では大正中期に*「Y先生のお手とポケット」などの数編が『少女画報』に見られる。（高橋）

国木田治子《くにきだはるこ》　一八七九（明12）〜一九六二（昭37）年。東京都生。富士見小学校卒業後、一八九五年、満一六歳で父を亡くし、戸主となる。翌年、国木田独歩と結婚。彼の近事画報社入社により生活が安定した頃から筆を執り、一九〇三年、「貞ちゃん」を『婦人界』に発表。以後、独歩の引き継いだ会社が倒産し、彼が病床の身となってからは、「文士の妻」（一九〇七）や「家庭の独歩」（一九〇八）「モデル」（同）「鶉」（一九一〇）ほか随筆や自然主義的な作品を発表する一方、三越の食堂部などに勤務して生活を支えた。一一年に『青鞜』が創刊されると、賛助員として参加し、創刊号に「猫の蚤」を掲載。少女小説に、*「店前」や*「雨に打たれし花簪」などがある。代表作は、独歩社の破産を扱った「破産」（一九〇八）。（橋本）

窪田僚《くぼたりょう》　一九五二（昭27）年〜。北海道札幌市生。北海道大学建築学科卒、同大学経済学部中退。『ビックリハウス』第一回「エンピツ賞」受賞後、一九八一年『ヘッドフォン・ララバイ　公園通りの青春』でデビューし、以後*〈ヘッドフォン・ララバイシリーズ〉をはじめ、八〇年代の時代風俗を描いた青春小説を発表。他に〈うらないトリオ・キューピッズシリーズ〉（ポプラ社）等刊行。九四年『ライオン・キング』（講談社）以後はディズニー童話の書き手に転向。（内堀）

久美沙織《くみさおり》　一九五九（昭34）年〜。岩手県盛岡市生。本名波多野（旧姓菅原）稲子。上智大学文学部哲学科卒。氷室冴子・新井素子ら同世代のデビューに刺激を受け、『小説ジュニア』一九七九年四月号に「水曜日の夢はとっても綺麗な悪夢だった」でデビュー。この時のみ、山名あいというペンネームを使用。八一年には初の単行本『宿なしミウ』を刊行、この後、集英社コバルト文庫を中心に活躍。八三年スタートの*〈せりかシリーズ〉に続き、翌八四年発表の*〈丘の家のミッキーシリーズ〉は「丘ミキ」（著者本人の表記では「おかみき」）の略称をつけられ、一年に二作ずつのペースでシリーズ化、最盛期には初版で一〇万部以上に達していたとも言われている。最終巻第一〇巻は八八年の出版。続く*〈鏡の中のれもんシリーズ〉も全九巻の人気シリーズ。のち、SF作品・ファンタジー・ホラー・ミステリー・ゲーム関連ノベライズと活動の場を広げる。作家の波多野鷹と結婚後は軽井沢に居を構え、九二年には『軽井沢動物記』、九三年には『新人賞の獲り方教えます』、二〇〇四年には『コバルト風雲録』、〇五年には『45歳、もう生んでもいいかしら?』を発表。『コバルト風雲録』には、七〇年代以後の少女小説ブームの諸事情が作家の視点から書かれていて興味深い。（小林）

久米舷一（元一）《くめげんいち》　一九〇二（明35）〜七九（昭54）年。東京都生。高千穂高等商業学校卒。雑誌投稿が機縁となって金の星社へ入社、編集に携わる傍ら、『金の星』誌にほぼ毎号作品を発表した。退社後も精力的に執筆を続け、『少年立志伝』（一九二九）『あゝ無情』（一九二八）

などを刊行、講談社系の雑誌にも*「闇にかゞやく」などの作品を発表した。ホームズものなどの児童向け翻訳小説でも知られる。　（伊藤）

久米正雄《くめまさお》　一八九一（明24）～一九五二（昭27）年。長野県上田市生。東京帝国大学卒。幼くして父と死別し、母の実家である福島県で育つ。第三次・第四次『新思潮』に参加し、「競漕」「嫌疑」などで地歩を確立した。一九一七年の夏目漱石の長女筆子への失恋体験を素材とした『蛍草』『破船』により流行作家となった。この時期に、異色のヒロインを配した*「海の囁き」を発表している。　（溝部）

久米みのる（穣）《くめみのる》　一九三一（昭6）～二〇〇六（平18）年。神奈川県鎌倉市生。文化学院文科卒。偕成社他から刊行されているシャーロック・ホームズや怪盗ルパン（講談社）、『悲劇の少女アンネ』（偕成社、一九六八）の翻訳で知られる他に、漫画原作・脚本も多数書いている。少女小説としては、女の子と兄が、悪人に操られた謎の怪人による連続少女誘拐事件を解決する冒険ミステリー*「悪魔の湖」がある。　（鈴木恵）

倉世春《くらせはる》　一九七五（昭50）年～。北海道薬科大学卒。母親が青森県津軽市出身。青森県在住。薬剤師業の傍ら小説を執筆。『祈りの日』で二〇〇二年度ロマン大賞佳作入選しデビュー。同作は核燃料再処理工場で起きた原発事故により両親を亡くし、自ら後遺症を患う少年を主人公とし、事故の一〇年後を描いた社会派的な作品。国同士の紛争を背景に、王子様と庶民の少女の淡い恋がシリアスな関係に変化していく*〈鏡のお城のミミシリーズ〉や、砂糖森の古城に住む人形のような少女と、青年の恋を描きながら、ヘンゼルとグレーテルなどの童話に自ら手を加えた〈古城ホテルシリーズ〉などで人気を得る。シュトルム『広間にて』、立原道造などを好きな作家作品に挙げている。　（野呂）

倉橋燿子《くらはしようこ》　広島県生。上智大学文学部卒。女性誌の編集、ライターとして活動しながら、講談社X文庫ティーンズハート『スウィート・リトル・ダーリン』で作家デビュー。逆境に出会う主人公の少女が、自らの運命に立ち向かう成長物語が中心。主人公の家族や女友達との確執・和解、運命的な恋に揺らぐ乙女心、職業の選択や錯綜する恋模様、結婚出産の葛藤といった、普遍的な女性の悩みをロマンティックな要素満載で描く。そうした大河少女小説が熱い支持と共感を呼んでいる。代表作に、*〈風を道しるべに……シリーズ〉*〈さようならこんにちはシリーズ〉などがある。　（鈴木恵）

倉吹ともえ《くらふきともえ》　二〇〇七年、砂漠を舞台に男装の少女が黒髪の青年とともに冒険の旅をするファンタジー小説「楽園の種子」で第一回小学館ライトノベル大賞ルルル文庫部門大賞を受賞。同年、同作が『沙漠の国の物語』（小学館ルルル文庫）と改題され、文庫デビュー。これが*〈沙漠の国の物語シリーズ〉となる。他に「カミ」への捧げ物となった王女と傲慢なカミとのコミカルな恋愛ファンタジー〈キャンディ・ポップシリーズ〉（ルルル文庫）がある。（武内）

倉本由布《くらもとゆう》　一九六七（昭42）年〜。静岡県浜松市生。共立女子大学文芸学部卒。一九八四年、高校在学中、第三回コバルト・ノベル大賞に「サマー・グリーン／夏の終わりに…」が佳作入選。同年、「時計じかけの夏」で雑誌『Cobalt』にて高校生作家としてデビュー。九〇年、『天使のカノン』で*〈天使のカノンシリーズ〉をスタートさせ好評を博す。少女の可憐な恋心を瑞々しいタッチで描く作品を多数執筆する一方、九〇年代前半からは『夢鏡《ゆめのすがたみ》』*『月の夜舟で〜平家ものがたり抄〜』等、日本史上の人物たちのロマンスに光を当てた作品を数多く発表している。他に、時代を超えて結ばれる恋人たちを三世代にわたって描いた歴史ファンタジー*〈きっとシリーズ〉がある。（鴨川）

黒田湖山《くろだこざん》　一八七八（明11）〜一九二六（大15）年。滋賀県甲賀市生。本名直道。東京専門学校卒。巌谷小波に師事。小波と共に硯友社で活動し、『我楽多文庫』に参加する。一八九五年より『少年世界』に執筆し、「ジャングル・ブック」や「乞食王子」などを翻訳。その後も様々な少年雑誌・少女雑誌で活躍した。「軍艦の奥様」などのノンフィクションものや、笑いの要素を盛り込んだ『少女倶楽部』連載の「曽々塚しい子」の物語がある。また中央新聞社や毎夕新聞に関係し、社会動向を敏感に反映した作品も残している。主なものとして、自分が犯した罪の重さに心を閉ざす*「無言の令嬢」や*「謎の短冊」などがある。（徳永）

桑原水菜《くわばらみずな》　一九六九（昭44）年〜。千葉県生。現在は東京都在住。中央大学文学部史学科卒。一九八九年、「風駆ける日」で第一四回コバルト・ノベル大賞読者大賞を受賞し、デビュー。翌年刊行が始まった*〈炎の蜃気楼《ミラージュ》シリーズ〉は総計六〇〇万部を数え、「ミラージュブーム」を巻き起こすほどの大人気作となる。本編完結後も「炎の蜃気楼　昭和編」が続刊中。当時の集英社コバルト文庫では特異だった、男性主人公を設定し史実とアクションを描くという作風は、一九九〇年代以降の伝奇ファンタジーブームの先駆である。また、ボーイズラブを取り込み、集英社コバルト文庫にやおい文化を導入した点でも先達としての役割は大きい。*〈シュバルツ＝ヘルツ―黒い心臓―シリーズ〉では、北欧神話におけるアースガルズとミズガルズとの関係をモチーフとしつつ、二〇世紀の世界史、臓器移植、インターネット世界など多様な題材を吸収し、もう一つの人類史を仮構すると共に、作者自身の新境地を開いたといえる。読者への配慮が厚く、現在は自身のウェブサイトなどを通じて情報発信を続けている。他に演劇界を舞台とした〈赤の神紋シリーズ〉、少女忍者が主人公の〈風雲縛魔伝シリーズ〉などがある。（尾崎）

小糸のぶ《こいとのぶ》　一九〇五（明38）～九五（平7）年。静岡県富士郡生。富士高等女学校を経て、静岡女子師範学校卒。県内各地の小学校で教鞭をとる。一九四一年、内閣情報局の国民映画脚本募集に「母子草」が一等入選し、映画化されたことを機に、執筆活動を開始。雑誌『少女』に*「花いつの日に」や*「ここに幸あり」*「夢のゆりかご」などを、また『少女倶楽部』には*「矢車草」を掲載したほか、同時代の多数の雑誌に少女小説を発表し、好評を博す。恋愛小説にも本領を発揮し、その多くが映画化された。テレビドラマ化された作品には、「失われた過去」「愛の激流」などがある。（橋本）

浩祥まきこ《こうじょうまきこ》　一九七二（昭47）年～。秋田大学教育学部卒。一九九五年、秋田大学在学中に「ごむにんげん」で九五年下期、第二六回コバルト読者大賞を受賞しデビュー。高校生の主人公とともに活躍するコピー人間や、妖怪など一風変わった登場人物を描き出す。集英社コバルト文庫の人気作品に*『DEARS―真夏の幸福』『ねむる保健室』などがある。幼い頃から本に囲まれた環境におり、好きな作家が江國香織であることを明かしている。（野呂）

高野冬子《こうのとうこ》　一九七四（昭49）年～。愛知県名古屋市生。愛知大学文学部史学科卒。一九九六年、「楽園幻想」でノベル大賞読者大賞を受賞しデビュー。代表作に少年カイリと火星生命体の少女・結の交流を描くSFファンタジー*『Mother～そして、いつか帰るところ～』、巫女の千夜が盗まれた妖刀と妹の謎に迫る『誘鬼の太刀』がある。九八年刊の後者以後、作品の刊行はない。研究対象の少女との悲恋など哀切なモチーフを描く作風が特色。（菊地）

小金井喜美子《こがねいきみこ》　一八七〇（明3）～一九五六（昭31）年。島根県鹿足郡生。本名キミ。東京女子師範学校付属女学校卒。長兄は森鷗外、孫は星新一。東京帝国大学人類学教授の小金井良精と結婚。鷗外らとの『於母影』の訳詩、レールモントフ『浴泉記』の翻訳、鷗外

を回想した随筆などで知られ、『青鞜』などに発表した小説や歌集もある。少女小説には*「八重子」などがある。（川原塚）

小林深雪《こばやしみゆき》　一九六四（昭39）年～。埼玉県生。武蔵野美術大学空間演出デザイン学科卒。在学中よりライターとして活動、『ガールフレンドになりたい！』で小説家デビュー。講談社X文庫ティーンズハートの主力作家として十代の少女たちに圧倒的な人気を博す。『16才♡子供じゃないの』『13才♡ママはライバル』『不思議の国の16才♡』など約五〇冊に亘る*〈志保・沙保・三姉妹シリーズ〉や『女の子のホンキ』『男の子と女の子』などの*〈女の子シリーズ〉ほか膨大な作品を発表。雑誌に映画や音楽のコラムを執筆、料理本や漫画の原作も手掛けるなど幅広い分野で活躍。（近藤）

小松由加子《こまつゆかこ》　一九七四（昭49）年～。熊本県生。熊本学園大学経済学科卒。幼い頃伝説の妖怪に片耳を食いちぎられたかの子と、身体の大部分がサイボーグである孝行の物語を描いたファンタジー小説『機械の耳』で一九九七年度集英社ノベル大賞と読者大賞を受賞し、デビュー。代表作に*『図書館戦隊ビブリオン』がある。（金）

小室みつ子《こむろみつこ》　一九五七（昭35）年～。茨城県土浦市生。慶應義塾大学法学部卒。学生時代から作詞・作曲を行っていたが一九八〇年にシンガーソングライターとしてデビュー。八四年、*『カルチェラタンで迷子』で小説家デビューし、次いで*〈久里子シリーズ〉を刊行。TM NETWORKの作詞を手がけて以降、音楽活動が中心になったが、執筆活動も続けている。ブログ、ニコニコ動画、ツイッターも活用し多方面で活躍。（内堀）

小森多慶子《こもりたけこ》　一八九二（明25）～一九二四（大13）。東京都生。共立女学校卒。小川未明に師事し、一九一九年より、夫の井上猛一（四代目岡本文弥）が編集長の『おとぎの世界』に童話を発表。また、「紅子の死」（『令女界』一九二三・七）「或日の出来事」（『令女界』一九二三・九）など、生の孤独を描いた少女小説を執筆した。咽頭結核により三十一歳で死去。少女小説集に*『紅子の死』『青い封筒』（宝文館、一九二五）。（谷内）

小山いと子《こやまいとこ》　一九〇一（明34）～一九八九（平1）年。高知県生。九州高等女学校卒。一九二八年、同人誌『火の鳥』創刊に参加。「海門橋」（一九三三）で『婦人公論』懸賞小説に当選、文壇デビューを果たす。「4A格」が芥川賞候補となり、『執行猶予』（一九五〇）で直木賞を受賞。他に、論争を引き起こした『ダム・サイト』や、自伝的小説『花いかだ』など多数ある。少女小説としては現在、

*『ばらの咲く窓』が知られている。（岩淵）

小山勝清《こやまかつきよ》　一八九六（明29）～一九六五（昭40）年。熊本県球磨郡生。熊本県立中学済々黌中退。上京し堺利彦のもとで社会運動に挺身、のち柳田国男に師事し民俗学を学ぶ。この間に童話を書き始める。一九三五年から六年以上にわたり『少年倶楽部』に「彦一頓智ばなし」を連載。*「あっ、その歌をよして！」など少女小説も数多く発表、*「絵の中の怪人」や「愛の探偵術」（『少女倶楽部』一九三五・一二）などの探偵ものもある。（中谷）

小山寛二《こやまかんじ》　一九〇四（明37）～八二（昭57）年。熊本県八千代市生。早稲田大学中退。一時マルキシズムの労働運動に参加するが、のち民族主義に転向。三上於菟吉に見出され一九三一年頃より文筆活動を始め、主に大衆文学の分野で才を発揮。講談社の九大雑誌に寄稿し、*「阿蘇のかちどき」など少年少女向きの小説も手掛けた。『細川ガラシヤ』（一九四〇）『江南碧血記』（一九四二）が代表作。（伊藤）

小山真弓《こやままゆみ》　一九五二（昭27）年～。東京都生。法政大学大学院日本文学科中退。テレビ番組のシナリオ構成やPR映画の台本などを手掛ける傍ら小説を執筆。女子高生浅紀と民俗学者兼オカルト研究家の叔父圭三が事件を解決する「血ぬられた貴婦人」で一九九〇年上期コバルト読者大賞佳作入選。この作品が*〈ケイゾウ・アサキのデーモン・バスターズシリーズ〉となり人気を得る。他に『風の城の物語』（一九九二）など多数の作品がある。（野呂）

今野緒雪《こんのおゆき》　一九六五（昭40）年～。本名今野由紀子。東京都生。大学卒業後、銀行勤務を経て、在職中の一九九三年、『夢の宮～竜の見た夢～』で九三年上期コバルト・ノベル大賞とコバルト読者大賞を同時受賞、小説家としてデビュー。デビュー作はシリーズ化され、鸞《ロアン》国の王宮の奥にある離宮「夢の宮」を舞台に繰り広げられる様々な恋と出会いを描いた古代ロマン〈夢の宮シリーズ〉として人気を博す。九七年より、名家の令嬢が集う私立リリアン女学園高等部を舞台に少女たちが織り成す愛と友情の物語*〈マリア様がみてるシリーズ〉を手掛け、二〇〇〇年代の百合ブームを牽引。上級生と下級生がロザリオの授受によって姉妹関係を結ぶ「スール制度」を中心的なモティーフとする同作は、戦前の少女小説におけるエスの世界を現代に蘇らせた作品と目され、女性同士の恋愛ないしは精神的な絆を扱うジャンルである百合ものの代表的作品と位置付けられている。〇三年よりコミック化（長沢智画、『マーガレット』）、〇四年よりテレビアニメ化、一〇年には実写映画が公開されるなど、多彩なメディアミックス展開により性別・年齢を問わず幅広い層に普及。従来少女中心であった集英社コバルト文庫の読者層を押し広げる契機になったと目されている。他、代表作に〈スリピッシュ！シリーズ〉などがある。（倉田）

彩河杏《さいかわあんず》（角田光代《かくたみつよ》） 一九六七（昭42）年〜。神奈川県横浜市生。早稲田大学第一文学部文芸専修卒。大学時代は学生劇団「てあとろ50'」に所属。大学在学中の一九八八年、彩河杏名義の「お子様ランチ・ロックソース」で上期コバルト・ノベル大賞を受賞。*『三日月背にして眠りたい』など集英社コバルト文庫で七冊刊行後、九〇年『幸福な遊戯』（福武書店、一九九一）で第九回海燕新人文学賞を受賞し角田光代として再デビュー。『対岸の彼女』（文藝春秋、二〇〇四）で第一三二回直木賞を受賞した。コバルト時代はリアルな設定の中、少女がやや大人びた問題に出会う物語を得意とした。（久米）

西條八十《さいじょうやそ》 一八九二（明25）〜一九七〇（昭45）年。東京都生。早稲田中学から早稲田大学英文科に進学するが、二か月ほどで退学。二年後に再入学し、同時に東京帝国大学国文学科専科生となる。一九一五年に早大を卒業した。翌年、晴子夫人と結婚、一男二女をもうける。長女・嫩子は詩人として活動し、父と深い関わりをもった。八十は早大在学中から本格的に詩作をはじめ、同人誌『聖盃』（のちに『仮面』と改題）では象徴詩を書いた。その後、童話童謡誌『赤い鳥』創刊にともなう依頼に従って童謡「かなりや」等もつくりはじめる。また、同時期に第一詩集『砂金』（一九一九）を刊行し、詩人としての地位を確立した。続く抒情詩集『静かなる眉』（一九二〇）は、女学生の人気を得て版を重ねた。早大英文科講師、仏文科講師を経て二四年からフランスへ留学。帰国後、三一年に仏文科教授となり、四五年まで在職した。この間に、「東京行進曲」などの歌謡曲、「若鷲の歌」などの軍歌の作詞でも知られるようになる。少女小説作家としての活動は二四年ごろから始まり、六〇年ごろまで続く。最初は翻案や再話が多く、創作が軌道に乗ったのは、連作短編『花物語』を三六年一月から『少女倶楽部』に掲載しはじめた後のことである。以後、長編*『天使の翼』や*『荒野の少女』などを書きつづけていく。童謡や抒情詩によって、八十はまず詩人として少女読者の支持を得ていた。長編小説においても、物語展開の要所に抒情詩あるいは童謡を置くことで、詩人としての経歴やイメージを生かしている。戦後は、終戦の混乱のなかでの新居購入のため、少女小説の新作*『悲しき草笛』を発表し、戦前の作品の再版も行った。その後五〇年代には*『謎の紅ばら荘』*『流れ星の歌』のような少女向けの探偵小説や怪異小説を量産し、大長編*『あらしの白鳩』も書いた。晩年は日本音楽著作権協会会長、日本詩人クラブ会長などを歴任。七〇年に心不全で死去した。
（藤本）

佐伯《さえき》千秋《ちあき》　一九二五（大14）～二〇〇九（平21）年。広島県広島市生。本名薦田《こもだ》千賀子。広島県立第一高等女学校卒。日本女子大学校中退。両親や多くの親族を原爆で失い、ペンを取り始めた。「文芸首都」に参加、北杜夫や佐藤愛子らと親交を持つ。一九五四年頃から、『女学生の友』（小学館）に少女小説の発表を開始。広島で原爆死した従姉妹をモデルに描いた『燃えよ黄の花』で五九年に第八回小学館文学賞を受賞。以後、女子中・高生読者を対象に、思春期の男女に芽生える異性への関心やそれに伴うトラブル、そこから生み出される友情の美しさ等を描き、恋愛問題にはじめてぶつかる年齢層の読者たちに寄り添うような作品で大きな支持を獲得。富島健夫とともに六〇～七〇年代の少女小説界をリードした。代表作に*『潮風を待つ少女』*『エルムの丘』*『青い恋の季節』*『若い樹たち』*『青い太陽』等。少女小説以外にも、『少年少女世界の名作文学』（小学館、一九六六）における『竹取物語』『秘密の花園』の再話や『野口英世　アムンゼン』（小学館、一九六一）のような伝記執筆等にも携わっている。八一年九月の『夕陽のアンダルシア』（集英社コバルト文庫）以後、発表作品は見られなくなった。
（小林）

さくま《さくま》ゆうこ《ゆうこ》　一九九九（平11）年、「1st.フレンド」で、コバルト・ロマン大賞佳作を受賞しデビュー。近未来を舞台としたサイコミステリー*〈超心理療法士「希祥」シリーズ〉をはじめ、学園ファンタジー、伝奇ミステリーなど幅広い作風で多数のシリーズを執筆した。二〇〇九年より筆名を「尾久山ゆうか」に改め、泳げない人魚姫の恋と冒険を描く〈恋する人魚姫シリーズ〉（一迅社文庫アイリス）など、ファンタジーロマンを中心に活躍している。
（芳賀）

桜庭《さくらば》一樹《かずき》　一九七一（昭46）年～。島根県生、鳥取県米子市育ち。山田桜丸名義でノベライズ、ゲームシナリオ等を手がけ、一九九九年第一回ファミ通エンタテインメント大賞佳作入選。〈GOSICKゴシックシリーズ〉（富士見ミステリー文庫、のち角川文庫、二〇〇三～一一、新シリーズ角川書店、一三～）『砂糖菓子の弾丸は撃ちぬけない』（富士見ミステリー文庫、二〇〇四）など、少女を主人公とするライトノベルで注目される。二〇〇五年から一般文芸に進出、〇八年『私の男』（文藝春秋、二〇〇七）で第一三八回直木賞受賞。時に残酷な描写も辞さず、極限状況下で生き抜く少女を描くことが多いが、*『荒野』のような穏健な少女小説もある。（久米）

佐々木邦《ささきくに》　一八八三（明16）〜一九六四（昭39）年。静岡県沼津市生。父林蔵は建築技術者で、邦が三歳の時から三年間ドイツへ留学した。父の帰国と共に上京、青山学院中等部、慶應義塾大学理財科予科を経て明治学院高等学部卒業。一九〇四年、英語教師として韓国釜山に渡る。二年後、岡山の第六高等学校講師に就任、一七年、慶應義塾大学予科教授となる。教職のかたわら、『法螺男爵旅土産』『いたずら小僧日記』『おてんば娘日記』『トム・ソウヤー物語』など、翻訳、翻案を初めとしてユーモア小説を多数執筆した。少女雑誌にも*「二人やんちゃん」*「ひとり娘」などを発表している。二八年、教職を辞め作家生活に専念する。「奇物変物」（『富士』）「ガラマサどん」（『キング』）など舞台化・映画化された作品も多い。戦後、六六歳で明治学院大学教授（英文学）となった。キリスト教系学校に学び、親族にもクリスチャンが多く、没する前年八〇歳で受洗した。アメリカの作家マーク・トウェインを好み、夏目漱石「吾輩は猫である」「坊つちゃん」などを愛読。「愚弟賢兄」（『講談倶楽部』）*『全権先生』など良識のあるユーモア小説を多作した。少女小説に*『級の人達』*『親友アルバム』などがある。（中島）

佐藤愛子《さとうあいこ》　一九二三（大12）年〜。大阪府大阪市生。甲南高等女学校卒。父は作家・佐藤紅緑、異母兄は詩人のサトウ・ハチロー。一九五〇年、『文芸首都』同人となり、五二年、同人雑誌『半世界』を創刊。夫婦関係を妻の側から温かくも辛辣に描く『ソクラテスの妻』（一九六三）が芥川賞候補、続けて『加納大尉夫人』（一九六九）が直木賞候補となる。多額の負債を抱えた家庭を独特な筆致で活写した『戦いすんで日が暮れて』（一九六九）で第六一回直木賞を受賞。これら「猛妻もの」や、自身の家族・父を題材とした作品のほか、老いに関する著作、及び『憤怒のぬかるみ』（一九八八）などに見る世間への風刺や、ユーモアとペーソスの混在した作風が特徴。また、ジュニア小説の書き手として、*『おさげとニキビ』や*『ただいま初恋中』*『こちら2年A組』などを刊行した。女流文学賞、菊池寛賞を受賞。（橋本）

佐藤紅緑《さとうこうろく》　一八七四（明7）〜一九四九（昭24）年。青森県弘前市生。本名洽六《こうろく》。弘前中学を中退し上京。一八九四年、親戚である陸羯南の日本新聞社に入社。その後、講談社の雑誌に小説を発表。なかでも一九二七年より『少年倶楽部』に連載された「あゝ玉杯に花うけて」は人気を博し、同誌の発行部数を大きく伸ばした。一方で『少女倶楽部』にも作品を発表、義理の母娘を題材とし、娘だけでなく義母の内面の葛藤も描いた*『夾竹桃の花咲けば』では、雑誌の特色に適う良妻賢母主義を作品化している。また、少女が教育を受けることを通して過酷な運命を切り拓く*『あの山越えて』は、主人公の半生を描ききるスケールの大きな作品である。

（尾崎）

サトウ・ハチロー《さとう・はちろー》　一九〇三（明36）～七三（昭48）年。東京都生。本名・佐藤八郎。陸奥速男など多くの筆名を用いた。佐藤紅緑の長男で、異母妹の佐藤愛子も作家となっている。小学校を卒業後、早稲田中学、立教中学などに籍を置くが、卒業はしていない。一九一九年に、父の弟子であった福士幸次郎の紹介で西條八十を訪ねる。以後、八十に師事し、童話童謡誌『金の船』や『童話』などに童謡が載るようになる。二六年には、抒情詩集『爪色の雨』を刊行。その後は歌謡曲の作詞家としても活躍し、戦後に書いた「リンゴの唄」は大ヒットした。また、五八年放送開始のTBSドラマ『おかあさん』に毎回挿入された詩も好評で、三冊の詩集『おかあさん』（一九六一～六三）にまとめられ、ベストセラーとなった。童謡や詩、歌謡曲では、抒情性の強い作風だが、並行して書いた少女向け読み物では、このジャンルには少ないユーモア小説の名手だった。*『あべこべ玉』や*「三色菫組」では、少女読者が日常のなかで抱く不満や疑問を、言葉遊びの多い文体に包んで物語化し、笑いに変えた。また、*「それから物語」に見られるような家庭の温かさを感じさせるユーモアにも特徴がある。

（藤本）

沢野久雄《さわの・ひさお》　一九一二（大1）～九二（平4）。埼玉県さいたま市生。早稲田大学卒。朝日新聞在職中の一九四九年、「挽歌」が芥川賞候補となる。道ならぬ愛が主題の「夜の河」や「風と木の対話」が代表作。最初の単行本で、王女と狩人の身分違いの恋を叙事詩的な童話風に描いた*『長篇少女小説白い王女』は、のちの純文学作品の萌芽が見られる。少女小説はほかに「真珠の旅」（『少女ブック』一九六〇・五）がある。

（谷内）

芝木好子《しばき・よしこ》　一九一四（大3）～九一（平3）年。東京生。本名大島好子。駿河台女学院卒。YMCA文学講座で横光利一・小林秀雄らに学ぶ。作品には、幼い頃より親しんだ江戸文化が色濃く反映されている。経済学者・大島清と結婚。一九四一年、『青果の市』で第一四回芥川賞受賞。以後、『湯葉』『隅田川』『夜の鶴』『青磁砧』『隅田川暮色』などを次々に手がけた。少女小説と

しては、*『緑の小筥《こばこ》』などがある。（矢澤）

柴田錬三郎《しばたれんざぶろう》　一九一七（大6）〜七八（昭53）年。岡山県備前市生。本名斎藤錬三郎。慶應義塾大学支那文学科卒。大学在学中に『三田文学』に「十円紙幣」（一九三八）を発表した。戦後、本格的な執筆活動に入り、*『母いま何処』などの少女小説を著したほか、世界名作文学を子供向けに多数翻訳した。一九五六年に『週刊新潮』に執筆を開始した「眠狂四郎無頼控」以降、時代小説に新風をもたらし、人気作家となる。（遠藤）

渋沢青花《しぶさわせいか》　一八八九（明22）〜一九八三（昭58）。東京都生。本名寿三郎。別名孤星・素風。早稲田大学卒。一九一二年、実業之日本社に入社。翌年、『少女の友』に最初の少女小説*「悲しき海へ」を発表。一四年に『少女の友』編集部に配属される。同誌に「父と娘」（一九一五・三）*「友を待ちて」「暗い影」（一九一七・二）、一九年に『日本少年』主筆となった後も「復興の魁」（一九二三・一）「美代子と鶯」（一九二四・三）などを掲載。センチメンタリズムと現実に根ざしたヒューマニズムが特徴で、心理描写に長けた。初期（一九一九年まで）の少女小説を集成した『少女小説集落花帖』（私家版、一九七八）がある。（谷内）

島田一男《しまだかずお》　一九〇七（明40）〜九六（平8）。京都府京都市生。明治大学中退。新聞記者を経て、一九四六年、「殺人演出」が『宝石』の懸賞に当選。「社会部記者」の連作などの推理小説作家として活躍。また、冒険活劇調の少年少女ミステリを執筆。少女ものに*『黄金孔雀』、悪への憎しみから「怪盗紅水仙」に変身する少女の復讐譚『まぼろし令嬢』（偕成社、一九五二）、『謎の三面人形』（偕成社、一九五三）など。（谷内）

島本志津夫《しまもとしずお》**（神崎清**《かんざききよし》**）**　一九〇四（明37）〜七九（昭54）年。香川県高松市生。東京帝国大学国文学科卒。大学在学中は『大学左派』に参加、卒業後は明治文学談話会の会務を担った。一九三三年頃より『少女の友』編集企画に携わるようになり、自らも神崎清の名で教養記事や伝記を、本名の島本志津夫で「黒板ロマンス」の連作を寄稿した。同作の執筆には私立大森高女で教師をしていた経験がいかされていると思われる。*『黒板ロマンス』*『少女鼓笛隊』『人形と手紙』『女学生時代』*『ダリアの少女』『姉の結婚』など数多くの少女小説を上梓。また『少女文学教室』（一九三九）は幅広い読者を獲得した（のち『文学教室』と改題）。大逆事件や売春問題にも取りくみ、日本子どもを守る会副会長も務めた。（中谷）

子母澤寛《しもざわかん》　一八九二（明25）〜一九六八（昭43）年。北海道石狩郡生。本名梅谷松太郎。明治大学法学部卒。読売新聞、東京日日新聞に勤務、記者を経て文筆生活に入る。『新撰組始末記』（一九二八）『父子鷹』（一九五五）などの時代小説の他*「燃ゆる山々」「風雲白馬ヶ嶽」（一九四八）など幕末を舞台とする少年少女向けの小説を『少年倶楽部』『日本少年』『少女倶楽部』において発表する。（伊藤）

城夏子《じょうなつこ》　一九〇二（明35）～九五（平7）年。和歌山県和歌山市生。本名福島静、別名城しづか。和歌山県立高等女学校卒。在学中から小説を書き始め、卒業後に上京。宝文館に勤務し『令女界』の編集に携わるかたわら、小説を執筆。一九二四年、編集者として面識のあった竹久夢二の装丁・挿絵による『薔薇の小径』を上梓。二八年、『女人芸術』に同人として参加。中原淳一が創刊した『ひまわり』『それいゆ』『ジュニアそれいゆ』に多数寄稿。『ひまわり』『小学六年生』をおもな舞台に、数多くの少女小説を手がけた。後年はエッセイストとしても活躍し、『おてんば七十歳』『薔薇の花の長い服』等を刊行。城の少女小説は、ファッション性豊かで、ガーリッシュな要素を多分に備える一方、敗戦からほどない時期に、裁縫する男児、共働き夫婦をいちはやく登場させるなど、ジェンダーレスな側面も感じられる。また、母子の物語が多い点、花にかぎらず植物全般が効果的に使われている点にも特徴がある。少女小説家としての活躍は、戦中および敗戦後の約一〇年間に顕著で、おもな作品に、「花束」「庭の千草」「母燈台」*『母星子星』*『みどりの星座』などがある。（渡部麻）

素木しづ《しらきしづ》　一八九五（明28）～一九一八（大7）年。北海道札幌市生。庁立札幌高等女学校卒。結核性関節炎が悪化し右足を切断。一九一三年、森田草平門下に入り、『松葉杖をつく女』『三十三の死』を発表。新進女流作家としての地位を築く。一五年画家の上野山清貢と結婚、一児をもうけるが、一八年肺結核で死去。少女雑誌の投稿者から創作活動をはじめた作家で、少女小説作品には*「寝椅子」がある。（沼田）

白藤茂《しらふじしげる》　一九一四（大3）～不詳。本名上堀隆敦。脚本家を経て、一九五三年、「望郷」がサンデー毎日大衆文芸選外佳作。同年、「亡命記」でオール新人杯受賞、直木賞候補となる。戦後風俗に取材した少女小説を執筆。「月の夜星の夜」（『少女』一九五六・三）「すみれさく丘」（『少女』一九五六・一付録『探偵小説きりの中の顔』）『花の日風の日』（『少女』一九五六・七付録）*『少女小説あの星のかなたに』など。（谷内）

須賀しのぶ《すがしのぶ》　一九七二（昭47）年～。埼玉県生。上智大学文学部史学科卒。一九九四年、『惑星童話』で上期コバルト・ノベル大賞の読者大賞受賞。*『キル・ゾーン ジャングル戦線異常あり』が好評を博し、その後*〈キル・ゾーンシリーズ〉となる。この陸軍特殊部隊を舞台にした作品は、アーミー物として当時の少女小説の枠を超え、幅広い人気を得た。以後、〈女子高サバイバルシリーズ〉〈天翔けるバカシリーズ〉〈流血女神シリーズ〉など多くのシリーズを手がける。豊かな歴史的知識を背景に、自衛隊に取材するなどの本格的作風を特徴とする。『MAMA』『虎剣』『スイート・ダイアリーズ』『帝冠の恋』などを刊行。明治末期の満州を舞台にした最新作『芙蓉千里』(携帯小説)は、〝ガールズ大河小説〟と称される。(矢澤)

菅沼《すがぬま》理恵《りえ》 生年非公開。*〈星宿姫伝シリーズ〉全一〇巻の他に、『戦国恋姫伝』全三巻(角川ビーンズ文庫、二〇一〇~一一)『斬月伝』全三巻(角川ビーンズ文庫、二〇〇八~〇九)があり、歴史ロマンに題材を取った長編を得意とする。本人ホームページ「螺旋細工」では読書ブログを更新している。(赤在)

図子《ずし》慧《けい》 一九六〇(昭35)年~。愛媛県西条市生。本名図子博子。広島大学総合科学部卒。広島の印刷会社で一年半、コピーライターとして勤務したのち、帰郷する。一九八六年、『クルトフォルケンの神話』で第八回集英社コバルトノベル大賞に入賞し、デビュー。以後、集英社コバルト文庫で*〈ピュアミントシリーズ〉など、ジェンダー規範や家族のあり方を問う作品を多数発表した。九〇年代には、角川スニーカー文庫、集英社スーパーファンタジー文庫、小学館キャンバス文庫などのほか、一般文芸にも進出した。ミステリー、サスペンス、ファンタジー、ラブロマンスなど幅広く執筆し、二〇一二年には、日本SF作家クラブの『SF評論賞』選考委員になっている。(遠藤)

鈴木《すずき》紀子《のりこ》 詳細不明。*『少女小説集愛の花壇』は、「友情の畑」「暖い雪」「お加代の日の丸」「大陸の笛」「お正月の雪」「お留守番」「駒鳥さん」所収。表題作の「愛の花壇」では、父亡き後の家族の再生が、花壇の花に象徴される。初出の挿絵は蕗谷虹児。「軍神の母」「安南の浦島」等の紙芝居の脚本も手掛ける。(近藤)

須藤《すどう》鐘一《しょういち》 一八八六(明19)~一九五六(昭31)年。島根県安来市生。本名荘一。初期の筆名に寒泉、揺曳がある。早稲田大学英文科卒。報知新聞記者を経て博文館『淑女画報』の編集主任となる。大正末年から『文芸道』を主宰。小説に『傷める花片』『愛憎』、翻訳にエクトル・マロー『家なき少女』、童話に「幸福の星」(『金の船』)、少女小説に*「逃れるまで」などがある。(中島)

住井すゑ《すみいすえ》　一九〇二（明35）～九七（平9）年。奈良県磯城郡生。田原本技芸女学校中退。上京後、講談社の女性記者となる。農民作家・農民文学運動組織者犬田卯と結婚。病弱な夫を支えながら、自らも同じ思想の下、組織活動や創作にはげみ、女性農民作家として頭角を現した。代表作に『橋のない川』がある。昭和の初期に*「少女冒険奇譚灰の中に現はれた文字」や*「滑稽小説最後の勝利」など少女小説を執筆。終戦後は児童文学も手掛け、一九五二年には小学館児童文学賞を、五四年には毎日出版文化賞を受賞。（小林）

清閑寺健《せいかんじけん》　一八九四（明27）～一九六五（昭40）年。埼玉県生。本名野口武雄。第二高等学校独法科中退。雑誌記者として『新女性』『婦人界』『日本少年』で活躍。日本少国民文化協会の常任幹事を務め、『少国民文学』に寄稿、『少年倶楽部』には軍人・少年兵を描いた作品、『少女倶楽部』には銃後を守る少女たちの作品を多数発表。*『荒鷲と母』では軍国の母が讃美され、戦中期の代表作『江田島』では、海軍兵学校生徒の訓練の様子が描かれ、人気を博した。（近藤）

芹沢光治良《せりざわこうじろう》　一八九六（明29）～一九九三（平5）年。静岡県沼津市生。東京帝国大学経済学部卒。農商務省を経てフランスに留学。帰国後、「ブルジョア」が『改造』の懸賞小説に当選し文壇デビュー。代表作に『巴里に死す』『人間の運命』など。少女小説は一九三八年頃より戦後約一〇年の間に、『女学生の友』『少女の友』を主要舞台として執筆。*『美しき旅路』『牧師館の少女』『パリ乙女』*『薔薇は生きてる』等を上梓。芹沢は、「私の少女小説」（『日本少年少女名作全集11』河出書房、一九五四）のなかで、執筆動機に関し、「日本の不幸な時代」に育った四人の娘のために「父親として何かこころのよろこび」を与えるためと語っている。（渡部麻）

高垣眸《たかがきひとみ》　一八九八（明31）～一九八三（昭58）年。広島県尾道市生。本名末男。別の筆名に青梅昕二、田川みどりなど。早稲田大学英文科卒。大学卒業後、新国劇の沢田正二郎一座に入団、脚本部員となる。兵役を経て青梅実科高等女学校（府立第九高女）教諭。教師生活の傍ら、『少年倶楽部』に発表した「龍神丸」（一九二五）で好評を得、「豹の眼」（一九二七）「怪傑黒頭巾」（一九三五）など人気少年小説家として活躍。少女雑誌には『少女倶楽部』を中心に「曼珠沙華」（一九二八）*「黒潮の唄」*「大陸の若鷹」「ダイアナの瞳」（一九四〇～四一）を連載。確かな時代考証の上に立つ、精彩に富む会話を重んじ、テンポある作風で人気を博した。（鈴木美）

高瀬美恵《たかせみえ》　一九六六（昭41）年～。東京都生。

別名、森川楓子《もりかわふうこ》。早稲田大学第一文学部卒。大学卒業後、一九九一年、*〈クシアラータの覇王シリーズ〉でデビュー。当初は五巻完結の予定だったが物語の展開が広がりすぎ、完結に一〇巻を要した代表作。活動はライトノベルにとどまらずホラー作品や、『アンジェリーク』などコンピュータゲームのノベライズなども手がける。（沼田）

高遠砂夜《たかとおさや》　一九六七（昭42）年～。石川県生。本名は京元由紀子。石川県立鶴来高等学校卒。一九九二年、「はるか海の彼方に」が第二〇回コバルト・ノベル大賞佳作に入選しデビュー。受賞後第一作「銀と黒のロマネスク」（『Cobalt』一九九三・二）で筆名に。代表作に女神の宝石をめぐる王子ユーザの旅を描く〈レイティアの涙シリーズ〉、奇姫アリィシアと魔法使いガルディアのラブコメディ*〈姫君と婚約者シリーズ〉、炎の宝玉の精霊レンドリアと少女ジャスティーンの絆を描く*〈レヴィローズの指輪シリーズ〉、神獣を宿すリージュと聖獣王の座をめぐる争いを描く*〈聖獣王の花嫁シリーズ〉がある。多彩なキャラクターが活躍するコミカルなファンタジーで人気を博す。（菊地）

高信峡水《たかのぶきょうすい》　一八八五（明18）～一九五六（昭31）年。本名孝治。早稲田大学卒。一九〇五年に実業之日本社入社。『婦人世界』の編集長を務め『少女の友』『日本少年』等に寄稿。また後に中央公論社に移籍、『婦人公論』編集に携わった。主な作品に、『少女の友』創刊号より連載が始まった『光ちゃん』（後に「お伽話」の角書きが付された）や*「二十五日」等がある。（樋渡）

高群逸枝《たかむれいつえ》　一八九四（明27）～一九六四（昭39）年。熊本県益城郡生。熊本師範学校を退学処分後、熊本女学校卒業、鐘淵紡績の女工となる。二十代前半に代用教員を務め、教師の橋本憲三と結婚。翌年単身上京し、一九二〇年に長編詩『日月の上に』を刊行。少女小説を手がけたのはこの後数年の間と思われる。*「少女詩人」には、自身が詩人となる過程が描かれている。のち、『母系制の研究』や『招婿婚の研究』などで女性史上に大きな業績を残した。（小林）

高谷玲子《たかやれいこ》　一九三九（昭14）～六五年。東京都生。都立上野高等学校荒川分校卒。一九六二年、中学生マリコの学園生活を活き活きと描いた*『静かに自習せよ―マリコ―』（秋元書房）でデビュー、人気を博す。癌を患うも闘病生活の中で書き上げたその続編『涙で顔を洗おう―続マリコ―』は六五年、作者の死後に出版された。同年には遺稿を活字化する形で、貧しさから学業を諦め女中となった少女三千絵の孤独と悲哀が綴られた

『悲しからずや』（秋元書房）も刊行。（武内）

瀧澤素水《たきざわそすい》　一八八四（明17）年～没年不詳。秋田県秋田市生。本名永二。早稲田大学卒。一九〇七年に実業之日本社入社。『婦人世界』の編集を担当した後『日本少年』の主筆を一二年まで務めた。一八年の退社までに同社の『日本少年』『少女の友』に作品を多く発表。『難船崎の怪』（一九一二）等の少年向け冒険小説や怪奇小説で知られるが、少女向けには*「生みの母」『籬の花』（一九一三）の他、共著の『美代子』（一九一三）等がある。（樋渡）

竹内（岩井）志麻子《たけうち（いわい）しまこ》　一九六四（昭39）年～。岡山県和気郡生。和木閑谷高等学校商業科卒。一九八六年、少女小説*『夢見るうさぎとポリスボーイ』で作家デビュー。『青い月の恋人たち』『人魚たちの子守唄』*『制服のマリア』、小説版『花より男子』などを刊行。集英社コバルト文庫で活躍した後、『ぼっけえ、きょうてえ』で第六回日本ホラー小説大賞、第一三回山本周五郎賞受賞（岩井名義）。岡山の風土を背景に内的恐怖とエロスの独自な作風を確立した。（矢澤）

武内昌美《たけうちまさみ》　埼玉県生。一九八五（昭60）年八月に「涙の向こうにONLY YOU」で漫画家としてデビューした。「おしゃべりなアマデウス」は一九九〇年代の音楽漫画の代表作だといえよう。『秋風につたえて』（一九九二）発表以降は小説家としても活動。主に小学館より作品を刊行しているが、*『ルナティック＝すきゃんだる!!』他一冊は集英社コバルト文庫である。現在はちゃおノベルズより短編連作〈いじめシリーズ〉を発表している。（尾崎）

竹岡葉月《たけおかはづき》　一九七九（昭54）年～。東京都生。大正大学文学部卒。ＳＦファンタジー「僕らに降る雨」（『ウォーターソング』所収）が一九九九年度ノベル大賞佳作を受賞しデビュー。他に「魔女」の少年柾季と使い魔一子の活躍を描く*〈東方ウィッチクラフトシリーズ〉、下町育ちの少女セリアが貴族の女主人として奮闘するラブコメディ〈なかないでストレイシープシリーズ〉等がある。近年はファミ通文庫や富士見ファンタジア文庫等で活躍。（菊地）

武田桜桃《たけだおうとう》　一八七一（明4）～一九三五（昭10）。東京都生。本名桜四郎、別号鶯塘、思椀房主人など。改玉社などに学ぶ。『風俗画報』記者を経て一八九五年に博文館入社。『少年世界』では投稿選評を担当。『少年世界』で巌谷小波を補助し『中学世界』では小波の影響を強く受けた戯作調のお伽噺等が有名だが、*「裸の嫁入」のような少女向け作品もあらわした。その他『少女世界』にも「人形物語」（一九〇六）等を寄稿。幼少年向け

の執筆は大正終りまで続いた。（樋渡）

竹田敏彦《たけだとしひこ》　一八九一（明24）～一九六一（昭36）年。香川県仲多度郡生。本名竹田敏太郎。早稲田大学英文科中退。大阪毎日新聞の記者等を経て、新国劇に入団。のちに大衆小説で名をはせた。代表作に『涙の責任』『子は誰のもの』など。戦後、非行少女の保護、更生施設「丸亀少女の家」の設立に携わり、少女小説*『少女の家』を発表。（渡部麻）

竹貫佳水《たけぬきかすい》　一八七五（明8）～一九二二（大11）年。群馬県前橋市生。本名は直次、後に直人と称した。攻玉社卒。陸軍測量技師を経て江見水蔭門下となり、小説を書くようになる。一九〇四年に博文館に入社、『少年世界』『中学世界』の編集に携わった。*『少女思出の記』のほか、「風鈴物語」（一九〇八）など『少女世界』誌上で少女小説を発表。晩年は東京市日比谷図書館の児童室に勤務し、児童書の収集に貢献した。（大橋）

竹久夢二《たけひさゆめじ》　一八八四（明17）～一九三四（昭9）年。岡山県瀬戸内市生。本名茂次郎。早稲田実業専攻科中退。画家・作家・詩人。『直言』『平民新聞』のコマ絵や風刺画からはじまり、後に憂いのある抒情的画風を確立。当時の女学生の人気を集め、一躍時代の寵児となる。一九一四年、日本橋呉服町に「港屋絵草紙店」開業（約二年で閉店）。書籍の装丁・挿絵・広告、パッケージや絵葉書・千代紙・日傘など日用雑貨のデザインを手がけ、近代グラフィック・デザインの草分けとも言われる。画集に『夢二画集・春の巻』など多数。詩画集『どんたく』、童謡集『歌時計』なども刊行。少女小説には、*「ちひさき煩悶」*「秘密」などがある。（矢澤）

田郷虎雄《たごうとらお》　一九〇一（明34）～五〇（昭7）年。長崎県北松浦郡生。初期の別名に飛鳥清彦。長崎師範学校卒。上京後、代用教員を務めながら文筆生活に入り、戯曲「印度」（一九三二）が『改造』の懸賞に当選して以降、「白百合の花」（一九三〇）などの戯曲を発表する。その傍ら、*『理恵子の手帖』などの少女小説も多数手掛けた。飛鳥清彦の筆名では『北斗星の彼方』（一九三三）などの作品を発表した。（伊藤）

多田裕計《ただゆうけい》　一九一二（大1）～八〇（昭55）年。福井県福井市生。早稲田大学仏文科卒。横光利一に師事。日中戦争勃発後に上海に渡り、映画制作に従事。一九四一年、「長江デルタ」で芥川賞受賞。俳句雑誌『れもん』を主宰。『少女クラブ』『小学六年生』『女学生の友』を舞台に、少女小説作家としても活躍。*『秘めた手帳』『湖畔の誓』などを上梓。（渡部麻）

橘外男《たちばなそとお》　一八九四（明27）～一九五九（昭

34）年。石川県金沢市生。高崎中学校中退。素行が悪く、中学校を退学となる。父に勘当され叔父に預けられたが、鉄道管理局勤務中、二一歳の時、横領罪で一年ほど服役する。これらの経験は、のち「私は前科者である」「ある小説家の思い出」に書いている。出獄後上京、様々な仕事に就きながら執筆、「酒場《バー》ルーレット粉擾記《トラブル》」で『文藝春秋』の実話小説懸賞に入賞、「ナリン殿下への回想」で第七回直木賞を受賞した。戦時中「満州」に渡り、戦後は「満州物」と呼ばれる作品から、怪談、SF物まで、いわゆるカストリ雑誌から少女誌まで幅広いジャンル、雑誌で活躍した。少女を主人公とした作品に*「墓碑銘」がある。（櫻田）

立原とうや《たちはらとうや》　一九六九（昭44）年〜。大阪府生。本名山本範子。大阪女子大学卒、大阪市立大学文学部中国文学専攻大学院博士課程修了。一九九一年、「夢売りのたまご」で下半期コバルト読者大賞受賞。留学等により中国文学を学ぶ傍ら、*〈ダークサイド・ハンターシリーズ〉*〈CITY VICEシリーズ〉など骨太のアクションを執筆。二〇〇〇年より「立原透耶」と改名し、近年では少女小説のみならず、自身の豊富な心霊体験を活かしたホラー小説や実話集も発表。（芳賀）

立上秀二《たてがみしゅうじ》　一八九七（明30）年〜没年不詳。大阪府大阪市生。東北大学理学部、東京大学法学部卒業。大阪の高女教師、文藝春秋社客員を経、小説家として活動、ユーモア小説や児童文学を書く。戦中は「雪艇弥栄」と題した随筆を東日大毎紙に発表。文藝春秋社員時代には特派員として『文藝春秋』へレポートを掲載。戦争への協力的な言辞が見受けられる。弘木丘太名義では「スキー一年生万歳」「日本黄金狂時代」などの作品がある。*「みんな元気で」は、子供たちの目線から描かれている。（櫻田）

田中雅美《たなかまさみ》　一九五八（昭33）年〜。東京都生。中央大学文学部フランス文学科卒。一九七九年、大学四年生のときに「夏の断章」で青春小説新人賞を、また同年「いのちに満ちる日」で小説新潮新人賞を受賞。集英社コバルト文庫に*〈真夜中のアリスシリーズ〉*〈赤い靴探偵団シリーズ〉などの青春ミステリーなど多数の著作がある。主に女子高校生の一人称で、事件の謎解きとともに思春期の少年少女たちの恋愛や友情、そこに生れる嫉妬や葛藤などの醜い部分に焦点をあてて物語が進められていく。等身大の高校生たちの姿を、ユーモア溢れる軽妙な文章で描いている。（及川）

田中夕風《たなかゆうかぜ》　一八七二（明5）〜一九五二（昭27）年。本名栄子。東京都生。一八八九年、落合直文らに国文国史を学ぶ。九二年、尾崎紅葉に入門し、九五年、『読売新聞』に「子煩悩」を発表。九七年、「少女小説」というジャンル名を冠した初の小説*「水の行方」を『少年世界』に掲載。教職に就き文壇から離れるが、大正期以降、小林栄子名義で『源氏物語活釈』（大同館）など、国文学関係の著作を刊行している。　（川原塚）

谷瑞恵《たにみずえ》　三重県生。一九九七年、終末的世界で少女達が楽園を求めて旅する「パラダイス　ルネッサンス―楽園再生」で集英社のロマン大賞佳作入選、同作でスーパーファンタジー文庫よりデビュー。同文庫では『夜想』『ルナティック　シャイン』といった怪奇・サイコ的ファンタジーを発表。集英社コバルト文庫では、少年達が街の悪党を片付ける近未来バトル〈摩天楼ドールシリーズ〉や*〈魔女の結婚シリーズ〉などを経て、*〈伯爵と妖精シリーズ〉で爆発的な人気を博す。常に人物設定が斬新で、特に逞しいヒロインと陰あるヒーローを描くことを得意とする。同文庫には、英国の名門女子校生と名門男子校生との恋物語〈花咲く丘の小さな貴婦人シリーズ〉などもある。　（武内）

谷村まち子《たにむらまちこ》　一九一四（大3）～八七（昭62）年。東京都生。別名、谷村満知子。児童文学翻訳家。一九四〇年代から『小公女』『アルプスの少女』など外国児童文学の翻訳や、『ヘレン・ケラー』など児童向け伝記の翻案を多く手掛けている。自作の少女小説では、四九年の*『愛の夢』、五五年の『心のふるさと』（ポプラ社）などがある。　（沼田）

谷山浩子《たにやまひろこ》　一九五六（昭31）年～。東京都生。お茶の水女子大学附属高等学校卒。一九七二年、シングル「銀河系はやっぱりまわってる」でシンガーソングライターとしてデビュー。NHKの「みんなのうた」や「おかあさんといっしょ」にも多数楽曲を提供するなど、メルヘンチックな作風で人気を博す。七九年に『谷山浩子童話館』（六興出版）を出版して以後、童話やエッセイを多数執筆し、*『コイビトの耳はネコのみみ！』をはじめとする少女小説も手掛けている。　（倉田）

田村泰次郎《たむらたいじろう》　一九一一（明30）～八三（昭57）年。三重県四日市市生。早稲田大学仏文科卒。学生時代から小説や評論を多く執筆した。少女小説では「大地の娘」（一九三九）*『南風薫るところ』などの社会への視座を持った小説を残している。四〇年に陸軍に召集され中国を転戦し、敗戦後は戦場ものを発表する一方で、『肉体の門』（一九四七）など、観念よりも肉体性を重視する作風で注目を浴びた。　（遠藤）

田村俊子《たむらとしこ》　一八八四（明17）～一九四五（昭

20）年。東京都生。一九〇一年日本女子大学校国文学部に入学するが、心臓病になり一学期で退学。翌年、幸田露伴の門下生となり、翌々年には最初の作品「露分衣」を発表し作家活動を開始。だが疑問を感じ三年目には女優に転向、初舞台も踏む。田村松魚と結婚後、『大阪朝日新聞』の懸賞小説に「あきらめ」を応募して当選、一一年に連載され、文壇デビューを果たす。折しも「新しい女」幕開けの年で、『青踏』創刊号に「生血」を発表、女性初の職業作家として大正文壇の寵児となる。夫権に抵抗する妻を「女作者」「木乃伊の口紅」「炮烙の刑」で官能的に描くなど多数の作品を発表し、鈴木悦とバンクーバーへ恋の逃避行を遂げる。帰国後中国に渡り『女声』を発刊、客死する。「あきらめ」で「エス」、レズビアンなど女学生の世界を展開しているように、*「仲好し」*「かなしかった日」*「河原撫子」等、少女小説も多々ある。（長谷川）

田山花袋《たやまかたい》　一八七一（明4）〜一九三〇（昭3）年。栃木県館林市生。本名録弥《ろくや》。館林東学校高等小学中退後、日本英学館・日本法律学校などに学ぶ。七歳で父を失う生活的困窮の中、早くから漢詩や和歌に親しみ、二一歳の時尾崎紅葉を訪ね本格的に文学活動を開始。一九〇七年発表の「蒲団」で自然主義作家の第一人者の地位を築く。この時期博文館に入社していた関係から、『少年世界』や『中学世界』に児童向け作品も多く書いており、少女向けでは『少女世界』の創刊号（一九〇六）から数年にわたり巻頭詩を載せた他、*「幼い姉の悲しみ」*「百合子」などの作品を残している。（高橋）

壇一雄《だんかずお》　一九一二（明45）〜七六（昭51）年。山梨県都留市生。東京帝国大学経済学科卒。「リツ子・その愛」（一九五〇）「リツ子・その死」（一九五〇）「火宅の人」（一九七五）など、放浪と反俗のロマンチシズムを基調にした小説を発表。「長恨歌」（一九五〇）と「真説石川五右衛門」（一九五〇）で直木賞受賞。一九五〇年前後に多くの少女小説を『少女クラブ』などの少女雑誌に発表、その他書き下ろしで*『悲しみの門』*『聖マリヤの鐘』などを偕成社より刊行した。（鈴木美）

団龍彦《だんたつひこ》　一九四九（昭24）〜二〇〇五（平17）年。福島県生。本名菊池忠昭《ただあき》。明治大学卒。永井豪ファンクラブを経て、永井豪の主宰するダイナミック・プロダクション（ダイナミックプロ）へ入社。テレビアニメや特撮番組の企画に携わる傍ら、小説、漫画原作などを手がける。集英社コバルト文庫に*〈こちら幽霊探偵局シリーズ〉〈霊感カップル ミキ&シュンシリーズ〉など、オカルトやサイキックを題材とする少年少女向けミステリやコメディがあるほか、マジンガーZやグレンダイザー、ゲッターロボなどダイナミックプロ系ロボットの対戦アクションノベルス『スーパーロボット大戦』がある。 （伊藤）

断水楼主人《だんすいろうしゅじん》　一八七三（明6）～一九五四（昭29）年。高知県高知市生。本名池亨吉《こうきち》。別名平塚断水楼、別号に皐雨郎・暗光・天舟。明治学院卒。一二歳で植村正久から受洗。キリスト教詩人、フェリス女学院教頭、後には宮崎滔天の下で孫文と知り合い鎮南関蜂起に随伴するなど多彩な経歴を持つ。大正前期『少女画報』に*「撫子姫」などの少女冒険譚を連載して人気を博し、押川春浪の口述筆記なども行った。 （高橋）

千葉省三《ちばしょうぞう》　一八九二（明25）～一九七五（昭50）年。栃木県宇都宮市生。宇都宮中学校卒。小学校代用教員を務めたのち上京、日月社、植竹書院などの出版社を経てコドモ社に入社。同社より編集責任者として『童話』を創刊、同誌創刊号に「めくら鬼」「沙漠の宝」を発表する。一九二三年より本格的に文筆生活へ入り、「虎ちゃんの日記」（一九二五）『トテ馬車』（一九二九）などの童話を発表。自ら出資して『童話文学』『児童文学』を創刊し、「鷹の巣取り」（一九二八）「井戸」（一九二九）などの幼年童話を書いた。少年少女向けの大衆小説も数多く手掛け、*「陸奥の嵐」*「勤王兄妹」などの長編がある。 （伊藤）

中條（宮本）百合子《ちゅうじょう（みやもと）ゆりこ》　一八九九（明32）～一九五一（昭26）年。東京都生。日本女子大学校英文学部予科中退。一九一六年、『貧しき人々の群』で文壇に登場。最初の結婚の顚末を描いた『伸子』（一九二四～二六）は代表作である。二七年から三年間ソビエトへ遊学し、帰国後はプロレタリア作家としての道を一途に突き進み、戦時下も屈せずに非転向を貫いて『婦人と文学』（一九三九～四〇）など多くの評論を執筆。戦後は、『播州平野』（一九四六～四七）『道標』（一九四七～五〇）などの自伝的作品を発表し、民主主義文学の担い手として重要な位置を占めた。少女小説には、*「いとこ同士」がある。 （岩淵）

長曽我部菊子（生田花世）《ちょうそかべきくこ（いくたはなよ）》　一八八八（明21）～一九七〇（昭45）年。徳島県板野郡生。本名西崎花世。徳島高等女学校卒。小学校教員の傍ら、横瀬夜雨・川井酔茗に師事。『女子文壇』などに、「産土神」など多くの詩や散文を投稿。上京後は『青鞜』に参加。一九一三年、告白的感想文「新しい女の解説」を発表。生田春月と結婚後は、「貞操論争」で話題を呼ぶ。『情熱の女』『女流作家群像』『源氏物語―原文入解説』などを刊行。少女小説には、*「うら若き閨秀画家」などがある。 （矢澤）

塚原健二郎《つかはらけんじろう》　一八九五（明28）～一九六五（昭40）年。長野県長野市生。松代農商学校中退。島崎藤村に師事する。瀧田樗陰によって認められ、「血に繋がる人々」（一九二二）で文壇デビュー。昭和に入ってからは主に童話を書く。小川未明の紹介により『おとぎの世界』に掲載された「弘法様のお像」（一九二〇）が初めての童話作品であり、『赤い鳥』に「水なし車」（一九二六）を、『少女倶楽部』に*「啼かない小鳥」など多くの作品を発表。（及川）

月本ナシオ《つきもとなしお》　大阪府出身。第三回角川ビーンズ小説賞優秀賞を受賞し、二〇〇五年に受賞作を改稿した『花に降る千の翼』でデビュー。同作は*〈花に降る千の翼シリーズ〉として代表作に。他に鑑定士ミリセントが秘密結社の陰謀に迫るファンタジー〈ミリセントと薔薇の約束シリーズ〉、幸運体質の少女アイリと相棒ハイヅカが七聖守護物対策室の任務に挑む〈フォーチュン・オブ・ウィッカシリーズ〉などがあり、ファンタジー作品を多数発表。（菊地）

堤千代《つつみちよ》　一九一七（大6）～五五（昭30）年。東京都生。本名福留（旧姓堤）文子。先天性心疾患により、公的教育は受けていない。一九三九年、『オール読物』に掲載された「小指」が直木賞候補となるが受賞に至らず、翌年、あらためて「小指」その他で候補となり、二二歳一〇ヶ月で同賞を最年少受賞。女性初の直木賞作家となった。戦後、『女学生の友』『少女クラブ』を主要舞台に、少女小説作家として活躍。*『みんなきた道』『カナリヤの歌う日』*『どこかで星が』*『かえで鳥の歌』『やや子物語』等を上梓。少女向けの読物にも拘らず、勧善懲悪を破る要素も散見する堤の作には、不条理性にこそリアリティがあった敗戦後という時代が垣間見える。（渡部麻）

津原やすみ《つはらやすみ》　一九六四（昭39）年～。広島県広島市生。青山学院大学国際政治経済学部卒。一九八九年より、津原やすみ名義で少女小説を多数発表。高校生の少女とエイリアンの少年とのSFラブコメディ『星からきたボーイフレンド』にはじまる*〈あたしのエイリアンシリーズ〉*〈あたしのエイリアンEXシリーズ〉などで人気を博す。九六年より津原泰水名義で一般小説に転身、SFやホラーなど幻想味の強い小説を多数執筆している。（川原塚）

坪内士行《つぼうちしこう》　一八八七（明20）～一九八六（昭61）年。愛知県名古屋市生。早稲田大学英文科卒。坪内逍遙の甥で、幼時に子のない逍遥の養子となった。大学卒業後、アメリカ、イギリスに留学、演劇研究と俳優修業をする。母校での教職、俳優などを経て、宝塚歌劇団、東宝劇団などの設立に参加した。舞踊の創作や評論に活躍し、『新歌舞劇十二集』『舞踊及歌劇大観』『坪内逍遙研究』などの著作がある。少女小説に*「露の干ぬ間」がある。（中島）

津村節子《つむらせつこ》　一九二八（昭3）年〜。福井県福井市生。本名吉村節子。学習院短期大学部文学科卒。短大在学中より、文芸部雑誌『はまゆふ』を創刊し、『学習院文芸』に参加。共に編集に携わった吉村昭と結婚。学生時代から少女小説を執筆し、『少女クラブ』に連載した「ひまわりさん」（一九五八〜五九）や*「玲子のクラス」が好評を博す。*「はるかなる青い空」や*『青い実の熟すころ』など、ジュニア小説にも健筆を振るった。同人雑誌『文学者』や『Z』『亞』に加わりながら活躍の場を広げ、一九六四年、「さい果て」が第一一回新潮社同人雑誌賞を受賞。翌年、「玩具」で第五三回芥川賞受賞。両作で妻の孤独な内面を描き、遊女を描いた長編『石の蝶』（一九七〇）を刊行したほか、作品多数。（橋本）

露木陽子《つゆきようこ》**（山本藤枝）**《やまもとふじえ》　一九一〇（明43）〜二〇〇三（平15）年。本名フジヱ。和歌山県和歌山市生。東京女子高等師範学校卒。夫は詩人の山本和夫。女学校教師や婦人記者を経て、少女小説を発表。戦中期の*『女学校ロマンス　制服の子ら』*『雪割草』、戦後の*『美しき野の花』*『つぼみの歌』（山本藤枝名義）など、つらい境遇の少女たちを励ますような作が多い。戦後は山本藤枝名義の著書が増え、児童向けの伝記や翻訳を多数出版した。和歌森太郎との共著『日本の女性史』全四巻（一九六五〜六六）、産経児童出版文化賞受賞の『細川ガラシャ夫人』（一九七六）など、女性史や女性評伝の書も多い。（久米）

藤堂夏央《とうどうなつお》　大阪府大阪市生。京都の私立大学を卒業後、高校の講師を経て作家になる。一九九六年、白泉社の花丸ノベルズよりデビュー。少女小説*『アヌビスは微笑む』のほか、〈ゲームシリーズ〉（角川ルビー文庫）〈ラスト・メッセージシリーズ〉（集英社コバルト文庫）など、ボーイズラブ小説も多数執筆。（金）

徳田秋声《とくだしゅうせい》　一八七一（明4）〜一九四三（昭18）年。本名末雄。石川県金沢市生。第四高等中学校中退。貧困の中で成育し、上京して尾崎紅葉門下となる。一九〇八年、「新世帯」によって注目され、一一年、「黴」によって、自然主義作家としての地位を築く。その後、『爛』『あらくれ』等の代表作を発表。年少者向けの作品は少なくないが、翻訳や翻案が多い。その中で、*「初奉公」は秋声らしい視点が生きた一編である。（溝部）

徳永寿美子《とくながすみこ》　一八八八（明21）～一九七〇（昭45）年。山梨県甲府市生。東京府立第二高等女学校卒。本名前田ひさの。作家、前田晃と結婚。その後、自身の子供たちにせがまれ、即興でお話を作って聞かせるうちに、童話作家の道に入る。母親がわが子に語り聞かせることの大切さを訴え続けた。子どもの日常に取材した童話集『薔薇の踊り子』『赤い自動車』等がある。また、戦争中の『ひらがな大将のお馬』や、少女小説*「少女秀蘭」が知られている。戦後には『小公子』『アルプスの少女』等の古典名作の翻訳書が多数ある。（伊原）

外村繁《とのむらしげる》　一九〇二（明35）～六一（昭36）年。本名は外村茂。滋賀県東近江市生。東京帝国大学経済学部卒。大学在学中、親交のあった梶井基次郎、中谷孝雄らと同人誌『青空』を創刊。卒業後は家業の木綿問屋を継ぐが、一九三三年に東京阿佐谷に移って小説家として再出発し、『鵜の物語』を刊行。三五年、当時連載中の「草筏」が第一回芥川賞候補となる。敗戦後、『筏』と『花筏』を発表し、『筏』は五六年に第九回野間文芸賞受賞。自らの出自である近江商人を題材にした作品、晩年の妻との闘病生活を赤裸々に綴った私小説で知られる。六二年に発刊された『外村繁全集』には未収録だが、彼の少女小説に*「愁いの白百合」がある。（沼田）

富岡皷川《とみおかこせん》　一八八四（明17）年～没年不詳。生誕地不詳。本名は直方。明治法律学校卒。実業之日本社に勤めるかたわら、『日本少年』に少年小説を書いたほか、『少女の友』で*「千鳥ヶ淵」*「春雨の宵に」など多くの少女小説を執筆している。作品集に『灯ともし頃』（一九一三）がある。後に平和出版社を設立して『新少年』を発行したほか、本名の富岡直方名義で書いた奇書『日本猟奇史』（一九三二）が知られている。（大橋）

富澤有爲男《とみさわ（とみざわ）ういお》　一九〇二（明35）～七〇（昭45）年。大分県大分市生。旧制東海中学校卒業後、東京美術学校に進学したが一年で中退。一九二一年より二年連続で帝展に入選し、二七年にはフランスへ一年間留学して絵画を学ぶ。その一方、作家活動も行い二五年には同人誌『鷲の巣』を創刊、三七年に「地中海」で芥川賞を受賞。戦後は『少女の友』『少女クラブ』等に少女小説を発表、『珠のゆくえ』『双葉日記』を偕成社、『貝がらの願い』を講談社、*『少女小説湖畔の姉妹』を東光出版社より刊行。ウィンスローエの『制服の処女』等々の翻訳物も偕成社から刊行している。（長谷川）

富島健夫《とみしまたけお》　一九三一（昭6）～八八（昭和63）年。韓国ソウル（旧京城）生。早稲田大学仏文科卒。在学中に『文学者』同人となり、一九五二年同人誌第二次『街』で創作活動に入った。五三年『新潮』に掲載の「喪家の狗」で文壇にデビュー。同作は芥川賞の候補になる。卒業後、河出書房に勤務する傍ら執筆活動をし、同社倒産を機に、作家生活に入る。それまで少女向け作品において、タブー視されていた十代の性の問題を大胆に扱い、六〇～七〇年代の青春小説・ジュニア小説勃興の担い手として、多くのファンを魅了した。代表作に*『制服の胸のここには』*『心に王冠を』*『おとなは知らない』。六四年発表の*『君たちがいて僕がいた』は東映で映画化され、主演は当時のスター舟木一夫で、同名の主題歌も歌うなど、「青春もの」ブームの一翼を担った。また六九年『ジュニア文芸』で連載、七〇年に映画化された『おさな妻』では、女子高生が人妻になるという内容により、テレビや雑誌等で賛否両論を呼んだ。七〇年代以降、官能的な傾向を強め、八〇年代には、川上宗薫、宇能鴻一郎とともに〝官能小説御三家〟とも称された。（沼田）

富田常雄《とみたつねお》　一九〇四（明37）～六七（昭42）年。東京都生。初期の筆名は伊皿木恒雄。明治大学商学部卒。在学中に同人雑誌『感覚革命』を創刊する一方で『少女倶楽部』『少女画報』その他に*「姉を呼ぶ声」など少年少女向けの作品を多数執筆する。卒業後、舟橋聖一、村山知義らと共に劇団心座に参加。三八歳の時に長編小説『姿三四郎』（一九四二）を発表し、柔道小説の新境地を拓いた。（伊藤）

中内蝶二《なかうちちょうじ》　一八七五（明8）～一九三七（昭12）年。高知県高知市生。東京帝国大学文学部国文学科卒。本名義一。別名吉野春夫。大学卒業後、博文館に入社、編集業務の傍ら小説や評論を発表、劇作や劇評、邦楽の作詞も手掛けた。児童向けには「惹安達克《ヂャンヌダルク》」（一九〇一）など女性偉人を取り上げた伝記があるほか、*「怪力小太郎」「勝田新左衛門」（一九三〇）などの時代小説を多数執筆した。（伊藤）

中江良夫《なかえよしお》　一九一〇（明43）～八六（昭61）年。北海道室蘭市生。本名吉雄。弟は、喜劇俳優の佐山俊二。旧制室蘭尋常高等小学校卒業後、職業遍歴を重ね、新宿のムーランルージュ文芸部に所属。一九四五年、社会風俗劇「生活の河」「にしん場」を発表。軽演劇界に新風を吹き込む。新国劇の戯曲「どぶろくの辰」（一九四九）ほか、手掛けた戯曲の多くは映画化され、ラジオドラマやテレビドラマの脚本にも関わった。それらに見るパワフルな主人公の生き方は、少女小説*「真珠おとめ」にも見出すことができる。（橋本）

中河与一《なかがわよいち》　一八九七（明30）～一九九四（平

6）年。戸籍上は香川県坂出市生。実際の出生地は東京上野。早稲田大学英文科中退。在学中に「悩ましき妄想」（一九二二）にて文壇デビュー。菊池寛に認められ『文藝春秋』に掲載の機会を得た「或る新婚者」（一九二三）等により作家としての地歩を固める。一九二四年、川端康成、横光利一らと『文芸時代』創刊。「刺繍せられた野菜」（同年）「氷る舞踏場」（一九二五）等で新感覚派文学運動の一角を担う。「愛恋無限」（一九三五～三六）にて第一回透谷文学賞受賞。代表作「天の夕顔」（一九三八）は永井荷風、アルベール・カミュらの激賞を受ける。少女小説は『少女画報』に「造花術者」（一九二六）、『少女世界』に「短編小説華やかな寝台」（一九二七）、『少女倶楽部』に*「輝く銀翼」、ほか、『蠟人形』『少女の友』『女学生の友』などに短編を掲載。長編は*『聖少女』*『少女小説嘆きの女王』*『高原の少女』等。（布施）

中里恒子《なかさと（なかざと）つねこ》　一九〇九（明42）～八七（昭62）年。神奈川県藤沢市生。川崎高等女学校卒。一九二八年に最初の作品「明らかな気持」を『創作月刊』に発表、結婚後も三八年に発表した「乗合馬車」「日光室」で女性初の芥川賞を受賞。戦後になって離婚、「まりあんぬ物語」（後に「墓地の春」と改題）「鎖」他多数発表。官能、愛欲を超えた中年男女の愛を描いた「時雨の記」では、円熟の境地に達する。「歌枕」では読売文学賞、「わが庵」で恩賜賞・日本芸術院賞、「誰袖草」で女流文学賞を受賞。少女小説では、戦前の『少女の友』に、川端康成名義で「乙女の港」「花日記」を連載、*「童女二景」も発表している。又、戦後には*『春の鳥』を湘南書房より刊行。（長谷川）

長田幹彦《ながた　みきひこ》　一八八七（明20）～一九六四（昭39）年。東京都生。早稲田大学英文科卒。劇作家で詩人の兄秀雄の影響もあり新詩社やパンの会に関わるが、自己懐疑から北海道各地を放浪する。その折の旅役者一座に加わる体験をもとに「澪」や「零落」を発表。やがて京阪地方に滞留して『祇園』や『鴨川情話』などのいわゆる情話文学を著す。通俗小説家に徹して数多くの作品を書き、ラジオドラマや歌謡曲の作詞も手掛けた。少女小説では、『少女の友』に、「春のゆくへ」（改題*『嘆きの夜曲』）「露のいのち」*「草笛」などを連載。戦後も『流浪の唄』『夕波ちどり』『鈴蘭の花咲けば』など改稿作品を含む多くの作品を発表している。（菅井）

中原涼《なかはら　りょう》　一九五七（昭32）年～。本名佐藤文男。東北大学理学部天文学科卒。一九八〇年、「笑う宇宙」で『奇想天外』新人賞佳作を受賞しデビュー。SF誌を中心に、短編やショートショート、エッセイなどを発表していたが、八七年『受験の国のアリス』で少女小説にも進出。同作がシリーズ化し、様々な国へと連れ去られたアリスの救出劇を描く*〈アリスシリーズ〉として人気を集める。他に、オカルトもの『真夜中の心霊物語』（講談社X文庫ティーンズハート）、タイムトラベルSF『タイムトリッパー 一八六六年ちひろ竜馬を救う』（同）などがある。（芳賀）

中村星湖《なかむらせいこ》 一八八四（明17）〜一九七四（昭49）年。山梨県生。本名中村将為。早稲田大学英文科卒。在学中に『早稲田文学』の懸賞小説に「少年行」が当選し認められた。その後、『早稲田文学』の記者となると自然主義文学の中堅作家としての位置を確立。記者を辞した後、児童文学に進出。「ほと丶ぎすの昇天」「むじなの手」「笑ふ門」などを『赤い鳥』に発表。少女小説には*「大海の画」がある。『西洋少年少女小説集』では翻訳を手掛ける。（近藤）

中村八朗《なかむらはちろう》 一九一四（大13）〜九九（平11）。長野県生。早稲田大学卒。戦前より丹羽文雄に師事。一九四九年、「桑門の町」で芥川賞候補。のち『マラッカの火』などで直木賞候補となる。*『三人姉妹』『おせっかい屋さん』（秋元書房、一九六二）『にじをかける少女』（集英社、一九六九）『先生、まって！』（偕成社、一九七五）など、思春期特有の少女の悩みを描いたジュニア小説を多数発表し人気作家となった。（谷内）

中村正常《なかむらまさつね》 一九〇一（明34）〜八一（昭56）年。東京都生。七高卒。岸田国士に師事し『悲劇喜劇』の編集に従事。一九三〇年、新興芸術倶楽部に参加し、ナンセンスユーモア小説を発表。少女向けには『少女倶楽部』に発表した*「学校物語」の連作など、女学生の日常生活をテンポよく、ユーモアあふれる筆致で描いた作品群がある。中村メイコの父。（中谷）

中山白峰《なかやましらね》 一八七一（明4）年？〜没年不詳。石川県生か。本名、重孝。徳田秋声と金沢で同窓であり、兄は大学予備門で尾崎紅葉の友人だった。後に紅葉の門下に入り、『国民之友』『文系倶楽部』で「仮の夫」（一九〇〇）「水中花」（一九〇五）など、鏡花に追従する作風の小説を発表した。その一方で、『少年世界』に「い丶子」（一八九六）*「おきやん」を発表するなど、少女小説、少年小説も執筆している。（大橋）

永代静雄《ながよしずお》 一八八六（明19）〜一九四四（昭19）年。兵庫県三木市生。別名僊溪、須磨子、湘南生など。関西学院、同志社、早稲田大学卒。田山花袋の小説「蒲団」に描かれる女弟子の恋人のモデル。女弟子のモデルとなった岡田美知代と結婚しその後離婚。東京毎夕新聞に勤め、新聞研究所を設立する。須磨子、新川の名で『アリス物語』*『少女小説黒姫物語』などの翻案小説を発表。他に戯曲*「幸福の秘密」や大衆小説、SF小説など多くの作品を執筆した。（徳永）

永代《ながよ》(岡田《おかだ》)美知代《みちよ》　一八八五（明18）〜一九六八（昭43）年。広島県府中市生。本名岡田ミチヨ。神戸女学院、女子英学塾卒。一九〇四年上京し、田山花袋に師事。永代静雄と恋愛関係になり、それが花袋に知れて帰郷。一連の出来事は、花袋の「蒲団」『縁』などの題材になり、美知代は「蒲団」のヒロイン横山芳子のモデルとして有名になる。〇九年永代と結婚するが、離婚し『主婦之友』の婦人記者として渡米。花田小太郎と再婚し、終戦直前に帰国。六八年に死去。作品は「キーチヤン」「老嬢」の他、女学校入学のため上京した少女の心情を描いた*「姉より妹に―東京の印象―」、薄幸な少女が前向きに生きる*「サマー、ハウス」、誘拐された少女達を利発な娘が救い出す*「冒険奇談少女島」などがある。（徳永）

流《ながれ》星香《せいか》　一九六五（昭40）年〜。大阪府生。梅花女子大学日本文学科卒。本名・藤原星香。一九九一年、戦国時代ファンタジー『魔剣伝　暁ノ段』が、日本ファンタジーノベル大賞最終候補作となりデビュー。〈少年伯爵シリーズ〉や*〈プラパ・ゼータシリーズ〉など作品は多数あり、少女向けライトノベルレーベルでファンタジー小説を執筆し人気を得ている。（野呂）

名木田《なぎた》恵子《けいこ》(水木《みずき》杏子《きょうこ》)　一九四九（昭24）年〜。東京生。文化学院文科卒。一九六二年、ジュニア雑誌の短編小説賞に入選し創作活動に入る。漫画の原作も書き、その場合の筆名は水木杏子。大人気となったアニメ「キャンディキャンディ」の原作者である。また、小学校の教科書に掲載された「赤い実はじけた」の筆者でもあり、その作風は幅広い。少女小説家としては、*『夜明け前のさよなら』*『トライアングル・ウォーズ　三角関係大戦争』「恋いっぱいのシュークリーム」など（すべて集英社コバルト文庫）の作品がある。（赤在）

那須田《なすだ》稔《みのる》　一九三一（昭6）年〜。静岡県浜松市生。愛知大学中国文学科中退。塚原健二郎に師事する。『詩と詩論』『列島』などの雑誌に詩を投稿し、詩集『ジャパニイズ広場』を刊行する。その後『ぼくらの出航』（一九六二）で講談社児童文学新人賞佳作を受賞し、児童文学作品を多く書く。また『シラカバと少女』（一九六五）で日本児童文学者協会賞を受賞。*「もっと生きたい」は読者の希望で始まった、少女が病と闘う小説。（及川）

南部《なんぶ》修太郎《しゅうたろう》　一八九二（明25）〜一九三六（昭11）年。宮城県仙台市生。慶應義塾大学卒。卒業

後一九二〇年まで『三田文学』編集主任をつとめたのち文筆生活に入り、三田派の作家として『修道院の秋』（一九二六）以降、十数冊の著作を重ねる。川端康成に将来を嘱望され、師と仰ぐ芥川龍之介の門下において「龍門の四天王」の一人とされた。やがて「小人の謎」（一九一八）「娘の知恵」（一九一九）などの童話を発表、後年は『少女倶楽部』『少女世界』などで少女小説を手掛け、*「露草の花」*「白蘭花」などの作品を発表した。（伊藤）

西川澄子《にしかわすみこ》　一九三八（昭13）年〜。東京都生。中学卒業後、美容師見習として働きながら、執筆活動を行う。一九五八年*『私―わたくし―』が『婦人生活』懸賞小説に入選し、五九年秋元書房ジュニア・シリーズとして刊行。六一年に「ママ恋人がほしいの」として映画化された。他に『君はみにくいアヒルの子』（一九六〇）や、栂須美子として発表した『青い棘』（二〇〇二）がある。（徳永）

西田俊也《にしだとしや》　一九六〇（昭35）年〜。奈良県奈良市生。大阪外国語大学卒。一九八八年、「遅い放課後」で第一七回コバルト短編小説新人賞に佳作入選。同年「恋はセサミ」で第一二回コバルト・ノベル大賞に入選。男子高校生二人が探偵として同級生の謎を解き明かす*『パラダイス野郎』が人気となる。九一年、『月影のサーカス』を最後に一般小説に進出し、青春小説、恋愛小説を手掛ける。著書に『love history』（二〇〇〇）などがある。（野呂）

西田稔《にしだみのる》　一九一五（大4）〜八六（昭61）年。東京都生。早稲田大学文学部中退。大学に入る前に春江堂出版部に勤務。入隊して中国に渡り、一九三八年に除隊となった後、同出版社に戻る。四三年までは戦争を主題として扱っている作品が多いが、戦後は『金の国銀の国銅の国』（一九四七）『嘆きの天使』（一九五八）などのファンタジー系の作品を主に描いている。*『薔薇乙女』では少女の日常的な問題をユーモアを交えて描いている。（及川）

西村渚山《にしむらしょざん》　一八七八（明11）〜一九四六（昭21）年。滋賀県甲賀市生。本名、恵次郎。東京外国語学校卒。巌谷小波の門人で、木曜会に参加していた。一九〇一年に徳田秋声、生田葵山、田口掬汀との共著で『新婚旅行』を刊行。〇五年に小波がいた博文館に入社し、『中学世界』などの編集をおこなうかたわら、短編小説を『文芸界』や『文章世界』に発表している。また、『少女世界』には記者として参加しており、「百合乙女」（一九〇七）「忘れ得ぬ少女」（一九〇八）*「妹の顔」*「湯の宿」など数多くの少女小説を執筆している。（大橋）

額田六福《ぬかたろっぷく》　一八九〇（明23）〜一九四八（昭

23）年。岡山県勝田郡生。本名六福《むつとみ》。早稲田大学英文科卒。一七歳の時に手術で右手首より先を失い、また、脊椎カリエスを病む。岡本綺堂に師事し上京、歌舞伎座用脚本に応募した「出陣」（一九一六）が一等入選。「冬木心中」（一九二二）「真如」（一九二三）など戯曲の多くが上演。一方、少年少女雑誌にも数多く執筆、特に『少女倶楽部』には芝居物語*「大森彦七」や歴史物語「淀君」（一九二三）「狂へる舞姫」（一九二六）などを発表した。（鈴木美）

沼田笠峰《ぬまたりゅうほう》 一八八一（明14）〜一九三六（昭11）年。兵庫県姫路市生。本名藤次。国民英学舎卒。同文館での編集の仕事を経て一九〇六年博文館入社、同年創刊の『少女世界』（主筆・巌谷小波）の編集を担当。徳目教示に傾きがちだったそれまでの少女読み物を一新、美しい挿し絵に彩られ読者の好む記事を積極的に掲載、自身も少女小説や論説、随筆を載せ、掲載作を『少女スケッチ』（博文館、一九一〇）*『少女十二物語』などにまとめた。女子教育論や、小波と共編の少女向け実用書・学習書も出版。夫人のふくも松井百合子のペンネームで同誌に少女小説を載せた。各地の『少女世界』読者会で読者との交流に努める一方、一〇年からは投稿家の指導の場ともなる少女読者会（のち「たかね会」）を自宅で開催。季刊誌『たかね』を発行（一九一三〜一四）し、北川千代、森田たま、吉屋信子、尾崎翠などの作家を育てた。二一年に博文館を退社、頌栄高等女学校校長を務め、教育者としても読本などを編集した。少女雑誌に実質的に関わったのは一五年ほどだが、少女の清楚な美の価値を説き、*『少女小説わか草』*『寮舎の花』など少女小説を出版しつつ、*「心の姉」で新たな友愛物語のモードを生み出し、さらには投稿家を作家に育てるという、少女文化の拡大期に大きな役割を果たした。（久米）

野上彌生子《のがみやえこ》 一八八五（明18）〜一九八五（昭60）年。大分県臼杵市生。明治女学校高等科卒。写生的な作品から出発し、『海神丸』（一九二二）で文名をあげ、『真知子』（一九二八〜三〇）『若い息子』（一九三二）『迷路』（一九三六〜五六）を通して、社会矛盾を背景にした人間の良心的な生き方を追求し、『秀吉と利休』（一九六二〜六三）でも、そのテーマを発展させた。児童文学作品も、ギリシャ・ローマ神話や広範な読書から得た知識を下敷きにして明治末から昭和戦前期に集中的に書いており、知恵の重要性を説いた『人形の望』（一九一四）は出色である。表題に「少女小説」とついているのは、「初夢」（一九一三）「頰白頰赤」（一九一四）*「雛子」であるが、*「桃咲く郷」も、捨て子の不幸な生を描いた少女小説である。（岩淵）

野尻抱影《のじりほうえい》 一八八五（明18）〜一九七七（昭

52）年。本名正英《まさふさ》。神奈川県横浜市生。早稲田大学英文科卒。在学中から翻訳などを発表、教員を経て出版社勤務。雑誌『中学生』『女学生』などの編集主任を務める。アンデルセンなどの翻訳や小説集『三つ星の頃』などを刊行。少女小説に*「海恋し」がある。星や星座についての造詣が深く、『星座巡礼』『星の神話伝説集成』など多数の著作がある。（中島）

野原野枝実《のばらのえみ》（桐野夏生《きりのなつお》）　一九五一（昭26）年〜。石川県金沢市生。成蹊大学卒。現在は桐野夏生の筆名で活躍。一九九三年『顔に降りかかる雨』で江戸川乱歩賞、九八年『OUT』で日本推理作家協会賞、九九年『柔らかな頬』で直木三十五賞、以降数々の文学賞を受賞。執筆活動開始は結婚・出産後で、初期は主にロマンス小説（桐野夏生・桐野夏子名義）、漫画原作（桐野夏生名義）、少女小説（野原野枝実名義）を手がける。筆名の野枝実の由来は森茉莉「甘い蜜の部屋」の登場人物。野原名義の少女小説は、*〈恋したら危機シリーズ〉『小麦色のメモリー』（一九八九）*〈セントメリークラブシリーズ〉『涙のミルフィーユボーイ』（一九九二）など。（布施）

野溝七生子《のみぞなおこ》　一八九七（明30）〜一九八七（昭62）年。兵庫県姫路市生。作家・比較文学者。同志社大学英文科専門部予科、東洋大学専門学部文化学科卒業後、研究生としてドイツ文学専攻。後年教壇に立つ。辻潤・宮嶋資夫らと交友。白玉書房社主鎌田敬止は一生の伴侶となる。一九二四年、陸軍軍人で「君主」だった父への愛憎を背景に、自己と向き合う少女の魂を神秘的に描いた『山梔《くちなし》』が、『福岡日日新聞』の懸賞小説に入選。『女獣心理』『南天屋敷』『ヌマ叔母さん』などを刊行。モダニズムにナルシシズムを潜ませ、ドッペルゲンゲルなどを使用した幻想的手法で独自の世界を開花。少女小説には、*「軽快小説帽子」*「私の二つの童話」などがある。（矢澤）

野村胡堂《のむらこどう》　一八八二（明15）〜一九六三（昭38）年。岩手県柴波町生。東京帝国大学法科大学中退。本名長一《おさかず》。「銭形平次捕物控」で有名。昭和初期少年少女小説界の代表作家でもあり、天性の空想力を生かしての愛と正義、知恵と勇気の物語を多数執筆した。『野村胡堂全集』六冊（光文社、一九五〇）の他、『時代小説傑作選ジュニア版』（偕成社、一九六七）に『柳生秘帖』『南蛮魔術』*『大江戸の最後』等九冊が収められている。（鈴木恵）

野梨原花南《のりはらかなん》　岩手県生。一九九二年、『救世主によろしく』で白泉社よりデビュー。*〈ちょーシリーズ〉で人気を博す。その他、〈マルタ・サギーは探偵ですか？シリーズ〉*〈よかったり悪かったりする魔女シリーズ〉〈ヘブンリーシリーズ〉など多数の作品がある。主に剣や魔法を使った異世界が物語の舞台となっている。強烈な個性を持った登場人物たちが描かれているのが野梨原作品の特徴である。また宮城とおこなどのイラストが物語の人気を支えている点などから、ライトノベル作家とされている。（及川）

灰野庄平《はいのしょうへい》　一八八七（明20）～一九三二（昭6）年。新潟県刈羽郡生。東京帝国大学哲学科卒。高校時代から演劇に興味を持ち、大学卒業頃より戯曲、劇評を発表。アイルランド演劇や日本演劇史の研究に携わる。三木露風らと雑誌『未来』を創刊。戯曲集『秦の始皇』、死後刊行された『大日本演劇史』などがある。『少女の友』に少女小説を掲載、*「指輪」「道子」「鈴のような時計」などがある。（中島）

橋田寿賀子《はしだすがこ》　一九二五（大14）年～。韓国ソウル（旧京城）生。本名岩崎壽賀子。旧姓は橋田。早稲田大学文学部卒。松竹脚本部在籍時に、光文社の『少女』に*「くるみちゃんはもう泣かない」を連載。一九六四年、「袋を渡せば」でシナリオライターとしてデビュー。「渡る世間は鬼ばかり」（一九九〇～）をはじめ、家族のあり方を問い、その心の交流を描く人気ドラマを数多く手がける。ＮＨＫテレビ小説「おしん」（一九八三～八四）は、驚異的な高視聴率を記録し、広く海外でも放映された。紫綬褒章、勲三等瑞宝章を受け、ＮＨＫ放送文化賞のほか数々を受賞。（橋本）

橋爪健《はしづめけん》　一九〇〇（明33）～六四（昭39）年。長野県松本市生。東京帝国大学法科を経て同文科中退。詩人また評論家として活躍し、一九二七年一月に自ら『文芸公論』を創刊。いわゆる既成文壇打倒を掲げ、同時代の各派新人を批評。自費出版の評論集『陣痛期の文芸』（一九二七）も刊行する一方で、『少女倶楽部』に*「友情の勝利」など学校スポーツを素材とした短編を多数発表。戦後は偕成社の世界名作文庫に関わった。（尾崎）

長谷健《はせけん》　一九〇四（明37）～五七（昭32）年。福岡県柳川市生。本名藤田正俊。福岡県福岡師範学校卒。一九二九年に上京し小学校教員となる。この経験を元にした「あさくさの子ども」（一九四〇）で芥川賞を受賞。太平洋戦争下では疎開先の北九州で『九州文学』の同人となる一方、『少女倶楽部』や『少女の友』に*「玉蜀黍の記」など戦時下の女学生の日常を描いた短編を発表した。（尾崎）

長谷川幸延《はせがわこうえん》　一九〇四（明37）～七七（昭52）年。大阪府大阪市生。一九二三年、戯曲「路は遥けし」で劇作家としてデビュー。二五年、大阪放送局の嘱託となり、ラジオドラマを執筆するが、やがて上京し、長谷川伸に師事。四一年、『大衆文芸』に発表した「冠婚葬祭」で第五回新潮賞を受賞。大阪の郷土に根差した作品を得意とし、芸の世界を扱った「桂春団治」（一九五二）や「寄席行燈」（一九五四〜五五）など、小説の多くは映画化された。少女小説*「あした咲く花」にも大阪への言及がある。（橋本）

長谷川時雨《はせがわしぐれ》　一八七九（明12）〜一九四一（昭16）年。東京都生。本名ヤス。秋山源泉小学校、佐佐木信綱主宰の竹柏園に学ぶ。脚本作家であったが、一九二八年に『女人芸術』を復刊、三三年には『輝く』を発行して多くの女性作家を世に送り出した。代表作に、史劇『操』、評伝『近代美人伝』など。少女小説では、夫三上於菟吉との共著『春の鳥』所収の「小鳩」他、『少女の友』に*「茂子」「芝居の少女おつる」*「雪の山路」などを発表している。（菅井）

波多野鷹《はたのよう》　一九六七（昭42）年〜。東京都生。学習院大学中退。一九八五年、「青いリボンの飛越《ジャンプ》」で第五回コバルト・ノベル大賞受賞、以後集英社コバルト文庫を中心に活躍。代表作は、思春期の少女の心のふるえを鋭敏に捉えた*『Aqua——水のある風景』、高校生たちの青春模様を瑞々しく描き出した〈博習館高等部シリーズ〉など。現在は鷹匠として活躍する傍ら、鷹狩りや猛禽類の飼育に関する本を執筆。妻は小説家の久美沙織。（倉田）

花井愛子《はないあいこ》　一九五六（昭31）年〜。兵庫県神戸市生。名古屋市で育つ。別名神戸あやか、浦根絵夢。少女小説作家の他に、コピーライター、漫画原作者、エッセイスト、テレビ番組の企画・制作者、タレント等の多才な顔を持つ。南山短期大学中退。会社員等を経て広告制作会社に入社し、有名企業のコピーを手がける。二八歳で独立後、一九八七年の講談社X文庫ティーンズハート創刊に企画から参加し、同年同文庫『一週間のオリーブ』で少女小説家デビュー。改行を多用した読みやすい文体や、当時のトレンドやブランドを採用して大当たりした。以来『恋曜日』『王子さまを探して』『あなたが振り返るとき』（CD、OVAも同時発売）等のヒット作を次々と世に送り、「少女小説界の女王」と称された。人気少女漫画家のイラストを多用したデザイン効果もあり、短期間に著書二〇〇冊、総売り上げ二〇〇〇万部を達成。*『山田ババアに花束を』（一九八七）は、映画化され大ヒット作となった。その後、遺産相続のトラブルから自己破産に至る波乱万丈の体験記『「ご破産」で願いましては。』等も話題になる。近年は、大人向けの小説やエッセイも

執筆。広告・出版の企画制作プロデュース業でも活躍している。（矢澤）

林芙美子《はやしふみこ》　一九〇三（明36）～一九五一（昭26）年。山口県下関市生（北九州市説もある）、福岡県北九州市育ち。尾道市立高女卒。幼少期に実父と別れ、母と養父と共に九州各地を行商。高女卒業後上京、職を転々とし恋愛遍歴も重ねつつアナーキスト詩人らを知る。画家手塚緑敏と結婚後、一九三〇年刊の自伝的作品『放浪記』がベストセラーになり、戦後に急逝するまで人気作家として活躍。様々な困難を抱えて生き抜く女性たちを描き、代表作は『晩菊』（一九四八）『浮雲』（一九四九～五一）。若い女性向けの作品集に*『人形聖書』があるほか、一九三〇年代の『令女界』や『少女の友』に短編を掲載している。（久米）

原田琴子《はらだことこ》　一八九二（明25）～一九七三（昭48）年。千葉県出身。本名斎賀こと。日本女子大学校文学部中退。女性問題についての高い意識をもち、『青鞜』に短歌、小説、翻訳、詩を発表し続けた。小説には「夜汽車」「許されぬもの」「戦禍」「武器を脱げ」などがある。『婦人と新生活』にも毎号のように随筆を発表。少女小説*「母の手紙」に描かれた死にゆく少女が学問を渇望する様には、女性に対する進歩的考えが反映されている。（近藤）

榛名しおり《はるなしおり》　神奈川県横浜市出身。第三回ホワイトハート大賞恋愛・青春小説部門佳作を受賞。一九九六年に受賞作『マリア　ブランデンブルクの真珠』でデビュー。他に、娼婦サラや若きアレクサンドロス大王らの波乱の運命と恋を描く〈アレクサンドロス伝奇シリーズ〉、少女メロヴェの恋と戦いの物語*〈ゲルマーニア伝奇シリーズ〉等がある。史実に取材した歴史ロマンを執筆し、主人公が過酷な運命と闘う姿をドラマティックな展開で描く。（菊地）

東草水《ひがしそうすい》　一八八二（明5）～一九一六（大5）年。愛媛県東温市生。本名、俊造。早稲田大学英文科卒。松山中学校在籍時から、片上信《のぼる》や安倍能成と『保恵会雑誌』に投稿をしている。大学卒業後は実業之日本社に勤務し、『少女の友』に「紅い手巾」（一九〇八）*「汽車の中より」など多くの少女小説を執筆した。また、河井酔茗らの文庫派詩人としても活躍しており、『青海波』（一九〇五）などで多くの詩作を残している。（大橋）

ひかわ玲子《ひかわれいこ》　一九五八（昭33）年～。東京都生。早稲田大学卒。父は音楽評論家の渡辺茂、伯父は推理作家の氷川瓏、渡辺剣次。高校時代から文芸部で小説を書き、大学時代は同人誌で活動しSF大会、コミックマーケットに参加。レコード会社勤務や翻訳業を経て一九八八年『ドラゴンマガジン』誌連載の『バセット英雄伝エルヴァーズ』（のちシリーズ化、富士見ファンタジア文庫、一九八九〜九二）で作家デビュー。トールキンの影響を受けた、剣と魔法のファンタジーを得意とし、〈女戦士エフェラ&ジリオラシリーズ〉や*〈クリセニアン夢語りシリーズ〉がある。現代日本が舞台の*〈ラヴェンダー野のユニコーンシリーズ〉や*〈美族シリーズ〉では、ファンタジックな要素と現代風俗を融合させた。他に宇宙連邦の戦いを描く〈流星のレクイエムシリーズ〉など、著作は一〇〇冊近い。「国際アーサー王学会」会員でもある。（久米）

火野葦平《ひのあしへい》　一九〇六（明39）〜六〇（昭35）年。福岡県北九州市生。本名玉井勝則。早稲田大学英文科中退。一九三一年に若松港沖仲仕労働組合を結成、三二年に赤化分子の疑いで留置され運動から離脱。三七年陸軍に応召入隊、翌年「糞尿譚」で芥川賞受賞。中支派遣軍報道部に転属し「麦と兵隊」など戦地の兵隊を描いた作品を発表、時の人となる。戦後は戦争協力者として文筆家追放指定を受けた。少女小説に*『花の命』*『七色少女』などがある。（中谷）

日野鏡子《ひのきょうこ》　一九六六（昭41）年〜。東京都生。一九八七年一〇月、「金糸雀」（『SFアドベンチャー』）にてデビュー。家族と国を奪われた王女の冒険ファンタジー*〈エルンスター物語シリーズ〉など、SF、ファンタジーを中心に小説を多数執筆。カガミコ名義の、大正時代を舞台とした恋愛譚『桜の國の物語』もある。また、ゲームのシナリオなども執筆している。（川原塚）

響野夏菜《ひびきのかな》　一九七二（昭47）年〜。埼玉県生。法政大学文学部史学科（通信）、日本文学科卒。一九九一年に『月虹のラーナ』で第一八回コバルト・ノベル大賞を受賞。翌九二年、*〈カウス＝ルー大陸史・空の牙シリーズ〉でデビュー。学園ミステリ*〈東京S黄尾探偵団シリーズ〉（一九九五）が人気となったほか、『羽硝子の森』などがある。幻想的なファンタジーと、コメディタッチの語りによる少女小説を得意としている。（大橋）

氷室冴子《ひむろさえこ》　一九五七（昭32）〜二〇〇八（平20）年。北海道岩見沢市生。本名碓《うす》井《い》小恵子《さえこ》。藤女子大学国文学科卒。父は国鉄職員。岩見沢東高校時代には外国文学、平安文学、少女マンガを熟読。『源氏物語』研究を志し進学するが、最終的には志賀直哉や国木田独歩を研究。大学三年の一九七七年に「さようならアルルカン」で第一〇回小説ジュニア青春小説新人賞佳作入選。以後集英社コバルト文庫から『白い少女たち』（一九七八）*『さようならアルルカン』*『クララ白書』『アグネス白書』

（全二巻、一九八一〜八二）『雑居時代』上下（一九八二）などを刊行。その間、七九年の卒業後は道庁のアルバイトを経て札幌で高校時代の親友二人と同居。宝塚歌劇団を舞台にした藤田和子のマンガ『ライジング！』（小学館、一九八一〜八五）の原作注文を機に、八一年に宝塚市に移住、歌劇スターの「おっかけ」グループに潜入し準幹部にまでなる。八二年一〇月札幌に戻り、八三年上京。集英社コバルト文庫で『少女小説家は死なない！』（一九八三）*『ざ・ちぇんじ！』前後編を刊行後、八四年から平安時代を舞台に瑠璃姫が活躍する*〈なんて素敵にジャパネスクシリーズ〉を刊行。九一年の「炎上編」まで一〇冊、六年以上に渡る超人気シリーズとなり、少女小説全体のブームも引きおこした。八七年、刊行作品の発行部数が九〇〇万部に達する。八七年、エッセイ『冴子の東京物語』（集英社）刊。八九年、初めて集英社以外の出版社からエッセイ『プレイバックへようこそ』（角川書店）を刊行。九一年の『いもうと物語』（新潮社）『ターン――三番目に好き』（集英社）で一般文芸に進んだとみられたが、その後も古代ファンタジー*〈銀の海　金の大地シリーズ〉を刊行。アニメ情報誌『アニメージュ』連載の『海がきこえる』（徳間書店、一九九三）は九三年スタジオジブリでアニメ化された（監督望月智充）。九〇年代後半からはほとんど作家活動がなく、二〇〇八年六月、肺癌により五一歳で亡くなった。八〇年代の少女小説ジャンルを革新し、ブームを牽引した功績の大きさははかり知れないものがある。（久米）

日向章一郎《ひゅうがしょういちろう》　一九六一（昭36）年〜。埼玉県生。立教大学文学部卒。本名鴻野淳。一九八五年、「イージー・ゴーイング」で第六回コバルト短編小説新人賞佳作入選、以後集英社コバルト文庫を中心に活躍。学生時代に耽読した本格探偵小説への造詣を活かし、ユーモア溢れる学園ミステリを数多く執筆。なかでも*〈放課後シリーズ〉と*〈星座シリーズ〉はいずれも二〇巻以上に及ぶ人気シリーズとなる。他、代表作に〈ゼロの世界シリーズ〉*〈電撃娘１６３センチシリーズ〉等がある。（倉田）

日吉早苗《ひよしさなえ》　一九〇〇（明33）〜五三（昭28）年。山形県米沢市生。早稲田大学英文科卒。本名長沢才助。翻訳家として頭角を現し、明治学院等の教師をしながら、その後、ユーモア作家・児童文学作家として活躍。本名長沢才助での翻訳書には、『不思議国のアリス』『日本の能楽』『テス物語』等がある。特に『不思議国のアリス』は翻訳史の中でも著名な一冊である。日吉早苗名義での翻訳書には『機械の舞踊』等がある。一九四七年『聖職』で第一回夏目漱石賞候補。『悲しき神々』は、五〇年上半期直木賞候補となる。少女小説には、*『峠の記念祭』『横町の人気者』『二つの楽園』等がある。また、ユーモア小説に『恋のヤブ医者』等多数ある。（伊原）

平岩弓枝《ひらいわゆみえ》　一九三二（昭7）年〜。東京都生。日本女子大学卒。代々木八幡神社宮司の家に育つ。長谷川伸主催の「新鷹会」に入会し、一九五九年、「鏨師」により第四一回直木賞を受賞。活動の幅を広げた六〇年代半ばには、「若い真珠」*「アキとマキの愛の交換日記」などの少女小説でも人気を博した。七三年からはじまる時代小説『御宿かわせみ』は三〇年以上にわたるヒット作として有名。舞台やテレビドラマの脚本執筆、演出なども手がけ、多彩な活動を続けている。（溝部）

平林英子《ひらばやしえいこ》　一九〇二（明35）〜二〇〇一（平13）年。長野県南安曇郡生。小学校高等科卒。実家の没落で女学校進学が叶わなかったため、一六歳で大阪に出て働きながら塾で学んだり、武者小路実篤提唱の「新しき村」に半年ほど参加する。関東大震災後、郷里の長野新聞社に一年間ほど勤め、中谷孝雄と結婚。『女人芸術』に投稿した「谷間の村落」（一九三〇）で作家デビュー。左傾化する時代の中で日本プロレタリア作家同盟に加入、「模範工場」などを発表。戦後は、『夜明けの風』（一九七三）で芸術選奨新人賞を受賞。戦後、少女小説を書いた時期の作品に、*『あの母この母』がある。（岩淵）

平山蘆江《ひらやまろこう》　一八八二（明15）〜一九五三（昭28）年。兵庫県神戸市生。本名壮太郎。東京府立第四中学校中退。満州で新聞記者として働いたのち、帰国後は『都新聞』『読売新聞』の花柳演芸欄を担当。小説家としては『西南戦争』（一九二六）などの伝記および花柳ものが代表的だが、*「相うつ白刃」など時代小説味のある少女向けの教訓物語も多数発表している。（尾崎）

深尾須磨子《ふかおすまこ》　一八八八（明21）〜一九七四（昭49）年。兵庫県氷川郡生。京都女子師範に入学するも投稿等をしていたため校風に合わず退学処分となる。その後京都菊花高女に転入し卒業、小学校教師となる。詩人であった深尾贇之丞と結婚。夫の急逝後、その遺産で詩作・英語・フランス語を学ぶ。声楽家・荻野綾子と一四年間同居。戦後三度の渡欧。処女詩集『深紅の溜息』ほか『斑猫』『呪詛』等の詩集を刊行。翻訳書には、コレットの『紫の恋』、小説集『マダム・Xと快走艇』等がある。また、少女小説としては、科学童話*『絹子のゆめ―少女とかいこ』等がある。（伊原）

深谷晶子《ふかやあきこ》　一九七九（昭54）年〜。愛知県立刈谷東高等学校卒。大学では日本文学を専攻。一九九八年、少女の心の鬱屈を描く「サカナナ」で九八年度ノベル大賞を受賞しデビュー。代表作に荒廃した街で生きる少年たちの物語＊『少年のカケラ』、幼い頃の罪で繋がる少年少女の心を描く『水のなかの光り』等がある。罪や歪んだ倫理観などをモチーフに少年や少女の内面を描く。二〇〇二年以降作品の刊行はなく、近年は深谷羊の筆名でHPに作品を掲載。（菊地）

福田琴月《ふくだきんげつ》　一八七五（明8）～一九一四（大3）年。大阪府大阪市生。本名は喜八、別号に番衆浪人がある。大阪共立薬学校卒。一九〇二年から金港堂に勤務し、『少女界』『少年界』の記者となる。森桂園とともに叢書『お伽噺十二ヶ月』（一九〇三）を刊行するなど多数のお伽話を執筆しているほか、＊『少女小説捨児』などの少女小説も執筆している。中でも、謀殺された少女が蘇るまでを描いた「不思議な腕環」（一九〇二）など、明治期には珍しい少女向けメルヘンを開拓している点は特筆するべきである。（大橋）

福田正夫《ふくだまさお》　一八九三（明26）～一九五二（昭27）年。神奈川県小田原市生。堀川家に生まれ福田家の養子となる。神奈川師範学校を卒業後、東京高等師範学校体操科に入学するも中退。川崎市の小学校に赴任。一九一六年、白樺派やホイットマンの影響を受け農村の生活を素朴、平明に歌った処女詩集『農民の言葉』を出版。一八年、民衆詩社を結成し『民衆』を創刊。富田砕花、白鳥省吾と交友がある。二四年、少女小説『雪中の薔薇』を出版。昭和初期には、『婦人画報』『婦人の国』『主婦の友』等の婦人雑誌に小説を連載するなど散文の分野で活躍する。少女向け小説として＊『荊の門』＊「街の歌姫」、少年小説は『海への憧憬』『南の国へ』などが知られている。（野呂）

藤水名子《ふじみなこ》　一九六四（昭39）年～。東京都生、栃木県宇都宮市育ち。本名後藤水名子。日本大学文理学部中退。一九九一年、『涼州賦』で小説すばる新人賞受賞。一般文芸誌などにおいて、中国ものや三国志における女性に焦点化した作品などを執筆する傍ら、若い読者向けの作品も手掛ける。代表作に、中国の英雄・黄帝の冒険譚〈中国神武伝奇シリーズ〉（スーパーファンタジー文庫）や、中国の戦国時代末期を舞台にした＊〈戦国哀恋記シリーズ〉などがある。（芳賀）

藤木靖子《ふじきやすこ》　一九三三（昭8）年～。香川県高松市生。香川県立高松高校卒。一九六〇年宝石賞受賞をきっかけに推理小説の執筆を開始、七〇年代頃から少女小説を手がける。高校生の恋愛に性愛の要素が伴われ、そこに少女たちの悩みがつきまとう現実をよく踏まえ、読者と等身大のヒロインが悩みながら前進する姿で一つ

の指針を与えようとする作品を発表。代表作に*『青い実の冒険』「愛のぶらんこ」「涙をわすれない」等がある。（小林）

藤沢桓夫《ふじさわたけお》　一九〇四（明37）〜八九（平1）年。大阪府大阪市生。東京帝国大学卒。旧制大阪高校時代に、武田麟太郎、長沖一、林広次らと同人雑誌『辻馬車』を発刊し、一九二五年に同誌に掲載された「首」でデビュー。新感覚派の一人として知られる。郷里の大阪で肺病の療養を経て、三六年に「花粉」で新聞小説家として復帰した。大衆・流行作家として多くの作品を残す。少女小説家としては、*『花の秘密』*『花は偽らず』*『天使の歌』などを刊行する。（赤在）

椹野道流《ふしのみちる》　兵庫県生。法医学を学んだ後、一九九六年、精霊の血を継ぐ少年と美貌の青年術師が妖魔を討ち破る「人買奇談」で講談社の第三回ホワイトハート大賞エンタテインメント小説部門に佳作入選、翌年同作で講談社X文庫ホワイトハートよりデビュー。これが〈奇談シリーズ〉に。主に男性同士の絆を描くオカルトファンタジー小説を得意とする多作な作家であり、〈鬼籍通覧シリーズ〉（講談社ノベルス、のちX文庫ホワイトハート）*〈貴族探偵エドワードシリーズ〉など数々のシリーズを送り出し、読者の心を摑む。BL小説の〈右手にメス、左手に花束シリーズ〉（二見シャレード文庫）〈妖魔なオレ様と下僕な僕シリーズ〉（アズ・ノベルス）などもある。（武内）

藤本ひとみ《ふじもとひとみ》　一九五一（昭26）年〜。長野県飯田市生。長野県飯田風越高等学校卒。公務員を経て、一九八四年、「眼差」で第四回コバルト・ノベル大賞受賞、以後集英社コバルト文庫を中心に活躍。*〈まんが家マリナシリーズ〉*〈花織高校恋愛スキャンダルシリーズ、新・花織高校恋愛サスペンスシリーズ〉*〈ユメミと銀のバラ騎士団シリーズ〉等で美形キャラクターを次々と生み出し、熱烈な支持を獲得、ファンクラブ「ひとみ♡ランド」が設立された。八八年から王領寺静名義で〈異次元騎士カズマシリーズ〉を、また九一年から歴史ファンタジー*〈テーヌ・フォレーヌ　恋と戦いの物語シリーズ〉を手掛け、活躍の幅を広げる。九〇年代には一般文芸に進出し、西洋史に材を採った歴史小説を多数執筆。コバルト時代のシリーズはほぼ全て未完。（倉田）

藤原眞莉《ふじわらまり》　一九七八（昭53）年〜。福岡県福岡市生。本名は田中まゆみ。福岡市立福岡商業高等学校卒。「帰る日まで」で一九九五年上期コバルト・ノベル大賞読者大賞を受賞しデビュー。代表作に少女・絳星が天帝位を継ぐ姿を描く〈天帝譚シリーズ〉、姫神テンと青年僧カイの活躍と絆を描く〈姫神さまに願いをシリーズ〉、王女エヴァの冒険を描く*〈王宮ロマンス革命シリーズ〉等がある。ファンタジーや史実を取り入れた作品などを多数執筆。（菊地）

船山馨《ふなやまかおる》　一九一四（大3）～八一（昭56）年。北海道札幌市生。明治大学商学部中退。一九三七年、北海タイムス（現北海道新聞）に入社。ほどなく退社し、再上京。四〇年、寒川光太郎、椎名麟三らの同人誌『創作』（のち『新創作』と改題）に参加。同誌に発表した「北国物語」「三月堂」が連続して芥川賞予選候補となる。四六年、「笛」「塔」で野間文芸奨励賞受賞。実存主義的傾向の強い小説を著わし、雑誌『近代文学』にも参加。第一次戦後派の一人として活躍した。だが四九年頃より覚醒剤を乱用し、表舞台から一旦姿を消す。六八年、『石狩平野』で小説新潮賞を受賞。人気作家の座に返り咲き、代表作『お登勢』『蘆火野』などを刊行。少女小説作家としては、四六年頃より『少女クラブ』を主要舞台に活躍し、*「少女小説白鳥は悲しからずや」「わが歌に翼ありせば」「風に咲く花」「嵐に光るつばさ」を連載。また、『花よ命あらば』*『谷間の白百合』*『母の小径』などを上梓した。船山の少女小説は、立場や境遇は違っても、精神的強さと高潔さによって苦境を乗り越える多くのヒロインが活写されており、社会的、人道的な傾向に富む。（渡部麻）

紅ユリ子《べにゆりこ》　一九二三（大12）～不詳。別名紅ゆり子。岡山県生。奈良女子高等師範学校中退。戦後より少女小説を発表。「あしながおじさん」に影響を受けた、明るく滋味のある軽快なユーモアが特徴。著書に『パパおしょうさま』（文園社、一九四九）*『なでしこ横町』『こんぺいとう先生』（宝文館、一九五五）、ジュニア小説『右向け左』（秋元書房、一九六六）。戦後まもなくにユーモア少女小説を手がけた女性作家は稀有で、由利聖子の衣鉢を継ぐ存在。（谷内）

北条誠《ほうじょうまこと》　一九一八（大7）～七六（昭51）年。東京都生。早稲田大学国文科卒。同人雑誌『阿房』を創刊。川端康成に師事し、一九四〇年、「埴輪と鏡」が第一一回芥川賞候補となる。同年一二月、第一創作集『春服』を竹村書房より刊行。戦後は鎌倉文庫に入り、編集に従事する一方、精力的な執筆活動を再開。四六年、「一年」や「寒菊」などの作品で、野間文芸奨励賞を受賞。鎌倉文庫を退社後、連続ラジオドラマ「わが家の平和」（一九四六）や「向う三軒両隣り」（一九四七～五四）で好評を博し、NHK大河ドラマ「花の生涯」（一九六三年放送）の脚本を担当。*「乙女椿」や*「哀しき虹」*「はるかなる歌」*「花は清らに」*「愛の花束」など、抒情的な少女小説を数多く発表し、「この世の花」「花は嘆かず」「恋しかるらん」ほか、映画化された作品も多い。日本著作家保護同盟理事長をはじめ、数々の役員を歴任した。（橋本）

星野水裏《ほしのすいり》　一八七九（明12）～一九二三（大12）年。新潟県新発田市生。本名は久《ひさし》。別名水野うら子、淡路しま子、白桃など。早稲田大学卒。実業之日本社に入社し『日本少年』の編集にたずさわる。その後、一九〇八年に創刊された『少女の友』初代主筆となる。川端龍子、竹久夢二らを起用し、自らも口語詩をはじめ、読物、エッセイ等を発表した。詩集『浜千鳥』『白桔梗の花』などを刊行し日本における少年・少女口語詩運動の草分けとなった。その他、水裏の作品には、寄る辺のない少女の人生を悲傷した*「捨小舟」や苦境に負けず前向きに生きる少女を描いた*「はなきん」などがある。（徳永）

細川武子《ほそかわたけこ》　一八九二（明25）～一九五六（昭31）年。東京都生。東京府女子師範学校卒。市立立華高等女学校の高長等を歴任するかたわら、童話や少女小説、女性向け啓蒙書等を書く。一九三一年頃から「たかね会」に参加。沼田笠峰の指導のもとに『少女世界』『良友』などに寄稿。日本童話作家協会等に所属し童話『細川武子童話集』『お母さん』等を刊行。少女小説として*「こはれた飛行機」*「乙女の国」等がある。（伊原）

穂積純太郎《ほづみじゅんたろう》　一九一〇（明43）～八四（昭59）。新潟県佐渡市生。早稲田大学中退。戦前は新宿ムーランルージュの看板作者として活躍。一九三六年、戯曲集『タンポポ女学校』を刊行。戦後はラジオドラマ「赤胴鈴之助」などの脚本を執筆。少女小説に、『げんこつお嬢さん』（偕成社、一九五〇）『泣きぬれた人形』（ポプラ社、一九五三）*『桃栗さん』など。モダニズムの流れを汲む洒脱で颯爽としたユーモアが特徴。（谷内）

堀ひさ子（寿子）《ほりひさこ》　一九〇八（明41）年～没年不詳。生年は一九一一年など諸説あり。東京都生。文化学院卒。同学中等部および文学部にて英文学、仏文学を学び、与謝野晶子、堀口大学、川端康成らに師事。戦時中は母校の文化学院や新潟県の女学校で国語教師として勤務する。戦後、*『少女小説春来りなば』『美しき星座』（一九四九）といった長編少女小説や、「アルプスの少女」「小公女」「アンクル・トム物語」など主に海外の名作の翻訳や解説を数多く手がける。また、後年は『女性のやさしさ120章』（一九六六）等、女性の生き方に関する随筆を刊行している。（布施）

前田珠子《まえだたまこ》　一九六五（昭40）年～。佐賀県嬉野市生。別名義に森山櫂。佐賀大学農学部卒。一九八七年、「眠り姫の目覚める朝」で第九回コバルト・ノベル大賞の佳作に入選。同年、集英社コバルト文庫からSF冒険小説『宇宙《そら》に吹く風 白い鳥』で、大学に在籍したままデビューした。その後は、集英社コバルト文庫を中心に少女小説で活躍する一方、角川スニーカー文庫などでも執筆している。この越境性から、現代的なライトノベルにとっての端緒と位置づけられることが多い。また、その功績として特筆すべきは、日常世界の中にファンタジー要素が入り込んでくるそれまでの少女小説作品群に対して、第二作の『イファンの王女』（一九八八）とその続編に当たる〈カル・ランシィの女王シリーズ〉（一九八九～九三）以降、*〈破妖の剣シリーズ〉や*〈聖石の使徒シリーズ〉など、現実世界の日常とは完全に切り離された異世界ファンタジーを継続的に執筆している点である。この他の代表作として、*〈天を支える者シリーズ〉*〈魅魎暗躍譚シリーズ〉などがある。（大橋）

槇ありさ《まき ありさ》　二〇〇二年八月、日本神話を下敷きとしたテレビゲームのノベライズ版『星のまほろば―赤き魂の記憶』（角川ビーンズ文庫）で作家デビュー。〇六年から、黒嶺の王太子・芦琉《あしる》と朱根《あかね》の王女・緋奈の恋と冒険を描いた異国ファンタジー*〈瑠璃の風に花は流れるシリーズ〉を連載、人気を集める。他に新撰組の転生者らによる熱いバトルが見所のファンタジー〈時光の隊士シリーズ〉（角川ビーンズ文庫）などがある。（武内）

牧野信一《まきの しんいち》　一八九六（明29）～一九三六（昭11）年。神奈川県小田原市生。早稲田大学英文科卒。米国海軍に勤める父と士族の娘で教員の母を持ち、自身も幼少から英会話やオルガンを学ぶなど当時としては特異な環境に育つ。文学的目覚めは遅く、早大在学時に習作を書き始め、卒業後浅原六朗らと興した同人誌に発表した「爪」が島崎藤村に激賞され、文壇作家として歩み始める。同時期時事新報社の『少年』『少女』の記者であったことから少女小説も書き、一般作品に評される虚構性や幻想性は*「鏡をみつめた時」などの少女向け短編にも見られる。他に長編「嘆きの孔雀」（一九二〇・四）などモダニズムの先駆け的作品も発表している。（高橋）

牧原朱里《まきはら しゅり》　一九九四年、「神尾冴夏」の筆名にて「琥珀のラビリンス」（『小説JUNE』）でデビュー。同作は、不思議な力を持つ異父兄弟の愛憎とその周囲で起きる事件を描く〈アンバー・アーバン・スキャンダルシリーズ〉（ソニーマガジンズ　ヴェルベット・ノベルズ）としてシリーズ化された。続く長編*〈クリスタル・クライシスシリーズ〉で人気を確立したが、終盤近くで断絶。しばらく休筆していたが、二〇一一年より活動を再開し

た。（芳賀）

正本ノン《まさもとのん》　一九五三（昭28）年〜。北海道釧路市生。本名正木典子。上智大学文学部卒業後、広告代理店に勤務。一九七二年、本名で書いた脚本「ブルーサマーブルース」が第二回城戸賞準入賞。七七年、*「吐きだされた煙はため息と同じ長さ」が第一〇回小説ジュニア青春小説賞で佳作となり、小説家としてデビュー。以後、*『だってちょっとスキャンダル』*『あいつ』など集英社コバルト文庫を中心に活躍。現在は成人向けの小説も執筆。（小林）

真杉静枝《ますぎしずえ》　一九〇一（明34）〜五五（昭30）年。福井県丹生郡生。台中高等女学校中退。三歳から、台湾の宮司になっていた父と母のもとで暮らす。両親の強制により一七歳で結婚。離婚後、大阪毎日新聞の記者となり、武者小路実篤の庇護を受けながら小説家を志す。一九二七年には文壇デビュー作「小魚の心」を発表。『桜』や『女人芸術』に参加し、『若草』等にも私小説風の作品を発表。中山義秀と再婚したが離婚。戦争中は戦地慰問に出かけたりしたが、戦後は「原爆被爆者を救う会」で活動。他に「母と妻」「花怨」など多数の作品を発表。戦後の少女小説ブームの中で、*『少女小説夜会服の乙女』（『鹿鳴館以後』を改題）*『少女小説三つの誓』*『少女小説水晶の十字架』などを刊行する。（長谷川）

松井千尋《まついちひろ》　一九七四（昭49）年〜。大阪府出身。京都精華大学人文学部卒。一九九九年、『ウェルカム・ミスター・エカリタン』で九九年度コバルト・ノベル大賞読者大賞受賞。長編やシリーズものが多い少女小説の中で、伏線や仕掛けを利かせた緊密な中短編によって活躍。代表作に、奇妙なゲームに巻き込まれた高校生を描く『ダイスは5』（集英社コバルト文庫）、サスペンス仕立ての恋愛小説*『ハーツ　ひとつだけうそがある』などがある。（芳賀）

松井百合子《まついゆりこ》　一八八五（明18）〜一九七四（昭49）年。東京都生。本名沼田ふく（旧姓伊藤）。文筆活動がきっかけで、沼田笠峰と出会い、結婚。笠峰が編集主幹をつとめる『少女世界』へ*「お友だち」*「忘れえぬ夕」など数多くの少女小説を発表した。百合子の小説は女学校を舞台に多様な少女の姿を描いた点に特徴がある。『少女世界』の愛読者会「少女読書会」の中心人物として、吉屋信子ら後進の作家へ影響を与えた。（徳永）

松田瓊子《まつだけいこ》　一九一六（大5）〜四〇（昭15）年。東京都生。旧姓野村。日本女子大学校中退。作家・野村胡堂と高等女学校教員・ハナの次女。日本女子大学校附属豊明幼稚園、同小学校、鎌倉高等女学校を経て、日本女子大学校附属高等女学校、同大学校英文学部へ進学。女学校在学中よりスピリの『ハイジ』や、オルコットらの作品に親しむ。また、兄・一彦の影響で信仰心を養い、金沢常雄の聖書研究会へ入会。一九三四年、兄の死後、彼の友人・松田智雄と婚約するが、気管支カタルを患い、大学を休学。のちに退学する。療養生活を送りながら、本格的に執筆を始める。三六年に書き上げた「つぼみ・つぼみ」の刊行を、父が知人・村岡花子に依頼。翌三七年一月、*『少女への物語　七つの蕾』と改題し、村岡の序文を付して教材社より刊行される。同年一〇月、松田と結婚。三九年に喀血し、以後療養生活を続けるが、四〇年一月一三日、腹膜炎を併発し、死去。生前に執筆された多くの作品が、父と夫により上梓された。*『紫苑の園』*『小さき碧』*『サフランの歌』*『香澄』など。日常の中に物語を見出しつつ、新たな空想・物語世界を志向する少年少女を多く描いた。優れた自然描写や、外国文化・キリスト教への言及に特徴がある。「素的!」を口癖とし、折に触れて歌を口ずさみ、踊りを楽しむ少女たちの姿が印象的。いずれの代表作も、愛読書『ハイジ』の影響が強い。（橋本）

松原至大《まつばらしだい》　一八九三（明26）～一九七一（昭46）年。千葉県千葉市生。別号村山至大。早稲田大学卒。一九一六年よりコドモ社で『コドモ』『良友』の編集を担当、一八年に東京日日新聞社に編集局社員として入社。後に『東日小学生新聞』の監修者を経て、四八年の退職まで同紙編集長を務めた。編集業務と並行し、*「春の日は輝く」等の創作や翻訳を発表。童話集に『鳩のお家』（一九二三）等があり、翻訳には『世界童謡選集』（一九二四）のような童詩の他、児童文学も手がけた。特に『少女ウイニフレッド』（一九三〇）『この子供たち』（一九二四）の訳出を通じて至大は女性文学に興味を抱き、五〇年代まで少女小説の訳出に力を入れた。（樋渡）

松本祐子《まつもとゆうこ》　一九六三（昭38）年～。神奈川県川崎市生。早稲田大学第一文学部卒。日本女子大学大学院文学研究科修了。イギリス文学者、聖学院大学人間福祉学部教授。一九九二年、『虹色のリデル』でデビュー。王子ルーカスレオンが陰謀に巻き込まれる*『夢の冠　碧の剣』が人気を博す。二〇〇二年、『リューンノールの庭』で第一回日本児童文学者協会長編児童文学新人賞を受賞。ほかに第一九回うつのみや子ども賞を受賞。（野呂）

真山青果《まやませいか》　一八七八（明11）～一九四八（昭23）年。本名彬《あきら》。宮城県仙台市生。第二高等学校医学部中退。代用教員、医師の代診などをへて小栗風葉門下となる。代診時代の経験を元にした小説「南小泉村」（『新潮』）を発表、自然主義文学の新人として注目された。原稿二重売り事件を起こして一時文壇から遠ざかったが、新派の座付き作者として復活、劇作家として大成した。「玄朴と長英」「平将門」「元禄忠臣蔵」など多数の戯曲を書いた。少女小説に*「美乎子の涙」がある。（中島）

馬里邑れい《まりむられい》　岩手県一関市出身。岩手県立一関第一高等学校、日本放送作家協会シナリオ教室研修科卒。在学中、集英社ヤングジャンプ原作大賞佳作入選。作家、辻真先に師事し小説作法を学ぶ。一九八九年、*『自由ヶ丘高校　失恋クラブ』が刊行され、人気を博す。他に『素敵な彼と愛・舞・美』（一九八八）などがある。児童文学や美少女ゲームのノベライゼーションなども手掛ける。（野呂）

三浦哲郎《みうらてつろう》　一九三一（昭6）～二〇一〇（平22）年。青森県八戸市生。次兄失踪の為、一九五〇年に早稲田大学政治経済学部中退後、八戸市の中学校に勤務。五三年に早稲田大学仏文学科へ再入学、在学中に新潮同人雑誌賞を受賞。六一年『忍ぶ川』で芥川賞受賞。児童文学では『ユタとふしぎな仲間たち』（一九七一）がＮＨＫ少年ドラマシリーズになり、劇団四季でミュージカル化。*『ひとり生きる麻子』等がある。（沼田）

三浦真奈美《みうらまなみ》　一九六二（昭37）年～。三重県生。名古屋短期大学卒。一九八九年、「行かないで—If You Go Away」が第十四回コバルト・ノベル大賞佳作に入選しデビュー。集英社コバルト文庫に、特殊な能力を持つ少年の戦いを描くファンタジー*〈竜の血族シリーズ〉〈冬の領域シリーズ〉等がある。その後、主にC・NOVELSにて、*〈風のケアルシリーズ〉〈女王陛下の薔薇シリーズ〉〈アグラファシリーズ〉など架空の世界が舞台の歴史ロマンを執筆。（菊地）

三上於菟吉《みかみおときち》　一八九一（明24）～一九四四（昭19）年。埼玉県春日部市生。早稲田大学英文科予科中退。粕壁中学（旧制）時代から文学を志し、『文章世界』や『中学世界』に投稿。一九一五年、『春光の下に』を自費出版して発禁となるが、翌年「悪魔の恋」を発表、二三年には『時事新報』に「白鬼」を連載して好評を博す。以後は大衆文学の流行作家となるが、デュマやドイルの翻訳も手掛けるなど多才ぶりを発揮した。また、妻長谷川時雨の『女人芸術』復刊を支援したことでも知られる。代表作に、『黒髪』『雪之丞変化』など多数。児童文学では「少年忠臣蔵」、少女小説としては、幕末を舞台にした*「むらさき草紙」や若い男女の恋愛心理を描く*『春の鳥』などがある。（菅井）

美川きよ《みかわきよ》　一九〇〇（明33）～八七（昭62）年。

神奈川県横浜市生。本名鳥海清子。大阪府立梅田高女（現大阪府立大手前高等学校）卒。夫は春陽会洋画家鳥海青児。一九二二年に『デリケート時代』（『三田文学』）等を発表したが、創作を中止。三〇年『父の恋愛』で再び創作を始める。きめ細かな文章で微妙な女性心理を表現するところに特徴がある。少女小説としては＊「木枯の曲」等がある。長編小説『恐ろしき幸福』『女流作家』や、夫の死後に、三〇年間にわたる思い出を語った長編自伝小説『夜のノートルダム　鳥海青児と私』がある。（伊原）

三木澄子《みきすみこ》　一九〇八（明41）～八八（昭63）年。長崎県生。愛知県立第一高等女学校（現・愛知県立明和高校）卒。一九二六年菊田一夫、安藤一郎らとともに詩の同人誌『花畑』を創刊。二九年『婦人サロン』（文藝春秋）の懸賞小説で「試験結婚実話　一週間」が当選し同誌に随筆を書く。四一年小説「手巾の歌」で芥川賞候補となり、四九年『文學界』の庄野誠一編集長の勧めでジュニア小説「星座」を執筆。この後、＊「紫水晶」＊『まつゆき草』＊『星の広場』といった多くの少女小説を発表。初期の作風は少女向けらしい文体。七二年『ひなぎく咲く花』で小学館文学賞佳作。七四年に網走市に移住。その後もジュニア小説＊『愛さずにはいられない』＊『北に青春あり』を発表。八二年児童文化功労者。七〇年代以降の作品は、同時代の潮流と重なるように、十代の若者の青春、恋や性の芽生え、大人となる成長期を描いた現実的な作風。八四年から『文芸網走』で「晩禱」の連載を開始するが八八年市内の喫茶店で倒れ、心不全のため死去。（沼田）

三島霜川《みしまそうせん》　一八七六（明9）～一九三四（昭9）年。富山県高岡市生。本名、才二。別号に犀児、歌之助、椋右衛門。旧制第四高等学校入学を目指して金沢で遊学し、泉鏡花、田中涼葉などを知った。一八九四年に上京、九六年に硯友社の社員となり、九八年に「埋れ井戸」が『新小説』の懸賞小説に当選。「解剖室」（一九〇七）で好評を得、＊「人形物語」をはじめとして少女小説も執筆した。後に創作から遠ざかり、『演芸画報』で歌舞伎批評をおこなうようになった。（大橋）

三島正《みしまただし》　一九一七（大6）～八六（昭61）年。東京都生。本名は三島正六。他の筆名に柾木新がある。早稲田大学仏文科中退。父は作家の三島霜川。新潮社や報知新聞等で記者、編集者として勤務。武田麟太郎に師事し、一九五七年に本名で『歪められた少年期』（生活の友社）を発表し小説家となる。本名での作は他に『浅草の坊っちゃん』（南旺社）がある。主にジュニア向け作品を執筆し、『小説ジュニア』等の雑誌に＊「雲の挽歌」

*「光の中で握手」等を発表。単行本に『星と夜との会話』（学習研究社）『星空のバラード』（集英社）等がある。愛と死、青春、性などのモチーフを描き、社会の下層や苦境を生きる人々へのまなざしを織り込む作風が特色。（菊地）

水島あやめ《みずしまあやめ》 一九〇三（明36）〜九〇（平2）年。新潟県生。本名高野千年。日本女子大学校師範科卒。映画研究所「小笠原プロダクション」を経て、松竹キネマ脚本部に入社。日本初の女性脚本家として活躍。児童映画の製作を望むが果たせず、『少女倶楽部』等に、写真に物語を組み合わせた写真小説を掲載していた。退社後、本格的に少女小説を執筆。戦中の主著は少女たちの美しき友情を描いた*『友情の小径』*『秋風の曲』*『忘れじの丘』や*『秋草の道』などで、戦後は『愛の翼』『乙女の小径』など多数の作品を発表。『小公女』等、名作ものの翻訳・翻案も手掛ける。（近藤）

水谷まさる《みずたにまさる》 一八九四（明27）〜一九五〇（昭25）年。東京都生。本名水谷勝。早稲田大学英文科卒。コドモ社に入社し、『良友』の編集をつとめた後、一九一九年、東京社に移り『少女画報』の編集を行いながら詩や童話を発表。二二年『少女詩の作り方』が刊行される。二四年、洋行しニューヨークなどに滞在、帰国後、本格的に作家として活動する。二八年には『童話文学』を創刊。童話を文学的境地にまで高めようとした。童話集には『マッチの兵隊』『葉っぱの眼鏡』、童謡集には『歌時計』『神様のお手』、翻訳に『若草物語』『ロビンフッド』、少女小説に「少女行進曲」*「落葉の道」*『海のあなた』などがある。（野呂）

水野仙子《みずのせんこ》 一八八八（明21）〜一九一九（大8）年。福島県岩瀬郡生。本名川浪（服部）貞子。須賀川裁縫専修学校卒。『少女界』『女史文壇』『文章世界』などに熱心に投稿。姉の異常妊娠を描いた「徒労」で田山花袋に認められ、門下に入り文学に専念する。妊娠などをはじめ、女性であることの生理や心理を鋭く見つめた。少女小説に*「その夜のこと」などがある。（川原塚）

水野葉舟《みずのようしゅう》 一八八三（明16）〜一九四七（昭22）年。東京都生。本名水野盈太郎。早稲田大学政経科卒。詩歌・随想・小品文・小説・評論と、多方面に亘って活躍。児童文学では「狸の塚」や「宗助の出京」「母の留守の日」など少年小説が目立つが、「人魚の娘」や*「探偵小説壊れた土塀」など少女を主人公にした小説もある。短編がほとんどで、幻想的な雰囲気を湛えた作品が多い。フランス、アメリカ、イギリスの童話の翻訳も手掛ける。（近藤）

水守亀之助《みずもりかめのすけ》 一八八六（明19）～一九五八（昭33）年。兵庫県相生市生。大阪医学専門学校中退。一九〇六年の上京後、田山花袋や徳田秋声の知遇を得て中央公論や春陽堂に勤める。一九年に中村武羅夫の勧めで『新潮』記者となり、創作合評では中村と共に司会を務めた。*『処女の心』のような少女小説に加え「帰れる父」（一九二〇）などの自然主義的な小説や風俗小説、多数の随筆、童話など、執筆活動は多岐にわたった。（尾崎）

溝口白羊《みぞぐちはくよう》 一八八一（明14）～一九四五（昭20）年。大阪府大阪市生。本名、駒造。早稲田大学専門部法律科卒。一七歳頃から詩作を始め、『文庫』『早稲田文学』誌上や詩集『さゝ笛』（一九〇六）などで注目を集めた。一方で、『家庭新詩不如帰の歌』（一九〇五）など当時流行していた新聞小説を新体詩にするという試みをおこなったほか、少女小説も執筆し、作品集*『さくら月』を刊行している。晩年は創作を離れ、神道の研究家として知られた。（大橋）

三谷（瀬戸内）晴美《みたに(せとうち)はるみ》 一九二二（大11）～。徳島県徳島市生。東京女子大学卒。別名瀬戸内寂聴。一九五一年一二月、「青い花」が『少女世界』に採用。少女誌・児童誌に、少女小説・名作再話・伝記・漫画原作などを執筆し、作家としての出発点となる。少女小説に「岬の虹」（『ひまわり』一九五二・七）「にじのかなたに」（『小学四年生』一九五四・四～一九五五・三）*「こまどり少女」など。（谷内）

三津木春影《みつぎしゅんえい》 一八八一（明14）～一九一五（大4）年。長野県伊奈市生。本名一実。別名閃電子。早稲田大学英文科卒。一般向けの短編小説と並行して『冒険世界』『日本少年』などに冒険科学小説の翻案・創作を掲載。呉田博士や小島恭一が活躍する連作ものが人気で、少女向けにも「魔法博士」（『少女画報』一九一三・九）「まぼろしの少女」（『少女の友』一九一四・一～三）などを執筆。一九一五年三三歳で病没。単行本も*『白金の時計』等多数。（高橋）

三津木貞子《みつぎていこ》 一八八三（明16）～一九四五（昭31）年。栃木県大田原市生。旧姓石井。栃木県立宇都宮高等女学校卒。窪田空穂の十日会に参加した歌人で、三津木春影と結婚するが一九一五年に死別。翌年から『少女の友』に短編を載せ始め、一八年からは成人向け小説も執筆した。『少女の友』掲載の読切りが主だが、『少女画報』の*「松ちゃんの望み」のみ二回連載となっている。品のある作風・文体が特長。（高橋）

三橋一夫《みつはしかずお》 一九一四（大3）～九九（平11）年。兵庫県神戸市生。慶應義塾大学卒。『文藝世紀』同人を経て、一九四八年、「腹話術師」を『新青年』に発表。幻想怪奇的な作風が特徴の探偵作家として活躍。ミステリ少女小説として*『仮面の花』、孤児の少女に相続されることになった伯爵家の秘密を描く『消ゆる花園』（偕成社、一九五〇）。少年少女ユーモア物に『ダンゴ屋そうどう』『タヌキの秘密』（ともに宝文館、一九五五）がある。（谷内）

南達彦《みなみたつひこ》　一八九八（明31）～一九六三（昭38）年。大阪府大阪市生。本名三井七衛。関西大学経済科卒。雑誌記者などを経たのち大正末期から作家活動を始める。ユーモア小説を多く残し、代表作に『禁酒先生』（一九四二）がある。読者の年齢性別を問わない作風で、『少女倶楽部』にも「滑稽小説」の標榜のもと*「親友カード」などの好短編を多数発表。戦後もユーモア作家としてコンスタントに作品を発表した。（尾崎）

南洋一郎（池田宣政）《みなみよういちろう（いけだのぶまさ）》　一八九三（明26）～一九八〇（昭55）年。東京都あきる野市生。本名池田宜政《よしまさ》。別の筆名に荻江信正がある。青山師範学校卒。長く小学校の教師を勤め、*「母の宝玉」『偉人野口英世』（大日本雄弁会講談社）などの伝記・感動物語を池田宣政名で、『少女倶楽部』連載の*「日東の冒険王」*「大鬼賊」や「密林の王者」（『少年倶楽部』）などの冒険物語を南洋一郎名で、「先生の日記」（『少年倶楽部』）などの学校ものを荻江信正名で発表した。モーリス・ルブラン原作『怪盗ルパン全集』を晩年まで次々と刊行し好評を博した。（中島）

南川潤《みなみかわじゅん》　一九一三（大2）～五五（昭30）年。東京都生。本名秋山賢止。慶應義塾大学英文科卒。一九三六年の「掌の性」、翌年の「風俗十日」で三田文学賞を連続受賞し、作家生活に入った。都会的な風俗小説で注目を浴びたが、戦時体制へと時代が変化する中、反体制の作家と目された。戦後に*『紅い花白い花』『窓ひらく季節』（一九四八）『いつか来た道』（一九四九）などの少女小説を著した。（遠藤）

宮敏彦《みやとしひこ》　一九二七（昭2）～八六（昭61）年。中国青島生。本名宮家敏《とし》。上海東亜同文書院を経て東京外語大学露西亜語科卒業。東京少年鑑別所教官となるが退職、文筆生活に入る。『ベートーベン』など音楽もののほか、少年少女雑誌に推理小説を発表する。もと警視庁捜査一課の、ベテラン警部だった私立探偵上条五郎とその娘美奈子のシリーズ*『黒い視線』『ひみつの変身』、少女を描いた小説*『海は燃えている』などがある。（櫻田）

三宅花圃《みやけかほ》　一八六八（明1）～一九四三（昭18）年。東京都生。東京高等女学校卒。本名田辺龍《たつ》子。

筆名に、ひさご女史、夢借舎丁々子など。跡見花蹊、桜井女学校、明治女学校などにも通い、中島歌子の歌塾、萩の舎では樋口一葉と同門だった。一八八八年、坪内逍遥の校閲を得た『藪の鶯』（金港堂）を刊行。女性作家による日本最初の近代的小説として注目された。九二年、『日本人』を主宰する三宅雪嶺と結婚、後に夫妻で『女性日本人』を刊行した。花圃の作家活動は明治三〇年代に終了したとも言われるが、明治四〇年代には、*「お静」や*「みしめ縄」などの少女小説を発表している。（川原塚）

三宅やす子《みやけやすこ》　一八九〇（明23）〜一九三二（昭7）年。京都府京都市生。作家・評論家。東京女子高等師範学校附属高等女学校卒。実母が正妻でないことから苦労を重ねた。昆虫学者・三宅恒方と結婚後四児をもうけ、夏目漱石・小宮豊隆に師事。夫の死後、個人雑誌『ウーマンカレント』を創刊し、評論『未亡人論』や自伝的小説『奔流』で「未亡人」をめぐる旧道徳を糾弾し、女性の権利を主張した。少女小説には、*「S先生の事」などがある。（矢澤）

宮崎一雨《みやざきいちう》　一八八九（明22）年〜没年不詳。東京都生。本名侃。東京外国語学校卒。『東京日日新聞』記者のち『中央新聞』に在籍。『少年倶楽部』に冒険小説を多数発表していたが、何よりも「熱血小説」と銘打たれた「日米未来戦」（一九二三）によって人気を不動のものとした。『少女倶楽部』にも創刊号から一九二九年まで一〇作が掲載され、中には*「殉国の歌」など連載が一年間に及ぶものもあった。（尾崎）

宮脇紀雄《みやわきとしお》　一九〇七（明40）〜八六（昭61）年。岡山県高梁市生。高等小学校卒業後、岡山市で書店経営ののち一九三五年に上京。同郷の坪田譲治に師事し児童文学作家を志す。講談社、小学館の雑誌を主な活動の場とした。特に『少女倶楽部』には三九年から戦後の五六年に至るまでの間、「軍用動物美談集」や農村部の孝行娘を描いた*「春の来る家」など、断続的に短編を発表したほか、戦時中は企業訪問記も寄稿した。（尾崎）

室生犀星《むろうさいせい》　一八八九（明22）〜一九六二（昭37）年。石川県金沢市生。本名照道。金沢高等小学校中退。生後すぐ養母に預けられ、七歳の時に室生真乗の養嗣子となる。金沢地方裁判所の給仕の時上司から俳句の手ほどきを受け、やがて詩人を志して上京と帰郷とを繰り返す。一九一三年、「小景異情」が『朱欒』に掲載され、この前後より萩原朔太郎と親交を結ぶ。詩誌『感情』を創刊するなど、近代抒情詩の完成に貢献した。代表作に、『抒情小曲集』、小説では『杏っ子』『蜜のあはれ』『かげろふの日記遺文』など。また、幼少年期の体験をもとにした児童文学を『赤い鳥』『少女の友』『少女画報』等に数多く発表する。少女小説では、*「六月の別れ」や*『乙女抄』などがある。（菅井）

毛利志生子《もうりしうこ》　一九六七（昭42）年〜。龍谷大学文学部卒業後、生花の専門学校、トリマー専門学校を卒業。一九九七年、呪禁師の有王と、カナリアと呼ばれる不思議な少年を追う謎の一族・綾瀬との呪術による戦いが繰り広げられる『カナリア・ファイル〜金蚕蠱〜』で集英社ロマン大賞を受賞し、デビュー。のち同作が*〈カナリア・ファイルシリーズ〉としてシリーズ化される。他に〈外法師シリーズ〉〈夜の虹シリーズ〉など、多数の作品を発表。現在、集英社コバルト文庫で*〈風の王国シリーズ〉を執筆中。（金）

本宮ことは《もとみやことは》　雑誌等のライターを経て、二〇〇六年六月に聖獣の巫女アリアの戦いと成長を描くファンタジー*〈幻獣降臨譚シリーズ〉（講談社X文庫ホワイトハート）でデビュー。他に平安京の姫・諾子が妖がらみの事件に出遭うラブコメディ〈魍魎の都シリーズ〉、女子禁制の音楽学院に入学した男装の少女アティーシャの学園生活と恋を描く〈聖鐘の乙女シリーズ〉等がある。映画のノベライズ作品『小説　少林少女』も手がける。

（菊地）

百田宗治《ももたそうじ》　一八九三（明26）〜一九五五（昭30）年。大阪府大阪市生。本名百田宗次。高等小学校卒。詩人でもあり児童文学者でもある。一九一五年六月に詩集『最初の一人』を刊行、七月に雑誌『表現』を創刊。人道主義的な詩を多く発表し、民衆派の一人ともいわれている。『金の船』『童話』などの児童文学雑誌にもいくつか童謡を発表。童話集『楡の木物語』（一九四七）などの童話集も出版。少女小説には*「涙の勝利」などの作品がある。（及川）

森一歩《もりいっぽ》　一九二八（昭3）年〜。北海道旭川市生。慶大英文科卒。本名一男。西脇順三郎に師事し詩作をしていたが、一九六〇年『毎日小学生新聞』の懸賞に入選、その作品を改稿して『コロポックルの橋』（理論社、一九六〇）を刊行。その後ジュニア小説に創作の幅を広げる。*「北国に燃える」*「愛の山脈」「学園の太陽」などの他に『入れ歯のライオン・森一歩詩集』（近代文芸社、一九九二）がある。（赤在）

森桂園《もりけいえん》　一八五六（安政2）（？）〜一九二九（昭4）年。岐阜県岐阜市生。本名永春、通称孫一郎。東京高師卒。三高、学習院教授。金港堂『青年界』の編集主任をし、『少年界』『少女界』にも執筆する。努力をして夢をかなえる*「少女の一念」のように、教育的な内容の作品が多い。金港堂書籍発行のお伽噺叢書に参加。晩年は俳諧の創作を中心に活動した。（徳永）

森奈津子《もりなつこ》　一九六六（昭41）年〜。東京都生。東京女子大学短期大学部英語科、立教大学法学部法学科卒。一九九一年、『お嬢さまとお呼び！』で学研レモン文庫よりデビュー。*〈お嬢さまシリーズ〉*〈あぶない学園シリーズ〉などで人気を博す。パロディや笑いの要素を盛り込みつつ、多様なセクシュアリティを描き出す作風は、当時の少女小説の異性愛規範に風穴を開けた。九〇年代後半から一般文芸に進出、SF、ホラー、官能小説など幅広く執筆中。（倉田）

森三千代《もりみちよ》　一九〇一（明34）〜七七（昭52）年。愛媛県宇和島市生。東京女子高等師範学校に入学したが中退。在学中に詩人金子光晴に出会って結婚、彼の影響を受ける。一九二七年に最初の詩集『龍女の眸』を刊行。三七年「小紳士」が認められたのをきっかけに詩から小説に転じ、四〇年には第一創作集『巴里の宿』を刊行し、四三年『和泉式部』で新潮社文芸賞を受賞する。戦後は「火宅」「豹」「去年の雪」を発表。少女小説も手がけ、四九年八月『少女クラブ』に「夏の朝」を発表、*『思い出の薔薇』『夢路はるかに』『春のワルツ』を偕成社より刊行している。（長谷川）

森島まゆみ《もりしままゆみ》　生没年、出身地不詳。一九二五（大14）年に『少女画報』に登場、翌二六年にかけて*「月ほのかに曇れば」等の学生小説シリーズを執筆。一時期北川千代や横山美智子が手掛けた回顧的エス物語の後継。（高橋）

森田たま《もりたたま》　一八九四（明27）〜一九七〇（昭45）年。北海道札幌市生。札幌高等女学校中退。旧姓村岡。高女在学時より少女雑誌に投稿しており、『少女世界』投稿者の団体「たかね会」にも所属。のち上京し森田草平に師事。一九一五年二月、「うはさ」を『新潮』に発表。その後森田七郎と結婚し一時文筆活動を中断するが再開。『中央公論』に発表した「着物・好色」などの随筆や詩を集めた『もめん随筆』を三六年に刊行、翌年には『続もめん随筆』を出す。身近な事柄を女性の立場でとらえた文章は女性読者に広く迎えられた。戦後も『きもの随筆』など随筆や小説を発表し続け、参議院議員も務めた。また童話や少女小説も数多く発表しており、少女向けには*『踊り子草』*『紅梅少女』などの短編集、*「まごころ」などの戯曲や翻案作品、そして*『桃李の径』*『石狩少女』など自伝的要素を組み込んだ中長編小説がある。自伝的作品では、周囲や世間の常識にそのまま融け込むことのできない利発で鋭敏な感性をもつ少女の豊かな情感や思索が美しい情景とともに描かれている。また自伝的作品に限らず、他の文学作品や作家への言及など作中に文学的素養が顔を出すのもこの作家の特徴である。（中谷）

森村桂《もりむらかつら》　一九四〇（昭15）～二〇〇四（平16）年。東京都生。学習院大学卒。父は作家の豊田三郎。自身の就職活動の体験を描いた『違っているかしら』（オリオン社、一九六五）でデビュー。次いでニューカレドニアへの旅行体験を描いた『天国に一番近い島』（学習研究社、一九六六）刊行。のちに映画化もされベストセラーとなる。若者言葉を駆使した軽快な筆致が、若い女性に人気を呼んだ。少女小説では『小説ジュニア』に連載された*「ビジョとシコメ物語」がある。（赤在）

諸星澄子《もろぼしすみこ》　一九三二（昭7）年～。神奈川県平塚市生。本名加藤澄子。慶應義塾大学経済学部卒。卒業後しばらくOL生活をした後、作家生活に入る。一九六四年、『電気計算機のセールスマン達』が直木賞候補となった。夫は直木賞候補作家でもある作家の加藤善也。代表作には、田舎の農地改革を背景に、大人たちの対立にも負けず、少年少女が愛を貫こうとする*「白百合の祈り」、対照的な性格の姉妹のいさかいに出自の問題がからむ*『光と影の花園』、障害をもつ少女を幼馴染に持つ青年を描いた*『幸福に散った人』がある。現実的・社会的な問題に対し、少女少年たちが葛藤しながらも向き合い、成長する過程を丁寧に描いている。（沼田）

矢田津世子《やだつせこ》　一九〇七（明40）～四四（昭19）年。秋田県南秋田郡生。東京麹町高等女学校卒。『女人芸術』名古屋支部員として活躍し、作家の道に入る。昭和初年代のモダン派のコント作家として出発したが、プロレタリア文学に傾き、『罠を跳び越える女』（一九三〇）でデビュー。同人誌『日暦』の同人となり、『人民文庫』にも参加。『神楽坂』（一九三六）で芥川賞候補、人民文庫賞を受賞し、文壇的地位を得たが、肺結核で早世。オルコットの翻案『若草物語』（一九三四）や、少女小説*『駒鳥日記』がある。（岩淵）

山浦弘靖《やまうらひろやす》　一九三八（昭13）年～。東京都生。早稲田大学文学部中退。一九六一年、脚本「賊殺」で第一六回芸術文化祭文部大臣賞受賞、シナリオライターとしてデビュー。「銀河鉄道999」「一休さん」などのアニメ脚本から、「七人の刑事」などのドラマ脚本、映画、時代劇等の脚本まで幅広く手掛ける。また、集英社コバルト文庫にて、恋を求めて全国を旅する少女が様々な事件に巻き込まれていくトラベル・ミステリー*〈星子シリーズ〉を執筆、一人旅という設定と主人公星子の活発

なキャラクターが人気を博し、五〇巻に及ぶ長寿シリーズとなる。他、代表作は*〈大江戸ロマネスクシリーズ〉など。（倉田）

山岸荷葉《やまぎしかよう》　一八七六（明9）～一九四五（昭20）年。東京都生。本名惣次郎、別号加賀の屋主人、鶯群堂主人、宗ちゃんなど。東京専門学校卒。巌谷一六、坪内逍遥、尾崎紅葉に師事し、硯友社同人となる。代表作『紺暖簾』の他、『少年世界』などで子どもの視点から描いた作品を多く発表した。長編少女小説として*『少女小説氏か育か』がある。（徳永）

山崎晴哉《やまざきはるや》　一九三八（昭13）～二〇〇二（平14）年。東京都生。早稲田大学文学部露文科卒。当初、一九七〇年代から八〇年代にかけては、アニメーションの脚本家として活躍。主なテレビ作品に「巨人の星」「あしたのジョー」「鉄腕アトム」「キン肉マン」「美味しんぼ」などがある。映画脚本では「ルパン三世・カリオストロの城」「コブラ」などが良く知られている。小説では、〈火の鳥シリーズ〉「サハラの涙」、女性に焦点をあてた*〈アレキサンドリア物語・新アレキサンドリア物語シリーズ〉などがある。九〇年代以降は、アニメーションのノベライズを発表したり、ライトノベルにも着手したりと、幅広い活動をした。（櫻田）

山田（今井）邦子《やまだ（いまい）くにこ》　一八九〇（明23）～一九四八（昭23）年。本名くにえ。父の任地の徳島県徳島市生。父が長野県下諏訪の実家を継がず官僚となったため、孫を育てたいと願う祖父母の下に姉妹と共に三歳から暮らす。十代から『少女界』『女子文壇』に投稿、生田花世とも交流。下諏訪小学校高等科を総代で卒業するが、父に進学を許されなかった。この頃下諏訪のルーテル教会に通う。縁談から逃れ二〇歳で河井酔茗を頼って上京、『中央新聞』の記者となる。一九一一年、のち衆議院議員となる今井健彦と結婚し退社。同時期に星野水裏の依頼で『少女の友』に短編少女小説を掲載し、*『白い鳥よ』にまとめる。女性作家の少女小説集としては尾島菊子に次ぐ刊行。一五年に第一歌集を刊行、島木赤彦に師事、『アララギ』を経て『明日香』を主宰（一九三六）。昭和期を代表する女性歌人となる。この間少女雑誌に短歌の他、*「蜘蛛の印象」*「クリスマスの夜道」など小品を寄稿。四五年空襲で自宅を消失、下諏訪に疎開のまま四八年に心臓麻痺で死去。歌集、評論集、随筆集など著書多数。『今井邦子短歌全集』（一九七〇）には五千七百余歌を収める。少女小説家としての活動は短いが、少女の感傷的な心情の表現に優れ、少女小説の浪漫性、抒情性を高めた。吉屋信子は『少女の友』の中では、山田の作品が

一番好きだったと述べている。（久米）

山手樹一郎《やまてきいちろう》　一八九九（明32）～一九七八（昭53）年。栃木県那須塩原市生。本名井口長次。明治中学校卒。『少女号』の編集、『少女世界』『少年少女譚海』編集長の傍ら小説を執筆、のち執筆に専念。一九四〇年より岡山『合同新聞』連載の「桃太郎侍」で注目される。明朗闊達な作風で、映像化作品も多い。一貫して時代小説を発表、『少女倶楽部』には「おとめ街道」（一九五一～五二）「若殿天狗」（一九五三～五四）を連載、偕成社からは*『むすめ獅子』を刊行した。（鈴木美）

山中峯太郎《やまなかみねたろう》　一八八五（明18）～一九六六（昭41）年。大阪府大阪市生。別筆名に山中未成、我妻隼人、石上欣哉、大窪逸人、三條信子など。陸軍大学校中退。三歳で陸軍医の養子となり、職業軍人としての将来を嘱望されたが、陸軍士官学校時代に中国人留学生と交わり、中国革命問題への関心を次第に強め、陸軍大学校を退学。朝日新聞社通信員として中国に渡り孫文とも関わりながら、日中両国を奔走。遂には軍籍を離れて革命に参加。一九一七年には、革命資金調達のため偽電事件を起こす。この体験は後日『実録アジアの曙』（一九六二～六三）として纏められる。その後文筆活動に専心、多数の少年少女小説、家庭小説、宗教小説を執筆。誠実で行動的なヒーロー本郷義昭を主人公とする「亜細亜の曙」（一九三一～三二）「大東の鉄人」（一九三二～三三）などを『少年倶楽部』に、また『少女倶楽部』にも*『万国の王城』*『第九の王冠』*『黒星博士』を連載。その他戦後刊行の*『少女小説嵐に咲く花』もある。雑誌連載小説は人気を博し、次々と単行本化された。戦中は陸軍阿南惟幾や東条英機に協力、創作面でも国家主義的な思想を基調とした軍事冒険小説で少年少女に大きく影響を与えた。そのため戦後、批判された。（鈴木美）

山本周五郎《やまもとしゅうごろう》　一九〇三（明36）～六七（昭42）年。山梨県大月市生。本名清水三十六。横浜市西前小学校卒業後、木挽町の山本周五郎商店に丁稚奉公し、店主の好意で正則英語学校や大原簿記学校に通う。一九二六年「須磨寺附近」を発表。この頃、博文館『少年少女譚海』の編集者井口長次（山手樹一郎）と出会い、童話や少年少女小説を書き始める。後に数多くの時代小説や大衆小説を発表した。少女小説に*「誉の競矢」「和蘭人形」（『少女倶楽部』一九二八・一〇増刊）などがある。（中谷）

山本文緒《やまもとふみお》　一九六二（昭37）年～。神奈川県横浜市生。神奈川大学経済学部卒。会社勤務を経て一九八七年「プレミアム・プールの日々」で下期コバルト・ノベル大賞佳作を受賞しデビュー。*『きらきら星をあげよう』や*〈学園恋愛ジャンクションシリーズ〉など、ユーモアとペーソスの交じる少女小説を集英社コバルト文庫とポプラ社から一五冊刊行後、九二年から一般文芸へ移行。『恋愛中毒』（角川書店、一九九八）で第二〇回吉川英治文学新人賞、二〇〇一年には『プラナリア』（文藝春秋、二〇〇〇）で第一二四回直木賞を受賞した。

（久米）

唯川恵《ゆいかわけい》　一九五五（昭30）年二月〜。石川県金沢市生。本名は宮武泰子。金沢女子短期大学情報処理学科を卒業後、一〇年間銀行等に勤め、一九八四年「海色の午後」で第三回コバルト・ノベル大賞を受賞し、デビュー。集英社コバルト文庫で九二年まで、*〈ツインハート抱きしめてシリーズ〉等の少女小説を刊行。九〇年代後半頃から一般向けに多くの恋愛小説を刊行し、二〇〇一年『肩ごしの恋人』（マガジンハウス）で第一二六回直木賞受賞。〇八年『愛に似たもの』（集英社）で柴田錬三郎賞受賞。

（武内）

ゆうき☆みすず《ゆうきみすず》　一九六一（昭36）年〜。神奈川県生。本名鈴木裕美子。日本大学理学部卒。「機動戦士Zガンダム」等のアニメのシナリオライターとして活躍する傍ら、一九八八年、『きらめく星空に哀愁のチャルメラが聞こえる』（講談社X文庫ティーンズハート）で小説家デビュー。同作は*〈とラブるトリオシリーズ〉としてシリーズ化され人気を博した。他の作品に、高校男子バレーを描く〈すばるシリーズ〉（同）、アニメ業界を舞台にした〈せるろいど・どりーむシリーズ〉（同）等がある。

（芳賀）

結城光流《ゆうきみつる》　二〇〇〇年、『篁《たかむら》破《は》幻草子《げんぞうし》』を角川ティーンズルビー文庫より刊行し、デビュー。同作は平安初期の実在の人物・小野篁が悪鬼怨霊に立ち向かう歴史伝奇ファンタジーであり、角川ビーンズ文庫でシリーズ化。さらに〇二年一月から同文庫より、平安の大陰陽師・安倍晴明の孫の少年陰陽師・昌浩たちが妖怪怨霊と死闘をくり広げる*〈少年陰陽師シリーズ〉を刊行、子供から大人まで幅広い読者を獲得する。主に人間と悪鬼怨霊・怪物などとの心の交流や闘いを描いた怪奇バトル・ファンタジーを得意とし、他にも吸血鬼一族に育てられた人間の少女・咲夜が血族から離反したモンスターを狩る〈モンスター・クラーンシリーズ〉（同文庫）などの作品がある。

（武内）

ゆうきりん《ゆうきりん》　一九六七（昭42）年〜。東京都生。神奈川工科大学卒。一九九二年、『夜の家の魔女』で第一九回コバルト・ノベル大賞受賞。ファンタジーを得意とする作家で、下級貴族リリーベルと、復讐のために貴族を襲う《獣》ルァズの恋の物語*〈シャリアンの魔炎シリーズ〉、ただ二人に許される薔薇の紋章を身に着ける、薔薇の騎士スターリングとクラウスの愛と友情の物語＊〈薔薇の剣シリーズ〉などがある。（沼田）

行友李風《ゆきともりふう》　一八七七（明10）〜一九五九（昭35）年。広島県尾道市生。本名直次郎。小学校卒業後、家業の藍商を継いだが放浪の末一九〇六年大阪新報社会部に入社し演芸欄を担当。同紙に「因果経」等の通俗小説を発表した。一六年に退社し大阪松竹合名会社文芸部に入社。翌年専属作者となる。新国劇の沢田正二郎とのコンビで「月形半平太」「国定忠治」等を発表し好評を博したが、関東大震災後に解消。小説に転じた。『修羅八荒』など主に大衆小説の分野で人気作家の地位を築いた。少年・少女向けには＊『破軍星』の他、「鞍馬八流の狸」（一九二七）「文政辻占曾我」（一九二九）等の代表作がある。（樋渡）

雪乃紗衣《ゆきのさい》　一九八二（昭57）年一月〜。茨城県生。二〇〇二年「彩雲国綺譚」で第一回角川ビーンズ小説大賞奨励賞・読者賞をダブル受賞、翌年一一月、同作を改稿執筆した『彩雲国物語―はじまりの風は紅く』（角川ビーンズ文庫）で作家デビュー。彩雲国の名家の一人娘でありながら苦しい家計をやりくりする少女・紅秀麗が、金に釣られて「ダメ王様」の教育係として貴妃になったことから宮廷の事件に巻き込まれていく同作は、のち＊〈彩雲国物語シリーズ〉としてシリーズ化されると大変な人気を博す。一一年七月に完結した本編全一八巻のうち、特に三巻目からは秀麗が初の女性官吏として恋愛そっちのけで智力体力を駆使して難事件に挑む姿が、読者の心を惹きつける。同シリーズはマンガ化、テレビアニメ化もされるが、注目すべきは一一年一〇月から加筆修正版が新たに角川文庫で再版されはじめたこと。一二年三月には外伝『骸骨を乞う』（角川書店）が単行本出版されたことからもわかるように、本作家が同シリーズで垣間見せる複雑なプロットや人間の心の機微を丹念に描く筆力は、ライトノベルや少女小説といったジャンル枠組みを突き抜けたものがある。（武内）

由利聖子《ゆりせいこ》　一九一一（明44）〜四三（昭18）年。東京都生。本名鈴木富美子。東京府立第三高等女学校卒。その後、同校高等科に進学し、さらに、東京女高師附属高女専攻科に転学したが、卒業の記録はない。女学校在学中から『少女の友』に投稿し、一九三二年頃から同誌に短編を発表。『少女画報』にも、ミス・マミコの筆名で＊『モダン小公女』（のち三巣マミコ、由利聖子の筆名で出版）などを発表。三四年一二月号の『少女の友』掲載「チビ君」から由利聖子の筆名を使用。ユーモアと機知に富んだ文章を、主筆内山基に認められ、以後二年間、チビ君を主人公とする連作シリーズを掲載。後に、*『チビ君物語』正・続として出版される。以後も、『仔猫ルイの報告書』(一九三七)『次女日記』(一九三八)「あまのじゃく合戦」(のち*『少女三銃士』と改題出版)『蕾物語』(一九四〇)『小さい先生』(一九四二)と連載を続けた。『少女の友』の姉妹誌『新女苑』には、三七年創刊以来二年間、丘文子の筆名で、社会批評と機知に富んだルポルタージュを連載した。四〇年頃より『少女倶楽部』にも短編掲載、同誌に「我が家の合唱」(一九四一。のち『ほがらか回覧板』と改題出版)を連載している。いずれも昭和戦前期の少女をめぐる多様な文化や社会風俗史的資料としても価値がある。四〇年頃より体調を崩し転地療養をしたが、四二年病状悪化し、『少女の友』連載中の「五月物語」を七月号で中断。翌年二月、死去した。 (岩淵)

横溝正史《よこみぞせいし》 一九〇二(明35)〜八一(昭56)年。兵庫県神戸市生。大阪薬学専門学校卒。本名正史《まさし》。一九二一年、『新青年』に懸賞応募した「恐ろしき四月馬鹿」が入選、作家デビュー。二六年、博文館入社、二七年、『新青年』編集長就任。この頃から『少年世界』や『少女倶楽部』等にて、「怪人魔人」*「薊をもつ支那娘」等、ジュヴナイル作品を多数執筆。ジュヴナイル作品の概要は黒田明「解題」(『横溝正史探偵小説選II』論創社、二〇〇八)に詳しい。四八年、『本陣殺人事件』で第一回探偵小説クラブ賞長編賞受賞、以後日本のミステリ界をリードする作家として活躍。 (倉田)

横山壽篤《よこやまひさあつ》 一八八六(明19)〜一九七三(昭48)年。広島県三原市出身。別名栩々郎、夏樹、銀吉など。広島師範卒。小学校教員、報知新聞社勤務を経て新聞の懸賞小説に当選したのをきっかけに執筆活動を開始する。一九年佐藤佐次郎と共に『金の船』を創刊。分裂後も単独で雑誌の編集や童話・少女小説・人形劇などの創作をした。作品に「教室の花」*『少女小説二少女』などがある。妻は横山美智子。 (徳永)

横山碧川《よこやまへきせん》 生没年未詳。報知新聞の記者を経て文筆活動に入る。特に、金港堂書籍の『少女界』では、神谷鶴伴が編集主任となった三巻頃から小説を中心に執筆する。主なものに「動物園遊会」「胡蝶の宮」*「花売乙女」がある。他にも『趣味』掲載の「女義朝重」や、懸賞文芸に一等当選の写生文「子供になる記」(『文芸の三越』)、金港堂書籍『愛の玉』がある。 (徳永)

横山美智子《よこやまみちこ》 一八九五(明28)〜一九八六(昭61)年。生年は一九〇一年、〇三年、〇五年など諸説あり。広島県尾道市生。本名黒田カメヨ。尾道高等女学校中退もしくは卒業といわれるが、本人が明らかにしていないため不明（尾道女子高等小学校卒業であることは判明している）。少女時代から文学に親しみ、十代のうちに作家を志し上京。『少女の友』編集人・東草水のもとに一時身を寄せ、横山美智子の筆名で同誌ほか『少女倶楽部』『少女画報』等に、また、横山美智夫・黒田道夫の筆名で『少年倶楽部』『キング』等に執筆。一九一九年に夫・横山壽篤（筆名銀吉）が斎藤佐次郎とともに創刊した童話雑誌『金の船』にも深く関わる。三四年、『大阪朝日新聞』の懸賞小説で「緑の地平線」が一等に入選し、内容および賞金の額が大きな話題となる（なお同作は日活で映画化）。また、第二次大戦中に制作された国産アニメーション「くもとちゅうりっぷ」（一九四三）は、横山『よい子強い子』（一九三九）中の一編である。代表作には『級《クラス》の光』（一九二七）*『嵐の小夜曲』*『紅薔薇白薔薇』*『海鳥は唄ふ』*『母椿』『山鳴り』（一九五三）*『紅ばらの夢』*『花の冠』等がある。また、大人向けの小説にも筆を染め、『若き生命』（一九四三）『こう叱るこうほめる』（一九四九）等の教育的エッセイも多数ある。なお、室生犀星『黄金の針』（一九六二）には、横山との長きにわたる交友についてユーモラスかつ親しみをこめた筆致で書かれてある。（布施）

与謝野晶子《よさのあきこ》

一八七八（明11）～一九四二（昭17）年。大阪府堺市生。堺女学校卒。明治から昭和にわたって四〇年以上文筆活動を続け、短歌・詩・小説・童話・少女小説・社会評論・随筆・古典文学の現代語訳など多くの分野で、優れた業績を残した。なかでも重要なのは二〇数巻の歌集を残した短歌だが、とりわけ第一歌集『みだれ髪』（一九〇一）は、近代短歌の開花をもたらし、浪漫主義文学全盛期の明治三〇年代を牽引した。また、『青鞜』創刊号（一九一一）の巻頭を飾った長詩「そぞろごと」中の「山の動く日来る」というフレーズは、『青鞜』が日本の女性解放運動に果たした歴史的意義を予見した表現として人口に膾炙している。平塚らいてう・山川菊枝などとの「母性保護論争」（一九一六～一八）では母権主義に論陣を張ったことも有名である。一九一二年、先に渡欧していた夫・鉄幹の後を追ってパリに赴き、ともに英・独などを歴訪し、半年後単身帰国。その体験を生かした少女小説に*「環の一年間」がある。ほかに*「さくら草」*「ある春のこと」など四〇編以上の少女小説を『少女世界』『少女の友』『少女画報』『少女倶楽部』に掲載している。また、短編小説集『雲のいろいろ』（一九一二）、長編小説『明るみへ』（一九一三）など意欲的に他のジャンルへの進出をはかり、『新訳源氏物語』全四巻（一九一二～一三）など古典の現代語訳も刊行した。二一年、文化学院学監となり、教

育の分野でも貢献した。（岩淵）

吉川英治《よしかわえいじ》　一八九二（明25）〜一九六二（昭37）年。神奈川県横浜市生。本名吉川英次。太田尋常高等小学校高等科中退。一九一四年吉川雉子郎の名で『講談倶楽部』の懸賞小説に応募した時代小説「江の島物語」が一等当選し、作家デビュー。多くの筆名を使用したが、二五年に『キング』発表の「剣難女難」で吉川英治名を初めて使用した。多くの時代小説を執筆して流行作家となり、三五年から『朝日新聞』に連載した「宮本武蔵」は彼の集大成的な作品。少女向け時代小説も*『ひよどり草紙』*『胡蝶陣』『右近左近』（一九三四〜三六）*『少女時代小説やまどり文庫』など多数。（遠藤）

吉田甲子太郎《よしだきねたろう》　一八九四（明27）〜一九五七（昭32）年。群馬県甘楽郡生。別筆名に吉田夏村、朝日壮吉。早稲田大学英文科卒。立教中学校教諭を経て明治大学文芸科教授。英米文学翻訳の一方、*「木履と金貨」「覆面の侠男」（一九二七）「再会の日」（一九二七）を『少女倶楽部』、「負けない少年」（一九三六）を『少年倶楽部』に発表。また恩師山本有三のもと『日本少国民文庫』編集に参加。戦後は「兄弟いとこものがたり」（一九四八）発表の他、『銀河』や国語教科書の編集、国語審議会委員も務めた。（鈴木美）

吉田絃二郎《よしだげんじろう》　一八八六（明19）〜一九五六（昭31）年。佐賀県神埼市生。本名は吉田源次郎。早稲田大学卒。一九一五年に早稲田大学講師、二四年に教授となる。教職の傍ら『ホトトギス』『早稲田文学』『文章世界』『新潮』『改造』などに詩や小説、評論を執筆した。一七年に発表した『島の秋』が出世作となり、文壇に地歩を固めた。絃二郎の作品には、ヒューマニズムと説話的要素が強くあらわれており、主なものとして*『少女小説山遠ければ』や*「巡礼の歌」がある。また芭蕉の影響をうけた作品もある。三四年に早稲田大学を退職し、以後作家活動に専念。幅広い分野で活躍し、著作集は二〇〇冊を超えた。（徳永）

吉田とし《よしだとし》　一九二五（大14）〜八八（昭63）年。静岡県富士市生。日本女子大学校国文学部を中退した一九四八年、『追憶に君住む限り』を刊行。日本文学協会書記局や出版社に勤務するかたわら、女性誌などに小説、評論を発表する。五五年頃から児童文学に転じ、齋藤尚子、立原えりからと同人誌『だ・かぽ』を創刊。同誌連載の『巨人の風車』はポルトガルの反独裁政権運動を題材とした作品で、六三年に第一回NHK児童文学奨励賞を受賞した。このころからジュニア小説も書きはじめ、*『あした真奈は』で人気を得たほか、*「じぶんの星」で第一六回小学館文学賞を受ける。その後も、『小説の書き方』や『木曜日のとなり』などの児童文学と、*『この花の影』*『たれに捧げん』*『愛のかたち』のようなハイティーン向けのジュニア小説、両ジャンルで精力的に創作活動を行い、力強く生きる少女を描きつづけた。特に、富士山の日米合同演習阻止運動を背景に、少女の性と成長や家族のありかたを問うた『家族』は、児童や少女向けにとどまらないスケールをもつ長編小説として注目される。この小説の続編を構想中に、肺癌で死去した。（藤本）

吉田縁《よしだゆかり》 愛知県名古屋市生。名古屋市立女子短期大学被服科卒。一九九五（平7）年、『アルヴィル銀の魚』で第二六回コバルト・ノベル大賞佳作入選し、デビュー。中世ヨーロッパ風の異世界を舞台とするホラー・ファンタジーを得意とし、緻密な歴史考証に基づいた描写が作品世界に奥行きを与えている。*〈聴罪師アドリアンシリーズ〉や、*『悪魔の揺りかご』など。ＨＰ「Medieval Fantasy中世ファンタジーの世界」で番外編の公開や同人誌販売を行っている。（川原塚）

吉屋信子《よしやのぶこ》 一八九六（明29）～一九七三（昭48）年。父雄一の任地先の新潟市で生まれ、五歳で父が郡長を務めた栃木県に移り、六歳から下都賀郡で育つ。十代で少女雑誌や『文章世界』に投稿が入選、作家を志す。栃木高等女学校卒業後、東大在学中の三兄忠明の進言で一九一五年に上京を許され、初め忠明と下宿。野上彌生子、竹久夢二らを訪ねる。一八年には神田の基督教女子青年会（ＹＷＣＡ）に入居。一五年から幼年向けの雑誌に童話が採用され始め、稿料を得る。

一六年、『少女画報』誌に送った*『花物語』の連載が決まり、長期連載されて少女小説の代名詞的作品となった。同年、終刊巻の『青鞜』にも寄稿。一九年、ＹＷＣＡの同室の友に勧められ『大阪朝日新聞』懸賞小説に応募、『地の果まで』が一等入選。一般向け大衆小説作家としても認められていく。二〇年『屋根裏の二処女』を刊行。二三年、山高しげりに紹介された門馬千代を知り、生涯のパートナーとなる。同年の関東大震災後、門馬と共に一時長崎に滞在。二八年門馬と一年間渡欧。

二六年以降、少女小説では長編の仕事が増え*『三つの花』*『返らぬ日』*『紅雀』*『わすれなぐさ』*『あの道この道』*『伴先生』などを少女雑誌各誌に連載。大衆小説分野では三三～三四年『婦人倶楽部』連載の『女の友情』が評判をよび、連載後『吉屋信子全集』（新潮社、一九三五～三六）一二巻刊。三六～三七年『大阪毎日新聞』連載『良人の貞操』も人気作となり映画化された。三七年には『主婦之友』専属作家として日中戦開始後の中国を慰問、三八年には内閣情報部の従軍文士「ペン部隊」の一員として漢口へ赴いた。

戦後、少女小説には*『級友物語』があり、一般向け小説では『安宅家の人々』(一九五一～五二)『鬼火』(一九五二)で新境地を開く。六二年、鎌倉長谷に転居。評伝や回想記を刊行する一方、『徳川の夫人たち』(一九六六)『女人平家』(一九七〇～七二)といった歴史小説の大作を発表した。結腸癌で七七歳で死去。少女小説ジャンルの確立と発展に貢献し、大衆小説作家としても大成。数奇な運命や偶然性に富むプロットを多用しつつ、常に女性の立場に立って女性同士の絆を称揚し、近代日本の男性中心主義社会に異議を唱える作風を展開した。　(久米)

米光関月《よねみつかんげつ》　一八七四(明7)～一九一五(大4)年。山口県下関市生。本名亀次郎。東京専門学校中退。幸田露伴門下の小説家。日本初の少女雑誌『少女界』には「花くらべ物語」*「初子」*「後の初子」などを掲載、懸賞短詩の選も担当している。その他の作品に『少女小説島の少女』『少年水滸伝』『薄墨の松』などがある。　(中島)

龍胆寺雄《りゅうたんじゆう》　一九〇一(明34)～九二(平4)年。千葉県佐倉市生。本名橋詰雄。慶應大学医学部中退。一九二八年、雑誌『改造』創刊一〇周年記念の懸賞小説に「放浪時代」が当選、同年、同誌に「アパアトの女たちと僕と」を発表、都会的で享楽的な女性像を描きあげ一躍注目を浴びた。浅原六朗、久野豊彦らとともに、新興芸術派の旗手と見なされたが、文学思潮の変化や文壇の封建制を攻撃したことにより第一線から退くこととなった。『少女の友』や『令女界』にも作品を発表。*『燃えない蠟燭』*『青銅のCUPID』*『月の沙漠に』などが単行本化されている。　(中谷)

若木未生《わかぎみお》　一九六八(昭43)～。埼玉県生。早稲田大学中退。一九八九年、「AGE」で第一三回コバルト・ノベル大賞佳作。同年、『天使はうまく踊れない』に始まる、特殊能力を持つ高校生が、人間に憑依する魔性の者と戦うSF的ファンタジー*〈ハイスクール・オーラバスターシリーズ〉を刊行開始、ライフワークとなる。主著はほかに、異次元ものの*〈エクサール騎士団《ライエノーツ》シリーズ〉、音楽バンドの青春グラフティ〈グラスハートシリーズ〉(集英社コバルト文庫・幻冬舎、十巻、一九九三～二〇〇九)など。いずれの分野も、ティーン世代の群像を通して友情や青春の悩みを描いている。　(谷内)

若杉慧《わかすぎけい》　一九〇三(明36)～八七(昭62)年。広島県広島市生。本名恵《さとし》。別筆名に庭與吉。広島師範学校卒。教職の傍ら発表した「微塵世界」(一九四二)や「淡墨」

（一九四三）が芥川賞候補となり注目される。戦後、文筆活動に専念。教師と女学生の恋愛を描いた「エデンの海」（一九四六）など多くの青春小説の他、少女小説*「三つの丘の物語」など、少年少女の葛藤を扱う作品を発表。やがて石仏への関心から写真・随筆に創作の重心を移した。

（鈴木美）

若松賤子《わかまつしずこ》　一八六四（元治1）～九六（明29）年。福島県会津市生。本名松川甲子《かし》。父の別姓島田も名乗る。フェリス女学校卒。会津藩士の家に生まれたが四歳の時の会津戊辰戦争後、父は郷里を離れ母は病没、一家は離散した。賤子は横浜の貿易商の番頭の養女となるが養家になじめず（八五年離籍）、七五年、宣教師ミス・キダー開校のフェリス・セミナリー（女学校）一期生となり寄宿舎生活を送る。在学中に受洗し、卒業後は母校の教師となった。学生の文章修練の会「時習会」の活動を通じて同じキリスト教系女学校である東京の明治女学校の教頭、巌本善治を知り、八九年に巌本と結婚。翌年巌本編集の『女学雑誌』に翻訳「忘れ形見」発表。また同誌に『小公子』翻訳を連載（一八九〇～一八九二）、名訳と評された。九五年九月、博文館の雑誌『少年世界』の「少女」欄に日本初の少女小説といえる*「着物の生る木」を発表。翌年一・二月の「少女」欄に*「おもひで」上下編を発表するが、二月五日に明治女学校で火災が起き校舎が焼失、賤子は三子と避難したが結核が進行していたため病状が急変、二月一〇日に三一歳で死去。短い生涯だが、閨秀作家として翻訳・創作・エッセイに優れた業績を遺した。遺稿集『忘れかたみ』（一九〇三）。

（久米）

少女小説事典

作品

着物の生る木《きもののなるき》　若松賤子作。一八九五（明28）年九月『少年世界』。同年一月創刊の『少年世界』が九月に開設した「少女」欄の最初の本格的創作短編。「少女」欄は日本の雑誌に初めて登場した少女向け専用ページであり、明治三〇年代後半から創刊される少女雑誌の先駆けといえる。本作は実質的に日本初の少女小説とみなせる作品。

主人公なつ子は、裁縫が苦手な少女。前掛けを縫いながらこれが木に生っていればと嘆くと、庭先に奇妙な老人が現れ呪文を唱えるよう促し、なつ子を不思議な国に連れて行く。そこは帯の生る木や前掛け・帽子・リボン・足袋・下駄の畑などがあり、服飾品すべてが作物として収穫できる国だった。なつ子は喜んで家族への土産をたくさん採り、帰ろうとすると老人は急に「おつかさんに断りもしないでこゝへ来る人は、家へ帰さねへ」と言い出す。なつ子は「辛抱して裁縫してれば好《よか》つた」と後悔するが、知恵を働かせて逆の呪文を唱え、家に戻ることができたという話である。読者に裁縫の大切さを教え、無断外出を戒める教訓物語であるが、空想の美しい国へ行くエピソードを介して楽しませながらメッセージを伝え、「少女の気持に沿った」（続橋達雄『児童文学の誕生』桜楓社、一九七二）読み物となっている。また、不思議な呪文で異界を往還するプロットは西洋の説話や児童文学の影響を思わせ、英語圏文学に親しんだ作者の教養を生かした和製ファンタジーになっている。

「少女」欄は巌本善治・若松賤子夫婦を中心執筆者として始まるが、翌年二月に賤子が亡くなり、以後は『少年世界』主筆の巌谷小波や、硯友社系の作家が翻訳や創作を載せた。その中には主人公を厳しく罰するような重苦しい教訓話も多く、若松賤子の明るい作風で始まった日本の少女小説が、それを受け継いで展開できなかったという問題が見出せる。（久米）

↓「おもひで」

おもひで《おもいで》　若松賤子作。一八九六（明29）年一月～二月『少年世界』「少女」欄掲載。納戸から出てきた洋装のドレスを前に、一七歳の娘に母親が、一〇年程前の経験を「戒め」として語る。結婚後、女学校時代の華やかな友人孝代に再会して感化された母は、当時流行の洋服を夫に頼んで仕立ててもらい新年宴会に出たが、居心地が悪く、あまつさえ新調のドレスに客の一人がシャンパンをこぼしたため大きな染みができた。母は「馬鹿らし加減が深底心に染みて」、以後は上流社会の見習いを止めたと明るく語る。鹿鳴館時代に、分不相応な上流の交際に背伸びして臨んだ女性の失敗談を介し、驕奢を戒めると共に、イヴニングドレスや扇や革手袋を身に付けてパーティに出ることのロマンティックな憧れも掻き立てる。少女読者の興味を引き付け、優雅な世界を想像させ楽しませながら教訓を語るという工夫がこらされている。作中の家族関係も夫婦・親子が親和的であり、抑圧的な家父長制とは異なる新時代の家庭像を印象付ける。（久米）

↓「着物の生る木」

鶴の貞操《つるのていそう》　巌本善治作。作者名は山下石翁名義。一八九六（明29）年二月『少年世界』「少女」欄掲載。作中では「鶴」とされるが、フランスのアルザス地方で地域の象徴とされるコウノトリの話。出典不詳。アルザス近辺で二羽の鶴が某家の軒に仲睦まじく巣を作ったが、某家の人が悪戯《わるさ》半分に別の卵を入れた。雛が生まれると雄は異声を発して飛び去り、百数十羽の鶴と共に戻る。雄は「慷慨悲憤」の演説のように鳴き、頸を垂れている雌の脳天を嘴で打って殺し、雛もつつき殺す。群れも巣を襲い死骸を蹴散らして去った。雌は毛色の違う雛を産んだ「不義の女」として制裁されたのである。「鶴は不義を悪み、操を重んずること甚だしく」、人間は「万物の霊長ゆえ」「品徳は、之れより潔よくある可き」と訓戒する。鶴でさえ「操」を重んじるというテーマだが、無実の雌を一方的に雄が殺傷するというかなり厳しい教訓譚であり、当時の「少女」欄の傾向の一つを示している。（久米）

↓「どの児にしやう」

どの児にしやう《どのこにしよう》　巌本善治作。一八九六（明29）年五月〜六月『少年世界』「少女」欄掲載。擬人化された飼い猫の話。三毛とお玉の猫夫婦に七疋の子が生まれた。同じ家の飼い犬の八と白の夫婦には子犬がいないため、八は子猫を養子に欲しいと申し出る。日ごろ八から御馳走を分けてもらうこともあり、どの子をやろうかと迷うが、結局「皆我子だもの、可愛さに差《ちが》ひのあらう筈がない」「犬のところへ養子などに遣り度くない」として断った。親はどの児《こ》も可愛いのですよと締めくくられる。犬猫の擬人化には巌谷小波『こがね丸』（一八九一）の影響が見え、また養子の話には作者自身の養子体験による見解が込められたと考えられる。（久米）

↓「鶴の貞操」

いぢめつ子《いじめつこ》　北田薄氷作。一八九六（明29）年八月『少年世界』。貧しい車夫の娘で五歳くらいのお光は、ある日、紙問屋で商売をしていた飴屋に騙され、嬢様にばかにされ、小僧にぶたれていじめられる。紙問屋に怒鳴り込もうとした両親を止めたお光の心遣いと行動が近所の評判になり、お光は皆に可愛がられ、一方、紙屋の娘はつまはじきにされた。だから人をいじめてはいけない、というメッセージで作品は結ばれる。

（川原塚）

↓「先生様々」

おきやん《おきやん》

中山白峰作。一八九六（明29）年一二月『少年世界』。「少女」欄に掲載。お転婆ですぐに相手に手を出してしまうため、お板は近所の子供たちから嫌われていた。彼女が一七歳になったとき、父が商売に失敗し、両親とも床に伏してしまう。日頃から吉原の遊女に憧れていたお板は機に乗じて自ら身売りを申し出るが、花街で働くうちに死んでしまう。明治二〇年代の婦人雑誌に見られる読み物記事を引き継いだ、典型的な教訓話。

（大橋）

先生様々《せんせいさまさま》

北田薄氷作。一八九八（明31）年五月〜六月『少年世界』。継母にいじめられながらも、決して人には言わず耐えている少女が、その心根を認めた学校の先生によって救われる物語。一三歳の少女お春は、鬼のような継母にいじめられ、実母の墓参りにさえ行けない日々を送っている。運動会のために級友たちがおそろいの簪と根掛を買ってお春の家に届けに来るが、継母は代金を払うどころか、怒って運動会に参加することすら許さない。翌日の裁縫の試験で、布を持ってこなかったお春の事情を察した先生は、お春とともに家に向かう。先生の話で、お春が自分の悪事を言いつけなかったことを知った継母は、涙を流して改心し、優しい母親となった。どんなにつらくとも、文句も悪口も言わず、ひたすら耐えて尽くすお春の正しい心こそが継母を変えたのだと讃えられる結末に、少女への教訓的なメッセージが込められている。

（川原塚）

↓「いぢめっ子」

水の行方《みずのゆくえ》

田中夕風作。一九〇〇（明33）年一月〜二月『少年世界』。「少女小説」というジャンル名を冠した初の小説。没落した家の少女の悲哀を描く。一一、二歳の環は、人もうらやむ裕福な家の娘だったが、父親が会社で失敗したために、西洋人の慈善学校に預けられる。そこにいたのは親もなく、汚い身なりをして貧しい食事を乞食のようにかきこむ子どもたち。部屋もない不潔な生活に耐えきれず、父親に泣いて頼んで連れ帰ってもらう。久々に会った友人は環の同級生の家に奉公に出ていた。三度落第し、妾の子と誘られていた子が華族女学校へ通って華々しい生活をしているのを聞くにつけ、隔てなくつきあうのは小学生の内ばかりで、「上中下と引分れて、様々の世を経るものよ」としみじみ感じ入る。友人宅からの帰途、偶然見かけた美しい馬車に、かつての同級生が華やかな姿で乗っているのを、砂埃を浴びながら見送るところで物語は閉じられる。（川原塚）

世界少女お伽噺《せかいしょうじょおとぎばなし》　巌谷小波口述、木村小舟筆記。一九〇三（明36）年（第九巻）一月～七月『少年世界』。『少年世界』主筆の小波が、一九〇〇～〇二年のベルリン大学赴任後、ヨーロッパの神話・伝説・民話から、女性主人公の物語を選んで語った連作。一八九九年の高等女学校令公布以降の、女子教育の活性化への『少年世界』の対応の一つと見なせる。一月号「其一」の冒頭には「この号から少女諸君《みなさん》のお目にかけまする、世界少女お伽噺と云ふのは、何れも西洋で名高い物斗《ばか》りを、都合十二種撰り抜き、私が口述して、小舟君が筆記したので、また挿絵も女流の名家で玉桂女史を煩はしたのです」とある。小波渡欧時の『少年世界』には少女読者向きの物語はほとんど掲載されなかったので、挿し絵画家まで女性（中江玉桂）を選んだ連作は、明らかに編集方針の変更を示す。また選ばれた話には、意志的で行動的な女性主人公が登場している。西洋の伝承説話にはそうした女性像が多いとしても、それまでの『少年世界』には見られなかったヒロイン像であり、高等女学校令後の状況を踏まえた意識的な選択と考えられる。「其一」の「琴の絃《ルーメニヤの話》」では、隣国に囚われた殿様を救うため奥方が少年に化けて敵の城へ行き、面白く竪琴を弾き褒美として夫を取り戻す。「其二」の「娘の知慧《シ、リー》」では、利口な娘が王様の馬丁《べっとう》の不正を見破り、感心した王様と結婚する。「其六」「女猟夫《おんなりょうし》《ギリシヤ》」は、熊に育てられ狼をも打ち捕る姫君アタランテが、駆け比べで自分に勝つ男と結婚しようとするが誰も勝てず、神に助けられた若者がようやく勝って結婚する。これらの女性達は最終的には妻としての役割に収まるが、物語が語られる過程で彼女らの勇気・知恵・豪胆さが賞賛され、〈あるべき良妻賢母像〉の変化が読みとれる。ただし予告された一二話に至る前に連載は打ち切られており、当時の『少年世界』がこの種の物語を受け入れがたい媒体だったことも窺える。（久米）

→「少女対話選」「蕾が岡」

裸の嫁入《はだかのよめいり》　武田桜桃作。一九〇三（明36）年二月『少年世界』。裕福な家に生まれた雪子は学問に余念がなく当面の結婚の意思はなかった。しかし早くしないと「廃物」になってしまうと急き立てる両親に根負けして遂に結婚を了承。容貌や財力ではなく内面で評価されたい雪子は両親の反対を押し切り、普段着に自身の卒業証書と父の公債証書のみを持参して嫁入りした。簞笥などのわかりやすい支度を用意しなかったことに案の定批判もあったが、新郎は雪子の価値観を共有できる人物であり似合いの良い夫婦となった。有形・外見重視の価値観から無形・内面重視のそれへ、新旧の価値観の違いを結婚を焦点にして描いた作品。但し家制度により結婚が強要され、それを補強する結果になってしまう点は棚上げされている。（樋渡）

玉子さん《たまこさん》　神谷鶴伴作。一九〇五（明38）年一〇月～一二月『少女界』。一二歳の利発な少女玉子の父親は商売のため留守勝ちで、継母がつらく当たる。ひどく叱責された次の日、玉子は家を出て東京の女学校に通っている姉のもとへ発った。心細い少女の一人旅。途中で恐い目にもあったが、ようやく姉のところへたどり着き、東京で勉強することになる。日露戦争で海軍の要所となった佐世保を舞台として、継母のつらい仕打ちに耐えていた少女が、ついに出立する姿を描く。（中島）

↓「少女小説みなし児」

少女冒険譚《しょうじょぼうけんたん》　押川春浪作。一九〇六（明39）年一〇月～一二月『少女世界』。一八年三月、「美少女冒険譚」として『春浪快著集第四巻』（大倉書店）所収。冒険小説で人気を博した押川春浪が、はじめて少女向けに執筆した冒険譚。作品冒頭で、「元来女は温和しいのが天性で、好んで冒険などをすべきものでは無い」のに、少女向けの冒険譚をやれと言われて「閉口」したことが明かされている。温和しく慎ましくあるべき「少女」と、勇気と行動力を持って道を切り開いていく「冒険」との折り合いを付けるために苦心したことが窺われる。

主人公の桂ゆき子は、色白で目のぱっちりした美しい一二歳の少女である。賢明なる母の教えを受けて、日頃は素直で温和しいが、内面には「男子にも勝る気性を備え」た少女に育っている。ある夏、貿易船の船長である父の船に乗って南洋へと旅立つが、大暴風にあってしまう。酷い船酔いに苦しみながらも気丈にふるまうゆき子の姿に、父や水夫たちは勇気を得て、嵐を乗り切ることができた。やがて船は孤島へ漂着し、水を手に入れようと島に入った父と水夫長が島の「野蛮人」につかまってしまう。ゆき子は父を助けるため、冷静に一計を案じ、たった一人で見事父を救い出す。「いざ」という時に行動する勇気を持った少女を褒め称えながらも、普段は「温和しい」ことが度々強調されることで、少女としてのあるべき姿から逸脱しないよう、常に配慮が為されている。

また、結末では、怒った「勇敢なる水夫ら」が「野蛮人」へ包囲攻撃をして、飲料水や珍しい品々を奪い取って、「極めて愉快に」帰還していく様が描かれている。

押川春浪は、若い頃札幌農学校実習科に入学し、南洋で事業を行い国富をもたらしたいと夢見ていたことがあるが、この作品の背景にはこのような作者自身の経歴も反映されていると思われる。（川原塚）

→「腕輪の行衛」「空中の奇禍・空中の救ひ」「人形の奇遇」

初子・後の初子《はつこ・のちのはつこ》　米光関月作。「初子」は一九〇七（明40）年一月・三月、「後の初子」は〇九年一月～四月『少女界』。貧しさから父に捨てられた初子は、豊かな家に拾われて幸せに暮らしたのも束の間、急に冷たくなった奥様の仕打ちに耐えかねて出奔した。騙されて売り飛ばされそうになるなど様々な苦難の末、父と再会する。悪い大人に翻弄されながらも父を捜して健気に生きる少女を描く。同工異曲の『秋子の命』（実業之日本社、一九一三）は本作に手を入れて改題刊行したものか。（中島）

少女の一念《しょうじょのいちねん》　森桂園作。一九〇七（明40）年四月～五月『少女界』。容姿端麗・頭脳明晰の芳子は、父が仕える大名家の若殿の妻になりたいと思う。若殿は世間でも賢いと評判で、身分の差さえなければ芳子と似合いの夫婦になると言われていた。芳子は、医学の勉強に励み、活躍をして名を上げることで、若殿の心を動かし、身分差を乗り越えて夫婦となる。周囲の助けや幸運によってではなく、努力と知恵によって夢を実現させる少女の成長譚。（徳永）

人形物語《にんぎょうものがたり》　三島霜川作。一九〇八（明41）年五月～六月『少女界』。「少女文学」欄に連載。村長の娘であるお静は、実直な郵便配達夫の健さんに好意を持っている。ある日お静は、健さんが、家の玄関先に置いてある西洋人形に目を奪われていたことに気づく。そこでお静は同じ人形を手に入れ、健さんの家を訪ねた。そこにいた娘は両親を亡くした障碍のある子供で、健さんが引き取って養っているのだった。教訓話と人情噺とを融合した少女小説。（大橋）

心の姉《こころのあね》　沼田笠峰作。一九〇九（明42）年一月『少女世界』。青山の某家で女中奉公をしている一四歳のお春は、毎日主人の薬を取りに医者に行く帰り、上品な年上のお嬢さんに会う。家族を亡くし天涯孤独のお春はお嬢さんを姉とも「恋ひ慕」うが、なかなか挨拶できない。ある日急な雨が降りお嬢さんが傘に入れてくれたことから、親密な仲になる。お嬢さんの名は玉子、父は台湾にいて母は病身の寂しい身と打ち明け、二人は「いつまでも、死ぬまで親しくしませうね」と姉妹の約束を交わす。しかし父の急病で玉子は台湾に去った。少女同士の切ない慕情を美しく描く友愛物語の嚆矢。家父長制下の日本の少女雑誌は恋愛物語を掲載できず、代替のような友愛物語を発展させる。『少女世界』の編集主幹であった笠峰が、その端緒を本作で開いたのである。二人の交情が姉妹愛に譬えられ、淡いままで終わるなど、同性愛と見られないための工夫もなされている。（久米）

↓「少女十二物語」「少女小説わか草」「寮舎の花」

腕輪の行衛《うでわのゆくえ》　押川春浪作。一九〇九（明42）年二月～一〇年七月『少女世界』。一八年三月『春浪快著集第四巻』（大倉書店）に収録。「魔女」によって奪われた宝を、世界各国をめぐる旅行者である「私」が取り戻す冒険譚。イタリア人伯爵の家宝である黄金の腕環と夜光珠鏡《ダイヤモンド》を盗んだのは、ヨーロッパを股に掛ける美しい女賊であった。彼女は神出鬼没で冷酷無比、人間の力で捕まえることは出来ないと警察も諦める「魔女」だった。しかし、日本人男性である「私」の活躍によって悪は暴かれ、「魔女」は河に身を投げて死ぬ。その死骸の顔を見ると、なんと四〇歳前後の皺だらけの「婆さん」であった。春浪得意の冒険小説であり、主人公は男性であるが、いたずらに虚栄心を起こし、化粧で巧みに男性の目を欺き、醜い最後を遂げる女性の悪人を描くことで、「実に慎むべきは女の虚栄心である」というメッセージを少女たちに送っている。（川原塚）

↓「空中の奇禍・空中の救ひ」「少女冒険譚」「人形の奇遇」

御殿桜《ごてんざくら》　尾島菊子作。一九〇九（明42）年五月、金港堂より書きおろしで出版。実業家の父は、雛江に入院中の母の見舞いを禁止し、よその女を家に住まわせる。母恋しさに雛江は、家出同然に鎌倉の療養先へ行くが、母はいない。やがて父が事業に失敗し姿を消してしまう。しばらくして雛江が東京に戻ると、小さな家に父を看護する母の姿があった。母を一途に慕う少女の優しさと、家族団欒の幸福が描かれた作品。（川原塚）

↓「綾子」「なさぬ仲」「養女」

少女小説　黒姫物語《くろひめものがたり》　永代静雄作。一九〇九（明42）年七月～一〇年八月『少女の友』。一四（大3）年五月、三芳屋書店。キングズリー『水の子』の翻案小説。お転婆で不潔な照子は「黒姫」と呼ばれ田舎へ預けられる。掃除の際、煙突の中へ落ちて大黒魔殿や少女の宮、河の国などの不思議な世界に入り込むが、修行をして汚れのない「い、娘」になり、元の世界に戻る。少女の成長を描いたファンタジー小説。（徳永）

↓「幸福の秘密」

仲好し《なかよし》　田村俊子作（露英女史名義）。一九〇九（明42）年八月『少女界』。『田村俊子全集　第一巻』（ゆまに書房、二〇一二）収録。東京の女学生の親友同士の別れを描く。クラスで一番成績の良い珠江は一三歳だが、同じ歳ながら一歳ほど上に見える活発で友達の多い遊子が好きで、彼女しか友達がいなかった。その憧れの親友が父親の転勤のため京都に転校することになり、悲しみに泣きくれる。新生活に夢を抱く少女と、一人残される少女を対照的に描写。かつて少女小説につきものだったフリージャーの花もすでに登場している。（長谷川）

↓「かなしかった日」「河原撫子」

花売乙女《はなうりおとめ》　横山碧川作。一九〇九（明42）年八月『少女界』。父の病気により、生活が厳しくなったお葉は、両親と妹のため、学校をやめて新橋駅で着飾って花を売る「花売乙女」になる。仕事は、華美な見た目とは対照的に肉体的・精神的に辛いものだったが、中にはお葉の境遇を思いやってくれる客の母娘や、姉さんのように親切な先輩の花売乙女がおり、彼女たちの支えによってお葉が奮闘する姿が描かれている。少女たちの絆を描いた小説。（徳永）

妹の顔《いもうとのかお》　西村渚山作。一九〇九（明42）年九月『少女世界』。海水浴に出かけていた弘子は、病に伏す妹の澄子を思い、予定より早く東京に戻った。澄子は弘子の留守中ずっと朝顔の花を世話しており、病もすっかり癒えていた。二人の姉妹は幸福な気持ちで旅の思い出を語り合った。自然の美と、人工の加わった自然との対比がテーマ。徳富蘆花『自然と人生』（一九〇〇）で示された枠組みが、同時代の女学生に認知されていたことを窺わせる。（大橋）

↓「湯の宿」

お友だち《おともだち》　松井百合子作。一九〇九（明42）年一〇月～一一月『少女世界』。学業優秀で優しい気質の花枝は級友の人望が厚かった。一方、意地の悪いたに子には友だちが少ない。嫉妬したたに子は、花枝が楽しみにしていた英文祝詞を記念行事でよむ役を奪い、親友ルーセとの仲も引き裂いてしまう。ルーセの肺病が悪化し、誤解の解けぬまま別れることになる花枝。嘆き悲しむ彼女を母親と数人の友人が支える。女学校での複雑な人間関係を描いた作品。（徳永）

↓「忘れえぬ夕」

海上の女《かいじょうのおんな》　磯萍水作。一九一〇（明43）年一月～六月『少女』。一八歳の隻腕の少女が、乗り合わせた汽船の乗客に腕を亡くした経緯を語る冒険譚。はやくに両親を亡くし、一人で何でもして生きてきた少女は、ある時一人の男に拉致され、妻の殺害を依頼される。それは夫と娘を捨てて別の男の妻になった女で、娘は「私のお墓の前で謝らせて」と言い残して死んだ。娘に似ている少女の姿を見せたうえで苦しめて殺してほしいという依頼を少女は引き受け、様々な障害を乗り越えやり遂げた。しかし、逃げる際中に敵に右腕を切り落とされてしまう。男の生死は不明だが、「あなたの身を一生守る」という匿名のメッセージが届けられた。その後はいつも誰とも知れぬ人から金を送られ、行きたい所へ行き、したいことをする生活をしているという。少女が生き生きと活躍する本作は人気が高く、読者投稿欄にも、面白い、早く続きが読みたいとの声が多く寄せられている。

（川原塚）

お静《おしず》　三宅花圃作。一九一〇（明43）年二月『少女世界』。裕福な官吏の娘お静は、父母を亡くし、縁の家で奉公見習いをしている。心根のよいお静は、その家で継母にいじめられる先妻の子、庸一と光子を優しく守る。光子はお静の生き方を見て、身の不運を嘆かず自分の踏むべき道を踏めばよいのだ、お静の心を心として、自分から幸福の源をつくりだそうと考える。よき心がけが、家庭の幸福の源泉となることが暗示されている。

（川原塚）

↓「みしめ縄」

湯の宿《ゆのやど》　西村渚山作。一九一〇（明43）年二月『少女世界』。熱海にある温泉旅館の門前で、春代は、女学校の友人だった晴子に出会った。春代は貧しさのために女学校を退学しており、一年半ぶりの再会だった。聞けば晴子は、療養のために温泉にやって来たのだという。二人は手をつないで砂浜を歩きながら、自分たちの運命は、天地によって定められたものだと思いを馳せる。女学校における少女たちの関係を抒情的に描いた小品。

（大橋）

↓「妹の顔」

ちひさき煩悶《ちいさきはんもん》　竹久夢二作。一九一〇（明43）年四月『少女』。女教師の江川先生に憧れる雪枝は、授業中「ワタシハ江川先生ガスキデス」とノートに書いていたのを見られてから、先生に嫌われてしまったのではないかと煩悶する。実は江川先生は結婚式の介助役「待女郎《まちじょろう》」に、雪枝を指名するほど可愛らしいと思っていたことを知る。女生徒が、美しく知的な女教師に憧憬を抱くという一つの物語形式の典型であるが、繊細な少女の心理を丹念に描いている。

（矢澤）

↓「秘密」

少女小説　花子の行衛《はなこのゆくえ》　河崎酔雨作。一九一〇（明43）年五月、博文館。白神山で行方不明になった子爵家の一人娘花子は、川に転落し狂女によって保護されていた。狂女は花子を行方不明の娘と勘違いしていたが、花子は全ての事情を理解し、狂女の娘として振る舞うことで見事生還に成功する。聡明な花子を中心に、母娘の愛情や級友との友情の強さを描いた作品。（樋渡）

少女小説 みなし児《みなしご》 神谷鶴伴作。一九一〇（明43）年六月、金港堂。表紙と口絵は美しい色刷りで、随所に挿絵が添えられている。八歳の賀代子は伯爵令嬢だが、両親とは幼いころに死別、兄が家督を継いで、叔父が後見をしている。乳母は親切にしてくれるが、いじわるな男の子からは「みなし児」といじめられている。乳母が病気になり、賀代子は家事万端をしなければならなかった。年末に集金に訪れた米屋や魚屋、八百屋の矢の催促に困り果てていると、友人の道子が来て、懐の巾着をその三人の前に放り出す。少女の俠気に打たれて、彼らは借金を帳消しにすると言って帰った。困窮していたのは、悪い執事が養育費をかすめ取っていたためで、叔父は少しも知らなかった。賀代子はお使いの帰りに道に迷い、悪者に捕まって横浜に運ばれ、売り飛ばされそうになる。久しぶりに訪ねてきた叔父が後を追って、閉じこめられていた賀代子を救出してくれた。今は親友の道子と共に、女子学習院に通っている。高貴の身分ながら逆境に耐え、健気に働く少女の苦難と友情を描く。（中島）

→「玉子さん」

花守橋《はなもりばし》 河井酔茗作。一九一〇（明43）年七月『少女』。作品集『少女物語 な、姫』（同文館、一九一三）に収録。名も無き小さな橋は出し抜けに「花守橋」と名付けられたことで有名になり、詩人の木下先生は「花守詩人」と呼ばれるようになった。先生は当地を去ったものの、橋と川が変わらぬ限りその名は残り続ける。言葉を通じて風物や人心と向かい合う、酔茗の詩人としての矜持が窺える作品。（樋渡）

少女小説 わか草《わかくさ》 沼田笠峰作。一九一〇（明43）年七月、建文館。「謝恩会」「秀子」など一二編の短編からなる。「はしがき」で「少女に清新なる趣味を養はせるため、善良なる読みもの」が必要であるとし、内容は「小説よりは学校小話とでも言つた方が適当」とする。しかし学校生活そのものを描くより、家の困窮から女学校に進学できなかったり退学することになったり、あるいは賃仕事で働くなど、経済的に苦労する少女の話が多い。読者に対し、貧しい人々への同情心を起こさせると共に、自らの恵まれた境遇を自覚させ感謝させる狙いをもった教訓話集と考えられる。（久米）

→「心の姉」「少女十二物語」「寮舎の花」

千鳥ヶ淵《ちどりがふち》 富岡皷川作。一九一〇（明43）年九月『少女の友』。お美代は一三歳になった年の暮れ、紡績会社に女工として売られた。一五歳で母が亡くなり、その頃から取締役に虐められるようになる。ある日、お美代は、郷里で仲良しだったお雪に再会する。二人は今の境遇を嘆き合ううち、二人で心中してしまおうと、手を引き合って千鳥ヶ淵に身を沈める。作中人物の描き方がやや画一的だが、女工の境遇を少女小説に持ち込んだという点で評価できる作品。（大橋）

↓「春雨の宵に」

はなきん《はなきん》　星野水裏作。一九一〇（明43）年九月『少女の友』。お金は、両親と幼い頃離別し、祖母に育てられたが、沈んだ様子を見せない丈夫でさっぱりした少女だった。彼女は、色が黒く、小鼻が丸くて大きい独特の容姿をしているため、男の子から「鼻金」と呼ばれていた。人の評判に左右されないお金はそんな悪口を言われても意に介さない。現実を見つめ、自分の意志をしっかりと持った少女の姿が描かれている。（徳永）

↓「捨小舟」

少女小説　捨児《すてご》　福田琴月作。一九一〇（明43）年一一月、博文館。口絵、挿画は宮川春汀。幼いときに父を亡くし、東京の大久保に住む叔母の家で下宿をしていた百合子は、母親の危篤のために駿州江尻の実家に帰らなくてはならなくなった。そこで、百合子が実は捨て子だったことが判明する。最後は百合子が伯爵令嬢だったことが判明するのだが、そこに至るまでの紆余曲折は、同時代の少年小説を思わせる。付録として「軍使玉野」も所収。（大橋）

幸福の秘密《こうふくのひみつ》　永代静雄作。一九一一（明44）年一月〜三月『少女の友』。一幕三場少女読劇。春郷家は度重なる禍に苦しめられていた。父親は「幸福の秘密」を探し、事態を打開しようとする。一方、娘の千香子も、自分の力で運命と闘い「幸福の秘密」を手に入れようと決心する。だが、偶然にも父の旧友の宝石商が訪れ、状況は好転し、家族は元通り幸福になる。「努力と運命」は「表裏」にあり、一方のみを重視すべきでないということを語った教訓物語。（徳永）

↓「少女小説黒姫物語」

二人やんちゃん《ふたりやんちゃん》　佐々木邦作。一九一一（明44）年一月〜五月『少女』。八月、東京女子文壇社。姉夫婦が一〇日ばかり留守にするので、「私」は幼い甥と姪の面倒を見ることになった。学校へ上がったばかりの太郎と妹の花子はわがまま放題で、盆栽を折ったり、眼鏡を井戸に落としたりする悪戯っ子だが、無邪気な子どもたちを本気で怒ることは出来ない。若く気のいい叔父

さんが、やんちゃな二人に振り回されて悪戦苦闘する姿をユーモラスに描く。（中島）

↓「級の人達」「親友アルバム」「全権先生」「ひとり娘」

汽車の中より《きしゃのなかより》　東草水作。一九一一（明44）年二月『少女の友』。「私」（葉子）が、自分を妹のように可愛がってくれた町子という女性と別れた直後、町子に宛てて書いたという書簡体の少女小説。葉子は母の病気のために女学校を退学し、東京を離れなくてはならない。その境遇を嘆きながら、たとえ離れても学生のときと同じように付き合ってほしいと、町子に語りかける。女学校の少女たちが持っていた密接な関係を、抒情的に描きだしている。（大橋）

露子の運命《つゆこのうんめい》　植松美佐男作。一九一一（明44）年二月（前編）、一一月（後編）、本郷書院。「最近東海道の一名駅で行はれた事実なり主人公の本姓は中村と云ふ露子は変名なり」と序文にある。正義感の強い女学生露子は不良の同級生に異性交遊を捏造され、退学させられる。生みの母を頼り東京に出た彼女は、大学生の高木を慕いつつ日々を送るが、他人の悪意に晒され、企みに陥り、結果的に自ら命を絶つ。少女向けの深刻小説ともいえる。（尾崎）

↓「月の色」「日蔭の花」

さくら草《さくらそう》　与謝野晶子作。一九一一（明44）年三月『少女の友』。『与謝野晶子児童文学全集4』（春陽堂書店、二〇〇七）収録。今年から尋常小学校五年になる一二歳の千枝子は、裕福な芸術家らしい父久雄と母良子の一人娘である。大好きな叔母の時子が上京すると聞いて有頂天になった千枝子は、ピアノや温室と同じように千枝子自身をも母と叔母の「共同物《なかま》」にしてくれるようにと母に頼み、母を悲しがらせる。千枝子は父にそのことを話し、母に詫びようと思うのだった。本作は、「少女小説」という角書きを付けた晶子の最初の小説で、母との一体感の喪失を通して子供から大人へと成長してゆく過程の少女を描いている。（岩淵）

↓「ある春のこと」「環の一年間」

少女思出の記《しょうじょおもいでのき》　竹貫佳水作。一九一一（明44）年三月、博文館。巌谷小波題。太田三郎画。祖母と二人で暮らす角田優梨子が、東京に出て看護婦として働くうち、本当の母親と妹とに出会うまでの物語。地方に住む貧しい少女が、実は東京に裕福な実母を持っていたという、典型的な夢物語。付録として、「兄おもひ」と、チェーホフの戯曲『三人姉妹』（一九〇〇）に発想を得たと思われる「三人姉妹」の二作も収めている。（大橋）

その夜のこと《そのよるのこと》　水野仙子作。一九一一（明

44)年三月『少女の友』。上中下の三段。女性作家秦千代子は、小間使いの一四歳になる千枝に身の上を尋ねる(上)。父母を知らない千枝は祖母と二人暮らし。ある夜祖母が、自分の若い頃の話をし、それから小一時間と経たず倒れた(中)。以上は千枝が、祖母と死に別れた夜のことを思いだすままに書き綴ったものである(下)。ものを書く少女の登場が注目される作品。(川原塚)

桃咲く郷《ももさくさと》

野上彌生子作。一九一一(明44)年三月『少女の友』。『野上彌生子全集別巻三』(岩波書店、一九八二)収録。ある田舎町の小さな豆腐屋の家の前に捨てられていたお新は、一三歳になる今日まで子守や下女のように酷使される毎日を送っていた。小学校も尋常二年生までしか行かせてもらえず、豆腐屋の亭主や内儀さん、大きな子どもたちも皆、お新に辛く当たるが、三つになる銀坊だけは懐いていた。両親と菜の花の咲く道を歩いて行く夢を見たお新は、銀坊をおぶって夢に見た場所を求めて家出をする。桃咲く郷で、親切なお爺さんとお婆さん、お島さんに迎え入れられ幸福感に包まれるが、それも夢であったという悲しく心痛む物語である。(岩淵)

→「雛子」

なさぬ仲《なさぬなか》

尾島菊子作。一九一一(明44)年四月~九月『少女の友』。継母にいじめられながらも、決して恨まず献身的に尽くす少女が、最後には幸福を手に入れるという物語。高子は継母に冷たい仕打ちを受け淋しく思いながらも、自分が至らないのだとじっと我慢して継母と義妹に尽くしている。高子は決して告げ口などしないが、それと察した父は継母と衝突を繰り返し、やがて継母は義妹を連れて実家に帰ってしまう。高子は胸を痛め継母を迎えに行くが、継母は病気で臥せっていた。高子はそんな継母を献身的に看病し、高子の誠意を籠めた優しい心に触れることで、ついには継母の心も解け、「母様は高ちゃんの其美しい優しい神様のやうな心を生涯忘れません」と感謝する。東京からは父が迎えに来て、翌朝皆そろって晴れやかな顔で帰っていった。つらい境遇にくじけずに耐え忍び、優しい心を失わない理想的な少女像が描かれている。(川原塚)

→「綾子」「御殿桜」「養女」

無言の令嬢《むごんのれいじょう》

黒田湖山作。一九一一(明44)年四月~七月『少女世界』。病気の保養のため叔母の別荘で過ごすことになった糸子。寂しい土地での暮らしに、隣家の令嬢との交流を望むが、彼女は町の人に聾啞ではないかと噂される「無言の令嬢」であった。糸子は、なかなか令嬢と友だちになれずにいたが、ひょんなことから令嬢が他人と言葉を交わさないのは暗い過去を

背負っているからだと知る。不遇な令嬢に同情する少女の優しさを描いた小説。（徳永）

→「謎の短冊」

さくら月《さくらづき》　溝口白羊作。一九一一（明44）年五月、本郷書院。口絵、挿画は渡辺与平。雑誌『少女』誌上で発表した少女小説に、書き下ろし作品を加えた作品集。小鳥と戯れる可愛らしい少女を描いた「鳥の声」や、尋常小学校で財布が無くなった事件の犯人と疑われた少女を描く「小夜子」をはじめとして、少女たちの何気ない日常を写し取った作品が多く収められている。（大橋）

少女小説　氏か育か《うじかそだちか》　山岸荷葉作。一九一一（明44）年六月、博文館。子守のお冬は、ある日、子爵家の令嬢であることが判明し、相続人として迎えられることになる。だが、子守をしている娘が、度々母親から折檻されていたので、娘を一人残して出て行けない。お冬の優しさに母親が改心し、ついにお冬は子爵家に戻ることがでる。不幸な境遇の優しい少女が一転して幸福な令嬢となるシンデレラストーリー。（徳永）

少女小説　二少女《にしょうじょ》　横山壽篤作。作者名は、横山栩々郎名義。一九一一（明44）年七月、金港堂書籍。姉妹以上に仲睦まじい幸江と千代子は、養子という点で同じ境遇だったが、幸江が実父母、養父母双方に愛されて育ったのに対し、両親と死別した千代子は、叔母にいじめられ、親の愛を知らずに育った。だが、無邪気で可愛い千代子の姿に心を打たれた幸江の実父母は、千代子を引き取り、二人は本当の姉妹となった。不幸に見舞われても素直で前向きでいれば幸福が訪れることを語った教訓的な少女小説。（徳永）

親木《おやき》　岡田八千代作。一九一一（明44）年九月『少女の友』。男爵家の幼い一人娘雪子は、生後まもなく実母と死に別れ、多忙で不在がちな父に代わって、長くこの家に仕える乳母の手で育てられる。士族出身のこの乳母は、雪子に華族としての誇りを持つよう教え込み、「平民」の女が父の後妻として入ってきても、身分が低いという理由で、雪子から遠ざけてしまう。人を身分で評価する視線を身につけてしまった娘をみて、男爵は乳母に暇を出し、次に来た新しい母は、庭の枝垂れ桜から生まれた人なのだと言いきかせる。雪子は次第に差別的な視線を消し去ってゆく。雪子への愛情と忠義心から、旧弊な身分意識を持たせようとする乳母、それに簡単に染まる五歳の雪子、その雪子を新しい人道的な価値観で導き直す父男爵、という構図が指摘できる。読者の少女たちに対しては、人間の平等について考えさせ、あるいは作品を目にするであろう親にも、子供の養育に必要なもの

は何かを問いかけるようなメッセージ性に富んでいる。（小林）

↓「必要」

かなしかった日《かなしかったひ》　田村俊子作（田村とし子名義）。一九一一（明44）年九月『少女の友』。『田村俊子全集 第二巻』（ゆまに書房、二〇一二）収録。あい子が六歳の時に一三歳のおみねが専属の世話係として奉公に来て、あい子の姉となり妹となり友達ともなって片時も離れることはなかった。その彼女がいよいよ嫁入りのために田舎の実家に帰ることになった時の、別れの悲しみにくれる少女の切ない心情と、主従の関係を超えた二人の絆の深さを伝える。「別れ」の悲哀もまた少女小説の典型であり、誰しも一度は訪れる少女の日の記憶が感傷を誘う。（長谷川）

↓「河原撫子」「仲好し」

茂子《しげこ》　長谷川時雨作。一九一一（明44）年九月『少女の友』（秋の増刊号）。茂子は九歳で五人きょうだいの一番上の姉さん。家庭の事情から各地を転々として、この間までは祖母のいる四国の島で暮らしていた。秋の学期から慈善女学校へ入れてもらうことになり、今は世話になった人の別荘にいる。茂子は別荘の娘の花子と元気に遊んでいるけれど時々父や弟たちのことを思い出して悲しくなる。不幸な境遇にあっても心優しく伸びやかに生きる少女を濃やかに描いた作品。（菅井）

↓「雪の山路」

八重子《やえこ》　小金井喜美子作。一九一一（明44）年九月『少女の友』。二七、八歳の芳子は、結婚して子供を二人生んだが、どちらもすぐに亡くなり心を痛めていた。ある日、一〇年ぶりくらいに女学校時代の友人を訪ねると留守で、九歳になる娘の八重子がいた。可愛らしい八重子と話をしたり、髪を結ってやったりするうちに、この子が自分の娘だったらと悲しく想像する。子どもを望む女性の切ない気持ちが描かれた作品。（川原塚）

人形の奇遇《にんぎょうのきぐう》　押川春浪作。一九一一（明44）年一〇月〜一二年五月『少女世界』。一二年九月、武俠世界社。南米に暮らす美少女桃子の不思議な運命を描いた作品。優しく誠実な心で強盗を改心させた過去を持つ少女桃子。数年後、ニューヨークで天才音楽家として名をあげた彼女は、悪党に拉致されるが、かつての強盗によって救われる。天女のように美しい少女は、その美しい心根によって救われるのである。（川原塚）

↓「腕輪の行衛」「空中の奇禍・空中の救ひ」「少女冒険譚」

少女対話選《しょうじょたいわせん》　巌谷小波作。一九一一（明44）年一一月、誠文館。小波がベルリン大学赴任中（一九〇〇～〇三)、当地では会話と社交の修練のために学校でも「対話」が奨励されていると知って試みたという、脚本のような対話集。「新入生」「ホームシック」「そら病」など七編を収める。いずれも勘違いや策略によって滑稽な間違いが起こるが、最後は誤解が解けて平穏に終わる。いわゆる「テヨダワ」言葉や、テニスや英語といった女学生風俗も巧みに織り込まれている。笑話が主だが、女子は新聞など読むものではない、と説教する母を、娘たちが「只やかましい」「思想が」違う、とこっそり批判する場面なども含まれる(「考へ物」)。総じて、勉強する女学生たちを明るく応援する姿勢が感じられるが、他方、「女中」など「下層階級の者は、下品で、おろかで、根性がまがっているという(中略)階級観」が見られるという指摘(富田博之『日本児童演劇史』一九七六)もある。

(久米)

↓「世界少女お伽噺」「蕾が岡」

少女十二物語《しょうじょじゅうにものがたり》 沼田笠峰作。一九一一(明44)年一二月、誠文館。「寄宿舎の窓」「離れた心」「ピアノの蔭」など一二編を収める。「寄宿舎の窓」(『少女世界』一九一〇・六)は、しばらく前に女学校を退学したゆり子が寮舎を再訪、学生生活を懐かしむ。「離れた心」は、父の転勤で東京から秋田へ移り、四年間会えなかった幼なじみの文枝と再会したゆり子が、「心の何処かに隙があるやうで」お互いの心が「しつくり合はない」感じがして「淡い寂しさ」を覚える。「ピアノの蔭」では、何不自由なく育ち、学校では模範生とされるすみ子が、「誰も私の心を察して下さる方はない」「一人ぼつちで寂しい」と友人に訴える。少女たちの繊細な心情、とりわけ友人と共にいても感じる寂しさが繰り返し述べられる。これは当時の『文章世界』などで文学青年達が好んだテーマに通じている。なお主人公名に「ゆり子」が使われたりするところから、沼田の妻である松井百合子が執筆に関わっていた可能性もある。

(久米)

↓「心の姉」「少女小説わか草」「寮舎の花」

心の美人《こころのびじん》 江見水蔭作。一九一二(明45)年一月～六月『少女の友』。一二七(昭2)年『義侠童話集』に収録。東京から猟に来た紳士が脅しのつもりで撃った銃で顔に傷を負った少女お玉。すでに実父母ともに亡くなり、美貌のお玉を茶屋奉公に出すつもりだった意地の悪い継母は、顔にけがをしたお玉を責めるばかり。さらには治療代を請求するために、紳士の猟犬を連れて東京へ行くようお玉に命じる。様々な苦労を経験しながらも、犬や、旅の途中知り合った親切な家族に助けられ、その家で女中として働きながら前向きに生きるお玉。最終的に紳士が見つかり、弁護士であり代議士でもある奉公先の主人の力添えもあり、紳士がお玉に「相当の教育」を授け、「相当の処へ縁付く」まで面倒をみることを約束し、「心の美人は幸福の身となった」。たとえ顔が醜くとも、心が美しければ幸福がもたらされるのだという強いメッセージがタイトルにも表れている。（川原塚）

↓「美しい玉」

環の一年間《たまきのいちねんかん》　与謝野晶子作。一九一二（明45）年一月～一二月（七月号は休載）『少女の友』。『与謝野晶子児童文学全集4』（春陽堂書店、二〇〇七）収録。一三歳の須川環の一年間の物語。全一一章の前半は、化け物屋敷と噂される祖母の屋敷に幽閉されている小学校時代の友人松浦林子を、環が、京都で一番身分が高いとされている今出川君の力を借りて救い出すまでの話である。後半は、君に連れられた環と林子のヨーロッパ旅行が展開される。巴里《パリー》のブローニュの森近くのホテルに滞在し、凱旋門やシャンゼリゼ通り、セーヌ河やルーブル美術館を見物しているところへ、外交官である林子の父と母が赴任地瑞典《スウェーデン》からやってくる。林子は父母と北欧羅巴《ヨーロッパ》を廻ることになり、環は、君と君が雇い入れたマリーという仏蘭西《フランス》娘とともに倫敦《ロンドン》、白耳義《ベルギー》、和蘭《オランダ》、独逸《ドイツ》を廻って巴里へ戻る。林子一行と再会し、ともにマルセーユから船で帰国の途につくことになる。晶子自身のヨーロッパ旅行体験が生かされた後半は、この時代には実現が困難であった外国旅行をする少女たちの夢のような異色の少女小説となっている。（岩淵）

↓「ある春のこと」「さくら草」

みしめ縄《みしめなわ》　三宅花圃作。一九一二（明45）年一月～二月『少女画報』。大晦日、義理と孝のために恩と情を捨てざるを得ない女性の苦悩と葛藤を描いた小説。お順の弟は会社の金を使い込む。一度目はお順の夫が金を出してくれたが、その返済もせずにまたやった。お順は夫に内緒で大金を引き出す。理由を問い詰められても何も言えないお順だが、継子の真心ある言葉に決心して告白し、夫から許され、のどかな正月を迎える。（川原塚）

↓「お静」

養女《ようじょ》　尾島菊子作。一九一二（明45）年二月～七月『少女画報』。父がなく、肩身の狭い暮らしをしているゆう子は、母のため、兄弟の学費のために東京から田舎へ養女に行く。しばらくは我慢していたものの、つらい生活に思わず家を出てしまうゆう子。しかし、自分さえ我慢すれば皆が幸せになれると、自ら帰っていく。人のために「自分」を捨てなければならない女の一生の

儚さをしみじみと切なく思う少女の思いが溢れた作品。（川原塚）

↓「綾子」「御殿桜」「なさぬ仲」

うら若き閨秀画家《うらわかきけいしゅうがか》　長曾我部菊子作。作者名は、後半は長曾我部菊名義。一九一二（明45）年四月〜七月『少女』。倭文枝《しづえ》は、優れた画才を有する美少女だが、継母から虐待されていた。常に庇ってくれた優しい兄の病死後は、生前から倭文枝の行く末を頼まれていた兄の親友木原が面倒をみる。いつしか二人は愛を育み、結婚を約束する。倭文枝は逆境に負けず、親切な西洋婦人からも薫陶を受けながら、閨秀画家への道を切り開いていく。継子もののサクセスストーリー。（矢澤）

露子の夢《つゆこのゆめ》　生田葵作。一九一二（明45）年四月〜五月『少女画報』。山賊にさらわれた露子は家族の元に返して欲しいと懇願する。結局牢に入れられてしまうが、そこを頭領の妻である君代によって救われる。君代もまた露子と同様に家族を残したままさらわれて来たのだ。脱出に成功した露子は、今度は自分が山賊の家に残った君代を助けようと準備を始める。家族思いという点での女性同士の連帯が描かれた作品。（樋渡）

↓「アルサスの少女」

必要《ひつよう》　岡田八千代作。一九一二（明45）年四月『少女画報』。百姓の娘であるお民は田舎の暮らしに飽き足りず、何とかして上京し、小説で読んだような女学生としておしゃれな都会生活を送ることを夢見、家出を計画する。が、嫁ぎ先から戻っていた姉に諭され、百姓の跡取り娘として、一家に必要とされる人間になる覚悟を決める。自分の環境に感謝して必要とされる人間たれという教えの半面、自分の可能性を求め、新しい世界に出て行くことを浮薄な行為と退ける、当時の女学生批判も感じられる。（小林）

↓「親木」

店前《みせさき》　国木田治子作。一九一二（明45）年六月〜七月『少女画報』。一四歳の少女・良子は、兄嫁のもとに実子を置いて嫁いだ義母の苦悩と、自分への心遣いを知った感動から、義母の実子との同居に同意するが、ある日、彼女は、家族が自分の留守中、旅行に出かけたことを聞かされる。漏れ聞きや噂、伝聞など、いずれも間接的な情報でしか自己の現状を知り得ない少女の内面に光を当て、無垢で無力な少女の孤独を可視化した小説。義理と愛情に引き裂かれる女の内面を、親子双方の立場から照射してもいる。（橋本）

↓「雨に打たれし花簪」

六月の別れ《ろくがつのわかれ》　室生犀星作。一九一二（明45）

年六月『少女』。日暮れの北国の町、春子が家の前までくると懐かしい姉の声が聞こえる。毎晩夢にまでみた姉が帰ってきたのだ。春子は優しい姉からもう離れたくないと願う。だが数日後家に戻ると姉の姿はなく、針箱の上に一通の手紙だけが置かれていた。家のために遠くへ働きに出る姉との別れが継子の少女春子のさびしい心を通して叙情的に描かれる。複雑な生い立ちをもつ作者の幼少期を彷彿とさせる作品。（菅井）

→「乙女抄」

ひとり娘《ひとりむすめ》　佐々木邦作。一九一二（大1）年一一月～一二月『少女画報』。房子は末っ子のひとり娘。使用人が不在なので、お母さんは洗濯に台所仕事にと大忙しだが、房子は優雅に東京の叔母さんに差し上げるテーブル掛を作っている。突然見えた叔母さんは、すらりとした貴婦人と想像していたのに、質素な服装ででっぷりと太った人で、大きな声で思ったことをずけずけ言う。洗いざらしの浴衣を着て手の荒れているお母さんと、着飾って華奢な手の房子を見て取って、叔母さんは二ヶ月程の逗留で、娘の尽くすべき義務について教えた。刺繍の腕も大事だが、お嫁に行って役に立つのは裁縫や洗い張りだ。房子も進んでお手伝いをするようになった。その叔母さんはまずお母さんを東京に誘って休養させ、その後房子を上京させて賢く立派な娘に仕上げた。華美に憧れる少女を諫め、家事に勤しむことを勧める。母親の犠牲を当然とせず、健康や精神状況を思いやっているのが当時としては新しい。（中島）

→「級の人達」「親友アルバム」「全権先生」「二人やんちゃん」

指輪《ゆびわ》　灰野庄平作。一九一三（大2）年一月～三月『少女の友』。死期の迫った老公爵は、孫娘淑子の行方を捜している。淑子は、亡き息子とその先妻の子である。邸宅には、公爵と、息子の後妻浜子、その姪秋子の三人が暮らしている。浜子は、自分の姪を公爵の跡取りにと目論み、淑子を秘かに監禁していた。姪の秋子はこの策略を嫌い、淑子を救い出して老公爵と対面させ、証拠の指輪を見せた。少女の正義感と英知が悪巧みを覆す物語。（中島）

寮舎の花《りょうしゃのはな》　沼田笠峰作。一九一三（大2）年二月、博文館。女学校の寮舎生活を描く表題作と、進学をあきらめる少女の話「鄙の花」を収録。「はしがき」に「材料や会話については、村岡たま子女史の助言を得た」とある。沼田の他の作とはかなり文体が異なり、登場人物の吉野が村岡（森田）たまと同じ札幌出身であることから、大部分が村岡（森田）たまの筆になると考えられる。和歌山から上京した一六歳の京極美代子は憧れの梅園高等女学校に入学、三年生として寮舎に入る。同室の二級上の吉野は姉のように優しかったが、同級生には美代子のできのよさに反感を持つ者もいて、次第に美代子は苛められる。しかし病をおして文芸会で独唱をしたことから同情も集まり、やがて「寮舎の花」とまで謳われるようになる。寄宿舎暮らしの苦労と努力の大切さを示し、「鄙の花」と合わせ、進学することだけが幸せではないというメッセージも送っている。（久米）

↓「心の姉」「少女十二物語」「少女小説わか草」

二十五日《にじゅうごにち》

高信峡水作。一九一三（大2）年三月『少女の友』増刊「五つの春」号。公務員を免職された父と公金横領の末失踪した兄に代わり、女学校進学を諦めて電話交換手として家計を支えることになったお時。友人達が卒業式に行く二五日、お時は電話交換手としての初日を迎える。卒業というものがもつ残酷な一面が、ささやかな願望と対比されて哀しく描かれた作品。（樋渡）

悲しき海へ《かなしきうみへ》

渋沢素風（青花）作。一九一三（大2）年六月『少女の友』。海辺の病院に一ヶ月ほど入院することになった静枝。初めて家族から離れるのを悲しむ静枝は、付き添いの父と姉が帰ると、このままここで独り死ぬのかもしれないと泣き崩れる。渋沢青花の最初の作品で、大学時代の茅ヶ崎での療養生活に材を取っている。大人から見ればごく小さなことで悲嘆に打ちひしがれる少女の、家族愛に根ざした繊細な感受性とセンチメンタリズムを描いた短編。（谷内）

↓「友を待ちて」

空中の奇禍・空中の救ひ《くうちゅうのきか・くうちゅうのすくい》

押川春浪作。一九一三（大2）年六月〜一五年一二月『少女世界』。一九一六年四月、『空中の奇禍』として大倉書店から刊行。「空中の奇禍」を雑誌連載中の一四年一一月に春浪は亡くなったが、生前に続編「空中の救ひ」を書き上げ編集者の沼田笠峰に託していたため、完結まで連載が続けられた。勇気ある少女たちの冒険を描いた本作は、春浪の少女冒険譚の中でも最も長い長編である。

パリで飛行船の試験飛行に立ち会った日本人発明家の妹と、日本大使令嬢の二人の美少女が、ロシアの軍事探偵の謀略で飛行船に乗ったまま流されてしまう。二人は力を合わせ、飛行船上、絶海の孤島、人買船の船内などで、次々と襲いくる困難に立ち向かい、途中、やはり不幸な運命にさらされた女性たちと協力し、最後には全員無事に帰還する。勇敢な少女たちが、自らの知恵と力で窮地を切り開いていく生き生きとした冒険譚。（川原塚）

→「腕輪の行衛」「少女冒険譚」「人形の奇遇」

母さま《かあさま》　有本芳水作。一九一三（大2）年八月、共著小説集『美代子』（実業之日本社）の一編として発表。同書は少女「美代子」を主人公とする年代記ふうの短編集であり、各編を有本ほか実業之日本社系の作家が執筆している。同様の趣向を凝らした『少年春雄』（同、一九一三）もある。母の振袖を薬代に換えるべく家を出た美代子は刺激と欲望に溢れる街の中で自分の居場所を見失う。古着屋に入ることが出来なかった美代子だが、母の「しわぶきの声」を耳にして家の中に入ることも出来ない。資本主義の息づく街からも母の待つ家からも疎外され彷徨する少女の姿が印象的。（樋渡）

サマー、ハウス《さまーはうす》　永代美知代作。一九一三（大2）年八月『少女画報』。両親のいない謙子は女学校の寄宿舎で暮らしていた。夏休みに帰省する級友とは異なり、行くあてのない謙子は、校長に紹介されたホームステイ先で過ごさねばならなかった。幸福そうな級友の姿に、郷里や亡き母を恋しく思う謙子だったが、今の自分があるのもシスターの慈悲によるものだと思い直し、感謝の気持ちで一杯になる。現実と対峙し、乗り越える少女の心情の変化を描いた小説。（徳永）

→「姉より妹に―東京の印象―」「冒険奇談少女島」

月の色《つきのいろ》　植松美佐男作。一九一三（大2）年八月～一二月『少女』。作家名は松美佐雄。厳しすぎる母の監視に、継母ではないかと日頃から疑っている浪江は、避暑に行った伊香保温泉で、一度も面識のない吉野千賀子という少女が自分に会いたがっていると聞く。その時はすれ違って会えなかったが、浪江は自らの出生を確かめようと幼い頃世話になった爺やを訪ねに伊香保を出奔、諏訪まで来て旅費が尽き途方に暮れていたのを、偶然居合わせた千賀子が助け邂逅を果たす。最後は継母と疑った母は実母で、千賀子は生後すぐ浪江の母が手放した浪江の姉だったと判明。残酷な母の厳しさも過度の愛情の裏返しという大団円の中に、慈愛深い千賀子の母の方が継母であったという逆転も挟まれ、またお嬢様の浪江が宿の女中お秋と力を合わせて出奔を成功させるくだりは十分にスリリングである。頻繁に挿入される『不如帰』の引用と伊香保の風景写真には観光案内の役割もありそうだ。（高橋）

→「露子の運命」「日蔭の花」

少女の手紙《しょうじょのてがみ》　岩下小葉作。一九一三（大2）年一〇月、実業之日本社。葉山家の富士子と京子の姉妹は手紙のやり取りが大好きな女学生だが、女学校教師の叔父が大阪から帰ってきたのを機に、きちんとした手紙の書き方を習おうと決心する。後には末の妹の美保子も加わり、三人で叔父の教えを仰ぎながら各地の友人たちと文通する様子が、季節の行事や女学生の日常風景を盛り込みつつ描かれる。基本的には少女らしい手紙の書き方を教えるハウツー本で、外来語や俗語、感情表現の濫用を諫める指導内容に目新しさはないが、雛祭り、避暑、遠足といった一年の流れの中に、富士子が体調を崩し転地療養へ行ったり、友人の姉が急死したりするなど、ストーリー的な起伏も加えつつ見舞や弔問などの実用性もフォローし、単なる文例集とは一線を画す工夫も施されている。また豊富に引用された少女の手紙文は、小葉の『少女の友』編集としての経験が十二分に生かされ多彩である。（高橋）

↓「人形の悩み」「秘密の花園」「みなし児・めぐりあひ」

日蔭の花《ひかげのはな》

植松美佐男作。一九一三（大2）年一二月、本郷書院。被差別部落出身の教師百合子は、勤務先の学校で自分と同じ出身の生徒妙子がいじめられているのを目撃し、学校へ訴える。自分の言葉が全く届かなかった百合子は、教育現場に失望する。一方百合子が休暇で不在の折、教員に窃盗の嫌疑をかけられ校長から体罰を加えられていた妙子は、新任の小野という男性教師に救われる。その後百合子が小野と志を同じくし、思いを寄せ合う一方、妙子は校長の一件で憤慨した兄に連れられ、東京へ出て行ってしまう。それを見送った百合子は自分が小野とは結婚できないと、自らの出自と思いを認めた書簡を藤村『破戒』の単行本に挟んで小野に送り、村を去った。学校側が小野の手配によって新聞で糾弾される直前のことだった。序文で「此の書に就ての批評ならどんな事でも、有難く頂戴するつもりである」と述べる作者による「家庭少女小説」。（尾崎）

↓「月の色」「露子の運命」

綾子《あやこ》

尾島菊子作。一九一四（大3）年一月～七月『少女画報』。同年一二月、少女小説集『紅ほゝづき』（東京社）に収録。女学校への進学を家族に反対され断念せざるを得ない少女の苦悩と葛藤がリアルに描かれる。菊子自身の体験はもちろん、進学したくともできなかった当時の多くの少女たちの存在が菊子にこの作品を書かせたのであろう。

主人公の綾子の家は、旧式で頑固な祖母が実権を握り、少女はおとなしいのが一番という考えのもと、厳しく育てられてきた。しかし、強い向学心を持ち、「いくら金満家に生れても、今の世の新しい空気に触れることなしに暮すと云ふ事は、決して幸福ではない」と考える綾子にとって、祖母の前で自分を殺すことは苦痛以外の何物でもない。友人の松子が東京の女学校へ進学することをうらやましく思っていた綾子は、一緒でなければ行かないと誓った親友の絹江までもが進学したことをきっかけに、家出を決行する。たった一人で夜行列車に飛び乗った綾子は、しかしだんだん心細さに不安が募り、黙って家を出たことを後悔し始め、途中の駅で連れ戻されたときには親の恩を感じてしみじみと泣いてしまう。

綾子は家に戻って安心と幸福を感じながらも、やはり抑えがたい淋しさと物足りなさがあり、沈みがちの日々を送る。夏休みで帰省した松子と絹江に会っても、自分のいじけがちになる心や敗北者のような哀れっぽさを思って涙が止まらない。二人が帰った後、自分にはもう友達は一人もいないのだ、とつぶやいて川の縁を散歩しながら、都会に出て学問をすることと、地方に残っていることとどちらが幸せかわからないと考えるところで物語は結ばれる。

それまでの少女小説に多く見られた、優しく従順で、不幸な運命を前に耐え忍ぶだけであった少女像に対して、たとえ挫折したとしても、自らの運命を変えるために自主的に行動を起こす新しい少女像が見られる。（川原塚）

↓「御殿桜」「なさぬ仲」「養女」

白い鳥よ《しろいとりよ》　山田邦子作。一九一四（大3）年一月、実業之日本社。『少女の友』掲載の二七短編を収める。尾島菊子に次いで刊行された女性作家の少女小説集。教訓性は薄く、繊細な自然描写を伴い家族や先生、友人を慕う「少女《をとめ》の美しい情緒の動き」（「序」）を描き、吉屋信子らに影響を与えた。「八月の太陽の、燃ゆる夢路の赤い名残は、西側のガラス戸の上をさまよふて、消ゆる生命《いのち》にあへぐかのやう――赤い〳〵輝《かゞやき》の今をかぎりと咽《むせ》んでいるかげから、おそうやうにはや夕《ゆふべ》の色は、暗く淋しく迫つてゐます」（「蜩鳴けば」）といった情感豊かに描かれる光景の中で、少女たちの寂しさや憧れが高まり涙がこぼれる。死や病、別れを経験して悲哀を味わう感傷的な話が多いが、主人公たちはそこにとどまらず「苦痛に敗《まけ》たくない」（「姉様のお手紙」）と前向きな姿勢をとる。若くして働かなければならない少女たちにシンパシーを寄せる作もあり、プロットはバラエティに富む。また唱歌や小唄、讃美歌や和歌の詩句が挿入されて抒情的効果をあげている作が一五編にのぼり、のちに歌人として大成する作者の詩心が窺える。表題作は一五歳の美登利が三年前、父が亡くなる時に夢の中で「不思議な処へ連れて行つて」くれそうな「白い鳥」を見るが、それが彼方へ飛び去るのを悲しく見送ったという話。それでも「泣かずに進んで」行こうと語る主人公の決意が胸に迫る。山田自身、東京へ出奔した一九〇九年に父を亡くしているため、実感に基づいて、過ぎ去った少女時代と父への哀悼の念を重ね、飛び去る白い鳥の姿にその思いを昇華させ象徴的に示したと考えられる。また、西洋婦人の家に招かれる「星月夜」、イタリーへ帰る少女と別れる「黄なる花の追憶」などの浪漫的な設定は、吉屋の『花物語』に受け継がれたと見なせる。（久米）

↓「蜘蛛の印象」「クリスマスの夜道」

蕾が岡《つぼみがおか》　巌谷小波作。一九一四（大3）年一月〜四月『少女世界』。『小波お伽全集第八巻少女短篇』（千里閣、一九三〇・二）収録。小波の得意とする演劇的構成で、蝶と少女の不思議な交流を描く幻想的中編。百姓の子お若は家の手伝いが忙しく、誰も遊んでくれないが友達が欲しい、と思う。売るための花を摘みに野に出ると、村の富豪《ものもち》の娘玉子が友達と笑って通り過ぎた。二人のリボンに二匹の蝶が戯れ、お若の前には赤い蝶が現れる。いつの間にか家に戻り眠ってしまうが赤い蝶の「花が欲しくば蕾が岡へ」という歌に目覚め、花の咲く小山へ向かうと雨が降る。玉子と友達が二匹の蝶と共に雨をしのごうと走って来て、お若が三匹の蝶を袖の蔭に入れると蝶達は傘のように広がった。玉子達もその傘に入れようとするが、二人は蝶になる。その時、家の表から玉子と友達が、お若を蕾が岡に誘う声がして、目が覚める。お若は僻んでいた自分を恥じた。僻み心を戒める教訓話であるが堅苦しさは全く無く、花野や家の中で蝶が舞う夢幻的な場面を美しく描いている。（久米）

↓「少女対話選」「世界少女お伽噺」

美乎子の涙《みおこのなみだ》　真山青果作。一九一四（大3）年一月『少女の友』。美しかった母が亡くなり、一二歳の美乎子は叔父夫婦の元に預けられている。晩秋の今、母の後を追うのではと叔母が心配するほどに、美乎子は何を見ても涙を誘われる。庭一面に散り敷いた棗の葉、山の頂の茜色の雲……。一人浜へ降りて行くと、盲目の少年が御詠歌を歌っていた。少年も幼い頃母を亡くしたが、歌うと母の膝で抱かれたような気持になると言う。美乎子はじっと少年を見つめた……。青果の初期の代表作「南小泉村」（一九〇七）は貧農の人々を突き放した筆致で描き、諧謔味も加わって自然主義の佳作と言われる。本作は一転して感傷的な作品である。執筆当時、雑誌への原稿二重売り事件で文壇から退き、横浜の本牧に蟄居、さらに妻が喀血して病臥するという苦境に立たされていた。妻は三月に没する。本牧を舞台とする本作は、その予兆を感じさせる哀しみに満ちた作品だが、そこには少女小説というジャンル意識も働いていたと思われる。

（中島）

みなし児・めぐりあひ《みなしご・めぐりあい》

岩下小葉作。一九一四（大3）年一月〜一五年六月『少女の友』。「めぐりあひ」は「みなし児」の後編として一九一五年一月から掲載、初出にはそれぞれ「立志小説」の角書きがある。単行本『心のふる郷』（実業之日本社、一九二二）に収録。孤児院育ちながら素直で正直者の花子は、一三歳のある日村一番の吝嗇者と評判の吝太郎《けちたろう》の家に奉公に出されることになり、悩んでいたところ、孤児仲間のお六に唆されて一緒に東京へと逃げ出す。一度は見つかり連れ戻されるが、吝太郎家の扱いの酷さに耐え切れずに再び逃亡し、今度は一人で東京を目指す。途中で出会った令嬢恵美子の助けで無事東京に辿り着き、親切な巡査の計らいで永村子爵家の下働きに入った後、有名呉服店三木《みつき》の女店員となる。様々な人との出会いの中で何度か逆境に立たされながらも、持前の誠実さで周囲の信頼を勝ち得、最後には死別したはずの父とも再会を果たす。悪役のお六・吝太郎らに対し援助者の高橋先生・永村夫人などを配す類型的な人物配置やご都合主義的展開、また「めぐりあひ」では先を急ぐあまり筆が荒れ人物名を誤るなど欠点も多いが、花子が拾った財布を盗みかける、好人物に意外な悪癖があるなど、細部にリアリティを持たせる工夫も見られる。肝心の少女の「立志」は、前半は花子が独力で「立派な女」になると繰り返すだけで具体性がないが、後半三木の女店員になる辺りから勤勉・貯蓄といった行動規範が現れ、最後は自力で父と住む家を建てるという栄達が示される。しかしこれは当時の女性規範と必ずしも一致しておらず、また一度決めたことはやり抜くというお花の決断力も、時に薄情とも読み取れてしまう。こうした不均衡は作品の不備というより、近代的少女規範の具象化と、旧来の物語枠組みとの過渡期的な相克の顕れと捉えるべきだろう。

（高橋）

→「少女の手紙」「人形の悩み」「秘密の花園」

幼い姉の悲しみ《おさないあねのかなしみ》

田山花袋作。一九一四（大3）年二月『少女の友』。雪子が可愛がっていた妹の菊子が突然病気で死ぬ。六歳の雪子は初めは事情がよく解らなかったが、日常の中での菊子の不在に徐々に死の意味を実感していく。無邪気に菊子と遊んでいた雪子が、物思いに沈み夜を怖がるようになる変化を第三者的視点から描き、まだ言葉を十分に操れない少女の、初めて出会った死に対する思いを表現している。

（高橋）

→「百合子」

白金の時計《はっきんのとけい》

三津木春影作。一九一四（大3）年三月、岡村盛花堂。四歳から前島家に引き取られた香川みどりは、慈愛深い義祖父母の庇護のもとに育つが、意地悪な孫娘の久美子に苛められる度に自らの出生の謎に悩む。そんなある日、洋行が決まった前島の伯父から壊れたプラチナの懐中時計を渡され、母がある侯爵夫人として存命であると知らされる。叔父は詳細を語らずロシアに立ち、深まる謎にとうとうみどりは一人で母に会いに行く。父母の恋愛、母の許婚と父の決闘、その際に父の命を救った時計と道具立ては派手だが、主筋は典型的な孤児少女の不幸譚。自立できず周囲に翻弄された母の不幸と、それを避けるため女にも学問が大切だと語られる一方で、最終的な謎解きは全て祖父の口から語られ、みどりと父との邂逅もかつての恋敵との友情に横滑りするなど、肝要な場は全て男性が支配している。当時のサスペンス系少女小説の限界であろう。（高橋）

初奉公《はつほうこう》　徳田秋声作。一九一四（大3）年三月『少女の友』。お初は父と死に別れ、母と妹とともに叔父の家に身を寄せている。一〇歳になったころ、叔父が出入りしているお屋敷に奉公に上がることになり、立派なお屋敷の生活ぶりに驚きながら、新しい環境の中で子守に励む。お初は母や妹を恋しく思うが、半日でなついた赤ちゃんをおいてここを去ろうとは思わない。奉公初日をドキュメンタリーのように追い、与えられた境遇を精一杯生きようとする女児の切ない心情が等身大につづられている。（溝部）

闇に居て《やみにいて》　伊澤みゆき作。一九一四（大3）年三月『少女画報』。同性思慕とその悲嘆を強烈に描く。自分は醜いため誰にも愛されないと卑下する筆子は、美しい松野ひな子を慕っていたが、ひな子は病気で登校しなくなる。筆子は「身もだへする」ほど嘆くが、自分の妬み心がひな子の病気を願ったのではないかと考え震える。沢山の讃美者の中にひな子を置くのを嫌がり、「たとひ愛して貰へぬまでも、このあつい真心だけでも汲取つて欲しい。それも空《あだ》な希望《のぞみ》にすぎぬならば、いつそ死んで貰ひたい」「その時こそあたしひとりの心の中に、いつまでも、いつまでも松野さんは生きてゐて下さるのだ」と呪詛《のろい》をかけたのが、通ったように思う。しかし「それが罪ならあたしも死のう」「死んだらきつと美しくなれよう」と微笑む。相手の好意を求める余り、思い詰めて心を昂らせていく少女の熱情を激しい言葉で綴り、友愛小説の新たな表現を開いた。伊澤の諸作は吉屋信子にも影響を与えている。（久米）

↓「春も逝く」

海恋し《うみこいし》　野尻抱影作。一九一四（大3）年四月『少女の友』。父を海で、母を病気で亡くした幼い姉弟は、山国に住む叔父夫婦に引き取られた。姉は叔父に従い山奥の樵《きこり》小屋で山仕事を手伝っている。久しぶりに会った弟が父母の思い出につながる海というものを見たいと言い出すと、傍らにいた樵が、夏になったら姉弟を海の見える尾根へ連れて行こうと言ってくれた。作者が南アルプスの山々に親しんだ経験から、山に生きる人々の暮らしを織り込んだ作品。（中島）

ミンナの電話《みんなのでんわ》　小山内薫作。一九一四（大3）年四月『少女の友』。或る老博士の独逸留学時代の話。下宿には六歳のミンナという少女がいて母と祖母と三人で暮らしていた。ミンナは父が飛行機の稽古に行っていると聞かされている。だから一日に一度必ず父に電話をかける。でもそれは通じるはずもない玩具の電話。クリスマスの前、不憫に思った母は密かに連絡を取り、ミンナは父と会うことができた。父を恋しく思う幼女の無垢さが大人たちの心を動かすという作品。（菅井）

雨に打たれし花簪《あめにうたれしはなかんざし》　国木田治子作。一九一四（大3）年五月～六月『少女の友』。伯父夫婦に育てられた町子は、障害を持つ少女。祖母や義理の姉妹に冷遇される彼女は、養母と過ごすわずかな時間と、出入りの植木屋の娘・花との交流を支えに孤独な日々を送っている。ある日、実父のもとに引き取られる話が持ち上がったことから、将来の不安と現在の境遇に小さな胸を痛めた彼女は、なす術なく井戸に身を投げてしまう。閉塞した状況下で研ぎ澄まされていく繊細な少女の内面に肉迫した短編小説。（橋本）

↓「店前」

春雨の宵に《はるさめのよいに》　富岡皷川作。一九一四（大3）年五月『少女の友』。由紀子は立派な家に生まれたが、貧しい家の養女となり、腸窒扶斯《チフス》で死んでしまった。そんな由紀子に対して持っている思いを、「私」（栄子）が、京子という女性に宛てて書いたという書簡体の少女小説。「あんな不幸な生涯で終る位なら、由紀子さんは、なんだつて生れて来たのだろう。」という末尾の一文によって導かれる、ある種のテーマ小説となっている。（大橋）

↓「千鳥ケ淵」

生みの母《うみのはは》　瀧澤素水作。一九一四（大3）年六月『少女の友』。絹子が通された病室にいた余命幾ばくもない女性は、実は彼女の生みの母だった。実母と名乗らないことを条件に育ての母から許された面会であったが、隠しきれない深い愛情をその女性から感じる絹子だった。生みの母、育ての母、そして娘。三人の女性の複雑な心持ちが繊細に描かれた少女小説。（樋渡）

秘密《ひみつ》　竹久夢二作。一九一五（大4）年一月『少女画報』。「うら若い少女《おとめ》達の夢の国」の「秘密」について書かれた筋のないスケッチ風の物語。「夢の国」では、「何故?」と聞かれても、安易に答えられるようなつまらない事は一つもない。ギリシャ神話の世界は世に知られてきたが、「夢の国」は誰にも知られずに来たという。たとえ同性でも母親や教師といった大人には察知できない、少女達の神秘的な内的世界観を抒情的な文体で語っている。　（矢澤）

→「ちひさき煩悶」

雛子《ひなこ》　野上彌生子作。一九一五（大4）年一一月～一六年四月『少女画報』。『野上彌生子全集別巻三』（岩波書店、一九八二）収録。一六歳の女学生内田雛子は、七歳の時に、九州の材木問屋の伯父さん・伯母さんの家に引き取られて大きくなった。生まれ落ちるとすぐに茨城の田舎に里子に出され、東京にいる父の消息はわかっているが、母は不明という身の上である。しかし、九州の家では、中学五年生になる秀雄兄さん、二つ下の春ちゃん、八つになる三郎さんと同様、実子のように可愛がられて裕福な生活を送っている。ある日、実の母という人から手紙が届く。後半の雛子と母との往復書簡は、雛子の不明だった身の上を明かしてゆく。

雛子の母は一八歳の時父と出会い、東京の本郷で所帯をもった。しかし、一人娘だった母に戸籍の都合があり、籍を入れないうちに雛子が生まれることになる。その頃父に、先生筋に当たる大学教授の令嬢との結婚話が持ち上がり、父は将来の出世を慮り母を捨てる道を選ぶ。雛子を置いて家を出た母もまた、再婚することになり、自由な身の上のうちにひと目雛子に会いたいと再会を申し入れるが、父の新夫人から雛子は急病で死亡したと伝えられ、一四年ぶりに父と再会するまで雛子が生きていたことを知らなかったという。母は再婚と同時に義太郎という子供を貰い、一三歳になった。現在、母は髪結いの仕事をしており、家族に雛子のことを包み隠さず話すと、夫も子供もとても喜んでくれる。義太郎も雛子も互いに姉弟ができたと喜ぶ。伯父が仕事で大阪に行くついでに、雛子と母を会わせるために一泊どまりで東京まで連れていってくれることになるところで話は閉じられる。

不幸な生い立ちの主人公だが、心温かい擬似家族に囲まれ、さらに実の母にも会うことができるという希望に満ちた物語である。また、雛子と義太郎を通して血縁家族だけが幸せな家族ではないことを語りかけている。　（岩淵）

→「桃咲く郷」

忘れえぬ夕《わすれえぬゆうべ》　松井百合子作。一九一五（大4）

年一一月『少女世界』。特集「秋の少女物語」の一作。ある秋の夜、啓子は、寄宿舎で授業の予習をしていた。そこへ、舎監が呼びに来たので応接室へ行くと、生まれてすぐ生き別れた母親が訪ねて来ていた。手元にある写真とは違っていたが、眼差しから自分の母親であると悟った啓子はとめどなく涙があふれ出した。女学校の寄宿舎を舞台に、母娘の再会をドラマティックに描いた小説。　（徳永）

↓「お友だち」

謎の短冊《なぞのたんざく》　黒田湖山作。一九一六（大5）年一月～七月『少女世界』。千里眼の乙女として有名な智代子は、斧造に誘拐され、無理矢理遺産の隠し場所を透視させられる。だが遺産が孫の琴子のものだと知った智代子は、千里眼と知恵を巧に使って短冊に書かれた遺産の在処を見つけ出し、金を琴子へ渡す。透視が正しい目的にのみ働くことや、危険に立ち向かい謎を解き明かす展開は、教訓物語や冒険小説の影響をみることができる。　（徳永）

↓「無言の令嬢」

姉より妹に《あねよりいもうとに》**―東京の印象―**《とうきょうのいんしょう》　永代美知代作。一九一六（大5）年二月『少女画報』。女学校へ入学するため訪れた東京の印象を妹へ綴った書簡体小説。「私」は保護者なしにたった一人で田舎から上京したが、東京に住む誌友の千香子は、そんな「私」を心配して自宅に招き、親身に世話をしてくれた。「私」は千香子の洗練された知識階級の生活に触れ、東京の文化に魅了される。「偉大な東京に住ふ一員」として新たな一歩を踏み出そうとする意気軒昂な少女の姿を描いた作品。　（徳永）

↓「サマー、ハウス」「冒険奇談少女島」

別るゝ時《わかるるとき》　泉斜汀作。一九一六（大5）年二月『少女世界』。弓子は幼い時から育ててくれた祖父母のもとを離れ、父母の待つ北海道へ行くことになった。旅立ちの日、父から贈られた折鶴の羽織を着る弓子を大勢の人たちが見送り、仲の良かった友は汽車と一緒に駈け出して別れを惜しんだ。皆が見えなくなってしまった時、弓子はもう泣かなかった。親しい人たちとの別れを通して新しい環境でも強く生きようと決意する少女を情感豊かに描いた作品。　（菅井）

捨小舟《すておぶね》　星野水裏作。一九一六（大5）年四月『少女の友』。少女雑誌の記者へ届けられた愛読者からの手紙。そこには、少女の寄る辺のない身の上が語られていた。活動写真のような波瀾にとんだ彼女の人生を夢中で読み進めるうち、記者は深い同情の念に駆られる。

小説は、少女の不幸な身の上に比して、「多くの誌友の皆様達の御幸福なお身の上に、露不足などのたまはぬ様」にという教訓的なメッセージで閉じられる。（徳永）

↓「はなきん」

友を待ちて《ともをまちて》　渋沢青花作。一九一六（大5）年五月『少女の友』。房子と綾子は小学校からの親友で、家が離れて女学校が別になっても、文通し互いに行き来をしていた。ある夏、房子は綾子から訪問の約束を反故にされる。その後手紙も絶え、裏切られた思いで傷つく房子。秋になり綾子から手紙が来るが、房子は妙な意地から封を切らない。その半月後に届いた手紙は、綾子の住所が朝鮮になっていた…。友との悲劇的な別れを、細やかな心理描写で綴った短編。（谷内）

↓「悲しき海へ」

春も逝く《はるもいく》　伊澤みゆき作。一九一六（大5）年五月『少女画報』。三年間「交際」を続けた「貞子さん」に「あたし」が恨み言を述べる。貞子の「おもちゃ」か「お人形」のように扱われ、いつしか疎ましさや憎しみを覚えたが、貞子の眼に見詰められると何も言えなくなる。もっと早く別れるべきだった――。少女同士の交際の話だが、もはや男女の情痴話と変わらないような単語や言い回しで、愛憎の念が生々しく語られる。友愛物語の表現様式の極みまで試みたと見なせる。（久米）

↓「闇に居て」

花物語《はなものがたり》　吉屋信子作。一九一六（大5）年七月～二四年一一月『少女画報』、二五年七月～二六年三月『少女倶楽部』、全三冊初刊二〇年二月～二一年四月、洛陽堂、全五冊初刊二四年二月～二六年三月、交蘭社。花の名に寄せて、多彩な少女たちを描く五〇編に至る短編群。少女同士のはかない出会いと別れを耽美な筆致で描く、近代日本の少女小説の代表作。明治末の『少女世界』が始めた少女友愛小説の系譜を引き、『少女世界』の投稿読者であり編集者沼田笠峰の教えを受けた吉屋が、伊澤みゆきの友愛少女小説に惹かれて『少女画報』に投稿、採用されて長期連載作となった。第一作「鈴蘭」から既に、耽美性、西欧志向、威圧的男性（校長）への反発、母娘慕情、心優しい美少女への憧れ、はかない別れなど、『花物語』の主テーマとなる要素が出そろっている。

基本的に、友情よりも少し濃厚な少女同士の交友とその哀歓が抒情性豊かに描かれるが、中には性的な関係がほのめかされたり別れの後に死が選ばれる作もあり、商業誌の少女小説で許されるセクシュアリティ表現の限界まで追求していると考えられる。戦前期は年少者の読み物全般がセクシュアルな描写を制御されていたため、『花物語』は少年たちにも秘かに愛読された。また優雅で空想的な設定で進行する作が多いが、その中に男性の横暴や家父長制下の少女の生き方の不自由さを訴える部分が見られ、婦徳的な教訓を主テーマとする同時代の少女小説とは一線を画している。説諭するよりも、少女たちの可憐で純真な生き方を称え、彼女たちを苦しめる事柄を暗に告発する。あくまで少女たちに寄り添い、そのけなげな美しい生き方と真情に声援を送る作品である。

『花物語』が確立した少女同士の友愛物語はその後、川端康成「乙女の港」（中里恒子の作に加筆、『少女の友』一九三七・六〜三八・三）や、現代でも今野緒雪〈マリア様がみてるシリーズ〉（集英社コバルト文庫、一九九八〜）といった人気作にテーマが受け継がれ、少年向けライトノベルやゲーム、マンガやアニメにまで影響を与えている。

（久米）

↓「あの道この道」「返らぬ日」「級友物語」「伴先生」「紅雀」「三つの花」「わすれなぐさ」

河原撫子《かわらなでしこ》　田村俊子作。一九一六（大5）年一一月〜一七年六月『少女画報』。『田村俊子全集 第七巻』（ゆまに書房、二〇一五）収録。たった一人養女に出された少女の淋しさや悲しみを描く。題名の花は秋の七草の一つ撫子の別称で、少女の心情を象徴している。一四歳の小枝子は、父親が亡くなって益々貧困に陥った家のため、母や妹たちと別れて、恩人の家に養女に行かされる。学校の成績は一番、お稽古事の琴も上手で、養母に着せ替え人形のように着物やリボンを買い与えられ可愛がって貰うが、淋しさはつのるばかりである。美少女で利口だが内気でおとなしすぎるほどで、なかなか養母に馴染めない。黙って時々実家に立ち寄って養母に叱られているうちに脳膜炎になり、高熱を出して実母の元で寝込んでしまう。少しずつ回復し、実母に言い聞かされて、迎えに来た養母とその一人息子に連れられて養家に戻っていく。今度は自由に実家に遊びに行ってもいいという許しも得て、明るい心となり幸福感に満たされる。夫に死なれて息子と二人暮らしの養母の、養女を得た歓びと過剰な期待も細やかに描出され、生さぬ仲の難しい親子関係が炙り出されている。

（長谷川）

↓「かなしかった日」「仲好し」

美しい玉《うつくしいたま》　江見水蔭作。一九一七（大6）年一月〜一二月『少女画報』。二七（昭2）年『愛国童話集』に収録。主人公は心優しい一三歳の少女。父は政治運動で財産をなくし行方不明、母も亡くなり、引き取られた先の親族には虐待され、つらい思いをする瀧山光代。瀧山家の言い伝えに従い、木造山の大石を動かすと、その下には美しい玉が大量にあった。それを手に東京へ逃げようとするが、途中知り合った石子という年上の少女にそのほとんどを奪われてしまう。その後、様々な苦労を重ねながらも、美しい心で人びとの心を動かし助けを得て、最後には南洋ボルネオにいた父親と再会、父が発見していたダイヤモンドの鉱脈によって家も再興できた。心の美しい光代と、繰り返し彼女をだまし、自分のことしか頭にない石子が対比的に描かれ、幸福を手にした光代と、おそらく南洋に売られ悲惨な境遇に陥ったであろう石子の姿に、少女への教訓が込められている。

（川原塚）

↓「心の美人」

鬼灯と鼠《ほおずきとねずみ》　加藤みどり作。一九一七（大6）年一月『少女の友』。幼い頃、私は垣根の外に実った鬼灯を見つけ、誰にも言わずに赤く色づくのを待っていた。だが、級友の峯子が、鬼灯は自分が埋めた鼠が肥料となったため実ったのだと主張し、鬼灯は峯子のものになってしまう。私は諦めきれず、自分も庭先に鼠を埋めて鬼灯が生えるのを待つ。だが、鬼灯の木はついに生えてこなかった。私の純真な少女時代の思い出を語った小説。

（徳永）

まごころ《まごころ》　森田たま作。一九一七（大6）年一月『少女画報』に発表された戯曲。発表時の筆名は村岡たま。上流階級の暮らしをおくる鈴子は、父を亡くし病気で寝込む母をもつお秋ちゃんに同情を寄せ、羽子板と金子をおくる。お秋ちゃんの父を工場で機械にまきこまれて死亡したとする設定や、「何故世の中には貧乏な人とお金持ちの人があるんでしょう」という台詞など時代を思わせる作品。なお、同作品は実業之日本社版『桃李の径』（一九三九・九）に収録されている。

（中谷）

↓「石狩少女」「踊り子草」「紅梅少女」「桃李の径」

三人の少女《さんにんのしょうじょ》　秋田雨雀作。一九一七（大6）年二月〜七月『少女の友』。二一年三月、日本評論社『東の子供へ』収録。年の瀬も迫ったある夜、一人の青年文学者が、ある年老いた主人とその娘らの家を訪ね、彼らとテーブルを囲んで語って聞かせた物語。一五歳で高等科を終えるまでの少女時代を共に過ごした仲良しの三人の少女たちが、それぞれの心持ちや生家の違いによって異なった運命を歩み、二十歳になって故郷で再会を果たす。恵まれた家庭に育った洋子と千代子はそれぞれに結婚し、洋子には息子もいる。しかし、家庭に入った彼女たちは、少女時代を懐かしんで感傷的な気分に浸る。それに対し、少女時代に苦労した愛子は、女子師範学校に進んだ後に教師となって自立し、今も活躍している。彼女だけが「六年前と同じやうな元気のある顔」をしている。結婚して家庭を守ることが女性の幸福と見なされる時代にあって、そうした風潮へのアンチテーゼになっている。（遠藤）

撫子姫・後の撫子姫《なでしこひめ・のちのなでしこひめ》

断水楼主人作。一九一七（大6）年七月～一八年三月『少女画報』。朝鮮総督の娘撫子姫は、東京の春菜侯爵の許へ輿入れする途中、悪徳老家扶の計略で三宅島近くの孤島へ置き去りにされてしまう。親切な島の人々に助けられ、得意の刺繍で身を立てるうち、姫の仕事の見事さが東京で評判になり、更に姫がびんに詰めて流した手紙も侯爵の許に届いて、二人は邂逅を果たし、侯爵家乗っ取りを謀った家扶は断罪される。押川春浪亡き後の後継的な少女冒険小説。姫が孤島に置き去られるあたりの展開は白雪姫のなぞりで、人物配置など細部の整合性も甘いが、姫が自ら苦境を切り開く場面も多く、少女にも活発さや主体性が求められ始めた当時の状況が窺われる。姫が写真だけで一度も面識のない侯爵を一途に慕う設定には無理があるが、仄かな恋愛感情の描写もあり、読者の評判も良かった。（高橋）

十七年の春秋《じゅうななねんのはるあき》

宇野浩二作。一九一七（大6）年九月～一二月『少女の友』。窃盗事件の犯人平山平吉は、護送の途上脱走をはかり、巡査を殺害してしまう。その時、両者の妻のお腹にはまだ見ぬ命が育まれていた。時が経ち、平吉の娘お波は、実父の存在とその事件を知ることになる。お波は父の贖罪を果すべく被害者の娘お鈴を探し出し心より詫びるが、お鈴の閉ざされた心はそれを受け入れない。お鈴と同じ工女となり四年が過ぎたある日、お鈴が顔面に傷を負う事件が起こる。お波は治療の為に腿の肉を提供し、その献身的な行為によって、二人の間にようやく和解の時が訪れる。父の事件からすでに一七年の時が経っていた。少女小説としては珍しく、ヒロインが犯罪者の娘という設定に新味がある。和解への過程が情緒的な許しの方向をとらずに、徹底的な自己犠牲によってもたらされた点にシビアな現実認識がうかがえよう。また、加害者と被害者双方の家族の問題をとらえている点でも、深い社会性を兼ね備えている。（溝部）

↓「海こえ山こえ」

松ちゃんの望み《まっちゃんののぞみ》

三津木貞子作。一九一七（大6）年一〇月～一一月『少女画報』。父と別れた母を助けて働きながら夜学に通う松ちゃんの、ひたすら父との再会を願う幼い苦悩を描く忍耐物語。父母の離別の理由は不明だが、父が後妻を迎えて男児を儲ける一方で、母は紡績の内職をし、「隠し子」という言葉も出てくるなど、妾的存在であることが示唆されている。父が高名な作家であるという点にも妙なリアリティがある。（高橋）

冒険奇談　少女島《しょうじょとう》　永代美知代作。一九一七（大6）年一一月～一八年三月『少女世界』。少女飛行家として有名な秋月まゆみは、理学博士の父と共にロンドンへ来た。その頃英国では上流階級の令嬢三〇人が何者かにさらわれるという事件が起きていた。誘拐された少女たちは父親をゆするための人質として「少女島」へ送られた。まゆみも事件に巻き込まれるが、真相を究明するため犯人のアジトに潜伏中のラッキー大探偵と協力して少女たちを救い出す。ところが、犯人は唯一の移動手段だった船を爆破。一同は島に閉じ込められてしまう。そこで、少女飛行家のまゆみは島の格納庫にあった飛行機を操縦して助けを呼びに行き、日本の軍艦に少女たちを救出して貰う。角書きに「冒険奇談」とあるように、軽妙な筆致で描かれた冒険小説。主人公の正義感が、自分は日本の少女だという自負に支えられており、愛国主義的な要素もうかがえる。（徳永）

↓「姉より妹に―東京の印象―」「サマー、ハウス」

秘密の花園《ひみつのはなぞの》　岩下小葉作。一九一七（大6）年一二月、実業之日本社。F・H・バーネット「The Secret Garden」の翻訳。ひねくれ者で無愛想な毬子は疫病で両親を亡くし、荒野の中の広大な屋敷に住む叔父の許に引き取られる。大人たちから顧みられない生活の中で、一〇年間閉ざされているという花園に興味を持ち、地元の少年の陸三や病弱な従兄弟の公二と一緒にその再生に夢中になっていく。人物名は全て日本名に変えてあるが、設定や展開はほぼ原作通りで、当時の児童書としてはかなり正確な翻訳。しかし原作のメアリーの母の不倫を思わせる部分や、ベン・ウェザースタッフが駒鳥の繁殖のための巣作りをからかうセリフ等、少しでも性に関わる内容は全て削除されており、他にも丸代（マーサ）や陸三（ディコン）の訛りが弁助（ベン）ほど著しくないなど、小葉の教育的改変が窺われる。一九二九年に平凡社から『令女文学全集第八巻』として再刊。（高橋）

↓「少女の手紙」「人形の悩み」「みなし児・めぐりあひ」

露の干ぬ間《つゆのひぬま》　坪内士行作。一九一八（大7）年一月～六月『少女の友』。山内老人は娘のお菊を連れて、ボストン郊外の邸宅で料理人として働いている。アメリカで生まれ育ったお菊は、利発で負けん気の強い少女。老人にはもう一人、一五年前の渡米の時、嵐で船が難破して見失った三歳の娘があった。屋敷の主人が亡くなって父子はサンフランシスコへ移った。目が見えなくなってきた父を心配して、お菊は菓子屋で働き始めた。ある日、老人は自動車を避けて転んでしまった。慌てて車から降りて来た二人は、三歳で別れた舟子と育ての父近藤だった。お菊は埠頭に停泊している船まで二人を追った。互いの素性が分かった時、お菊を載せたまま船は日本へ出港していた。老人は後を追って日本へ渡り、目を治して、別れた娘と対面することが出来た。お菊は近藤の世話になることに甘えず、父を引き取り、細い腕で二人前働いている。作者のアメリカ留学の経験を活かし、アメリカ生まれの活発で自立的な女の子が主人公。日本で育った姉の舟子は、対照的に優しくしとやかな娘として描かれている。（中島）

寝椅子《ねいす》　素木しづ作。一九一八（大7）年四月『少女の友』。一六歳の糸子は、病気の為に右足を切断し、病院で療養中。左手薬指を切断した女性患者の悲しみに同情しつつも、糸子自身は、草木が新芽を出すように再び新しい足が生えると信じており、足を失った悲しみが実感できないのだった。素木の代表作『松葉杖をつく女』（一九一四）『三十三の死』（一九一五）のモチーフと重なり、障害を負った後の複雑な心理を描いた短編。（沼田）

巡礼の歌《じゅんれいのうた》　吉田絃二郎作。一九一八（大7）年八月『少女の友』。新子は巡礼の歌を歌う娘と友達になるが、雪深い町では冬を越せないため、娘は南へ移住せねばならなかった。離ればなれになったまま、新子は肺病に罹り、娘を思いながら死んでいく。数か月後、新子の形見の指輪をはめた娘の遺体が彼女の墓の前で見つかる。運命に翻弄されながらも互いを思う少女の友情を描いた小説。（徳永）

↓「少女小説山遠ければ」

大海の画《たいかいのえ》　中村星湖作。一九一八（大7）年一一月『少女の友』秋増刊号。幼い琴子の眼を通して、大人たちの感情の機微が描かれる。琴子の姉は阿部清にフランス語の個人教授を受けていたのだが、琴子の両親は、年頃になる姉が「阿部のお兄さま」と慕うその様子を芳しく思っていない。妻の過ちにより離縁するが、妻のことが忘れられずにいた清が、突然「わが愛する者」というフランス語の書き置きを砂の上に残し、溺死。琴子は、涙する姉とともに大海を眺める。（近藤）

アルサスの少女《あるさすのしょうじょ》　生田葵作。一九一九（大8）年一〇月『少女の友』秋期増刊「少女哀話号」。第一次大戦後、ドイツからフランスに領有されることになったアルサスに住む一二歳の少女ケエテ。慣れ親しんだ住居と飼い山羊を手放すことになり、弟フィリップは泣いて悲しむ。一方姉のケエテは、愛国と忠孝に理解を示し弟に対する責任感も強い。しかしその涙は眼から溢れて止まなかった。　（樋渡）

↓「露子の夢」

鏡をみつめた時《かがみをみつめたとき》　牧野信一作。一九一九（大8）年一〇月『少女』。芸術的才能に恵まれた夏子は、日舞の発表会の当日、学校の唱歌の試験で級友に女役者と陰口を言われ、ショックで歌えなくなり落第してしまう。発表会にも出たくないと泣くが、衣装を着け化粧を施されて鏡の前に立った時、そこに映る自分の舞姫姿に美神《ミューズ》の神秘的な世界を感得し、「清い心、満足の心」で晴れ晴れと舞台へ出てゆく。一人倍感じ易い少女が周囲の目に怯える日常性から美的な次元へと移行し、幼いながら一人の芸術家となっていく様子が幻想的に描かれる。華麗でエキゾティックな美文も牧野らしいが、夏子が扮するのが狂女「保名」であり、鏡を介した自己認識の分裂と動揺、芸術的境地を語る言葉の抽象性など難解な部分も多く、全般にまだ教育色の強い当時の少女小説、特に対象年齢のやや低めな『少女』においては異色の作品と言える。　（高橋）

雪の山路《ゆきのやまみち》　長谷川時雨作。一九一九（大8）年一〇月『少女の友』。肉親を大波に浚《さら》われ、たった一人生き残った「霜つ子」はやっとの事で今の主家に引き取ってもらった。山籠りをする炭焼きの爺さんに品物を届ける時、夕暮れの雪深い山路で崖から落ちてしまう。馬でさえ人間を助けるのに……と、荷馬に救われた「霜つ子」は足の悪い炭焼きの爺さんを思って立ち上がる。辛い運命に負けず、過酷な境遇の中でも健気に生きる少女を暖かなまなざしで描いた作品。　（菅井）

↓「茂子」

七ツの鈴《ななつのすず》　大井冷光作。一九一九（大8）年一二月～二〇年六月『少女』。『鳩のお家』（冨山房、一九二一・五）収録。村の時鐘を火事で失ったことに怒った荒神を鎮めて大洪水を防ぐべく、動物たちと協力して奮闘する少女や少年の物語。時鐘の欠片から作られ七人の子どもに分け与えられた七つの鈴を集めていくという大筋は『南総里見八犬伝』を想起させる。伝記的、冒険的な性格の強い「お伽小説」。　（樋渡）

Y先生のお手とポケット《わいせんせいのおてとぽけっと》　葛原滋作。一九二〇（大9）年一月～二月『少女画報』。大好きなY先生の入院にファンの女生徒たちがとった反応。筋らしい筋はなく、無邪気（無意味）な会話に笑い合い、些細なことにも大げさに反応する少女たちの「デリケイトな感情」が、少女らしさとして称賛されている。Y先生

と少女たちの関係は、当時の少女雑誌の編集を中心とした読者共同体の反映か。　（高橋）

ある春のこと《あるはるのこと》

与謝野晶子作。一九二〇（大9）年四月『少女画報』。『与謝野晶子児童文学全集5』（春陽堂書店、二〇〇七）収録。今年で九〇歳を迎えたとも子の曾祖母《おおおばあ》さんの卒寿の祝いに親類中の人が四月の初めに集まった五日間の物語である。曽祖母の家は、東京から百七〇里程も西の中国の海の近くにあり、そこへ一六歳のとも子を最年長とする従妹《いとこ》や再従妹《またいとこ》など一二人の少女が集まった。一二歳の芳子は、曽祖母が彼女の着てきた着物を「松の木の皮のよう」と言ったことから、紫地に蝶が染められている友禅の着物を着せてもらい恥ずかしがったり、同じく一二歳の宮子は、波打ち際で蟹に追いかけられて逃げたり、一五歳の初子は、蛇をもった男と行きあった時の怖さを話す。一一歳の園子は、父への土産に桜色の貝を拾う。そのような他愛もなく面白い日を送っていることを、「私達は竜宮に居る」ようだが「済まないことを私達ばかりがして居るよう」と一人の少女が言ったのに対し、とも子は「私達は真実《ほんとう》に遊ぶだけで無くて、もっといい人になろうと云うことを思って居なければいけませんね」と言うのであった。恵まれた境遇の少女たちが、遊んでばかりいる自分たちを働いている人たちに対して済まなく思う素直な気持ちが描かれている。　（岩淵）

↓「さくら草」「環の一年間」

いとこ同士《いとこどうし》

中條（宮本）百合子作。一九二〇（大9）年五月〜六月『女学生』。『宮本百合子全集第一八巻』（新日本出版社、一九八一）収録。築地のS女学校を舞台にした三田芳子と三田政子という従姉妹同士の友情をめぐる物語。早くに両親と死別し小学生の時から芳子の家に引き取られた政子と、小学校を優等で卒業し将来は学者になることをめざす芳子は、姉妹同然に育った。学校中で一番立派な着物を着て金持ちを偉いと思っている友子は、芳子に反発し、二人の仲を裂こうと画策する。友子が二年で退学すると、政子は友子に唆されて芳子を孤立させたことを詫び、二人は元の仲良しに戻るのだった。　（岩淵）

紅白試合《こうはくじあい》

安倍季雄作。未詳〜一九二一（大10）年四月『少女』。『林檎の花びら』（丁未出版社、一九二三）に収録。野球を題材にしたスポーツ少女小説。山本静子と鹿島鈴子は、スポーツ名門校芳蘭女学校が今年から創設した女子野球部で二塁手と遊撃手を務める親友同士。日頃それぞれの父親が政治的立場の違いから対立しているのを気にしていたが、部創設記念試合の観戦で二人が同席したのを機に、何とか仲直りさせようと相談する。内容的には物語より試合の描写に力点が置かれ、父たちの不和も娘らの健闘が自然に解いていく。ルールやプレーの解説も、少女向けには意外な程詳しいが嫌味はなく、男子顔負けの少女たちの活躍が素直に賞賛されているのは気持ちが良い。大正期に定着した近代スポーツは少女小説でも徐々に扱われ始めるが、人気のテニスや陸上ではなく、当時でも珍しかった女子野球がごく早い段階で描かれている点は注目に値する。（高橋）

草笛《くさぶえ》　長田幹彦作。一九二一（大10）年一月〜一二月『少女の友』。『令女文学全集第三巻　嘆きの夜曲外三篇』（平凡社、一九三〇・五）収録。松谷男爵の令嬢由喜子は父の事業の失敗から親戚を転々とした末に亡き母ゆかりの尼寺に身を寄せる。消息不明であった父と暮せることになった由喜子は家計のため勤めに出るが父は急逝してしまう。友となった千賀子親子の助けで絶望の淵から逃れた由喜子は父母の冥福を祈る尼僧として生きようとする。伯母親子に貶められながらも過酷な運命を乗り越える零落の華族令嬢を描いた作品。（菅井）

↓「嘆きの夜曲」

探偵小説　壊れた土塀《こわれたどべい》　水野葉舟作。一九二一（大10）年一月〜五月、七月『少女倶楽部』。並木路に落ちている光り輝く石を発見した芳子は、石に魅入られたように動けなくなる。石を両親に渡した後も、芳子の心は石に捕らわれ、妖艶な女性が並木路に不意に出現するのではないかと想像する。そんな芳子の前に、壊れた土塀のある屋敷に住む、若い都会的な女性が現れる。少女の恐怖と期待の入り混じった緊張した心の高揚がきめ細やかに描かれる。（近藤）

人形の悩み《にんぎょうのなやみ》　岩下小葉作。一九二一（大10）年一月〜六月『少女の友』。優しい持ち主の手を離れてしまった人形の流転と受難を擬人法で描く。山の手の令嬢・光子の持ち物だった西洋人形のメリーは、孤児院援助のバザーに出され、我儘なお嬢様・品子に買い取られる。しかしすぐに飽きられて、女中の春やの郷里の二人の姪の所へ送られ、そこでも乱暴に扱われ、最後は猫に腹を破かれて屑屋に引き渡される。転落の身を歎くメリーだったが、屑屋の病気の娘・お花に妹のように大切にされ、本当の幸せに気付く。明治期末に隆盛した少女不幸譚を人形に置き換えた筋立てに新鮮味はなく、むしろ人形の受動的視点から見た少女たちの書き分けに教育性が込められている。連載期間中には雛祭り企画や人形病院の紹介など他記事間との連係もあり、少女と人形という古典的取り合わせの強さを感じさせる。（高橋）

↓「少女の手紙」「秘密の花園」「みなし児・めぐりあひ」

返らぬ日《かえらぬひ》

浅原六朗作。一九二一（大10）年一一月『少女の友』。挿絵は原田なみぢ。夏休みから体調を崩していた君子は、ようやく学校に復帰する。夏休み前、進級試験の結果を理由に親友の澄子と仲違いしてしまったことを悔やむ彼女は、澄子の姿を探すが見当たらない。担任の教師は、澄子が病院で亡くなったことを告げる。短編だが、前半で君子の素直さや明るさを盛り込むなど、結末の悲劇性を際立たせる構成になっている。（中谷）

↓「兄いもうと」「長編少女小説想い出の歌」

海の囁き《うみのささやき》

久米正雄作。一九二二（大11）年一月〜一二月『少女の友』。幼いみどりは両親と海水浴に行った際、独りで貝拾いに出て、満潮により岩の上に取り残される。そこを通りかかった灯台守のお爺さんに救われたみどりは、灯台守の夫婦の慈しみをうけて成長する。事故により足が不自由になったみどりをとりあげた新聞記事により、東京の両親にその生存が知れて、みどりは家に戻されることになる。都会の生活になじめず、みどりは旧友のおかよと海へ帰ろうとするが、途上で強制的に連れ戻されて肺炎となり、死地をさまよう。なす術なく、灯台守を呼び寄せたところ、みどりは奇跡的に意識を取り戻した。両親は娘の生きる場所が海であることを悟り、みどりを海へ帰すことを決断する。東京の生活が海の生活から相対化され、ヒロインとして海を愛する自然児が配されているところが新鮮である。自然賛美の色調が濃い作品となっている。（溝部）

春の日は輝く《はるのひはかがやく》

松原至大作。一九二二（大11）年四月〜一〇月『令女界』。翌年一一月、作品集『鳩のお家』（大阪毎日新聞社・東京日日新聞社）に収録。父に続けて母を亡くしたよね子は近所の家に引き取られるが、発見された母の遺書に従って故郷を後にする。移った「山の街」甲府で親戚のおじさんとおばさん、その娘の小枝子と楽しい日々を過ごしていたが、それもおばさんの急死で一変する。おばさんの後にやってきた女性はよね子をいじめて周囲と摩擦を起こし、おじさんとの争いも絶えない。そんな状況に胸を痛めたよね子は女学校進学を止めるとまで言い出すが、結局故郷である「海の村」に戻ることで平穏な日々を取り戻すのだった。地縁と血縁とが脅かされ住む場所を転々としつつも、心優しいよね子は行く先々で絆を育む。冷淡さゆえに孤立を深める後妻と対照的だが、そんな彼女さえも思いやるよね子の心の美しさが印象的。（樋渡）

茶目子日記・続茶目子日記《ちゃめこにっき・ぞくちゃめこにっき》

磯

野むら子作。一九二二(大11)年七月~八月『少女世界』。お転婆の茶目子が、いじめっ子を退治したり町内スケート大会で優勝したりする自らの活躍をユーモラスに報告する。一九一九年のオペレッタ風童謡「茶目子の一日」以来、茶目子は活発な少女の代名詞になり、岩下小葉も本作の一月後に「茶目子の夏休み日記」(『少女の友』)を書いている。北沢楽天の漫画『茶目と凸坊』も有名。(高橋)

逃れるまで《のがれるまで》

須藤鐘一作。一九二二(大11)年七月『少女世界』。百合子は下校途中の電車で気味の悪い男に出会った。下車後も後をついてくるので路地に逃げ込んだところ、身なりの立派な婦人から声をかけられ人力車で逃げる。着いたのは裏町のぶきみな家で、薄汚い二階の一間に入れられた。騙されたのだ。毎日少女が誘拐されてくる。四日目には五人の少女が一緒に押し込められたが、百合子は夜こっそり逃げ出すことができた。貧民窟、裏町を異界として描き、ヒロインが危機的状況から一人脱出する。(中島)

S先生の事《えすせんせいのこと》

三宅やす子作。一九二三(大12)年一月『少女画報』。妙子さんが回想形式で語る女学校時代の想い出。若いS先生は、色が抜けるほど白く、豊かな黒髪を無造作に束ねている。先生が語った勇敢な「ジャン、ダーク」の面影と崇高で美しい先生の姿とが重なり、妙子さんは思慕を抱く。しかし赴任先の地方から暫くぶりに帰京した先生を訪ねると、厚化粧をした「主婦」となっていた。少女の大人の「女」に対する複雑な心理を描いた作品。(矢澤)

お兄さまの手記《おにいさまのしゅき》

淡路智恵子作。一九二三(大12)年一月~六月『少女画報』。父母に死に別れ、自らも結核を病む大学生の香田俊三は、寂しさを紛らわすために一人の美しい妹を空想していたが、ある日その妹とそっくりな少女に出会う。少女は偶然にも俊三の家の向いに下宿する女学生で、彼女宛ての手紙が誤配されたのをきっかけに、俊三の部屋に遊びに来るようになる。継母との関係に悩む少女に俊三は自分と同じ寂しさを感じ、心を通わせるが、彼女は急に郷里に連れ帰られ、やがてその結婚が知らされる。俊三の死後少女に託された手記という形をとる物語は、当時の文学青年に蔓延した「感傷の共同体」(飯田祐子)言説の典型だが、冒頭に置かれた、手記を受け取った少女が無邪気な少女時代を追憶し罪を悔いる言葉との間には微妙な齟齬があり、少女小説的にはこちらの方に読解の可能性がある。なお少女の名前は作者と同じ淡路智恵子である。(高橋)

青いお母様《あおいおかあさま》

岡田光一郎作。一九二三(大

12）年八月『少女の友』。小枝子は毎日窓辺に立って母のいない淋しさを唄う。ある夜亡き母が夢に現れるが、それは姉に聞いたとおりの人で青い服を着ていた。翌日も月が空高く昇り夜が更けると青い服の母が現れて、月の晩にはいつでも屹度来ましょうと言って去る。小枝子は月が恋しくなり、日が落ちると母の幻を待つようになる。作中には少女の母恋いの詩が二編挿入されるなど、音楽のような甘美で幻想的な作品。（菅井）

→「春の小箱」

紅玉の指環《るびーのゆびわ》　石黒露雄作。一九二三（大12）年九月『少女世界』。小百合の薬指には姉から贈られた紅玉の指環が嵌《はめ》められている。小百合は海岸の避暑地に来てからも兎の眼のように美しい指環を見つめては遠い国へ嫁いだ姉を想う。指環の謂われを知らない漁師の子のお秋は無邪気に貝殻指環と取り替えて欲しいとねだる。帰京の日、小百合はお秋に同じような指環を送ると約束して別れる。宝石の指環を通して大人の世界を垣間見る少女の繊細な心を描いた作品。（菅井）

赤い花《あかいはな》　上司小剣作。一九二四（大13）年一月～一二月『少女画報』。ある日突然現れた赤い花を巡るサスペンス長編。ある朝博枝の家の庭の池の側に毒々しいほど美しい赤い花が咲く。何度散らしても一晩で返り咲く得体の知れなさに一家が途惑っているところへ、大阪の従妹菊子が突然訪ねてくる。理由もなく一人やって来た菊子と赤い花を重ね合わせる博枝だが、やがて花を踏みにじった弟の章の足が腫れ出し、菊子も不穏な行動をとり始める。『少女画報』に発表された小剣の連載物にはサスペンス仕立てで引っ張るものが多く、本作もその一つ。赤い花は人の怨念によって咲く魔の花で、進学の夢を断たれ、東京の女学校へ通う博枝を羨む菊子の念を引き寄せた花が、最後には博枝の家を焼き滅ぼすという結末だが、火事の罹災者が震災に言及したり、花に絡んだ謎の男が出現する等、当時の情勢不安も描き出されている。高畠華宵の挿絵付き。（高橋）

落葉の道《おちばのみち》　水谷まさる作。一九二四（大13）年一月～一二月『少女画報』。母は既に亡くなり、酒浸りの父と二人暮らしのお辰。嵐の晩に酒を買いに使いに出され、途中で倒れてしまう。植物採集に来ていた安井理学士に助けられ一命をとりとめる。お辰の境遇に同情した理学士に引き取られ、東京で植物学者の助手として才能を発揮するが、安井理学士の妹浪江の嫉妬にあう。一方、上総屋の女隠居である祖母と和解したお辰の父は上総屋の総領に復帰すべく店で働くことになり、孫のお辰も引き取られる。ライバルの杉本理学士と父が企む陰謀にはまったお辰は、恩人の安井理学士を裏切ることになるが、やがて安井理学士の洋行が決まり二人は離れ離れになる。運命に翻弄される少女の素直な生き様、正義感を率直に描き出した作品である。作品発表号に寄せられた読者投稿欄からは、吉屋信子「梨の花」、加藤まさを「別れし人」などと並ぶ人気作品となっていることが分かる。(野呂)

→「海のあなた」

少女詩人《しょうじょしじん》　高群逸枝作。一九二四(大13)年六月『少女画報』。九州の「世にも美しい川」のある村に住む初女は一三歳。都会の女学校に進学するや、人工的な文化や価値観の中で疎外されていき、逃げ出してしまう。途中、有名な詩人に助けられ、猛勉強の末「自然の美の洗礼を受けた」彼女にしか書けない詩を生み出すようになる。作中、九編の詩が挿入されているが、初女と自然が呼応しあう、あるいは初女自身が自然であることを謳っており、おそらくは高群が初女に重ねられていると思われる。(小林)

紅子の死《べにこのし》　小森多慶子作。一九二四(大13)年六月、宝文館。病弱のため三歳からの十年間を祖母に預けられた紅子は、二年前に生家に戻って来た。父には愛される紅子だが、母は他人のように振る舞い、姉と妹には疎んじられているように思えた。愛に飢えている自分に気づいた紅子は悩み、発熱して正気を失う。昏睡状態になる前、母と姉妹の涙に潤んだ瞳を見て、紅子はその愛を尊く悦ばしく思う。大きな愛の希求と生への孤独感に彩られた十四短編を収録。(谷内)

ローマへ《ろーまへ》　上田エルザ作。一九二四(大13)年七月『少女の友』。音楽家を目指す少女公子の母は美貌のピアニストであり、父は天才として知られる洋画家。ある日母親が二人を置いていなくなる。その心痛から父親が病気で倒れ、母を慕っていた公子は悲痛な心を抱えながらも熱心に父親の看病をする。絶対安静の父親がアトリエで筆を握っている様子を見た公子は、絵画への強い意欲を起こし、父と共に絵画を学ぶためローマへ向かう。(及川)

→「かゞやく丘」「葬送曲」

露の珠《つゆのたま》　尾崎翠作。一九二四(大13)年九月『少女世界』。『定本 尾崎翠全集 下巻』(筑摩書房、一九九八)収録。月の光が美しい夜、そっと寝室を抜け出して月光に満ちた庭で一心に仕事をする姉。目覚めた妹は、夜露が宿った黄色や赤の薔薇の花びらを室内の窓辺に運ぶ姉の姿に気づく。月光を吸い薔薇の色に染まった美しい露の珠をつくる作業に妹も加担し、ついに淡黄色と淡紅色の二つの首飾りにする。そして、「犠牲」となった花びらを薔薇の繁みに埋葬し、二人は毎夜、露の珠を首に懸けるのだった。だが、儚い夜露の珠は太陽の光では消えてしまうので、満月の夜、月の光が透る青い海の中の人魚の首飾りにして永久に留めてもらうために、波打ち寄せる海辺に流す。少女時代への別れのメタファともとれ、現実に出会う以前の、現実から逃避できる一時の儚い少女の日の夢を永久に留めたような世界を、静謐な時間とともに表象化した尾崎翠らしい作品。月光、薔薇、人魚、ベッドに毛布の寝室光景など、大正ロマンの漂う西洋の姉妹のロマンティックな秘密の物語である。（長谷川）

↓「秋二題」「哀しき桜草」「孤り描く」「指輪」

軽快小説　帽子《ぼうし》　野溝七生子作。作者名は、野溝七生名義。一九二四（大13）年九月『少女画報』。挿絵は、高畠華宵。「私」は、白山で濃青の麦わら帽子を買うが、男子学生に材質などを貶されるとすっかり気落ちしてしまい、更に友達の夢ちゃんが銀座で買った洒落た帽子を見て、ますます悲しくなる。しかし、思い直して自分の帽子をよく見ると、やはりそれが一番自分に似合っていたことに気付くという物語。何気ない些細な出来事に、少女の微妙な心理を見事に描き出している。（矢澤）

↓「私の二つの童話」

葬送曲《そうそうきょく》　上田エルザ作。一九二四（大13）年一〇月『少女の友』。「少女哀傷号　涙はにじむ」という『少女の友』関東大震災一年後の特集号で書かれたもの。両親を亡くした少女さくらは盲目の若き音楽家である兄と暮らしていた。ある日突然家が天災によって燃えてしまう。逃げ遅れた兄は家の下敷きになりながらもさくらを想い炎の中でショパンの葬送曲を弾く。兄の遺志を継ぎ、さくらは一人で強く生きていく決心をする。（及川）

↓「かゞやく丘」「ローマへ」

海鳥は唄ふ《うみどりはうたう》　横山美智子作。一九二五（大14）年一月〜一二月『少女の友』。四二年三月、不二出版社。初出雑誌には「うみどり」、単行本には「かいちょう」とのルビあり。初出と初刊では冒頭から多々異同はあるが、話の大筋は変わらない。保と章子の兄妹と親しく付き合う留里子は、代議士である父が政敵である章子の父の側の者から暴行を受けて落命し、母が心労から心を病んだため、章子たちと会えなくなり、女学校を退学し働きに出る。そこで同僚の妬みを買って盗みの嫌疑をかけられたり、交通事故にあったり、渡米する船上で出会った少女の死に立ち会ったり、遺産の相続争いに巻き込まれたり、といった波瀾万丈の日々を送ることになるが、最終的には彼女の美しい心が人々を改心させ幸福へと導き、彼女は音楽の才能を存分に開花させていく。初出雑誌連載時の挿絵を担当したのは、少女雑誌等で挿絵画家として人気を博した須藤しげる。勤め先のデパートメントストアでモデルに選ばれた留里子がパリから届いたばかりの最新型の少女服に身を包む姿等を描いたハイカラで美しい画風は、ヒロインの美しい人柄、親友との友情、病や悲劇、西欧、声楽、絵画、映画といった、作品中にふんだんに盛り込まれた美的なモチーフと相俟って、読者の興味を大いに惹きつける形となっている。（布施）

→「嵐の小夜曲」「花の冠」「母椿」「紅薔薇白薔薇」「紅ばらの夢」

空色の国《そらいろのくに》

生田春月作。一九二五（大14）年一月～一〇月『少女画報』。『生田春月全集第六巻』（新潮社、一九三一）収録。綾子と房子は、印象や性格が正反対の双生児のような姉妹であった。姉の綾子は美貌と才気に輝き、妹の房子はつつましやかにいつも微笑をたたえ、愛くるしく、周りに従順な少女であった。姉はすべてに自己中心的であり、女王のように振舞っていた。周囲の男性は姉の魅力と自由奔放さに絡めとられた。綾子は友人の婚約者を追い出奔するがかなえられず、説得にあたった房子の友人と電撃的に同棲する。しかし、無理やりに勝ち取った結婚生活は幸福ではなかった。房子は幼友だちである田園画家と、青い空と青い水をたたえた「空色の国」での幸福な生活を手に入れる。詩的な文章がちりばめられ、姉妹の明暗を分けた性格が紡ぎ出す人生が語られた少女小説である。男性作家の手になるためか、男性の理想郷を求めたきらいがある。（伊原）

→「愛の小鳥」

君よ知るや南の国《きみよしるやみなみのくに》

加藤武雄作。一九二五（大14）年四月～一二月『少女画報』。一九二六年八月、大日本雄弁会。大沼まり子はピアニストの父と信濃に暮している。声楽家であった母はまり子が三歳の頃に亡くなった。ある日父は一通の紹介状を手渡して東京行きを勧め、その直後に急死する。まり子は、紹介状の宛先である作曲家内山邦夫を訪ねるが拒絶される。途方にくれるまり子を救ったのは、母の親友であり声楽家の澤田信子であった。二年の歳月を経て、まり子は声楽家としてステージに立つようになり、フランス行きを目前にしたピアニスト榊原礼吉に思いを告げられる。そんな中、内山が突然、伴奏を申し出る。実は、内山はまり子の母を愛しながらも報われない過去があり、今もその傷が癒えないでいたのである。内山は母の得意曲「君よ知るや南の国」の伴奏の最中、倒れ亡くなる。母をめぐる恋愛の悲劇を知ったまり子は、榊原と共にフランスへと旅立つ。「君よ知るや南の国」という曲を巧みな仲介として、恋愛の功罪を伝えており、女学生への教訓的な一編となっている。（溝部）

↓「海に立つ虹」「矢車草」「山路越えて」

露草の花《つゆくさのはな》　南部修太郎作。一九二五（大14）年四月～二六年四月『少女倶楽部』。二六年五月、大日本雄弁会。田中良画。信濃の貧しい農家に生まれた娘・お葉は、卒業総代を務めるほど成績優秀にもかかわらず、継母との反りが合わないことや貧しさゆえに進級が許されず、高等小学校を卒業すると同時に紡績工場へ働きに出されることが決まる。それがいかに過酷な労働かを知っていたお葉は、工場へ連れて行かれる途中で隙をついて女工募集人の手から逃れ、東京へ出る。そこで親切な歌劇女優と出会い、彼女の家で住み暮らすようになり、やがて歌の才能を見出される。ある時、歌劇女優の代役を務めた初舞台が好評を博し、墺太利人の声楽家から弟子にしたいという申し出を受ける。お葉は声楽家として身を立てることを決意し、故郷に別れを告げるのだった。哀しい運命に翻弄される少女が自らの力で苦境を乗り越え、やがて成功を収めるまでを描いた長編小説。（伊藤）

↓「白蘭花」

百合子《ゆりこ》　田山花袋作。一九二五（大14）年四月『令女界』。秘密に付き合ってきた恋人を亡くし、戸惑いや悲しみを一人で抱え込むことになった百合子が、煩悶を重ねながら次第に失った恋から回復して結婚を決めるまでを描く。結納を済ませた百合子が死んだ恋人の墓に詣でる場面から始まり、一通りの経緯が語られた後再び墓所の場面に戻る構成だが、二人の恋が何故人に知られなかったかなど具体的なことは一切語られず、百合子の心の変化のみが丹念に追われていく。悲嘆が諦めから忘却へと変わっていく過程にも特別な出来事はなく、自らの変化に悩みつつ時の癒しを受け入れる百合子の内面が、それを見守る周囲の人間の複数の視点を交えつつ、断定や評価を排した所謂平面描写の手法で書かれている。初期の耽美的恋愛小説を脱し、自然主義者として大成した花袋が、比較的高年齢を対象とした『令女界』向けに描いた少女像である。（高橋）

↓「幼い姉の悲しみ」

最後のスマッシング《さいごのすまっしんぐ》　柏木光雄作。一九二五（大14）年九月～二六年一月『少女画報』。テニス部の主将である宇津木輝子は、対抗試合の相手校のライバル桐島華子に仄かな好意を抱いてしまい、責任と恋情との間で苦悶する。スポーツを題材にしたエス物語だが、高畠華宵の動きのある挿絵と試合描写の臨場感、最後に輝子はテニスを止め華子の兄と結婚する人物関係など、後のスポ根少女漫画に通じる点が多い。（高橋）

月ほのかに曇れば《つきほのかにくもれば》　森島まゆみ作。一九二五（大14）年一二月『少女画報』。姉と慕う芙沙美が理由も告げず突然北海道に行ってしまい、失意の日を送る八重子は、ある日彼女の従妹から彼女が意に沿わぬ結婚をしたと聞く。感傷的に語られるエス関係は『花物語』の直系といえるが、芙沙美が実は従妹の兄を愛していたという異性愛的結末には、風俗化した女学生の同性愛が無害なものとして消費されている様子が窺われる。（高橋）

孤り描く《ひとりえがく》　尾崎翠作。一九二五（大14）年一二月『少女世界』。『定本 尾崎翠全集 下巻』（筑摩書房、一九九八）収録。母を亡くした少女の悲しみを、幻想的で静謐な時間の中に封印した遠い記憶を探るような作品。村の水車小屋のお爺さんと孫娘は、娘と母に死別して悲しみにくれる。孫娘は母の面影を追って、孤り淋しく母の姿ばかりを描き続ける。お屋敷のお客様を先生と呼び、絵を描くその女性との出会いと別れを通して、これまで探し求めていたお母さんのじっと見守ってくれる眼を想い出し、ようやく母の顔を描けるようになる。母と真の意味で向き合えるようになり、立ち直りできたのだった。（長谷川）

↓「秋二題」「哀しき桜草」「露の珠」「指輪」

ひよどり草紙《ひよどりぞうし》　吉川英治作。一九二六（大15）年一月～二八（昭3）年一二月『少女倶楽部』。二九年七月、平凡社。徳川竹千代（のちの家光）のお傅役筧大学頭と玉水甚左衛門は、丹波守とその甥為永陣太郎の策略により、竹千代に献上された紅鶴を逃がした罪で捕えられる。彼らの子の筧燿之助と玉水早苗は評定所に呼び出され、逃げた紅鶴を捕まえた方の父を助命し、家名の存続も許すという達しを受けて、紅鶴の捜索を開始するが、陣太郎も紅鶴を横取りしようとして彼らの捜索を妨害する。早苗は武家の娘らしく毅然として男たちと渡り合うが、彼らのように剣術に優れているわけでも策略に長けているわけでもない。誠実さと優しさのみを武器に、「情けをもっておすがり申したら、紅鶴をおゆずりしてくれるかも知れない」と、話すことで心に訴えかけて局面を打開しようとする彼女の姿勢は、戦闘によって局面が打開されがちな時代小説にあって異色と言える。（遠藤）

↓「胡蝶陣」「少女時代小説やまどり文庫」

炎の渦巻《ほのおのうずまき》　青山櫻洲作。一九二六(大15)年一月～二七(昭2)年一二月『少女の友』。戦国時代、伊吹山中を中心とした琵琶湖周辺が舞台。織田信長に滅ぼされた浅井長政庶子輝千代が乳母の娘八重と共に浅井家再興を目指し、運命に翻弄されながらも、明智光秀の本能寺襲撃と期を一にして仇敵信長を倒すまでを描く。長政の遺児輝千代が、信長勢に捜し出されていよいよ追いつめられるまでを前編とし、その後信長を倒すまでが「炎の渦巻後編」を副題とする「燃ゆる夕空」として連載。すれ違いや伏線を随所に配し、鮮やかな場面転換を用い、一途に生きる輝千代と八重をロマンチックな文章で描いて大好評を博した。さらに続編として「夕風吹けば」を一九二八年八月～二九年七月、『少女の友』に連載。秀吉を仇敵とし、八重との離合に重点を移しつつ、そこに浅井家累代の家宝「源氏物語絵巻」上下二巻の争奪を絡ませた、源氏学者らしい着想が盛り込まれている。

(鈴木美)

導きの星《みちびきのほし》　川添利基作。一九二六(大15)年一月『少女画報』。あき子は女学校を退学して故郷へ帰り、失明した兄清一の目となり杖となって助けた。清一が盲学校を卒業した時、その友人から求婚されたが兄のことを思って迷う。その折、姉と慕っていた竹子が女学校教師として近隣に赴任してきた。あき子は竹子に本当の姉になってほしいと頼み、竹子はあき子に代わって清一の生涯の伴侶となった。女が男に尽くすのは当然という認識の下、女学生だったあき子も、教師となった竹子も、それぞれの固有の人生は考慮されていない。

(中島)

優しいマリウシヤ《やさしいまりうしゃ》　大木雄三作。一九二六(大15)年一月『少女画報』。姉のハレナはマリウシヤに森へ行き菫の花を摘んでくるよう言い付ける。雪の中で困り果てた彼女に一二箇月の精たちが現れて菫を咲かせる。喜んだ姉は苺を、林檎をと次々に望むが、彼女は月の精たちに助けられて持ち帰る。欲深い姉はとうとう自ら森へ出かけて行き、母も姉を捜しに後を追うが二人は戻らない。スラブ民話を素材にした神秘的な作品。類話にボジェナ・ニェムツォヴァーによる「十二の月たち」などがある。

(菅井)

名を護る《なをまもる》　北川千代作。一九二六(大15)年三月『令女界』五巻三号。掲載時の署名は「北川千代子」。小学校を出てすぐ信託会社に勤めるようになった事務員の弘江は、眼の悪い母親と二人で間借り暮しをする貧しい少女である。彼女の生きる支えは、少女雑誌の投稿作者としての「六条熙子」というペンネームであった。掲載された作品に思いがけず高い評価を得た弘江は、貴族のような名前を作りだし、発表作の中では、母の愛を知らぬ哀れで美しい令嬢になり切った。この設定が読者の心をつかみ、「六条熙子」は一躍誌上のスターとなる。彼女を囲んでの読者遠足会が企画されるが、令嬢の到着を待つファンの前に姿を現すことは「六条熙子」を死なすことになると判断し、そっと立ち去る。作家としての成功が弘江の未来を切り開くと言う楽観的な展開には結びつかず、身分の格差という厳しい現実を嫌というほど思い知らされる少女の悲しみが前面に出されている。（小林）

→「赤い花」「絹糸の草履」「小鳥の家」

二つの珠《ふたつのたま》　片岡鉄兵作。一九二六（大15）年三月〜五月『少女画報』。父が亡くなり、大学生である兄と母と暮らすひさ子は、銀行の破産で父の遺産を失ったために兄が大学を辞めることを漏れ聞く。ひさ子は母からもらった玉随の半分を大事にしていたが、その片割れを持つふみ子に出会い、彼女の昔話から自分が棄児であったことに気づく。家運の傾き、出生の秘密など少女小説の定番要素が盛り込まれているが、結末への展開がやや拙速な印象を与える。（中谷）

→「夜明前の花畑」

返らぬ日《かえらぬひ》　吉屋信子作。一九二六（大15）年四月〜一〇月『令女界』。二七（昭2）年一月、交蘭社。日本橋の老舗乾物問屋の主《あるじ》が柳橋の歌姫に生ませた妾腹の娘・彌生と、上海仏蘭西租地《そち》育ちのかつみは共に一七歳、女学校の寄宿舎で出会い恋仲になる。しかし彌生は避暑先の鎌倉で名古屋の綿糸商の息子に見初められ、嫁がされることになる。彌生はかつみに一緒に逃げてくれるよう頼むが、かつみは、文学への志を果たせぬまま、かつみに女流作家の望みを託して亡くなった母への想いから即断できない。悩んだ末に彌生と旅立とうと決めるが、彌生は、かつみを本当に愛するのであれば作家になる望みを遂げさせるべきだと考え「生きたままの屍」となる覚悟で嫁ぐと宣言。連れて行ってほしいとすがるかつみを置き、寮を去る。悲恋に終わる話だが、商業誌で少女同士の真摯な恋愛を描いた野心的な中編。須藤重の華麗な挿絵が二人の純愛を彩っている。（久米）

→「あの道この道」「級友物語」「花物語」「伴先生」「紅雀」「三つの花」「わすれなぐさ」

三つの花《みっつのはな》　吉屋信子作。一九二六（大15）年四月〜二七（昭2）年六月『少女倶楽部』。二七年八月、大日本雄弁会講談社。吉屋の初の長編少女小説であり、オルコット『若草物語』とバーネット『小公子』の影響が色濃い。神戸の高等商業学校の山内教授が病死し、遺児の幾代・みどり・幸子の三姉妹と母は、父方の伯母貞枝を頼り上京。伯母は自家の養子の一郎と幾代を結婚させようと画策するが一郎は大金を持ち出し失踪。幾代の許婚の喬は婚約を守り、幸子が伯母夫婦の養女となる。作中でみどりが父の学問を継ぐ志を立てたり、オールドミス擁護の熱弁をふるったりと、少女の自立志向や、男女差別的な風潮への抵抗も示された。（久米）

→「あの道この道」「返らぬ日」「級友物語」「花物語」「伴先生」「紅雀」「わすれなぐさ」

遠い薔薇《とおいばら》　加藤まさを作。一九二六（大15）年七月、春陽堂。一九二三年から二六年の間に『少女画報』『令女界』等に発表した初期作品一〇編を収録した短編集。表題作「遠い薔薇」は二五年九月『少女画報』の初出で、少女の一人称で構成された同性愛もの。海辺の町に転地療養に来た少女が片思いの上級生宛ての手紙を日記に綴る設定で、桜貝や月見草といった定番の小道具に加え、コルサコフ・ベックリン・アンデルセンなどの衒学的な西洋趣味が感傷性を盛り上げる中、最後は少女の死が暗示される。病んだ少女・海辺・同性との悲恋というシチュエーションは初期のまさをが好んだもので、本書にも表題作の他、「あわれかの水着の人よ」（『少女画報』一九二三・八）「忘れ得ぬ写真」（『令女界』同）「萎れた薔薇」（『少女画報』一九二五・二）の三作で使われている。いずれも報われぬ恋に心を痛める少女の儚げな姿を情感たっぷりに描く典型的なエス系少女小説だが、同じ同性愛ものでも、「蛍のように」（『少女画報』一九二四・九）と「豚の饅頭」（『少女画報』一九二六・三）の二作では女学生の軽快な会話がユーモアを交えて描出されており、女学生風俗へのまさをの精通ぶりが窺われる。「薔薇色の手紙」（『令女界』一九二四・二）は、洋館に住む少女の手紙を介した恋を年老いた郵便配達夫の目を通して描くという趣向で、切手の張り方で暗号を交わす切手言葉など当時の少女の手紙の習慣が使われていて興味深い。少女間での手紙の重要性は、関東大震災を題材にした「非常雑嚢」（『金の舟』一九二三・一二）でも、全財産を特注の雑嚢に入れて逃げる父と、手紙の束だけを持ち出す娘の対比で示されている。他、不良少年と姉の交流を描く「逃げた猿」（『少女画報』一九二五・一二）、栞として拾われた蔦の葉の流転を追う中編「蔦の葉物語」（『少女画報』一九二四・一〜五）と、全編に抒情美文に留まらないまさをの確かな観察眼と構成力が発揮された一冊。（高橋）

→「消えゆく虹」「月見草」

野の百合の如く清し《ののゆりのごとくきよし》　伊福部隆輝作。

一九二六(大15)年九月『少女画報』。黄英という貧しい羊飼いの娘がいた。美しい娘は旅僧の予言どおり王者の妃となるが、王家には夫の言葉に決して叛いてはならぬという家憲があった。猜疑心の強い王は理不尽な試練を次々と課すが、黄英は従順だった。だがたった一度だけ王の命に叛く。自らの判断で機転をきかせ隣国に囚われた王を救出したのだ。女性の美徳としての英断や聡明さが説かれるおとぎ話仕立ての作品。　(菅井)

秋二題《あきにだい》　尾崎翠作。

一九二六(大15)年一一月『少女世界』。『定本 尾崎翠全集 下巻』(筑摩書房、一九九八)収録。尾崎翠は秋の季節を多く取り上げる。豊饒な実りの秋よりも、ひっそりとした淋しく哀しい情緒を少女小説の基調にしているからであろう。懐かしい郷愁を誘い、魂と心が癒され透明感ある世界を産出している。

題名が象徴するように、本作品は秋の季節をめぐる二話からなる。一話は「母の声」と題され、勉強部屋と寝間の二部屋ある離家に住む姉と妹の物語だ。妹は死の病に臥し、姉は通学しながら看病をしつづける。妹の毎日の仕事は、見る事、聞く事、思う事であり、言う事を忘れた人のような状態だった。彼女は床のなかで、風に揺れる花やゆく雲、月の光などを見、秋の夜風の音や淋しい雨の音、庭の草木の囁きを聞き分ける。物思いに囚われ、心は限りなく広いところへ拡がって行き、夢は広い国へと誘う。それは亡くなったお母さんの国だった。レシーヴァを当てることが習慣になった雨の降る夜、「あいちゃん」と呼ぶ母の声が聞こえてくる。姉は妹の最後の夢を破れず、妹は母の呼び声の後を追い広い黄泉の国へ旅立ってしまう。

二話は「影」と題されている。静かな郊外の家の二階の部屋で暮らす「私」は、窓から薄紫の桐の花を見、匂いを感受するなど、初夏が訪れ、秋が巡ってくる季節の移ろいを眺める。表窓の障子に映る逆さの影、小さな風景は、光線の強さや雨、季節の移りによって変化し、美しい絵のようだった。「私」は窓の戸の節穴が製作するその影を見つめ続ける快楽を知る。そして、淋しさを癒してくれるのが庭で遊んでいる女の子の声、カコちゃんとの出会いであった。母と呼び合う「お母ちゃんごっこ」から「お隣お姉ちゃん」と呼び合う「カコちゃんごっこ」に変化するほど親しみ馴染むが、一家の転居による別れがやって来る。「私」は再び窓の影とお友達になる。今度は裏窓の影を見詰め続けるが、秋の深まりを伝えてくれるのだった。別れと晩秋のセット、表窓から裏窓への移動という装置に、いっそうの深い孤独感が滲み出る。節穴の世界、逆さの影は、「私」の人生のメタファだ。

後年の翠の世界に登場する屋根裏部屋のヒロインの孤影な面影が、すでに表出されている。（長谷川）

↓「哀しき桜草」「露の珠」「孤り描く」「指輪」

指輪《ゆびわ》　尾崎翠作。一九二六（大15）年一二月『少女世界』。『定本 尾崎翠全集 下巻』（筑摩書房、一九九八）収録。『少女世界』に発表した翠の少女小説には、二五年三月『少女世界』に発表した同名の作品もある。ともに人から人へと渡る、深い事情のある赤いルビーの指輪の話だ。本作品では、指輪の縁が女学生同士の友情の絆を深めている。秋の土曜の一夜、寮舎では「お誕生祝ひ」を行い、皆で贈物交換をする。母のいない百合子は藤色の組紐を買って「お母さんへ」と記し、母が病気の順子は従姉から貰った指輪に淋しい符合「こほろぎ」（後の作品「こほろぎ嬢」の由来）と書いて準備する。籤引きの結果、偶然にも二人の贈物が互いに当たってしまうのだ。この赤い大きなルビーの指輪は、従姉の母が亡くなった時に、死別した悲しみにそぐわないからという理由で、まだ十歳だった順子に渡され、大切に持っていたものだった。だが、自分の母親が病に臥し、母の死への不安から逃れるために、誰か、母のいない人に貰ってもらいたいと思っていたのであった。百合子は地味な色の組紐を買ってしまって悩み、先生に当たればよいとさえ願っていたが、順子に当たり彼女は母親に贈ってあげるという。祈りにも似た二人の少女の願いは、期せずして叶えられるのである。（長谷川）

↓「秋二題」「哀しき桜草」「露の珠」「孤り描く」

おや星小星《おやぼしこぼし》　大倉桃郎作。一九二七（昭2）年一月～一二月『少女倶楽部』。三〇年一月、平凡社。『少年冒険小説全集第十巻』。朝鮮・遼東半島で医院を開業していた父を亡くした五人の兄弟は、慣れない日本の地で、互いに助け合いながら貧しい生活を送っていた。しかし、経済的な理由からした選択によって、兄弟それぞれが自己を生かす道を見出していく。弟の学費のために女学校進学を断念し看護婦になった長女・圓《まどか》は、患者の喜びや病気の治癒にやりがいを感じる。長男・真一は家計を支えようと日本画の修業に精進し、その才能を開花させる。特筆すべきは、次男・英作が実は朝鮮で引き取った孤児だという点である。英作の実の父・金峻仁は当時植民地であった朝鮮で、日本政府への謀叛を企て姿をくらました逃亡犯であった。金と英作は偶然により再会を果たし、金は自首を決意する。金の心を動かしたのは、英作を立派に育ててくれた両親の「すべての人間に隔てなく、寛やかにいつくしむ愛の力」であった。（近藤）

夜明前の花畑《よあけまえのはなばたけ》　片岡鉄兵作。一九二七（昭2）年一月～六月『令女界』。三〇年六月に『夜明前

の花畑他十篇』（令女文学全集第九巻）として平凡社から刊行。装幀山六郎、口絵挿絵田中良。父が死に、男と出奔した母に置き去りされた真一は、独力で中学を修了し叔父の家から美術学校に通うようになる。叔父の娘で女学校を終えたばかりの奈美子と互いを意識しあうようになるが、叔父の金を盗んだことがばれて警察に連行される。真一は、訪ねてきた母を責めながら、自らの行為を芸術的衝動とよび、母の恋愛至上主義と同様に芸術至上主義なのだと言い放つ。起訴猶予となったものの世間から身を隠してしまった真一と、幾年を経ても真一を思い続け尼のような気持ちで生きる奈美子、そして彼女に思いを寄せる若くして名をあげた小説家俊夫の三人の関係を描く長編小説。作中には芸術家が多く登場し、それぞれの芸術観や恋愛観が会話の中に盛り込まれているため、全体的に理窟っぽく、観念性の強い作品となっている。単行本では表題作の他、「献立表の手柄」「悪魔」など収録。（中谷）

↓「二つの珠」

姉を呼ぶ声《あねをよぶこえ》　富田常雄作。一九二七（昭2）年三月『少女倶楽部』。伊皿木恒雄名義で発表。テニスの県大会を控えた陽子は旅先の弟から応援の手紙を受け取る。しかし帰京する弟の列車が脱線事故に遭ったという報せが入る。試合に集中できず決勝は危うい展開となるが、弟の応援を思い出して力を得、ついに優勝する。そこへ難を逃れた弟が駆寄り喜び合う。姉弟愛とスポーツへの情熱が表れた富田らしい作品。（伊藤）

涙の勝利《なみだのしょうり》　百田宗治作。一九二七（昭2）年四月『少女倶楽部』。女学校に通う少女悌子とその親友である知子がテニスでダブルスを組み、協力して挫折を乗り越え勝利を摑む。悌子は学校の期待を背負った選手であった。彼女は頭脳的なプレーを得意としたが、知子は力任せのプレーで悌子よりも実力は劣るものの、病気で弱った体を奮い立たせて、見事ダブルスで勝利を勝ち取る。スポーツを通して少女たちの友情や勝利に対する信念を描いている。（及川）

破軍星《はぐんせい》　行友李風作。一九二七（昭2）年四月～二八年三月『少女倶楽部』。二八年五月、大日本雄弁会講談社。男勝りの小百合は豊後臼杵藩の渥美伊予之進の娘。父の命に従いまだ見ぬ二人の従兄弟、即ち勤王派の由利謹之助と彼を父の仇と追う左馬太郎に密書を手渡すべく旅をしている。すれ違いを繰り返す三人だったが、最後の決闘シーンでようやく小百合の密書は二人に届けられる。そこには国家の大事を優先してしばらく仇討ちを待つよう左馬太郎に促し、そして謹之助には然る後に左馬太郎の武士道を全うさせるよう求められていた。これを読んだ左馬太郎は「国家の大義を私人の意趣遺恨に代えられようか」と潔く宿願を断ち、一方の謹之助は多くを語らずに自刃。また後日談では左馬太郎が長州の由利として戦死し家名を上げたことが語られる。勤王佐幕の争いを国家主義の前に解消させるという枠組みの中で、親子二代に渡る恩讐のドラマが歴史のうねりと相乗して描かれている。（樋渡）

街の歌姫《まちのうたひめ》　福田正夫作。一九二七（昭2）年四月～八月『少女世界』。『白薔薇の唄』（新泉社、一九四〇）に収録。両親が消息不明の主人公細野ユミコは、盲目の祖父と上京し歌で生計を立てる。交通事故にあうなど不幸に見舞われるが、武田伯爵夫人の支援の下、天才バイオリニストの歌姫として世に知られるようになる。両親との再会を果たし、志半ばで病死した祖父の死を悼む。最後に詩人の口を借りて「不幸よ、それがどんなに悲しくても、それは乗り切らねばならぬ」とのメッセージがある。（野呂）

↓「荊の門」

神を見た少女《かみをみたしょうじょ》　北村寿夫作。一九二七（昭2）年六月『少女倶楽部』。釜山から日本に向かう船の中で、日本の少年と朝鮮の少女が出会う。二人は、まるで兄と妹のように打ち解けるが、突然船が他の船と衝突。救命ボートにどちらか一人しか乗れないという状況になる。少年が乗るようにと言って聞かない少女を、少年はボートへと突き落とす。甲板に残された少年が「優しい神さまの子供」として少女の眼には映った。次の瞬間、船が沈没し少年の姿は消えた。（近藤）

↓「母の小夜曲」「母の湖」

こはれた飛行機《こわれたひこうき》　細川武子作。一九二七（昭2）年六月『少女倶楽部』。主人公は重雄という少年。少年が大切にしているねじを巻くと空中滑走する飛行機を、室内で飛ばしているうちに、自分の癇癪からたたき壊してしまう。その心理の動きが、重雄の母・姉の視点を交えて描かれている。壊れた飛行機は元には戻らない。ある日飛行機の贈り主である叔母が訪ねて来た時、癇癪から壊してしまった自分を反省し、素直に謝る姿はいさぎよい。少年をめぐる女性達の物語であるためか、みずみずしい少女小説ともなっている。（伊原）

↓「乙女の国」

蜘蛛の印象《くものいんしょう》　山田邦子作。一九二七（昭2）年八月『令女界』。信州諏訪に祖母と住む一四歳の「私」は、祖母の実家の総領息子・千賀治が大火傷をしたという知らせを聞く。実家を継いだ大叔父は病弱で、息子の千賀治は「大切な中心の人」だった。千賀治は必ず治って帰ると祖母に誓うが、二日後に病院で亡くなる。その夜「私」のばあやが、大きな蜘蛛が亡き人の輿が来るのを知らせに出たと言うが、他の人に蜘蛛は見えない。「私」の心には見もせぬ蜘蛛の印象が残った。作者の体験をもとに、地方の旧家を襲った突然の不幸の中、多感な少女が感じた不安や悲しみ、死への恐怖などを、不気味な蜘蛛のイメージに託した一編。（久米）

→「クリスマスの夜道」「白い鳥よ」

少女冒険奇譚　灰の中に現はれた文字《はいのなかにあらわれたもじ》　住井すゑ作。一九二七（昭2）年八月『少女の友』。名義は「住井すゑ子」。ロオズとブラッシュの姉妹は、追放された先祖の罪が解かれ、古館に戻ることを許される「一八九〇年九月三日」に合わせ、巴里に向かっている。が、旅の途中に後裔の証明書を盗まれてしまう。盗人が後裔を騙《かた》って祖先の財産を奪おうとするが、火災が起こり、焼跡に「財宝は働くことによって得よ」という文字が発見される。異国情緒を伴ったスリルある冒険物語は少女のあこがれも喚起したと思われる。（小林）

→「滑稽小説最後の勝利」

木履と金貨《きぐつときんか》　吉田甲子太郎作。一九二七（昭2）年一〇月『少女倶楽部』。貴族の少女マリーは家庭教師ジャンヌと散歩中、木履を発見。マリーは悪戯心から靴に石を入れようとするが、ジャンヌの助言で金貨を入れる。戻った木樵は金貨を発見、神の思し召しだと感謝の祈りを捧げる姿を見て、マリーは自らを恥じ、木樵一家の窮状を救う行動を起こすべく、彼のあとを追う。残酷な出来心を戒め、思いやりの重要性を説く教訓物語。（鈴木美）

殉国の歌《じゅんこくのうた》　宮崎一雨作。一九二七（昭2）年一〇月〜二八年九月『少女倶楽部』。第一回の末尾には『日本未来戦』など宮崎作品の広告文が併載されている。所在不明の秘密書類を追い、探偵趣味のある一七歳の順子と兄の道雄がサンフランシスコの殺人街に潜入するという筋と、彼らと親交のある富士本探偵が日本で悪漢を追うという筋が入れ子型に展開される。挿絵は吉邨二郎。女子向けの熱血小説として読者に迎えられた。（尾崎）

赤い花《あかいはな》　北川千代作。一九二七（昭2）年一一月。宝文館の「淑女文庫」六巻のうちの第三巻。「薤」「ガアベラ」「赤い花」「悪夢」「一つの遺書」「月夜の幻惑」「花瓶」「錦紗」「嘘」「純潔」「恋」「手紙」「大病」「涙」の一四作品を収録。「物はすべて必要な時、必要なところにはないのだ」「一度不幸にはぐれたものはもうなかなか幸福に近づけない」など、厳しい現実を伝える、いわばプロレタリア少女小説集といえる。経済的困窮や結婚の破綻・病気など、社会的な題材を取り上げつつ、読みやすいよう配慮がされている。（小林）

→「絹糸の草履」「小鳥の家」「名を護る」

母の手紙《ははのてがみ》

原田琴子作。一九二七（昭2）年一二月『少女倶楽部』。泰子は最も親しい女学校の友人百合子の母からの手紙を受け取る。呼吸器の病で休学し療養していた百合子が、ついに亡くなったという知らせだった。涙で滲んだ文字で綴られていたのは、再び勉学したいと願っていた百合子の闘病の日々と、聖書を胸に「神様の思召」と死を覚悟した後の静かな最期である。手紙を読み終わった泰子は、島崎藤村の「まだうらわかきたをやめ」の死を嘆く詩を読み、泣き伏す。（近藤）

荊の門《いばらのもん》

福田正夫作。一九二八（昭3）年八月、平凡社。『令女文学全集第二巻』。村のならず者である重吉は投獄され、妻は病死する。重吉は残された娘、佐代子を心配し脱獄、村の尼僧月照尼に助けを求める。重吉は娘を託し逃げのびるが、尼僧は匿った罪で逮捕されてしまう。佐代子は親族と村人のいじめを受け絶望するが、戻って来た尼僧に助けられる。尼僧病死後、天涯孤独となった佐代子は旅人に騙され製糸工場に売られる。借金を背負い過酷な労働に絶望した佐代子は自殺を図るが親友に諌められ思い留まる。一方、近くの製糸工場では労働者の権利や身分が保障された理想的な工場運営が行われているが、実は工場主は行方知れずとなった父であった。父には双子の弟がいて、全ての悪事はその弟に原因があった。改心した弟が自殺した後、父は佐代子を引き取り二人は幸せに暮らす。理想的な工場運営に製糸工場での過酷な労働を対置させた点には、同時期のプロレタリア運動への共感があったと想定される。また貧しい漁民の生活や犯罪者が逃亡した先が満州であるなど、当時の世相が反映されている。『乙女星座』（ポプラ社、一九四九・五）として解題再刊。（野呂）

→「街の歌姫」

月かげの道《つきかげのみち》

大佛次郎作。一九二九（昭4）年一月〜七月『少女倶楽部』。前年一月からの連載「南海行」が改題の上書き継がれたもので、実質は一年半の連載。寛永一四年の島原を舞台に、代官である父の切支丹取締に心を痛める伊織・織江の兄妹と、信徒をかばう謎の覆面武士「天の武士」の活躍を描く。兄妹は、兄の学友・欽彌や天の武士の助けを借りながら、切支丹迫害のための企みを破り、父との絆を取り戻す。最後に天の武士が天草四郎であったことが明かされる。（芳賀）

↓「冬の太陽」

懺悔の光《ざんげのひかり》　大木惇夫翻訳（推定）。大木篤夫名義。一九二九（昭４）年二月『少女倶楽部』。権威を振るうジョウ将軍は、水浴中に衣服を自分と瓜二つの男に奪われ、成り済まされてしまう。裸同然の身なりとなった彼を誰も将軍とは認めない。極限まで追い込まれ、僧にこれまでの驕りを懺悔すると一転、皆が将軍本人であると認め、それと同時に偽将軍は姿を消した。驕り高ぶりを戒め、驕る者の権威にしか他者は目を向けていないことを説く教訓物語。出典不明だが、世界各国の童話・昔話の「翻訳再話」を集めた『ふしぎな櫻ん坊』（童話春秋社、一九三九）に「はだかの城主」として再録。（鈴木美）

↓「真珠の母」

大江戸の最後《おおえどのさいご》　野村胡堂作。一九二九（昭４）四〜一二月『少女世界』。三三年一月、春陽堂少年文庫。西郷吉之助（隆盛）と勝海舟、山岡鉄舟の三人の密談で江戸城無血開城が行われることを知った、将軍慶喜の正室・和宮の侍女（田中絵島）は、娘桂子《かつら》を偵察に出す。また剣客千葉周作の娘さな子の武勇伝と坂本龍馬への一途な恋の顚末と生涯をあわせ描いてもいる。著名な人物は史実に即しながら、架空の少女（桂子とお春）が、倒幕運動の志士と共に活躍するという空想力溢れる少女冒険譚。（鈴木恵）

哀しき桜草《かなしきさくらそう》　尾崎翠作。一九二九（昭４）年五月『少女世界』。『定本 尾崎翠全集 下巻』（筑摩書房、一九九八）収録。桜草のように可憐な少女たちの友情の物語。博多の病棟で、病気のため聴覚が鋭くなって遠くの波の音や隣室の声まで聞き分ける姉の看護をする光子と、画家で「脳の故障」に陥った兄を看病する英子の出会いと別れ。互いに支え合う仲だったが、やがて不治の病の兄を連れて、無愛想だけれども心の美しい光子は故郷へ帰っていく。（長谷川）

↓「秋二題」「露の珠」「孤り描く」「指輪」

啼かない小鳥《なかないことり》　塚原健二郎作。一九二九（昭４）年五月『少女倶楽部』。童話仕立て。孤児のネリーはノルマンディーの街をさまよっていた時に、シモン将軍に拾われて彼の家に住ませてもらう。ノルマンディー王の使節としてルイ王のもとへ向かったシモン将軍は、王に疑いをかけられ高い塔の中に閉じ込められる。そのことを聞きつけたネリーは以前助けたカナリヤを使い、シモン将軍を救うことに成功する。恩義ある将軍を、少女ネルーが忠誠心と知恵で救出する物語。（及川）

友情の勝利《ゆうじょうのしょうり》　橋爪健作。一九二九（昭４）年五月『少女倶楽部』。富田千秋画。京子と誠はそれぞれ女学校のリレーランナーと一高野球部エースという、スポーツの花形兄妹だ。京子は誠の怪我がきっかけで親友寿美枝との関係を閉ざしてしまう。しかし寿美枝の従兄弟の一高生が協力し、友情を回復する。この筋と同時進行で、三高との定期戦に出場できなかった兄の葛藤も解消される。作者が多く書いたスポーツを題材とした少女小説の一つ。（尾崎）

嵐の小夜曲《あらしのせれなーで》　横山美智子作。一九二九（昭4）年六月～三〇年八月『少女の友』。三〇年一二月、大日本雄弁会講談社。連載時から人気を集めたが、単行本も好評を博し、三九年四月まで五四度の版を重ねた。単行本の装幀・挿絵は加藤まさを。医者の娘・小夜子と旅館の娘・陽子は隣家に住む親友同士。しかし小夜子宅の物置に忍び込んだ旅芸人が不注意ゆえ火事を起こし付近の家々が類焼する。小夜子の父は保険金詐取を目的とした放火を疑われたまま急死し、小夜子宅が火元だと証言したことを心苦しく思う陽子の父は、高潔だった小夜子の父の精神を受け継ぎ孤児院を始める。以降、交際の途絶えた小夜子と陽子およびその家族らは幾多の苦難に遭遇するが美しい心を失わず、周囲の人々と交流を結んだり誤った心を持つ人を改心させたりしていく。陽子宅に引き取られる少女・栄玉が、東京で小夜子のバイオリンの才能を見出す小郡女史の生き別れの娘であったり、経済的に行き詰まった陽子宅を女史が偶々訪れ救済を企画することになったりと、多くの偶然が物語を支配しているきらいはある。題の「小夜曲」に関しては、流行歌の「ゴンドラの唄」（松井須磨子歌唱・吉井勇作詞・中山晋平作曲、一九一五）をバイオリンで弾けるか尋ねられた小夜子が「そんなのは存じませんけど」「クライスラアのもの」や「セレナーデなど」は練習した、と答えるシーンがある。オーストリアが生んだ世界的なバイオリニスト、フリッツ・クライスラーは一九二三年五月に来日公演を行ったが、その演奏はそれ以前よりビクターレコードから一流の証しである赤盤として発売され高い人気を誇っていた。また、小夜子が少女・もも江と演奏する「ドリゴの小夜曲《セレナーデ》」は、イタリアの作曲家、リカルド・ドリゴの作曲でバレエ「百万長者の道化師」中の一曲。原題は「愛の夜想曲」だが、日本では大正末期以降「ドリゴのセレナーデ」として共益商社、シンフォニー楽譜出版、セノオ音楽出版社（堀内敬三の名訳で有名）による楽譜、二村定一、関屋敏子らの歌唱が流布し人気を誇り、後には映画「愛染かつら」（一九三八）の挿入歌ともなった。この曲は『少女の友』誌面に登場する愛唱歌を集めた復刻ＣＤ「『少女の友』愛唱歌集」（実業之日本社・キングレコード、二〇一〇）にも収録。

→「海鳥は唄ふ」「花の冠」「母椿」「紅薔薇白薔薇」「紅ばらの夢」　（布施）

消えゆく虹《きえゆくにじ》　加藤まさを作。一九二九（昭4）年九月、大日本雄弁会講談社。書き下ろし表題作の他、「薔薇と真珠」など雑誌発表の一二編を収録（一九七九年の国書刊行会復刻版は表題作のみ）。サーカスの少年澄三は、相方の鞠子が実は資産家の令嬢で、強欲な親方が鞠子を殺し自分の娘の君江を身代りにしようとしていると知り、鞠子を守るため、唯一の味方の道化師と共に親方一味に戦いを挑む。証拠のメダルを巡る駆引きの末、小屋全体を巻き込む銃撃戦となるが、君江の犠牲死に助けられ脱出、鞠子の両親のいる東京へ向かう。少年の活躍を少女が支える少女冒険小説だが、君江の行為の動機が澄三への恋心という、戦前の少女に恋愛はタブーという通念を覆す点もあり、厳密に少女小説といえるか疑問もある。結局鞠子は両親と再会出来ず、鞠子への恋を自覚した澄三も自殺するという救いのない悲劇性を担保に、辛くも規範性をクリアしていると見るべきか。　（高橋）

→「月見草」「遠い薔薇」

小鳥の家《ことりのいえ》　北川千代作。一九二九（昭4）年九月、平凡社『令女文学全集第六巻』所収。町一番の旧家・牧家の長男英彦と妹陽子は、父が黒川周三によって事業に失敗し失意のうちに没した後、貧しい暮らしを強いられているが、周囲のために力を尽くす優秀な人間に育っている。一方、黒川家には陽子の同級生礼子がおり、他人を踏みにじって事業を拡大し、議員にのし上がった父や放蕩の兄周吉の存在に苦しめられつつも、母とともに町の人々を気づかう優しい少女である。父の上昇志向のために東京の子爵家へ預けられた礼子は、身分の高い者たちの冷たさを平民として知らされたりもする。黒川周三の急死によって礼子は帰郷、莫大な遺産は町のために使われることになり、英彦や礼子の理想の「小鳥の家」のような町が実現する。黒川周三が急死したり、周吉が急にまじめな人柄になったりする展開には疑問も感じられるが、読者児童に対して、貧しいことの悲しさや富める者の義務、理想の社会を考えさせたいという作者の狙いはうかがうことが出来る。　（小林）

→「赤い花」「絹糸の草履」「名を護る」

あべこべ玉《あべこべだま》　サトウ・ハチロー作。一九三〇（昭5）年一月～六月『少女倶楽部』。連載時の作者名は陸奥速男。その後、三四年二月にサトウ・ハチロー『ユーモア艦隊』（講談社）に収録、四八年には単独で『あべこべ玉』（湘南書房）が刊行されている。主人公は、けんかばかりしている運平と千枝子の兄妹。あるとき、叔父がインドから持ち込んだ不思議な赤い玉の力で、二人の体が入れ替わってしまう。二人は異なるジェンダーを体験することで互いの困難を理解し、思いやりを持ち合うようになる。一見教育的なストーリーだが、少女読者は、運平が少女として苦しむ場面を笑うことができた。これには、性別によって虐げられがちな少女読者の溜飲をさげる働きがあったと思われる。しかも機知にとんだ軽やかな文体で語られており、笑いに罪悪感が伴わない。こうした小説は、様々な規範に縛られた少女たちの日常的な不満や願望を笑いに包み、大人の非難を浴びない形で表出するための媒体になり得たと考えられる。（藤本）

➡「それから物語」「三色菫組」

海に立つ虹《うみにたつにじ》　加藤武雄作。

一九三〇（昭５）年一月～一二月『少女倶楽部』。三一年五月、大日本雄弁会講談社。小作人の子である恭助は、両親を亡くし妹のお槙と叔父の家に身を寄せている。父は豪商松木の別荘を建築するために、小作地を奪われて職工となり、事故により命を失った。そのことを怨む恭助は別荘の人々を憎んでいる。松木には三人の娘がいたが、二番目の娘は千枝子といって、美しく優しい娘である。あるとき、一番目の娘の曽枝子が腕時計を無くし、お槙に嫌疑をかける。恭助が猛烈に抗議するものの、貧富の差を盾に侮辱されただけだった。その後、曽枝子が川で溺れる事件が起こり、恭助が命の恩人となる。やがて、恭助は恩師小澤の導きで上京を果すが、小澤は肺を病んでいて生活もままならない。故郷で奉公に出されたお槙を東京に呼び寄せるも、生活に窮するばかりである。困り果てたお槙が千枝子に救いを求め、千枝子はお槙を家に引きとるように手配する。実はその一年前に曽枝子が、恭助への謝罪を千枝子に託して逝ってしまい、千枝子は懸命に恭助を探していたのである。松木家から援助の申し出があるも、恭助は断り、あくまで独立独行で生きることを決意する。そんな中、小澤の叔父浅原健之助がアメリカから帰国する。浅原は小澤を病院へ入れ、加えて恭助の学費を出すことを申し出るが、恭助は意思を曲げない。浅原はアメリカで仕事を手伝う報酬として、学費を出すことを提案する。皆の祝福を受けて、恭助はアメリカに向けて出航する。その時、空には、恭助の前途を照らすように美しい虹がかかっていた。

貧困のなか、独立独行の意思を貫いて、果敢に生きる理想的な青年像が描かれている。著者自ら「序」に記すように「教科書以外の修身書にもなり得る」内容と言えよう。貧富の格差による様々な差別を鋭く描き出し、多くの苦労を自らを磨く石とする強さを余すことなく伝えている。貧しさを経験し、小学校の教師でもあった加藤武雄の本領が発揮されている佳作である。（溝部）

→「君よ知るや南の国」「矢車草」「山路越えて」

怪力小太郎《かいりきこたろう》　中内蝶二作。一九三〇（昭５）年一月〜一二月『少女倶楽部』。齋藤五百枝画。信州木曽を舞台に少年剣士が活躍する時代小説。真田幸村の忘れ形見である怪力少年・小太郎は駒ヶ岳の山中で武術の修業を積んで奥義を極める。持ち前の強さと勇気を武器に痛快な戦いを重ね、ついにはかつての友の仇討ちを果たす。作者自ら足を運び取材したという木曽の自然の描写が随所に生きた冒険活劇。（伊藤）

仮面城《かめんじょう》　大下宇陀児作。一九三〇（昭５）年一月〜一二月『少女倶楽部』。単行本は三二年一二月、春陽堂少年文庫。長編冒険小説。少年生駒京之助が、両親と共に仮面城に攫われた令嬢由美子を救い出す冒険物語。生駒少年が由美子親子を救い出そうとして様々な事件に巻き込まれる過程が、スピーディでテンポ良い展開で描かれている。恋愛的な要素はあまり見られず、生駒少年の活躍が主に描かれる。（及川）

全権先生《ぜんけんせんせい》　佐々木邦作。一九三〇（昭５）年一月〜一二月『少女倶楽部』。三二年一月、大日本雄弁会講談社。お金持ちの株屋の金田金兵衛さんのところには、四人の子供がある。金一郎、福子、徳子、銀次郎と下に行くほど成績が良い。尋常小学校五年の銀次郎は全甲だが、中学生の金一郎は来年も落第しそう。母親は弟の帝大生五郎助君に家庭教師を頼んだ。謝礼はいらない、全権家庭教師ならするという。全き権力を持って指導します。子供達ばかりではなく、両親も私の意見に従って下さい。上にいくほど成績が悪いのは、家庭教育が間違っているから。親が二人がかりで真剣に向き合わなければいけない。お酒を飲みながらの説教はだめ。学校の呼び出しに店の番頭を行かせてはだめ。日曜日も親がまず早起きしなさい。と、五郎助君の指導は手厳しい。金兵衛さんは只ほど恐いものはないと言いながらも、言われた通りにしている。金一郎は店の小僧さんを替え玉に、活動写真を見に抜け出そうとするが失敗、女学生の徳子は隣のお姉さんに図画の宿題を描いてもらって露見した。父親は子どもの悪さに対して、感激を持って叱らなければいけません。金兵衛さんもさすがに真剣に考えるようになった。学問に近道はありません。すぐに聞かずに自分でよく考えてみること。アンチョコを使ってはだめ、辞書で初めから調べましょう。こうした全権先生の指導がだんだん利いてくる。徳子はこの頃学校で誉められるようになった。福子は誉められないが叱られなくなった。少し分かるようになると欲がでてきて、皆自発的に勉強するようになった。学期末試験では、いつも一番の銀次郎以外の全員の成績が、少しずつ上がった。

「金権」ならぬ「全権」先生の指導の下、お金持ち一家の親子の生活態度が改まった。同じ作者の「苦心の学友」(『少年倶楽部』)が伯爵家のわがまま若様の教育係となった同級生を主人公にした身分社会批判なら、本作は、同じ「金田家」を登場させた漱石の「吾輩は猫である」譲りの金権批判の作と言えよう。長く英語教師を務めた作者の「面白くてためになる」小説である。（中島）

→「級の人達」「親友アルバム」「ひとり娘」「二人やんちゃん」

紅雀《べにすずめ》　吉屋信子作。一九三〇（昭5）年一月～一二月『少女の友』、三三年一月、実業之日本社。辻男爵家の家庭教師純子は正月休みの帰省から戻る汽車の中で、ハルピンから東京への途上母親が急死した一五歳のまゆみと一一歳の章一姉弟を知る。父も亡くし身寄りがない二人を辻家の未亡人は好意から引き取る。男爵家には一九歳の珠彦と一五歳の綾子兄妹がいたが、勝気でかたくななまゆみは初めは珠彦と打ち解けない。しかしピアノも歌も上手く、男爵家の荒馬を乗りこなすまゆみに珠彦は一目おく。一方、綾子の級友の利栄子は何かとまゆみを見下し、その母は珠彦と利栄子の結婚を望み、辻家の使用人槙乃に多額の心付けを渡す。夏、辻家と利栄子の一行が伊香保に避暑に行くと、槙乃は女中たちにまゆみの悪口を言う。立ち聞きしたまゆみは辻家を去り、山麓の馬車屋に世話になり馭者として働く。まゆみの行方を案じる純子は、残された持ち物に、かつて知り合った画家・三浦から贈られたのと同じ珊瑚の紅雀の彫り物を見つける。その後辻家が招かれた園遊会で綾子は、同じ紅雀を帯留めに使う沢医学博士夫人を知る。辻未亡人が沢夫人に由来を聞くと、元許婚の三浦に贈られたが、三浦の兄であり自分の姉と結婚した堂本子爵が事業に失敗、婚約は破棄され三浦は欧州で客死、子爵一家はハルピンに渡ったまま行方不明だという。子爵は変名を使ったので、まゆみの出自が分からなくなったのだ。まゆみは級友の篤子に見つかり東京に戻る。章一は沢家の養子になり、まゆみは珠彦から約婚指輪《エンゲージリング》を贈られた。

まゆみの出自の謎をはらみつつ、上流階級の贅沢な暮らしと、そこで毅然と振る舞う凛々しいまゆみを描き大変な人気作となった。特に「赤いネクタイ、黒の上着に白いズボンに赤革の長靴、小さい銀の拍車」のまゆみの乗馬服姿が読者を魅了。多数の登場人物を手際よくさばきながら主人公の個性も際立たせ、大衆小説で鍛えた作者の手腕が感じられる。上流生活の描写には、連載前年の欧州旅行中の見聞が生かされたと考えられる。（久米）

→「あの道この道」「返らぬ日」「級友物語」「花物語」「伴先生」「三つの花」「わすれなぐさ」

白蘭花《ぱあれえほあ》　南部修太郎作。一九三〇（昭5）年二月『少女倶楽部』。『令女文学全集第五巻 白蘭花 外六篇』（平凡社、一九三〇・三）収録。高畠華宵画。北京の花売娘・蓮英はその稼ぎで両親を養っていたが、ある日人買いに売られてしまう。人買いから逃亡した蓮英は、いつか親切を受けた日本人青年に助けを請い、家に迎えられる。そこへ娘を追って父親が現われ、蓮英は実の娘ではなく本当は日本人だと明かされる。蓮英は青年に救われ、その家族の一員として日本に帰ってゆく。（伊藤）

→「露草の花」

滑稽小説　最後の勝利《さいごのしょうり》　住井すゑ作。一九三〇（昭5）年三月『少女世界』。名義は「住井すゑ子」。女学生の美津子は、大学出のエリートサラリーマンである兄に初月給でマンドリンを買ってくれるようねだっているが、色よい返事がもらえない。街中で偶然出会った同級生たちから、兄が電車の中で無様に転倒したことを知らされる。兄の弱みを握った美津子は、兄へのおねだりを繰り返す。満州事変勃発前ののどかで明るい世相が感じられるコメディ。（小林）

→「少女冒険奇譚灰の中に現はれた文字」

嘆きの夜曲《なげきのやきょく》　長田幹彦作。一九三〇（昭5）年三月、平凡社『令女文学全集第三巻』所収。一九一五（大4）年一月〜一二月まで『少女の友』に連載された「春のゆくへ」を改題改稿した作品。大正時代を背景に、固い友情で結ばれた二人の「令嬢」の対照的な運命を描く長編少女小説。なお、改稿にあたってプロット上に大きな改変はないが、登場人物たちの名前や服装・髪型など細部に様々な書きかえや加筆がある。特に関東大震災に関しての記述が加わったことで物語的な作品にリアリティーが生まれている。

宮城子爵家の令嬢綾子は隣の邸宅に越してきた美しい歌声を持つ濱野敏枝に心惹かれる。二人はいつまでも変わらぬ友だちになろうと誓う。だが、有名な銀行家の令嬢であった敏枝の運命は父の急死によって大きく変わってしまう。孤児となった敏枝は継母を頼り横浜に移り住むが、厄介払いされて英国人宣教師の家に預けられる。綾子は悲惨な境遇の敏枝を助けたいと奔走するが、敏枝は悪興行師によって上海に売られてしまう。やがて艱難に耐えた敏枝はソプラノ歌手として世界的な名声を博する。十余年ぶりに凱旋した敏枝は宮城子爵邸に駆けつけるが、再会を期した綾子は息をひきとっていた。敏枝は自ら作曲した「嘆きの夜曲」を日本での初舞台で歌う。

日本、上海、欧州を舞台に次々とストーリーが展開する作品には、甘んじて通俗小説家となった作者の、零落と放浪の主題やロマン主義が遺憾なく表現されている。また、闇世界に暗躍する興行師にさらわれた主人公が各国の租界によって多彩な文化を交錯させる魔都上海の歌劇団で活躍するという物語は、後年の「マヌエラ」や「李香蘭」を想起させ興味深い。さらに、綾子と敏枝、そして、「同じ悲しい運命」を感じて支え合う歌劇団の矢島きぬ子との友愛は少女小説における重要な要素であり、シスターフッドと呼べるものである。（菅井）

→「草笛」

愛の小鳥《あいのことり》

生田春月作。一九三〇（昭５）年四月、平凡社『令女文学全集第七巻』所収。結婚願望の強い楠本は、ヒロイン鈴子をひと目みたとき「かわいい女」、自分の部屋に飛び込んできた「愛の小鳥」と感ずる。都会で鈴子は親からの送金で一人住まいをし、学校にも行かず、仕事にもつかず、時間にも煩わされずに自由に生きる少女であった。周囲に同調もせず自分なりの意思を抱いていた。しかし、結局は自分から進んで「愛の小鳥」となる物語である。（伊原）

→「空色の国」

燃えない蠟燭《もえないろうそく》

龍胆寺雄作。一九三〇(昭５)年四月～三一年三月『令女界』。三一年七月、改造社。装幀佐藤文雄。四九年に湘南書房から再刊（装幀中原淳一）。明るく陽気でまだ幼さも残る一七歳の冴子は、祖父が経営するアルプスの登山口にあるヨーロッパ風の温泉ホテルに静養に行く。冴子は祖父とともに働く蛍二に思いを寄せており、一方、冴子と同い年でやはり東京から静養に来ている真珠もまた蛍二に恋心を抱いていた。夏祭りの夜、蛍二の兄で画家の泉太、弟で中学二年生の圭三らも加わって冴子と蛍二を主役にした野外劇を催すのだが、その最中に真珠が滝に身を投げる。彼女を助けた蛍二は真珠の兄から不幸な身の上を聞く。蛍二や泉太、圭三らと無邪気に接吻し、ヌードモデルになることも厭わないモダンガールである冴子と、生い立ちの悲運を背負い身体も病にむしばまれていく真珠という対極的な二人の少女の運命が、モダンな風俗を背景に描かれている。（中谷）

→「青銅のCUPID」「月の沙漠に」

月見草《つきみそう》

加藤まさを作。一九三〇（昭５）年五月、平凡社。『令女文学全集第十一巻』として『令女界』

『少女倶楽部』『少女画報』等に発表された一三編を収録した短編集。表題作は、軽い感冒で寝付いた少女が、恋人の思い出の月見草を引き抜かれ、病を重らせ死に至る経過を、月見草を抜いた両親の視点から描いたもの。少女同性愛小説のイメージが強いまさをだが、大正末ごろから少年や異性愛も扱うようになり、本作にも「静かな晩」「棺の釘」といった従来のエス物の他、知的障害の少年を主人公にした「私の青空」、異性とのデートに行く直前のトラブルをコミカルに描く「その二時間」などがある。表題作も悲恋の相手が異性か同性かは明確ではなく、全般にエス色が薄れていると感じられるのは、満州事変を翌年に控えた時局の影響か。その一方で、女学校の抑圧的な教育を揶揄するような「落第点の作文」もあり、当時のまさをの立ち位置の微妙さが窺える。

（高橋）

↓「消えゆく虹」「遠い薔薇」

春の鳥《はるのとり》

三上於菟吉作。一九三〇（昭5）年五月、平凡社『令女文学全集第十三巻』所収。若い男女の恋の鞘当てを描く通俗的な小説。

松山春樹は二一歳の時に女性作家との恋愛に破れて古美術の都奈良に流浪する。故郷東北へ赴く途中滞在した東京で、彼の乗った車が山名あさ子と接触してヴァイオリンを壊してしまう。あさ子の家は貧しく、ヴァイオリンの個人レッスンを受けながら小学校で唱歌を教えていた。春樹はあさ子に心惹かれ、声楽家になる夢を抱く彼女をテナー歌手の旧友素川に紹介する。あさ子は憧れから素川に魅了されるが、一方で春樹の思いを受け止めて苦悩する。春樹に抱擁されたその時、あさ子は「たつた一度でも唄ひたい」とこたえる。間もなく、あさ子は入門した師に従ってオペラ研究のためにウィーンへ旅立つ。

二人の男性の間で揺れ動くヒロインの人生の選択が自傷や結婚に行き着くのではなく、芸術による自己実現に向かうところが注目される作品。

（菅井）

↓「むらさき草紙」

夾竹桃の花咲けば《きょうちくとうのはなさけば》

佐藤紅緑作。一九三〇（昭5）年七月～三一年六月『少女倶楽部』。三一年七月、大日本雄弁会講談社。両親と双子の姉信子と田舎で暮していた照子は、実は貰われ子だった。母は逝去したが、行方不明だった父がアメリカから帰国したのを機に、東京へと引き取られる。父が新たに迎えた妻の泰子は照子を厳しくしつけ、彼女は次第に心を閉ざす。しかし父が事業に失敗し再起を賭けて再渡米してしまうと、泰子と二人の暮しが始まった。その生活の中で照子は泰子の真意と愛情に心を打たれ、病に伏した彼女のために上野で花売りとして働き始める。一方泰子も照子が田舎に宛てた手紙から彼女の気持ちを知り、二人は揺るぎない信頼を確認する。刊行からしばらく後の『少女倶楽部』（一九三二・二）にも「世の中にこんな美しい母娘があるでせうか。しかもこれが義理の母子ですからいよ〳〵感心させられてしまひます」との広告文が載るベストセラーとなった。（尾崎）

↓「あの山越えて」

海のあなた《うみのあなた》

水谷まさる作。一九三〇（昭５）年九月、平凡社。『令女文学全集第十五巻』。語り手「わたし」が、横浜の埠頭から船出し、アメリカ、フランス、イタリアを巡る旅を描いた作品。「日本で見たとしたら「かなりな擦れつからし」と思うだろう快活な異国の少女との出会いや、リュクセンブウル公園の夕暮れ、ベニスのゴンドラ、フィレンツェの芸術品、ポンペイの遺跡への感動を詩的な文章によって表現している。（野呂）

↓「落葉の道」

紅薔薇白薔薇《べにばらしろばら》

横山美智子作。一九三〇（昭５）年一〇月〜三二年三月『少女の友』。三四年四月、大日本雄弁会講談社。父母のない妙子は、竹三とともに牧場で働く。竹三は主人の命令で犯した不正を妙子に咎められ改心し東京へ旅立つ。病臥中の盲目の科学者を父に持つ妙子の親友・奈美子が牛乳配達を手伝い始めるが、配達中に行方不明となる。以後、襲いかかる苦難に妙子は真摯な態度で臨み、竹三は機転を利かせ明るく逆境を乗り切っていく。竹三が東京で世話になる紳士が妙子の伯父であったり、南洋で船が難破したどり着いた島で妙子と奈美子が再会を果たしたり、救出を待つ二人のもとを通りかかる飛行機に搭乗していたのが竹三であったりと、物語の要となる部分の多くを偶然が支配する。また、奈美子の父が発明した強力な火薬について「この発明を日本が持つてゐるといふことは（中略）戦争防止にもなり、世界の平和を保つことにもなる」と彼に語らせたり、南洋の「土人」たちが暴虐な「××人」を恐れ「みんな心で、日本人を慕ひながら、仕方なく××人の手下につていている」と登場人物に語らせたりと、戦時色が特に濃厚である。なお、その傾向が特に強い結末は、一九四八年七月版では全く改変され、行方不明の奈美子は北海道で発見されることになっている。挿絵は水門譲治。（布施）

↓「嵐の小夜曲」「海鳥は唄ふ」「花の冠」「母椿」「紅ばらの夢」

クリスマスの夜道《くりすますのよみち》

山田邦子作。作者名は、今井邦子名義。一九三〇（昭５）年一二月『令女界』。

「私」が一六歳の時、郷里諏訪の町で山上の教会に通った思い出を詩的に綴る。「山の少女」であった「私」にとって「教会の窓からヒラ〳〵風に靡く美しいカーテン、そのなかのピアノの調《しらべ》、讃美歌の声」は「エキゾチックな魅力」があり、またクリスマスの夜には「或る青年から熱烈な思慕の手紙をはじめて受取」り、家路につきながら「凍つた雪がカツと真紅《まっか》に燃え」て心に迫るように感じたと述べる。当時の地方の少女にとって教会が、宗教的存在というより浪漫的憧憬を掻き立て、未知の世界へ誘う場であったことがわかる。（久米）

→「蜘蛛の印象」「白い鳥よ」

闇にかゞやく《やみにかがやく》　久米舷一作。一九三二（昭6）年七月『少女倶楽部』。田中良画。資産家の家に生まれた盲目の娘エリザベスが、不幸な境遇にある盲人と出会ったことを契機に、彼らに住まいと食事を提供する施設を作ることを決意、盲人を支援し自活の道を講じることが自らの天職と考え事業を起こす。彼女の事業はやがてヴィクトリア女王の賛助を得るまでに発展し、大英帝国の誇りとなるのだった。（伊藤）

大森彦七《おおもりひこしち》　額田六福作。一九三一（昭6）年一〇月『少女倶楽部』。南北朝時代、伊予の国の武士大森彦七は役人に詮議される女を救うが、女は実は楠正成の息女千早姫。父の仇と彦七の命を狙う。彦七は誤解を解いて楠家の重宝菊水の宝剣を彼女に譲り、さらに自ら狂乱を装って人目を欺き、千早姫を逃す。福地桜痴による新歌舞伎十八番の一「大森彦七」を芝居物語化。父の仇を討とうとする千早姫の一途さと彦七がその心を汲み取る様が見どころ。（鈴木美）

かゞやく丘《かがやくおか》　上田エルザ作。一九三一（昭6）年一〇月～不詳『少女の友』。長編小説。由利耶という少女が主人公の物語。由利耶はある事件によって、母とともに何も告げず親しい友人達の前から姿を消す。何年か経った後に千曲という友人が、展覧会に由利耶とその母を描いた絵画を展示し、それが評判を呼び新聞に載る。それが由利耶の目にとまり、由利耶は友人達に会う決心をする。少女とその母の身に起きた悲劇を扱った物語。（及川）

→「葬送曲」「ローマへ」

絹糸の草履《きぬいとのぞうり》　北川千代作。一九三一（昭6）年一〇月、大日本雄弁会講談社。二一編を含み、それぞれの初出は『少年小説大系第25巻　少女小説名作集（二）』（三一書房、一九九三）所収の遠藤寛子「解説――私的少女小説史」に詳しい。「母の心」（『少女倶楽部』一九二九・七）「春に叛く」（『令女界』一九二五・四）「母の幻」（『少女の友』一九二九・二）

「幸福」（『少女画報』一九三五・九）「ロッキー」（『婦人公論』年月不詳）など、主だった少女向け雑誌ばかりか、大人向けの婦人雑誌にも執筆しており、北川千代の人気の高さをうかがわせる。美しい装丁が施されたこの本は、多くの少女の手に渡り、その人間形成に大きく影響したものと思われるが、内容は厳しい現実に向き合う社会性に満ちたものが並ぶ。

表題作「絹糸の草履」は、女教師が結婚退職のお別れに、常に持ち歩いている小さな絹糸の草履を女生徒たちにねだられ、その草履にまつわる哀しい経緯を語って聞かせる話。その草履をくれた老人はかつて病気の娘のために盗みを働き服役していた過去を持つ。「母の幻」は、自分が両親の実の娘ではなく、孤児として引き取られたと知った少女が、その恩義に篤く感謝し、母亡き後、その実子である妹に愛情を注ぎ、最後は火災の中、妹を助けるために命を落とす話。「一つの路」は、「私」が汽車で乗り合わせた少女から、海にまつわる哀しい身の上話を聞き出す話。障害を持つ美しい長姉が、好きだった青年と次妹が結婚することを知って、架空の男性との心中を装って沼津の海で自殺した。末妹であるこの少女は、優しかった長姉の無念を思いつつ長崎に墓参に向かうところだと語る。

孤児、貧困、障害、恋愛、結婚、犯罪、と作者が目を向けた社会の問題は幅広く、幼い読者たちにも受け入れられることを願ってか、美しい文体と哀切甘美な展開の中に社会の矛盾を訴える作風が指摘できる。裕福な家庭に育ち、結婚・離婚・再婚の中で社会主義の思想に目を開いていった作者の実人生が投影された作品集といえよう。（小林）

→「赤い花」「小鳥の家」「名を護る」

万国の王城《ばんこくのおうじょう》　山中峯太郎作。一九三二（昭6）年一〇月～三三年一一月『少女倶楽部』。三三年三月、大日本雄弁会講談社。蒙古の成《チン》吉《ギ》斯《ス》汗《カン》大王の血を引く青年北条龍彦ことタタール王子と美しく勇敢な日本少女北条美佐子の使命は、蒙古を再興すること。その鍵となる、七百年前に「黄金城」として築かれ、ゴビ砂漠に埋もれた「万国の王城」の秘密を解き明かす二つに分割された玉璽の入手をめぐり、ロシアと活仏尊者と激しい攻防を繰り広げる。幾多の生命の危機を乗り越えて遂に玉璽が揃い、その秘密が解かれようとするところまでを描く。満州国と蒙古の安全は日本の生命線であるとして、蒙古の独立が目指されている点には、戦中の対アジア政策が大きく反映され、アジア侵略と軍事力の行使が肯定的に描かれている。スリル溢れる展開でナショナリズムを具

現化した作品。続編として「第九の王冠」がある。（鈴木美）

↓「少女小説嵐に咲く花」「黒星博士」「第九の王冠」

海こえ山こえ《うみこえやまこえ》　宇野浩二作。一九三二（昭7）年一月〜六月『少女倶楽部』。同年一〇月、春陽堂。「さんせう大夫」を原話として、舞台を二〇〇〇年前のイタリアに設定し、異国情緒溢れるものに翻案した作品。父を訪ねて旅する母子は、人買いに騙されて離れ離れとなる。姉エレミヤと弟パウロは、長者カブウルのもとで汐汲みと柴刈りの生活を強いられる。やがて姉は自身のお守りである聖ヨハネ像をパウロに渡し、弟を逃がす。追っ手を逃れたパウロは、ローマのサン・ヨハネ堂に祈禱のためにこもった際、法王に仕えるギルタント公と出会う。彼の導きで、父の元の領土で主となったパウロは母と姉の行方を探し、無事に再会を果す。姉が生きていたことが、森鷗外の「山椒大夫」（『中央公論』一九一五）とは決定的に異なり、イタリアの風土に新味を持たせながら、ハッピーエンドに導く穏健な仕立てになっている。（溝部）

↓「十七年の春秋」

三色菫組《ぱんじーぐみ》　サトウ・ハチロー作。一九三二（昭7）年一月〜六月『少女の友』。連載後、四六年に卍書林から刊行された。さらに、改題した『パンジー組大かつやく』が、岩崎書店版「サトウハチロー・ユーモア小説選」（一九七七）に収められ、フォア文庫版『パンジー組探偵団』（一九八七）も刊行された。笑い上戸のルミ子、すぐに怒るとり子、泣き虫のみそ子の三人は仲がよく、クラスメートに「三色菫組」とあだ名されている。三人とも「あわて者」で、学校や家で滑稽なトラブルを起こしては、周囲の人々を笑わせていた。さらに、迷子の幼児の片言を解読して身元をつきとめたことをきっかけに、町で起こる様々な事件の解決に関わるようになる。これに対抗するのが青年探偵社の男たち。彼らが正統な「探偵術」をふりかざして失敗するのに対し、三色菫組は鋭い感性をひらめかせて躍動する。青年と少女、日常生活での力関係が転覆される痛快さが魅力である。（藤本）

↓「あべこべ玉」「それから物語」

陸奥の嵐《むつのあらし》　千葉省三作。一九三二（昭7）年一月〜一二月『少女倶楽部』。三三年三月、大日本雄弁会講談社。平安朝を舞台とする長編の伝奇小説。奥州の蝦夷族を率いる頭領・悪路王《あくろおう》が謀叛を企てたという情報が京の御所に届く。悪路王は蝦夷の血を引く残酷な猛将・赤鷲と気脈を通じているらしい。彼らは積年の恨みを晴らすべく、陸奥の要衝・胆沢城を守る照日《てるひ》の王子《みこ》を討とうと企んでいた。帝と宰相は照日の王子を悪人の手から救うため、密使の若者・小田の武麿を遣わす。武麿が陸奥へと向かう道中では、父親に会うために陸奥へと向かう美少女・狭霧に目を留め、兄妹と偽って関所を越えるなど、さまざまな人物との遭遇や冒険が描かれる。ジュール・ヴェルヌの『皇帝の密使』を翻案した作品。（伊藤）

↓「勤王兄妹」

わすれなぐさ《わすれなぐさ》

吉屋信子作。一九三二（昭7）年四月〜一二月『少女の友』、単行本三五年一月、麗日社。大学教授の娘で女学校三年の弓削牧子は、級友で実業家の娘である、クレオパトラというニックネームの「軟派の女王」相庭陽子の誕生会に招かれる。バンドを呼び青年たちとダンスする派手な会に牧子はなじめなかったが、陽子は牧子を特別扱いする。後日、牧子は急な招きのため用意できなかった陽子への誕生祝いのキャンデー入れと、感冒で欠席した時ノートを貸してくれた模範生佐伯一枝へのお礼のインクスタンドを買う。しかし陽子はインクスタンドの方を取り上げてしまい、やむなくキャンデー入れを渡すと、高価な品に一枝は驚く。一枝は歩兵大尉の父が病死し、慎ましく暮らしていた。

夏休みに牧子と陽子は水泳部の房総の合宿に参加し、陽子は色々と勝手な振る舞いをする。牧子は母が病に倒れたため急ぎ帰京するが、母は亡くなる。新学期、陽子は牧子を贅沢な食事や買い物に連れ歩き、牧子は自分を慕う弟に構わなくなる。弟は町を彷徨い、一枝に助けられる。牧子は思い返して、弟が念願のピアノの道に進めるよう父に進言し、自らは陽子に決別の手紙を送る。陽子も反省の手紙を寄越し、一枝と共に三人は改めて友情を結んだ。作中に宝塚、洋画、ダンス、銀座通り、丸善、横浜のニューグランドホテルの豪華なランチなど、少女読者が憧れる当時のハイカラモダン風俗をちりばめながらも、最後は驕慢を戒める道徳的な結末に至る。しかし悪役的な陽子を排除して終わるのではなく、三人に友情を確認させるという、少女たちに常に暖かいまなざしを注ぐ吉屋作品らしい締めくくりになっている。主人公の心が、華やかな友と堅実な友の間で揺れるプロットは、川端康成『乙女の港』（中里恒子作に加筆、一九三七〜三八）などに影響を与え、その後の少女小説や少女マンガでも繰り返し取り上げられた。（久米）

↓「あの道この道」「返らぬ日」「級友物語」「花物語」「伴先生」「紅雀」「三つの花」

輝く銀翼《かがやくぎんよく》

中河与一作。一九三二（昭7）年七月『少女倶楽部』。岬の別荘で病気療養中の少女・潤子は別荘番の娘・お花とともに、前晩の暴風で墜落した軍機の飛行将校たちを小舟で救出する。負傷しつつも忠実に任務を遂行する彼らに潤子は尊敬の念を抱き、その後病臥すると「飛行機！―飛行機！お国のためには、―少女だって―」とうわごとを絶えず口走る。後日、上空を飛ぶ飛行機から感謝の手紙が投下され、二人は去りゆく機体をいつまでも見送る。満州事変（前年九月）、第一次上海事変（同年一月〜三月）等の続く時勢を如実に反映した内容である。挿絵は雑誌『キング』『少年倶楽部』等で空軍ものを多く手がけ飛行機の絵を得意とした鈴木御水。（布施）

→「高原の少女」「聖少女」「少女小説嘆きの女王」

むらさき草紙《むらさきぞうし》 三上於菟吉作。一九三二（昭7）年八月〜三三年七月『少女倶楽部』。四八年六月、東光出版社。殺気漂う幕末、旗本藤田繁之進は意見の違いから堀川源助一派の闇討ちに遭う。娘の紫は父の遺志を継ぎ、勤王党の密書を携え京へ向かう。待ち受ける怪盗団の罠や勤王浪人たちの危難を救うなど道中には次々と波乱が起こるが、ふしぎな男金助や敵《かたき》源助の次男源弥に助けられて紫は使命を果たす。男装の女剣士の活躍を描く痛快な時代小説。（菅井）

→「春の鳥」

白いお皿《しろいおさら》 金子光晴作。一九三二（昭7）年九月『少女倶楽部』。パリの踊り子フランシーヌは自分の病も貧しさも顧みず、同じ建物の屋根裏に住む身寄りのない老人に白いお皿に盛った食事を運び続けた。しかし、とうとうお金が尽きて何も載っていない白いお皿を持って行くしかなくなった。涙する彼女に老人は「この白いお皿には、みごとなごちそうがのつてゐる」と言って、彼女の優しさを称えた。少女の美談を伝える海外童話の翻案風の少女小説。（遠藤）

相うつ白刃《あいうつしらは》 平山蘆江作。一九三三（昭8）年一月〜一二月『少女倶楽部』。齋藤五百枝画。父親同士の仇討を一五歳の勇気に富んだ少女お末が機転を利かせて諦めさせ、また敵の子供への親愛を示すことによって父親達を反省に導くという孝行譚。作中の複雑な人間関係の真相を明かしていく手法は、読者を引きつけたであろう。花柳もので知られた作者は一方で山村を舞台にした時代小説的な少女小説を多く残しているが、その典型的なものが本作。（尾崎）

薊を持つ支那娘《あざみをもつしなむすめ》 横溝正史作。一九三三（昭8）年一月『少女倶楽部』。挿絵布施長春。『まぼろし曲馬団』（ポプラ社、一九五五）『横溝正史探偵小説選Ⅱ』（論創社、二〇〇八）に再録。祖父と二人で暮らす宇津木侯爵家の一人娘・千鶴子は、夜会に行くため、叔母の形見である紅玉《ルビー》の頸飾をつけた。その直後、胸に薊の花を持つ

「支那服」姿の少女が姿見のなかに現われる。紅玉に「支那娘の呪い」がかかっていると聞かされ怯える千鶴子だが、すべては侯爵家を横領しようとする叔父梧郎の企てであった。怪奇性を打ち出しながらも、最終的には超常現象を生み出したトリックを鮮やかに明かす、後年の本格探偵小説に通じるプロットが特徴的。　（倉田）

第九の王冠《だいくのおうかん》　山中峯太郎作。一九三三（昭8）年一月～一二月『少女倶楽部』。三五年七月、実業之日本社。その後『地底の王城』と改題され四一年四月、偕成社。『万国の王城』の後編。北条龍彦ことタタール王子と北条美佐子が、課された使命蒙古再興のために、ロシアと活仏尊者との攻防を重ねながら、和林の大地に埋もれる地下王宮に残されたと伝わる、「万国の王城」の秘密を解く鍵「第九の王冠」の謎を解明するまで描く。蒙古再興が遂げられる中で、実は成吉斯汗《チンギスカン》が日本人であったこと、「万国の王城」は日本にあり、今後は日本に従うべきことが示される。前編である『万国の王城』と同様、国家の対アジア政策を反映したナショナリズム色の濃い作品であるが、蒙古建国の祖を日本人とし、蒙古が日本と一体化されるべきという結末は、日本のアジア侵略の正当化が図られていると言え、国策追従の側面を指摘できる。美佐子が日本とアジア諸国との連帯の「楔」として造形されている点も特徴的。　（鈴木美）

↓「少女小説嵐に咲く花」「黒星博士」「万国の王城」

青銅のCUPID《せいどうのきゅーぴっど》　龍胆寺雄作。一九三三（昭8）年四月～三四年三月『令女界』。三五年四月、麗日社。装幀狩野晃行、口絵穂坂静夫。財産家の百合ヶ丘家の跡取り息子である鳩夫と、鳩夫の父が経営する鉱山で鉱夫頭として働き騙されて死んだ父を持つ乙葉との関係などを描いた作品。十代から二十代の若者たちによるコミューンや鉱山労働者の暴動など時代性を思わせる要素が組み込まれているが、会話で交わされる抽象的議論などが作品の観念性を強めている。　（中谷）

↓「月の沙漠に」「燃えない蠟燭」

学校物語《がっこうものがたり》　中村正常作。一九三四（昭9）年一月『少女倶楽部』発表の「学校物語 小動物愛護会」を皮切りとする連作小説。同年一二月まで毎号掲載された。挿絵は川原久仁於。元気で明るく心優しい女学生たちが繰り広げるさまざまな出来事が、四季の行事を織り交ぜるかたちでユーモラスに描かれている。「学校物語 一日一善協会」（二月）「非常時学芸会」（三月）「学校物語 日曜日の売出し」（四月）などがある。　（中谷）

黒星博士《くろぼしはかせ》　山中峯太郎作。一九三四（昭9）年一月～一二月『少女倶楽部』。三五年一二月、警醒社。

建造中の新戦艦「武蔵」と海軍の至宝と称される緒方少佐の新鋭化学兵器の機密をめぐって、「世界の間諜王」黒星博士が、緒方少佐の姪志津子や達郎少年らと繰り広げる間諜攻防戦。日本を守るため黒星博士に果敢に挑む志津子と達郎が防諜を遂げる展開は、戦時色強まる時代を反映。黒星博士の背後に控える敵国〇国はソ連を想起させる。（鈴木美）

↓「少女小説嵐に咲く花」「第九の王冠」「万国の王城」

胡蝶陣《こちょうじん》　吉川英治作。一九三四（昭9）年一月～三五年六月『少女の友』。四九年一一月、ポプラ社。織田信長により稲葉山城が陥落した際に生き別れになった斎藤竜興の幼い姫たちがそれぞれに成長し、信長打倒を目論む今川義元の息子、今川笹丸との縁によって互いに姉妹とは知らずに再会し、姉の伊奈葉の窮地を妹のお小夜が救う。気高い伊奈葉と軽業を身に付けたお小夜が、屈強な男たちと対等に渡り合う冒険活劇。（遠藤）

↓「ひよどり草紙」「少女時代小説やまどり文庫」

処女の心《おとめのこころ》　水守亀之助作。一九三四（昭9）年二月、楽園書房。一七編が収められた短編集。雪国の少女の失恋を描いた「贈られた肖像画」、兄と親友との悲恋を嘆く「妹の立場」、結婚の可能性があった従兄弟と東京で再会し、結ばれないことを確認する「巷の歌」など一貫して恋愛、結婚とそれらが成就しないことが綴られる。作者は序文で「あなた方の複雑、微妙な心理や、感情のニュアンスを描くことに努めた」と述べている。（尾崎）

モダン小公女《もだんしょうこうじょ》　由利聖子作。初出はミス・マミコの筆名で、一九三四（昭9）年三月～四月『少女画報』。初刊は三巣マミコの筆名で、三五年一月、新泉社。のち由利聖子名で、四八年八月、偕成社。高等小学校二年のサア坊こと利根サツキは、両親が亡くなり、母親の兄である「パパのおじさん」に育てられていた。ある日学校へ、祖父の前A党総裁田原是高の執事勅使河原三平が迎えに来て、祖父の邸で暮らすことになる。この書簡体小説は、大好きな「パパのおじさん」との突然の別れから一年間、サツキが伯父宛てに、明るくユーモアに満ちた文体で日常生活を報告する内容が展開される。サツキは、祖父と両親との断絶の要因が、父が芝居の仕事をし舞台女優だった母と結婚したことにあり、その祖父も年老いたことから、たった一人の血筋である自分を探し出したことを知る。引き取られてからは、自由学園二年生になり、執事の娘のチイ坊こと千萬子《ちまこ》と親友になり、女学校生活を謳歌する。邸でも、女中や書生たちに親切に遇されるが、「パパのおじさん」のことを思わない日はない。伯父も邸の周りや学校の門の脇でサツキをそっと見ていたことなどがわかり、祖父は、孫のために伯父も邸に迎えるという大団円で閉じられる。バーネット原作『小公女』を想起させる表題だが、内容的には同じくバーネット原作『小公子』の影響を窺わせる。（岩淵）

↓「少女三銃士」「チビ君物語」

あの道この道《あのみちこのみち》　吉屋信子作。一九三四（昭9）年四月〜三五年一二月『少女倶楽部』。三五年一二月、大日本雄弁会講談社。東京の実業家大丸家の夫人は海辺の別荘で女児を生むが急逝。赤子は一時的に、やはり女児が生まれた村の龍作とお静夫婦に預けられるが、龍作は預かった子に火傷を負わせたことから、自分の子を大丸家に戻す。やがて龍作は死に、成長した一三歳のしのぶは別荘に来た大丸家の千鶴子を知る。お静の告白で真相が分かり、大丸家はしのぶを引き取り、千鶴子は亡くなる直前のお静との対面を果たす。また大丸家はしのぶの幼なじみの新太郎の援助もすることになった。本来の家ではない裕福な家庭で育った千鶴子のわがままな言動と、貧家でけなげに生きるしのぶの姿を対照的に描き、読者に日頃の行いの反省を促す仕組み。取り違えられて育つ二少女の物語は、明治期の菊池幽芳『乳姉妹』（バーサ・クレイの小説の翻案、一九〇四）を下敷きにしたと考えられる。この設定はその後も様々なジャンルで扱われ、一九八五年に「乳姉妹」の名でテレビドラマ化（TBS）された時は、『あの道この道』が原作とされた。（久米）

↓「返らぬ日」「級友物語」「花物語」「伴先生」「紅雀」「三つの花」「わすれなぐさ」

チビ君物語《ちびくんものがたり》　由利聖子作。一九三四（昭9）年一二月〜三六年一二月『少女の友』。三九年七月、実業之日本社。『少年小説大系24巻』（三一書房、一九九三）所収。初出誌に連載された中から抜粋編集して単行本として刊行し、好評につき残った部分も続編として、四一年、実業之日本社から刊行された。

全一三章のうち四章までは、一三歳の主人公初子の父・兄・姉が仕事のために満洲へ行っており、さらに母も行かなければならなくなったため、初子は母の旧奉公先に居候兼お手伝いとして住み込むことになる。その家の口は悪いが心優しい旧制中学生の「修三さま」が、背の低い初子に「チビ君」というあだ名をつける。F女学校附属小学校の一〇歳の「利ィ坊さま」こと利恵子は、わがままで何かにつけて初子に意地悪をするが、心の底では後悔を重ねている。素直で健気な初子と強情な利恵子の日常生活を中心に、東京山の手のやや上流家庭の生活が、機知を含んだユーモラスな語りで展開されている。

五章以降は、初子の家族が帰国し、小野学園の女学生になった初子の日常を通して、中流のやや低いクラスの家庭生活も語られていく。その後も初子と、医学予科生になった修三・利恵子とは、一緒にテニスをしたり、海水浴へ行ったり、親しい交流をもつ。初子は、利恵子への友情の証の紅白の草履を夜遅くまで作っていて風邪をひいたり、生まれたばかりの捨て犬を育てようとするが死なせてしまって後悔したり、家が没落したことを隠して虚勢を張っている女学校の友の存在に心を痛めたりする。やがて初子一家は、洋裁店を開くことのできる広い家を借り、修三一家も、没落した絵描きの須賀の家を買い取り、近所に引越してくる。初子の姉秋子の結婚が決まり、修三と須賀五百子《いほこ》との間にほのかな愛情が芽生えたところで物語は閉じる。

初子の日常生活を通して多感な少女の様々な側面や、一九三〇年代の異なった階層の家庭が具体的に生き生きとした筆致で描かれ、修三の中学最後の軍事訓練や利恵子がヒステリックに弾く「ミリタリイ・マーチ」など、軍国主義化してゆく時代を感じさせる場面もさりげなく織り込まれており、社会風俗史的にも意義深いと評価されている。（岩淵）

↓「少女三銃士」「モダン小公女」

人形聖書《にんぎょうせいしょ》　林芙美子作。一九三五（昭10）年二月、麗日社。十編を収める。表題作（『若草』一九三三・七〜三）は読者年齢がやや高めの『若草』にふさわしく、主人公梢は一八歳の女子大生で、英国婦人と濃厚な愛情を交わしたり、人妻と通じた青年伸二と接吻したりする。しかしやがて故郷の肉親や友の愛を思い、伸二への暗い恋情を絶つ決意をする。多感な若い女性の揺れ動く恋心を詩情豊かに描く。（久米）

誉の競矢《ほまれのくらべや》　山本周五郎作。一九三五（昭10）年一二月『少女倶楽部』。のち文化出版局刊『山本周五郎 慕情物語選下巻』（一九七七）に収録された。伊達政宗の前に突如現れ、みなが仕留め損じた鷹を射貫いた小菊は城へ招かれる。弓の名手山岸次郎七と競矢をした小菊は、彼の奸計を暴くことで、山岸に競矢で破れ伊達家を退いた父の汚名を晴らす。若く美しく聡明な娘が親に孝を尽くす時代小説。（中谷）

日東の冒険王《にっとうのぼうけんおう》　南洋一郎作。一九三六（昭11）年一月〜一二月『少女倶楽部』。三七年四月、大日本雄弁会講談社。山田長政の秘宝をめぐってシャム（タイ）の怪人たちと闘う冒険小説。ヒロインはスポーツウーマンで、フランス語が堪能、モールス信号も操る才色兼備の一七歳の少女瑠璃子。両親はシャムで行方不明になり、父の学問上の師に孫のように愛されて育てられた。博士の甥で凛々しい日本男児剛と、港のカンカン虫（船の錆落とし業）の三吉少年と共に、シャムでの宝探しの冒険に巻き込まれる。様々な危険に遭遇するが、最後には両親と再会することができた。日本人の愛と正義が、私利私欲に目がくらんでいた怪人の心を改めさせ、秘宝はシャムと日本両国のための事業に使われることになった。日本とシャムの親善が讃えられ、時局を反映した南進論が背景にあるようだ。冒険の主役は剛青年で、美少女瑠璃子は有能で活動的な性格だが、結局は守られ、助け出される対象である。『南洋一郎選集』（光文社）には「シバの魔神像」と改題して収録されている。　（中島）

→「大鬼賊」「母の宝玉」

あの山《あのやま》越えて《こえて》　佐藤紅緑作。一九三六（昭11）年五月、大日本雄弁会講談社。泉州淡輪の漁師の娘である澪子は東京の名家の長男園池一郎に見初められて嫁入りする。だが、園池家には母の峰子と、彼女の親類で本来一郎の婚約者だった京子が同居していた。一郎は澪子に東京の人間として振る舞うよう「教育」を試みるが捗らず、澪子は日々京子に虐げられていた。ある日、一郎が澪子が京子に劣ると言うのを立ち聞きした澪子は、産んだばかりの松男を置いて家を去る。肉親も失った澪子は「人の母として恥ずかしくないやうに学問を」することを決意する。それから八年をかけて、看護師と小学校教員の資格を取得した澪子は、変装して偽名を使い、園池家が転居した熱海に向かう。そこで幼稚園の運営を行うが、園には京子が産んだ園池家の次男竹男がいた。澪子は教育者として町の人々の信頼を得ていく日々の中で、小学生になった松男とも再会する。そこに幼稚園の前任者である杉村勝代が登場するようになる。彼女は澪子を羨み、貶めようと奔走する。勝代はついに竹男の狂言誘拐を実行し、澪子を犯人に仕立てる。しかし嫌疑は晴れ、澪子はそれまで以上の信頼を獲得した。園池家に呼ばれた澪子は、病床の京子から彼女が澪子だと知っていたこと、今までの罪の詫び、自分の死後松男たちの母となってほしい旨を告げ、二人は涙に暮れる。そのまま京子は息を引き取り、澪子は一郎の妻として迎えられるが幼稚園を手放さず、人々から一層の信頼を得た。

昭和初期までの少女小説が備えていた、一人の少女の過酷な運命を辿り幸福な結末に至るというフォーマットを選びつつ、自ら進んで看護師や小学校教員になるための教育を受け、寛容で慎ましい人格を以て沢山の子供のしつけを分け隔てなく行うという女性像が非常に鮮明に提示されている。また本文中では登場人物が講談社の出

版物を読む描写が多く見られる。（尾崎）

↓「夾竹桃の花咲けば」

大鬼賊《だいきぞく》　南洋一郎作。一九三七（昭12）年一月～一二月『少女倶楽部』。三九年六月、湯川弘文社より『少年少女読物文庫』の一冊として刊行。日本人の少女美代子は、インド王族から秘宝の隠し場所のヒントとなる古鏡を譲られ、老船長と若い機関士と共にインド洋へ向かう。悪者が後を追って危機が迫る。救ってくれたのは大鬼賊と畏怖されている怪人物で、実は死んだと思っていた父だった。インド人の少女アイオにも助けられ、篤い友情を結んだ。発見した秘宝はインド独立運動の資金として差し出す。日中戦争が激しさを増す時代に、日本人の正義と真心が東洋の自由と平和を推進するというコンセプトで描かれた大活劇。（中島）

↓「日東の冒険王」「母の宝玉」

燃ゆる山々《もゆるやまやま》　子母澤寛作。一九三七（昭12）年一月～三八年一二月『少女倶楽部』。小林秀恒画。幕末を舞台に、葉室光親が遺したと伝えられる埋蔵金をめぐって繰り広げられる、長編時代小説。葉室光親の血統を継ぐ美少女・紅百合姫が、忠実な護衛達と共に埋蔵金の在り処を示す「マリヤの首飾り」を悪の手から守るべく奮戦し、ついに埋蔵金を発見するまでを描いた冒険活劇。（伊藤）

少女時代小説　やまどり文庫《やまどりぶんこ》　吉川英治作。一九三七（昭12）年一月～三八年五月『少女の友』。四九年九月、ポプラ社。正直屑屋の勢六は御文庫奉行の近江典城から文庫の屑を譲り受けるが、その中には貴重書「古今和歌集」山鳥の巻が間違って紛れていた。勢六の一人娘の環が近所に住む浪人の熊木為彦に見せたところ、その価値に気付いた熊木はそれを持って逃走し、取り戻そうとした勢六や典城を切り捨てる。典城の息子の鏡太郎は、この山鳥の巻の奪還と父の敵打ちのために熊木を追う。責任を感じた環は彼を助けようとし、さらに、熊木の仲間の中川壱岐や盗賊一味さそり組なども加わり、山鳥の巻の争奪戦が繰り広げられる。この争奪戦を制するのは剣豪でも何でもない普通の娘、環である。環は物怖じせず、偶然再会した熊木に手に持っていた茶碗を投げつけるような気の強さを持っており、無力で助けを待つだけの少女像とは異なる人物造形に新鮮さがある。（遠藤）

↓「胡蝶陣」「ひよどり草紙」

天使の翼《てんしのつばさ》　西條八十作。一九三七（昭12）年四月～三八年一二月『少女倶楽部』。四一年六月に壮年社から、四七年九月に東光出版社から、五二年八月に東光出版社・春歩堂から、五四年六月に偕成社から刊行された。

柏真弓は生母と生き別れて、伯父の家で育てられた。女学校二年になり、その事実を知った真弓は家出し、人身売買の男の手に落ちる。しかし、流しの歌手となった真弓の歌を聞いた作曲家・柳沢晴衛に才能を認められ、内弟子となる。真弓は、柳沢の音楽学校で学んでいる間に知り合った「宝山歌劇団」のスター「月夜福子」にも才能と人柄を愛され、入団を勧められる。それでも、音楽に高い芸術性を求める柳沢が自分の入団を快く思わないであろうことを察して断る。やがて病弱な柳沢が亡くなり、再び寄るべない生活を始めた真弓は福子と再会。大衆的な音楽の価値や魅力を熱心に説かれ、歌劇団の一員となる。真弓は、福子の代役として立った舞台で、自らの生い立ちと深く関わる「白い船の歌」を熱唱。これを聴いていた生母と再会を果たす。

『天使の翼』のストーリーは、母と生き別れた少女が苦難を乗り越えて成功するというもので、この時期の少女小説としてはありふれている。しかし、長期連載後すぐに同誌で別の八十作品の連載が始まっており、好評ぶりは明らかである。作品中の「宝山歌劇団」はいうまでもなく宝塚歌劇団、「月夜福子」は宝塚の小夜福子がモデルになっている。絶大な人気を博した宝塚歌劇団とそのスターとを関わらせて主人公の運命を変転させ、読者を引きつけたのだ。また真弓が、柳沢の高等芸術から歌劇団の大衆芸術へ転向するというプロットは、純粋詩から童謡、歌謡曲、少女小説へと展開した八十自身の道程と重なる。流行を取り入れ、波乱万丈のストーリーで読者を楽しませながら自分語りも行うという構成に、八十の戦前の少女小説の特徴がよく表れている。（藤本）

→「あらしの白鳩」「荒野の少女」「悲しき草笛」「流れ星の歌」「謎の紅ばら荘」

乙女の港《おとめのみなと》　中里恒子の作品を川端康成が加筆修正し、川端の名で発表。一九三七（昭12）年六月～三八年三月『少女の友』。三八年四月、実業之日本社。装幀中原淳一。表題作の他短編「薔薇の家」収録。横浜のミッションスクールを舞台に一年の三千子と五年の洋子との甘美な関係を描いた本作は、中原淳一の挿絵と相俟って読者から絶大な支持を得た。「エス」を全国の女学生に広めた作品ともいわれる。入学したばかりの三千子は、花にちなんだ手紙を二人の上級生から受けとり、そのうちの一人で奥ゆかしい洋子をお姉さまと慕うようになる。上級生と下級生が仲良くなることを「エス」と呼ぶことを知った三千子は、どうして一対一でなければならないのかと疑問を呈しながらも一途に洋子を慕っていく。夏休みに入り、二人の間に割って入ろうとする克子と軽井沢で一緒になった三千子は彼女に親しみを覚え始める一方、洋子との間に距離を感じ寂しさを募らせていく。作中で洋子を押しのけて三千子に接近しようとする克子は独占欲の強い人物だが、ライバルにすら優しくする洋子の美しさが克子を改心させる展開となっている。教会のクリスマスで孤児たちの世話をする洋子の姿が象徴するように、本作で望ましいとされる美の担い手は洋子であり、家運の傾きとともに磨かれていくその美しさは独占欲すらも浄化するものとして描かれる。この美が少女たちの関係の清らかさを保障するものであると同時に、異性愛中心主義に支えられた家父長制下の女性規範に適合するものでもあることに注意が必要だろう。なお単行本刊行後の三八年六月『少女の友』には「写真物語　乙女の港」と題し、中原淳一演出で三千子、洋子、克子を演じる読者の写真が掲載された。また本作は、中里恒子が書いたものに川端が手を入れるかたちで発表したものであり、少女小説作家としての川端を考える上で欠かせない作品である。両者のやり取りの一部は『川端康成全集　補巻二』（新潮社、一九八四）収録の書簡に見ることができる。 （中谷）

↓「美しい旅」「歌劇学校」「親友」「翼の抒情歌」「花と小鈴」「万葉姉妹」

兄いもうと《あにいもうと》　浅原六朗作。一九三七（昭12）年八月～三八年八月『少女の友』。四二年一月、信陽書院。四七年に今瀧書房から再刊。母を亡くし二人きりになった強と美樹子のもとに、美樹子を芸者として売ろうと企む叔父がやってきて彼女を連れ去ってしまう。強は、屑屋の雷公や作、借金取りの権十らとともに策を練り美樹子の奪還を試みる。話の設定や展開は悲劇的だが、強と仲間たちがユーモラスに描かれ明るい作品に仕上がっている。 （中谷）

↓「長編少女小説想い出の歌」「返らぬ日」

絵の中の怪人《えのなかのかいじん》　小山勝清作。一九三七（昭12）年八月『少女倶楽部』。健次は同級生である啓助の姉、奈美子が描いた絵をもらう。ある日健次が乗り合わせた電車で事件が起きるが、その犯人は絵の中の人物にそっくりだった。健次、啓助、奈美子、そして奈美子の同級生光代の四人は、元警視庁の名警部来栖の協力を得つつ犯人を探し始める。ユーモラスにテンポよく展開するミステリー仕立ての作品。 （中谷）

↓「あっ、その歌をよして！」

黒潮の唄《くろしおのうた》　高垣眸作。一九三七（昭12）年九月〜三九年三月『少女倶楽部』。三九年七月、大日本雄弁会講談社。室町時代、黒潮おどる熊野浦で漁師の新頭領となる雄々しい暁太郎。その黒潮一党の富と力を得て、足利義輝に代わり天下を手にしようと目論む悪人松永弾正から秘録を守るため、暁太郎が国栖の山の少女冴《こだま》とともに幾多の苦難を乗り越える。暁太郎を援ける冴の涙ぐましい純情と、暁太郎と弾正一派との腕比べ・知恵比べが見どころ。（鈴木美）

→「大陸の若鷹」

少女への物語《しょうじょへのものがたり》　七つの蕾《ななつのつぼみ》　松田瓊子作。一九三七（昭12）年一一月、教材社。執筆当初の表題は、「つぼみ・つぼみ」。瓊子の生前に刊行された唯一の作品で、東京市教育局の優良児童読物推薦図書に選ばれた。後に、『七つの蕾』として四九年六月、中原淳一の表紙絵を付し、ヒマワリ社より刊行。鎌倉を舞台に、草場家と日高家の子供、外国育ちの少年の七人が、境遇差を超えて互いに理解し合い、様々なイベントを楽しむグループ「M.B.C.（メリー・バーズ・コーラス）」を結成するまでを描く小説。草場家では、四人の姉妹弟が時には喧嘩しつつ、明るい毎日を過ごしている。女子英学塾の寄宿舎に入ることになった百合子は、文章を書くことが好きで、オルコットのような児童文学作家になることを夢見ている。次女の梢は、活発でリーダーシップのある女の子。昆虫学者を志す長男・譲二と、お侠だが涙もろい一面を持つナナは、年子でとりわけ仲がいい。彼女たちは、誕生日やクリスマス等、折に触れて劇をし、パーティを開いては一家団欒を楽しむ。一方、日高家の姉妹・黎子とこのみは、早くに父母を亡くしてからは、多額の遺産を継ぎつつも、愛情に飢えた生活を送るが、草場家との交流を通じ、明るさを取り戻していく。外国で父を失った靖彦少年もまた、悲運ゆえに捻じ曲げられた心を、草場・日高両家とのつながりの中で回復し、母との再会を果たす。彼女たちとその家族は、「M.B.C.」の旗印のもと、階層や年齢を超えた友情を育み、機関誌『つぼみ』を発行する。

『若草物語』や『小公女』『小公子』を踏まえた人物を造形し、かつ作品中でそれに自己言及する本作では、彼女たちが生活の随所に物語を見出し、物語から現実を学びつつ、自身を語る言葉を獲得していくまでのダイナミズムを掬い上げた。既成の物語をシャッフルし、交錯させることにより、新しい物語を生み出す瓊子独自の手法がとりわけ光る作品。（橋本）

→「香澄」「サフランの歌」「紫苑の園」「小さき碧」

心の王冠《こころのおうかん》　菊池寛作。一九三八（昭13）年

一月〜三九年一二月『少女倶楽部』。三九年一一月、大日本雄弁会講談社。『少女倶楽部』は、戦前から戦後にかけて少女小説雑誌の牙城であったが、本作はその隆盛期における代表作の一つ。菊池の手掛けた初の少女小説。この作品が大好評であったことから、菊池は同誌に続けて『珠を争う』『輝ける道』を連載した。地方出身の貧しい少女が、家庭環境に悩み、義理に縛られながらも「美しい心」を失わずに苦難に打ち勝ち、立身出世を成し遂げるまでを描いた長編小説。

主人公は、女学校三年生の真室町子。父の病と失職、母の体調不良により、生活全般を遠山家に援助されている彼女は、学校でも遠山家の娘・典子に顎使される境遇に甘んじなければならない。典子の執拗な嫌がらせに耐える町子を物心両面にわたり支え続けるのが、担任の村田先生と、侯爵令嬢の美年子姫。典子の讒言により退学を強いられた町子は、父の死後、村田を頼って上京し、美年子の好意で声楽の道に進んで精進を重ねる。世界で認められる歌手となって帰国した彼女は、典子を伴奏者に抜擢してその才能の開花に尽力。改心した典子と力を合わせ、素晴らしい音楽を作り出す。

心の清らかな女性が麗しい友情を育み、人の善意に訴えかけて成功を招き寄せる。さらに、その成功が人々の心を陶冶していくという、個から他への広がりが描かれ、「心の美しさ」や協力することの重要性が前面に押し出されている。辛抱や努力が現実を切り拓く力となることを描いた本作は、暗い世の中で少女たちに希望を与えた。また、よくいわれるように菊池の書く少女小説には、世間智をちりばめた現実的な側面があるが、その意味で注目されるのは、教師の存在である。学業を離れて町子を支え、就職や生活の根本を教え見届ける村田の姿は、教師及び教育の在り方を厳しく問い直すものでもある。

（橋本）

↓「輝ける道」「珠を争う」

少女三銃士《しょうじょさんじゅうし》　由利聖子作。原題「あまのじゃく合戦」一九三八（昭13）年一月〜一二月『少女の友』。『少女三銃士』と改題して、四一年一二月、偕成社。愛隣女学院一年生の緒方自由利《じゆり》は、校長先生の妹婿を父にもち裕福な家庭に育ったため、我儘で天邪鬼《あまのじゃく》である。腰巾着のウサコ、デメ金姫も同様であり、この三人は「おシャマ三人組」を組んでいる。一方、転校生の松ちんこと小野松子は、父を亡くし母と二人、パン屋の叔父の家の世話になり、家業を手伝いながら通学する。松子は、病気の父に代わり夜店に立つ植木屋の娘有田君江と親しくなる。二人とも、境遇に負けず素直で前向きに強く生きる少女である。この二人と後に仲良くなるのが、自由利の従妹の峰子であり、「ムツリ三人組」を結成する。この二組は、ことごとく対立するが、やがて自由利は、松ちんたちの健気な真面目さに敬服し感化され、友を労わる心を持つようになる。表題は、上海事変の勇士を讃えた「爆弾三勇士」を想起させるが、召集された人でありながら日本兵として戦死する父をもつ転校生の兄の代わりに泣く泣く実家に戻るパン職人の正や、中国人である陳信子の存在など、戦時下の非人間的状況への批判が、ユーモアと機知を含んだ軽妙な語りのなかに巧みに織込まれている。　　（岩淵）

↓「チビ君物語」「モダン小公女」

伴先生《ばんせんせい》　吉屋信子作。一九三八（昭13）年一月～三九年三月『少女の友』。四〇年一月、実業之日本社。父を知らず母も亡くした伴三千代は東北の貞淑女学院の教師となり、赴任先に向かう途中、母に棄てられた女児を見つけ、引き取る。女学院では地方の富豪・間島源七の娘香世子が東京の女学校を落第して転入、何かと三千代に反発する。香世子の母は甥の辻本を女学院の教師にさせ、辻本は棄て子は三千代の隠し子だと新聞に投書、記事になる。三千代は退職を決意。そこに女児を棄てた母が現れて詫び、母子を棄てたのが辻本と分かり、辻本が退職。源七は辻本を諌めながら、自分も若い頃の結婚で義父と衝突し母子から去ったと語る。源七は退職を止めようと三千代に会い、我が子と悟り、父を名乗る。源七の出資で校長は新事業に赴き、三千代は副校長になった。偶然が連続する物語展開だが、若き職業婦人を主人公に据え、自立を目指す女性の奮闘を描き少女小説の新たなテーマを示した。　　（久米）

↓「あの道この道」「返らぬ日」「級友物語」「花物語」「紅雀」「三つの花」「わすれなぐさ」

探偵小説　ラヂオの女王《らじおのじょおう》　海野十三作。一九三八（昭13）年二月『少女倶楽部』。名探偵帆村荘六の連作の番外編。深夜の東京で相継ぐ火災が起こり、その後、敵の空襲によりかなりの被害が出た。星宮ユカリの大ファンである花子の証言から、事件の謎を解く鍵がユカリが歌う流行歌『薊の花の歌』のラジオ放送にあると気づいた帆村は、ユカリの協力を得て事件の解明に挑む。華やかな芸能人を登場させ、少女の憧れを誘う探偵小説。　　（遠藤）

↓「美しき若蜂隊」「潜水島」「爆薬の花籠」

荒鷲と母《あれわしとはは》　清閑寺健作。一九三八（昭13）年一〇月『少女倶楽部』臨時増。四三年四月、新興亜社。母から日清戦争で要となる戦いに加わることなく戦死した父の無念を聞かされて育った治郎は、父に代り国のために働きたいと軍人になる決意を抱く。その決意を誰よりも喜んだ母は、貧窮の中、治郎のために身を粉にして働き続けた。努力の末、海軍兵学校に入学し、日中戦争で第一回の海洋爆撃を担った治郎は戦死する。「よく死んでくれた」と涙を堪える母は、「尊くも輝かしい荒鷲の母」として表彰された。（近藤）

荒野の少女《あれののしょうじょ》　西條八十作。一九三九（昭14）年一月〜四〇年五月『少女倶楽部』。連載終了直後に講談社から、四八年二月には同盟出版社から刊行。幼くして灯台守の父を失い、母と別れて奉公に出た美鈴は、放浪するなかで出会った曲馬団の少年・五郎と姉弟のように助け合って旅をし、東京にたどりつく。心がけのよい孤児の少女が数々の苦難に遭遇するというパターンどおりの物語だが、主人公の設定に特徴がある。美鈴は海辺の村で育った童謡好きの少女とされており、大正期に八十が見出した実在の童謡詩人・金子みすゞを連想させる。『荒野の少女』連載前にも、八十は「不幸」で「心の崇高く清い」みすゞを描いたエッセイを同誌に掲載している（一九三五・八〜九）。これは、恵まれない文学少女としてのみすゞ像が、当時の読者の物語的な関心にかなうものであったことを示すと同時に、体験をエッセイに、エッセイを小説に発展させる八十の創作方法を示唆している。（藤本）
↓「あらしの白鳩」「悲しき草笛」「天使の翼」「流れ星の歌」「謎の紅ばら荘」

勤王兄妹《きんのうきょうだい》　千葉省三作。一九三九（昭14）年一月〜一二月『少女倶楽部』。三九年一一月、大日本雄弁会講談社。幕末を舞台とした長編時代小説。勤王党の少年志士・日下英之進とその妹・桔梗は埋蔵金の秘密を記した守り袋を入手。英之進は幕府方の快傑・郷鉄馬兄妹の危機を救い、二人を味方として苦難を乗り越え、埋蔵金を手に入れる。そしてこれを資金として各地の勤王の志士達が旗上げする。兄妹愛と勤王精神を描いた冒険活劇。（伊藤）
↓「陸奥の嵐」

桃李の径《とうりのこみち》　森田たま作。『令女界』一九三九（昭14）年新年号より連載された。三九年九月、実業之日本社。装幀は初山滋。表題作の他、「残された花」「あねいもうと」「紅梅少女」など全一八編からなる短編作品集。五四年二月にはポプラ社版が刊行されたが、「まごころ」「ふるさとへ」の戯曲二編が省かれた。表題作は、肺炎のために受験できなくなった蕗子と、父の知人の息子で彼女を心配する健一、蕗子の親友で健一を慕う美枝子らの思いや、健一の父と蕗子の母の過去を軸として展開する。周囲の大人たちの事情や友人たちとの関係の中で、向学心を抱き進学を夢見る主人公の姿がさわやかに描かれており、著者の自伝的小説『石狩少女』の後の時期を題材に自伝的要素を盛り込んだ作品と考えられる（ただし発表は本作が先）。ポプラ社版前書きには「桃李ものいわず下おのずから径をなす」とタイトルの由来が記されている。（中谷）

↓「石狩少女」「踊り子草」「紅梅少女」「まごころ」

愛の花壇《あいのかだん》

鈴木紀子作。一九三九（昭14）年二月『少女倶楽部』臨時増刊。四三年八月、前田書房。『少女小説集愛の花壇』の表題作。急に父を亡くした阿佐子は、幼い妹と離れ離れに暮らすことになる。姉妹の心の支えは、亡き父が丹精込めて育てた職場の花壇。再び親子で暮らせるようにと必死で働いていた母が、ついに肺の病気に倒れると花壇の花も枯れ朽ちた。悲嘆に暮れる阿佐子だったが、「花は枯れても球根は生きてゐる」と丹念に球根を掘り、花壇を綺麗にした。それを目にした社長が救いの手を差し伸べ、一家に幸福が訪れる。（近藤）

大陸の若鷹《たいりくのわかたか》

高垣眸作。一九三九（昭14）年四月〜四〇年三月『少女倶楽部』。四〇年五月、大日本雄弁会講談社。その後、『九曜星』と改題の上、再刊（北海道出版、一九四八。ポプラ社、一九四九）。

江戸時代の瀬戸内海、水軍の家柄で知られる能島家の姉弟汀と次丸は、幼い時に行方不明になった兄龍丸らしき人物が明国にいるという噂を聞き、その真相を確かめたいと願う。実際、龍丸はその雄々しさで明国の名将祖武提督を援けたことから後継者となり、今は金龍将軍を名乗り、水師提督として国の平和を守る。しかし、天下取りを目論む大海賊王直が将軍を追いつめようと、汀と次丸を誘拐する。王直に捕らわれて海を渡った二人は、度重なる困難と生命の危機に遭いながらも、少林寺拳法を伝える秘密結社九曜会の秘術の支援を受け、魔の手を逃れて遂に兄と巡り合う。王直の野望も金龍将軍の前に敗れ、平和が訪れる。あとは三人で日本への帰国を待つばかりだったが、新たに興った清国から明国を守るため、龍丸は金龍将軍として明国に残ることを決め、汀と次丸は二人で帰国する。

中国大陸を舞台に、汀と次丸が度重なる試練を機転を利かせながら不屈の精神で乗り越えていく、詩情あふれるロマンに満ちた冒険小説。

龍丸が日本の父母の元へ帰る私情を捨て、自分を育てた明国のために戦う道を選ぶのは、戦時下における忠君愛国の思想を反映したものと言える。また、汀と次丸の接する明国の現状として、民の酷使、人身売買などの非人道的な側面が強調され、それと対比的に、日本人の徳の高さ、優秀さ、勇敢さが賞揚されている点も特徴的。そのような明国を「日本の武士道精神を持つ」龍丸こと金龍将軍が統制していく構図は、戦時下での日本の中国侵略を正当化していると言え、『少女倶楽部』を含めた講談社系雑誌に見られる国策追従の側面が色濃く現れた作品。（鈴木美）

↓「黒潮の唄」

理恵子の手帖《りえこのてちょう》　田郷虎雄作。一九三九（昭14）年四月〜一二月『少女の友』。四一年四月、実業之日本社より単行本化。日中戦争で父を失った女学生・理恵子が、形見の手帖に日々の出来事や思いを綴る形式の長編小説。家族や友人とのエピソードを通じて、戦時下に生きる少女たちの暮らしや、時勢に翻弄されつつも成長していく姿を描く。日中戦争当時の日本を少女の目線で描いた作品。（伊藤）

朝の花々《あさのはなばな》　円地文子作。一九三九（昭14）年五月〜四〇年三月『小学六年生』。四二年一〇月、偕成社。装幀・挿絵蕗谷虹兒。作者初の少女小説であり、戦後最初に再刊された作品。旭（戦後版では朝日）国民学校六年生の水澤玲子は、美粧院と美容術学校を営む幽子の一人娘。父は外国にいると聞かされていたが、実は玲子の父・羽鳥医学博士はかつて研究のために妻子を捨て、財産家の娘と結婚していた。現在は末期の癌に侵され、玲子たちに会って詫びることを願っているが、幽子は許さない。幽子の弟新吉と、水澤家に引き取られている「孤児」の峰子が父娘の再会を取り持つが、そのことを知った幽子は激怒し、峰子を家から追い出す。やがて羽鳥博士が死ぬと幽子は自らの行いを悔い、奥伊豆の温泉宿で自殺を図るが、偶然その宿で働いていた峰子に止められる。幽子は再び峰子を引き取り、玲子は祖母である羽鳥老婦人に引き取られる。貧困や不幸な家庭環境が幼い心に落とす影を描きつつ、苦難に負けず成長する少女たちを「生き〳〵と咲き出た朝の花」に擬えて描き出した作品。（倉田）

↓「母月夜」「春待つ花」「雪割草」

阿蘇のかちどき《あそのかちどき》　小山寛二作。一九三九（昭14）年五月『少女倶楽部』。羽石弘志画。阿蘇山の麓、波野の城主・霧ヶ谷則重は家老・伝之丞の裏切りによって毒殺され、息子の雪之介や梓姫の身も脅かされ、城を奪われる危機に陥る。しかし雪之介は豪胆な性格や強さによって山賊達の心を惹きつけ、これを味方に多勢で城を取り囲み、城を奪い返す。梓姫の勇ましさにも少女誌

ならではの特徴がある短編時代小説。（伊藤）

親友《しんゆう》カード《かーど》　南達彦作。一九三九（昭14）年六月『少女倶楽部』。津田穣画。鏡子は健康児童として表彰され、学校の友人から沢山の贈り物を貰う。どれが誰からの品だったかを忘れそうになった鏡子は、贈り物と相手の名を「カス山ドロ永」などと短縮して覚えた。翌日鏡子はそれを書いた紙を落としてしまう。紙を拾った同級生はこれらを上手いあだ名だと褒め、クラスに浸透させた。ユーモア小説作家として著名な作者の佳作である。（尾崎）

美しい旅《うつくしいたび》　川端康成作。一九三九（昭14）年七月～四一年四月『少女の友』。四二年七月、実業之日本社。四六年、四八年に同社から、五三年にポプラ社、六〇年に刀江書院から再刊。東京から山間部を訪ねた達男は体調を崩し、姉の明子とともに駅長宅に泊めてもらう。そこで出会った六歳の花子は盲聾唖者だった。その後駅長である父が死に東京に移住した母と花子は達男や明子と交流を重ねていく。物語の後半で花子と母が盲学校や聾学校を訪ねてまわるが、精力的な取材に基づいて書かれたこれらの場面は、当時の特別支援教育の様子をうかがわせるものである。また「初版あとがき」には、明子の女学校時代のお姉さまで聾学校の教師である月岡のモデルとなった女性が、結婚のために教職を退いて大陸に渡ってしまったことに落胆したという記述が見られる。なお、続編（『少女の友』四一年九月～四二年一〇月まで連載されたが中絶）は満州に渡った月岡に即した物語となっている。（中谷）

→「乙女の港」「歌劇学校」「親友」「翼の抒情歌」「花と小鈴」「万葉姉妹」

黒板《こくばん》ロマンス《ろまんす》　島本志津夫作。一九三九（昭14）年一一月、実業之日本社。装幀、口絵は松野一夫。「図書室だより」「縄跳びをする少女」「春の音楽会」など『少女の友』に発表された読み切り連作（三三～三六年は「先生の手帖」、三七年に「白墨日記」、三八年～四二年には「黒板ロマンス」と題された）のうち一三編を収録。四八年刊行の東和社版では「むらさき部隊」「教室をきれいに」など六編が削られ、「靴の誘惑」が加えられた（全八編、作者名表記は神崎清）。女学校教師である「僕」の目を通した女学生の日常を明るく軽快なタッチで描き人気を博した。実業之日本社版「はしがき」には、従来の少女小説の多くがセンチメンタル一辺倒だったのに対し「これからの読物は、明るく健康で、いはば太陽の光に向つてのびて行く向日葵の花のやうな向上性や成長性が要求されてゐる」とある。作中の女学生たちは、集団の中で生じる嫉妬や羨みなどの感情を率直に言動で表現し、もめごとを引き起こす。だがその率直さは爽快なほどであり、また負の感情が表面化するからこそ解決という結末に至るのだとすれば、彼女たちの飾らない性格が一話完結という形式を支え、ユーモアすら帯びた軽快さを生んでいるといえよう。気が強く感情的になりがちだが正義派でもある北川や、人がよく理性的でもある福田、級長の竹下など作中に登場するなじみの少女たちは、感情にまかせてわがままなふるまいをしたり、ぶつかりあったりしながら、何がよいことかを学んでいく。同「はしがき」には、文学は広い意味の教育であるという著者の考えとともに、少女たちの精神的成長を心がけてきたことが記されており、教育的要素を重視した作品だったことが分かる。なお作中にディアナ・ダービンを思わせる面差しの上級生やキャサリン・ヘプバーンに似た体操の先生が登場するなど都会的風俗を取り入れた点も特徴的である。（中谷）

↓「少女鼓笛隊」「ダリアの少女」

木枯の曲《こがらしのきょく》　美川きよ作。一九三九（昭14）年一二月『少女の友』。お茶の水女学校に在学する香取美鈴は、芯に強い意志をもった無口でおとなしい、勉学に熱心な少女である。感受性が強く、人の心の微妙な動きをいち早く掬いとり、そして、周りの雰囲気やデリケートなものに敏感で、それを大事にする女の子であった。三年生になった時、実家が倒産し、両親は弟・妹と共に田舎へ、高校生であった兄は友人の家の書生に、そして美鈴は伯父の家にと一家離散の生活になる。兄は手に豆を作る重労働、美鈴は意地の悪い叔母に悲しい思いをするが、この状況の中でも置かれた自分の立場を正しく把握し、父の清廉潔白な性格を尊敬し、明日を期待し、不幸な人に深い思いやりを持つ少女に成長していく成長物語である。（伊原）

おこまさん《おこまさん》　井伏鱒二作。一九四〇（昭15）年一月～六月『少女の友』。四一年六月、輝文館。原題「オコマさん」。悪徳バス会社で遊覧バスの車掌をするおこまさんは、作者を彷彿させる作家、井川権二の協力で「名所案内」を開始した矢先、バスの事故で負傷。社長は井川に偽証させ、保険金をせしめたのち会社を売却。社長の悪計に気づかぬ善良な運転手とおこまさん、そして井川を乗せたバスは陽気に走り続ける。末尾の奇妙な表現「楽しい気持で息がつまりさう」が、金の一部を受け取り、図らずも共犯関係となった三人の前途を暗示する。（渡部麻）

少女秀蘭《しょうじょしゅうらん》　徳永寿美子作。一九四〇（昭

15）年一月『少女倶楽部』。「軍国の少女におくる」と角書きがある。中支から帰国した兵隊の話としてこの物語は語られる。何日もの戦闘からやっと自由な時間となり、毎日堅パンと水で過ごした兵隊たちは重い軍装をとき、まっ白な四角い餅にささやかな正月気分を味わっていた。その時、草むらから空腹で気絶した一三歳の中国の少女秀蘭が発見され助けられる。少女は、中国軍が漢口で日本人の店に押し入った混乱から、両親とはぐれたのだ。秀蘭の父が日本人の経営する店で働いていたため、秀蘭は日本語を理解し話せた。日中戦争に巻き込まれた中国の少女が、その時の日本軍の兵隊たちの温かさに、いつまでも日本の旗を振って兵士を見送るといった印象的な少女小説である。（伊原）

白い燈台《しろいとうだい》　内山基作。一九四〇（昭15）年一月～一二月『少女の友』。楠見京子はS女学校を卒業した後、女子大に入るという強い意欲があったにも関わらず、その希望を放棄し、伯父である若い作家の家で知り合った、黒光学園で保母として働く山野井先生のもとで働くことになる。少女たちが社会に出て人生について学んでいく。物語は未完であり、京子の友人百合子が家出をして、病気の女の子芙蓉の家に住む、というところで中断されている。（及川）

珠を争う《たまをあらそう》　菊池寛作。一九四〇（昭15）年一月～一二月『少女倶楽部』。五一年九月、ポプラ社。貴族院議員の娘・前島麗子と、東京から転校してきた軍人の娘・松木道子。成績と容姿いずれも甲乙つけがたい両者を女王としてクラスは二分化し、級長戦で激しく競い合うが、相手に譲ろうと申し出た道子が勝利する。級長戦の顛末を外枠としつつ、その際に二人に投票して麗子の恨みを買い、退学に追い込まれた山田うた子の就職体験や、道子による彼女の救済が描かれ、最後は曲折を経て対立していた両派が親しくなるところで閉じられる。前作「心の王冠」以来のテーマが引き継がれ、「心の美しさ」が幸福な未来へとつながり、周囲をも幸せに導くことや、労働の貴さが繰り返し強調されている。貴族院議員の娘に対し、軍人の娘が優位に立つ構図と併せ、時局を反映していよう。また、度重なる争いが大きな調和へと向かう展開には、戦時下における挙国一致のスローガンが透けて見えると同時に、菊池の平和への思いも垣間見える。（橋本）

→「輝ける道」「心の王冠」

母の宝玉《ははのほうぎょく》　南洋一郎作。作者名は、池田宣政名義。一九四〇（昭15）年一月～一二月『少女倶楽部』。すべての母が最も尊く思う宝玉はわが子である。夫を三年前に亡くし、荒野の村で四人の子供を育てる若い母親は、子どもたちのため自分は一日一食で空腹に耐えた。末っ子のジミーは姉や兄達と共に、畑仕事に勉強に一生懸命精を出して、いじめられっ子を庇う優しい少年に育った。ある時、逃げ出した奴隷の母子を助けたが、雇い主が探し出して連れて行ってしまった。ジミーはその時から奴隷制度を憎み、廃絶するための努力を誓った。後に妻となる少女ルクレチアの助力を得て、志を実現していく。第二〇代アメリカ合衆国大統領ジェームズ・ガーフィールドの母の献身的な愛と、それに応えたジミーの愛の物語である。筆名の宣政《のぶまさ》は、初めて投稿した時に『少年倶楽部』の編集者が本名宣政《よしまさ》を間違えたことによる。ボーイスカウトの指導者としてヨーロッパを視察した折りの感動的なエピソードを、全国の子どもたちに届けたいと投稿したのが、作家となるきっかけだった。（中島）

→「大鬼賊」「日東の冒険王」

墓碑銘《ぼひめい》　橘外男作。一九四〇（昭15）年一月～九月『少女の友』。戦争の英雄、ゴードン大佐を祖父に持つマーガレットという少女は、黒人の少年ジュピタアが英国紳士に鞭で打たれるところを救った。二人は交流を持つが、ジュピタアの父の秘密の地図を巡り隊商に追われ監禁される。黒人解放に尽力し、「正義と人道の旗高くかざした」ゴートン大佐を理想とするマーガレットを主人公とし、英国人の黒人への迫害を問題視した作品である。（櫻田）

春の来る家《はるのくるいえ》　宮脇紀雄作。一九四〇（昭15）年五月『少女倶楽部』。辰巳まさ江画。二月の終わり、母の仕事を手伝っていたお光は弟が怪我したことを知る。数日後、彼の治療費の工面に両親が悩んでいることを知ったお光は、一人ひそかに働いて小遣いを稼いだ。三月半ばのある日、母はお光の行動を知り涙を流す。そこに帰宅した弟はもう杖をついておらず、その傍らでは父が微笑んでいた。「この一家にも春が来た」ところで小説は閉じられる。（尾崎）

爆薬の花籠《ばくやくのはなかご》　海野十三作。一九四〇（昭15）年六月～四一年六月『少女倶楽部』。四一年八月、壮年社。四八年六月に東光出版社から再刊。名探偵帆村荘六の連作の一編。ミマツ曲馬団の団員の房枝が帰国のために乗った船で花籠が突然爆発し、この船に偶然乗り合わせた帆村が事件の解明に乗り出すが、船は空襲を受けて沈没してしまう。犯人は、同船していた世界中で破壊活動をしている世界骸骨化クラブという組織の極東首領ターネフと仲間のニーナだったが、彼らは沈没のどさくさに紛れて逃げおおし、日本での破壊活動を遂行する。

何も知らない房枝はニーナに騙され、花を持って都下の工場を訪問し激励する花の慰問隊のリーダーとなる。しかし、その花にはターネフらによって爆薬が仕込まれていた。身寄りのない房枝の両親探しと悪の組織の暗躍、それに立ち向かう名探偵の活躍をスリリングに描く。再刊の際、房枝が「御国のためになる仕事がしたい」と希望を抱く末尾の一段落が削除された。 (遠藤)

→「美しき若蜂隊」「潜水島」「探偵小説ラヂオの女王」

石狩少女《いしかりおとめ》

森田たま作。一九四〇(昭15)年七月、実業之日本社。装幀は初山滋。『もめん随筆』のベストセラー化とあいまって多くの読者を獲得した。四八年には『代表名作読物選5』として日本社版が、五三年にはポプラ社版が刊行。聡明で内省的な少女悠紀子が一七歳になるまでを、家族や親戚、同級生や教師などの彼女をめぐる周囲の人びととの関わりを軸に繊細に描き上げた自伝的長編小説。主人公の悠紀子は文学を愛する少女として描かれており、国木田独歩の死を新聞記事で知って悼む文章を日記に綴ったばかりに早熟だと教師から注意を受けたり、『少女の国』という雑誌への作文投稿をきっかけに二、三度文を交わした相手が実は男性であることが分かり噂を立てられてしまったりと、当時の文学少女たちの様子をうかがわせる挿話が挟まれている。また、利発で思慮深い悠紀子は、常に周囲の若い男性たちを惹き付けるが、その潔癖さと幼さゆえに彼らには目もくれない。彼女が好意を抱くのは、その才能を見抜き文章で身を立てていくようにと助言をしてくれた女学校の土屋先生や、悠紀子の許婚の弟で彼女と同じように数多くの本を読破している吾郎であり、いかに文学が悠紀子の心に深く根を下ろしているかが分かる。聡明かつ繊細であるがゆえに、若い女性として自分を遇する環境にうまく馴染むこともできぬまま成長していく悠紀子の姿が、札幌の四季の移り変わりや秋田の昔ながらの村の景色などを背景に美しく描かれている。なお村岡花子はブックレビューの中で、これを読む少女たちの立場を考えたと言い、「誤解を受けて憤る心、何となしにまわりの人々へ向けられる反抗、こうした少女時代に共通の感情をここに味わうあまりに、この中に光っている毅然たる著者の精神を見落さないで下さい」と記している(『少女の友』一九四〇・一〇)。当時の受容の一端を伝える言葉だろう。 (中谷)

→「踊り子草」「紅梅少女」「桃李の径」「まごころ」

薔薇は生きてる《ばらはいきてる》

芹沢光治良作。一九四〇(昭15)年七月～四一年七月『少女の友』。四一年九月、実業之日本社。原題「愛すべき哉 三人の少女の物語」。

四七年に偕成社から刊行された際に改題。財産家の令嬢哲子、ドイツへのピアノ留学が戦争で頓挫した光子、養父の勤める鋳物工場が傾き女工となったしづ子は、女学校の同級生である。哲子、光子、人気女性教師真島は、しづ子を助けるべく砕心するが、世事に疎い彼らの慈善は奏功しない。そんななか光子が急病死する。遺された哲子としづ子は、亡友の遺志を受け継ぎ未来に向かう。本作には、信念を貫き軍事関連工場への転職を拒否し続ける父により、退校を余儀なくされたしづ子、光子の名で慰問袋を大量に準備するという功労により、友の死後もその席を教室に確保すべく奮闘する女学生等を通じて、少女たちを巡る戦争が描かれる。一方、光子の回復を切願する生徒らが、貧乏を理由にしづ子を終始疎んじたり、信念を持ち転職を拒む父が生活のために娘を売ると口走ったり等、戦時下におけるヒューマニズムの臨界も示されている。（渡部麻）

↓「美しき旅路」

友情の小径《ゆうじょうのこみち》 水島あやめ作。一九四〇（昭15）年一二月、文昭社。涼子と美津子は、大の仲良し。ところが、美津子の家を訪ねた涼子は、大豪邸に住む令嬢である美津子と、父を亡くして貧しい暮らしを送る自分との間には隔たりがあると感ずる。正直に自分の気持ちを打ち明けた涼子に、美津子は、家は父のもの、自分とは関係ないと言い、二人は再び一人の人間同士として向き合う。さらに涼子は、違った点があればこそ、友情は深まるものだと感慨深く思う。（近藤）

↓「秋風の曲」「秋草の道」「忘れじの丘」

輝ける道《かがやけるみち》 菊池寛作。一九四一（昭16）年一、三月、四二年三月『少女倶楽部』。四八年一一月、青々堂出版部。父の出征後、伯父を頼って地方へと赴いた悦子一家の窮乏と、転校先で彼女に降りかかるいじめ、不運に負けず辛抱と博愛の精神で立ち向かう悦子の姿を描く。このような彼女の姿勢や繰り返される「みな同胞」の語、戯曲「真心の勝利」の成功により、皆の心が一つになる結末には、戦時下の世相が感じられる。小説中の演劇論には、劇作家・菊池の主張が見られよう。また、職業の貴賤を排する考え方、とりわけ芸術家への理解や芸術の持つ力への言及には見るべきものがある。（橋本）

↓「心の王冠」「珠を争う」

花の命《はなのいのち》 火野葦平作。一九四一（昭16）年一月〜七月『少女の友』。四二年一〇月、実業之日本社。表題作の他、短編「国境の人形」を収録。兵隊だった「僕」が、広東にいた頃に出会った支那の姑娘李雪英の思い出を友人の妹に手紙で語るという書簡体小説。日本軍のも

とで働くようになった雪英が、抗日運動に身を投じている兄と再会し、運動を止めようとして悲劇的な結末を迎える物語。（中谷）

↓「七色少女」

冬の太陽《ふゆのたいよう》

大佛次郎作。一九四一（昭16）年一月〜四二年二月『少女の友』。連載終了後、同年九月に『冬の太陽』（杉山書店）として単行本となった。舞台は伊豆半島の漁村。事故で足を痛め酒浸りとなっている漁師の父のもと、直子と正吉の姉弟は、畑仕事や近くのゴルフ場でのキャディの仕事をして暮らしている。実は直子は事情により預けられた血の繋がらない子であるが、二人は支え合ってどうにか生計を立てる。そんなある日、ゴルフに来ていた女性画家・橋口が、直子の声の美しさに気づき、東京へ来て音楽の勉強をするよう勧め、援助を申し出る。頻発する金銭の問題に煩わされながらも、最終的に直子の生家が橋口の知人の裕福な家であったことが判明し、橋口と直子はお互いに切磋琢磨して各々の道を進んでゆく。貧しいながらも清くまっすぐに生きる直子と、大らかな優しさを持つ橋口の交流によって、女性同士の確かな連帯と絆が描かれた佳作である。（芳賀）

↓「月かげの道」

紫苑の園《しおんのその》

松田瓊子作。一九四一（昭16）年二月、甲鳥書林。のち版を重ね、五六年三月〜一二月、『ジュニアそれいゆ』に連載。一八歳の朝岡香澄を中心に、私設寄宿舎・紫苑の園における少女たちの友情と成長を綴る小説。病弱な母の療養所入院後、紫苑の園に入園し、女子大の英文科に通う香澄は、母の死後、初めて会う祖父と愛情のない生活を送ることになる。悲しみに打ちひしがれる彼女の心を支えたのは、キリスト教への信仰と、園の友人たちであった。日本の自然美を繊細なタッチで描く一方、作品全体に海外の作家・作曲家名を鏤め、西欧の香気漂う空間をも作り上げることで、国境に囚われぬ自由な少女の精神世界を強調。彼女たちの瑞々しい世界観を、会話の多用や手紙、日記、絵、楽譜など、様々な手法を駆使し、複層的に表現した。少女を一方的に描くのではなく、彼女たち自身が作家や印刷所経営者として共同し、表現することを夢見る存在として造形されている点は注目される。彼女たちが人や場所、物の名を新たに命名し直すことで既成の枠を打ち破り、独自の世界を形成していく過程が見どころ。続編に『香澄』がある。（橋本）

↓「香澄」「サフランの歌」「少女への物語　七つの蕾」「小さき碧」

童女二景《どうじょにけい》　中里恒子作。一九四一（昭16）年四月『少女の友』。四一年の太平洋戦争が始まる前の、平和な少女たちの遊びの世界を活写。「どんな小さなつまらない汚れてしまつてゐるものたちでも、凡ての玩具といふものは、子供たちにとつて懐しい財産なのです」とあるように、幼い少女たちの気持ちが的確に捉えられている。同じ体験を追憶する母親たちまでも仲間に入る、病院ごっこや野草遊びのおままごと。都会の子も自然の中で遊ぶ楽しさに目覚めていく、山間の静かな町の光景だ。（長谷川）

→「春の鳥」

美しき若蜂隊《うつくしきわかはちたい》　海野十三作。一九四一（昭16）年七月～四二年一月『少女倶楽部』。未完。島に新しくできた飛行場に学校の授業でスケッチに行った天川みどりや大見かず子たちは、一等飛行士の支倉女史と出会う。これが縁で支倉に飛行場を案内され、飛行機に同乗させてもらう機会を得て、これからの航空界では、軍用飛行のほかはできるだけ婦人飛行士が仕事をするようにしなければ大東亜共栄圏を維持できないという支倉の話を聞く。これに感動した彼女らは、クラスで若蜂隊を結成し、航空婦人を目指して支倉の訓練を受けることになる。若蜂隊員が、練習機に乗って単独飛行ができるまでに成長した頃、日本は米英軍との戦闘状態に入る。若蜂隊員が飛行場に集まると、支倉はちょうど徴用されて飛び立つところだった。戦時下において銃後の女性たちの意気を高め、活躍を陽動することを意図した少女小説。海野が海軍報道班員として従軍することになり、中絶された。（遠藤）

→「潜水島」「爆薬の花籠」「探偵小説ラヂオの女王」

小さき碧《ちいさきみどり》　松田瓊子作。一九四一（昭16）年一〇月、甲鳥書林。高原で生まれ育った一〇歳の少女・ミードこと碧が、その純粋さと信仰心で人々の心を解かし、皆を幸福へと導いていく物語。インドに旅立った父母と離れて上京し、叔母家族のもとに一年間預けられるミード。彼女は、兄や従兄に支えられ、自然の美しさや音楽の素晴らしさに慰められつつホームシックを克服し、病弱な渚との友情を育む。彼女の明るさは、子供に無関心な叔母や、冷淡な家庭教師と従姉、気難しい祖父の心をしだいに開き、彼らの奥底に眠っていた善意や愛情を引き出していく。田舎から都会へと出てきた少女が、年長者の内面を純化していく展開や、車椅子の少女との友情、その少女の健康回復など、瓊子の愛読書・スピリ作『ハイジ』の影響が色濃い小説。本作では、兄妹や家族、親族間の絆がより強調され、鎹としての子供の存在感がいっそう際立っている点が特徴。大小さまざまな対立が解消され、人の和へと展開していくストーリーは、戦時中における反戦表現ともなりえている。　（橋本）

→「香澄」「サフランの歌」「紫苑の園」「少女への物語七つの蕾」

級の人達《くらすのひとたち》　佐々木邦作。一九四一（昭16）年一一月、偕成社。府立女学校二年の中里さんの級は不平が多い。何かにつけて「詰んないわ」を連発するので、先生は一計を案じた。五人一組の「短所矯正同盟」を作り、月に一度報告書を出しなさい。級長の中里さんの「心の鏡の会」は、中里さんの家に集まり第一回会合を開いた。お菓子を食べながら、先生の噂話や他の会の悪口などのおしゃべりが弾む。お母さんがご挨拶に見えると一転、皆おしとやかなお嬢さんになった。それでも各自、正直に反省の文章をまとめた。田舎者の祖父母を郷里の人と言ってしまった虚栄の罪、試験に山をかけて失敗した怠惰の罪、アイスクリームやチョコレート、スイートポテトが好きな贅沢の罪……。試験の成績を巡る駆け引きやちょっとした諍いはあるけれど、友情に篤く自由闊達な女学生たち。戦時色を強めていく昭和一六年という状況にあって、明るい学園生活と平和な家庭をユーモラスに描いている。　（中島）

→「親友アルバム」「全権先生」「ひとり娘」「二人やんちゃん」

玉蜀黍の記《とうもろこしのき》　長谷健作。一九四一（昭16）年一一月『少女の友』。伊勢正義画。北支への出征後に患った父の看病を、母のない澪子は一人でしていた。父が玉蜀黍を食べたいと呟いたのを聞いた澪子は、教員の妻に許可を得て、女学校の農場から玉蜀黍を一本持ち帰る。それを見た同級生に泥棒扱いをされたため、澪子は事情を告白する。ある日彼女が帰宅すると玉蜀黍が多数届いていた。それらは事情を聞いた同級生の保護者たちが贈ったものだった。　（尾崎）

駒鳥日記《こまどりにっき》　矢田津世子作。一九四一（昭16）年一二月、冨士書店。秩父白川村の鉱泉宿の次女で小学生の節子は、家が傾き東京の叔母の家に引き取られるが、区役所勤めの叔父の家の暮らしも楽ではなく、節子の女学校進学などへの配慮から満州で旅館を経営する裕福な伯母の家に引き取られることになる。素直な性格の節子は、いずれも暖かい環境のなかで人々から愛され、よき友もできるが、実家が立ち直り秩父に戻るところで物語は閉じる。満州のハルビンや大連など日本の植民地が舞台となっていて執筆時の世相が窺われる。　（岩淵）

新しき風《あたらしきかぜ》　大庭さち子作。一九四二（昭17）

年一月～一二月『少女倶楽部』。四三年一二月、春陽堂。太平洋戦争を背景として、銃後の守を堅くすべく協力する家族の姿、また複数の家族同士が共に労わり合い、助け合う様が描かれる。中心となるのは、父が出征し、母も赤十字の看護婦として従軍したことで、一人残された幼い少女吉田裕子の成長である。最初は心身ともに弱々しい裕子だったが、周囲の家族や友人たちの支えにより、強靭な肉体と精神を身に付け、学校の「体鍛会」で表彰されるまでなる。ところが、戦地から無事に帰還した父からは、母の戦死が知らされる。裕子は、涙を見せずに「お母様をお国に捧げた子の誉」と母の死を受け止め、「その責任の重さ」をかみしめた。「新しき風」とは、母の「りつぱな、日本少女に」という遺言にしたがい、「明日のお国を背負つて立つ、小国民の大進軍」としての「遺児の道」を歩まんとする少女の決意を意味する。前線を支える銃後の国民の団結の重要性が繰り返し説かれている。

（近藤）

↓「嵐に立つ虹」「みどりの朝風」

踊り子草《おどりこそう》　森田たま作。一九四二（昭17）年一月、実業之日本社。装幀は初山滋。五三年にはポプラ社版が刊行された。表題作の他に「小さいお話」「ヤルマアのきいた話」が収録されており、「小さいお話」は「犬の分配」「海水浴」「林檎畑より」など一二の掌編小説を集めたものであり、また「ヤルマアのきいた話」はアンデルセンの「眠りの精」を訳したものである（末尾には「（アンデルゼンの童話から）」と付されている）。表題作は、札幌から東京に引っ越したけい子が札幌時代の親友みっちゃんに宛てた手紙という書簡体形式で書かれている。けい子は、自分に踊り子草の君というあだ名をつけた山村かづ子と親しくなるが、彼女は奇しくも親類であった。母親同士が二人を遠ざけようとする中、日本橋のばあやの訪問などによって、互いの関係が明らかになっていく。作中には、中勘助の詩や夏目漱石の「それから」、芭蕉の句など、さまざまな文学作品への言及が見られる。

（中谷）

↓「石狩少女」「紅梅少女」「桃李の径」「まごころ」

女学校ロマンス《じょがっこうろまんす》　**制服の子ら**《せいふくのこら》　露木陽子作。一九四二（昭17）年二月、新泉社。『少女画報』掲載短編をまとめた、著者最初の少女小説集。女学校教師時代の教え子たちの俤を偲び書いたという。第一部は教師「私」の視点で女学生や卒業生の成長を見守る話。第二・三部は、友情や進路に悩む女学生たちを三人称で描く。いずれの短編でも女学生たちは、何らかの煩悶を抱えた後、明るい希望を見出し未来に踏み出して

いく。兄の出征や「看護婦養成所」に入る話など、戦時性を感じさせるエピソードも織り込まれている。（久米）

→「美しき野の花」「つぼみの歌」「雪割草」

花は偽らず《はなはいつわらず》

藤沢桓夫作。一九四二（昭17）年四月、春陽堂。舟木圭介は世話になっている上司の大野木とその夫人である蔦子から縁談を勧められている。相手は、灘の酒蔵の娘、岡島仮名子である。仮名子は文句のつけようのない美しい娘であったが、今一歩圭介の気持ちは固まらずにいた。その話を同僚である佐川純子に何気なく話したことをきっかけに、二人は互いを意識せずにはいられない仲となる。結婚適齢期の男女が複雑な心中を抱え結婚へと向かう。（赤在）

→「天使の歌」「花の秘密」

サフランの歌《さふらんのうた》

松田瓊子作。一九四二（昭17）年五月、甲鳥書林。執筆当初の原題は「みづうみ」。大路地裏の小さな家に住む昇と馨は、林の向こうに建つ大きな屋敷に心惹かれ、住人について想像を逞しくする。既成の「お伽話」をコラージュし、「物云わぬ城」のお話を創作し語り合う彼らは、やがて現実と想像との差を痛感するようになっていく。温かいホームから引き離されて子爵の養子となり、悲しみに打ちひしがれる少年と、長年の病で希望を見失った少女。後継者問題に齷齪《あくせく》し、楽しむことのない夫婦。昇と馨は、これら物語とはかけ離れた現実を生きる邸内の人々と音楽を通じて交流し、その信仰心と童心により、彼らをハッピーエンドへと導いていく。既存の物語に親しむ幼い兄妹が、しだいに新たな物語を自身で紡ぎ出していく過程は、まさにスピリやオルコットに学びつつ、独自の世界を醸成する作家・瓊子の制作現場を体現したものといえる。同時代の日本において、少女が苦難を乗り越え、成長していく物語が多く描かれるなか、他者を幸福にする存在としての少女を描く本作は、『小公子』等の影響下に独特な領野を拓く作品として注目される。（橋本）

→「香澄」「紫苑の園」「少女への物語　七つの蕾」「小さき碧」

少女鼓笛隊《しょうじょこてきたい》

島本志津夫作。一九四二（昭17）年六月、実業之日本社。装幀は松野一夫。教員である「僕」の視点から女学生の明るく元気な学校生活を描いた短編連作小説集。『黒板ロマンス』の姉妹編だが、本作は快活さが際立つものとなっている。表題作「少女鼓笛隊」は、自分たちの学校に鼓笛隊を作ろうと思い立った二人の女学生が、音楽部との対立などを乗り越えながら、先生、学校、そして生徒全体を動かし、鼓笛隊を誕生させていく話。当時の実業之日本社の広告文には「戦時下の女学生を精神的に鍛へ上げることを目標とした明るい健康な物語」と紹介されており、作中にも、明るく積極的に行動する女学生たちを、戦争前の女学生に比較した箇所が見られる。女学生たちの快活さが戦時下の望ましい女学生の姿として語られる場面もあり、時局の影響がうかがえる。他、「油絵を描く人」「銀杏の葉のやうに」「友情とは」など全九編を収録。（中谷）

→「黒板ロマンス」「ダリアの少女」

雪割草《ゆきわりそう》　露木陽子作。一九四二（昭17）年六月、淡海堂出版部。「序」で読者に、「時代のきびしさ」に耐え「雪を割つて美しい花を咲かせる雪割草のやうに」あって欲しいと述べる。主人公の女学校四年の田村ゆき子の家では、父が病気になり、母が食堂を営む。ゆき子も弟妹の面倒をみながら店を手伝っている。担任の真山先生は勇士の未亡人で、郷里の母に娘を預けている。ゆき子は学校代表で英霊の家庭を訪問したり、勤労奉仕をする傍ら、夏休みで帰郷した真山先生に、お嬢さんのロンパースを縫って送った。新学期、真山先生は娘と離れがたく、連れてきて共に暮らす。そんな折、ゆき子の父が急死。一方、真山先生をめぐり張り合っていた友人三千代の父に召集令が下り、わだかまりもとけてゆき子は千人針を縫う。やがてゆき子の母も病気になるが、米英との開戦の日に熱が下がり、皆で決意を新たにする。戦死や病気がくり返し描かれ、暗い世相に押しつぶされそうな女性たちの受苦を示す。庭球部の友情を描く「花苑の子ら」を併載。（久米）

→「美しき野の花」「女学校ロマンス　制服の子ら」「つぼみの歌」

乙女抄《おとめしょう》　室生犀星作。一九四二（昭17）年七月、偕成社。文章や詩を書くことに喜びを感じる少女を描いた作品。「あたらしく書き下ろしたもの」（「序」）で、「椎の木」「ドアと坂」「別れ」「母への手紙」「東京詩集」「安藤先生に」の六章から成る。なお『乙女抄』一巻は、他に、『少女の友』に発表した「少女の詩」「友情の哈爾《ハル》浜《ビン》」「魚介」を収録する。木や花の声を聴くことのできる「わたくし」は音楽の安藤先生から綴り方を教わっている。熱心に文章を書く「わたくし」の才能を認めた先生は父を説き伏せて貧しさ故にあきらめた進学の道を開いてくれる。侯爵家の奨学金を得て東京の女学校に入学できた「わたくし」は、故郷の母や先生に宛てて、学校やお屋敷での暮らしぶり、妹たちへの思い、東京の風景などを手紙に綴る。「大東亜戦争の直中にあつては一人の少女の学問も、お国ための学問」という安藤先生の言葉に戦時下という時代背景を窺うことができる。（菅井）

↓「六月の別れ」

命のかぎり《いのちのかぎり》　大池唯雄作。一九四二（昭17）年一〇月～四五年四月『少女の友』。第一部が四四年八月、実業之日本社（第二部以降は未刊）。あとがきにおいて作者が「歴史小説である」と述べているように、この作品は、会津における白虎隊の結成から自決までを描いており、史実を基にした作品である。白虎隊をモチーフにした作品群の中でも本作品は、白虎隊の志士だけではなく、その周辺の家族（女性達）にも焦点が当てられていることが特筆される。（櫻田）

若草日記《わかくさにっき》　大谷藤子作。一九四二（昭17）年一一月、偕成社。海軍将校を父にもつ女学生加壽子は五年前に母を亡くしたが、明るく優しく素直な性質で、病弱な祖母を労わりながら親友弓子と楽しく友情を育んでいた。加壽子は、新しい母を迎えることになる。美しく賢い継母は、親友の弟である松雄を引き取って育てていたため、加壽子も祖母も松雄を家族として受け入れることを喜んで承諾するが、松雄は足が悪く、暗くひがんだ性格となっており、加壽子たちに心を閉ざす。しかし、松雄の家出を一晩中心配した加壽子が、翌朝、松雄の居場所を見つけたことを契機に、心を開くようになる。加壽子や祖母、弓子たちの暖かい愛情、とりわけ加壽子の人を思いやる優しい心遣いが、頑な心を開かせてゆくところに作品の主題がある。同書には他に、「故郷の友」が収録されている。（岩淵）

↓「母の調べ」「少女小説ゆく春の物語」

みんな元気で《みんなげんきで》　立上秀二作。一九四三（昭18）年一月～一二月『少女倶楽部』。子供達の目線から、戦時下の日常が描写される。「アルプス」と呼ばれていた丘を「勝ち抜く丘」と呼び名を変える場面をはじめとして、戦争への意識高揚が表れており、資料的な価値もある。作者が『文藝春秋』の特派員を経験しており、国民に戦争への協力を示唆する立場にあった点を考慮すると、国民が求められていた姿が描かれた作品ともいえよう。（櫻田）

渡辺華山《わたなべかざん》　太田黒克彦作。一九四三（昭18）年一月～一二月『少女倶楽部』。四四年四月、偕成社。山口将吉郎画。渡辺華山の幼年期から晩年までを、平易な言葉で綴った歴史小説。父母の教えを守り実直に育っていく様や学問に励む一方で絵を修業し貧窮する家計を救う姿を描くなど、時代精神に照らしつつ少年少女向きの物語に仕立てている点に特異性がある。（伊藤）

峠の記念祭《とうげのきねんさい》　日吉早苗作。一九四三（昭18）年五月、紀元社。故郷奥羽の山々を舞台に、峠の中ほどにある茶屋に住む主人公加都子を中心にして、村の国民尋常小学校の少女達に祖先から受け継がれたしつけと誇りを説く。しつけは、「きびしければきびしいほど、深い喜びと笑いが生まれる」し、「孝行は光であり花である」という日吉の教育者としての信念は、少女達の姿に生き生きと浮かびあがる。少女達の、「さいとう焼」や峠で行う予定の「記念祭」（出征している恩師の武運長久を願う）の準備の姿等がリアルに活写され、表現された様々な孝行の姿は笑いと希望に満ちている。作者自身の最初の長編少女小説である。（伊原）

矢車草《やぐるまそう》　小糸のぶ作。一九四三（昭18）年五月『少女倶楽部』。挿絵は、野の花の画で著名な深澤紅子。小学校教師の田村先生は、花束を携えて家を訪ねてきたかつての教え子たちに、色褪せた矢車草にまつわる話をする。従軍看護婦を目指しながらも夢半ばにして急逝した姉の志を継ぎ、赤十字の看護婦になるべく、進学をやめた千恵の決意の物語。国に奉公する少女の美談を話しながらも、冷静に各自の幸せを見つめ直すよう迫る教師の静かな語り口が印象的な短編小説。矢車草の花言葉は、「幸福」である。（橋本）

↓「ここに幸あり」「花いつの日に」「夢のゆりかご」

春の小箱《はるのこばこ》　岡田光一郎作。一九四三（昭18）年六月、日本出版社。表題作他の短編集。表題作では祖母と貧しく暮らすツウちゃんは一緒にお使いに出てはぐれてしまう。迷子になった帰り道、ままごとをする少女たちに出会い、おみやげに花や色紙やリボンの詰まった美しい二つの箱をもらう。祖母から箱のことを問いただされ泣いていると、ままごとの少女が現れて本当の話だと言ってくれる。親のいない心さびしい幼女を慰める話だが、視覚的でどこか夢幻能を思わせる作品。（菅井）

↓「青いお母様」

潜水島《せんすいとう》　海野十三作。一九四四（昭19）年一月～六月『少女倶楽部』。国防上の重大任務のため海軍予備士官木島が乗り込んだ旅客機流星号は、突然故障し海中にのまれる。落下傘で脱出した怪しい白人夫婦を追って、木島は旅客機を飛び降り、漂流して無人島に流れ着く。その後、筏を作って近くの島に移動した木島は、そこで偶然に流星号の生き残りと再会したが、その島は敵の潜水式の要塞島であることが判明する。軍人の凛々しい活躍を描く。（遠藤）

↓「美しき若蜂隊」「爆薬の花籠」「探偵小説ラヂオの女王」

乙女の国《おとめのくに》　細川武子作。一九四六（昭21）年一月～一〇月『少女クラブ』。四七年二月、大日本雄弁会講談社。乙女達は小学校を終え、新しい徽章をつけ夢ふくらまし女学校に入学する。女学校での様々な経験、友人達との交流、あふれる生命力、若葉のようにすくすく伸びる肉体と精神、目を輝かしながら成長していく少女達の姿を追った長編小説である。戦後の混乱する生活環境の中で、家庭や教育現場のサポートから、たくましい想像力と行動力で、それぞれ赤・青・黄の色彩で、その性格が表現されているマー・チー・サーちゃんの三人の少女達は、自己の目的にむかって羽ばたいていく。特に、「わたくし」の章で、少女達が「わたくしは全体的にどんな人間か」等を考える場面は圧巻である。きめの細かい文章による少女の心理の追求は、作家の教育現場での体験の積み上げの結果であろう。精度の高い少女小説となっている。（伊原）

→「こはれた飛行機」

それから物語《それからものがたり》　サトウ・ハチロー作。一九四六（昭21）年一月〜一二月『少女倶楽部』。翌年八月、大日本雄弁会講談社から刊行された。伯父の家から養子がほしいという申し出があり、四人兄妹のうち一三歳の照子に白羽の矢が立つ。ふだんの優等生ぶりを捨てて、なんとか家に残ろうとする照子の奮闘と、のんきな兄、いたずらな弟の行動が笑いをさそう。家族としての情愛があるゆえに、深刻であるはずの養子問題がなごやかなドタバタ喜劇になることも伝わってくる。（藤本）

→「あべこべ玉」「三色菫組」

少女小説　匂ひとともに《においとともに》　阿部艶子作。一九四六（昭21）年九月、昭和出版。毎年東京からN村の別荘にやってくる実業家の娘はる子と別荘番の娘お君は同い年で仲が良く、姉妹の誓いを結ぶ。はる子は女学校に進む予定だったが、受験中に倒れ入院生活を送る。お君はそれを知らず、はる子からの手紙が絶えたのを寂しく思うが、兄の進言で東京の女学校への進学が叶う。はる子は入れ違いに、療養のためN村へ向かう…。離れていても互いを思いやる少女の友情を描く佳作。（谷内）

少女小説　白鳥は悲しからずや《しらとりはかなしからずや》　船山馨作。一九四七（昭22）年一月〜九月『少女クラブ』。四七年一〇月、偕成社。孤児となった姉妹、弓子と百子は、亡母の夢を叶えるべく舞踊家を目指す。事故で姉の夢が破れたとき、目の不自由な妹が奮起し夢を実現。作者は巻頭で、「今のような時代」には「生きていく勇気だけ」が成長と生の糧だと述べる。勇気を見せて立ち上がる度に姉妹に幸運が訪れる、荒唐無稽な成功物語を担保として示されるストレートなメッセージ性こそが、本作の要を成す。（渡部麻）

→「谷間の白百合」「母の小径」

少女小説　春来りなば《はるきたりなば》　堀ひさ子（寿子）作。一九四七（昭22）年一〇月、偕成社。事業に失敗した父が再起を図り渡米して以来、病弱な母と京都に住んでいた一五歳のめぐみは、母の没後、父の再度の渡米のため、東京に住む裕福な伯母に引き取られる。彼女は当初、冷淡な伯母や従姉・登志子との生活に悩むが、ユーモアあふれる親友・ヤッコや家の女中たちと親しく接しつつ暮らすうちに、おとなしく目立たないめぐみの人柄の美しさが皆に理解され、破産や従兄・哲夫の病臥という危機的事態を、一家はめぐみを中心に明るく乗り切っていく。（布施）

春の鳥《はるのとり》　中里恒子作。一九四七（昭22）年一二月、湘南書房「新日本少年少女選書」の一冊。戦争中の四三年九月、小学館から刊行された『海辺の少女』を改題した作品。海辺育ちと都会育ちの二少女の成長物語。万作庵の番人として働く寡婦の娘で貧しいながらしっかりした雪子と、庵の主の娘で両親のもとで贅沢に育ち病弱我が儘な栄子。育ち・性格の対照的な少女たちの反目から友情に変化し、しだいに姉妹のように互いに想い合う過程が、美しい自然の季節の彩りの中で描出されている。「アルプスの少女」のハイジとクララを想起させ、栄子は田舎に移転して健康になる。互いに分け合うことから生活が豊かになるという栄子の母の慈母のような考え、真心を持って人に接する雪子の母。二人に支えられて少女たちは生育するが、この二人の母の思想や生き方が作品の言説になっている。やがて、栄子の逝去した母の意志を受け継いだ父の計らいで、雪子は働きながら夜学に通い、託児所で働く夢の実現も間近となる。自然に根を張って自信をもって生きる人々と、都会人の神経質で不安な様子を凝視している点に作者の思想がうかがえ、働く生活に意義を見出していることも、いかにも戦後的空気を伝える。（長谷川）

↓「童女二景」

涙の駒鳥《なみだのこまどり》　菊田一夫作。一九四八（昭23）年一月～一二月『ひまわり』。五三年六月、ポプラ社。原題「駒鳥のランタン」。舞台は、太平洋戦争末期から敗戦直後にかけての上海と日本。幸福を運ぶ駒鳥のランタンを親友絢子に譲った日、便衣隊を狙った日本の憲兵の流弾で父を失って以来、美佐緒に訪れる数々の悲劇。それらを乗り越え、美佐緒は少女スターとしての道を歩み出す。本作には、戦争や軍閥、あるいは「野蛮」で「むじゃき」に過ぎた当時の日本人に対する苛烈な批判が示されている。（渡部麻）

↓「幸福の鈴」「白鳥のゆくえ」

紅梅少女《こうばいおとめ》　森田たま作。一九四八（昭23）年三月、湘南書房。装幀は高井貞二。三九年刊の実業之日本社版『桃李の径』から一二編を採録し、その内の一編「紅梅少女」を書名としたもの。表題作の他「桃李の径」「心の芝生」「あねいもうと」「春浅く」など収録。表題作は、東京から来た俊二と恋仲になった糸子が、父への発覚を機に北海道の家を出る決意をする。財産相続にからむ腹違いの姉の裏切りなど負の面が目立つ作品。（中谷）

↓「石狩少女」「踊り子草」「桃李の径」「まごころ」

アダ名は進化しつつ《あだなはしんかしつつ》　北畠八穂作。一九四八（昭23）年四月、大日本雄弁会講談社。装丁・挿絵は中原淳一。日本へ戻る途中母とはぐれた少女タマキと戦争孤児の少年。無学だが知識欲旺盛な少年は、タマキの話す古今東西の知識を、お互いのアダ名に日々取り入れることで吸収しようと試みる。二人は優しい大人に見守られ、逞しく暮らす。戦後の困難な環境の中で、子供たちが無邪気な知恵を働かせ、環境の不幸を幸福に変えていこうと精一杯生きる姿が、詩的な文体によって描かれた作品。（鈴木美）

悲しき草笛《かなしきくさぶえ》　西條八十作。一九四八（昭23）年四月、東光出版社。ポプラ社『少女小説名作全集第三巻』（一九六〇）および『ジュニア小説シリーズ13』（一九六七）としても刊行された。広島の原爆で孤児となった若葉は、わがままな頼子に疎まれ逆境にあっても、優しさを失わない。亡父の教えた草笛が、若葉に幸福をもたらすまでを描く。戦前の少女小説の物語パターンを踏襲しつつ、戦災孤児という新しい要素を盛り込んだ作品。（藤本）

↓「あらしの白鳩」「荒野の少女」「天使の翼」「流れ星の歌」「謎の紅ばら荘」

少女小説　嵐に咲く花《あらしにさくはな》　山中峯太郎作。一九四八（昭23）年五月、東光出版社。美しい女首領謝凛華の組織する兇悪なギャング「黒い心臓」にさらわれた富豪の娘呉桂蘭（桂子）を奪還し、日本の科学者の秘密光線公式を守るため、美智子と哲夫兄妹が上海と東京を股にかけて大奔走。機知に富み敏腕な美知子の活躍が見どころ。日本人と中国人の間に生まれた桂子／桂蘭を中心に広がる少女たちの友情を通じ、日本と中国の真の友好関係の構築が説かれている点も特徴。（鈴木美）

↓「黒星博士」「第九の王冠」「万国の王城」

私の二つの童話《わたしのふたつのどうわ》　野溝七生子作。一九四八（昭23）年六月に刊行された、短編小説集『月影』（青磁社）所収。「雪の中の小鳥」と「野育ちの小鳥」の二編からなる。物語内容は全く異なるが、神秘体験に基づく人智を超えた「神」の存在を感知させる幻想的な趣向は共通している。「雪の中の小鳥」の語り手は、他作品にも度々登場する一四歳の少女ヌマ。後の異色作『ヌマ叔母さん』に続く小品。妹のクノが突然失明したため医者を呼びに駆け出したヌマは、雪の中で瀕死の紅雀を保護する。小鳥が恢復すると同時にクノの眼にも光が宿るという奇跡の物語。「野育ちの小鳥」も、「お母さん小鳥」が活路を示唆する重要な役割を担い、「永い患いの私」を外の世界へと誘い、様々な人生の場面を垣間見させる。少女は、母との葛藤に苦悩する青年との対話の中で、祖父への愛憎を乗り越え、やがて「幸福はあなた自身の中にある」という「神」のメッセージを受け取るのだった。

（矢澤）

↓「軽快小説帽子」

矢車草《やぐるまそう》

加藤武雄作。一九四八（昭23）年七月、まひる書房。二人の孤児の六年をたどる物語。小作人の子正太は地主の家で下働きをし、幼馴染のお房は大おかみの肝いりでお嬢様として育てられている。ただ一人のよすがであったお房の祖父平作爺が死に、地主の一人息子に虐められ、犬にしか心を開かなくなった正太は、事故がもとで知的障害者となる。お房は大おかみの死により、立場を一変させ奉公人となる。経済格差によって人権を踏み躙られ翻弄される理不尽さが描かれており、少女小説の枠を超えた重い作品となっている。

（溝部）

↓「海に立つ虹」「君よ知るや南の国」「山路越えて」

香澄《かすみ》

松田瓊子作。一九四八（昭23）年八月、ヒマワリ社刊の『香澄（続・紫苑の園）』に収録。『紫苑の園』の続編。母を亡くした悲しみを、紫苑の園の友人・ルツ子の実家で癒す香澄。温かなホームに憧れる彼女は、やがてルツ子の兄と愛を育み、彼との家庭を築く決心をする。音楽を愛する信仰心の篤い主人公像には、作者自身の志向が反映していよう。物質よりも精神の豊かさを重んじようとする言説は、キリスト教の影響のみならず、戦後まもない日本の状況とも見合うものである。また、そこに描かれた情愛あふれる核家族像は、近代家族の先取りとしても注目される。

（橋本）

↓「サフランの歌」「紫苑の園」「少女への物語　七つの蕾」「小さき碧」

南風薫るところ《みなみかぜかおるところ》

田村泰次郎作。一九四八（昭23）年八月、青々堂。庭球部に所属する北澤梢は、ある試合に負けたことをきっかけに、学校中から裏切り者の烙印を押されてしまう。さらに、父が無実の罪で警察に逮捕されるという悲劇も重なるが、梢は健気さを失わず、父の無実を晴らし、テニスでも汚名を返上しようと努力する。春から冬へと季節が移ろう中、恋愛にも似たシスターフッドに揺れる少女たちの繊細な心の動きが丁寧に表現される。（遠藤）

少女小説　山遠ければ《やまとおければ》　吉田絃二郎作。一九四八（昭23）年九月、第二書房。両親と死別した光子は、弟の武夫と祖父と共に雪国の山中で暮らしていた。ある日、三人は池に落ちた美しい娘を助ける。娘は珠美といって、東京の立派な屋敷の令嬢だったが、幼い頃離別した母を探して旅をしていた。境遇の似た光子と珠美は仲良くなり、光子は珠美の母親探しを手伝うが、その途中で嵐に遭遇し、珠美は瀕死の状態に陥ってしまう。病院で療養することになった珠美の入院費を捻出するため、祖父は意思に反して熊を狩り、一家で可愛がっていた仔馬のマア公を売る。光子は母は生きているという珠美の言葉を最後まで信じ、回復した珠美と母探しの旅に出る。行く先々で他人の親切を受け、ついに珠美は母との再会を果たした。山の人々が代々受け継いで来た「人の為に自分たちの幸福を捨てる」心と寂然たる運命を流麗な文体で描いた長編少女小説。（徳永）

→「巡礼の歌」

長篇少女小説　白い王女《しろいおうじょ》　沢野久雄作。一九四八（昭23）年一〇月、あやめ書房。のち『少女小説愛の白菊』（文園社、一九四九）『乙女椿』（オリオン出版社、一九五八）と二度改題され再刊。小国の「白い王女」エメリアは、継母である新王妃に冷遇され、小さな町のヴィゴに転地する。そこでエメリアは、町一番の弓の名手・フリースと、身分を隠して愛しあうようになる…。継子いじめと身分違いの恋を、白鳥座の誕生伝説として描いた創作童話風少女小説。（谷内）

紅い花白い花《あかいはなしろいはな》　南川潤作。一九四八（昭23）年一一月、梧桐書院。「春の帽子」「葉桜」「春の匂い」「美しい村」「傷心」「幸福の見える山」の六編を収録。意に染まぬ結婚を嫌い逃避行を試みる少女を描く「春の帽子」、亡くなった兄の墓で謎めいた女性と出会う「葉桜」、少女たちの恋愛以前の淡い恋心の芽生えを感じさせる「春の匂い」や「美しい村」など、少女から大人へと成長していく途中の微妙な年代の繊細な心情が巧みにとらえられている。（遠藤）

秋風の曲《あきかぜのきょく》　水島あやめ作。一九四八（昭23）年一一月、妙義出版社。藤本あき子は、都会からの転校生結城るり子に憧れを抱く。二人の間には友情が芽生えるが、美しく裕福なるり子を嫉む同級生たちによって実母は妾の芸者であるという本人にも隠されていた出生の秘密が暴かれる。衝撃のあまり床についたるり子をあき子は懸命に支える。二人の少女たちは、自らの境遇と『小公女』の物語とを重ねてはいつか訪れる幸福を夢見るが、ついにるり子は命尽き果てる。（近藤）

↓「秋草の道」「友情の小径」「忘れじの丘」

翼の抒情歌《つばさのじょじょうか》

川端康成作。一九四八（昭23）年一一月、東光出版社。装幀挿絵伊勢良夫。表題作の他、「兄の遺曲」「駒鳥温泉」「朝雲」「バラの家」を収録。表題作は、化粧をしていなくてもしているように見えるほど美しい少女綾子が、姉の婚約者である北海から思いを寄せられていることを知り、恋する気持ちを経験する話。親友である照子との密な友情関係から異性愛へという展開が、少女から大人へという成長に重ねて描かれている。（中谷）

↓「美しい旅」「乙女の港」「歌劇学校」「親友」「花と小鈴」「万葉姉妹」

長篇少女小説　乙女の悲しみ《おとめのかなしみ》

江間章子作。一九四八(昭23)年一二月、民生本社。戦争で父を失った小学六年生の京子の家は、母の洋裁の仕事で生計を立てている。得意先の銀座の大店の娘ゆめ子は同級の親友で、驕らず気立てが良い。しかし、ゆめ子が私立女学校を受けると知り、家庭事情から新制中学に進む京子は心が沈む。中国からの引揚者で貧しいながらも屈託のない鳥子と親しくなった京子は、次第にゆめ子と距離を置く。成金の娘・利枝は意地悪で、クラスの皆から嫌われており、とくに学者の娘ミチルのバイオリンの才能を嫉妬していじめていた。しかし本当は孤独で優しい心を持っていた。利枝は、京子が離れていき寂しい思いでいるゆめ子をクリスマスパーティに招くが、そこへバイオリン奏者として紹介されて来たのはミチルだった…。それぞれの少女の悩みや屈折を描きながら、戦後の「暗黒」にいる少女たちに、明るさを失わず、「清く、美しく、愛情ゆたかに生き」てほしいとの願いが込められた良作。（谷内）

↓「少女小説ささやきの小径」

山路越えて《やまじこえて》

加藤武雄作。一九四八（昭23）年一二月、川崎出版社。女学生水澤和枝は上京し、敬愛する師竹村加奈子の消息を探している。ある夜、和枝がバイオリンで、賛美歌を奏でたところ、その譜に導かれた加奈子と再会が果される。その後、加奈子は和枝の兄と結ばれ、幸せな時が訪れる。題名の由来でもある、賛美歌四〇四番のフレーズ「山路越えて　ひとりゆけど／主の手にすがれる　身は安けし」が基調音となっていて、師弟の受難とそれを越えてこそ得られる幸福が、清らかに謳われた作品である。（溝部）

↓「海に立つ虹」「君よ知るや南の国」「矢車草」

長編少女小説　想い出の歌《おもいでのうた》　浅原六朗作。一九四九（昭24）年二月、東光出版社。装幀挿絵は東恵美。勇二と千恵子の兄妹は、札幌の叔父の家で過ごした帰りに、連絡船の中で美しい少女を見かける。自宅に戻り、近所を散歩していた千恵子は偶然その少女に出会い親しくなる。園池眞弓と名乗る少女は、両親を亡くし遺産を相続することになったため、遠縁の老婆のもとに預けられていた。だが遺産めあてで彼女を引き取った老婆は、ことあるごとに眞弓をいじめる。彼女は女中の手引きで家出を試みるが、老婆が交通事故に遭い入院したと聞き家に戻る。重傷を負った自分を献身的に看護する彼女の姿に、老婆もこれまでの行いを悔い改心する。遺産相続や継子いじめ、そして悪者の改心によるハッピーエンドなど少女小説の王道ともいえる作品。なお、五八年一一月に『桔梗物語《ききょうものがたり》』と題名を変えてオリオン出版社から刊行されている。（中谷）

↓「兄いもうと」「返らぬ日」

ダリアの少女《だりあのしょうじょ》　島本志津夫作。作者名表記は、神崎清。一九四九（昭24）年二月、湘南書房。装幀松本昌美。『黒板ロマンス』の姉妹編。表題作は、女学校教師の「僕」を顧問として発足した園芸部が、悪戦苦闘しながら花を育てる話。咲いた花を独占しようとする部員たちに、陰で花の世話をしてくれた上級生の存在を知らせ改心させるなど、教育的要素を含む展開となっている。他、「台所のシンデレラ」「二枚の晴着」など全八編収録。（中谷）

↓「黒板ロマンス」「少女鼓笛隊」

少女小説　ゆく春の物語《ゆくはるのものがたり》　大谷藤子作。一九四九（昭24）年二月、金の星社。主人公まち子の両親は、祖母の反対を押し切って結婚した。父は亡くなり、まち子は祖母の家に引き取られることになる。さまざまな誤解に取り巻かれるが、最後にはまち子の優れた性格が母の躾によると理解され、頑固な祖母の心を懐柔し、祖母と母が互いに行き来をするようになるまでの物語。バーネット原作『小公子』の日本少女版といってよいほどプロットが酷似しており、強い影響がうかがわれる。（岩淵）

↓「母の調べ」「若草物語」

美しき旅路《うつくしきたびじ》　芹沢光治良作。一九四九（昭24）年三月『青空』。五〇年三月、ポプラ社。母の死後、著名な声楽家である実父の存在を知ったアンナは、声楽家を志すが、優しい養父に反対され、煩悶の内に発病。養父の輸血で快癒し、身内に流れる血液により真の親子となれたのを喜ぶ。養父も我を折って、実父にアンナの後見を頼む。本作は、ショートケーキや西洋芸術が身近だった母世代と、文化的豊饒から隔絶された娘世代を対比しつつ、終戦を再強調することで、少女たちに、新時代の主役たれとメッセージを送る。（渡部麻）

↓「薔薇は生きてる」

少女小説　水晶の十字架《すいしょうのじゅうじか》

一九四九（昭24）年三月、新浪漫社浅田書店。真杉静枝作。藤沢鵠沼海岸近くのフランス系ミッションスクールに通う女学生三人をめぐる物語。美鈴は小学校の六年まで北海道に住んでいたが、母の意志でこの女学校に入るために鎌倉に転居。ミッション卒業生の母から幼児の頃よりフランス語を習い、イギリスに留学した父からは英語を教えられ、現在五年生で女学校一の秀才、近代的知性美に溢れた少女である。親友の和子は、藤沢から東京の秋葉原に移転して細川洋紙卸店を営む家の娘で、声楽・ダンスに秀で、日本的なお稽古ごともこなす皮膚の美しい少女だ。優秀な二人は、カトリックの「相愛」の思想を託した水晶の十字架を、女学校を代表して受け継いでいる。鎌倉の豪邸に住む美少女千春はまだ二年生で、美鈴に憧れエスの感情を抱いている。千春の母は、美鈴にフランス語の家庭教師を依頼し、長男真一の嫁に和子を希望している。長男と次男は先妻の息子だが、フランス文学を学ぶ真一は美鈴に惹かれ、美鈴も彼を愛するようになる。和子も彼に片思いの感情を抱くが、店の番頭と結婚し家を継がなければならない運命に反抗、少女たちの護身水晶の十字架も失い自殺を図る。一命を取り留めるが、千春の十字架を奪った男友達、彼女の唯一のアジールの場であったハーフの学生アルマンドも同日に自死する。彼は太宰治を想起させるニヒリストであった。「混血児」の苦悩や敗戦後の空気も垣間見せ、悩み多き青春像を描出。（長谷川）

↓「少女小説三つの誓」「少女小説夜会服の乙女」

少女小説　ささやきの小径《ささやきのこみち》

一九四九（昭24）年五月、新浪漫社浅田書店。江間章子作。北原園子は中学三年生。バイオリニストで病身の父と二人の妹とともに、田舎でいささか意地の悪い母方の叔母の家に住んでいる。亡き母は歌手で、園子も声楽の才能が抜きんでていた。総代になれるほどの優等生でありながら、園子は高等学校に進学せず、東京で働きながら、歌手となるべくすみれ歌劇学校に通う道を選ぶ。進学後、東京でカーネーション栽培の温室村に働き口が決まった園子は、早朝の仕事の苦労を味わいながら、働くことの意義を学んでいく。すみれ歌劇学校で園子は、森真弓と田代藤枝という少女と仲良くなる。二人とも戦争孤児で、真弓は母に恩義のある事業家の小父さんに引き取られ、藤枝は姉夫婦のもとで暮らしていた。小父さんの起こした逗子の喫茶店事業を手伝うことになった真弓は、すみれ歌劇学校を退学するか迷う。そして藤枝にも、新進の紅歌劇団から高額の契約金と給料で引き抜きの誘いが来る…。西條八十*『天使の翼』や川端康成*『歌劇学校』と同様、歌劇学校に通う少女を主人公としている。しかし本作は歌劇学校そのものを詳細に描写してはいない。著者の主眼はむしろ、戦後の経済的に困難な状況の中で働きながら学ぶ少女の姿を描くことで労働の重要性を示し、また、作中のすみれ歌劇学校を、時間をかけてしっかりと技能を身につけさせる「芸道を進むには良心的」な学校として、生徒を「採用してすぐ女優のように扱う」ライバル校のニュウ歌劇学校や高待遇の紅歌劇団よりも価値の高いものと明確に位置づけることで、年若い読者に対し、地に足のついた形であせらず着実に夢の実現に向かっていくことの大切さを説くことにある。作品は少女たちが夢の入口にようやく立つところで終わる。著者の現実に根ざしたつつましやかな美質が端的に表れている佳作である。（谷内）

→「長篇少女小説乙女の悲しみ」

谷間の白百合《たにまのしらゆり》

船山馨作。一九四九（昭24）年五月、妙義出版社。アメリカ人の父を戦争で失い、日本人の母と共に、日本の田舎に西洋邸宅を建てて暮らし始めた金髪の美少女バイオラ。中学受験を控えた娘のサポートを、母は級長の洋子に依頼する。放埒の末に借金を遺した両親のために、村中から蔑まれてきた洋子の頑なさを、バイオラの明るさと優しさがほぐし、二人は強い友情で結ばれた。戦争で腕を失って以来、性格の一変した兄儀一は、バイオラとの交際を洋子に厳しく禁じたが、義姉と担任の協力で、洋子がバイオラと共に最難関中学に合格したことを知ると、我を折り、妹のためにバイオラの家の招待を受けた。その席で、バイオラとその母の性質に触れ、B29に搭乗したバイオラの父がこの村で墜落死したこと、その遺志を継ぎ、遺産で社会事業を展開すべく移住したことを聞いた儀一は、自らの偏狭さを恥じる。不幸な一家に明るい兆しが見え始めた矢先、窃盗の嫌疑をかけられて儀一が拘留。再び自棄に陥った兄に、「あたしは、たたかいます。正しいことが正しいと信じられないなんて」と洋子が語るシーンは、世間と運命に見放され心折れた兄と、高潔で強靭な少女、洋子の精神とが見事なコントラストを成している。だが、バイオラの母の尽力で儀一の冤罪が晴れたとき、洋子が結核に倒れる。衛生観念と生命への敬意の欠落した村の状況を観取したバイオラの母は、村人の啓蒙に着手。洋子は未来に希望を抱きつつ、静かに息を引き取った。バイオラとその母、および亡父の遺志と遺産により、物質・精神両面の豊かさがもたらされ、村は大きく変化する。本作は、こうした変革《アメリカナイズ》に対する称賛を惜しまない。だがその前提に、アメリカ人の亡父、日本人の母、「混血児」の娘、つまり日米の融合と協調が、きわめて意識的に設定されていることは重要だ。特殊な時代と問題を扱いつつも、普遍的な価値を備えた名作である。（渡部麻）

→「少女小説白鳥は悲しからずや」「母の小径」

月の沙漠に《つきのさばくに》　龍胆寺雄作。一九四九（昭24）年五月、東光出版社から刊行された長編小説。装幀挿絵大槻さだを。継母と異母弟妹と暮らす女学生の襟子は繊細で、家でいつも遠慮している。一方彼女の実弟で物事に頓着しない性格の一也は、襟子の知らぬ間に、松林の中の大きな邸で肺病のため床にふす青年と懇意にしていた。戦前の『令女界』での活躍を知る編集者の依頼で、作者の他作より低い年齢層向けに書かれた作品。継子、肺病、遺産など定型が踏まえられている。（中谷）

→「青銅のCUPID」「燃えない蠟燭」

薔薇乙女《ばらおとめ》　西田稔作。一九四九（昭24）年五月、興文堂。主人公である横田房子は、一四歳の時に家庭の事情で叔母の家に住むことになる。美人で勉強が出来、歌も上手くクラスメイトの憧れの的であった。彼女の最初のあだ名はフーチンであったが、薔薇作りの名人である祖母の影響を受け、自身も薔薇作りをするようになってから薔薇乙女というあだ名に変る。ある日、叔母の家に泥棒が入り、叔母の持ち物ばかり盗まれるという事件が起こる。それで叔母は「先祖の祟りではないか」と不安に思い、房子や叔父が反対するも常々誘われていた信霊会に入会することになる。しかし、叔母に信霊会に入るよう熱心に勧めていた豆腐屋の家にも泥棒が入り、その犯人がすぐに捕まることになる。信霊会の効果が現れたかと感心していると、その泥棒は信霊会の熱心な信者だったことが分かり、バカバカしくなった叔母は信霊会を辞める。日常的な家族間の問題をユーモアを交えて描いている。（及川）

少女小説　夜会服の乙女《やかいふくのおとめ》　真杉静枝作。一九四九（昭24）年五月、新浪漫社浅田書店。「書卸し」と明記されているが、戦争中に実業之日本社から刊行された『鹿鳴館以後』（一九四二）を改題した作品。明治の鹿鳴館時代から日本帝国憲法発布までを背景に、田舎暮らしから単身上京し、叔母の嫁ぎ先で女学校に通学する桜井夏野の半生を描く。許嫁である叔母の義理の息子に拒否され神経衰弱になるほど打ちのめされながらも、やがて許嫁の親友に愛されて結婚し、再生していく足跡だ。欧米から不平等条約を結ばされ、それを撤回して対等に見られるべく欧米文化の模倣に陥った時代にあって、夏野は古風で、欧米風な都会生活に馴染めない。外国体験の長い結婚相手はかえって日本の伝統文化を愛し、夏野のそうした側面を「宝石」のように思いつつ、「これからの婦人は、自分の身は、自分でしっかりと処理」しなければならないと諭す。自由民権運動も起こり、日本の近代国家が制定されるまでの動乱期の社会とそこに生きる男女を見据えた骨太な少女小説。（長谷川）

→「少女小説水晶の十字架」「少女小説三つの誓」

愛の夢《あいのゆめ》　谷村まち子作。一九四九（昭24）年六月、妙技出版社。生涯に一人だけとされる親友《ベストフレンド》との関係を恋愛になぞらえた、女学園に通う少女たちの友情を描く。クリスチャンの小倉静枝は、小林富美子と親友関係を結び、一途に愛するが、浮気で移り気な彼女に振り回され、葛藤する。インテリで独身の女教師への批評、「異性との恋愛・結婚はつまらない」という少女たちの議論には、自由や自立への希求があり、社会制度への批判精神がある。（沼田）

思い出の薔薇《おもいでのばら》　森三千代作。一九四九（昭24）年六月、偕成社。戦争中に両親から離れて湖畔の宿に疎開していた美佐は戦災孤児となり、父の友人の画家に連れられ、父母を捜して、敗戦後二年目の傷跡生々しい東京に戻って来る。妻や息子を亡くしたこの画家には、悦子という病弱な少女がいて、美佐は姉のように慕われる。そして美佐は誘拐されたりしながらも、ようやく両親に再会できたのだった。父は、戦争中、アメリカによる東京空襲の爆撃によって失明していた。疎開先で出会った、神秘的な湖水のほとりの薔薇咲き乱れる別荘に幽閉されて暮らす篠枝とは、美しい母を同じくする異父姉妹だったことも知り、念願の再会も果たす。一人ぼっちの美佐が姉や妹のような存在に巡り会う、三人少女の物語だ。（長谷川）

歌劇学校《かげきがっこう》　川端康成作。一九四九（昭24）年六月～五〇年七月『ひまわり』に連載された長編小説。五〇年一二月、ひまわり社。装幀は中原淳一。五三年にポプラ社より再刊（カバー絵松本昌美、挿絵花房英樹）され、六一年には『少女小説名作全集』（ポプラ社）の一冊として刊行された。女学校から歌劇学校に入学した友子が、一緒に洗礼を受けると約束していた親友美奈子に宛てて書いた手紙のかたちをとる書簡体小説。寄宿舎での生活、厳しいレッスン、先輩への憧れ、友情と嫉妬、そして公演前の興奮や公演中の楽屋の様子など、歌劇学校の生徒の日常が快活な友子の目を通して描かれている。連載が始まる前号の『ひまわり』（一九五〇・五）掲載の予告では「宝塚日記」とあり、宝塚が舞台であることは当時の読者にも了解されていただろう。また平山城児は、本作が元宝塚歌劇団員の彼の母（芸名　近江ひさ子）の代作であり、作中で友子をかわいがる大スター夕張早苗のモデルは天津乙女であると指摘している（平山城児『余白を埋める』研文出版、二〇〇三）。　（中谷）

→「美しい旅」「乙女の港」「親友」「翼の抒情歌」「花と小鈴」「万葉姉妹」

聖マリヤの鐘《さんたまりやのかね》

壇一雄作。一九四九（昭24）年六月、偕成社。千鶴子は、再婚した母を追って上京するが、母は重病で入院、新しい父の連れ子茉利子に辛く当たられる。耐え続ける千鶴子を前に遂に茉利子は改心し、ふたりは真の姉妹となる。その姿を見届け、母は安心して息を引き取る。心優しく聡明な少女が辛い状況の中で理解者を増やし、最後は意地悪な少女も改心させて幸せに暮らす筋立ては少女小説の典型と言える。　（鈴木美）

→「悲しみの門」

姉妹星《しまいぼし》

伊藤佐喜雄作。一九四九（昭24）年七月、偕成社。孤児となった鈴代と姉、菊枝。令嬢津村亜紀子が亡妹の面影を見たことで、鈴代は東京の津村家に養女として迎えられるが、間もなく津村は破産。東京に憧れ、映画会社のニューフェイスに応募した菊枝は、試験に失敗し行方不明になる。不安と混乱の末、亜紀子と鈴代は舞踊コンクールで一位入選を果たす。他方警察に保護された菊枝は、大量の睡眠薬を所持していた。会社を立て直した津村は、牧場の視察に少女たちを誘う。ラストは幸福を取り戻した三少女の笑顔を描き出す。　（渡部麻）

聖少女《せいしょうじょ》

中河与一作。一九四九（昭24）年七月、偕成社。耀子は東京の空襲で父母と弟を失い、出入りの食糧雑貨店の女に救われるが恩返しを強要され、女の経営する喫茶店「白ゆり」で働かされる。折檻を受け飛び出したところ交通事故に遭い、運ばれた病院で看護婦の秋葉や橋口院長らから慈愛あふれる手当を受け、未知の人物・浅井からは多額の治療費と心のこもった手紙を受け取る。浅井は耀子を引き取ることも申し出ていた。入院中に親しくなった少女が亡くなるが、偶然にもその父・堀口と橋口院長は耀子の父のかつての親友であった。事故の障害が足に残り肋膜を病みかけている耀子は病院火災の後、鎌倉の堀口家に一時引き取られるが、「白ゆり」の女に誘拐され、のち救出される。女に横領された資産の残りが戻ることとなり孤児院をつくりたいという夢を持つようになった耀子は浅井に引き取られるが、浅井の正体は橋口院長その人であった。ウェブスターの「あしながおじさん」をやや彷彿とさせる結末であるが、本作に先立つ翻訳は遠藤寿子の一九三三年版のみで、一九五〇年以降に村岡花子や松本恵子らによって続出する翻訳刊行に先がけている。また途中、藤村や牧水、ベートーベンらの詩や歌曲が織り込まれ、芸術的な香気を高める仕掛けが施されている。（布施）

→「輝く銀翼」「高原の少女」「少女小説嘆きの女王」

ばらの咲く窓《ばらのさくまど》　小山いと子作。一九四九（昭24）年七月、妙義出版社。実業家の父の突然の死で、裕福だった家が没落する賢く優しい小松由美子。日中戦争によって中国の旧家出身の母と引き裂かれた引揚者の子・千島ミドリ。敗戦後の混乱期を背景に、密貿易に手を染めるミドリの父。二つの家族の命運、出会いと交流が描かれている。戦争に翻弄された人々や家族の描出など、社会的視野の広さを感じさせる少女小説。（岩淵）

秘めた手帖《ひめたてちょう》　多田裕計作。一九四九（昭24）年九月、偕成社。有名邦画家の娘紀美子は、女教師、宮を激しく恋慕していたが、宮の結婚が決まる。悲嘆にくれる紀美子の前に尼僧が出現。他方父は、往時の妻を材に傑作を完成。絵を見た紀美子は、尼僧が実母だと気づく。母は宮の仲立で還俗し、父との復縁を承諾。女だから恋もすれば掃除洗濯もするのだと豪語し、女学生の幻想を打ち破る宮の姿が印象深い。登場人物中、最も美しく清らかな宮と母が、同時に最も現実的で逞しく造形されている点に、本作の特徴がある。（渡部麻）

少女小説　三つの誓《みっつのちかい》　真杉静枝作。一九四九（昭24）年九月、新浪漫社浅田書店。複雑な事情を抱えて藻掻きながらも、脱出・成長していく三人の少女の若い命を活写。鈴枝・美那子・小夜の、先代が京都の公家である松宮家の御曹司、気品と優しさに満ちた学生龍夫をめぐる物語であり、それぞれの母と娘の物語でもある。若者たちを陰に陽に助けるのが、龍夫の叔父夫婦だ。鈴枝は女学生で、龍夫が想いを寄せ結婚話にまで進展する相手である。愛人のいる父親とは別居して母親と暮らし、愚痴っぽい母の痛みを理解しつつも反発し、新しい女性の生き方を希求する理知的な少女だ。母の願望である龍夫との縁談は、秘かに龍夫に恋慕する親友の小夜を裏切ることになり、その狭間で悩む。龍夫の従妹・小夜は早くに両親を喪い（小夜の母は愛人の立場だった）、父の正妻を養母として育つが、養母の強制により婚約させられ、家出。フランス人女性の子供たちの世話係として住み込むものの養母に発見され、さらに鈴枝が龍夫の婚約者であることを知り打撃を受けて自殺を図る。美那子は会津から上京して、龍夫の叔父の家に住み込む苦学生だ。彼女も又、龍夫へ秘かな想いを抱き、鈴枝が婚約者であることを知って落ち込み病気になる。だが、小夜は刺繍という芸術の道に進み、美那子は進学を諦めて母と苦労を分かつため故郷に帰る決意をする。鈴枝は、外国に旅立つ龍夫と、結婚話を延期して新たな結合を誓い合う。「日かげを這ひずつてばかりいる生き方は、もう、これからの日本の女の生き方ではない」という鈴枝の言葉は、戦後の少女たちへのメッセージだ。（長谷川）

↓「少女小説水晶の十字架」「少女小説夜会服の乙女」

みんなきた道《みんなきたみち》　堤千代作。一九四九（昭24）年九月～五〇年一〇月『少女』。五〇年一〇月、光文社。つる子は戦火で家を失い、復員した父は重病で入院。寄寓先の「山田のおばあさん」から立ち退きまで迫られる。そんな折に火災が生じ、危険を顧みず山田を助けようとしたつる子に感激した山田は、前言を撤回。物語は、歌唱力を高く評価されたつる子の成功を示唆して終わる。少女の強さと優しさが、病身の父にかわり一家を窮地から救う点に、強いメッセージが感じられる。（渡部麻）

↓「かえで鳥の歌」「どこかで星が」

真珠の母《しらたまのはは》　大木惇夫作。一九四九（昭24）年一〇月、ポプラ社。母に違和感を抱きながら暮らす少女典子。偶然、産みの母ふみの存在を知り、再会を果たす。期を一にして育ての母は出張先で不慮の死を遂げ、続けて父も病死する。孤児となった典子だが、実母ふみと暮らすべく希望を胸に旅立つ。離別の経緯は不明だが、母子が再会を果たし、一緒に暮らせるまでを描く母子物語。（鈴木美）

↓「懺悔の光」

愁いの白百合《うれいのしらゆり》　外村繁作。一九四九（昭24）年一二月、偕成社。田舎の祖母のもとへ一時疎開する路子と弟・幸夫。東京に残してきた病気の母が心配だが、両親のいない環境でもけなげに暮らす。昔風な祖母に厳しくしつけられ、学校で仲間外れにされるも、次第に生活に慣れていく。やがて東京にもどるが、母が死に、父と子三人の生活となる。戦時中を舞台に、素直で心優しい性格の主人公が、疎開や母の死を経験しながら、成長していく。（沼田）

仮面の花《かめんのはな》　三橋一夫作。一九四九（昭24）年一二月、偕成社。熱海に旅行中の資産家・時森は、旅館の前でこわれかけのギターを手に美しい声で歌う覆面の少女・二三子と出会う。彼女は、不幸な生い立ちゆえに悪人一味に利用され、養父を殺害した容疑で警察に追われる身であった…。戦後の作品では、推理小説作家の本格的な少女小説ミステリとして最初期のもの。猟奇的な部分もあるが、実の親との再会という戦後少女小説のパターンを踏襲している。（谷内）

少女小説　嘆きの女王《なげきのじょおう》　中河与一作。一九四九（昭24）年一二月、偕成社。親がおらず牧師夫妻に引き取られていた小百合は、聖母女学院の伝統の行事である花祭りの花の日の女王《メイ・クィーン》に選ばれたことで、その存在をかつて彼女を育てたという男に知られてしまう。美しく育った小百合を利用するため、男は彼女を自分に返すよう夫妻に迫り、彼女の出自を知った同級生の秋子らは、小百合に対するいやがらせを以前に増して露骨に行う。その後、男は牧師の人柄に打たれ小百合から手を引き、秋子は小百合によって危機から救われ改心する。東京へ転居した小百合一家は、彼女がかつて行方不明になった牧師夫妻の実の娘の章子だと知るが、その喜びもつかの間、母は病のため療養所に入り離れればなれとなる。やがて牧師は聖母女学院の院長となり、章子は懐かしい級友たちのもとへ戻る。再び巡ってきた花祭りで章子は再び女王に選ばれ、華やかな行進の最中、病が完治した母と喜びの再会を果たす。章子（小百合）が絵や声楽の才能の豊かな少女として設定されている点、良くない心を持った人物が正しい心を持った人物に導かれて改心に至る点、胸の病というモチーフが美しい悲劇の要因として利用されている点など、少女小説に典型的な設定が数多くなされている。（布施）

↓「輝く銀翼」「高原の少女」「聖少女」

春の訪ずれ《はるのおとずれ》　大田洋子作。一九四九（昭24）年一二月、東光出版社。戦後の住宅難を背景に、友人古澤雪子一家の苦境を見かねて自宅の二階を貸すように母親を説得する女学生香川美也子の正義感溢れる友情と、美也子の家に下宿している大学生の従兄専一の雪子への一途な恋の行方および周囲への波紋が描かれている。書名は、戦後の荒廃した世相にも拘わらず初々しく真摯に生きる若人の青春を象徴していよう。同単行本には他に「風の中の花」が収録されている。（岩淵）

雪割草《ゆきわりそう》　円地文子作。一九四九（昭24）年一二月、大泉書店。装丁中原淳一、挿絵佐藤漾子。母いくよと妹百合子とともに北国へ疎開していた香代子は、父瀬川公一の戦死の知らせと同時に、自分がいくよと公一の娘ではないことを知らされる。香代子は東京の水島伯爵家へ奉公に出され、美しくも病弱な夫人と盲目の少女貴子と心を通い合わせる。やがて敗戦を迎え、水島伯爵は自殺。社会主義の活動家である実母江上千鶴子が香代子を迎えに来るが、香代子は水島母子と空襲で母を失った百合子を支えながら生きていく決意をする。（倉田）

↓「朝の花々」「母月夜」「春待つ花」

母の湖《ははのみずうみ》　北村寿夫作。一九五〇（昭25）年一月、ポプラ社。阪本栞は、人里離れた湖畔で父と仲睦まじく暮らしていた。村人から尊敬される立派な父は栞の誇りだったが、ある時父には前科があるという事実が露呈する。悲しみに打ちひしがれる栞を支えたのは、親友の鈴江。ところが、栞の父を騙して罪に陥れた人物こそ、鈴江の父であった。残酷な運命に嘆き悲しむが、二人の間には常に友愛が底流していた。少女たちの清らかな心が大人の醜い心を改心させる様が描出される。（近藤）

↓「神を見た少女」「母の小夜曲」

緑の小筥《みどりのこばこ》　芝木好子作。一九五〇（昭25）年二月、偕成社。父を亡くした貧しい美奈子は、天性の美声の持ち主。女学校の同級生で、世話になっている家の娘麗子やその家族に陰湿な虐めに遭うが、忍耐強い母、聡明な上級生のみどりや女教師の支えによって音楽の才能を開花させる。最後は、美奈子の両親の結婚に反対していた富豪の祖父とも打ち解けて、経済的にも恵まれる。シスターフッドを描いているが、「小公子」の影響も濃厚に見られる。（矢澤）

少女の家《しょうじょのいえ》　竹田敏彦作。一九五〇（昭25）年四月〜五一年三月『少女』。五二年一〇月、ポプラ社。盗癖のあるトミ子は、丸岡の女子少年院「少女の家」に入れられる。弓子や倹子も、トミ子同様家庭に恵まれず小さな罪を重ね「少女の家」に来た。善良な教師たちのもと、更生を誓うトミ子だが、病身の父のために出来心から卵を盗み、罪を弓子に着せる。疑われた弓子は院から逃走、悪い男に捕まり、令嬢誘拐の片棒を担がされる。恐怖から計画を手伝う弓子だが、直前で踏み止まり、誘拐を阻止。これを機に弓子は院に戻るが、警察は弓子に嫌疑をかける。他方、ある日海水浴に出かけた院生たちは、盗難事件に遭遇。更生施設の入所者ゆえ、厳しい疑いの目を向けられる少女たち。そんなか弓子は、現場付近にいた不審な二人組が、かつての誘拐未遂犯であることに気づき、トミ子に告げた。弓子に濡れ衣を着せた罪の意識から、トミ子は男たちを追跡し、逆に捕らえられる。仕方なく男たちに取り入ったトミ子は、次第に悪事に手を染めてゆく。一方、更生を認められ「少女の家」を卒業した俊子は、裕福な家庭の子守となる。しかし遣いに出された時計店で、偶然トミ子の盗みを目撃。彼女を庇って口をつぐんだせいで、奉公先の主人から嫌疑をかけられる。そんな折、暴漢に襲われた心優しい令嬢雪江を、身を挺して助けた俊子が重傷を負う。暴漢は偶然にもトミ子の仲間だった。改心したトミ子は「少女の家」に戻り、すべての罪を告白。悪事の真相が明らかとなり、俊子は主人の信頼を得、弓子の嫌疑も晴れる。トミ子も取り調べののち、許されて「少女の家」に帰された。少女たちの更生物語である本作には、家庭や友人の影響で、普通の少女たちがいとも簡単に悪の道に引き込まれる現実、罪を犯した者に対する社会の容赦ない偏見、更生の難しさが鮮明に打ち出されている。なお、一九五六年、「何故彼女等はそうなったか」のタイトルで映画化（清水宏監督、新東宝製作）された。　（渡部麻）

母いま何処《ははいまいずこ》　柴田錬三郎作。一九五〇（昭25）年四月、偕成社。澄子の母は、自分は実の母ではなく、自分の死後には吉河宗太郎を訪ねるようにと言い残し死んだ。澄子は遺言に従い吉河家を目指すが、途中で荷物を盗まれてしまう。同じ汽車に乗り合わせた大学生の竹田が協力を買って出るが、彼女の荷物の中には没落の危機にある吉河家を救う鍵が隠されており、それを巡る騒動へと発展する。戦後の上流階級の没落を社会背景に描く母親探しの物語。　（遠藤）

紫水晶《むらさきすいしょう》　三木澄子作。一九五〇（昭25）年四月～一一月『少女の友』。五一年七月、ポプラ社。雲雀ヵ丘女学園中学部を舞台に、紫水晶のように美しい水木晶子先生と、裕福な家庭に育ち、明るく優しいクラスの花・桃子と、平凡な転入生・克子が主人公。克子は奉天からの引揚者で、父は未だシベリアで行方不明で、母と弟と花売りをして生計を立てている。彼女の楽しみは『少女文苑』へ投稿することだった。克子が交通事故で入院してから、桃子と克子は仲良くなり、さらに桃子も『少女文苑』の常連投稿者だったと知り、友情は深まる。水木先生の婚約者もシベリアで行方不明だったり、病死した女学生のオルゴールが、戦死したアメリカ人青年の遺品だったりと、敗戦後の世相が随所に滲む。家庭の苦労や怪我の後遺症にも拘わらず、けなげな克子の姿に、作者の「少女の愛を、誠実を、夢を」「物語に」というメッセージが感じられる。　（沼田）

→「愛さずにはいられない」「北に青春あり」「星の広場」「まつゆき草」

絹子のゆめ―少女とかいこ《きぬこのゆめしょうじょとかいこ》　深尾

須磨子作。一九五〇(昭25)年五月、刀江書院。『少女の窓―糸子のものがたり』を改題。主人公絹子は、日本は「絹の国」であること、いろいろな織物のなかでも一番美しい絹がどのようにしてできるのかを熱心に考える九歳の少女である。「国を救うかいこ」の神秘性、絹が持つ夢や希望を、写真や書物や世界の物語の中から、さらに、祖父母や母達の話から理解する。作者の意図は「現代詩人として念願する科学と文学の融和をはかろうとした」ところにあった。従って、「子どもたちが大自然の摂理を、謙虚な心で見直し、物語を見つめる考え深い習慣をやしない知性と情操とを高め、明るく素朴な人類の一員として育っていくように」と絹子に託した作者の意図は、十分に成功している。（伊原）

少女小説　港の見える丘《みなとのみえるおか》　浅見淵作。一九五〇(昭25)年五月、東方社。朱実は父を戦争で失い、母と上海から引き揚げてきた。生活の困難から母は病院に収容され、朱実は戦争孤児を働かせて金を搾取する悪女・花岡に引き取られ、虐待を受ける。葉子とその父は、前に朱実の祖父がいたアパートの部屋に移った縁で、花岡から朱実を救い、幾多の辛酸から人間不信になった朱実の心を開こうとする。戦後の混乱期における引揚者の少女の苦難を描いた作品。ほか六短編を併録。（谷内）

少女小説　湖畔の姉妹《こはんのきょうだい》　富澤有爲男作。一九五〇(昭25)年六月〜五一年七月『少女の友』。五六年八月、東光出版社。角書きは、連載時に「長編抒情小説」「現代小説」「長編性格小説」と変わりつつ、刊行時にはさらに表題に変更。戦後の少女小説の憧れの象徴「湖」が舞台。敗戦後の東京から、画家・父の死後母と一緒に十和田湖畔の伯母のホテルに移り住む姉妹の物語だ。絵画やデザイナーとしての才能に優れ沈着で気丈な姉と、我が儘で移り気で活発な愛らしい妹の対照的な性格が、元華族の御曹司との必ず事故に遭遇する運命的な出会いとともに描かれている。美しく厳しい自然の描写が素晴らしい。（長谷川）

花の秘密《はなのひみつ》　藤沢桓夫作。一九五〇(昭25)年六月、偕成社。民枝は、富子の母が持つアパートに育ての父と二人で暮らしていた。育ての母は数年前に亡くなり、その人の友人であった生母とは五歳の時ハルビンで別れて以来音信不通である。一緒に暮らしている父は、昔から世話になっている富子の家に恩義を感じて、アパートの管理人をすることで尽くしてきたが、生活力のない富子の母親は堀田という悪人に騙され、唯一の収入源であるアパートを盗られてしまいそうになる。アパートを追い出された民枝父子は、その様子を見守るしかないのだが、その間に民枝はラジオ局のアナウンサーになり、また長年の夢であった歌手としてキャバレーで歌う仕事を得る。民枝は、同僚の歌手である白川さんという美しい女性が、実は自分の生母ではないかと疑うが白川はそれを認めない。手紙のやり取りによって富子との友情も回復し、アパートの権利も堀田に完全に奪われる前に取り返すことが出来た。民枝の父は白川さんの顔を見るなり彼女が民枝の母親であることを打ち明ける。（赤在）

↓「天使の歌」「花は偽らず」

哀しき円舞曲《かなしきわるつ》

大林清作。一九五〇（昭25）年七月～五一年七月『少女サロン』。五一年七月、偕成社。朝子が映画出演したことで中学校長の父が辞職。責任を感じ家出した朝子は、演出家西条に見出され、東京少女歌劇のスターとなる。狡猾な専務と対立した西条が立ち上げた新劇団に加わるも、劇場が焼失。追い込まれた朝子は、その才能を買う作曲家初島により東京少女歌劇に呼び戻され、「哀しき円舞曲」に主演し大成功を収める。なお最終回の翌号から大林の新連載「嘆きの夜曲《ノクターン》」がスタートしている。（渡部麻）

↓「赤い花白い花」「花におう丘」

乙女椿《おとめつばき》

北条誠作。一九五〇（昭25）年九月～五一年八月『少女ロマンス』。五一年一一月、ポプラ社。貧しさゆえにいじめを受けるが、「美しい心」を持ち続ける真弓。真弓を目の敵として追い詰めるものの、やがて改心し、行方不明となった彼女のために尽力するようになる麻子と同級生たち。スミレ女学院二年星組を舞台に、少女における「美しい友情」の大切さを描く。と同時に、それを支える教師たちの関係性や心中に踏み込み、成人女性にみる少女性および、「女の友情」の在り方をも掘り下げた作品。（橋本）

↓「愛の花束」「哀しき虹」「花は清らに」「はるかなる歌」

美しき野の花《うつくしきののはな》

露木陽子作。一九五〇（昭25）年一〇月、金の星社。南方で父が戦死した由美子は、疎開先で祖母と叔父と暮らす。母は東京に戻り、洋裁の修業中。由美子は新任の女性音楽教師遠山先生を慕い、東京から移植した薔薇を音楽室に飾って遠山と語り、遠山が戦災で家族全員を失ったことを知る。遠山は由美子に、声楽家になるよう勧める。幼い頃母を亡くした級友太田雅代がやはり遠山を慕い、由美子を陥れるため偽手紙を書き、騒動となるが、由美子は犯人をかばう。雅代は薬を飲むが助かり、遠山に事情を告白し由美子と和解。東京の母が病に倒れ、由美子は駆け付けるが母は亡くなる。その帰途由美子は、村の住職が引き取った後、失踪していた戦災孤児の弘を見つけ、村に連れて帰る。学芸会で由美子は雅代の伴奏で歌い、遠山は自分が母代わりとなり、母のない二人を生涯かけて護ると心に誓う。戦争の傷を深く負いつつも、困難な生活の中でそれを乗り越えようと、けなげに生きる女性や子どもたちに声援を送る作。作者の教師経験も生かされている。（久米）

↓「女学校ロマンス　制服の子ら」「つぼみの歌」「雪割草」

母椿《ははつばき》　横山美智子作。一九五〇（昭25）年一〇月、ポプラ社。尼寺で暮らす孤児の貞子は、ある日、アメリカ帰りの優しそうな婦人・ミナ子と知り合い心惹かれ親しく言葉を交わす。また、巡業にやってきた少女歌劇団の月子と親しくなり、入団を熱心に勧められる。実の母を探したいと願う貞子は望みを叶えるため入団を決意するが、幾つものアクシデントが重なり貞子は姿を消す。月子は貞子の実の母がミナ子だと突き止め、同時に月子と貞子が異母姉妹であることも判明する。作者の少女時代の友人をモデルにした作品であることが冒頭の「作者の言葉」で語られている。戦後の少女歌劇団の復活と隆盛を反映した作品。表紙絵は山本サダ、挿絵は関川護。（布施）

↓「嵐の小夜曲」「海鳥は唄ふ」「花の冠」「紅薔薇白薔薇」「紅ばらの夢」

どこかで星が《どこかでほしが》　堤千代作。一九五一（昭26）年一月（新年特大号）～一二月『少女』。五三年一月、ポプラ社。父の再婚をしげ子とみつ子が喜ぶなか、兄吉樹は継母を受け入れず、みつ子の誕生日には戻ると言い残して家出。その後、みつ子が発病。吉樹が駆けつけると、誕生日が来たのだと信じたみつ子は、皆に愛と感謝を告げて息を引き取る。末妹の死が、家族を再び一つにする。夜空を見上げた吉樹は、曇り空でもどこかで星が光っていて、亡母とみつ子が見守ってくれているようだと語る。本作が中心に配するのは、継子を慈しむ母と、継母に親しむ姉妹の姿である。しかし吉樹の家出、しげ子に向けられる友人たちの同情と揶揄を描き込み、また『白雪姫』にも触れる本作が、社会問題としての継母継子をテーマとしているのは明白だ。掲載誌『少女』には、実母を探すように言い残して事故死した継母が登場する、小糸のぶ「花さく丘に」も連載。継子物語の定型をずらし、新たな環境に順応する柔軟な少女たちを活写する小説が、同時期に少なからず出現したことは、注目すべきだろう。（渡部麻）

↓「かえで鳥の歌」「みんなきた道」

万葉姉妹《まんようしまい》　川端康成作。一九五一（昭26）年一月～一二月『ひまわり』に連載された長編小説。五二年八月、ポプラ社。カバー絵は松本昌美、挿絵は花房英樹。七七年七月には集英社コバルト文庫の一冊として刊行された。両親と早くに死に別れ、唯一の身寄りであった祖母を失った夏実は、父が生前世話になっていた池辺家に引き取られる。三鷹に大きな屋敷を構える池辺家では老夫人と孫の典子が暮らしていた。夏実は二つ年上の典子が、行方が分からなくなっている姉の安見子《あみこ》だと気づくが、典子は夏実に冷たい態度をとり続ける。そのうちに典子は病に侵され、池辺家の家計も苦しくなっていく。実は典子の一見わがままに見えるふるまいには老夫人への愛が込められており、繊細な典子と快活で健康的な夏実という二人の正反対の少女が魅力的に描かれている。なお安見子と夏実の名前は万葉集を好む父親によってつけられたことになっており、表題もここに由来する。
（中谷）

↓「美しい旅」「乙女の港」「歌劇学校」「親友」「翼の抒情歌」「花と小鈴」

みどりの星座《みどりのせいざ》　城夏子作。一九五一（昭26）年二月～七月『冒険王』。五四年五月、ポプラ社。原題「星はみどりに」。祖母と死別し優しい伯父夫婦に引き取られた和子は、死んだはずの母が有名オペラ歌手の春日千里である可能性に気づく。他方、母、千里の愛を一身に受けて育った芙蓉は、自分が実子でないことを知る。一人の母を巡り立場の異なる二少女が偶然出会い、真実を知った和子は、今後も親子ではなく、あくまで芙蓉の友人としての立場でのみ、実母と接してゆくことを決意。本作も、この時期盛行した継母子愛物語に連なる。
（渡部麻）

↓「母星子星」

悲しみの門《かなしみのもん》　壇一雄作。一九五一（昭26）年三月、偕成社。元華族の家に生まれた鹿島明子。父の死後、故あって母と暮らすことも叶わず、叔父の使用人の家で辛く当たられながらも健気に暮らす。紆余曲折の上、心優しい女学校教師文江と父の留学仲間三島が結婚し、明子を養女として皆で暮らすことが決まるまでを描く。戦後の華族没落を背景に、少女が数々の不幸に遭いながら、不思議な運命の中で理解者に恵まれ、幸せを摑む典型的筋立ての少女小説。
（鈴木美）

↓「聖マリアの鐘」

白鳥のゆくえ《はくちょうのゆくえ》　菊田一夫作。一九五一（昭26）年四月～五二年三月『女学生の友』。五二年六月、ポプラ社。資産家の令嬢で「白鳥《スワン》」と呼ばれ誰からも愛されてきた真弓の生活は、破産と母の家出により一変。だが窮地に陥る度、美少女真弓に好意を寄せる担任白川や、上級生のゆり江をはじめとする美しい「おねえさま」が登場し、彼女を救う。主体性の欠如と表裏を成す素直さ、愛らしさによって、次々と僥倖を手にする極端にドリーミーな仕立てと、エスを彷彿させるシーンの頻出が特徴的である。（渡部麻）

↓「幸福の鈴」「涙の駒鳥」

黄金孔雀《おうごんくじゃく》　島田一男作。一九五一（昭26）年五月、光文社（『少年探偵全集4』）。小玉博士の一人娘ユリ子の誕生祝いとして届けられた謎の宝石・孔雀石。送り主は孔雀覆面の騎士・黄金孔雀。その直後、一本角の覆面魔人・一角仙人がユリ子を誘拐する。黄金孔雀と一角仙人の対決が始まるなか、事件の謎を追う名探偵香月俊太郎と妹のルミ子。ユリ子の出生と孔雀石の秘密が次第に明らかになっていく…。冒険活劇的要素に、当時の少女たちにとっての夢であったお姫様願望を盛り込んだミステリ。（谷内）

哀しき虹《かなしきにじ》　北条誠作。伊藤浅子絵。『少女ロマンス』に連載。一九五一（昭26）年七月、ポプラ社。美代子が大事にしている緋鹿の子のバースデーブックには、彼女の女学生時代を支えた人々のメッセージが記帳されている。この手帳を寂しい時、哀しい時、人懐かしい時々に開く彼女の私語りにより、数々の思い出が甘くもほろ苦く甦る。幼くロマンティックな語り口と、死者や戦争にまつわる記憶との対照が、複雑な少女の今を象徴する。思い出し、語る行為が、彼女の新たな気付きを生み、その成長をパフォーマティヴに浮かび上がらせる構造をもつ。（橋本）

↓「愛の花束」「乙女椿」「花は清らに」「はるかなる歌」

母月夜《ははづきよ》　円地文子作。一九五一（昭26）年一一月、ポプラ社。ヴァイオリン弾きで洋画家の周三とその妻立子を中心とする旅まわりの「潮バンド」の歌手・立川桂子には、東京に残してきた家庭があった。桂子が出奔した理由は、娘として育ててきた千晶を、実の母親である篠原公子に返し、夫の中井と公子を再婚させるためである。一方、同じく「潮バンド」の一員である少年英二は、元貴族議員の綾小路伯爵の庶子であり、権威主義的で冷たい綾小路家を嫌って家出したところを周三夫婦に拾われた。最終的に、公子は中井と再婚、英二はアメリカ人ジョンソンの亡妻である叔母百合子の遺産を相続する。千晶は下関まで桂子に会い行き、東京へ帰るよう説得するが、肺病に侵された桂子は皆の幸福を考えて入水自殺する。人魚の王が地上に帰ってしまった人間の乙女を呼び戻そうと掻き口説くマシュー・アーノルドの詩『捨てられた人魚』を先行作品《プレテクスト》として織り込み、抒情

性の中に桂子と英二の二つの物語を巧みに交差させた母恋いものの秀作。（倉田）

↓「朝の花々」「春待つ花」「雪割草」

むすめ獅子《むすめじし》　山手樹一郎作。『平凡』連載（一九五一・一二〜五三・一二）の「紅梅行燈」を改題し、少年少女時代小説シリーズとして一九五四（昭29）年一一月、偕成社。町娘お澄が、正義感と恋心から、忠義な南部藩士弓川金吾を支え、藩のお家騒動の標的小夜姫の身代わり役を務め、得意の柔術を駆使し、騒動を解決するまでを軽快に描く。勇気と人情に溢れるお澄が魅力的。内高岩肇脚色による東映映画「ふり袖小天狗」として、出好吉監督美空ひばり主演で五五年公開。（鈴木美）

花と小鈴《はなとこすず》　川端康成作。一九五二（昭27）年二月〜一二月『ひまわり』。五三年七月、ポプラ社。カバー絵は松本昌美、挿絵は花房英樹。家が隣同士だった順子と節子は家族ぐるみのつきあいをしていたが、順子の父の事業が失敗し破産に追い込まれ引っ越すこととなる。その後も妹の好子が肺炎で入院するなど家計が逼迫する中、以前習っていた踊りの先生に声をかけられた順子は新橋の芸者屋の養女になる。実母の死などの憂き目にあう中、踊りの世界で目をかけられるようになり、その場所での心地よさを感じるようになっていく。一方の節子は、順子が送ってくれた踊りの会の招待券を落とし学校のシスターにとがめられたり、また母親が順子をこころよく思わなくなったりと、順子との仲を隔てるような状況ができあがっていく。近いところにいたはずの二人の少女が、まったく異なる道へ別れていくさまを描いた作品である。（中谷）

↓「美しい旅」「乙女の港」「歌劇学校」「親友」「翼の抒情歌」「万葉姉妹」

忘れじの丘《わすれじのおか》　水島あやめ作。一九五二（昭27）年三月、ポプラ社。女学校に通う牧伊代子は、美しくもはかない三千代にすっかり心奪われていた。憂いの色が日に日に濃くなり、床に臥せりがちとなった三千代は、親しくなった伊代子に「おとなの世界」は「わずらわしいもの」、「いつまでもいつまでも」「無邪気な少女の世界においてあげたい」と言い遺して亡くなる。三千代には婚約者を事故で亡くした忘れ得ぬ過去があった。女性の悲恋の物語と、限りある少女の日々の輝きが対比され描かれている。（近藤）

↓「秋風の曲」「秋草の道」「友情の小径」

はるかなる歌《はるかなるうた》　北条誠作。勝山ひろし絵。一九五二（昭27）年四月〜五三年三月『小学五年生』、五三年四月〜六月『小学六年生』。同年一一月、ポプラ社。

度重なる不幸に見舞われながらも、「美しい心」を捨てることなく苦難を乗り越え、幸福を手にする少女の物語。父親の破産と病気により、俄かに零落した由紀子は、転入先の同級生・洋子から激しいいじめを受けるようになる。洋子の讒言により、日ごろ親しんできた母が継母であったことを知り、彼女の幸せは脆くも崩れ去る。さらに洋子に挑発されて親に無断で修学旅行への申し込みをし、洋服代をその費用に流用してしまった彼女は、それを母に言えない苦しさと、クラスで盗みの嫌疑をかけられたショックから家出をし、様々な苦労を味わう。一方の洋子は、クラスの女王的な存在。由紀子を目の敵として中傷やデマを飛ばし、学級全員を巻き込んで彼女を追い詰めるが、やがて友人たちから疎まれ、また自分の嘘に足を掬われて行方をくらまし、悪党にとらえられる。それぞれが家を出、辛酸を嘗めるなかで二人は再会。洋子を恨むことなく、むしろ彼女を思いやる由紀子と、その「美しい心」に触れて心を入れ替え、懺悔する洋子。互いに助け合って苦境を脱し、両者は母の元へと戻っていく。

　少女小説の典型である母探しの旅が、より心的なレベルで行われており、母から離れ、再びそこに回帰していくまでの過程が、由紀子の心の成長と重ねられている。実母ではなく、継母との関わりが取り上げられ、継母の稀に見る愛情の深さが示される展開は、戦後の家庭状況を反映していよう。貧しい娘が敵役の少女にいじめられて家出をし、心持の清さによって相手を感化していくというパターンは、北条作品の常套だが、本作では、これを由紀子と洋子の関係のみならず、由紀子と彼女の面倒をみる老夫婦の関係へも敷衍することにより、いっそう強調する運びとなっている。（橋本）

↓「愛の花束」「乙女椿」「哀しき虹」「花は清らに」

天使の歌《てんしのうた》　藤沢桓夫作。一九五二（昭27）年七月、偕成社。挿絵は佐藤漾子。立花月代の母はすずらん洋品店の店主であるが、信州の田舎で療養中だ。母の留守中、店は初島という男が切り盛りを任されていたが、彼の謀略によって店を奪われてしまう。月代の仲良しである光子は、月代に瓜二つの顔をした少女に出会う。彼女と月代の間には当人たちも知らない運命が隠されていた。（赤在）

↓「花の秘密」「花は偽らず」

あらしの白鳩《あらしのしろばと》　西條八十作。一九五二（昭27）年九月〜六〇年九月『女学生の友』。五二年九月から五四年九月の連載分のみ、偕成社から単行本として刊行（一九五四・一〇）。

「正義と愛のしるし」として、白鳩のバッジを胸につけた少女三人の「白ばとグループ」。リーダーの日高ゆかりは空襲で両親を亡くし、警視総監のおじに見守られて、大きな洋館で暮らす。メンバーの辻晴子と吉田武子もそこに同居している。晴子は無口だが頭が良く、洞察力がある。体格のよい武子は腕力があり、「おとめべんけい」というあだ名をもつ。三人は、一九五二年九月から五四年九月連載分では、ギャングに財産を狙われる大平桂子を助け、毒ヘビ事件の謎を解く。五四年一〇月から五六年七月連載「悪魔の家の巻」では、東茉莉子の依頼で鎌倉の屋敷の秘密を暴き、「大悪漢」椎名魔樹と対決。五六年八月から五八年二月連載「黒頭巾の巻」では、新メンバーを加えて「黒ずきん隊」を結成、再度、魔樹に挑む。五八年四月から五九年五月連載「地獄神の巻」では、父の仇と結婚させられそうになる三葉愛子を救出する。五九年六月から六〇年九月連載「パリ冒険の巻」では、怪死した貿易商の秘書バーバラの苦境を、武子が救う。

　無理のある展開やプロットなど問題点も見えるが、クライマックスでは飛行機や戦車まで使った戦闘も描かれ、スケールが大きい。「少女をいじめる悪人は少女の手でほろぼす」をモットーに、それぞれに個性や能力をもった少女たちが巨悪と戦うさまは、現代サブカルチャーの一ジャンル「少女戦隊」を彷彿させる。一方で、「悪魔の家の巻」以降、徐々に主役は武子個人に移り、助けられた少女と武子が、恋人どうしのような強い信頼関係で結ばれる。ここには戦前の少女小説の名残も見える。九年という長い連載が終わったのは一九六〇年。少女小説は少女どうしの友愛から異性愛へ、その重心を移しつつあった。（藤本）

↓「荒野の少女」「悲しき草笛」「天使の翼」「流れ星の歌」「謎の紅ばら荘」

幸福の鈴《こうふくのすず》　菊田一夫作。一九五三（昭28）年四月、ポプラ社。父の復員を信じ、貧しい生活を送っていた美也子は、芦田夫人の自動車にはねられ重体に陥った母芳枝から、銀の鈴を託される。それは美也子の祖父が生前に、芳枝と美也子が不幸に見舞われたとき、友人として知恵を授けてほしいと願い、彼の援助で世に出た若者六人と芳枝に贈った品だった。過失がないにも拘らず芳枝の治療費を負担した芦田から、さらに養育費の援助を申し出られた美也子は、それを断ると、美人教師杉森と、鈴の保有者を訪ねる旅に出る。五人と無事に会えた美也子は、さらに、戦死した六人目が遺したノートに導かれ、記憶を失くしつつ妻子のもとに辿りついた父とも再会。幸福を手繰り寄せた美也子は、T歌劇の受験を決意。前近代的な報恩や、最終的に芦田夫人らの経済的援助を抵抗なく受け入れてしまう一貫性のなさに瑕瑾も認められるが、作中で繰り返されるブッセ「山のあなた」と、幸福を求め勇敢に突き進む美也子が織り成すコントラストは見事で、極めて印象的である。（渡部麻）

↓「涙の駒鳥」「白鳥のゆくえ」

希望の丘《きぼうのおか》　池田みち子作。一九五三（昭28）年七月、偕成社。日本の敗戦後の少女たちの生活をつぶさに伝える長編。両親を喪った上海からの引き揚げ孤児・愛子は、空襲で焼け出されて屋台で商いをする軍人の未亡人・叔母さんと貧乏長屋で暮らす。同じ長屋の子沢山の家の長女で、主張すべきことはきちんと主張すべきだという意志をもち、貧しいながらもしっかりと生きて行こうとする露子。二人は家計を助けるために夜の新宿で花売り少女として働く親友同士だ。いっぽう、祖父の代に築き上げた財産を戦後一層発展させた家の一人娘で、我が儘で活発なみどり。三人は同じ女子中学校に通うが、同級生の落とした金をみどりが偶然拾って言いそびれたため、貧しい愛子に嫌疑がかかる。だが、愛子と叔母さんが病気に罹った時に助けてくれた医師の息子・竜一が、叔母さんに亡き母の面影を見て慕い、欠けていた二つの家族が寄り添い合って、新しい家庭を作り、愛子も仕合わせになる。拾った金の秘密を抱えて苦しむみどりの心を解いてくれたのが、彼女に惹かれる竜一だった。のびゆく若草のような少女たちが、それぞれ希望をもって苦境から脱出していく物語で、作者の少女たちへのエールが感じられる。（長谷川）

母の小夜曲《ははのせれなーで》　北村寿夫作。一九五三（昭28）年七月、ポプラ社。両親を亡くした由美子は、引き取られた先の叔父の一家に辛く当られ、心の支えの親友月江とその弟賢太からは誤解によって敵として恨まれることになる。苦境に立たされた由美子は、キリスト教の「汝の敵を愛せ」という教えを実践する。自分を陥れようとした賢太の罪を被り、散々自分を蔑んだ従姉のために母の形見を手放す。献身した由美子の愛の自己犠牲が、全ての人を幸福へと導いてゆく。（近藤）

↓「神を見た少女」「母の湖」

春待つ花《はるまつはな》　円地文子作。一九五三（昭28）年七月〜五四年三月『六年の学習』。五五年三月、ポプラ社。小学六年生の清美は、父の療養中、母と二人、東京で洋裁店を経営する伯母の世話になることになった。昇やドイツ人の母を持つ「混血児」の春江に別れを告げて上京した清美だが、美しく聡明な彼女は、従姉の百合香や級友たちの嫉妬の的となる。やがて中国人の父を持つ恵子と親しくなるが、伯母に嘘をついて恵子の家に行ったことが問題となり、母子は伯母の家を出る。昇、春江、恵子は清美の行方を探すが、見つからないまま半年が経つ。ある日、春江の叔父に連れられて帝劇の「劇と音楽の夕《ゆうべ》」に行った三人は、「ねむりひめ」を演じる清美と再会する。将来を嘱望される少女スターとなった清美は、恵子や春江とともに白薔薇学園に入学し、父も退院して大団円となる。ご都合主義的な展開ながらも、「人間同志が国籍を越えて愛しあい、戦争のようなおろかな悲劇をくりかえしたくない」(あとがき)というメッセージが力強く示された、希望に満ちた物語。(倉田)

→「朝の花々」「母月夜」「雪割草」

古都の別れ《ことのわかれ》 大原富枝作。一九五三(昭28)年八月、偕成社。中等部と高等部からなる東京の女学校が舞台。戦後まもなくの、さまざまな事情を抱える女学生たちの「エス」感情や友情、師弟愛を描く。戦災孤児の美香子は、父が戦争中にソビエトで捕虜として抑留中に病死、母が空襲時に死亡して、寺の孤児院で育ったが、画家の「あしながおじさん」の世話で女学校のひなげし寮に入り、花の精のように人気者になる。上級生で白百合寮の秀才あつ子もまた両親がおらず、叔父に学費を出してもらっていた。薔薇寮の華麗な麗子も実は、幼児の時父に捨てられ母子家庭で育った過去をもつ。母亡き後は大きな酒造家の父に引き取られるが、やがてその父も死亡。幸福は「仲よく、みんなが分けあってもつもの」、「生きてゆくということには、大へんとうとい意味がある」という思想が作品に流れている。(長谷川)

母の小径《ははのこみち》 船山馨作。一九五三(昭28)年八月、ポプラ社。男爵家の令嬢多恵子の生活は、父の自殺が世間を騒がせ、兄が家出し、破産状態に陥ったことで一変。華族の令嬢として大切に育てられた母に生活力はなく、母娘は父の姉の家に寄寓。華族の養子となった兄にかわり女子大を出て家督を継いだ実際家の伯母の感化で、「高等な乞食」に等しい今の生活を恥じた多恵子は、自活すべく美容師を目指す。過去にすがることの不毛と、未来を切り拓くのは知恵に他ならないことを、本作は一貫して語る。(渡部麻)

→「少女小説白鳥は悲しからずや」「谷間の白百合」

母星子星《ははぼしこぼし》 城夏子作。一九五三(昭28)年一〇月、ポプラ社。著名な科学者を父に、西洋舞踊家を母に持つみどりと紅子、さらに女中のチャコを加えた三人の少女は、祖父と共に父母を待ちつつ暮らしていた。しかし戦争が終わり、ようやく帰国した父は、満州で発病した母の入院先が匪賊に襲われ、日本人が全員殺されたことを姉妹に告げる。さらに父も発病。父を療養所に入れるため、美しい庭のある東京の家を手放し、チャコとも別れ、藤沢に移る。母を求める末娘紅子のために父は、戦争未亡人藤井との再婚を決意。だが、戦死したはずの藤井の夫が復員。他方その頃、死んだはずの母らしき婦人が度々目撃され始める。チャコの新しい主人である女性作家の仲立ちで、みどり、紅子と再会した母は、失われた記憶を取り戻し、一家に幸せが訪れる。みどりと紅子に加え、小学校卒業と同時に女中となったチャコや、戦災孤児院で暮らす子どもたちの姿に光をあてた本作は、敗戦直後の少年少女たちの多様な生を写し出している。（渡部麻）

↓「みどりの星座」

友情馬車《ゆうじょうばしゃ》

鹿島孝二作。一九五三（昭28）年一〇月、偕成社。湘南女学院三年生の仲良し三人組のおしとやかな真佐江、陽気なたま子、スポーツ万能のみち子が、ひょんなきっかけで相知った中学生・賢一と、貧しい人に食料の寄付をする「友情馬車」の運動を始めるまでを描く。著者の愛した湘南・平塚を舞台に、女学生の朗らかな学校生活をユーモラスに活写しているが、加えて貧困者・浮浪者・戦争未亡人の救済という社会的視点も力強く打ち出した作品。（谷内）

母の調べ《ははのしらべ》

大谷藤子作。一九五三（昭28）年一一月、ポプラ社。自動車事故の怪我で入院していた女学生真弓の母は、退院はしたものの足は完治していない。近所に住む杉村家は、父を亡くした真弓一家（祖母・母・真弓）の面倒をよく見てくれ、入院に際しても世話になったので、母は早速挨拶に出向く。そこで、南條という中年男性に会う。彼は一人娘の静子を亡くし、妻も重病という悲惨な状況にいるが、静子の形見を杉村家の一人娘で病床にいる美奈子に渡しに来たのだ。南條の勘違いからトラブルが起こり、真弓は南條に強く抗議するが、後日、南條から詫びの薔薇と松葉杖が届き、さらに母の療養にと田舎の南條家へ誘われる。療養先の南條家では、邪な女中の一人が南條の妻の病気を悪化させていたが、真弓の優しく前向きな姿勢が、頑固で癇癪持ちの南條の気持を和らげ、問題の女中の姿勢をも改めさせ、やがて南條の妻も快方に向かう。少女の清く真っ直ぐな心が、癇癪持ちの男性を変える点、女中の姦計、偶然の出来事など、バーネット原作『小公子』の影響が窺われる。同書には他に、短編「伯母の夢」「素晴らしい日曜日」が収録されている。（岩淵）

↓「少女小説ゆく春の物語」「若草日記」

かえで鳥のうた《かえでちょうのうた》

堤千代作。一九五四（昭29）年一月～一〇月『少女クラブ』。五四年一二月、ポプラ社。なほ子は敗戦から八年後、かえで鳥のピコと共に戦災孤児として帰国、おじの家に引き取られた。他方、奉天時代の知人で、なほ子一家をモデルに小説を書いて成功した英国人マックグレーンは、彼女を援助すべく、珍しいかえで鳥を頼りにその行方を探していた。ある日、ピコを手放すように言われたなほ子は、おじの家を出る。宝飾品の密売人である謎の女隊長らに助けられつつ、行く先々で狙われる珍鳥ピコを守ってきたなほ子だが、ついに、勤め先の中国人店主により、英国人女性にピコが売られてしまう。ピコを取り返すべく英国人女性を訪ねたなほ子は、マックグレーンと再会。ラストは、彼を後見として英米仏を訪れたなほ子の幸福を暗示し、謎の女隊長の優しさを懐かしむシーンで閉じられる。スリリングな展開に加え、敵国であった英米仏が末尾で唐突に登場する点、密売で稼ぐ女隊長が救済者に設定されている点にも見るべきものがある。なお、堤は序文でモデルの存在に触れている。（渡部麻）

↓「どこかで星が」「みんなきた道」

親友《しんゆう》

川端康成作。一九五四（昭29）年一月～五五年三月『女学生の友』。五五年三月、偕成社。装幀山中冬児、挿絵江川みさお。新制中学に入学し、同じクラスになった田村かすみと安宅めぐみは親しくなる。周囲から顔が似ているといわれる二人だが、父を早くに亡くし母と二人で暮らすかすみは寂しがりやで時に気むずかしいところがあり、両親のもとでのんびり育っためぐみとは正反対の性格をしている。母と森田のおじが心を寄せ合っていることに気づいているかすみは嫉妬心からおじに冷たくあたるが、彼の優しさを知るめぐみの支援や、上級生である坂本容子の兄郁夫の登場によって変化していく。顔が似ている二人という設定は川端の他作品でも見られるが、本作では縁戚等ではない。この設定は、失明しかけた森田のおじが、かすみとめぐみを取り違えて優しい言葉をかけ、彼の優しさを知っためぐみが二人の和解を応援するという展開にいかされている。（中谷）

↓「美しい旅」「乙女の港」「歌劇学校」「翼の抒情歌」「花と小鈴」「万葉姉妹」

花いつの日に《はないつのひに》

小糸のぶ作。一九五四（昭29）年一月～五五年八月『少女クラブ』。五五年九月、『すてきにおもしろい少女小説 花いつの日に』が、大日本雄弁会講談社より刊行。父の死後、引き揚げで生き別れとなった母を探し求める小学六年生のゆかりが、苦難の末、涙の再会を果たすまでの紆余曲折を描いた波乱万丈のストーリー。養母と妹の幸福を願い、再婚の妨げになるまいと家を出たゆかりを待ち受ける恐ろしい出来事の数々。悪者のもとから救い出してくれたおばあさんやレイ子に助けられつつ、テレビ会社の子役として頭角を現す彼女は、噂を頼りに母を訪ね歩き、やがて目を患った母とめぐり合う。実母のみならず、養母との間に見られる深い絆が強調され、父や養母がそれぞれ築く新しい家庭との交流が描かれるなど、血縁にとらわれない新しい家族の在り方が追求される。また、全てを大団円へと導くシスターフッドの力を強く打ち出しているのも本作の特徴。当時、始まったばかりのテレビ放送をめぐる状況が描かれているのも興味深い。（橋本）

→「ここに幸あり」「矢車草」「夢のゆりかご」

赤い花白い花《あかいはなしろいはな》

大林清作。一九五四（昭29）年二月〜五五年七月『少女』。五五年一〇月、偕成社。原題「あかい花しろい花」。柚木美子は生後間もなく裕福な岡崎家の養女となり、何不自由なく育つ。双子の妹友子は、父与市の復員を待ちつつ、母と弁当屋を営み苦しい日々を送っていた。帰朝した与市に会いに行く美子に付き添った養母が、その途次肺病で倒れ入院。邪なおばが岡崎家に入り込んだことで、美子の生活は一変する。他方友子も、父を迎えに出た間に家を焼失。柚木家の父母娘は、生活のために離別を余儀なくされる。その頃岡崎は、美子のために、離散した柚木一家の行方を追っていた。旅回りの民謡団に加わった友子が、歌の才を発揮しラジオ出演を果たしたことで、二組の家族はついに再会。物語は、バイオリニストとしての与市の再就職と、少女歌手としての友子の将来を約束して閉じられる。少女の才能が再会の鍵を成し、少女が自らの才能と努力によって、一家の明るい未来をたぐりよせてゆくところに、本作の特色がある。（渡部麻）

→「哀しき円舞曲」「花におう丘」

ここに幸あり《ここにさちあり》

小糸のぶ作。松本昌美絵。一九五四（昭29）年四月〜五五年一〇月『少女』。五六年一二月、偕成社。雑誌には「毎月大評判」の惹句が躍り、「いづみちゃんの歌」を募集して読者から寄せられた作品や絵、手紙を紙面に掲載するなど、好評を博した。主人公は、沼津の小学六年生・青山いづみ。県下の小学校音楽コンクールで優勝した彼女が、レコード会社社員を名乗る男にだまされ、病床の母には告げずに上京。東京で働き、苦難の日々を耐えるいづみと、別れた娘を恋い慕う病弱の母。互いを想い合う二人が、再会を果たすまでを描いた涙の母子物語。少女の虚栄心を戒め、身近な幸せの価値を改めて問い直す内容となっている。日本でLPレコードやEPレコードが発売されてまもない当時、新しいメディアを積極的に取り入れた意欲作。前述のような掲載雑誌における歌の募集は、本作のレコードにまつわる設定とリンクしており、興味深い。(橋本)

↓「花いつの日に」「矢車草」「夢のゆりかご」

紅ばらの夢《べにばらのゆめ》

横山美智子作。一九五四(昭29)年四月、ポプラ社。横山作『少女小説みどり輝く』(文陽社、一九四九。挿絵は辰巳まさ江。)を加筆修正したもの。冒頭の「はじめに」で横山は「やさしい女主人公葉子の悲しみに心をいため」つつ「葉子を悲しい目にあわせた当の本人さかえに、おもいがけないほどの熱情を感じている」ことに気づいたと語っている。実際、清らかで真面目な葉子と華やかで自己主張のはっきりしたさかえの関係性をめぐる二人の心情は、どちらか一方に偏ることなく書かれており、心の正しい少女が人々を改心させる教訓一辺倒の話に終始しない形となり得ている。隣家に住む葉子とさかえは、葉子の異母兄・康夫も含め、幼い頃から家ぐるみで親しく交際してきたが、父を亡くし康夫はシベリアから戻らず病弱な母を抱えた葉子に対し、さかえの家は羽振りがよい。ある夏、さかえからの軽井沢の別荘でのアルバイトの誘いを葉子が家庭の事情ゆえに断って以来、さかえは葉子に冷淡な態度をとり始める。偽善を嫌うさかえは前から葉子の聖女のようなふるまいに反感を抱くことがあったが、その一方で葉子への賛美の思いも保持されており、関係が決裂した後も葉子に対するさかえの気持ちは康夫に対する思いも絡んで激しく揺れ動き続ける。また葉子の方も単に自分の信じる道を邁進するのではなく逆境に際しては反省を繰り返し、自分を知る難しさを痛感する。東京を去ってからも多くの苦境に遭遇しつつひたむきに暮らす葉子、華やかな交友に嫌気がさし自分の本当に求めるものを悟ったさかえ、シベリアから帰還しても母や葉子を見つけられず、さかえ家の人々の思惑に振り回されつつ北海道の炭鉱労働者となった内省的な康夫の三人の再会が用意され、その実現前夜の各々の喜びの中で物語は終わる。メンデルスゾーンの「歌の翼」、ブリューゲルの絵といった芸術的モチーフ、教会通いなど、読者の好みを勘案した要素が作中には散見される。また葉子が移り住んだ農村で青年たちに流行しているダンスは、GHQ主導のレクリエーションプログラムにより全国的に広がったフォークダンス(スクエアダンス)の爆発的な流行を反映しているか。「国のために身命をなげうつのをためらうのは、卑怯であろう。だけど、その国の方向がまちがっていたら、どうなるのだろう?」と康夫が考えるシーンもあり、戦後

色の濃厚な作品となっている。装幀・挿絵は山本サダ。（布施）

↓「嵐の小夜曲」「海鳥は唄ふ」「花の冠」「母椿」「紅薔薇白薔薇」

七色少女《なないろしようじょ》

火野葦平作。一九五四（昭29）年一一月、同和春秋社。装幀大橋彌生、挿絵桜井誠。『昭和少年少女文学選集第三巻』として出版された。五二年刊の『少年少女評判読物選集（七）虹を求めて』（講談社）を改題したもの（章題などに異同が見られる）。マリ子と十美子の前に現れた熊野という男は、父たちの軍隊時代の上官で戦地での出来事を種に脅しに来た人物だった。一方、友人の月江が乗る電車が脱線。月江を助け、父親たちとその勤め先の愛和遊園を熊野から守るため、また熊野の娘チヨを強盗団から救うため、マリ子らは駆け回る。小倉から東京を舞台に少女たちが大活躍する物語。列車事故の場面で松川事件にふれて主人公が「共産党は大きらい」と言う場面があったり、遊園を乗っ取ろうとストライキをしかける熊野の仲間（戦前ストライキを先導し首になった経歴をもつ）が列車事故の犯人だったりと、作者の思想が垣間見える作品でもある。（中谷）

↓「花の命」

嵐に立つ虹《あらしにたつにじ》

大庭さち子作。一九五四（昭29）年一二月、偕成社。最愛の母を亡くし、冷たい叔父の家に引き取られた津山まり子は、亡くなったと聞かされてきた父が実は生きていると知り、探し出すことを決意する。一方、不良少女とされる従姉の千鶴子も生みの母と引き離され、意地の悪い継母と暮らす。大人たちのいがみ合いに巻き込まれた二人の少女は、苦難に立ち向かう。耐え忍ぶ少女ではなく、自己を主張し、行動する少女が形象化されている。（近藤）

↓「新しき風」「みどりの朝風」

悪魔の湖《あくまのみずうみ》

久米みのる作。一九五五（昭30）年一月～一二月『少女クラブ』。連続少女誘拐事件に巻き込まれた有島とも子は、兄や警察と共に事件の真相を追う。精神に異常をきたした犯人が金儲けのために、脳を患った少年に成績優秀な少女の脳を移植して、少年を自身の命令に従うロボットに改造して誘拐をさせていたのだった。アイヌでは悪魔の湖と呼ばれている場所で犯人が死んだことを知ったとも子は、悪魔の湖が希望の湖に反転する日を祈る。（鈴木恵）

あした咲く花《あしたさくはな》

長谷川幸延作。木村光久絵。一九五五（昭30）年一月～八月『少女』。孤児院の小津学園から村山先生宅の養女となったまち子と、学園時代からの親友・三吉少年が起こす事件の数々を縦軸とし、我が子を見つけて陰ながら見守るようになる二人の父親たちの再生物語を横軸に展開する。父親不在の少女小説が多いなかで異色の作品。従来の子供による親探しに加え、親による象徴的な意味での子探しをも併せ描くことで、親子や家族の問題を立体的に浮かび上がらせている。（橋本）

流れ星の歌《ながれぼしのうた》

西條八十作。一九五五（昭30）年一月〜一二月『少女クラブ』。その後、ポプラ社より刊行（一九五六・一）。父と生き別れ、母も亡くした東美穂子は、異母姉を頼って上京する。しかし、大規模な強盗に手を染める姉に利用され、生活のすべを失う。その美穂子を、複雑なしかけをこらした屋敷に住む丸角大八が雇った。姉と仲間の悪田は、美穂子の財産相続権も狙うが、それを察した大八が美穂子の危機を救い、つけていた仮面をとる。大八は、海外で悪田に無実の罪を着せられて服役し、帰国した美穂子の父だった。美穂子を助ける探偵も登場するものの、謎解きはほとんど行わない。魅力はこの探偵にではなく、悪玉に見えた大八が善玉に変わるどんでん返しにある。一九五〇年代までに書かれた少女小説では、主人公と母が生き別れになる設定が多い。しかし、この作品では積極的に行動する父が最重要人物となることで、大胆な展開が可能になっている。（藤本）

→「あらしの白鳩」「荒野の少女」「悲しき草笛」「天使の翼」「謎の紅ばら荘」

花は清らに《はなはきよらに》

北条誠作。一九五五（昭30）年一月〜一二月『少女クラブ』。五七年九月、『夢の花びら』（ポプラ社）に収録。社会の荒波にもまれて苦労を重ねる少女・圭子が、仲間と手を携えて困難に立ち向かい、幸せを手に入れるまでを描く。両親亡き後、叔父一家の居候となっていた圭子は、学芸会の主役となったことから級友の幸子に憎まれ、家同士の商売取引を断ち切られる。そのために叔父の怒りを買い、身一つで家を追い出された彼女は、当て所もなく彷徨い歩いた末、自分と同様、身寄りのない孤児三人と知り合い、彼らとともにバレースタジオを経営する先生のもとで世話になることとなった。しかし、この土地に眠る宝を狙う悪党の度重なる嫌がらせや、その放火によるバレースタジオの消失により、彼らは離散。飢えに耐え、行き場を求めて彷徨する圭子は、紳士然とした悪者の口車に乗せられて、少女歌劇団とは名ばかりの労働団に売り飛ばされてしまう。辛酸を嘗めた挙句、彼女たちは再会を果たし、悪党を懲らしめて警察へと引き渡す。入院していた先生も健康を回復して結婚し、皆が再び仲良く暮らすこととなる大団円をもって小説は閉じられる。

北条は、戦中から戦後にかけて多くの少女小説を発表したが、本作品は単行本化されたものの一つ。少女間の上下関係が、親同士の関係性および貧富の差によることや、主役となる少女が孤児（あるいは母子家庭）であること、またストーリー展開が偶然の出会いに大きく左右されることなど、北条作品ひいては同時期の少女小説に顕著なパターンが随所に認められる。

　これらの傾向には、いずれも戦時下・戦後における日本の現状が色濃く影を落としているが、不幸な少女の生い立ちを描きながらも暗い作風とならないのは、かならずしもハッピーエンドにのみよるものではない。文末に「……」を多用した余情に富む文章や挿絵、少女言葉が相俟って醸し出す抒情的な雰囲気と、不運にめげることない少女たちの向日性が、独特な明るさをもたらしている。戦争により身寄りを亡くした孤児の奮闘ぶりに、戦後日本の将来に対する展望が重ねられてもいる。（橋本）

→「愛の花束」「乙女椿」「哀しき虹」「はるかなる歌」

ひごい物語《ひごいものがたり》　打木村治作。一九五五（昭30）年一月『少女クラブ』。「もみじ」という少女と、近くの池に住む一匹の「ひごい」、池の持ち主の「おじいさん」との交流を描く。洪水によって行方不明となった「ひごい」を発見、「心のくらい」ところから笑顔を取し戻し「おじいさん」をも笑顔にしようとする「もみじ」は、与えられる者から与える者へと立場が逆転しており、成長が見られる。少女の成長物語である。（櫻田）

あの母この母《あのははこのはは》　平林英子作。一九五五（昭30）年四月、鶴書房。妻に死なれた貧しい画家森川俊一は、下の娘で乳飲み子の幸枝を里子に出す。幸枝は、養母駒井美代子に大切に育てられ賢く成長するが、小学校六年生の時、養母は幸枝が貰い子であることを明かし病死する。幸枝は養母の兄浅井浩に引き取られるが、浩の妻や娘に苛められ辛い日々を送る。しかし、里子に出す際持たせた幸枝の似顔絵が手掛かりとなり、幸枝は、画家として大成した父と姉幸子とともに暮らすことになる大団円で物語は閉じる。同書には他に、戸山一彦「さすらいの小鳩」が収録されている。（岩淵）

級友物語《くらすめーとものがたり》　吉屋信子作。一九五五（昭30）年四月～五六年二月『女学生の友』、五六年一一月、ポプラ社。連載時は「くらすめいと物語」。戦後の女学生を描く六短編を収める。単行本には中編「ぼくは犬です」も併録。短編中の「松浦澄枝さんのこと」の澄枝は空襲で父が亡くなり、母が百貨店の仕立物をし、本人は金貸しのおばあさんの集金のアルバイトをしている。澄枝は友人に物を貸しても利子をとるほどの「物質主義者」

だが、貧しい母子の取り立ての時にはこっそり立て替えをし、おばあさんに褒められる。「うそとばら」は、かつて英国大使館付武官で今は他人の洋館の別荘番兼園丁となり、ばらを育てている祖父と暮らす祐子が、洋館を自宅と思って遊びに来る級友達に苦慮するが、祖父母が上手く対応してくれた上に、丁度洋館を借りる英国人が来訪したので、級友達に今後は洋館を貸すと話して切り抜ける。「わが母の悲しみ」の悠子は父が画家、母は洋裁店で働いているはずだったが、母の仕事場を訪ねるとそこはキャバレーだった。しかしは悠子は母の悲しみを理解し、やがて父の絵が美術展に入選。「若い祖母の話」は、夏休みに祖母の家に手伝いに出かけた不二子が、祖母の女学生時代の思い出に聞き入る話。「こけし人形」は、地方から転校してきたゆきえがカバンにこけし人形を入れているので級友はおかしがるが、実は一緒に人形を買った友人が一家心中の犠牲になったため、彼女と登校するつもりで連れて来ていると分かる。「クラスの盗難」は、担任の先生の出産祝いにクラスで集めた四千円が無くなり、貧しい中島さんが疑われたが、外部から侵入した泥棒の仕業だった。中島さんは父が満州で亡くなり、弟妹の世話をして母の代わりに映画館の売店にも出る真面目な少女だった。

「若い祖母の話」以外は、戦後のまだ貧しい時代に、過酷な社会で精一杯生きる少女たちを励ますように描く。『花物語』的な浪漫的要素はほとんど無く、庶民的な生活の細部が描かれる。「若い祖母の話」は、刊行時に六〇歳となる作者が、自らの少女時代を若い読者たちに懐かしく語る趣があり、「少女の一日一日を」「美しくきよく送るよう」にとメッセージを送っている。（久米）

↓「あの道この道」「返らぬ日」「花物語」「伴先生」「紅雀」「三つの花」「わすれなぐさ」

真珠《しんじゅ》おとめ

中江良夫作。佐藤なみ子絵。一九五五（昭30）年四月～五六年三月『少女』。真珠のように身も心も美しい少女・かおりが、父の死後、行く先々で酷い仕打ちを受けるも、信吉少年や草笛を吹く老人に励まされながら生き抜き、すれ違いの末、求め続けた母の懐に抱かれるまでの流転の物語。主人公を脇でサポートするのが、年代を超えた異性である点が特徴的。劇画的に描かれるかおりの転変の過酷さと、信州の大自然や老人の吹く草笛が醸し出す抒情性。両極端な現実を生きる少女の逞しさが印象的な作品。（橋本）

花の冠《はなのかんむり》

横山美智子作。一九五五（昭30）年四月、ポプラ社。山の牧場の養女として可愛がられて育ったマルミは一六歳になり実母が残したノートを読むことを許され、両親の生きた証しに触れ喜ぶ。その頃、近くのホテルに詩を書く青年・秀彦とともに滞在していた老画家はマルミの実父だった。身を持ち崩した彼はしばしマルミと交流を持った後、再起を誓い秀彦にマルミを託して去る。その後、牧場は買収され、実父を求めて家を出たマルミは、迎えに来た養家の兄・とおるを拒むが、養父が自害を図り危篤だと知り、秀彦に見送られ山に戻っていく。マルミの歌や劇中劇が随所に織り込まれた本作は、刊行に先立ち一九五四年一月～四月に、ラジオ東京にて美空ひばりの主演で放送された。（布施）

↓「嵐の小夜曲」「海鳥は唄ふ」「母椿」「紅薔薇白薔薇」「紅ばらの夢」

秋草の道《あきくさのみち》　水島あやめ作。一九五五（昭30）年五月、ポプラ社。両親を亡くし叔父一家に引き取られて雪国の田舎町で暮らす有本美鈴。叔父たちは思いやりに満ちていたが、寂しさを拭い去ることはできない。ところが、ある時、亡くなったと聞かされていた母が実は生きていること、結婚後も女優を諦められなかった母が美鈴の父と離婚し、美鈴を捨てたことが明らかになる。母娘は再会をするが、共に暮らそうという母に対して、美鈴の心は母への恋しさと憎しみとの狭間で葛藤する。わだかまりが残るままに母娘は東京での生活を始めるが、田舎育ちの美鈴は東京でのきらびやかな暮らしに馴染めず、女優業で多忙の母とはすれ違い、孤独感を一層深める。母娘の心を結び付けたのは、母の交通事故であった。足が不自由になり、女優を断念した母に、貧しくても構わないから傍にいてほしいと美鈴は初めて本心を吐露。ようやく母娘は心を交わせる。母に対する娘の複雑な想いが描き出されている。（近藤）

↓「秋風の曲」「友情の小径」「忘れじの丘」

謎の紅ばら荘《なぞのべにばらそう》　西條八十作。一九五五（昭30）年五月、ポプラ社。表題作のほか、「秋の幻想」「マリヤ人形」「病めるカナリヤ」も収録された。両親を亡くした一五歳の宮森智子が頼りにできるのは、おじで名探偵の佐倉五郎だけ。豊かとはいえない生活を支えるため、智子は南伊豆のホテル紅ばら荘で働く。そこには、あやしげな主人や宿泊客がおり、やがて脱獄囚・黒雲元を追って佐倉や警官がやってくる。複数の殺人や失踪事件が起こるなか、身に危険の迫った智子は帰京。道中、黒雲のわなに落ちたことをきっかけに、紅ばら荘と黒雲の関係が明らかになる。魅力は、孤児という少女小説定番のヒロインや名探偵にではなく、天才科学者でもある黒雲と、隠し扉や通路をもつ紅ばら荘にある。不気味な悪漢やしかけ屋敷により、怪奇小説の趣も持つのだ。これは『流れ星の歌』や『あらしの白鳩』にも共通する特徴で、一九五〇年代に量産された八十の探偵少女小説を考えるうえでも興味深い。（藤本）

↓「あらしの白鳩」「荒野の少女」「悲しき草笛」「天使の翼」「流れ星の歌」

なでしこ横町《なでしこよこちょう》　紅ユリ子作。一九五五（昭30）年七月、宝文館（少年少女ユーモア文庫）。あかつき学園一年生のドリちゃんは、クラスで一番お茶目でお転婆な人気者で、なでしこ横町の頑固なご隠居の祖父に育てられている。不良や意地悪な同級生からいつも守ってくれる学校の小使・安兵衛を、ドリちゃんはおせっかい屋と嫌っていたが、彼は実はドリちゃんの父親だった…。軽快なユーモアと小気味のよさが魅力で、のちに今村洋子が漫画化した。ほか四編を収録。（谷内）

高原の少女《こうげんのしょうじょ》　中河与一作。一九五五（昭30）年八月、河出書房。終戦の翌年に母を亡くし、ばあやと二人で信州の牧場を守って暮らすゆみ子は、近くの別荘地で東京の少女・まち子と知り合い懇意になる。戦地から戻らぬ父の知人を名のる男たちがゆみ子の誘拐と人身売買を企てるが、まち子一家の助けもあり未遂に終わる。ばあやが病に倒れ経済的に困窮し、牧場のただ一頭の牛・クロを売ろうとするが思いとどまり、そこに戦死したはずの父が生還する。終戦一〇年後の発表であるが、敗戦から間もない時代の世相を数多く織り込む。また、登場人物たちには声楽や絵といった芸術的な天分があるという少女小説の王道といえるような設定もされている。（布施）

↓「輝く銀翼」「聖少女」「少女小説嘆きの女王」

みどりの朝風《みどりのあさかぜ》　大庭さち子作。一九五五（昭30）年九月、河出書房。太平洋戦争によって父を、次いで母を亡くした宮下美和子は、引き取られた親戚の家でひどく苛められるが、持ち前の明るさと正義感で周囲の人々を変えていく。辛く当たる叔母には空襲によって出産直後に赤ん坊を失った哀しみがあったことが明かされ、他にも子供と生き別れになった戦争未亡人の苦難など、戦争によってもたらされた不幸に翻弄される女性の姿が描出される。（近藤）

↓「新しき風」「嵐に立つ虹」

親友アルバム《しんゆうあるばむ》　佐々木邦作。一九五五（昭30）年一〇月、ポプラ社。下条家には野球の得意な中三の幸介、才色兼備の中二の洋子、ことわざや金言の好きな六年生の克己の三人兄妹がいる。幸介は気がいいが勉強が出来ず、時々妹や弟にやりこめられる。洋子はクラスの友達の写真を貼って親友アルバムを作っている。お父さんが秋田の銀行支店長から東京の本店重役に栄転することになった。級友が開いてくれた送別会で、洋子は請われて親友アルバムを公開した。佐伯さん「王朝型美人、目ほそく鼻たかし。ただし口やや大。ケンのある顔なり。色しろきゆえ難をかくす……」。アルバムに書かれた率直な寸評を、友人達は「ひどいわ」と言いながらも楽しく読んでいる。上京した三人はそれぞれ新しい学校へ通い始めた。しっかり者の洋子と克己はすぐ馴染んだが、兄の幸介も得意の野球で存在を示した。洋子を中心に、豊かな家庭の家族関係と友人関係を明るく描く。

（中島）

↓「級の人達」「全権先生」「ひとり娘」「二人やんちゃん」

まつゆき草《まつゆきそう》

三木澄子作。一九五五（昭30）年一一月、ポプラ社。戦後を舞台に、高校三年の真千子、中学三年の三千子、小学六年の八千子の三姉妹は、母の日に、父と姉妹で心づくしの手料理を作るような、温かな家庭に育つ。が、平和な家庭に次々にふりかかる不幸な出来事。母の友達の葉っぱおばさんが交通事故死したのをきっかけに、おばさんの養子・一ちゃんが弟となり、その後の父親の失業と、仕事を探しに行った北海道での結核の発病から、母親と三姉妹の試練と奮闘の日々が始まる。母親は、乱暴な四兄弟のいる、画家の家へ家政婦として働きに出、真千子は夜間学級に編入し、百貨店の食堂の皿洗いをし、三千子は家事を引き受け、得意の手編みで内職し、家計と父の治療費を支える。裕福ではないが苦労もなかった姉妹が、さまざまな出来事に懸命にむきあい、互いに助けあうことで、家庭を支え合うテーマが主軸。また、引揚者の息子で、両親とはぐれ身寄りがなかった一ちゃんや、引揚後に職を得られず、詐欺に手を染めてしまった一ちゃんの実父。戦争で息子を失い、猫を飼うことで弔いをしているおばあさんなど、細部の設定に同時代の社会的状況が巧みに盛り込まれている。不幸な境遇の上に、軽度の知的障害を持つ一ちゃんと三姉妹のかかわりには、社会的な弱者に対する理解と共感の姿勢が丁寧に描かれ、作者・三木澄子の想いが感じられる。同時代の社会状況や弱者を素材に取り入れ、それに理解や共感、励ましを示す作風は、三木澄子の本領でもある。たとえば、一ちゃんに対する、八千子の正直な苛立ちや葛藤の心理描写も読みごたえがある。子ども同士の関係性の中で、同情だけではなく、障害をもつ子と健常な子が対等に向き合い、葛藤し、姉弟の信頼関係を築く様子が粘り強く書かれ、説得力がある。障害をもつ子どもとの関係性を描いた児童文学としても、見所のある作品と評価できる。

（沼田）

↓「愛さずにはいられない」「北に青春あり」「星の広場」「紫水晶」

桃栗さん《ももくりさん》　穂積純太郎作。一九五五（昭30）年一二月、宝文館（少年少女ユーモア文庫）。ドレミハ学院中等科三年の朗らか少女・桃子とはりきり少女・栗子は、人気者の仲良しコンビで、探偵小説に熱中している。この「桃栗さん」コンビの暗号解読ミステリや、演芸会・野球大会などの学校生活を描いた、レヴュー出身の著者らしい都会的でモダンなユーモア少女小説。表題作のほか、親の仲が悪い氷屋と炭屋の娘同士の友情を描く「あべこべ女学生」を収録。（谷内）

花におう丘《はなにおうおか》　大林清作。一九五六（昭31）年一月〜一二月『少女クラブ』。五六年一〇月、『少女クラブ』の付録として講談社より刊。父の死後、継母に見捨てられ孤児となった良子は少女歌手を目指すが、旅回りのレビュー団に売られてしまう。優しい音楽家の貧しいおじ竹中、亡父の親友で良子の養育を望むデパート経営者の富岡が彼女を探すなか、数多のすれ違いを経て、良子は竹中と再会。ラストでは、良子が養女にはならず、自らの努力と才能で未来を切り拓くべく、竹中のもとで音楽の勉強を続けることが語られる。本作には、雪村いづみや江利チエミなどのスターの実名や、松屋を彷彿させる銀座丸屋デパートが登場。掲載号には高峰秀子の少女時代の物語、松島トモ子、鰐淵晴子等のインタビューが所載され、グラビアでは、「きょうはデパートでおかいもの」と松屋ではしゃぐ女性が、話題の空中エレベーターに乗っている。実在のスターの半生や生活と、生きるために少女モデルや少女歌手の仕事を重ねる良子の物語とが、強固に結びつき響きあう空間が、明確に形作られている。（渡部麻）

↓「赤い花白い花」「哀しき円舞曲」

夢のゆりかご《ゆめのゆりかご》　小糸のぶ作。南村喬・辰巳まさ江絵。一九五六（昭31）年一月〜一二月『少女』。同じ日に同じ病院で生まれた晴美とのり子の不思議な運命の物語。生まれてすぐに看護婦の手で取り換えられてしまった二人は、長じて後、同じクラスになる。光学園で育ったのり子は、控え目で心美しい少女となり、裕福な家庭に育った晴美は、わがままで傲慢な娘となった。つねにのり子を目の敵として嫌がらせの限りを尽くす晴美と、そのような晴美を許し、受け入れようとするのり子、彼女たちの仲を取り持とうと動く周囲の人々。互いの家族をも巻き込んで関わりを深めていく二人が、やがて出自に関する秘密を知るようになるまでの物語。清い心の持ち主が、人々から助けられつつ悲運を乗り越えていくストーリーと、一時の怒りにまかせて赤子取り換えの罪を犯した看護婦の贖罪の日々が並行して語られており、美しい心の大切さが強調されている。また、養父母との間で育まれる親子関係と、それとは知らずに呼び合い、惹かれ合う血の不思議をともに描くことで、多様な家族の形態を提示した。（橋本）

↓「ここに幸あり」「花いつの日に」「矢車草」

愛の花束《あいのはなたば》　北条誠作。江川みさお絵。一九五六（昭31）年二月〜一二月『女学生の友』。五七年三月、ポプラ社。貧しい少女が度重なる不幸に負けることなく努力を続け、周囲の愛情や協力を得て、苦境を脱していくストーリー。父亡き後、母のミシン内職で育ったみどりは、姫百合学園中学部の一年生。テレビドラマの主人公に抜擢されたことにより、同じクラスの女王様的存在・信子に憎まれ、嫌がらせを受けるようになる。信子の中傷やデマでクラスから孤立したばかりか、心労のために母が倒れ、火事で家を失った彼女は、ドラマの主人公の座も信子に奪われ、学校から姿を消す。生活に行き詰まり、夜の街でピーナツ売りの仕事で搾取されることになったみどりを支え、母との再会へと導いたのは、仕事仲間の少年少女たちと、改心した信子の友情だった。戦後まもなくの経済的格差や、混沌とした社会の有り様を複層的に写し出し、底辺で働く年少者たちの逞しさに再生の希望を見出した作品。（橋本）

↓「乙女椿」「哀しき虹」「花は清らに」「はるかなる歌」

三つの丘の物語《みっつのおかのものがたり》　若杉慧作。一九五七（昭32）年一月〜一二月『少女クラブ』。荒井久美は心優しい少女。シベリア帰りの父は戦地体験から仕事を求め、家族と離れて暮らす。貧乏から久美は奉公に出るが、意地悪な同僚を恨んで嫌がらせをしたため、辞めさせられる。ヒステリー気味で宗教にのめり込む母の元へは帰りたくないものの、父の元へ向かうことも叶わない。やがて父が新しい仕事に就き、一家での新生活が始まる。家計の足しにするべく、久美は母とともに、アメリカの演習地での危険な弾拾いに行くが、信心深ければ弾に当たらないと盲信する母を庇い、米兵に撃たれる。一命を取り留める久美を前に、母は神のご加護だと一層信心を深める。戦争の傷跡が色濃く残る小説。いかなる理由があろうと過ちは必ず罰せられるという教訓とともに、状況が魔法のように劇的に好転することはないことが描かれた作品。久美や一家の幸せの兆しも見えぬまま突如物語が閉じられている。（鈴木美）

エルムの丘《えるむのおか》　佐伯千秋作。一九五七（昭32）年の『女学生の友』付録小型本として刊行された「エル

ムの丘　みどりの巻」(四月号)、「エルムの丘　真紅の巻」(五月号)が初出、六六年『別冊女学生の友』六・八月号に長編読切小説として正・続を発表、六七年一一月に集英社コバルト・ブックスとして単行本化された。

北海道の高原にある牧場の娘・北見未穂は、高校の入学式当日、遅刻しそうになっているところを上級生の桐原康夫に助けられる。康夫は、エルム(楡)の丘に住む高原の開拓者・桐原喬介の息子であり、お城のようなエルムやしきには、足の悪い双子の兄・冬樹も住んでいた。喬介は、双子は家にわざわいをもたらすという迷信を信じて兄弟を産んだ妻を追い出し、双子の一方を憎む思いから始めは康夫をいたぶり、康夫が悔しさから冬樹に足の障害が残るようなけがを負わせてからは冬樹を虐待するようになった。未穂はしだいに冬樹とも康夫とも心を通わせるようになる。「みどりの巻」は、未穂をめぐって双子が互いへの嫉妬心を深め、冬樹が姿を消したところで終る。続く「真紅の巻」では、康夫は東京の大学に進学、冬樹がオーボエの演奏に打ち込んでいたことを手掛かりに行方を探し続ける。東京でオーボエの夢を追い続けていた冬樹は、ある日事故に見舞われるが、偶然通りかかった康夫が体を張って兄を助ける。兄弟のわだかまりも溶け、また康夫が運び込まれた病院に消息を絶っていた母が勤めていた偶然も重なり、桐原家は家族がそろって再生を目指すこととなる。迷信から家族が崩壊していくという旧弊を引きずった設定や、偶然が折り重なるストーリー展開の不自然さには疑問が残るものの、謎を秘めた屋敷の存在や可憐なヒロイン・未穂の純粋さ、悪役として登場する混血の孤児美沢エリカが康夫や未穂との衝突の中で心を清めていく過程は引き込まれる。背景に織り込まれる北海道の大自然や牧場の暮らしぶり、馬を乗り回す高校生たちの姿も読者たちの夢を膨らませたものと思われる。(小林)

↓「青い恋の季節」「青い太陽」「潮風を待つ少女」「若い樹たち」

こまどり少女《こまどりしょうじょ》　三谷(瀬戸内)晴美作。一九五七(昭32)年四月、『少女クラブ』付録『少女小説集ザボンと少女』所収。祖父を亡くしたみなし子のゆみ子は、形見のこまどりとともに、東京で中華料理店を営む遠縁の夫婦に引き取られるが、辛い仕打ちをうける。こまどりを捨てなければならなくなったゆみ子を、出前先で仲良くなったクラス委員の明夫が助けるが、それによりゆみ子の亡き母が明夫の母の大恩人であることが判明する…。戦争孤児を描いた短編。(谷内)

あっ、その歌をよして!《あっ、そのうたをよして》　小山勝清作。

一九五七（昭32）年五月『少女』。新進歌手の植木静香が独唱会である歌を歌い出した時「あっ、その歌をよして！」と叫ぶ少女がいた。会場にいあわせた光子は、それが知人の高原さだ子だと気づき理由を探り始める。クイズの女王に選ばれたこともある光子は植木静香と共に、高原家を脅す一人の人物を突き止め、難事件を解決していく。テンポよく語り口も軽いが、軍人たちの戦地の経験が関わる構成など、戦後の風俗を垣間見せる作品。（中谷）

→「絵の中の怪人」

少女小説　あの星のかなたに《あのほしのかなたに》　白藤茂作。一九五七（昭32）年六月、『少女クラブ』付録。共に暮らす祖父の死後、自分が捨て子であったことを知ったイスズは、行商を営む糸江に引き取られるが、その不良息子が家のお金を全て持ち逃げしてしまう。糸江は過労で倒れ、生活に困ったイスズがすがったのは、かつて落とし物の花束を押し花にして届けたのがきっかけで相知った流行歌手・春島ユリ子だった…。戦争未亡人に捨てられた少女が、人々の善意に支えられ生きる姿を描く。（谷内）

塔上の奇術師《とうじょうのきじゅつし》　江戸川乱歩作。一九五八（昭33）年一月～一二月『少女クラブ』。同年一二月、『江戸川乱歩全集二一』（光文社）に収録。人口に膾炙した少年探偵もののうち、少女の活躍が際立つ作品。珍しい宝石をめぐり、姿を変えて人の目を欺く怪人四十面相（二十面相）と、名探偵・明智小五郎、弟子の小林少年が壮絶な知恵比べを展開する。明智の少女助手・花崎マユミに弟子入りした中学一年生・森下トシ子と淡谷スミ子もまた、彼らと手を携えて事件解決に敢然と立ち向かう。従来、保護される側に位置づけられてきた少女たちの、すぐれた洞察力や行動力に光を当てた。（橋本）

くるみちゃんはもう泣かない《くるみちゃんはもうなかない》　橋田寿賀子作。挿絵の代わりに写真を載せた「写真小説」。一九五八（昭33）年五月～一〇月『少女』。くるみとその隣家の幼馴染・タイ子は、自分の身に降りかかる不幸を通し、「幸せ」とは家族が共に暮らすことだと学ぶ。不幸を跳ね返すべく、自らの気持ちを外へと発信していく少女たちの行動力が目を引く。とりわけ、他家にもらわれていったくるみが、子供雑誌の作文に家族との生活を夢見る心情を切々と訴え、それを見た父により、生家へ連れ戻される結末は、読者に「書くこと」の力を教えた。（橋本）

三人姉妹《さんにんしまい》　中村八朗作。一九五九（昭34）年四月、秋元書房。尾形家には、タイピストの長女・真弓、明るくて清純な高校生の次女・美保、男まさりで柔道を習う中学生の三女・陽子の三姉妹がいた。学校の帰り、電車で不良にからまれた美保を助けた同じ高校の男子生徒・克彦。美保は彼に徐々に惹かれていく。一方、真弓には両親に内緒の恋人が、陽子には親密にしている柔道仲間の少年がいた。三人姉妹それぞれの悩みや純粋な愛のさまを描いた青春小説。（谷内）

私―わたくし―《わたくし》　西川澄子作。一九五九（昭34）年九月、秋元書房。『婦人生活』懸賞小説入選作。一九六一年堀池清監督「ママ恋人がほしいの」として映画化された。私は「息子」をもじった「ムコ」というニックネームを持つ高校生。女らしい姉とは反対にお転婆で可愛げがない。恋愛には興味がなく、公園で姉のラブシーンを目撃して「不潔」だと憤慨する。しかし、兄の秘密や、兄の友人古木との恋愛を通して人を愛することの尊さを知る。少女の成長物語。（徳永）

玲子のクラス《れいこのくらす》　津村節子作。石原ごうじん絵。一九六〇（昭35）年一一月～六一年一二月『少女クラブ』。深山玲子は、小学校の五年生。奇妙な転校生・一平や、喧嘩の強い健一、クラスのニュース屋・信子、口達者なくに子ら、玲子のクラスメートたちが担任の柏木先生を中心とした学校生活を通し、人間的に成長していく様子を活写する。生徒たちの個性を描き分け、また子供たちが日々の関わりのなかで、互いの様々な顔を発見するというプロットにより、少年少女の多様な実態を浮かび上がらせた。（橋本）

↓「青い実の熟すころ」「はるかなる青い空」

潮風を待つ少女《しおかぜをまつしょうじょ》　佐伯千秋作。『女学生の友』に一九六一（昭36）年四月～六三年八月まで連載後、六五年九月に集英社コバルト・ブックスから単行本化。房総の海辺に母と暮らしていた中学三年生の新子は、ある日家庭の事情で故郷を離れ、上京することになる。転校先で、新子はよき友と出会い、明という恋人を得る。書店への就職が決まり、母との暮らしにもめどがつくが、新子は明を思う記代の激しい嫉妬にあい、また複数のボーイフレンドの助力を受けることで周囲の誤解を受け、明との関係もこじれていく。不良と付き合い、生活も荒れて行く記代や明を、しかし新子たちは見捨てない。最後は若者たちが友情の素晴らしさを確認して新たな出発を期するところで終る。苦難や哀しみに出会っても、無垢な心を捨てずに仲間と手を携え合えれば前に進めるのだ、という友情賛歌が読み取れる作品。（小林）

↓「青い恋の季節」「青い太陽」「エルムの丘」「若い樹たち」

静かに自習せよ―マリコ―《しずかにじしゅうせよ まりこ》　高谷玲

子作。一九六二（昭37）年一〇月、秋元書房。のち秋元文庫ファニーシリーズより刊行。作者のデビュー作。中学二年の相川マリコは「坊や」などと綽名されるチビでお人好しの女の子。幼い頃母を亡くし、父親の寄りつかぬ家で家政婦のエミさんと暮らす。マリコのクラスは、秀才で皮肉屋の委員長・白石雅也率いるエスケープ組と、口達者の三木律子率いるガリボソ組に分かれ、そこに不良の親分「花千」こと花村千太郎までいて落ち着かない。副委員長マリコと彼らとの笑いあり涙ありの青春物語。続編『涙で顔を洗おう―続マリコ―』（一九六五・三）は、三年になり、転校生の中条みどりと友達になったマリコが相変わらずのドタバタをくり広げる。やがてマリコの交通事故を機に父親がエミさんとの再婚を決め、マリコは大喜び。母子家庭のため定時制高校への進学を決めた白石とマリコの間に恋の予感が。本連作は「まりこ」と改題され一九七四年、NHKの少年ドラマシリーズでテレビドラマ化もされた。（武内）

おさげとニキビ《おさげとにきび》　佐藤愛子作。一九六二（昭37）年一一月、秋元書房。鼻の低さにコンプレックスを抱く高校二年生の田所朝子は、そのような心中を隠すため、周囲に対して必要以上に背伸びしてみせる女の子。彼女は、親友や兄の恋愛に刺激され、またアプローチしてくる男子たちへの形容しがたい心の動きを体験しながら、やがて「ムスメになりつつある」自分を実感する。家族や同級生たちとのドタバタ劇のなかで、それとは対照的に、静かに少女を満たしていく快い孤独感がリアルに伝わってくる佳作。（橋本）

↓「こちら2年A組」「ただいま初恋中」

あした真奈は《あしたまなは》　吉田とし作。一九六三（昭38）年五月五日号～一〇月二〇日号『週刊少女フレンド』。その後、東都書房から『あした真奈は』（一九六四・一）刊行。さらに『真奈』と改題して国土社版『吉田としジュニアロマン選集9』（一九七二）、および朝日ソノラマ文庫版『吉田としジュニアロマンシリーズ』（一九七七）としても刊行された。主人公の真奈は小五。物語の冒頭で初潮を迎える。雑誌連載時には、ページの一部を割いて「生理とは」という解説がつけられた。このことが示すように、初潮（生理）は当時の読者にとってなじみの少ない、衝撃的なテーマだった。そのほかに真奈と二つ年上の潮との淡い恋も描かれるが深まらず、真奈の担任教員の結婚と、同級生の男女の集団的な友愛が最終回に置かれる。このなりゆきには限界も見えるが、少女の性や異性との関わりに対する認識の変化に応えた作品といえる。（藤本）

↓「愛のかたち」「この花の影」「じぶんの星」「たれに捧

げん」

白ゆりの丘《しらゆりのおか》　柏木ひとみ作。『週刊マーガレット』にて一九六三（昭38）年五月一二日発行の第一号～一一月一七日発行の第二八号に連載。小山葉子は両親を亡くし、昔葉子の父に世話になったことがあるという三池社長の家に引き取られている。三池社長は葉子を実の娘かおると同じように清和女学院に通わせ不自由なく生活させてくれるが、娘のかおると、かおるのママは葉子のことを邪魔者扱いし嫌っている。写真小説という形態をとっており、主人公の葉子を浅野寿々子、かおるを伊藤良子という、『週刊マーガレット』のグラビアページにも登場する子役タレントの少女たちが、各役を演じている。物語に加え、写真で登場する少女たちのファッションも目を引く。（赤在）

もっと生きたい《もっといきたい》　那須田稔作。一九六三（昭38）年一〇月～六四年四月『週刊少女フレンド』。少女漫画雑誌で連載された、読者の希望によって始まった小説。主人公の長谷川小百合は武蔵野の小学校に通う元気な五年生の女の子。それなのに運動会で突然、倒れてしまう。物語が進むにつれて、彼女が白血病であることが明らかにされる。物語のラストでは友達のありがたみをしみじみと感じながら、友人たちに看取られて亡くなる。少女たちの友情を描く。（及川）

君たちがいて僕がいた《きみたちがいてぼくがいた》　富島健夫作。一九六四（昭39）年一二月、秋元書房。青春小説の短編アンソロジー。表題作のほかに、「揺れる早春」「後姿」など三編収録。表題作では、受験競争が過熱する中、学校を支配するＰＴＡ会長・田中大造の陰謀で、熱血漢の体育教師ガソリンが転勤の危機に瀕する。生徒たちは先生を救うため、自らの手でそれに抗議し、正義をただそうとする。同作は、一九六四年に舟木一夫主演で、東映で映画化。同名の主題歌もレコード化された。（沼田）

→「おとなは知らない」「心に王冠を」「制服の胸のここには」

アキとマキの愛の交換日記《あきとまきのあいのこうかんにっき》　平岩弓枝作。一九六五（昭40）年六月～六六年七月『女性明星』、六六年八月～六七年三月『小説ジュニア』。六六年四月、集英社。続刊、六七年三月集英社。真起夫は、親友であった亜樹子の兄守の遺言を実行するべく、「兄として」亜樹子と交換日記をはじめる。裕福な家庭に育った亜樹子と、美容院を経営する母に育てられた真起夫、その境遇の違いによるすれ違いや、周囲の恋愛事件に巻き込まれることもあるが乗り越え、最後にお互いの成長を期して日記を焼く。交換日記という交際スタイルを流布させた

作品。平岩が作詞し梶光夫と高田美和がデュエットした「アキとマキ」という歌謡曲がある。（溝部）

星の広場《ほしのひろば》 三木澄子作。一九六六（昭41）年一月、集英社コバルト・ブックス。主人公・矢島早苗は、片親の母を助けるために働き、夜間中学への編入を決意する。様々な家庭事情で働いている夜間中学生たちが、励まし合い、友情を育てていく。彼らを助ける普通制中学生との交流も感動的。二部は、家出をし学校にも来なくなった江見秋子が、友情と信頼を取り戻し、再び学校に戻るまでの物語。巻頭詩「夜間中学の少年少女に」もあり、働く少年少女たちへの応援歌。（沼田）
↓「愛さずにはいられない」「北に青春あり」「まつゆき草」「紫水晶」

青い太陽《あおいたいよう》 佐伯千秋作。一九六六（昭41）年一月〜六八年九月、『女学生の友』。正・続に分冊され、正が六八年七月、続が同年九月に集英社コバルト・ブックスで単行本化。将来を嘱望される水泳選手の和代は、名門泉高校でもすぐに頭角を現す。尊敬する先輩選手・エミともいいライバル関係を結んでいたが、エミの愛する千川高校水泳部ホープ・光と惹かれ合うようになったことで、エミの激しい嫉妬にあい、部内で孤立を深めていく。様々な困難を乗り越え、人として選手として成長していく和代の姿がさわやかに描かれる。恋愛小説の魅力に加え、アニメやマンガにおいて七〇年代にブームを呼んだ「スポーツ根性もの」の要素を先取りし、連載途中からテレビドラマも並行してスタート、「部活」に打ち込む少女たちの心を幅広く摑んだことがうかがえる。（小林）
↓「青い恋の季節」「エルムの丘」「潮風を待つ少女」「若い樹たち」

じぶんの星《じぶんのほし》 吉田とし作。一九六六（昭41）年一月〜三月『小学四年生』、同年四月〜一二月『小学五年生』。翌年、小学館文学賞を受賞。その後、国土社『吉田としジュニアロマン選集』（一九七一）収録時に『恵子』と改題された。このタイトルで、朝日ソノラマ文庫版『吉田としジュニアロマンシリーズ』（一九七七）の一冊としても刊行されている。

主人公の恵子は、両親と一つ年上の姉ヒトミの四人家族。姉妹の性格は正反対で、優等生で明るいヒトミに対し、恵子は内向的で学校の成績も伸び悩む。恵子は母に認められたいと願っているが、ヒトミばかりがかわいがられていた。恵子が小学四年生の冬休みをむかえるころ、従兄の剛が家族に加わる。剛が自分にやさしく接してくれることを期待した恵子だが、剛は同学年のヒトミと親しくなり、おとなしい恵子を無視する。恵子をあたたかく見守り支えるのは、隣家の「おにいちゃん」、康男だけだった。恵子は、両親と離れた剛の寂しさに触れたり、ヒトミの欠点に目をつぶる母の愛情の浅薄さに気づいたりするなかで精神的に自立し、ヒトミや母の冷たい仕打ちを笑いとばせるようになる。

特徴的なのは、まるで継母のように恵子を虐げる生母の存在である。終盤には、康男が児童画コンクールに送った恵子の絵が、一等に入選する。母は恵子の才能を認め「肩をだきよせ」るが、恵子はそれを拒み、「背に手をまわした」康男と歩きだす。この場面に象徴的に表れているように、少女が自己発見をし、異性を選んで家族から自立していく姿を描く伏線として、生母の冷淡さは設定されている。生母を慕う少女を描くことで母性というイデオロギーを肯定してきた少女小説は、一九六〇年代に異性愛という新しい理想を追いはじめる。その傾向が小学生向けの読みものにも及ぶ過程として、恵子と母、康男の関係性は注目されてよいだろう。（藤本）

↓「愛のかたち」「あした真奈は」「この花の影」「たれに捧げん」

黒い視線《くろいしせん》

集英社コバルト・ブックス。宮敏彦作。一九六六（昭41）年二月、装幀・挿絵は藤田ミラノ。

二部構成の推理小説である。「その日を待っている」では部落の被差別問題、「消された灯」では幼児誘拐事件を扱う。作品発表当時は、政府が同和対策に取り組み出した時期であり、一九六三年には吉展ちゃん誘拐事件が起きている。社会的な動きや事件を受け書かれたものであろう。作者の事件観が見て取れる。（櫻田）

↓「海は燃えている」

どっちがどっち《どっちがどっち》

大木圭作。一九六六（昭41）年二月、七一年一一月に秋元書房から刊行、両者を合わせた『どっちがどっち』が七三年八月、秋元ファニー文庫として刊行されている。のち秋元ジュニア文庫からも、八一年五月に『どっちがどっち』、同年九月に『続どっちがどっち』が刊行されている。正反対の性格を持つ一卵性双生児の姉妹夏子と冬子は、周囲には内緒で別々の高校に通っている。優等生の夏子とおてんばな冬子は、時に入れ替わって協力し合い、また時にはけんかをして対立を深めたりもする。六〇年代ののどかで品のよい中流家庭を背景に、姉妹のはつらつとした高校生活がコミカルに描き出され、さわやかな読後感を残した。NHKでドラマ化されたことからも、人気の高い作品であったことがうかがわれる。（小林）

↓「ただいま反抗期」「だめな女の子」

若い樹たち《わかいきたち》

佐伯千秋作。一九六六（昭41）年二月、集英社コバルト・ブックス。美枝は高校受験を控えた中学三年生。同年の雅志と親しくなるが、雅志の友人・遼にも心惹かれるようになる。友人の朋子も加わって、四人はグループ交際を始めるが、美枝と雅志、遼は苦しい三角関係に陥り、ジェラシーや誤解、対立を深める中で美枝は自ら命を絶ってしまう。男女交際の中で信じ合える友情を育むことの難しさが中心テーマだが、六〇年代の若者にとって高校受験が大きな障壁の一つであったことも改めて認識させられる。（小林）

→「青い恋の季節」「青い太陽」「エルムの丘」「潮風を待つ少女」

制服の胸のここには《せいふくのむねのここには》

富島健夫作。一九六六（昭41）年八月『小説ジュニア』。同年、集英社コバルト・ブックス。成績優秀でリーダーシップのある竹中京太は、成績はつねに上位に入り、周囲に期待される秀才だが、高校に入ってから交友範囲も広げ、勉強だけではない姿勢をとっている。そんな京太には、中学のころからともに親しむ森口芙佐子がいた。中学時代は学級委員同士で、学業上のライバルでもあったが、やがて個人的に親しむようになり、打ち明けないまでも、互いの気持ちは通じていた。高校進学後は、京太は不良とも交流をもち、不良仲間に紹介された魅惑的な由起子にも慕われ、夜の集まりでキスをせがまれる。芙佐子は芙佐子で、卓球部のエース・坂井に一方的な好意を抱かれ、アプローチを受ける。互いが気になりながらも、いつしか誤解が重なり、京太と芙佐子は避け合い、次第には当てつけるように他の異性と関わろうとする。しかし、由起子の誘惑にも、京太の心の中には芙佐子がおり、芙佐子にとってもそれは同じだった。最終的に互いが正直に気持ちを打ち明け、中学のころからの友情が、いつしか異性としての愛情へ育ったことを確かめ合う。また、幼くして母を亡くした京太と、片親で小児科の権威である町医者の父・竹中博士とのやりとりも面白い。受験勉強のため必死な生徒とその保護者や、バンチョーをはじめとする不良仲間、飾らず気さくな小谷先生など、さまざまな登場人物によって、有名大学合格を最優先とする受験戦争や社会的価値観への批判も感じられる。（沼田）

→「おとなは知らない」「君たちがいて僕がいた」「心に王冠を」

こちら2年A組《こちらにねんえーぐみ》

佐藤愛子作。谷俊彦絵。一九六六（昭41）年八月～一一月『小説ジュニア』。六七年四月、秋元書房。阿川克子は、希望ヶ丘高校の二年生。学級委員の添田貢と公認の仲となってはいるが、秀才然とした彼に反発も覚える彼女は、自分に想いを寄せる植村次郎の野性味のある言動に表向きは非難を示すものの、その実、強く惹かれもする。貢と次郎、そして親友のくみ子、それぞれの恋愛模様と並行し、相反する両者の間で揺れ動く克子の初恋の戸惑いが、ユーモアとペーソスの交差する独特なタッチで描かれている。（橋本）

→「おさげとニキビ」「ただいま初恋中」

ひとり生きる麻子《ひとりいきるあさこ》　三浦哲郎作。一九六六（昭41）年一〇月、『小説ジュニア』。六七年三月、集英社コバルト・ブックス。漁で父と長兄を一度に亡くした麻子は、誰にも世話にならず一人前になろうと上京し、働きながら高校に通う。次兄の恋人で、病気の父のためにバーで働く藤枝や、裕福な家庭に育ちながら飾らない山岡次郎など、都会での出会いが彼女を成長させる。当時多かった、十代で上京し、自分で働きながら暮らす若者たちの姿が、背景に感じられる。（沼田）

つぼみの歌《つぼみのうた》　露木陽子作。作者名は、山本藤枝名義。一九六六（昭41）年一一月、集英社コバルト・ブックス。父がいない高二の藤川彩子は、派手な女優の母華代を嫌悪しているが、知的障害児の施設で働く香取柳太郎を知り、自分の不幸など物の数ではないと知る。彩子を脅した不良青年が、半生記を執筆中の華代を訪れて刺し、自殺。青年は華代がかつて恋し、妻が自死した男性の息子だった。一命を取りとめた華代は殺してもらえば良かったと嘆くが、彩子は母の苦悩を知り、母の半生記を口述筆記する決心をする。流行の時代風俗を巧みに織り込みながら、経済的な豊かさを迎えつつある社会の中で、母娘の絆や愛の倫理を改めて問う。（久米）

→「美しき野の花」「女学校ロマンス　制服の子ら」「雪割草」

心に王冠を《こころにおうかんを》　富島健夫作。一九六七（昭42）年一月〜一二月『ジュニア文芸』。同年一二月、集英社コバルト・ブックス。高校三年の熊谷三吉は、秀才でもスポーツ万能でもない、平凡な少年。家庭では父と継母とその子供が、彼を粗末に扱う日々。ある日、三吉は「ぼくはぼくの王である」と紙に書き、自分を変えるために立ち上がる。親や不良に対しても、王の姿勢で動じなくなった三吉に、周囲も変化する。やがて三吉は家を出て、ラーメン屋で働き、自立の道を歩む。逆境に立ち向かう少年の成長物語。（沼田）

→「おとなは知らない」「君たちがいて僕がいた」「制服の胸のここには」

はるかなる青い空《はるかなるあおいそら》　津村節子作。挿絵は、抒情画で著名な藤田ミラノ。一九六七（昭42）年一月～六八年八月『ジュニア文芸』。六八年一〇月、集英社コバルト・ブックス。祖父亡き後、生まれ育った天草の地を離れ、家事見習いとして東京で働くことになった天涯孤独の少女・千恵。彼女が、幼くして別れた母を探しながら、片想いや失恋などの様々な経験を通じ、改めて故郷や幼馴染・圭太への想いを確認するまでの心の軌跡を辿った小説。従来の男女の在り方に疑義を呈し、恋愛における女性の主体性や、恋愛結婚の重要性を説く先駆的な女性像が描かれる。女性にとっての男性を、憧れの存在と心安い友人、恋の対象と分類するような少女の内面描写も新しい。さらに、主人公が母との家庭を求めつつも、他人との関係に家族の安らぎを見出す結末は、家族の多様性を提示するなど、ジュニア小説ならではの問題が追求されている。（橋本）

↓「青い実の熟すころ」「玲子のクラス」

海は燃えている《うみはもえている》

宮敏彦作。一九六七（昭42）年七月、学習研究社レモンブックス。「三佐子の章」「久美の章」の二章からなる推理小説で失踪した父を追う娘の物語。事件の背後には、戦争時に起こった事件がある。父を捜す過程で少女は、戦争が個人の人生を狂わすこと、人間の尊厳とは何かを考える。ミステリの体裁を持ちながら、啓蒙小説の役割を果たしており、かつ少女の精神的な成長を描く成長譚ともなっている。（櫻田）

↓「黒い視線」

白百合の祈り《しらゆりのいのり》

諸星澄子作。一九六七（昭42）年七月『小説ジュニア』。六八年四月、集英社コバルト・ブックス。杉森重秋と中根さゆりは、小学校時代からの幼馴染だが、かつて農地改革で杉森家の田畑が中根家へ移ったことで、両家の確執は深く、交際を禁じられていた。高校生になった夏休みに、裏山で再会したのを契機に、二人は隠れて会うようになる。思春期を迎えた二人は、互いを男女として意識し、愛し合うようになっていた。しかし、重秋の兄が市会議員選挙に出馬し、さゆりの父も出馬したことで、両家の確執が再燃し、村を二分する争いとなる。周囲に翻弄されながらも未来を模索しようとするが、重秋の下宿で肺炎になったのが高じて、さゆりは肺浸潤となり、自宅療養のはてに亡くなる。さゆりの死に、杉森・中根両家の者も反省し、村の発展の為に協力するようになった。封建的な村社会や、土地開発や利権など社会事象が巧みに用いられ、少女たちの悲恋物語に現実味を加えている。（沼田）

↓「幸福に散った人」「光と影の花園」

かなしみの海《かなしみのうみ》

川上宗薫作。一九六七（昭

42）年九月、集英社コバルト・ブックス。能登涼子は海に近い小都市に住む高校三年生。英語教師の加倉井に恋をしているが、幼いころから姉妹のように育ってきた教師のゆかりが、加倉井を愛しているのを知り、悩んだ挙句自ら海に身を投げる。愛と友情の間で揺れ動く少女の心を描いた悲しい恋の物語。（金）

↓「ただいま在学中」「わたしは青い実」

愛してはいけない《あいしてはいけない》　赤松光夫作。一九六七（昭42）年一一月『小説ジュニア』。六九年三月、集英社コバルト・ブックス。母と二人で生きて来た一七歳の牧鏡子はある日、大病院の院長新藤真一郎の葬儀に参列させられ、自分がその私生児であることを知らされる。新藤家には鏡子の異母兄弟にあたる彰と尊子、尊子の婿養子として病院を引き継ぐ予定の医学生佐々木国彦らがいた。素行が悪く遊び好きの彰は、事情を知らないまま鏡子に近づこうとする。新藤家から疎まれる鏡子は、彰に恋人を傷つけられた過去を持つ淋しい境遇の青戸純一と親しくなる一方、国彦とも惹かれ合うようになる。恩義ある新藤家の後継者となる国彦を愛してはいけないと心を抑えようとする鏡子だが、純一の助けで国彦との愛を成就させる。名家の血筋をひく私生児の美少女、という設定はそれだけでドラマを生む。次々とヒロインにひかれる若者たち、彼女を取り巻く障害の数々、それを乗り越えての恋愛の成就は、純愛物語の一つの典型として少女たちの心を摑んだ。（小林）

↓「アザミなぜ咲く」

ビジョとシコメ物語《びじょとしこめものがたり》　森村桂作。一九六七（昭42）年一一月〜六八年一〇月『小説ジュニア』。ビジョこと木下莉恵と、シコメこと遠山瑛子が通学する修学院女子高校は、良家の子女が通う名門校である。卒業生たちは多くがエリートと結婚しており、二人も素敵な男性と結婚することを夢見ている。授業そっちのけでボーイハントに明け暮れる学園生活は、明るくユーモアに溢れている。時にはライバルのサッチャンやヤスベに出し抜かれもするが、少女という時代を謳歌する、二人の天真爛漫さが痛快な学園コメディ。（赤在）

青い実の熟すころ《あおいみのじゅくすころ》　津村節子作。藤田ミラノ画。一九六八（昭43）年五月、集英社コバルト・ブックス。父親不在の柏木家を舞台に、三人姉妹の様々な姿を浮き彫りにした作品。控え目で無口な長女・真由子は、上司から縁談を持ち込まれたことを機に、恋愛結婚を強く説くようになる。おしゃれで夢見がちな次女・香澄は、転校生との交流やアルバイトを通じ、現実に目覚めていく。アルバイトに明け暮れるドライな三女・幾子もまた、恋を知るようになる。それぞれの変化や成長のみならず、隠れた内面や揺れ動く想いをも捉え、多面的に少女の現在に迫った。（橋本）

↓「はるかなる青い空」「玲子のクラス」

雲の挽歌《くものばんか》　三島正作。一九六八（昭43）年六月、『小説ジュニア』。『雲の挽歌』（集英社コバルト・ブックス、一九七〇・五）に「秋風と恋と十七歳」と共に収録。初出誌の挿絵は成瀬一富。大学生の恒彦と不思議な少女・涼子の出会いから始まる若者たちの数奇な運命を描く青春小説。物語の軸は恒彦の親友・竜太の物語。父親の会社の倒産、父親の自殺と遺書で明かされた実の父の存在など、竜太は様々な困難に出遭う。苦難に負けずトビ職として働き始めた竜太だが、作業現場で事故に遭い、目の不自由な恋人・七重は彼の元に駆けつける途中の交通事故で帰らぬ人となる。その後、竜太は自身の実の父親である涼子の父と和解し、恒彦や七重の妹らと夏休みを過ごす。楽しげな彼らを眺める竜太にも再び幸せが訪れる可能性を示唆して作品は終わる。作者が初出誌で語るように、五人の若者が「どのように愛し、結ばれ、あるいは過酷な運命に立ち向かっていったか」を起伏に富む展開で描く。（菊地）

↓「光の中で握手」

オパールの涙《おぱーるのなみだ》　桐村杏子作。一九六八（昭43）年八月『小説女学生コース』。七七年一二月、集英社コバルト文庫。高校生の御堂綾子は、松原裕美を一人だけの親友と決め、束縛しようとして逆に絶交されてしまう。栗林先生の勧めで図書部の合宿に参加した綾子は、集団の中で交流を持つことの大切さに気づき、冷たく遠ざけていた図書部員清水玲子との新しい友情を育んでいく。親友同士に二人だけの濃密な関係を求める綾子の姿には「エス」の名残も感じられ、男女共学校の風通しの良さが少女を大きく成長させることを謳っている。（小林）

↓「愛の鳥いつはばたく」

愛のかたち《あいのかたち》　吉田とし作。一九六八（昭43）年一一月、講談社。理論社の『吉田とし青春ロマン選集第三巻』（一九七六）、集英社コバルト文庫の一冊としても刊行された（一九七八）。典子の思い人・創造は、破産寸前の製紙工場の息子。典子の父がその工場の経営に関わることで、典子と創造の心も揺れる。やや硬い文体で、高校生の恋愛だけでなく、地方都市の経済もとらえようとしたことがうかがえる。（藤本）

↓「あした真奈は」「この花の影」「じぶんの星」「たれに捧げん」

北国に燃える《きたぐににもえる》　森一歩作。一九六八（昭43）年一一月『小説ジュニア』。六九年八月、集英社コバルト・ブックス。挿絵は依光隆。朝子の通う北真高校は、上級生が暴力によって下級生を従わせるような堕落した学園に成り下がっていた。そこに新任で赴任してきた禿六郎教諭は、若き熱血漢であった。朝子を巡って対立していた強と邦彦も、禿先生の真っ直ぐな情熱によって心を開いていく。やがて、学園は青春の舞台としての健全さと活気を取り戻していく。（赤在）

↓「愛の山脈」

たれに捧げん《たれにさざげん》　吉田とし作。一九六九（昭44）年一月～七〇年五月『女学生の友』。集英社コバルト・ブックス（一九七〇・八）、理論社の『吉田とし青春ロマン選集第二巻』（一九七六）、集英社コバルト文庫（一九七八）として刊行。学生運動に参加する修を愛し理解しようとする過程で、社会について考え始める菜穂子の中三から高一の日々を、日記形式で示す。一九七〇年前後の社会情勢にからめて、十代の性愛を劇的に描いている。（藤本）

↓「愛のかたち」「あした真奈は」「この花の影」「じぶんの星」

愛の山脈《あいのやまなみ》　森一歩作。一九六九（昭44）年三月『小説ジュニア』。六九年一二月、集英社コバルト・ブックス。挿絵は依光隆。智恵子と悟は幼馴染みで互いに好意を持っている。受験間近の二人は励まし合いながら同じ高校に合格することを目指していた。しかし、穂高岳で遭難した大学生を助けに行った悟の父は雪崩に巻き込まれ死んでしまい、悟は一家を支えて立たねばならなくなる。雪深い信州の街を舞台に、不運を耐え抜く純真な青春が描かれる。（赤在）

↓「北国に燃える」

おとなは知らない《おとなはしらない》　富島健夫作。一九六九（昭44）年四月、集英社コバルト・ブックス。魔的な魅力をもつ少女・朝日洋子。純情で熱血漢の堀太郎。ニヒリストの水野。心優しく、芯のある矢吹妙子。名門高校を舞台に、若者たちの様々な事件とゴシップが繰り広げられる人間群像劇。教員、ＰＴＡ、近所の住民など、青少年を取り囲む大人たちの俗気が目立つ一方、若者たちが彼らの賢さで、流儀やポリシーを貫く姿勢が爽快。（沼田）

↓「君たちがいて僕がいた」「心に王冠を」「制服の胸のここには」

この花の影《このはなのかげ》　吉田とし作。一九六九（昭44）年四月、集英社コバルト・ブックス。その後『敦子』と改題して、国土社の『ジュニアロマン選集』（一九七三）に収録。さらに『敦子のあしたは』というタイトルで、いがらしゆみこによりマンガ化もされた（講談社、一九七四）。中二の敦子が、初恋の相手・涼の受験をとおし、進路について考えを深める過程が描かれる。部活動や学校行事のなかで恋のライバルも登場し、エンターテインメント性もじゅうぶん備えた作品である。（藤本）

↓「愛のかたち」「あした真奈は」「じぶんの星」「たれに捧げん」

幸福に散った人《こうふくにちったひと》　諸星澄子作。一九六九（昭44）年一二月、集英社コバルト・ブックス。原口真は幼馴染で少し知能のおくれた咲子を、妹のように守ってきた。が、高校進学後、初恋を経験し、女友達もでき青春を謳歌したい真に、咲子との関係は負担になり始める。世間の偏見などお構いなく、無邪気で無鉄砲な咲子に、真はお互い自立せねばと葛藤する。若者の性の芽生えに留まらず、社会的テーマにせまり、人間ドラマで読ませる作品。（沼田）

↓「白百合の祈り」「光と影の花園」

光の中で握手《ひかりのなかであくしゅ》　三島正作。一九七〇（昭45）年二月『小説女学生コース』。『光の中で握手』（集英社コバルト・ブックス、一九七〇・九）に「恋人たちの湖」と共に収録。初出誌の挿絵は成瀬一富。高校生のゆかりが最愛の人の死を乗り越え生きる姿を描く青春小説。登山中の遭難事故で兄を亡くしたゆかりは、兄のいない生活や父親との関係に戸惑う。ゆかりは兄の面影を追いテニスを始める。テニスに打ち込む中で、彼女は父親との絆を取り戻し、同級生の猛男と恋に落ちる。インターハイ出場権獲得を目前に、ゆかりは猛男が危篤状態だという知らせを受け、迷った末、猛男の元に駆けつけることを選ぶ。その後、ゆかりは回復した猛男と共に兄が遭難した山を訪れ、兄に幸せになる決意を告げる。作者は初出誌において「若い人が、一つのことにうちこんでいる」青春を描き出したかったと語る。最愛の人の死を乗り越える方法を探し、新たな人生を生きようとする少女の再生の過程を温かく描く。（菊地）

↓「雲の挽歌」

愛の鳥いつはばたく《あいのとりいつはばたく》　桐村杏子作。一九七〇（昭45）年四月〜五月『小説ジュニア』。七五年三月、集英社コバルト・ブックス。父を亡くした高校生の露沙は、叔母の家に預けられており、実母も再婚先で不遇のうちに亡くなる。孤独になった露沙を下宿人の俊悟が優しくいたわり、愛が芽生えるが、露沙に執着する財津の策略で、二人の恋は暗礁に乗り上げる。継子いじめをする叔母、貧しく美しい娘、彼女にひかれる何人かの若者たち、次々と訪れる不幸、と純愛ドラマの要素が揃い、飽きさせない。恋愛の美しさを厳しい現実の中に描き出し、ハイティーンの心を捉えたと思われる。（小林）

↓「オパールの涙」

アザミなぜ咲く《あざみなぜさく》

赤松光夫作。一九七〇（昭45）年一〇月、集英社コバルト・ブックス。県立旭ヶ丘高校の秀才・杉悠次は、病弱な母のために進学をあきらめたが、それをきっかけに進学率重視の学校の体制に疑問を抱くようになる。ある日、彼がリーダーとなって、模擬試験のボイコット運動を企てた。が、それは失敗に終わり、悠次は無期停学処分を受ける。悠次を慕う順子も心配するが、彼は生活を荒らしていく。六〇年代後半に起こった全共闘運動の影響下に書かれ、学校に政治が入り込んだ激しい雰囲気を生々しく伝えている。（小林）

↓「愛してはいけない」

光と影の花園《ひかりとかげのはなぞの》

諸星澄子作。一九七〇（昭45）年一一月、集英社コバルト・ブックス。暗く内向的な姉・千賀は、明るく活発な妹の美波と常に比べられ、僻んでいた。ある日千賀はデートに誘われるが、それが妹の仕組んだ事と知り、激怒。誤解が重なり、すれ違う姉妹の心。嫌がらせする千賀に、堪える美波。そんな中、どちらかが他家から引き取られた子との事実まで発覚する。思春期の少女独特の心理が、等身大で描かれた作品。（沼田）

↓「幸福に散った人」「白百合の祈り」

花あんずの詩《はなあんずのうた》

清川妙作。一九七一（昭46）年八月『小説ジュニア』。翌年八月、集英社コバルト・ブックス。劇作家を志す青年芦沢章介と、商業デザイナーを志す小森弓子は、どちらも貧しいが、厳しい生活の中、弓子は献身的に章介を助け、夢の実現を応援する。苦労が実り、章介は成功を手に入れるが、弓子は自動車事故で命を落としてしまう。逆境の中で愛情を育む二人の姿は、悲劇的な結末でいっそう純度を高め、少女たちの恋愛への憧れを喚起したと思われる。（小林）

↓「海と椿のプレリュード」

愛さずにはいられない《あいさずにはいられない》

三木澄子作。一九七一（昭46）年一一月、集英社コバルト・ブックス。八汐信子は、自殺未遂経験者だ。それは信子の母と、信子の恋人・篠田克雄の父が、愛人関係だと知った故だ。克雄と別れた信子は、遊び人の男と初体験をもつが、未だ克雄を愛していた。克雄と再会するが、信子は処女ではない自分に罪悪感を抱く。初体験後の若い女性の心理を描き、少女に、女性の身体や性の意味・大切さを感じさせる内容。

↓「北に青春あり」「星の広場」「まつゆき草」「紫水晶」

（沼田）

海と椿のプレリュード《うみとつばきのぷれりゅーど》

清川妙作。一九七五（昭50）年七月、集英社コバルト・ブックス。汐見千穂子は、先生から「目に見えぬ愛の糸」の話を聞き、森崎澄雄を意識するようになる。二人は親しくなるが、そろって受験に失敗したことで、周囲から非難を受ける。澄雄は、働きながらの進学を目指して一人上京し、千穂子もその後を追うのだった。題名の通り、美しい海と椿のあるI島で育んだ恋愛が、東京で成就するという展開には、当時の地方都市の若者の、都会への憧れが反映されている。

（小林）

↓「花あんずの詩」

だめな女の子《だめなおんなのこ》

大木圭作。一九七五（昭50）年七月、秋元文庫。大田みみ子はお茶目で元気な高校一年生。高校三年生の姉・ふたば、二八歳家事手伝いの姉・初子との三人姉妹である。ある夏、叔父夫婦の暮らす海辺の町に例年のように遊びにきた三人だったが、そこで知り合った美男子・市村健介をめぐって、みみ子とふたばはさまざまな策を練り、相手を出し抜いて仲良くなろうとする。おしとやかで美人の姉とおてんばで元気な妹の対抗レースは、大木圭の得意とする設定であり、ここでもこの対比は十分効果を発揮している。夏の海辺、ハンサムな男の子、引き立て役のようなその友達、チャーミングな姉妹、と青春ラブコメディを盛り上げる素材は揃っており、七〇年代の高校生の意識やファッション、風俗が細かにスケッチされているのも興味深い。人物たちが中流の豊かな家庭の子女であることが、この作品に品のよいのどかさを与えている。

（小林）

↓「ただいま反抗期」「どっちがどっち」

ただいま反抗期《ただいまはんこうき》

大木圭作。一九七五（昭50）年九月、秋元文庫。桜井久子は高校一年生。明朗活発だが、少々そそっかしいところもある。姉の美香は美人の短大生、その恋人である竹中徳次郎は大金持ちの次男だが、それを鼻にかける嫌な男である。キリボシとあだ名をつけられたこの徳次郎は、成績の落ちて来た久子の家庭教師として桜井家に出入りするようになり、久子はうんざりする。久子はクラスメイトの船田卓司と仲良くなり、親交を深めるが、そこにさまざまなトラブルが巻き起こる。美人の姉とお茶目な妹という組み合わせは、大木の少女小説に欠かせない設定だが、本作は姉と妹は直接衝突せず、姉の恋人にアクセントが置かれている。キリボシと好対照をなすのが、好青年船田卓司やその兄進介であり、久子にはよし子という恋のライバルも登場する。すべておきまりのような役どころだが、七〇年代の高校生を生き生きと品よくさわやかに描く筆致は大木ならではの魅力といえる。（小林）

↓「だめな女の子」「どっちがどっち」

朝の海に愛が生まれた《あさのうみにあいがうまれた》

井上明子作。一九七五（昭50）年一〇月、集英社コバルト・ブックス。高校二年生の尾崎浩之は幼なじみで病身の叶ゆうこと心中を図り自分だけ助かったことを責め続ける。その事件によって都会の名門校から地方の高校に転校し、そこで真野杏子と出会う。浩之は杏子に心を惹かれるもその思いを告げようとしない。しかしゆうこの遺書を読み、心中事件の真相を知った浩之は、杏子に自身の思いを告げる決心をする。若者が愛とは何か模索する物語。（及川）

ただいま初恋中《ただいまはつこいちゅう》

佐藤愛子作。一九七五（昭50）年一〇月、秋元書房。佐竹まゆみは、桜高校の二年生。恋に恋する夢見る彼女が、匿名の男性から誕生日プレゼントを贈られたことを機に、その正体探しを通じ、現実の恋に目覚めていく。情景描写が、彼女の突飛な妄想場面へと接続していく展開や、佐藤作品に共通する切なくもコミカルな情調が特徴。登場人物の呼称が、各自を形容する端的なニックネームへと次第にずらされていく語り口もユニークである。（橋本）

↓「おさげとニキビ」「こちら2年A組」

美しく燃える炎を見た《うつくしくもえるほのおをみた》

上条由紀作。一九七六（昭51）年三月、集英社コバルト・ブックス。祖父と二人暮らしの明美は高校一年生。小さな小屋が燃え上がる力強さを見て自らの生き方もそうありたくめざすようになった、と語った真二を知り、彼に惹かれるようになる。周囲の反対や事故、病、祖父の死といった数々の困難を乗り越え、長い年月の後に幸せを摑むまでの二人の姿を描く純愛物語。（小林）

ただいま在学中《ただいまざいがくちゅう》

川上宗薫作。一九七六（昭51）年六月、秋元文庫。挿絵は白吉辰三。主人公の刈谷淳子は高校二年生。決心するとすぐ行動に移す性格だが、片思いの相手である教師の西条の前では顔がこわばってしまい、先生が嫌いだと誤解される。淳子は西条に無署名の手紙を送る。そして正体を隠した淳子と西条との手紙のやりとりが始まる。少女の恋と揺れる想いを描いた青春学園ストーリー。（金）

↓「かなしみの海」「わたしは青い実」

青い実の冒険《あおいみのぼうけん》

藤木靖子作。一九七六（昭51）年九月、集英社コバルト・ブックスならびにコバルト文庫同時単行本化。高校一年生の多恵子は、同級生らとともに異性への好奇心を強めているが、感情と切り離しての性体験には疑問を抱いている。ある日転校することになった多恵子は、親しくなった浩志と結ばれてから去ろうとするが、思い留まった後に転校は取りやめとなり、新たな気持ちで愛情を育めることを喜ぶ。高校生の性についての意識が解放的になる中、あえて慎重な選択をする少女を魅力的に描くことで、性を含めて自分を大切にすることを訴えようとする作者の意図がうかがえる作品。（小林）

青い恋の季節《あおいこいのきせつ》

佐伯千秋作。一九七七（昭52）年一月、集英社コバルト文庫。高校に入学した千春は、参加した開校記念祭でバンド演奏のステージに立つ二年生サリーこと美紗夫に心を奪われる。ギタリストとして人気者のサリーに近づくことは難しかったが、雨の日の偶然の出会いから二人は接近していく。しかし、サリーを思う光穂子やリエとの軋轢やはっきりしないサリーの態度は、しだいに千春の心を疲れさせていく。そんな中、クラスメイトの正記や宏、おテルとのグループ交際は、千春にすがすがしい喜びを呼び醒ますのだった。山岳部の正記や宏は、登山に打ち込み、体を鍛え、旺盛な食欲を持ち、駆け引きなどない誠実な態度で千春たちとの友情を育んでいく。スターに夢中になる年頃の少女たちに、夢と現実の境界に気づくよう、そしてティーンエイジャーのうちに、互いを尊重し合うような実直な交際で成長するようにと警鐘を鳴らした作品とも受け取れる。（小林）

↓「青い太陽」「エルムの丘」「潮風を待つ少女」「若い樹たち」

吐きだされた煙はため息と同じ長さ《はきだされたけむりはためいきとおなじながさ》

正本ノン作。一九七七（昭52）年八月『小説ジュニア』。七九年八月、集英社コバルト文庫。「オレ」こと中村鉄男は、進学校に通う高校二年生。クラスメイトのうるさい女子や内申書を気にする友人、自分への服従を強いる担任の教師、それに負けて頭をさげてしまった自分にも腹を立て、通学路の坂道「地獄坂」でラグビーボールを蹴り落とす。たまたまそこを通りかかり、ボールに当たってしまった女子大生アンと出会い、恋に落ちる。四つも年上のアンとの恋は、しかし片思いのまま一週間で幕を下ろす。アンが東京の大学に戻ったあと、「オレ」は確実に一つの恋の経験者となって、「はかりえないものを得、また永遠に失った」思いをかみしめながら、新しい秋を迎えるのだった。受験生活の中で自分が汚れてしまうような悲しみを味わっていた青年に一服の清涼剤を与えたのは、「海のような」アンへのまっすぐな恋心だった。北海道の初秋を背景にした清々しい青春恋愛小

説。（小林）

↓「あいつ」「だってちょっとスキャンダル」

わたしは青い実《わたしはあおいみ》

川上宗薫作。一九七九（昭54）年一月、集英社コバルト文庫。高校二年の筧詩子は同じ演劇部の大平優に思いを寄せていた。しかし、文化祭の準備のため深夜まで二人で部室に残ったことが学校で大きな問題となり、傷ついた詩子は、味方になってくれた教師の諸富に心惹かれてゆく。詩子は二人の間で心が揺れるが、諸富を愛している女性の存在と彼女の情熱を知って、自ら身を引き、最後は大平優の手を握る。青春学園ラブストーリー。（金）

↓「かなしみの海」「ただいま在学中」

さようならアルルカン《さようならあるるかん》

氷室冴子作。一九七九（昭54）年一二月、集英社コバルト文庫。中編四編を収める。のちにブームとなる軽妙な文体の片鱗は四編目「誘惑は赤いバラ」のみに見え、他三編は純文学に近い思索的な語りが採られている。表題作は小説ジュニア青春小説新人賞佳作を受賞し、作家デビューのきっかけとなった。作中冒頭のエピソードには萩尾望都マンガの影響がみられる。学校生活で「仮面」をかぶり傷つかずに自分を守ってきた「私」は、周囲に同調しない毅然とした同級生に憧れるが、彼女が安全な行動をとるようになって失望し、「さようなら　アルルカン（道化者）」と手紙を書く。しかしその後、彼女の意外な一面を知った「私」は喜びの中、彼女との新たな関係に入る。思春期の潔癖な自意識の葛藤と融和を、友情の深化に重ねて巧みに語る。他三編も、主人公が分身的な姉や友人に照らして自己確認をする話であり、一九八〇年代にコミカルな作風を展開した氷室が、内省的でシリアスなテーマでも優れた少女小説を書けたことが示されている。（久米）

↓〈銀の海　金の大地シリーズ〉「クララ白書」「ざ・ちぇんじ！」〈なんて素敵にジャパネスクシリーズ〉

夜明け前のさよなら《よあけまえのさよなら》

名木田恵子作。一九七九（昭54）年一二月、集英社コバルト文庫。高校二年生の木原香澄は、クラスメイトから「オバサン」と呼ばれている。自分の容姿に劣等感を持つ彼女は、友人たちの恋愛相談や仲人役を買って出るうちに「オバサン」と呼ばれることに慣れ、陽気に振る舞うことで受け入れていた。ところがクラスのはみ出し者、日野法介だけは香澄の「ニセモノの明るさ」を見抜き、胸に刺さる言葉を投げかけてくる。最初は法介に対し反発を示す香澄だったが、法介もまた辛い境遇にあることを知る。互いの本心を打ち明けた二人は惹かれ合うが、過酷な運命を

乗り越えるため法介は香澄に別れを告げに来る。（赤在）
→「トライアングル・ウォーズ　三角関係大戦争」

クララ白書《くららはくしょ》　氷室冴子作。一巻一九八〇（昭55）年四月、「ぱーとⅡ」同年一二月、集英社コバルト文庫、全二巻。表紙に「青春コメディ」とある。キリスト教系の中高一貫校、徳心学園に通う「しーの」こと桂木しのぶは父の転勤のため、中学三年から寄宿舎のクララ舎に入る。漫画家志望の佐倉菊花、完全主義者の美少女マッキーこと紺野蒔子、舎長の有馬皇子こと有馬美貴子らと友人になり、新舎生に課せられた食糧庫破りとドーナツ作りに始まり、体育大会の騎馬戦、文化祭の創作劇参加など数々の学園行事をこなす中、菊花の投稿漫画が努力賞に入選したところで一巻は終わる。「ぱーとⅡ」で「しーの」は他高の男子生徒からラブレターをもらい初デートするが、友人たちの親切でかえって雰囲気がこわれる。また「しーの」のせいで宿舎破りが見つかり退学処分になった上級生に二度も平手打ちされたり、菊花やマッキーとも喧嘩を繰り返すが、それらを乗り越え友情を育む。「たまんないねー」「よくもこんなしゃらくさい真似をしてくれたな」といった軽妙な口語一人称で生き生きと語られるコミカルな学園物語は、それまでの少女小説のイメージを刷新、ジャンル全体の新たな局面を開く記念碑的作品となった。『あしながおじさん』を想起させる「しーの」の手紙や、寄宿舎を舞台にする点などには内外の少女小説の影響が顕著であり、作中で「しーの」が吉屋信子など日本の「古風な少女小説」を熱く称賛する場面もある。作者がジャンルの伝統を知悉した上で、改革に挑んだことは明らかである。なお「しーの」が参加する文化祭の創作劇「佐保彦の叛乱」は、後年の〈銀の海　金の大地シリーズ〉（一九九二～九六）の原型となった。続編『アグネス白書』（全二巻、一九八一～八二）では、高等科に進学した「しーの」たちの文化祭ボイコットや、ボーイフレンドとの関係の進展などの騒動が描かれる。続編やシリーズ化という発想が無かったという、当時の業界の常識も打ち破った快作。（久米）
→〈銀の海　金の大地シリーズ〉「ざ・ちぇんじ！」「さようならアルルカン」〈なんて素敵にジャパネスクシリーズ〉

ふたりの恋人《ふたりのこいびと》　赤川次郎作。一九八〇（昭55）年一〇月、集英社コバルト文庫。ロマンチック・サスペンス。大学生の信一は、大富豪の娘麗子と、レストランで働く貧しい広美のふたりの恋人がいる。ある日麗子が、続いて広美の母親が殺害され、広美も失踪。容疑をかけられた信一は、探偵の友人忠男と否応なく真犯人

を追うことになる。深刻な状況でもあっけらかんとした信一に、当時社会現象になった「新人類」の形象が見られる。　（矢澤）

→「一番長いデート」「乙女の祈り」〈吸血鬼エリカシリーズ〉

星へ行く船シリーズ、番外編《ほしへいくふねしりーず、ばんがいへん》「αだより《あるふぁだより》」『星から来た船《ほしからきたふね》』

新井素子作。一九八〇（昭55）年から八七年に刊行された全五巻の「ロマンチックSF」小説〈星へ行く船シリーズ〉と、その番外編。『星から来た船』は、上・中・下の全三巻。九二年四月～六月、集英社コバルト文庫（初出は『Cobalt』）。イラストは竹宮恵子。「αだより」は、九四年一二月刊行の集英社コバルト文庫『ブラック・キャットⅢキャスリング後編』所収の中編（初出は『Cobalt』）。本編は、人類が宇宙で生活する近未来で、地球の住人・森村あゆみが家出ついでに地球を捨てて他の星へ行く船に乗り込むことから始まるハプニングの顛末。『星から来た船』は、本編を遡ること数年前の火星が舞台。主要人物山崎太一郎と月村真樹子の出会いを描くドタバタSFコメディ。「αだより」は、本編シリーズ中の『そして、星へ行く船』の後日談で、あゆみと太一郎の結婚前夜が語られる。両者とも、個性的なクセの強い善人達が活躍する。　（矢澤）

北に青春あり《きたにせいしゅんあり》

三木澄子作。一九八一（昭56）年九月、集英社コバルト文庫。千穂子は、母親の再婚相手に体を触られたが、母に言えず、北海道を旅し、郷田弘秋、則子と出会う。その後、自殺未遂を機に、北海道の牧場で則子とともに働き始め、弘秋とも再会。自立した則子の生き方に導かれ、千穂子もたくましく成長する。両親が心中し祖母に育てられた則子と、親友が自殺した倉石五郎など、つらい過去を胸に、若者が自分らしい生き方を模索、愛と友情を育てる青春物語。（沼田）

→「愛さずにはいられない」「星の広場」「まつゆき草」「紫水晶」

だってちょっとスキャンダル《だってちょっとすきゃんだる》

正本ノン作。一九八一（昭56）年一〇月、集英社コバルト文庫。錦小路可南は一四歳の受験生。姉・兄・両親との五人家族で平和に暮らしていたが、ある日ワイドショーの見学に行ったことをきっかけに、ママが新進SEX評論家として有名人になってしまう。奔放な性生活を送る今時の女子高校生たちと連日スタジオで闘ううち、ママは日に日に過激な言葉を吐くようになり、それが注目を集め、マスコミにもてはやされていく。番組の視聴率は上がるが、可南は学校でみんなの好奇の目にさらされ、からかいの的にされてしまう。しかし、親友の妃咲ちゃんや誠くんたちはそんな可南をかばい、支え続けてくれる。学園ドラマとホームドラマを混ぜ合わせてコメディタッチに仕上げたような雰囲気を持つ。性を軽視する若い世代に対し、あきらめずに闘いを挑み続けるママと、そんなママがマスコミを巻きこんでひき起こす騒動に負けず、冷静に自分たちの世代の行動をみつめる可南。彼女はそのうちにママの主張の正しさにも気づいてゆく。一人の少女の身の上に起こった騒動にとどまらず、大人と少女たちとの価値観の乖離、接点を持てない会話のずれ、性の意味を考えることなく経験ばかりを積み重ねてゆく少女たち、彼女たちを危うく思っても機能しない大人たちの無策、性に関しての羞恥心が強すぎてフランクに語り合う場がないことの問題、などを考えさせられる。ママこと錦小路豊子センセイは、時にその場の勢いで過激な言葉を発してしまうが、その発言の一つ一つがぎこちないほど突飛な言葉で彩られてしまったり、視聴者側がそれに過剰に反応して騒ぎになったりという様をみていると、性に関する公的な討論というものが、発する側にとっても、受け取る側にとっても、難しいものであることを痛感させられる。これが日本ならではのことかどうかは不明だが、一つの問題提起にはなり得ている。（小林）

↓「あいつ」「吐きだされた煙はため息と同じ長さ」

ヘッドフォン・ララバイシリーズ《へっどふぉん・ららばいしりーず》

窪田僚作。一九八一（昭56）年一一月〜八五年八月、『ヘッドフォン・ララバイ　公園通りの青春』以下全四巻、集英社コバルト文庫。家族と離れ東京で一人暮らしを始めた風間黎が、渋谷の街を闊歩し新しい自由を謳歌する青春小説。八〇年代の若者言葉を多用した一人称会話体で書かれている。クラスメイト有沙とのつかず離れずの恋愛を通して、まだ恋に不器用な青年の揺れ動く心情を描き出している。第一巻『ヘッドフォン・ララバイ　公園通りの青春』はウォークマンの描写から始まり、当時の渋谷の若者文化が存分に反映されている作品。八三年シブがき隊主演で映画化されたが、設定は異なっている。（内堀）

吸血鬼エリカシリーズ《きゅうけつきえりかしりーず》

赤川次郎作。一九八一（昭56）年一二月に集英社コバルト文庫から刊行された『吸血鬼はお年頃』からはじまるシリーズ作品。吸血鬼の娘・神代エリカが、難事件を解決する恋あり笑いありの痛快ミステリー。最新刊は『吸血鬼は炎を超えて』（同文庫、二〇一三）。現在までに三一冊刊行され、テレビドラマ化された作品もある。第一作目では、エリカは一八歳の高校三年生（三作目『吸血鬼よ故郷を見よ』からは大学生）。トランシルヴァニア出身で「正統派吸血鬼」のフォン・クロロックを父に、日本人を母に持つ（幼少時他界）彼女は、大人びた美しい容姿と不思議な力を備えており、父や個性豊かな仲間たちと共に、テニス部合宿先で起きた女子高生惨殺事件を解決する。ヒロイン・エリカは長期間根強い人気を誇っているが、ニヒルな外見に反して、眠気を我慢して日中会社経営までこなすユーモラスなクロロックも固有のファンを獲得している。

（矢澤）

↓「一番長いデート」「乙女の祈り」「ふたりの恋人」

せりかシリーズ《せりかしりーず》　久美沙織作。集英社コバルト文庫。『きみの瞳にギャラクシイ』（一九八三）『三時のおやつに毒薬を』（一九八四）『碧い宝石箱』（一九八五）『ありがちのラブソング』（一九八七）『百九十センチの迷惑』（一九八八）の五巻からなる。〈せりかシリーズ〉は『季刊コバルト』の創刊とともに生まれ、一九八二年夏の号の「バタフライはフリー？」が第一作（『きみの瞳にギャラクシイ』所収）。以下、『季刊コバルト』初出のものと文庫書き下ろしのものとが混在している。〈半熟《ハーフボイルド》せりかシリーズ〉と名付けられ、美人探偵舞せりかが、美貌とお色気と度胸の良さ、そして機転の利く頭のよさを発揮してコミカルな珍事件の数々を解決していく。恋人の茅野遥、猫のマーロウといった定番メンバーの外に、毎回個性的な人物が登場するのも魅力の一つ。コバルトなのにヒロインが大人、そしてミステリー、という点が異色。少女小説に新境地を開いたといえよう。

（小林）

↓〈丘の家のミッキーシリーズ〉〈鏡の中のれもんシリーズ〉

一番長いデート《いちばんながいでーと》　赤川次郎作。一九八二（昭57）年一一月、集英社コバルト文庫。表題作他二編の短編集。著者が、「不器用人間への応援歌」だと説明している通り（「あとがき」）、外見も中身も冴えない大学生俊一が、ひょんなことからヤクザ同士の諍いに巻き込まれるも誠意一つで乗り切る物語である。大学一のプレイボーイに頼まれて出かけた身代わりデートを発端に、いつの間にか事件を解決し、美人の友美を彼女にしてしまうユーモラスな異色作品。

（矢澤）

↓「乙女の祈り」〈吸血鬼エリカシリーズ〉「ふたりの恋人」

ざ・ちぇんじ!《ざ・ちぇんじ》　氷室冴子作。前編一九八三（昭58）年一月、後編同年二月、集英社コバルト文庫。副題「新釈とりかえばや物語」。古典『とりかへばや物語』を下敷きに、平安時代の京都で権大納言藤原顕道卿《あきみちきょう》の娘・綺羅姫と弟の若君が互いに逆の立場で育てられ、宮中に出仕したことで起こる騒動をユーモラスに描く。若君としてふるまう綺羅姫の男勝りの言動が痛快。最後に姉弟は生来の性役割に戻り、綺羅姫は帝の純愛を知って入内、若君は中将として女東宮との恋が認められる。原作の設定を生かしながら綺羅姫が宰相中将に妊娠させられるくだりは省くなど、少女小説らしいアレンジをほどこす。また若君時代の綺羅姫と右大臣の三の姫との結婚は、原作では親同士が決めているが、綺羅姫の場合は、帝が何人も女御がいるのに三の姫を迎えようとしたため「むごい仕打ち」「三の姫を男皇子を産む道具と考えているのが頭にくる」と義憤にかられてふみきっている。平安文学の魅力を伝えつつも、当時の結婚制度や男女関係、ひいては現代にも残る男性中心的な価値観には抗議する姿勢が読み取れる。活発な綺羅姫の像は〈なんて素敵にジャパネスクシリーズ〉の瑠璃姫へと引き継がれた。（久米）

↓〈銀の海　金の大地シリーズ〉「クララ白書」「さようならアルルカン」〈なんて素敵にジャパネスクシリーズ〉

なんて素敵にジャパネスクシリーズ《なんてすてきにじゃぱねすくしりーず》

氷室冴子作。一九八四（昭59）年五月〜九一（平3）年一月、集英社コバルト文庫、第一巻『なんて素敵にジャパネスク』以下全一〇巻。ナンバーの付いた巻は八冊で、「2」と「3」の間に『ジャパネスク・アンコール！』『続ジャパネスク・アンコール！』が刊行された。平安時代の都で、大納言忠宗の令嬢ながら姫君らしからぬ一六歳の瑠璃姫が、太刀を振り回したり「おととい来やがれ、礼儀知らず！」「このすけべ男っ！」などとタンカを切りながら、都を揺るがす事件を巡って大活躍する。一巻では東宮擁立に関わる陰謀を暴き、二巻では初恋の人である吉野君を救おうとし、番外編的な三巻（『ジャパネスク・アンコール！』）と四巻（『続ジャパネスク・アンコール！』）では、瑠璃姫と婚約者である公達高彬の周囲の人々の思惑が語られる。五巻（「人妻編」）では高彬と結婚した瑠璃姫にトラブルが起き、六巻（「不倫編」）では瑠璃姫と高彬の仲を裂こうとする動きが生じる。七巻（「陰謀編」）八巻（「後宮編」）九巻（「逆襲編」）一〇巻（「炎上編」）では、前院の御子・帥の宮の陰謀に関わっていく。後半はシリアスな場面も増えるが、基本的には明るく軽快なコメディタッチで進行。奔放な瑠璃姫を始めとするポップな人物設定とコミカルでスピーディな物語展開には、少女マンガからの影響が見られる。『クララ白書』以来のラフな口語一人称を生かし、読者の共感を呼ぶ等身大のキャラクターとして瑠璃姫を描き、当時のコバルト文庫では破格の一〇冊シリーズという快挙を成し遂げた。率直で前向き、行動力に溢れつつ、人の不幸を見過ごせない正義感と思いやりに満ちた瑠璃姫は、旧来の少女小説の悩み多き逡巡する主人公像から完全に離脱し、女性の生き方の多様性が認められ始めた八〇年代にふさわしい新しいヒロインとなった。コミック化、ラジオドラマ化、テレビドラマ化のメディアミックスもなされている。（久米）

↓〈銀の海　金の大地シリーズ〉「クララ白書」「ざ・ちぇんじ!」「さようならアルルカン」

丘の家のミッキーシリーズ《おかのいえのみっきーしりーず》　久美沙織作。一九八四（昭59）年九月〜八八年七月に集英社コバルト文庫から全一〇巻刊行、二〇〇一（平13）年六月からは復刻版が刊行されている。『ミッキーのおしゃれ読本』（一九八七）というガイドブックもある。最初は『丘の家のミッキー』一巻読み切りの予定だったが、反響の大きさから続編の執筆が決定した。『コバルト風雲録』（二〇〇四）によれば、久美が友人から耳にした女子校生活を作品化したものであり、「華雅学園」のモデルは雙葉学園の中学・高等学校と考えられる。主人公浅葉未来《あさばみく》は、私立のカトリック系超お嬢様学校華雅学園中等部の生徒であり、洗礼名でミシェールと呼ばれている。選りすぐりのセレブの条件を備えた者のみで構成される学園内の社交クラブ「ソロリティー」のメンバーであることは未来の誇りであり、その代表者小堀麗美に対しては「エス」に近い憧れの気持ちを抱いている。父親が、若い頃からの夢を実現させるべく湘南の葉山に家を買い、転居が決定したことで、未来は森戸南女学館への転校を余儀なくされる。当初は華雅学園に比べるべくもない世俗的な森戸南女学館にカルチャーショックを受けた未来だったが、ミッキーという新しいニックネームを得、新しいクラスメート杉田月子、西在家《にしざいけ》麗《うらら》やその兄朱海《あけみ》らと交流を持つ中で、新しい自分を生みだしてゆく。箱入り娘で特殊な上流社会しか視野に入れられなかった未来が、二つの学園にまたがる交友関係の中で「上流」への疑問に目覚め、成長していく物語といえるが、一方では名門女子校の内部を垣間見るところに強い関心を持った読者も少なくない。第一〜六巻までを「中学編」、第七〜一〇巻までを「高校編」とも呼ぶ。また、各巻には「お嬢様はつらいよの巻」「かよわさって罪なの?の巻」「野の百合は暗くなるまで待てないの巻」などサブタイトルがつけられており、頭文字を繋げると「おかのいえのみつきい」となるよう組まれていたり、登場人物の名前に作者の本名「菅原稲子」を用いたりと、遊び心が感じられる。（小林）

↓〈鏡の口のれも・んシリーズ〉〈せりかシリーズ〉

カルチェラタンで迷子《かるちぇらたんでまいご》　小室みつ子作。一九八四（昭59）年九月、集英社コバルト文庫。ゴンベンこと滝沢誠が大学に入学し、女性との出会い、恋の自覚を通して、次第にキャンパスのけだるい世界に入り込んでいく様が描かれた作品。ダンスパーティー、ディスコなど、一九八〇年代当時の時代風俗も映しており、女性ライダーも登場する。また、「〜のさ」という文末表現も特徴的である。優柔不断で迷いの多い男性に対して、女性は強く、あるいは謎めいて描かれている。（内堀）

↓〈久里子シリーズ〉

まんが家マリナシリーズ《まんがかまりなしりーず》

藤本ひとみ作。一九八五（昭60）年七月〜九四（平6）年一二月、集英社コバルト文庫。本編二一巻、イラスト集二巻。未完。イラスト谷口亜夢。第一巻は『愛からはじまるサスペンス』。売れない少女マンガ家の池田麻理奈《マリナ》が、マンガのネタを探して東奔西走し、行く先々で様々な事件に巻き込まれていくミステリ。タフで明るいマリナの魅力も然ることながら、マリナに思いを寄せる旧公爵家御曹司の天才美少年シャルル・ドゥ・アルディや、マリナと相思相愛の黒須和矢、男装の麗人響谷薫、鎌倉時代から続く弾上家の第三〇代当主美女丸、パリ市警察のカーク・フランシス・ルーカスなど、マリナを取りまく美形キャラクターたちがそれぞれ熱狂的なファンを獲得し、シリーズの人気に繋がった。各キャラクターは誕生日や血液型、身長、体重、スリーサイズ、ＩＱに至るまで詳細なプロフィールが設定されており（『愛してマリナ大辞典①②』参照）、一九九〇年には人気キャラクターが総出演する劇場版アニメ『愛と剣のキャメロット まんが家マリナ タイムスリップ事件』（東宝）が公開された。

当初は一作品毎に一つの事件が完結するスタイルであったが、シャルルがモザンビーグ共和国過激派の捕虜となったり、双子の弟ミシェルの陰謀によりアルディ家当主の座を追われたりと、次第にストーリーが複雑化。九三年一月に『愛は甘美なパラドクス』が出版されて以降、約二年間続刊が出ず、九四年一〇月から翌年にかけて出版された『まんが家マリナ赤いモルダウの章 シャルルに捧げる夜想曲①〜③』がシリーズ最後の作品となる。同作は、シャルルが当主の座を奪還するため〈ユメミと銀のバラ騎士団シリーズ〉の鈴影聖樹と聖宝をめぐって死闘を展開するものであり、マリナは登場しない。語りも従来のマリナの一人称から三人称へと変わり、イラストは谷口亜夢に代わって高河ゆんが担当。次回作として予告された『シャルルの愛する葬送曲①』は現在まで刊行されていない。（倉田）

↓〈花織高校恋愛スキャンダルシリーズ、新・花織高校恋愛サスペンスシリーズ〉〈テーヌ・フォレーヌ　恋と戦

いの物語シリーズ〉〈ユメミと銀のバラ騎士団シリーズ〉

星子シリーズ《せいこしりーず》　山浦弘靖作。一九八五（昭60）年九月～九九（平11）年七月、集英社コバルト文庫。『殺人切符は♥色』以下本編五〇巻、イラスト集二巻。名門女子高校に通う流星子が真実の愛を求めて全国を旅し、行く先々で殺人事件に巻き込まれるトラベル・ミステリー。『虹の花嫁は♥のエース（下）』までは星子の一人旅だが、同巻にて美空宙太と結婚式を挙げ、続く『I LOVE YOUは♥色』以降は「星子&宙太ふたり旅」編、『恋の♥探偵はSOS』以降は双子の娘・息子も登場し「星子とらぶるファミリー」編となる。各地の観光名所を織り込んだスリリングな事件と、恋多き星子の破天荒な行動力が人気を博した。星子の夫となる宙太をはじめとし、星子のリュックが定位置の元野良猫ゴンベエ、「ニューハーフ」の春之助、宙太の同僚マサル、宙太の義理の兄ゲンジロウ、弁護士の右京など、星子を取り巻く賑やかなサブキャラクターも魅力的。二〇〇五年以降、作者の公式ブログにて続編を連載。（倉田）

↓〈大江戸ロマネスクシリーズ〉

久里子シリーズ《くりこしりーず》　小室みつ子作。一九八五（昭60）年一〇月～八八年六月、集英社コバルト文庫。全五巻。『シンデレラは待てない』以後、全作品書名は「ない」で統一される。ミステリー好きの叔父の影響で阿笠《あがさ》久里子《くりこ》と名付けられてしまった少し不器用な主人公が、受験生から大学生となる中でバイク・お酒・バンド・ルームシェアと若者文化に触れていく。そして、友人の従兄、徳丸吾市に恋をすることで、自分も、周りの友人との関係もだんだん変わってゆくが、その様子が、素朴な久里子の視点を通して生き生きと描き出されている。（内堀）

↓「カルチェラタンで迷子」

真夜中のアリスシリーズ《まよなかのありすしりーず》　田中雅美作。一九八五（昭60）年一〇月～八九（平1）年七月、集英社コバルト文庫。全六巻。二〇〇二年に全巻、野村美月〈文学少女シリーズ〉で人気が出た竹岡美穂のイラストに変えて再度文庫化されている。東京にある私立西条学園高校を舞台として、そこに通う高校生のカップルが学校で起きた事件を解決していく青春ミステリー。毎巻、探偵役のカップルが変る。第一巻『謎いっぱいのアリス』では二年生で写真部に所属する河村幸と上岡慎のカップルが、事件の謎を解決していく。恋愛感情のすれ違いから同級生に危害を加えたり殺害してしまうといった多感な高校生の危うさが描かれている。事件が起きる前の、主人公と同級生たちのユーモアに溢れた何気ない会話部分と、事件解決のときの人間の醜悪な側面に触れる場面との明暗の差が大きいのが特徴といえる。しかし、読後はどこか甘く切ないような気持ちにさせてくれる人気シリーズ。（及川）

↓〈赤い靴探偵団シリーズ〉

こちら幽霊探偵局シリーズ《こちらゆうれいたんていきょくしりーず》 団龍彦作。一九八六（昭61）年二月〜九〇（平2）年一二月、集英社コバルト文庫。作者の逝去により未完。第一作目は『こちら幽霊探偵局』、以降PartII〜VIIまでの全七巻。作者初のオリジナル小説である。幽霊となった「イモコン」（シスターコンプレックス）の兄・勇一と妹・奈々の二人が、浮幽霊のための探偵局を開設。「幽霊探偵」としてオカルト事件を解決してゆくユーモアミステリー。（伊藤）

花織高校恋愛スキャンダルシリーズ、新・花織高校恋愛サスペンスシリーズ《かおりこうこうれんあいすきゃんだるしりーず、しん・かおりこうこうれんあいさすぺんすしりーず》 藤本ひとみ作。一九八六（昭61）年七月〜九四（平6）年五月、集英社コバルト文庫。通称「花織」、「新花織」。「花織」は全五巻（未完）、「新花織」は本編七巻、番外編一巻。それぞれ第一巻は『ロマンスパン伝説』『君のためのプレリュード』。「花織」は、作品ごとに主人公は異なるが、いずれも花織高校に通う平凡な少女が意中の美少年と結ばれるまでを描いたラブコメディ。第六巻『マシュマロ寓話』（未刊）で完結予定だったが、挿絵を担当していた鈴木奈つきが留学したため連載中断。一九九〇年、「花織」の人気キャラクター美馬貴司を中心に据え、運動神経抜群の活発な美少女・春野花純を主人公とする「新花織」を開始。挿絵はさいとうちほが担当。愛し合いながらも様々な障害が押し寄せ、互いに傷つけ合ってしまう美馬と花純の恋愛を主軸とし、サスペンスの要素を取り入れたスリリングな物語を展開。最終巻『めぐり逢いのデュオ』では、別の女性を愛した美馬の過去を花純が知り、再びめぐり逢うことを誓って二人は別れる。（倉田）

↓〈テーヌ・フォレーヌ　恋と戦いの物語シリーズ〉〈まんが家マリナシリーズ〉〈ユメミと銀のバラ騎士団シリーズ〉

夢見るうさぎとポリスボーイ《ゆめみるうさぎとぽりすぼーい》 竹内志麻子作。一九八六（昭61）年一一月、集英社コバルト文庫。デビュー作。彼氏と別れた高校一年生千夏子は、そうとは知らず駐在所の二二歳の「お巡りさん」涼と知り合う。性に奔放な生活のなかにも、彼女は涼との素朴な関係に安らぎと信頼を覚え始める。一方バニーガールのアルバイトをする親友は、中絶体験を乗り越えてイギリス留学へと旅立つ。女子高生の性と揺らぎを軽快な

タッチで鮮烈に描き出した。（矢澤）

↓「制服のマリア」

トライアングル・ウォーズ《とらいあんぐる・うぉーず》　三角関係大戦争《さんかくかんけいだいせんそう》

名木田恵子作。一九八六（昭61）年一二月、八七年九月、八八年二月、集英社コバルト文庫。三巻完結。花紅子は同じマンションに住む我生のことが好きだが、単細胞で単純な我生はそんなことには一向気づかない。もどかしい気持ちを抱えて過ごす花紅子の前に、ある日ライバルが現れるが、そのライバルはダンサーを目指す長身の美少年、重井重ことジュジュだった。ジュジュは「人間同士が愛しあうのに男女の差別ってないのよ」と言い、花紅子と協定を結ぶ。二人は互いに出し抜くことを許さないと約束し、我生を振り向かせようと三角関係大戦争の火ぶたがここに切って落とされた。全三巻あり、花紅子にとっては更なるライバル、謎の美人あざみさんの登場や、重の家に突如やってきた居候で霊能力者の国磨の登場など、ユニークな登場人物たちによってドタバタ恋愛コメディが繰り広げられる。（赤在）

↓「夜明け前のさよなら」

山田ババアに花束を《やまだばばあにはなたばを》

花井愛子作。一九八七（昭62）年五月、講談社X文庫ティーンズハート。一〈ライトノベルの女王〉の名を不動のものにした花井の出世作。一九九〇年には、西田ひかる・山田邦子主演で映画化された。表紙・イラストを、当時の人気少女マンガ家折原みとが担当。当時の日本のバブル景気を背景とした典型的なドタバタラブコメディで、対照的な二人の女性の心が入れ替わってしまうことから起こる騒動の顛末記である。児童文学『おれがあいつで　あいつがおれで』（中山恒、一九八〇）を原作とした大林宣彦監督の映画『転校生』（一九八二）の影響が見られる。

清花女学院高等学部一年の神崎瑠奈は、フランス人の血をひく美少女で校内一のプレイガール。「もちろん、非処女」だ。裕福で「とんでる」両親と、K大医学部のハンサムな彼氏がいる。一方、彼女の担任である四二歳の山田正子は、メガネに「肉色ストッキング」を愛用するお団子頭の「オールドミス」。ひょんなことから心が入れ替わってしまった二人は、瑠奈が派手な外見に反して一途な恋を貫いていることや、山田が実は美人で初恋の相手を思い続けている意外性を発見する。その相手が、瑠奈の彼氏の父であり、超常現象を専門とする大学教授であったことが発覚（妻は他界）。最後は無事にもとに戻り、それぞれのカップルが恋を実らせるというハッピーエンドで幕を閉じる。当時の少女が憧れるアイテムやシチュエーションがちりばめられた物語を、女子高生言葉と言われた擬態語や、一言だけの改行を多用するといった大胆な文体で描き出した。こうした文体は、以降ライトノベルの少女小説における一つの型として定着していった。続編に『殺人ダイエット――山田ババアの世直しファイル』（集英社文庫、一九九九）がある。こちらは、大人向けの落ち着いた文体が採用されている。　（矢澤）

アリスシリーズ《ありすしりーず》　中原涼作。一九八七（昭62）年六月～二〇〇〇（平12）年八月、講談社X文庫ティーンズハート。第一作『受験の国のアリス』など「～の国のアリス」という名を冠する正式なシリーズは、全三四巻。それに加え、実質は二作目にあたるが、登場人物がやや異なる『時間の国でつかまえて』、国語の入試問題をユニークに解説した『アリス大学付属中学校』の二作がある。挿絵は最初の二作をのぞき、かやまゆみ。数学の参考書のおまけとしてついてきた神さま「MI」（数学Iに由来）の依頼で、タカシ・トシオ・ひろみ・ゆかりの「胸キュン・ペアー」が、異世界に連れ去られたアリスを救出する。異世界においては、万事パズルを解くことで話が進み、このよくできたパズルも面白さの一つ。また、どの「国」にも、チェシャ猫のような存在のなめくじネコ、謎の宿敵・翔野、トリックスター的な「オカマの西村くん」などのレギュラーキャラクターがまぎれこんでおり、物語を攪乱する。一九九八年には、「アリスSOS」としてNHKでアニメ化もされた。　（芳賀）

赤い靴探偵団シリーズ《あかいくつたんていだんしりーず》　田中雅美作。一九八七（昭62）年七月～九一（平3）年一月、集英社コバルト文庫。全九巻。第一巻は『恋人の謎』。東京にある如月高校に通う高校一年生の雪村奈々が主人公。アンティークのものが大好きな女の子。ミステリー研究会に所属していて、学校や旅行先で起きる事件の謎を、同じ研究会の仲間と一緒に解決していく。タイトルにある「赤い靴」とは同じ研究会の仲間であり親友同士でもある奈々と陽子の二人がお揃いで買った赤い靴からきている。同作者の〈真夜中のアリスシリーズ〉と同様、ユーモアに溢れた等身大の高校生たちの会話部分と、事件の真相部分で描かれる彼女たちの醜いドロドロとした感情部分が大きなギャップとなって描かれている。誰もが高校生の時に経験したような恋愛上のいざこざが事件の主なきっかけとなっているものの、探偵役のミステリー研究会メンバーの仲の良さが全面に描かれていて、読後感は悪くなく、爽やかな青春小説となっている。　（及川）

↓〈真夜中のアリスシリーズ〉

南子探偵クラブシリーズ《みなこたんていくらぶしりーず》　赤羽建美

作。一九八七（昭62）年一一月〜九〇（平2）年九月、集英社コバルト文庫。全一〇巻。第一巻は『少女漫画家は眠らない』。都立高校二年生の南子《みなこ》が、憧れの清水先輩や同級生の遠藤クン、友人の美加、剽軽な北野刑事や明石刑事とともに様々な事件を解決していくユーモア・ミステリ。物語展開はやや強引だが、南子の淡々とした一人称の語りが、急展開とあいまって独特のユーモアを生み出している。南子と少年たちの恋も見どころの一つ。（倉田）

ピュアミントシリーズ《ぴゅあみんとしりーず》　図子慧作。一九八八（昭63）年一月〜八九年七月、集英社コバルト文庫。全三巻。第一巻目の『ピュアミント'88』は、両親の離婚に際し、小川モネが期限付きの理想的な家族団欒を要求し、一家は父の故郷の新宮市へと引っ越す。転校先の白鳳高校で再会した幼馴染みの順三郎や綸道らとの学園生活を軸に、両親の離婚を自分なりに乗り越えるモネの成長が描かれていく。「ボク」という一人称をてらいなく使用するモネは、性別越境の可能性を秘めた独特の存在感を放つ。（遠藤）

Aqua——水のある風景《あくあ みずのあるふうけい》　波多野鷹作。一九八八（昭63）年二月〜一一月、集英社コバルト文庫。全二巻。高校に入学したばかりの皐《さつき》は、気分のすぐれない春を過ごしていた。クラスには溶け込めず、家でも息苦しさを感じる。唯一の友達は、植物を愛する少年・蒼《そう》だが、彼との関係も最近ぎくしゃくとしている。ある日、皐は、従姉・亮子の恋人である作家・家住湊の自宅を訪ねる。巨大な二つの水槽と熱帯魚、そして優しくて冷たい湊は、家でも学校でも得られない安らぎを皐に与えた。高校生の皐と蒼、二〇代の亮子と湊、四者の関係が複雑に縺れ、やがて優しく調和し、皐は世界と知り合っていく。植物や熱帯魚の生態系、構造的飢饉、自然保護、環境保全といったエコロジーの問題系への洞察を織り込みながら、思春期の少女の内面世界と外的世界の葛藤を瑞々しく描き出した作品。吉野朔美、榛野なな恵、内田善美らの少女漫画の影響について、第二巻「あとがき」に言及がある。（倉田）

天使シリーズ《てんししりーず》　折原みと作。一九八八（昭63）年二月〜九六（平8）年三月、講談社X文庫ティーンズハート。本編四巻、番外編一巻。第一巻『夢みるように、愛したい』は作者のティーンズハート・デビュー作。家出の途中で事故に遭った一六歳の室山桜子の魂を、天使のリョウが誤って天国に連れてきてしまった。天使と人間の少女の切ない恋が共感を呼んだメルヘン・ラブストーリー。第二巻『天使の降る夜』では、結婚した桜子の隣人・愛里が主人公となり、リョウと恋に落ちる。桜子の娘・美紅を助けるため命を落としたリョウは、天国を追放され人間となる。第三巻『エンジェル・ティアーが聴こえる』では美紅とリョウの相棒シンが、第四巻『永遠のみえる日』ではリョウと愛里の娘・美桜と、桜子の息子リョウが出会い、新たな物語を紡ぎ出す。『エンジェルＢＯＸ――天使からの贈り物』には、番外編、カラーイラストの他、人物相関図や四〇年以上に及ぶ壮大な歴史年表を収録。（倉田）

↓〈アナトゥール星伝シリーズ〉「時の輝き」〈Dokkin★パラダイスシリーズ〉

放課後シリーズ《ほうかごしりーず》　日向章一郎作。一九八八（昭63）年三月～二〇〇〇（平12）年一二月、集英社コバルト文庫。全二三巻。〈星座シリーズ〉との合体版一巻（『乙女座のトム・ソーヤー』）。第一巻は『放課後のトム・ソーヤー』。幼稚園から同じクラスの高校生カップル・ミサコとケンイチが、様々な事件を解決するユーモア・ミステリ。ミサコは〈星座シリーズ〉のミノリの従姉。ミサコが探偵役を務め、ケンイチは補佐役となる。様々な先行作品を織り込み、ユーモラスな会話を随所にちりばめつつ、売春や自殺、非行といった社会問題をテーマとし、時代に即した高校生たちの「放課後」を軽妙な筆致で描き出して人気を博す。『放課後のドンキホーテ』と『放課後のウィリアム・テル』はキャンパス編、『放課後のシャーロックホームズ』以降は挿絵がみずき健から穂波ゆきえに代わり、中学生編となる。以前にも小学校・中学校時代を描いた番外編はあったが、同作以後は時代設定が九〇年代後半以降となり、それまでの作品と時間軸が異なっている。（倉田）

↓〈星座シリーズ〉〈電撃娘１６３センチシリーズ〉

あいつ《あいつ》　正本ノン作。一九八七（昭62）年夏号掲載の「ライタ」ほか、『Cobalt』掲載作のいくつかと書き下ろし作品とを併せて集英社コバルト文庫に単行本化。『あいつ―8つの恋の物語』以下全三冊、一九八八年四月～九〇年一月。「トオル」「ユキオ」「コタロー」など、全編に男の子の名前をカタカナ表記したタイトルがつけられている。「あなたは誰が気に入ったでしょうか」という帯のコピーどおり、各作で様々なタイプの男の子との疑似恋愛が楽しめる。少女漫画の文章化といった趣が強い。（小林）

↓「だってちょっとスキャンダル」「吐きだされた煙はため息と同じ長さ」

アイドルは名探偵シリーズ《あいどるはめいたんていしりーず》　井上ほのか作。一九八八（昭63）年四月～九四（平6）年四月、講談社X文庫ティーンズハート。全六巻。挿絵は瀬口恵子。第一作は『アイドルは名探偵』。華やかな芸能界を舞台に、売れっ子の美少女アイドル八手真名子が、ハワイの日系二世で売り出し中の歌手・藤原克樹と共に、様々な事件を解決してゆく本格ミステリー。当時ティーンズハートの最年少作家作品として売り出されたが、よく練られた物語と、本格的な事件のトリックが注目を集め、ミステリー好きにも好評を博した。（芳賀）

ヨコハマ指輪物語シリーズ《よこはまゆびわものがたりしりーず》　神崎あおい作。一九八八（昭63）年四月～九四（平6）年七月、講談社X文庫ティーンズハート。全一七巻。通称ヨコ指。横浜山手の学園に通う平凡な女の子、チョコこと千代子は、ある日偶然魔法の指輪の持ち主となり、元極道プリンセスのおシマ、魔法の使い手・美少年エディとともに、妖魔から横浜の地を守るべく奮闘することになる。第一作『ヨコハマ指輪物語』以降、一貫して学園ファンタジーでありつつも、人間の弱い心こそが妖魔を飼う、という硬質なメッセージ性も持った作品。（内堀）

きらきら星をあげよう《きらきらぼしをあげよう》　山本文緒作。一九八八（昭63）年五月、集英社コバルト文庫。著者の第一単行本。父の仕事のため東京に転居した高二の吉田日和《ひより》は、転校先でモヒカン刈りのバンド少年山之腰琢磨に出会い、泣いてばかりの日々を脱していく。軽快な会話を多用し、ライブの情景も含めテンポ良く進む恋の話の間に、父と衝突し家出する日和の母、琢磨を好きな男子の失恋などシリアスなエピソードも挟み、青春期の歓びと痛みが重なり合う。（久米）

↓〈学園恋愛ジャンクションシリーズ〉

幽霊事件シリーズ《ゆうれいじけんしりーず》　風見潤作。一九八八（昭63）年七月～二〇〇六（平18）年三月、講談社X文庫ティーンズハート。全六五巻。X文庫ティーンズハート休刊によりシリーズ終了。「青山大学」の推理小説研究会に所属する水谷麻衣子・日下千尋・中田美奈子の三人が、旅行先で巻き込まれる事件を解決してゆく本格ミステリー。主に麻衣子が推理を組み立て、恋人である千尋としっかり者の友人美奈子がサポート役となる。麻衣子の伯父が経営するホテルで、幽霊のように忽然と消えた女性の謎を追う『清里幽霊事件』が第一作であるため、タイトルに「幽霊事件」を冠する。研究会の先輩の作家「風見潤」が小説を執筆しているという設定をとっている。第四六作『赤い鳥居荘幽霊事件』より、実家の和菓子屋を継いだ日下を追って、麻衣子と美奈子が京都に探偵事務所を開設、「京都探偵局」の副題がつく。挿絵のかやまゆみにより漫画化もされている（講談社コミックスフレンド）。

（芳賀）

とラブるトリオシリーズ《とらぶるとりおしりーず》

ゆうき☆みすず作。一九八八（昭63）年八月～九九（平11）年三月、講談社X文庫ティーンズハート。全二八巻。挿絵は河内実加。第一作『きらめく星空に哀愁のチャルメラが聞こえる』をはじめ、『アクロポリスの神殿に冷し中華の子守唄が聞こえる』『月がとっても青い夜ヤンキーの二重唱が聞こえる』『遥か海の彼方からサヨナラの汽笛が聞こえる』など、「聞こえる」で終わるユーモラスな長いタイトルが特徴。「ヨコハマ」の「聖マリア学院」に通う三人の女子高校生、ごく平凡でお人よしのミキ・おっとりしたお嬢様のメグ・武芸に通じるリーダー格のよしのを中心に、恋と冒険を描く。一般的な学園ミステリーとは異なり、ラーメンの屋台で働く必殺仕事人「ゆーさん」をはじめ、トトアレバ王国の王子、人間の姿を変える謎の薬、さらには竜の住む魔法の国など、荒唐無稽な設定をつめこんだ奇想天外な物語世界が魅力。勢いのある会話とキャラクター性によって、笑いとドタバタに満ちた賑やかなシリーズとなっている。

（芳賀）

風を道しるべに……シリーズ《かぜをみちしるべに しりーず》

倉橋燿子作。一九八八（昭63）年一二月～九二（平4）年四月、講談社X文庫。ファンの間では、『風道』シリーズと称されている。『風を道しるべに……①MAO14歳・春』に始まる本編一〇巻（ティーンズハート）に加えて、続五巻、完結編三巻（ホワイトハート）の全一八巻。挿絵は小野佳苗。白鳥麻央は、ばあやのいるお嬢様。しかし、飛行機事故で両親を亡くして、運命は暗転。北海道で牧場を営む叔母の許に引き取られてすぐ、ばあやが病死するが、女友達や健太郎、幼馴染の東郷比呂志らに出会い、明るく生きる。ある日、ロンドンのスワン財閥の後継者である双子の兄麻代《まよ》の存在を知り、大ショックだが、唯一の肉親として支え合い、束の間の幸福を迎える（本編）。恋人健太郎との不仲に悩む麻央は、英国の乗馬学校に留学。兄の親友デュークとの恋は、彼の拳銃自殺という悲劇に終わる。デュークの子を宿していた麻央は、日本で一人で育てる決心をする（続）。中傷や牧場の買収問題もやがて解決。再び健太郎との愛を自覚した麻央は、彼と結婚して北海道の小さな町で生きる決意を固める（完結編）。

（鈴木恵）

↓〈さようならこんにちはシリーズ〉

つかまえてシリーズ《つかまえてしりーず》

秋野ひとみ作。一九八八（昭63）年一二月～二〇〇六（平18）年三月、講談社X文庫ティーンズハート。全一〇三巻。X文庫ティーンズハート休刊によりシリーズ終了。挿絵は赤羽みちえ。

各作品のタイトルは第一作『夕暮れ時につかまえて』から最終巻の『ラストシーンでつかまえて』まで全て「つかまえて」で終わる。二、三カ月に一冊というハイペースで執筆された、ティーンズハートの顔とも言うべき作品である。主人公・工藤由香と、いたずら好きの幼馴染・藍沢左記子、二人のクラスメートの小林宣彦の三人が、毎回事件に巻き込まれてゆく、ラブコメ調のミステリー連作。シリーズ開始当初は、三人の恋愛模様が描かれていたが、探偵の桜崎圭二郎、強引な大学生・菊地薫、左記子のお見合い相手など多様なキャラクターが登場し、特に主人公の思いが圭二郎と薫の間で揺れるさまが見どころの一つとなった。シリーズ後半では、高校卒業と同時に左記子が結婚し、由香が圭二郎の探偵事務所を手伝うようになるなど、主人公達の新しい旅立ちが描かれた。長く続いた作品ならではの、地に足のついたキャラクターの成長が魅力的である。（芳賀）

だからお願いティンカーベル《だからおねがいていんかーべる》

青山えりか作。一九八九(平1)年一月、講談社X文庫ティーンズハート。青山のデビュー作。夏休み明け、寄宿制の女子校に通うカリンのもとに、差出人不明のラブレターが届く。それは幼馴染の海が書いたものであることが判明し、カリンは今まで意識しなかった海の思いに気づく。一方、カリンの親友芙蓉は両親の離婚問題に悩み、退学を決意する。芙蓉に思いを寄せる空（海の兄）は、芙蓉のそばで生きることを決心する。カリンと芙蓉、空と海の兄弟が織りなす学園ラブロマンス。八〇年代の女子高生文化をビビッドに伝える作品となっている。（溝部）

学園恋愛ジャンクションシリーズ《がくえんれんあいじゃんくしょんしりーず》

山本文緒作。一九八九(平1)年四月の『黒板にハートのらくがき』から九〇年一〇月『青空にハートのおねがい』まで全四巻、集英社コバルト文庫。二巻までが高一の結花と同級生金太との恋、後半二巻は結花の親友鳥《と》海緒《みお》と彩女《あやめ》が、それぞれ上級生と教師に恋する話。結花は臆病な自分を変えるため「現実はきっと、あたしを傷つけるだろう」と覚悟しながら、金太が好きだと公言し、「好きになってもらうには、自分を育てないと」いけないとも思い、自らの夢の実現を考えていく。また結花と鳥海緒は誰かを好きになることで別の誰かを傷つけることを知り、彩女は大人の男の甘えに気づくという辛い経験もする。恋に友情に果敢に健闘する少女たちを、細やかな心理描写と共に描く。（久米）

→「きらきら星をあげよう」

コイビトの耳はネコのみみ！《こいびとのみみはねこのみみ》

谷山浩子作。一九八九（平1）年四月、集英社コバルト文庫。

全一巻。ハルは人気アイドル花森花見の付き人。恋人だった放送作家の影友を花見に奪われ、落ち込んだハルが「猫になりたい」とつぶやくと、「かわってあげる」と言って猫のココナが部屋に入ってきた。一週間の約束でハルと体を交換したココナは、おしゃれに着飾り、奔放にふるまい、やがて影友にハルの気持ちを代弁する。作者初の少女小説となったメルヘン・ラブコメディ。（倉田）

自由ヶ丘高校　失恋クラブ《じゆうがおかこうこう しつれんくらぶ》

馬里邑れい作。一九八九（平1）年四月～九〇年三月、講談社X文庫ティーンズハート。全三巻。みかるは二度の失恋を経て理由を探るべくクラブを立ち上げ「いじわる童話館」を創刊。集まった少女たちは小説や川柳に情熱を注ぐ。かぐや姫などの昔話を素材としたショートショートを創作し、みかるは出版社から注目される。そんな折、母の蒸発で平和な家庭に危機が訪れる。二巻は副部長のるみが、三巻は芸者屋の和馬がドタバタ恋愛コメディーを炸裂させる。（野呂）

あたしのエイリアンシリーズ、あたしのエイリアンEXシリーズ《あたしのえいりあんしりーず、あたしのえいりあんいーえっくすしりーず》

津原やすみ作。一九八九（平1）年五月～九六年七月、講談社X文庫ティーンズハート。全二一作（二二冊）。『星からきたボーイフレンド』にはじまる〈あたしのエイリアンシリーズ〉は、都立高校に通う少女百武千晶と、彼女の前に突然現れた異星人の少年、星男とのSFファンタジー風ラブコメディ。さまざまな事件に巻き込まれながら育まれていく二人の恋愛が、高校一年から浪人生活を経て、大学合格までの四年間を中心に描かれている。続く、『ポケットに星をつめて』にはじまる〈あたしのエイリアンEXシリーズ〉は、千晶と星男の後輩である川野和流《せせらぎ》と、二〇〇〇年後からやってきたという少年、望月玄之丞とのラブストーリー。いつか未来へ帰ってしまう相手との切ない恋、二人だけの結婚式、そしてセックス。両親の離婚や、ゲイのクラスメイトの存在など、現代社会をめぐる様々な問題を織り込みながら物語が展開されている。（川原塚）

アレキサンドリア物語・新アレキサンドリア物語シリーズ《あれきさんどりあものがたり・しんあれきさんどりあものがたりしりーず》

山崎晴哉作。一九八九（平1）年六月～九一年七月、集英社コバルト文庫。『アレキサンドリア物語1』以下九巻刊行され、未完。作者によれば、「十巻で完結を目ざしていたが、事情があり」、「十巻目を出すのが少し遅れる」（『新アレキサンドリア物語　第一巻』あとがき）とのことだったが、続編一〇巻は刊行されなかった。イラストは、アニメ版「ベルサイユの薔薇」「聖闘士星矢」等のキャラクターデザイン・作画監督をしていた姫野美智。『新アレキサンドリア物語』は『アレキサンドリア物語』の人気キャラクターに焦点を当てたサイドストーリー的なものであり、全二巻。エジプトのクレオパトラ七世を主人公とし、カエサルなど実在した人物が登場。史実、実在の場所が描かれる歴史小説的な要素と架空の人物や場所が描かれるファンタジーとが入り交じったシリーズである。脚本家として活躍した作者らしく、会話部分は、生き生きとしており印象的なことばが多い。（櫻田）

鏡の中のれもんシリーズ《かがみのなかのれもんしりーず》　久美沙織作。一九八九（平1）年七月～九一年四月、集英社コバルト文庫。『鏡の中のれもん』第一巻以下全九巻。主人公内藤結実は、兄圭に恋する演劇好きな美しい中学生。冴えない従姉待子との同居、父の事業失敗・自殺、芸能界で味わう挫折、圭の失踪、学校からのリタイア……と、次々に襲う困難を前に、あくまで誇り高く生き抜く結実。彼女は女優としての成功を前に、記憶を喪失した兄と結ばれ、妊娠してしまう。「この世で生き残ってくのに、最強と思われるキャラを創設しておいて、そいつに、近親相姦っていうタブー（中略）をつかって、はみだしてみせてもらった」（第九巻「あとがき」）と作者が述べるように、結美の姿は、家族・家庭・学歴、といった「制度」の枠をものともせずに突き進む、男まさりのヒロインの系譜に位置づけられよう。結実を鏡の中のれもんとし、読者という現実の側のれもんたちに、自己投影を期待しているのかもしれない。（小林）

↓〈丘の家のミッキーシリーズ〉〈せりかシリーズ〉

ユメミと銀のバラ騎士団シリーズ《ゆめみとぎんのばらきしだんしりーず》　藤本ひとみ作。一九八九（平1）年七月～九三年六月、集英社コバルト文庫。全七巻。未完。第一巻は『月光のピアス』。高校二年生の佐藤夢美の耳に、三宇宙四精霊の聖宝の一つである月光のピアスがくっついてしまった。夢美がドキッとするたび、幼馴染の高天宏、後輩の光坂亜輝、空手部女性キャプテンの冷泉寺貴緒は、狼、猫、鷹に変身してしまう。彼らは鈴影聖樹を総帥とする銀のバラ騎士団の騎士となり、失われた聖宝を奪還するため奮闘する。コバルト文庫版は未完となったが、二〇一三年よりエンターブレイン社ビーズログ文庫から原作藤本ひとみ、文柳瀬千博の〈夢美と銀の薔薇騎士団シリーズ〉としてリメイクされ、一四年に完結した。（倉田）

↓〈花織高校恋愛スキャンダルシリーズ〉〈新・花織高校恋愛サスペンスシリーズ〉〈テーヌ・フォレーヌ　恋と戦いの物語シリーズ〉〈まんが家マリナシリーズ〉

恋したら危機シリーズ《こいしたらくらいしすしりーず》

野原野枝実作。一九八九(平1)年八月~九〇年五月、MOE文庫。『恋したら危機《クライシス》!』に始まる全三巻。オーストラリアの島で育ったボーイッシュな少女・北風薫が、日本の全寮制男子高に性別を偽って転入したために巻き起こるさまざまな騒動を扱ったラブコメディ。逆境に立ち向かうヒロイン像や、ゲイのルームメイトとの間に育まれる友情といったモチーフは、後に桐野夏生の筆名で発表される〈村野ミロシリーズ〉等の先駆的要素とも見える。イラストは森園みるく。MOE出版の親会社である偕成社から〈ルームメイト薫くんシリーズ〉(全三巻、一九九三~九四、イラストは紺野キタ)として復刊される。(布施)

↓〈セントメリークラブシリーズ〉

さようならこんにちはシリーズ《さようならこんにちはしりーず》

倉橋燿子作。一九八九(平1)年八月~九一年四月、講談社X文庫ティーンズハート。『さようならこんにちは1』以下全二〇巻。主人公の村上明日香《あすか》は、漫画家志望の高校一年生。四姉妹の次女。仕事に忙しい父(勝)、入院中の母(雅子)という、両親不在に近い家庭でも仲良くやっていた。しかしある日突然、明日香が家族とは血がつながっておらず、産みの母(三枝今日子)は、父の親友だった道雄つまり明日香の実父を死なせた殺人犯とわかる。事実の重みと、姉妹の態度の豹変に耐えかねて、明日香は自殺を図るが、発見が早く助かる。二年生になった明日香は、尊敬する漫画家安田まゆみの許でアシスタントを開始。漫画家を目指して奮闘するうちに、実の父母との間に何があったのかを知りたいと願い、クラスメイトの榎本直人(エノスケ)と彼の親友市川哲(哲)に相談する。やがて明日香は、元暴走族ゼウスのリーダー的存在の由起が、ゼウスのリーダー・トオルの更生を待って結婚式を挙げ、自分を捨てた母親と和解し、心静かに出産の日を待つ姿に自身の想いを重ねて、由起を主人公にした漫画で、新人賞に応募するも失敗。次々と起きる事件に、健気に立ち向かう明日香は、苦しい時に支えてくれるエノスケのよそよそしさに悩みながら、彼女にまじめに告白してくれた哲の優しさにも救われ、二人の間で心が揺れ動く。実母の今日子とようやく心が通じ合い、エノスケへの想いに正直になろうとした矢先に、哲の交通事故が起きる。事故の責任を感じたエノスケは自分を責め、明日香をも遠ざけるが、かっこつけることのバカらしさに気づくと、ようやく心を開く。エノスケの姿に自身のいい子ぶった面に気づいた明日香は、これまでの体験を漫画にして、再び新人賞に応募して見事受賞。漫画家への夢を実現させる。姉妹も自立し始めて、育ての父勝と実母今日子との再婚も決まって、家族は皆、新しい人生を歩み出す。人生の悲しみに出会う少女に、別れは、必ず来る次の出会いのためにあるというメッセージや励ましを伝える小説。（鈴木恵）

→〈風を道しるべに……シリーズ〉

三日月背にして眠りたい《みかづきせにしてねむりたい》 一九八九（平1）年一〇月、集英社コバルト文庫。彩河杏作。高校を中退しバイト先もクビになった萩原生菜子《きなこ》は、亡き祖母の恋人だった天野老人の下宿を手伝い、個性的な下宿人たちと関わりながら人と人が繋がることの重要性を知る。多様な登場人物を巧みに配し、後の角田光代名義の作品テーマにも通じる、他者との共生を学ぶ主人公の姿を示す。続編として『満月のうえで踊ろう』（集英社コバルト文庫、一九九〇）がある。（久米）

破妖の剣シリーズ《はようのつるぎしりーず》 前田珠子作。一九八九（平1）年一一月〜、集英社コバルト文庫。『破妖の剣 漆黒の魔性』以下現三八巻。表紙、挿画は、厦門潤、小島榊。厦門潤作画による漫画版（一九九六〜二〇〇〇）、松元陽作画による漫画版（二〇一一〜一三）の他、カセットブック（一九九二）、OVA（一九九二）とメディアミックス展開をしている。少女剣士ラエスリールは、破妖刀「紅蓮姫」に選ばれ、四〇年ぶりにその使い手となってしまったために、仕事も与えられないまま暮らしていた。破妖剣士は自分の「護り手」となる魔性を探さなくてはならないが、その「護り手」となる魔性が、現れなかったのである。ラエスリールは、ようやくもたらされた最初の仕事で、美貌の青年魔性・闇主《あんしゅ》を自身の「護り手」とする。しかしその闇主は、性格が最悪だった。著者が得意とする異世界ファンタジーの人気シリーズ。八〇年代に広く流通するようになったロールプレイングゲームの影響が、色濃く見られる。（大橋）

→〈聖石の使徒シリーズ〉〈天を支える者シリーズ〉〈魅魎暗躍譚シリーズ〉

ハイスクール・オーラバスターシリーズ《はいすくーる・おーらばすたーしりーず》 若木未生作。一九八九（平1）年一二月〜、集英社コバルト文庫・トクマノベルズ。本編は現二三巻。ほか外伝二巻。第一巻は『天使はうまく踊れない』。この世界には太古から、妖怪や鬼などと呼ばれて人間に憑依する「妖の者」、それを退治する神の化身「空の者」、「空の者」に仕え「妖の者」と戦う「術者」が存在していた。彼らの魔力を無化する中和能力者（オーラバスター）として、高校生・崎谷良介はこの戦いに加わっていく。闘争を通して人間の心の闇を描いたファンタジー。（谷内）

→〈エクサール騎士団シリーズ〉

悪霊シリーズ《あくりょうしりーず》 小野不由美作。第一作『悪霊がいっぱい!?』（一九八九）から最終の第七作『悪霊だってヘイキ！』（一九九二）まで、講談社X文庫ティーンズハートから刊行された。シリーズ終了後、設定などを引き継いだ『悪夢の棲む家（上・下）』（一九九四）が、X文庫ホワイトハートから出ている。さらに、いなだ詩穂により講談社からマンガ化（一九九八～二〇一〇）、全一二巻が出た後、小野が原作を大幅にリライトし、メディアファクトリーから〈ゴーストハントシリーズ〉全七巻が刊行された（二〇一〇～一一）。主人公の麻衣は高校生。心霊現象の調査事務所「渋谷サイキック・リサーチ」でアルバイトをしている。所長をつとめる美貌のゴーストハンターをはじめ、もと僧侶、巫女、神父、霊媒師などの仲間たちと数々の怪奇現象に関わる。細かく張られた伏線が最終巻で回収され、シリーズ全体が一つの物語になっている。少女小説、ホラー小説という枠組みを外しても完成度の高い作品である。（藤本）

→〈十二国記シリーズ〉

星座シリーズ《せいざしりーず》 日向章一郎作。一九九〇（平2）年一月～二〇〇〇年一二月、集英社コバルト文庫。全二一巻、うち一巻は〈星座シリーズ〉との合体版（『乙女座のトム・ソーヤー』）。イラストみずき健。第一巻は『牡羊座は教室の星つかい』。都立T高校に通う大野ノリミは、祖母の家で、クラス担任であり婚約者でもある麦倉ナオトと同居中。ノリミは〈放課後シリーズ〉のミサコの従妹。ノリミとナオトが様々な事件をともに解決するうちに、愛を育み、人間的にも成長していく学園ミステリ。タイトルに星座が冠されているのは、ナオトの星占いが事件解決の鍵となることに由来する。第一三巻『火の星座・恋愛ラプソディー』以降の第二部では、ナオトはノリミを婚約者として親戚一同に紹介し、また三年に進級したノリミは自立的な性格へと成長するなど、物語が進展する。高校生が恋愛や友人関係に悩んだ末、結果的に起きてしまった事件が多い。謎解きは暗号解読を中心とするが、叙述トリックや見立てを用いた作品もあり、作者のミステリへの造詣が活かされている。（倉田）

→〈電撃娘163センチシリーズ〉〈放課後シリーズ〉

ツインハート抱きしめてシリーズ《ついんはーとだきしめてしりーず》 唯川恵作。一九九〇（平2）年一月～九一年一二月、集英社コバルト文庫。『ツインハート抱きしめて』にはじまる全五巻。平凡な高校生千苑《ちその》は、同級生でボーイフレンドの航《わたる》がテレビや映画で芸能活躍を始めると、次第に航に距離を感じるようになる。親友の美里、人気ロック歌手の響、モデルの昌也といった様々な人たちとの交流を通して、千苑が航と互いの想いを深め、自らの夢を見つけるまでの心の葛藤を丁寧に描ききった青春ラブストーリー。 (武内)

天使のカノンシリーズ《てんしのかのんしりーず》 倉本由布作。一九九〇(平2)年一月~九三年一月、集英社コバルト文庫。全九巻。少女・花音が中学一年生から短期大学卒業まで、一作で一歳ずつ成長していく構成となっている。なお、第七巻『片想園』は、花音をとりまく登場人物たちの恋模様を描いた短編集。挿絵は槇夢民。母の死で六年ぶりに生まれた街に戻ってきた花音は、両親の離婚で疎遠になっていた父と姉、父の再婚相手と暮らすことになる。新しい環境や中学生になることへの不安を抱えた花音を優しく迎えたのは、幼馴染のみーくんと淳くんだった(第一巻『天使のカノン』)。魅力的なふたりの男の子のあいだで揺れ動く花音のほのかな恋心は、家族や友人、恋のライバルとの出逢いや別れを経験し、みーくんとの幸せへと辿りつく。天真爛漫でひたむきな花音が大人になっていく姿を通じて、思春期の純愛や嫉妬、不安など、多くの人が抱く心情を柔らかな感性で描き出した少女小説。 (鴨川)

→〈きっとシリーズ〉「月の夜舟で~平家ものがたり抄~」

いきなりミーハーシリーズ《いきなりみーはーしりーず》 カトリーヌあやこ、落合ゆかり作。一九九〇(平2)年七月~二〇〇二年一一月、集英社コバルト文庫。全二一巻。第一巻は『いきなりミーハーSOS アイドル不思議パニック』。テレビ局への潜入、公開録画への参加などチヒロとアユミはアイドル好きな女の子。旅先のゲレンデやバリ島ではアイドルがらみの事件に巻き込まれていく。カトリーヌあやこの挿絵とストーリー展開が絶妙なコミック小説。『いきなりミーハー突撃隊/禁断の世界へ』では雑誌『Cobalt』に連載した芸能人のエピソードなど一三回分を所収。 (野呂)

アナトゥール星伝シリーズ《あなとぅーるせいでんしりーず》 折原みと作。一九九〇(平2)年九月~二〇〇六年三月、講談社X文庫ティーンズハート。本編一七巻、番外編三巻。女子高生・鈴木結奈が、銀の星姫《メシナ》として異世界アナトゥールでエスファハン国第三七代国王シュラ・サーディン(当初は王子だが、第一巻『金の砂漠王《バーディア》』末尾で即位)とともに様々な冒険を繰り広げるファンタジー。結奈はシュラと結婚、二男一女を授かる。二〇〇八年、講談社X文庫ホワイトハートより再刊行。〇七年より「Pianissimo」にて作者自身により漫画化。 (倉田)

→〈天使シリーズ〉「時の輝き」〈Dokkin★パラダイスシリーズ〉

セントメリークラブシリーズ《せんとめりーくらぶしりーず》

野原野枝実作。一九九〇（平2）年一〇月～九一年一月、MOE文庫。『セントメリーのお茶会にどうぞ』に始まる全二巻。MOE文庫休刊によりストーリー中断のまま未完。精神感応能力《テレパシー》を持つ少女・北野ミズキは、同じ病院で同じ日に生まれ、超能力をもつ少年少女たちと出会う。当時の産科医から研究材料として狙われていると知らされた彼らは、それを阻止するべく奮闘するが、その身辺を転校生の少年が調べ上げていく。謎解きの要素が濃厚な、サスペンスタッチの構成からは、ほどなく「顔に降りかかる雨」で江戸川乱歩賞を受賞し、ハードボイルドミステリーを次々と上梓する桐野夏生（野原の別筆名）の作風の片鱗が垣間見られる。イラストは遠野一生。（布施）

↓〈恋したら危機シリーズ〉

パラダイス野郎《ぱらだいすぼーいず》

西田俊也作。一九九〇（平2）年一一月～九一年五月、集英社コバルト文庫。全三巻。正反対の性格を持つ多佳良と奈生は親元を離れ自活する高校二年生。お金に困る度に二人の前に現れるのは摩耶原探偵事務所の東城。二人は、恋をするだけで金になるという美味しい話にのせられ陰謀に巻き込まれていく。事件のたびに本気で恋に落ち恋愛と現実の間で揺れながら、権力者に決して媚びない二人の姿が痛快。二人の友情も魅力的に描き出されている。（野呂）

炎の蜃気楼シリーズ《ほのおのみらーじゅしりーず》

桑原水菜作。一九九〇（平2）年一一月～二〇〇四年五月、集英社コバルト文庫。本編全四〇巻。番外編が七巻ある。主人公は上杉景虎の換生者の仰木高耶。第一作『炎の蜃気楼』の評判が高く、シリーズ化された。高耶と、景虎を愛して換生を繰り返してきた直江信綱の愛憎劇、そして彼らに柿崎晴家らを加えた上杉夜叉衆が、「闇戦国」の怨将たちを鎮めていく点に作品の骨子はある。景虎の最大のライバル織田信長との戦闘に向けスケールは次第に大きくなり、終盤では甦った戦国武将が二軍に別れて戦うと同時に現代人も参入。日本の古代神話にモチーフを得る傾向が強くなった。高耶の精神的な成長も丹念に描かれ、次第に生死や愛を作中人物たちが思考するようになり、重厚な物語として完結した。

歴史的事実、アクション、様々なタイプの男性キャラクターが描き込まれ、一九九〇年代以降の伝奇ファンタジーブームを牽引する作品として位置付けられる。最初の番外編『断章』を契機にボーイズラブ色が濃くなった。また、CDブックや漫画、アニメなどとのメディアミックスも盛んで、山形の上杉まつりではワインなどコラボレーション商品も作られた。読者の間では高耶たちが訪れた土地をめぐる「ミラージュ紀行」が流行した。文庫あとがきではこれらの記録のほか、作者の内面の葛藤、キャラクター宛のプレゼントのお礼や人気投票、「ミラージュ紀行」中の読者へマナー遵守を呼びかけるなど、率直な心境が綴られ、作者と読者の距離は非常に近い。本編最終巻のあとがきには「書かれてある「もの」は、読み方によって時に千変万化します。何年かして読み返してもらえたとき、この世界があなたの眼にどのように変化して映るのか。もしよかったら、教えていただけると嬉しいです」とある。本編完結後も「炎の蜃気楼邂逅編」や「炎の蜃気楼幕末編」の発表に続き、現在は「炎の蜃気楼昭和編」が刊行されている。（尾崎）

→〈シュバルツ・ヘルツ—黒い心臓—シリーズ〉

時の輝き《ときのかがやき》　折原みと作。一九九一（平3）年一月～九二年一〇月、講談社X文庫ティーンズハート。本編二巻、映画編一巻。明愛学園看護科二年の神崎由花は、看護実習で配属されたS医大付属病院小児科にて初恋の人・シュンチこと守谷峻一と再会する。シュンチに告白され、両思いになったのもつかの間、シュンチの体は骨肉腫に侵されていた。腫瘍は切除したしたものの、肺に転移しており、回復は絶望的となる。シュンチは別れを切り出すが、由花は最後まで彼に付き添う決意をする。看護師の卵が悩み苦しみながらも「時の輝き」を見つけていく本作はベストセラーとなり、一九九五年、松竹より朝原雄三監督で映画化、シナリオブック『時の輝き・映画編』も刊行された。『時の輝き・2』では、兄の死を契機に看護師を志したシュンチの妹・亜矢が主人公となり、由花の勤務するS医大病院へ看護実習に来る。二〇〇〇年、コミックスデザートより作者自身によるコミカライズを出版。（倉田）

→〈アナトゥール星伝シリーズ〉〈天使シリーズ〉〈Dokkin★パラダイスシリーズ〉

魅魎暗躍譚シリーズ《みりょうあんやくたんしりーず》　前田珠子作。一九九一（平3）年三月～二〇〇四年一一月、集英社スーパーファンタジー文庫、後、集英社コバルト文庫。『魅魎暗躍譚　碧眼の少年』以下全一四巻。表紙、挿画は田村由美。「照り葉」と呼ばれる大陸があった。その大陸にある藩国「楸」をめざして、少年・甲斐が旅をしていた。彼は自分から瞳と髪の色を奪った魔性を探し出し、本来の自分の姿を取り戻そうとしていたのである。内容としては典型的なファンタジーの少女小説。「あとがき」で述べられているように、女性読者を対象とするコバルト文庫に対し、スーパーファンタジー文庫は女性、男性両方の読者を対象とするという住み分けを意図して創刊された。そのため、「男の子の冒険小説なんかが大好き」であることを公言する著者が、初めて書いた男性主人公の小説。逆に言えば、当時のコバルト文庫ではあくまで少女を主人公とするのが基本であり、男性を主人公とした小説を書くのが難しかったことを示している。（大橋）
↓〈聖石の使徒シリーズ〉〈天を支える者シリーズ〉〈破妖の剣シリーズ〉

エルンスター物語シリーズ《えるんすたーものがたりしりーず》　日野鏡子作。一九九一（平3）年四月〜九二年四月、講談社X文庫ホワイトハート。全五巻、外伝二巻。第一巻は『デーンの娘』。主人公は、隣国によって滅ぼされたバドリジア王国の第二王女リリアン。この世を救う「創世の力」を持った「運命の娘」である彼女は、宿命に翻弄され、血みどろの戦乱に巻き込まれながらも、自力で運命を切り開くために戦い続ける。（川原塚）

お嬢さまシリーズ《おじょうさましりーず》　森奈津子作。一九九一（平3）年四月〜九五年二月、学習研究社レモン文庫。レモン文庫休刊により連載中断。全一〇巻。第一巻『お嬢さまとお呼び！』は作者のデビュー作。私立花園学園中等部に在籍する、スーパー小路屋の社長令嬢・綾小路麗花は、縦ロールの髪にピンクのリボンがトレードマークの「スーパーお嬢さま」。忠実な従者の佐伯や、恋人の拓人、学園のプリンス工藤、女嫌いで男好きの柔道部主将お杉、文芸部のアクタガワなど、麗花と愉快な仲間たちが繰り広げる学園コメディ。ヒロインの敵役となりがちな高飛車なお嬢様を主人公とした他、随所に古典的な少女漫画や時代劇のパロディが織り込まれている。洗練された悪役を目指しつつ、第三巻『お嬢さま帝国』では制服着用義務に抗して治外法権の独立国家「綾小路麗花帝国」を立ち上げ、第一〇巻『お嬢さま大戦』では工藤を公共のものとする「共産主義体制」に抗うなど、孤立も辞さず体制に挑む麗花の気概が魅力的。二〇〇八年、エンターブレイン社より完全版として全四巻を刊行、各巻に書き下ろし短編を収録。（倉田）
↓〈あぶない学園シリーズ〉

第三の月の物語シリーズ《だいさんのつきのものがたりしりーず》　小沢淳作。一九九一（平3）年四月〜九七年七月、講談社X文庫ホワイトハート。第一巻は『金と銀の旅』。長編と短編とで構成されている、通称〈金銀シリーズ〉または「金銀諸国漫遊記」と呼ばれる人気シリーズ。正式なシリーズタイトルは〈Tales From Third Moonシリーズ〉。通称にある「金」「銀」とは金の髪をした第三の月の国の王子リューとそのお供である銀の髪をしたエリアード

を指す。この美青年二人の禁断の恋愛を織り込んだ、剣と魔法のファンタジー冒険小説。ＢＬ小説の走りとも言われる。（及川）

志保・沙保・三姉妹シリーズ《しほ・さほ・さんしまいしりーず》

小林深雪作。一九九一（平3）年五月～二〇〇六年一月、講談社X文庫ティーンズハート。第一作目『16才♡子供じゃないの』にはじまり、三世代にわたる恋愛模様が展開されるシリーズ。全三八巻。志保の娘が沙保で、沙保の娘が三姉妹（美保・真保・果保）。初代の志保は、教師に恋をして結婚。二人の関係を阻む様々なライバル達が登場するものの、幾度も障害を乗り越え、沙保の出産に至る、一六歳から二〇歳までの物語。母とは対照的に明るく外交的な沙保が活躍する沙保シリーズでは、母が恋のライバルとして嫉妬の対象になったり、父の浮気疑惑に悩んだりと、若い両親との葛藤が描かれるのが特徴。一三歳から二〇歳までが描かれる。三姉妹シリーズの主人公たちは、秀才の美保、美少女の真保、家庭的な果保。異なったキャラクターの姉妹たちが同じ男性をめぐって恋の争いをする。次女の真保が養子であるという設定が、恋愛に留まらない家族の物語としての幅を持たせる。（近藤）

→〈女の子シリーズ〉

ケイゾウ・アサキのデーモン・バスターズシリーズ《けいぞう・あさきのでーもん・ばすたーずしりーず》

小山真弓作。一九九一（平3）年七月～九二年四月、集英社コバルト文庫。全四巻。一九九〇年、第一五回コバルト読者大賞佳作入選した「血ぬられた貴婦人」を、後にシリーズ化。第一巻は『暗殺者は美少年』。貧乏学者の叔父圭三のオカルト研究を商売にしようと奮闘する高校二年生の浅紀。愛しの野ノ宮くんは圭三に傾倒している。悪霊や恨みに纏わる陰謀に巻き込まれ、三人は悪霊狩りのデーモン・バスターズとして事件の解決に奔走する。浅紀の恋の迷走からも目が離せない。（野呂）

リダーロイスシリーズ《りだーろいすしりーず》

榎木洋子作。一九九一（平3）年七月～九二年一一月、集英社コバルト文庫。全六巻。第一巻は『東方の魔女』。他に外伝三巻と、本シリーズと同時代を舞台にした番外編である「リダーロイス・ワールド」が二巻刊行されている。挿絵は由羅カイリ。突然、魚のような銀の怪物に襲われた高校一年の和南城翔。クラスメートの佐倉夕香里もそれに巻き込まれ、二人は異界へと跳ぶ。翔の正体は、ミズベ国という異世界の国から地球へ避難していた王子リダーロイスだった。翔ことリダーロイスと夕香里の、王国の奪回と悪の魔女エマとの戦いを描いたファンタジー小説。

〈龍と魔法使いシリーズ〉〈緑のアルダシリーズ〉〈乙女は龍を導く！シリーズ〉など、一連の「守龍ワールド」の作品群と同一の世界観を共有している。（金）

→〈影の王国シリーズ〉〈龍と魔法使いシリーズ〉

クシアラータの覇王シリーズ《くしあらーたのはおうしりーず》　高瀬美恵作。一九九一（平3）年八月～九三年四月、講談社X文庫ホワイトハート。全一二巻。第一作目は『赤い砂漠の妖姫』。サラは六歳の時クーデターによりクシアラータの王宮を追われ、魔王ラディヤートに育てられた。彼女は復讐のために「破孃《バラヤーナ》」と呼ばれる、殺人鬼となる。クシアラータ王となるシヴァとは幼馴染でもあり、復讐相手でありながら、互いに惹かれあう。砂漠の国クシアラータを舞台に、人間・魔族ともに魅力的なキャラクターたちがドラマを動かし、飽きさせない。（沼田）

テーヌ・フォレーヌ　恋と戦いの物語シリーズ《てーぬ・ふぉれーぬ　こいとたたかいのものがたりしりーず》　藤本ひとみ作。一九九一（平3）年八月～九三年三月、新潮文庫。全四巻。未完。第一巻は『王女アストライア』。第四世界テーヌ・フォレーヌの王女アストライアは、女神ヘラと男神の密会を見た咎で、愛する者と決して結ばれない呪いをかけられて第三世界（人間界）へと追放される。マケドニア王フィリッポ二世の息子アレクサンドロスに拾われ、恋に落ちるが、様々な困難がアストライアを襲う。ギリシア神話に材を採りつつ、本格的に三人称の語りを試みた、作者の転換期の作品。（倉田）

→〈花織高校恋愛スキャンダルシリーズ、新・花織高校恋愛サスペンスシリーズ〉〈まんが家マリナシリーズ〉〈ユメミと銀のバラ騎士団シリーズ〉

十二国記シリーズ《じゅうにこくきしりーず》　小野不由美作。まず、外伝にあたる『魔性の子』が一九九一（平3）年九月、新潮文庫として刊行された。本編は翌年六月、講談社X文庫ホワイトハート版『月の影　影の海』で開始。第六巻『黄昏の岸　暁の天』（二〇〇一）以降は講談社文庫で先行して出され、順次ホワイトハート版も刊行する形をとった。第七巻『華胥の夢』（二〇〇一）の後、続編が途絶えたが、二〇〇八年には短編「丕緒の鳥」が新潮社の雑誌『yomyomヨムヨム』（三月号vol.6）に掲載された。翌年九月、同誌に短編「落照の獄」を発表、一三年七月には、これらに書き下ろし二編を加えた短編集『丕緒の鳥』が、新潮文庫から刊行された。なお新潮文庫では、一二年七月よりシリーズ「完全版」を順次刊行している。本シリーズは、一二年の時点で、累計七五〇万部の売り上げを記録したという。

物語の主な舞台は、神仙の住まう「蓬山」と「黄海」

を囲む一二の国々。そこでは天帝にすべられた掟のもと、王や官吏が腐敗すれば「妖魔」が跋扈し、凶作が続いて人々を苦しめる。一二国は、「蝕」と呼ばれる現象で外の世界とつながることがあり、流されてきた人間「海客」も存在する。特に『月の影　影の海』で、一二国の一つ「慶」の王となることを強いられる「海客」陽子は、以後の巻の悩める女性登場人物・珠晶や李斎の原型でもある。「ふつうの高校生」だった陽子は、一二国の世界では「赤い髪」と「緑の目」をもつ。広範な読者を得た少女向け読み物で、この属性をもつ主人公といえば「赤毛のアン」が浮かんでくる。しかし、陽子は続編でも、アンのような満ち足りた主婦に変貌したりはしない。緻密に構成されたゆえにリアルな手触りをもつ異世界で、自分と周囲の人々を信じられずに悩み、考え、戦いつづける為政者としての少女を生みだしたことが、本シリーズを特異な人気作にしている。（藤本）

↓〈悪霊シリーズ〉

銀の海　金の大地シリーズ《ぎんのうみ　きんのだいちしりーず》

氷室冴子作。一九九一（平3）年一〇月～九五年四月『Cobalt』、九二年三月～九六年一月集英社コバルト文庫、第一巻『銀の海　金の大地』以下全一一巻。『古事記』の「沙本毗古《さほびこ》の叛乱」を基に、四世紀半ば頃の日本を舞台とする「古代転生ファンタジー」。淡海《おうみ》の国息長《おきなが》の邑《むら》に、病の母・御影と兄・真澄と暮らす奴婢の身分の真秀《まほ》は、母が実は佐保の王族の姉姫であり、一族を滅ぼす子を生むと予言され、さらに和邇《わに》族の首長・日子坐王《ひこいます》が佐保の妹姫を凌辱するのに手を貸してしまったために追放されたことを知る。真秀の父は息長族の首長・未知主《みちのうし》であり、兄・真澄の父は未知主の父である日子坐王だった。真澄は目も耳も口も使わぬ「神々の愛児《まな》」だが不思議な霊力があり、真秀と心で話すことができる。真秀は佐保の地に憧れていたが、やがて自分たちを激しく憎悪する佐保の王子・佐保彦と対峙し、真澄と共に超常的な霊力を発揮して一族の興亡に関わる争いに巻き込まれていく。古代社会の壮大な愛憎ドラマを、残酷な事件も含めて骨太に描く。刊行された「真秀の章」以降、「佐保彦の章」が書かれて「転生」の顛末も語られるはずだったが未完に終わった。（久米）

↓「クララ白書」「ざ・ちぇんじ！」「さようならアルルカン」〈なんて素敵にジャパネスクシリーズ〉

時計じかけのソフィア《とけいじかけのそふぃあ》

秋月達郎作。一九九一（平3）年一〇月～九三年一月、小学館パレット文庫。全三巻。小樽に住む高校生・村山徹のもとに突然現われたソフィア。彼女は、未来の日露共同統治圏特務全権大使である徹を暗殺するため、キスによって作動する血液爆弾をセットされ時を超えてやってきたクローン少女だった。ソフィアと徹、徹の親友の高橋と島田が、次々と送り込まれてくる殺人マシーンと対決し、新たな未来を切り開いていくSFアクション・ラブストーリー。（倉田）

エクサール騎士団シリーズ《えくさーるらいえのーつしりーず》　若木未生作。一九九一（平3）年一一月～九九年八月、集英社コバルト文庫。五巻。第一巻は『エクサール騎士団1―新世界―』。十歳のとき事故で両親を失い、記憶をなくした中学三年生の少女・あきらは、喫茶店を営む遠縁の来生家に引き取られる。来生家にはあきらと同じ境遇にある三人の兄、衛・閃・貢がいた。実はあきらは異次元の世界「琅月界」からやってきた巫女（エクサール）・レアであり、兄たちは彼女を護衛する騎士団（ライエノーツ）であった。エクサールは異次元からエネルギーを吸収する強大な「因果力」を持つ。「琅月界」は、神官アスファルが己の野心のままにあきらの双子の姉のエクサール・ディシスの力を悪用したため、壊滅状態になっていた。アスファルはあきら＝レアの力で「琅月界」の再興を目論むが、それはこちらの世界である「烱月界」の滅亡を意味していた…。個性的な登場人物が最大の魅力であるが、重厚で精密に構築された異世界観は少女向けファンタジーとして出色のものである。（谷内）

↓〈ハイスクール・オーラバスターシリーズ〉

ダウンタウン・エンジェルシリーズ《だうんたうん・えんじぇるしりーず》　喜多嶋隆作。一九九一（平3）年一一月～九四年三月、小学館パレット文庫。全一二巻。第一作『ダウンタウン・エンジェル』では、ニューヨーク帰りの活発な女子高生・風巻翼が、その自由なセンスを買われてアイドルスター・藤井英樹のスタイリストに大抜擢される。一方、英樹の元親友、明はロックスターをめざして音楽活動に明け暮れていた。陰のある英樹のつつみこむ愛と、明の熱くひたむきな愛とに挟まれて揺れ動く翼の感情を中心に、愛・希望・夢についてさわやかに描いた作品。（内堀）

プラパ・ゼータシリーズ《ぷらぱ・ぜーたしりーず》　流星香作。一九九一（平3）年一二月～二〇〇二年七月、講談社X文庫ホワイトハート。全二四巻。第一巻は『聖女の招喚』。世界滅亡を救うため四人の聖戦士が時の宝珠を巡る旅に出る。伝説の乙女ファラ・ハン、修羅王ディーノ、見習い魔道師レイム、竜使いの娘シルヴィンと黒魔道師キハノとの壮絶な戦いを描く。『精龍王』はディーノを、『金色の魔道公子』はレイムを主人公とした外伝。『ミゼルの使徒』は、若き使徒ジェイとルミを中心としたファン

タスティック・アドベンチャー。（野呂）

竜の血族シリーズ《りゅうのけつぞくしりーず》　三浦真奈美作。一九九一（平3）年一二月〜九四年九月、集英社コバルト文庫。全七巻。挿絵は定広美香。第一巻は『竜の血族』。竜の血族の力をめぐる少年たちの戦いを描くファンタジー。双子の姉弟・まゆらと水輝は竜の血族という出自により、水輝が持つ水を操る力を狙う神尾家当主の陰謀に翻弄される。第二部『魚系図Ⅰ〜Ⅲ』では、「風水の李家」の後継者争いに巻き込まれた水輝の、李家の少女・沙羅との恋と離別を描く。（菊地）

↓〈風のケアルシリーズ〉

竜王の魂シリーズ《りゅうおうのたましいしりーず》　岡野麻里安作。一九九二（平4）年二月〜九三年二月、講談社X文庫ホワイトハート。全六巻。第一巻は『暁の竜公子』。岡野麻里安のデビュー作。挿絵は尾崎芳美。竜族の若き公子ナージャと、親友の転生者を捜して二〇〇年の時を超えてやってきた戦士イル。時空を超える不思議な絆で結ばれた二人の冒険を描いたファンタジー小説。（金）

カウス＝ルー大陸史・空の牙シリーズ《かうするーたいりくし・そらのきばしりーず》　響野夏菜作。一九九二（平4）年八月〜九七年四月、集英社コバルト文庫。『誘《いざな》いの刻《とき》―カウス＝ルー大陸史・空の牙』以下全一七巻。表紙、挿画は石堂まゆ。カウス＝ルー（月）大陸にある界座領の公女である透緒呼は、空が牙を剝いたように荒々しく、得体の知れない日として忌避される「空牙」の日に生まれた。さらに、カウス＝ルー世界の住人である証としての〈銀聖色〉（銀色の髪や瞳）を持たない、黒髪と紫の瞳の持ち主だった。このことから透緒呼は、カウス＝ルーの南にある小島、偃月島での暮らしを余儀なくされる。しかし、一六歳になったある日、現在の国王で叔父に当たる蒼主から、清和月宮に呼び出される。それは、カウス＝ルーの侵略者「陽使」に占領された八騎城から、招待状が届いたためだった。透緒呼は結局、清和月宮の使者として八騎城に向かう。それが彼女にとって、過酷な戦いのはじまりとなった。この時期に見られた典型的なファンタジー・アクション少女小説で、連鎖する愛と憎しみを重層的に描いている。（大橋）

↓〈東京S黄尾探偵団シリーズ〉

ラヴェンダー野のユニコーンシリーズ《らべんだーののゆにこーんしりーず》　ひかわ玲子作。一九九二（平4）年八月『ラヴェンダー野のユニコーン』から『薔薇月夜のプリンセス』（一九九六）まで全五巻、集英社コバルト文庫。中学三年の一《じゅう》文字《もんじ》暁里《あけり》は、兄の翔《しょう》がボーカルを担当する人気ロック・ユニット「ラヴェンダー」のライブの最中、ボーイフレンドの光と共に、光と歌の王国・ラヴェリア国に迷い込む。王国の危機を「ラヴェンダー」の歌で救った暁里は、現世に戻ってからも王国と関わりを持ちつつ、光が組んだバンドのボーカルとして、高校卒業時にメジャーデビューする。音楽業界と魔法ファンタジー世界のどちらにも精通する著者ならではの、ユニークな青春ロック小説。（久米）

↓〈クリセニアン夢語りシリーズ〉〈美族シリーズ〉

制服のマリア《せいふくのまりあ》　竹内志麻子作。一九九二（平4）年九月、集英社コバルト文庫。高校二年生の水名子は、恋人に浮気をされたショックでヤケ酒を飲んで謹慎処分になる。そんな時、素敵な大人の女性美土里さんと、夫で売れないフォーク歌手の由木夫さんに出会う。由木夫さんと水名子はいつしか互いに求め合い、水名子は終に彼の子供を産む決心をする。未成年のセックス、不倫、出産という重いテーマをコミカルに、しかし確固とした生命賛美のもとに描き出した作品。（矢澤）

↓「夢見るうさぎとポリスボーイ」

美族シリーズ《びぞくしりーず》　ひかわ玲子作。一九九三（平5）年三月『妖《あや》かしの館』から『惑乱の華』（一九九五・三）『至宝の佳人』（一九九七・七）まで全三巻、光文社文庫。美貌の大学生麻宮浩一は、四年前の弟の死の謎を解くため、早世した母の実家や弟のなきがらが発見された場所を訪ねるうち、自分が「美族」と呼ばれる古い一族の一員であり、長生きはできないことを知る。人を狂わせるほどの「美族」の美しさを、世に知らせず守ろうとする者たちから逃れた浩一は、自分を絵に描き残そうとしてくれる画家のもとへ旅立つ。耽美幻想的な展開の中に、〝美〟を求める人々の欲望を分析した思弁的部分も含まれている。（久米）

↓〈クリセニアン夢語りシリーズ〉〈ラヴェンダー野のユニコーンシリーズ〉

あぶない学園シリーズ《あぶないがくえんしりーず》　森奈津子作。一九九三（平5）年五月～九五年六月、学習研究社レモン文庫。レモン文庫休刊により連載中断。全四巻。愛する花夜子を追って産流高校に入学した螢子は、サークルメーカーとして君臨する花夜子の心を射とめるため、祐介や健太とサークル作りに奮闘する。ゲイやレズビアンの少年少女たちが次々と珍騒動を巻き起こす、クィアで痛快な学園コメディ。第一巻『あぶない学園大さわぎ』には読者からカミングアウトの手紙が多数寄せられた。（倉田）

↓〈お嬢さまシリーズ〉

ダークサイド・ハンターシリーズ《だーくさいど・はんたーしりーず》

立原とうや作。一九九三（平5）年六月～九四年九月、集英社コバルト文庫。全六巻。第一作は『ダークサイド・ハンター　水竜覚醒』。挿絵は水城準。稀代の霊能力者を祖母にもつ、ごく普通の少年・月森卓巳が、血筋ゆえに「邪」との戦いに巻き込まれてゆくバトルファンタジー。ストーリーの主眼は、幼馴染のヒロインを含めた仲間たちと力を合わせ、「ダークサイド・ハンター」として「邪」を討伐する点にあり、少女小説としては珍しい熱のこもった戦闘場面が特徴的である。（芳賀）

↓〈CITY VICEシリーズ〉

龍と魔法使いシリーズ《りゅうとまほうつかいしりーず》

榎木洋子作。一九九三（平5）年九月～九六年一一月、集英社コバルト文庫。『龍と魔法使い1』にはじまる全一〇巻。挿絵は後藤星。本編の他に「龍の娘編」三巻、外伝二巻。舞台は龍や精霊が存在する世界。魔法大国フウキ国の若き魔法使いタギと風龍の娘シェイラギーニ、温厚で思慮深い友人の魔法使いレンを中心とした冒険ファンタジー。一九九六年、後藤星との共著『龍と魔法使い公式ガイドブック』（集英社コバルト文庫）刊行。（金）

↓〈影の王国シリーズ〉〈リダーロイスシリーズ〉

月の夜舟で～平家ものがたり抄～《つきのよふねで　へいけものがたりしょう》

倉本由布作。一九九五（平7）年一月、集英社コバルト文庫。挿絵は佐乃裕真。平経盛の末の子、胡蝶と吉祥丸（敦盛）は瓜ふたつの双子の姉弟。清盛の寵愛を受ける白拍子の祇王と名もない武士である四郎の密かな恋を目撃した胡蝶は、ふたりを六波羅から逃がそうとするが失敗し、四郎は殺される。数年後、幼い頃に出会った菊王丸（熊谷小次郎直家）を忘れられずにいた胡蝶は、敦盛に扮し、彼に会うために戦場へと赴く。平家と源氏に引き裂かれたふたりは心を寄せ合うが、胡蝶は敦盛として自分の首を取るよう懇願し自害する（「ふたり敦盛＊胡蝶の章＊」）。頼朝軍に囚われた平重衡の世話をする千手は、彼のかすかな甘い視線に惹かれていくが、想いは遂げられることなく彼は逝ってしまう。千手は重衡の首と再会するために旅立つ（「夢の柩＊千手の章＊」）。副題に「平家ものがたり抄」とあるように、「祇王」「敦盛最期」「千手前」から想起した、死にゆく者と残される者の儚くも鮮烈な恋物語を描いた二編の少女小説。（鴨川）

↓〈きっとシリーズ〉〈天使のカノンシリーズ〉

怪物にキスをして《もんすたーにきすをして》

浦川まさる作。一九九五（平7）年三月、集英社コバルト文庫。狼男の血を受け継ぐウルフガール藤原大和は、吸血鬼の子孫、ヴァンパイアボーイ長瀬倫と手を結び、モンスターの仕業とされる殺人事件を解決していくうち、恋心を抱いてゆく。

正体を人に知られないよう能力を使っていく様子が痛快な、ファンタジックな要素に満ちたミステリーである。続編は同年一一月刊行、京都を舞台に謎解きが展開する『ようこそ怪物ラビリンス』。（内堀）

夢の冠　碧の剣《ゆめのかんむり　みどりのけん》　松本祐子作。一九九五（平7）年四月、集英社コバルト文庫。続編に『夢の冠　白の闇』（一九九六・二）がある。主人公のルーカスレオンは不思議な力を持つ一四歳の王子。侍女のイルヴィと共に、姉が嫁いだ国へお忍びで旅に出るが、教育係であった神官オルビドスの陰謀によって、行く先々で追われる身となる。敵国の武将であり父親殺しの汚名を負ったファレルが、囚われた二人を助け、護衛として故国に送り届ける任務を引き受け、レオンの危機を救う。（野呂）

CITY VICEシリーズ《していぃばいすしりーず》　立原とうや作。一九九五（平7）年五月～九六年四月、集英社コバルト文庫。全三巻。第一作は『CITY VICE　慈悲深き夜の街』。挿絵は佐嶋真実。温暖化が進んだ近未来、人々は、水・食糧・環境保全・エネルギーをそれぞれ管理する四つの財閥と、一般市民に分断されている。水の財閥・李一族の娘でありながら、桁外れの体力を持ち、一般市民の世界で刑事をしている麗音を主人公に、不均衡と秘密を抱える社会構造を描く。作りこまれた設定と個性豊かな登場人物たちが魅力。（芳賀）

↓〈ダークサイド・ハンターシリーズ〉

キル・ゾーンシリーズ《きる・ぞーんしりーず》　須賀しのぶ作。一九九五（平7）年六月～二〇〇一年八月、集英社コバルト文庫。番外編とスピンオフ作品〈ブルー・ブラッドシリーズ〉を含む全二四巻。イラストは梶原にき。第一作目の『キル・ゾーン　ジャングル戦線異常あり』は、須賀のコバルト文庫デビュー作。コバルトでは珍しい軍隊もので、二三世紀の地球・月・火星都市を舞台にしたSFファンタジー。迫力ある戦闘シーンに特徴がある。地球は、月面都市が率いる治安部隊とレジスタンスが対立する大内乱時代を迎えていた。ヒロインは、治安部隊のキャッスル分隊長（実は名門財閥の娘）。美形だが、強靭な肉体と精神を持つ。彼女を補佐するエイゼン軍曹、キャッスルと愛し合う「強化人間」ラファエルらが加わり、宇宙の未来を左右する一族の野望と陰謀、それぞれが背負う過酷な運命が錯綜するなか、宇宙の平和を獲得するまでの壮大な物語が語られる。（矢澤）

野郎！戦国のヴァンパイアシリーズ《やろうせんごくのばんぱいあしりーず》　花衣沙久羅作。一九九五（平7）年八月～九六年一月、集英社スーパーファンタジー文庫。全三巻。第一作目は『野郎！戦国のヴァンパイア』。〈トキオ・ヘブンシリーズ〉の続編で、ヴァンパイアたちの出会いを描く。八歳の郁姫は天女のような美しさで、実兄・信康に溺愛されるが、実は少年。郁姫の心は健士郎のものだった。現代風の軽快な文体で、武士の男色や近親相姦の設定も用い、かつヴァンパイアが活躍するなど、歴史ファンタジーとボーイズラブとの融合に独創性がある。（沼田）

水の都の物語シリーズ《みずのみやこのものがたりしりーず》

金蓮花作。一九九五（平7）年九月～二〇〇六年一一月、集英社コバルト文庫。『水の都の物語』にはじまる全六巻。異世界ラヴ・ファンタジー。サイ国の都ファロンでは新たな「水の巫女姫」を選ぶ儀式が開催された。そこで親友同士の美少女リランとサヒャンの姿を見た若き国王ヨゥンとその親友の国務大臣カイエンは驚く。リランは、処刑されたヨゥンの愛妾サランに瓜二つだった。サランの妹であり、魔道の力を持つリランは姉の復讐を目論んでいた。だが巫女姫となったリランは次第にヨゥンを愛し始め、後に都を水没させるものの、ヨゥンの死に絶望し、「邪気」にその身を支配される。しかし風の神の計らいにより、リランの魂は新たにサヒャンの胎内に宿る。サヒャンは国王となったカイエンの王妃兼巫女姫として、リランの生まれかわりの娘を産む。

続編『月の迷宮　陽の迷宮』は一八年後のカイエン王の治世。ツオラ家の次男セナルは名門ラ・シッド家の貴公子ヨゥンの従者となるが、なぜか二人は互いに惹かれ合う。その後セナルはヨゥンの正体が魔道の力で姿を変えていた王女リランだと知る。そしてセナルこそ、前世のリランが愛した国王ヨゥンの転生者だった。やがてリランは「邪気」に襲われるが、セナルはその「邪気」が病死した自分の兄の魂だとわかるも、それを倒す。こうして巫女姫リランと先王ヨゥンの愛は、彼らの転生者である王女リランとセナルによって成就される。

さらに続編『陽炎の砂宮』では、二年後、突然意識不明になったサヒャンを救うため、リランはセナルとともに草原の国ソマルへ。そこで戦士オゥレスに頼まれ、彼の妹カシルを探すことに。リランは砂漠でカシルの魂と同調。魔道の力を持つカシルは砂漠の族長ラゥセスの妻として幸せに暮らしていたが、ある日ラゥセスの弟がラゥセスを殺害してカシルを奪い、弟は未熟な魔道の術によって「気」を暴走させた。カシルらは命を落とすが、「気」の結界を作るため風の女祖がサヒャンを憑巫《よりまし》したことを知る。リランはカシルの愛を知り、セナルへの想いを深める。（武内）

↓〈銀朱の花シリーズ〉

きっとシリーズ《きっとしりーず》 倉本由布作。一九九五(平7)年一一月~二〇〇二年六月、集英社コバルト文庫。全二〇巻。三世代の少女たちが時代を超えて真実の愛に巡り逢う、壮大な歴史ファンタジーシリーズ。濃子編(一・二巻)、蒼生子編(三~一四巻)、瑚々編(一六~二〇巻)で構成され、一五巻は一九九九年、『Cobalt』誌上に連載された番外編である。なお、二〇巻の「あとがき」では、続刊の意向が示されている。挿絵は本田恵子、他。平凡な女子高生の濃子は、落雷によって戦国時代へとタイムスリップしてしまう(第一巻『きっとめぐり逢える~濃姫夢紀行~』)。思いがけず織田信長と運命の恋に落ちた濃子が産んだ蒼生子は、「時のハーフ」故に飛鳥時代を始め、さまざまな時代へ飛ばされ、歴史的な転換点に遭遇する。行く先々で蒼生子を助ける、信長の家来・信澄と、恋愛やすれ違いを経て強い絆で結ばれていく。その二人の間に生まれた瑚々は、自分と同じように現代と過去を往き来する謎の少年・タケシと出逢う。歴史に大胆な創作を加え、現代の少女の軽やかな感性と、宿命と対峙する歴史上の人物たちとの対比が鮮やかに描かれる少女小説。(鴨川)

↓「月の夜舟で~平家ものがたり抄~」〈天使のカノンシリーズ〉

姫君と婚約者シリーズ《ひめぎみとこんやくしゃしりーず》 高遠砂夜作。一九九五(平7)年一二月~九九年一〇月、集英社コバルト文庫。全一二巻、短編集一巻。挿絵は赤坂RAM。第一巻・第五巻は『Cobalt』に連載後、単行本化。王女らしからぬ性格で「奇姫」と称されるアリィシアが人間嫌いの魔法使いガルディアと愛を深めていくラブコメディ。第一巻『姫君と婚約者』でアリィシアたちは国を守るための政略結婚によって出逢う。その後、魔法で過去に飛ばされたアリィシアと少年期のガルディアの時を越えた出逢い、アリィシアの母とその元恋人であるガルディアの再会といった数々の事件を通じ、二人は互いに深い愛情を抱くようになっていく。本作は作者の先行作〈レイティアの涙シリーズ〉と世界観を共有し、ガルディアは背に翼を持つ「翔翼人」と設定される。読者の人気を集めたアリィシアたちの恋模様に加え、アリィシアの婚約者としての成長も読みどころ。また二人をとりまく個性的なキャラクターたちの活躍も本作の魅力。(菊地)

↓〈聖獣王の花嫁シリーズ〉〈レヴィローズの指輪シリーズ〉

楽園の魔女たちシリーズ《らくえんのまじょたちしりーず》 樹川さとみ作。一九九六(平8)年一月~二〇〇四年七月、集英社コバルト文庫。『楽園の魔女たち―賢者からの手紙』以下全二一巻。表紙、挿画のイラストはむっちりむうに。ヨンヴィル国の虹の谷にある「楽園」。そこに住む魔術師エイザード・シアリースが出した「魔術師見習い大募集!」という手紙に応じて、四人の少女たちがやってくる。彼女たちは虹の谷で共同生活を営みながら、魔女としての修行をはじめることになる。ウイングス小説大賞を受賞したデビュー作『月の女神スゥール・ファルム 永遠の誓い』で悲劇を書いた著者が、「ファンタジー・学園モノ」としてのコメディに挑んだもので、中心となるキャラクターが個性的に描かれ、軽快な語りと会話文によって物語が展開している。詳細な設定に根ざした壮大な物語を次々に編成していた一九八〇年代的な少女小説から、キャラクターを中心に物語を動かしていく九〇年代半ばの少女小説への転換が、顕著に見られる作品である。（大橋）

↓〈グランドマスター!シリーズ〉

ルナティック=すきゃんだる!!《るなてぃっくすきゃんだる》 武内昌美作。一九九六（平8）年三月、集英社コバルト文庫ピンキー。『ルナティック=すくらんぶる!』（一九九五）の続編。コバルト文庫ピンキーは『りぼん』作品のノベライズのためのレーベルで、武内のような漫画家が小説を書く舞台としても機能した。挿絵もコバルト文庫より多く、また作者本人が描いている。都立高校に通う柔道少女の留奈と、第一作で彼女と結ばれた恋人の月之丞、留奈の後輩幸広との三角関係を描く。（尾崎）

薔薇の剣シリーズ《ばらのけんしりーず》 ゆうきりん作。一九九六（平8）年六月～九七年一一月、集英社コバルト文庫。全八巻。第一作目は『薔薇の剣』。貴族の子息であるスターリングと、赤子の頃に成り上がり貴族の養子となり、異邦人の容貌をもつクラウス。腕の立つ二人は、ラグラント王国で最高の名誉である薔薇の騎士であり、親友だ。騎士である彼らは、つねに政治と戦争に巻きこまれ、戦闘が描かれる。強固な階級社会を背景に、貴族以外に、異邦人など多様な立場の人物が登場し、複眼的に正義を問う内容。（沼田）

↓〈シャリアンの魔炎シリーズ〉

大江戸ロマネスクシリーズ《おおえどろまねすくしりーず》 山浦弘靖作。一九九六（平8）年九月～九八年三月、集英社コバルト文庫。全三巻。未完。第一巻は『恋姫たちは振り向かない』。八百屋の町娘ななは、大奥の御年寄役筆頭・富士司にスカウトされ、大奥へ奉公に上がった。両親や妹弟のため出世を心に誓い、公家の娘八重や武家の娘小鶴とともに働き始めたななだが、様々な陰謀や徳川家の世継ぎ争いに巻き込まれていく。元気と愛嬌が取り柄のなながが、伊賀の佐助や将軍家の長男信晴とともに奮闘する、大江戸ラブコメディ。（倉田）

→〈星子シリーズ〉

DEARS《でぃあーず》—真夏《まなつ》の幸福《こうふく》 浩祥まきこ作。一九九六（平8）年九月、集英社コバルト文庫。親の仕事の都合により高校二年の吉田奈緒子は一人暮らしをしている。兄の友人岩下さんは奈緒子を守るために四人のコピー人間を作り出す。奈緒子には人の悪意と戦う不思議な力があり、岩下さん、人気ボーカリストのカイさん、その恋人静さんと共に戦う。奈緒子の友人まゆみは、カイのファンであるが、静への嫉妬から悪意に心を奪われる。静を守りまゆみを助けるために奈緒子たちは立ち上がる。（野呂）

乙女《おとめ》の祈《いの》り 赤川次郎作。一九九六（平8）年一〇月、講談社文庫書き下ろし。明朗で繊細な女子高生・智子の視点から描かれる社会派ミステリー。クァルテットでチェロを弾くアルバイト先のパーティーで、偶然ジャーナリストの父の暗殺計画を知る。父を守ろうとする中で、父母双方の不倫や出生の秘密を知る。建設大臣の罪が暴かれるが、悪／善という構図を超えた社会や家族の有り様を描き出した、作者の反骨精神が窺われる作品。（矢澤）

→「一番長いデート」〈吸血鬼エリカシリーズ〉「ふたりの恋人」

シインの毒《しいんのどく》 荻野目悠樹作。一九九六（平8）年度集英社ロマン大賞受賞作。同年一〇月、集英社スーパーファンタジー文庫より刊行。挿絵は亀井高秀。侵略帝国ヴィルネルを支える若き天才軍師シイン。だが彼は戦いを嫌う心優しい少年で、帝国に人質として取られた婚約者が毒に蝕まれたため、その解毒剤を求めて望まない戦場に向かうのだった。しかし、婚約者は自ら命を絶ってしまい、その後もシインの大事な人への帝国の脅威は終わらない。結末では、シインは自らを苦しめたその毒で復讐を果たす。（金）

かぜ江《かぜえ》シリーズ《しりーず》 朝香祥作。一九九七（平9）年二月～二〇〇〇年一二月、集英社コバルト文庫。全一一巻。三国時代の英雄となる孫策と、その幼馴染であり側近となる周瑜の戦場での成長を史実を基に描く。物語は中盤から始まり、第一巻及び第二巻（『旋風は江を駆ける（上）・（下）』）では、江東を平定する。時系列に従えば、二人は初陣で共に手柄をたてるが、呉軍の武将であった孫堅が急死し、その長子孫策は一七歳で跡を継ぐ。一時は互いを思い合うあまり衝突し別れを選択するが、母や姉の説得を受け、再び手を結び江東を平定する。そして兄亡き後、呉の初代皇帝となった孫権による赤壁の戦いで物語は山場を迎える。脇役である女性陣も物語が進展していく上で重要な役割を果たす。いつも先頭に立ち、敵陣に乗り込んでいく無鉄砲な孫策にやきもきする女房役の周瑜。時代に翻弄される二人の運命と固い絆が読者の感動を呼ぶ。二人の出会いや、孫策の初恋などを描いた外伝『青嵐の夢』『華の名前』『花残月』『約束の時へ』もある。　（野呂）

影の王国シリーズ《かげのおうこくしりーず》　榎木洋子作。一九九七（平9）年三月〜二〇〇二年一月、集英社コバルト文庫。全一二巻、外伝二巻。第一巻は『ピジョン・ブラッド』。挿絵は羽原よしかづ。女子高生・須藤瞳の日常は、学校帰りに赤い満月を見たことから一変する。瞳は、同級生の渡会月哉の正体が地上に逃亡していた異世界の王子であり、自分自身も人見と呼ばれる巫女の力を持っていることを知る。二人は影の王国と地上を行き来しながら敵と戦い、最後は王国の崩壊を見届けた後、地上に帰還する。影の王国と地上を舞台とした異世界ファンタジー物語。　（金）

↓〈リダーロイスシリーズ〉〈龍と魔法使いシリーズ〉

ちょーシリーズ《ちょーしりーず》　野梨原花南作。一九九七（平9）年五月〜二〇〇三年四月、集英社コバルト文庫。全一九巻（外伝二冊含む）。イラストは宮城とおこ。『ちょー美女と野獣』から『ちょー魔王』までの一〜九巻が王女ダイヤモンドと王子ジオラルドが中心の物語であり、『ちょー新世界より』から『ちょー薔薇色の人生』までの一〇〜一七巻がダイヤモンドとジオラルドの三つ子の子ども達が中心となる二つの物語で構成されている人気シリーズ。宮城とおこの美麗なイラストも、シリーズの人気を支えた。剣や魔法を使った異世界ファンタジーを描き、主人公である王女ダイヤモンドが「ちょーガッカリー」というような発表当時のギャル系の女子高生のような言葉使いと、宮城とおこが描くキャラクターたちの華麗なイラストとのギャップが目を惹く。語り手であるダイヤモンドやその他のキャラクターたちの個性の強さや、イラストの人気の高さなどの点から、ライトノベル的作品とされている。　（及川）

↓〈よかったり悪かったりする魔女シリーズ〉

聴罪師アドリアンシリーズ《ちょうざいしあどりあんしりーず》　吉田縁作。一九九七（平9）年七月〜九九年一二月、集英社コバルト文庫。全五冊。『聴罪師アドリアン　死者の告白―』にはじまるこのシリーズの主人公は、死者の告白を聞き、天上の楽園へ導くか、地獄へ落とすかを判断する聴罪師アドリアン。死者の声を聴く能力を失った彼は、「悪魔憑き」と恐れられている娘ビアンカの力を借りながら、壺や剣などに憑依し、恨みを晴らそうとアドリアンに襲いかかる死者たちを断罪していく。続編がＨＰで同人誌として販売されている。（川原塚）

↓「悪魔の揺りかご」

吸血鬼の綺想曲《きゅうけつきのかぷりちお》

川村蘭世作。一九九七（平9）年九月、集英社コバルト文庫。コバルトノベル大賞佳作を受賞した「月を描く少女と太陽を描いた吸血鬼」と表題作から成る。表題作は、これまで夜の世界を一人で生きてきた吸血鬼アマデウスが少女ソフィーと出会うことで自己認識を新たにし、自らの本分をも捨てて、好きな絵を描くことに存在を懸けようとする作品。従来の吸血鬼の印象を新たにするものである。対句を多用し、短文を積み重ねることで、抒情を漂わせている。（内堀）

Mother《まざー》～そして《そし》、いつか帰るところ《て、いつかかえるところ》～

高野冬子作。一九九七（平9）年九月、集英社コバルト文庫。挿絵は音羽冴流。テロリスト集団「MOTHER」に所属する少年カイリは、研究員として潜り込んだ特殊生物管理センターで人間型火星生命体の少女・結に出逢う。カイリは結の抹殺を謀るが、次第に彼女に魅かれ、ウィルス感染で人の姿を失った結を守り火星に渡る。物語はカイリが水中を泳ぐ結を見守る場面で閉じられ、二人が再び人として言葉を交わせるかは読者の想像に託される。（菊地）

カナリア・ファイルシリーズ《かなりあ・ふぁいるしりーず》

毛利志生子作。一九九七（平9）年一〇月～二〇〇一年二月。全九巻、番外編四巻。一九九七年『カナリア・ファイル～金蚕蠱～』が集英社ロマン大賞を受賞し、一〇月、集英社スーパーファンタジー文庫より刊行され、のち〈カナリア・ファイルシリーズ〉としてシリーズ化される。挿絵は潮見知佳。道教から発展した呪禁道の継承者・有王は、呪禁師としての気概もなく普段はワンショット・バーでバーテンをやっている。人間の生命を喰って黄金を生む「金蚕蠱」をめぐる事件がきっかけで、有王はカナリアと呼ばれる不思議な少年を追う呪術師集団・綾瀬と関わりを持つようになる。呪力を強めたあまり実体をなくした綾瀬大老・広野は、口にした言葉を実現する力を持つカナリア・耀の身体を器にして現代に甦ろうとするが、有王は決死の戦いの末、広野を倒す。呪術戦が繰り広げられる呪術アクション・ファンタジー。（金）

↓〈風の王国シリーズ〉

Dokkin《どっきん》★パラ《ぱら》ダイスシリーズ《だいすしりーず》

折

原みと作。一九九八（平10）年一月～二〇〇〇年一月、講談社X文庫ティーンズハート。全三巻。第一巻は『Dokkin★パラダイス』。同じ作者の『いいコでなんかいられない！』所収の同名短編漫画を小説化、シリーズ化したもの。母を亡くした亜衣は、アフリカから、早太郎・竜之介・暁の神谷三兄弟の家へやってくる。白扇学園のアイドルである彼らの裏の顔は、平成の義賊、怪盗パラダイス・KIDSだった。亜衣も一員となり、三兄弟に守られつつ成長していく。波乱万丈のラブコメディ。（倉田）

→〈アナトゥール星伝シリーズ〉〈天使シリーズ〉「時の輝き」

風のケアルシリーズ《かぜのけあるしりーず》

三浦真奈美作。一九九八（平10）年三月～九九年三月、中央公論新社C・NOVELS Fantasia。全五巻。挿絵はきがわ琳。第一巻は『風のケアル1　暁を告げる鐘』。ハイランドの領主子息ケアルは、使者として大国デルマリナに渡り未知の世界に出会う。彼をめぐり周囲が様々な思惑を抱くなか、ケアルは友との別れや父の死などの試練を乗り越え、ハイランドの未来を切り拓いていく。少年と大国の邂逅が新たな時代を生み出すさまを描く歴史ロマン。（菊地）

→〈竜の血族シリーズ〉

マリア様がみてるシリーズ《まりあさまがみてるしりーず》

今野緒雪作。一九九八（平10）年五月～、集英社コバルト文庫。『マリア様がみてる』以下現三七巻、イラスト集二巻。イラストひびき玲音。一九九七（平9）年二月『Cobalt』に掲載された短編小説「マリア様がみてる」が好評を博し、シリーズ化。通称「マリみて」。名家の令嬢が集う私立リリアン女学園高等部を舞台とし、上級生と下級生がロザリオの授受によって姉妹関係を結ぶスール制度をめぐって、少女たちが織り成す愛と友情の物語。主人公の福沢祐巳《ゆみ》が高校一年生から三年生になるまでを主な物語内時間とする。当初は平凡な祐巳が全校生徒の憧れの的である小笠原祥子《さちこ》を「お姉さま」として射止め、高等部生徒会・山百合会役員の華麗なる面々と親交を深めていくシンデレラ・ストーリーであったが、『チェリー・ブロッサム』以降は祐巳が二年生となり、親友の藤堂志摩子や島津由乃とともに山百合会役員を務めつつ、妹候補の松平瞳子（『薔薇の花かんむり』でロザリオを授受し、正式に妹となる）との関係に悩む中で、次第に自らも「お姉さま」としての器を備えていく成長物語となる。山百合会役員は「薔薇さま」と呼ばれており、『ハローグッバイ』で祥子が卒業した後、最高学年となった祐巳は「紅薔薇さま《ロサ・キネンシス》」の称号を受け継ぐ。

「マリみて」は戦前の少女小説における「エス」の世界を現代に蘇らせた作品として人気を博し、二〇〇〇年代の百合ブームの火付け役となった。姉妹となる少女たちの関係性は恋愛的にも見えるが、『いばらの森』で佐藤聖と久保栞のスール制度を逸脱した愛情関係が描かれることにより、同制度が内包する異性愛規範が浮き彫りにされている。〇三年、長沢智により漫画化、〇四年にはテレビ東京系列で第一期アニメ版が放送され、一〇年には実写映画も公開されるなど、多彩なメディアミックス展開がなされた他、同人誌やインターネットの個人サイトで数多の二次創作が生み出された。〇八年から祐己の弟祐麒を主人公とする「マリみて」花寺学院高校版〈お釈迦様もみてるシリーズ〉も開始している。（倉田）

図書館戦隊ビブリオン《としょかんせんたいびぶりおん》　小松由加子作。一九九八（平10）年七月〜九九年一月、集英社コバルト文庫。全二巻。挿絵はたつねこ。芸亭高校一年生の運動が苦手な仁科昭乃は、体育委員になるのを避けて図書委員となるが、図書館の地下は、人類誕生以来の全ての書籍が所蔵されている異次元のアレキサンドリア漂流図書館と繋がっていた。アレキサンドリア漂流図書館は、常に漂流し、大事な本を悪の組織から守っていたが、漂流パワーが切れたため芸亭高校の図書館の下に漂着してしまったのだ。漂流図書館の破壊を目論む悪の組織から図書館を守るため、書庫の聖人ランガナタンⅢ世と本の妖精ピナクスは五人の図書委員たちを図書館戦士ビブリオンに任命する。ランガナタンⅢ世が図書館の星から新しい漂流エンジンの部品を持ち帰るまで、ビブリオンたちは悪の組織と戦い、図書館の秩序と平和を守りぬく。痛快学園アクションコメディー。（金）

ヨコハマ浪漫す　夢見る乙女じゃいられない《よこはまろーまんす　ゆめみるおとめじゃいられない》　綾乃なつき作。一九九八（平10）年七月、集英社コバルト文庫。全二巻。明治一七年、横浜を舞台に車屋の娘の女学生、朱緒が活躍する文明開化ミステリー。犬猿の仲である貿易商の娘雅子が殺され、容疑者とされた朱緒は疑いを晴らすべく捜査に乗りだす。続編『片翼の天使』（一九九八・九）では、天使を思わせるハーフの青年への朱緒の初恋と駆け落ち相手の死による悲恋が描かれる。事件の背後には居留地の闇が隠されている。ヒロインの男性顔負けの行動力が魅力。（野呂）

電撃娘163センチシリーズ《でんげきむすめひゃくろくじゅうさんせんちしりーず》　日向章一郎作。一九九八（平10）年一〇月から『Cobalt』に断続連載、九九年九月から集英社コバルト文庫。第一巻は『電撃娘163センチ』。二〇〇二年二月に刊行された第五巻（最終巻）は書き下ろし。自分に自信のない美少年・反町たすくは、根拠のない自信に満ち溢れた雷電院いずみに片思い中。たすくはいずみの下僕として「たんていい部」に入れられ、様々な事件に巻き込まれていく。いずみの人物造形には、「たとえ意地悪でも、自分の価値を自分で決められる子の方がどんなに魅力的であるか」（第一巻あとがき）という作者の思いが込められている。（倉田）

↓〈星座シリーズ〉〈放課後シリーズ〉

約束《やくそく》　茅野泉作。一九九八（平10）年一〇月、集英社コバルト文庫。「普通」の進学校に居場所を見つけられなかった桐香は、定時制高校に編入する。両親の不仲や過干渉な母親の問題を抱えながら、自分なりの生き方を模索する。年齢も環境も異なる奔放なクラスメイトやバイト先の先輩たちによって、いつしか心が解き放たれていき、哲という孤独な少年と恋に落ちる。不器用な二人が、それぞれの殻を打ち破るまでを描く青春小説。（矢澤）

東京S黄尾探偵団シリーズ《とうきょうえすきびたんていだんしりーず》　響野夏菜作。一九九九（平11）年二月～二〇〇五年八月、集英社コバルト文庫。『東京S黄尾探偵団　少女たちは十字架を背負う』以下全二八巻。表紙、挿画は藤馬かおり。中学生のときに全国優勝三連覇を果たし、テニスの特待生として名門スポーツ校に進学した天野行衡。しかし彼は肩を壊してしまい、テニスを諦めて通信制のS県立黄尾高校に入学した。母親の美津絵が突然再婚し、義理の弟・天野五月ができた日、遅刻のために留年か進学かの瀬戸際で学校の保健室に駆け込んだ行衡は、通信制で生徒が来ないのをいいことに保健室に勝手に作られた探偵事務所の出張所「東京S黄尾探偵団」のメンバーに引き込まれてしまう。しかも他のメンバーはひと癖もふた癖もある人間ばかり。そんな中、少女たちを狙った連続誘拐事件を皮切りに、次々と事件が起こりはじめる。著者の得意とする軽快な文章で書かれた痛快コメディ。文体、内容とも、同時代のライトノベルとの関係において、非常に注目される。（大橋）

↓〈カウス＝ルー大陸史・空の牙シリーズ〉

悪魔の揺りかご《あくまのゆりかご》　吉田縁作。一九九九（平11）年三月、集英社コバルト文庫。婚約者の魂をとり戻すため、悪魔探しの旅に出た美貌の騎士レオンは、「悪魔の揺りかご」と刻まれた木箱を抱えた美少女ディアと、彼女を町のごろつきから守ろうとする流浪の少年カイと出会う。ところが、ディアは実は生まれたばかりの悪魔であり、その本体は芋虫のような姿で木箱の中に入っていた。ディアに惚れてしまったカイと、悪魔の爪を手に入れたことで悪魔の飼い主となったレオンと、いつか美しい大人の悪魔になってレオンを食べてやると決意するディア。三人の旅は続いていく。なお、この少女ディアが初登場したのは、『Cobalt』本誌九八年八月号に掲載された『悪魔の揺りかご』である。また、コバルト文庫版『悪魔の揺りかご』の続編『悪魔の揺りかご2〜4』が、同人誌として吉田縁のHPで販売されている。
（川原塚）

→〈聴罪師アドリアンシリーズ〉

少年のカケラ《しょうねんのかけら》　深谷晶子作。一九九九（平11）年九月、集英社コバルト文庫。挿絵はくさなぎ俊祈。戦争で荒廃した街を統率する少年海は、娼婦の少女椿、記憶をなくした少年シロと暮らす。街に政府の役人の甲らが現れ三人の日常に変化が訪れる。記憶を取り戻したシロが、海と椿を守るため都に戻ることを決意し、シロと海らは別の道を歩む。人を殺すことを厭わない残忍さを持つ海が仲間と結ぶ深い絆が読みどころ。作者のHPに番外編が掲載されている。
（菊地）

戦国哀恋記シリーズ《せんごくあいれんきしりーず》　藤水名子作。一九九九（平11）年一〇月〜二〇〇〇年一〇月、集英社コバルト文庫。全三巻。第一作は『戦国哀恋記　炎風眷恋』。戦国時代末期、周の滅亡と秦の台頭を背景に、秦の宰相・呂不韋の家臣である黎燎と、周王朝最後の公主・琳姫の恋を描く。漢語を多用した硬質な文章で、時代や権力に翻弄されながらも、自己を見つめ懸命に生きようとする人々を描きだす。呂不韋のもと淡々と生きてきた黎燎が、気まぐれから姫を逃がし、徐々に心を奪われてゆく過程が読みどころ。
（芳賀）

クリスタル・クライシスシリーズ《くりすたる・くらいしすしりーず》　牧原朱里作。一九九九（平11）年一一月〜二〇〇三年二月。集英社コバルト文庫にて、一一巻まで執筆した後、長らく中断されていたが、二〇一一年、晋遊舎より、結末と番外編を書き下ろしての愛蔵版全五巻が出版され、完結をむかえた。第一作は『クリスタル・クライシス　緋色の刻印』。「魔」を倒せる唯一の少年・祐希苳夜と、一年後のパラレルワールドから「現在」に引きずりこまれた、「魔」を見る能力を持つ高校生・椎名蓮の魂の交流を描く、サイキックアクションボーイズラブ。並行世界ものと異世界ものが融合され、複雑な時間構造になっている。二人は、「陛下」と呼ばれる謎の男のもと、人の心の闇を増幅させ「魔人」にしてしまう謎の石「珠華」を回収するべく、仲間とともに暗躍する。「魔人」となった人間を討つ罪悪感から死ばかりを望んでいた苳夜が、蓮や仲間たちとの触れ合いの中で、幸福や人との繋がり

を望むようになる過程と、それを容易に許さない「珠華」をめぐる陰謀が複雑に絡み合い、読者を熱狂させた。（芳賀）

超心理療法士「希祥」シリーズ《ちょうしんりりょうほうしきしょうしりーず》

さくまゆうこ作。二〇〇〇（平12）年六月～〇一年九月、集英社コバルト文庫。全三巻。第一作は『超心理療法士「希祥」金の食卓』。挿絵は北畠あけの。心の病が慢性病となった二〇四七年の日本を舞台に、超能力と心理治療を組み合わせた「Eサイコセラピー（超心理療法）」をめぐる物語を描く。優れた直感力を持つ一流セラピスト希祥が、その能力ゆえに苦しみながらも、二人の友人に支えられ、他者と自己を救ってゆく。「自己」を守ることの大切さと難しさを強く訴える作品である。（芳賀）

ミステリー作家・朝比奈眠子シリーズ《みすてりーさっか・あさひなねむこしりーず》

香山暁子作。二〇〇〇（平12）年七月～〇一年三月、ポプラ社ティーンズミステリー文庫。全五巻。挿絵は曽我ひかり。どこでもすぐ眠れるミステリー作家・眠子にちなみ、第一作『眠り姫は殺し屋研修中』から常にタイトルに「眠り姫」が入る。弱気でそそっかしい眠子が、締め切りに追われながら、殺し屋の少年、男装の麗人探偵などとともに、事件に巻き込まれるドタバタを描く。眠子のキャラクターにより、事件性よりも救いや笑いに重点の置かれた物語になっている。（芳賀）

レヴィローズの指輪シリーズ《れびろーずのゆびわしりーず》

高遠砂夜作。二〇〇一（平13）年二月～〇七年四月、集英社コバルト文庫。全一六巻、短編集三巻。挿絵は起家一子。第一巻は『レヴィローズの指輪』。孤児の少女ジャスティーンが炎の宝玉レヴィローズの精霊である少年レンドリアと契約し、宝玉の主として成長していくファンタジー。宝玉はそれぞれに人の形を成し、限られた寿命を持つ。その寿命は主の魔力を源にするが、レンドリアは魔力を使えないジャスティーンを主に選ぶ。父方の血縁で「炎の一族」と呼ばれる魔術師たちと暮らすことになったジャスティーンは、宝玉をめぐる周囲の思惑に巻き込まれることになる。主の座を奪おうとする同胞や、宝玉を消滅させようと目論む魔術師ティアラーゼなど、ジャスティーンは宝玉をめぐって人々が引き起こす事件に翻弄される。そのなかで、レンドリアをあくまで宝玉としてしか扱おうとしない魔術師たちとは対照的に、ジャスティーンは彼を一人の人間として守ろうとする。終盤、ジャスティーンは闇の宝玉から光の宝玉の少女リディオスを助けるため、レンドリアの寿命を縮めてしまう。レンドリアの寿命が残りわずかとなり、ジャスティーンは自らの魔力と命を削ることで、彼を生き永らえさせようと決断する。ジャスティーンとレンドリアは共に生きることを選び、炎の一族を離れることになる。六種の宝玉の精霊をはじめ、宝玉の主と番人、宝玉を守る一族といった多彩なキャラクターの活躍や、ジャスティーンと個性豊かな仲間たちのコミカルなやり取りが読みどころ。また、ジャスティーンとレンドリアの強い絆が本作の魅力。気まぐれで本心を見せないレンドリアに振り回されながらも、主として懸命に彼を守ろうとするジャスティーンと、魔術師たちの手から常に主を守護するレンドリアの関係が読者の人気を集めた。完結後、『コバルト名作シリーズ書き下ろしアンソロジー①　龍と指輪と探偵団』（集英社、二〇一三）に短編が発表された。（菊地）

↓〈聖獣王の花嫁シリーズ〉〈姫君と婚約者シリーズ〉

魔女の結婚シリーズ《まじょのけっこんしりーず》

二〇〇一（平13）年四月〜〇五年一二月、集英社コバルト文庫。谷瑞恵作。二〇〇一（平13）年四月〜〇五年一二月、集英社コバルト文庫。『魔女の結婚』にはじまる全一二巻、短編集二冊。中世の欧州、青年魔術師マティアスの手で一五〇〇年の眠りから覚まされた古代ケルトの巫女姫エレイン。巫女なのに結婚願望をもつ彼女は「運命の人」を探して、愛を知らぬ冷淡なマティアスと時空を超えた冒険の旅をする。様々な恋の鞘当てや困難に遭うも、エレインは自らの魔力「流星車輪」をヨセフ騎士修道会から守ったマティアスと結ばれる。（武内）

↓〈伯爵と妖精シリーズ〉

東方ウィッチクラフトシリーズ《とうほうういっちくらふとしりーず》

竹岡葉月作。二〇〇一（平13）年六月〜〇二年九月、集英社コバルト文庫。全六巻。『Cobalt』（二〇〇二・六）に未収録の短編・漫画各一作。挿絵は飯田晴子。第一巻は『東方ウィッチクラフト―垣根の上の人―』。主人公一子が、憧れの人で「魔女」の少年柾季の使い魔となり、彼の「社会奉仕活動」のため強盗事件解決などに奔走するコメディタッチのファンタジー。物語後半では柾季の過去が明かされ、一子らの関係の行方が読み所である。（菊地）

聖石の使徒シリーズ《せいせきのしとしりーず》

二〇〇一（平13）年八月〜、集英社コバルト文庫。前田珠子作。『聖石の使徒―其は焔をまとう者』以下現一一巻。表紙、挿画は山本鳥尾。至高神セイトーリによって生み出された世界バルヴァローズは、その子供神たちが生み出す瘴気のために危機に瀕していた。セイトーリは瘴気を浄化するため、永い眠りについてしまう。その眠りを守るために生まれたのが、「聖石の使徒」である。使徒となる資格を持つ者は宝玉を抱いて生まれ、宝石の大陸「豊珠」の神殿に集い、「聖石の子供」となる。しかし、アラクセイトが誕生のときに抱いていたのは、宝玉ではなく石墨だった。しかも、火の神イイタールの加護を受けて発火の力を持っていたにもかかわらず、その力を制御できずにいたのである。そんなアラクセイトが、神殿にやってきた珊瑚の石を持った二人の「聖石の使徒」に呼び出される。そこで告げられたのは、瘴の女神を復活させないための手助けをすることだった。著者の得意とする異世界ファンタジーに、主人公の成長物語を交えた少女小説。（大橋）

→〈天を支える者シリーズ〉〈破妖の剣シリーズ〉〈魅魎暗躍譚シリーズ〉

ハーツ　ひとつだけうそがある《はーつ　ひとつだけうそがある》　松井千尋作。二〇〇一（平13）年一〇月、集英社コバルト文庫。高校生のテルは、ひょんなことから、他人のふりをして病弱な少女・真純の恋人になるという高額バイトを引き受ける。テルは真純に惹かれ、次第にバイトということも忘れて、真剣に心を通わせようとする。最後に、真純は病没するが、全て嘘と分かっていたが会えて嬉しかったという旨の手紙が残される。大げさではない淡々とした物語がかえって読者の感動を呼んだ。（芳賀）

問題のない私たち《もんだいのないわたしたち》　牛田麻希作。二〇〇一（平13）年一二月、集英社コバルト文庫。主人公笹岡澪は軽い気持ちで同級生をいじめていたが、ある日ターゲットが自分になり、いじめの苦しみを知ることになる。その時自分を救ってくれたのはいじめていた相手だった。そして彼女は実は、亡くなった自分の母真莉愛の生まれ変わりで、自分に大切なことを教えてくれるために来たのだった。心の変化が素直に描かれており、社会問題となったいじめについて、加害者の立場から描かれた点で新鮮であった。（内堀）

アヌビスは微笑む《あぬびすはほほえむ》　藤堂夏央作。二〇〇二（平14）年一月～三月、集英社コバルト文庫。上下全二巻。日本とエジプトを舞台としたミステリー。勇哉は考古学を学ぶ大学生。遺跡発掘に参加するためエジプトに向かうが、現地に着いた夜、殺人事件が起きる。勇哉は義兄の忍とエジプトの女性イシスと共に事件を追うが、連続殺人事件の真犯人は、父の復讐を誓ったイシスという、勇哉にとって残酷なものだった。同人誌作品を改稿した小説。（金）

少年陰陽師シリーズ《しょうねんおんみょうじしりーず》　結城光流作。二〇〇二（平14）年一月～、角川ビーンズ文庫。現四三巻（うち短編集・番外編五冊）、外伝一巻。挿絵はあさぎ桜。平安時代を舞台に、陰陽師安倍晴明の孫・昌浩の活躍を描く。本編には第一作『異邦の影を探しだせ』をはじめ、

『闇の呪縛を打ち砕け』といった命令形のタイトルがついている。

昌浩は、狐の子供とされる祖父の特別な力を受け継いでおり、晴明が従える式神・十二神将に助けられながら、京を襲う事件と対峙する。中でも最強の式神・騰蛇は、白い獣の姿をとり「物の怪のもっくん」として昌浩の相棒となる。激しい戦闘を重ねる中で、神将との絆を深め、陰陽師として人間として成長してゆく昌浩の姿が描かれる。また、藤原道長の娘で、入内するはずだったが妖怪の呪いにより陰陽師の側にいることを余儀なくされたヒロイン・彰子の設定をはじめ、史実を元にした大胆なファンタジー世界も見所である。彰子との出会いを描く「窮奇編」、黄泉の扉をモチーフとした「風音編」、狐の血の秘密を暴く「天狐編」、出雲の制圧された一族の悲劇を描く「珂神編」、伊勢を舞台とする「玉依編」、愛宕の天狗をめぐる「颯峰編」、播磨の陰陽師・小野家との関わりを描く「籠目編」、青年となった昌浩の新しい闘いを描く「尸櫻編」を経て、現在「道敷編」を連載中。

メディアミックスによる幅広い受容も大きな特徴である。まず、二〇〇四年にドラマCDが発売され、翌年から瀬田ヒナコ作画の漫画版が連載（『月刊Asuka』）。さらに〇六年から〇七年にかけてテレビアニメ放映、テレビゲーム化や舞台化もされている。アニメの声優によるWebラジオも配信され、後にCDにまとめられている。また、出版媒体でも幅広い展開を見せており、〇九年一〇月からは小学生向けの角川つばさ文庫、一一年二月からは一般向けの角川文庫より再版され、さらに読者層を拡大している。さらに、晴明の若き日の事件を描いた単行本『我、天命を覆す　陰陽師・安倍晴明』（角川書店、二〇一〇・七）『その冥がりに、華の咲く　陰陽師・安倍晴明』（同、二〇一三・二）も刊行された。（芳賀）

ゲルマーニア伝奇シリーズ《げるまーにあろまんすしりーず》

榛名しおり作。二〇〇二（平14）年八月～〇四年一月、講談社X文庫ホワイトハート四巻、角川ビーンズ文庫一巻。全五巻刊行後、休筆を経て、〇九年二月に作者HPで完結。挿絵は池上紗京、椋本夏夜。第一巻は『黒き樹海のメロヴェ　ゲルマーニア伝奇』。「樹海の愛でし姫」メロヴェは、ローマ人ユリウスと出逢って成長し、ゲルマーニアの樹海とローマのキリスト教の共生を目指す。メロヴェの恋や過酷な運命との闘いを描く歴史ロマン。（菊地）

シャリアンの魔炎シリーズ《しゃりあんのまえんしりーず》

ゆうきりん作。二〇〇三（平15）年三月～〇六年二月、集英社コバルト文庫。全五巻。第一作目は『シャリアンの魔炎』。シャリアン王国の下級貴族リリーベルは輿入れの日に、森賊に襲撃され、「獣」たちに助けられる。彼らは戦女神ス・イーを信仰する異教徒で、一〇年前の南方遠征で虐殺された部族の生き残りだった。彼らは復讐のためシャリアンの貴族を襲撃していた。リリーベルが「獣」と過ごす中で、唯一神ルーオレアンを絶対とするシャリアン聖教の独善性と悪とが明らかになる。（沼田）

→〈薔薇の剣シリーズ〉

鏡のお城のミミシリーズ《かがみのおしろのみみしりーず》　倉世春作。二〇〇三（平15）年五月～〇七年六月、集英社コバルト文庫。『鏡のお城のミミ―カンタン王国の大冒険』以下全一五巻。ほか短編集一巻。カンタン王国、マルグリット公国、クロティルドの三国の狭間で翻弄されていく少女ミミと王子エリックのロマンティックファンタジー。物語序盤、ミミの弟フィデルがカンタン王国の王の落とし子であることが判明し、姉弟は引き裂かれる。王位継承者であったエリックは、フィデルに皇位を譲りミミと共に放浪の旅に出る。カルネー領の跡継ぎジャン・バティストがミミに一目惚れしたことによりエリックとミミの恋はもつれていく。物語終盤ではエリックはクロティルドの王子となり、従妹であり元婚約者、そしてフィデルの妻となった鉄の公女ベアトリス率いるマルグリット公国との戦争が勃発し、かつての親しい人々を敵にまわして戦うことになる。行く先々で陰謀に巻き込まれる二人の運命と恋の行方から目が離せない。（野呂）

彩雲国物語シリーズ《さいうんこくものがたりしりーず》　雪乃紗衣作。作者のデビュー作。二〇〇三（平15）年一〇月～一一年七月、角川ビーンズ文庫。『彩雲国物語　はじまりの風は紅く』にはじまる全一八巻、外伝四巻。他に二〇一二年三月に外伝『骸骨を乞う』（角川書店）を出版。中国唐代をモデルにした架空の国を舞台とするファンタジー。彩雲国の名家の一人娘ながら貧乏暮らしの紅《こう》秀麗。金のためにダメ王と噂される紫《し》劉輝の教育係として後宮に入り、暗殺事件に巻き込まれる。やがて劉輝の求婚を断り、初の女性官吏となるものの、風当たりは厳しい。めげることなく苦難を乗り越え、茶州州牧に抜擢される。武人・浪燕青らの協力を得、命を賭して奇病から茶州を救ったのも束の間、このことで秀麗は免職寸前となる。だが隠れた能吏・榛蘇芳の助力により、官吏の不正を暴く御史台《ぎょしだい》で働くことに。この頃、朝廷では王座を狙う門下省長官・旺季を頂く貴族派が着々と勢力を広げていた。
いよいよ窮地に立たされた劉輝から妃としての後宮入りを打診された秀麗は応じるしかなかった。官吏としての自己を否定され落胆した秀麗は最後の仕事に旅立ち、倒れる。そして自らの命が残り僅かだと知りつつも、異能の一族・縹家の支援を取り付けて蝗害を鎮め、一日の余命を残して眠りにつく。一方、劉輝はついに都落ちする。苦悩の末、旺季と謁見した劉輝のともに秀麗や宰相・鄭悠舜ら忠臣たちが駆けつけ、劉輝は戦なき国づくりという理想を掲げ、王座の保持を宣言、旺季らを退ける。のち一〇年の間、縹家の大巫女の力で僅かに命を長らえた秀麗は、名官吏として数々の功績を立て、劉輝と結婚。翌年娘を産み、三〇歳でその生涯に幕を閉じる。

王だけでなく茈静蘭、茶朔洵、李絳攸、藍龍蓮など様々な有能な美青年たちから愛されながらも、恋愛そっちのけで官吏として命を削って働きまくる秀麗には、読者から多くの支持が集まった。発行部数は累計六五〇万部を突破したとされる。挿絵担当の由羅カイリ作画によるマンガ化作品およびテレビアニメ化作品もある。（武内）

銀朱の花シリーズ《ぎんしゅのはなしりーず》 金蓮花作。二〇〇四（平16）年一月～〇七年一〇月、集英社コバルト文庫。『銀朱の花』にはじまる全一四巻。色違いの双瞳と額に花のような痣をもち、シルヴィアナ国に繁栄をもたらすと伝えられる「聖痕の乙女」をめぐる恋愛ファンタジー。始まりは、不幸な境遇の孤児だった「聖痕の乙女」エンジュが若き国王に后として迎えられ、やがて王との間に真実の愛を見つけるまでが描かれる。これに、男として育てられた伯爵家の「聖痕の乙女」アルディがシルヴィアナの第二王子と結ばれるまでの物語や、エンジュの時代よりも昔、修道院で育った「聖痕の乙女」レティシアが若き公爵と愛を育むまでの物語が続く。続編ではさらに時代が遡り、後に「聖女」と謳われた「聖痕の乙女」クラウディアと王太子、まじない師をしている「聖痕の乙女」タージュとブノス国の勇敢な騎士、さらに東方の国セラウィン帝国に生まれた「聖痕の乙女」橘姫とシルヴィアナの王弟をめぐる恋と冒険の物語が紡がれていく。（武内）

↓〈水の都の物語シリーズ〉

天を支える者シリーズ《てんをささえるものしりーず》 前田珠子作。二〇〇四（平16）年一月～〇九年二月、集英社コバルト文庫。『天を支える者』以下全一六巻。明咲トウル画。無類の本好きで、次々と不幸を招くが命だけは助かるという奇妙な少女ナルレイシアが、天と地とのあいだに立つ「柱神」となる人間を探し出す「選定者」となる運命を描いた物語。（大橋）

↓〈聖石の使徒シリーズ〉〈破妖の剣シリーズ〉〈魅魎暗躍譚シリーズ〉

伯爵と妖精シリーズ《はくしゃくとようせいしりーず》 谷瑞恵作。二〇〇四（平16）年三月～一三年一二月。集英社コバルト文庫。全二七巻、短編集六冊、ファンブック一冊。挿絵は高星麻子。第一作は『伯爵と妖精　あいつは優雅な大悪党』。舞台は一九世紀ヴィクトリア朝のロンドン。妖精と話ができる「妖精博士《フェアリードクター》」の少女リディアは、金髪の美貌の青年エドガーに依頼され、彼がアシェンバート伯爵、通称「妖精国伯爵《アール・オブ・イブラゼル》」になるのを助ける。それを機にエドガー専属の妖精博士となったリディアは、様々な事件を通してエドガーと心を通わせていく。もとは公爵家の嫡男だったエドガーは、一三歳の時、凶悪な魔力「プリンス」を継ぐ者として闇の組織に目を付けられ、一家を惨殺された上、米国に拉致、虐待された過去をもつ。やがてプリンスを破壊しようとしたエドガーは、リディアを守るためにプリンスを自らに取り込んでしまう。その後、結婚した二人はプリンスを封印すべく仲間達の助力を得て、伯爵家領地内の伝説の島「妖精国《イブラゼル》」に上陸。ドラゴンの魔力を鎮め、プリンスの封印に成功するが、代わりにエドガーはプリンスに関わってからの記憶を失う。身籠もっていたリディアは封印が解けぬよう、妻であることを隠してエドガーに接するものの、エドガーは再び彼女に恋し、結婚する。だがプリンスを葬る力をもつブラッドストーンを体内に有すリディアは、ドラゴンの卵に宿り、プリンス復活を企む悪しき妖精博士「蛇の男」からその身を狙われることに。記憶とともにプリンスの力を取り戻したエドガーはリディアを救うべく動き出す。そこへ、まだ母胎にある二人の子アルヴィンが、プリンスを倒すために、亡き少年の姿を借りて現れる。両親への愛情から早まった考えを抱いたアルヴィンは蛇の男と手を組んでしまうが、エドガーとリディアは仲間達の助けを借りつつロンドン塔で謎を解き明かし、魔法の弓で蛇の男とプリンスを葬り去り、英国と妖精国を安寧へと導く。〇八年にテレビアニメ化、翌年にはテレビゲーム化された。香魚子作画による漫画版もある。

（武内）

↓〈魔女の結婚シリーズ〉

女の子シリーズ《おんなのこしりーず》　小林深雪作。二〇〇四（平16）年四月～〇五年一一月、講談社X文庫ティーンズハート。志保・沙保・三姉妹に続くシリーズ。全七巻。果保の娘・理保が主人公。第一作目『女の子のホンキ』から全巻を通して、従兄で初恋の相手である真琴とクラスメイトの桜井の間で心揺れる理保の姿が描かれる。桜井の交通事故や、真琴の記憶喪失など、想いを寄せる男性たちの危機が理保を成長させる。番外編である〈男の子シリーズ〉では、理保の妹や親友の恋が描かれる。

（近藤）

↓〈志保・沙保・三姉妹シリーズ〉

風の王国シリーズ《かぜのおうこくしりーず》 毛利志生子作。二〇〇四（平16）年六月〜、集英社コバルト文庫。現二七巻。第一巻は『風の王国』。挿絵と漫画は増田メグミによる。史実を換骨奪胎し、政略結婚により吐蕃（現在のチベット）に嫁いだ文成公主・李翠蘭の波乱万丈な人生とロマンスを描いた架空の歴史物語。時は七世紀。李翠蘭は唐の皇帝である李世民の姪でありながら、商家の娘として育てられた男勝りで芯の強い少女。政略結婚のため公主と身分を偽り、異国の吐蕃へ嫁ぐことになるが、吐蕃へ向かう途中、怪しげな賊に襲われる。川に流された翠蘭を助けたのは、賊の中にいた謎めいた男リジムだった。リジムの正体は、政略結婚の相手である吐蕃の若き王クンソン・クンツェン。自分が偽公主であることや、異国の習慣や文化の違いに戸惑うが、リジムのまっすぐな愛情を受け容れた翠蘭は、リジムの前妻の子であるラセルとも心を通わせ、吐蕃の生活に馴染んでいく。国内外の情勢不安により、毒を盛られたり、刺客を差し向けられたり、様々なトラブルが続くものの、そのたびに翠蘭とリジムはともに苦難を乗り越えていく。リジムの父であり、吐蕃を統一した大王ソンツェン・ガムポに認められた翠蘭は、結婚二年後には娘も授かり、幸せな日々を送る。しかし、その先に、最愛の夫リジムの死という非情な運命が待っていた。吐蕃を守るため、そしてラセルを王にするため、翠蘭は三年の喪に服した後、リジムの父ソンツェン・ガムポと再婚することに。数々の苦難に立ち向かい、過酷な運命と闘うヒロインの物語。二〇〇六年三月、集英社より第一巻がドラマCD化。同年八月、韓国鶴山文化社のMay Queen Novelから韓国語の翻訳本が刊行された。（金）

↓〈カナリア・ファイルシリーズ〉

よかったり悪かったりする魔女シリーズ《よかったりわるかったりするまじょしりーず》 野梨原花南作。二〇〇四（平16）年一一月〜〇六年六月、集英社コバルト文庫。全五巻。第一巻『レギ伯爵の末娘』では魔女としての修業に励むポムグラニットが、仲間とともにレギ伯爵の娘マダーの呪いを解く旅に出る。個性の強い登場人物たちが軽妙な語りとともに描かれている。剣や魔法を使った異世界ファンタジー。（及川）

↓〈ちょーシリーズ〉

アダルシャンシリーズ《あだるしゃんしりーず》 雨川恵作。二〇〇四（平16）年一二月〜〇七年六月、角川ビーンズ文庫。『アダルシャンの花嫁』にはじまる全八巻、短編集一冊。カストリア帝国に打ち勝った新興国アダルシャンの名将にして王弟のアレクシードのもとへ、帝国の第六皇女ユスティニアが輿入れしてくる。わずか一〇歳のユスティニアは表面上の子供っぽさとは裏腹に皇女としての自尊心をもち、アレクシードらをてんてこ舞いさせるものの、様々な困難を乗り越える中で二人は次第に心を通わせていく。やがてアレクシードは宮廷内で腹違いの兄王への反逆の嫌疑をかけられると、自らがアダルシャンによって滅ぼされた辺境の領主の直系にあたることを知る。兄王を慕うアレクシードはユスティニアとともに王都を離れるが、アダルシャンとの再戦を目論む帝国の皇太子によって二人は引き裂かれる。だがアレクシードの勇気ある行動と帝国皇帝の計らいにより開戦を免れ、アダルシャンの王都へと帰還、夫婦として初めてのキスを交わす。風都ノリ画の漫画版もある。（武内）

星宿姫伝シリーズ《せいしゅくきでんしりーず》　菅沼理恵作。二〇〇五（平17）年四月～〇八年五月、角川ビーンズ文庫。『星宿姫伝　しろがねの誓約』以下全一〇巻完結。挿絵は瀬田ヒナコ。父である朱月を失い悲嘆にくれる白雪の前に、蘇芳・青磁・琥珀・黒曜と名乗る四人の青年が現れ、白雪は彼らの国を守護する唯一の存在である斎宮だと告げる。白雪は、四人の騎士の力を借りて杭州の斎宮として国を守るため戦うこととなる。架空の王国を舞台として繰り広げられる冒険ロマン。（赤在）

荒野《こうや》　桜庭一樹作。『荒野の恋』として第一部二〇〇五（平17）年六月、第二部〇六年二月、エンターブレインファミ通文庫。第三部を加筆し『荒野』一冊として〇八年五月、文藝春秋社。幼い頃に母を亡くした中一の山野内荒野《こうや》は、小説家の父が再婚したため義母とその息子である同級生の悠也と同居する。接触恐怖症気味の荒野は「恋ってなぁに？」と戸惑いながら、大人びた悠也に惹かれる。北鎌倉の四季折々の風物を織り交ぜ、周囲の大人たちの悩みも学びつつ、思春期の少女が心の成長をとげる様子をみずみずしく描く。（久米）

花に降る千の翼シリーズ《はなにふるせんのつばさしりーず》　月本ナシオ作。二〇〇五(平17)年八月～〇七年一一月、角川ビーンズ文庫。全七巻、短編集一巻。挿絵は増田メグミ。第一巻は『花に降る千の翼』。神々と人間の世界が交差する南の島国タリマレイを舞台に王女イルアラの戦いを描くファンタジー。「虚の者」の力を持つ王女イルアラは人界が疫闇に蝕まれていることを知り、命をかけて人界を守る戦いに臨む。エキゾチックな世界観やイルアラと半神の青年エンハスの恋模様が魅力の作品。（菊地）

貴族探偵エドワードシリーズ《きぞくたんていえどわーどしりーず》　椹野道流作。二〇〇五（平17）年一一月～一一年三月、角川ビーンズ文庫。『貴族探偵エドワード　銀の瞳が映すもの』にはじまる全一四巻、短編集一冊。舞台はヴィクトリア朝英国を思わせる架空の国アングレの都ロンドラ。探偵事務所を営む金髪碧眼の美少年貴族エドワードが、守り役の青年シーヴァ、霊感少年トーヤと共に数々の怪奇的な事件を解決するオカルトファンタジー小説。やがてエドワードは、学生時代の先輩クレメンスの身体を乗っ取る魔物スカーレット・フレイムと闘うことに。エドワードらは侍のウノスケや神通力を持つネコハチとともに東方の島国チーノに渡り、これを倒す。帰国後は女王暗殺事件に巻き込まれるが、ロンドラ市警の警部補プライス、エドワードの元学友にして発明家のアルヴィン、今は三歳児の姿のクレメンス、女装家でもある怪盗ヴィオレなどお馴染みの仲間たちの協力を得て解決。エドワードたちは一躍国の英雄となる。エドワードらと同じ下宿の大家ハリエットや女占い師ジェイドといった女性陣の活躍も魅力的な作。おもて空良による漫画版もある。（武内）

ヴィクトリアン・ローズ・テーラーシリーズ《びくとりあん・ろーず・てーらーしりーず》

青木祐子作。二〇〇五（平17）年一二月～一二年六月、集英社コバルト文庫。全二二巻、短編集六冊。第一作は『ヴィクトリアン・ローズ・テーラー　恋のドレスとつぼみの淑女』。ヴィクトリア朝の英国を舞台に、仕立屋の娘と公爵家の跡継ぎが上流社会に渦巻く様々な困難を乗り越え、身分違いの恋を成就させるまでのラブ・ストーリー。

ロンドン郊外の仕立屋「薔薇色《ローズ・カラーズ》」では、内気な店主クリスティン（クリス）が着る者の心の形を美しいドレスに仕立て、社交的な親友パメラが売り子として働いている。ある日、ランベス公爵家の嫡男シャーロックが妹のドレスを注文した事をきっかけに、クリスとシャーロックは惹かれ合うように。ドレス作りを通して貴族の令嬢や名女優、鉄道王の娘などの恋や人生に関わる中、クリスは失踪中の母リンダが、着る者を自殺などに追い込む「闇のドレス」の縫い子となっていることを知る。それを知ったシャーロックは闇のドレスを貴族の娘たちにもたらす女アイリスを投獄。のちにクリスに愛を打ち明けるものの、クリスは名門伯爵家の美貌の令嬢がシャーロックの婚約者候補だと聞き、動揺する。その後も二人は愛を温めていくが、シャーロックの父親の横槍が入り、クリスはシャーロックに別れを告げ、闇のドレスを葬るためリンダとともにリンダの愛人ヒューバート卿ら闇のドレス一派が暮らす古城に入る。シャーロックは命がけでリンダを救出し、闇のドレス一派を壊滅させる。シャーロックはクリスとの結婚を認めてもらおうとクリスを連れて両親のいる城に戻るが、反対にあう。一方、城に客人として潜入していたリンダは両手を銃で撃たれ、二度とドレスを作れなくなり、修道院へ。その後シャーロックは父親が示した結婚の条件をのんで廃嫡寸前の身で米国に渡り、事業に打ち込む。募る想いを抱えたクリスは渡米し、シャーロックと再会。帰国後、クリスはある伯爵家の養女となり、シャーロックも母親の配慮で廃嫡を免れ、二人は遂に婚姻を結ぶ。クリスを始め、女性たちの可憐で繊細な乙女心が読者を魅了する。（武内）

王宮ロマンス革命シリーズ《おうきゅうろまんすかくめいしりーず》　藤原眞莉作。二〇〇六（平18）年三月～〇八年三月、集英社コバルト文庫。全七巻、短編集二巻。挿絵は鳴海ゆき。第一巻は『王宮ロマンス革命　姫君は自由に恋する』。紫の瞳の王女エヴァは自らのルーツと自由を求め旅立つ。エヴァは「約束の愛し子」としての出生の謎を追ううち隣国の革命に巻き込まれていく。行動力あふれるエヴァや彼女をとりまく人々の活躍、婚約者アレックスや支援者ミシェルとエヴァの恋の行方が読みどころ。（菊地）

聖獣王の花嫁シリーズ《くろすてぃあのはなよめしりーず》　高遠砂夜作。二〇〇六（平18）年四月～〇八年一一月、集英社コバルト文庫。全八巻、短編集一巻。挿絵は起家一子。小国の姫リージュが聖獣王の座をめぐる争いに巻き込まれるファンタジー。物語の軸は、少女が聖獣を宿す贄となる力を持ち、最も強大な聖獣を得た王子が聖獣王として王位を継ぐという設定。第一巻『聖獣王の花嫁』ではリージュが大国ゼネスティアの第三王子ゼルフォンの花嫁に差し出される。しかし、第二王子イオがリージュに聖獣（クロスドーラ）より強大な神獣（エルドーラ）を宿させたことを契機に、リージュは王子たちの王位継承争いや、古代王国復活の企てに翻弄されていく。さらに、神獣とイオの別人格により世界が滅亡の危機にあると判明し、リージュはそれを回避するためにイオの人格を殺すことを選び、世界を救う。しかし、イオは消滅を免れ、リージュとイオは結ばれる。男言葉で話すリージュの凛々しいヒロイン像が本作の魅力の一つ。（菊地）

↓〈姫君と婚約者シリーズ〉〈レヴィローズの指輪シリーズ〉

月色光珠シリーズ《つきいろこうじゅしりーず》　岡篠名桜作。二〇〇六（平18）年四月～〇九年七月、集英社コバルト文庫。全一二巻、短編集二巻。『Cobalt』（二〇〇七・四～八）に番外編漫画が掲載。挿絵は風都ノリ。第一巻『月色光珠　黒士は白花を捧ぐ』は作者のノベル大賞入賞作の雑誌掲載より早く刊行された。唐の時代を舞台に、没落した家の再興を夢見る剣術少女・琳琅の活躍と、皇帝の隠密・有との恋を描く中華ロマン。琳琅と有の出逢いや盗賊「飛天竜駒」をめぐる事件などを描く第四巻までを経て、第五巻からは舞台を後宮に移す。皇太子・李恒に見初められた琳琅は、同じく李恒に追われる有と共に婚儀を装って都から逃れる。しかし琳琅が捕えられ、有も彼女を取り戻すため囚われる。琳琅は後宮で李恒をめぐる陰謀を暴き、有とともに自由の身となる。有と正式に婚儀を迎えた琳琅は没落で失った邸を取り戻す。琳琅をとりまく人々の秘密や過去が複雑に絡み合う展開や行動力に富む琳琅の活躍が読みどころ。（菊地）

シュバルツ・ヘルツ―黒い心臓―シリーズ《しゅばるつ・へるつ くろいしんぞう しりーず》

桑原水菜作。二〇〇六（平18）年四月～一〇年一二月、集英社コバルト文庫。全一四巻。第一作『シュバルツ・ヘルツ―黒い心臓―』のあとがきには、心臓移植コーディネーターに関するテレビ番組の視聴をきっかけに、心臓をめぐる「サスペンス調の話を書きたいと思った」とある。ドイツで心臓移植手術を受けた少年、嘉手納奏は命を狙われるようになるが、それは彼のドナーが「地図にない国」アースガルズの若き王ゆえと知る。そして奏はアースガルズの「超騎士」達と共に、事態の解決を目指す。本シリーズはゲルマン神話や北欧神話にモチーフを求めつつ、ナチスの人体実験や冷戦末期の世界情勢といった史実も踏まえている。そして二つの世界をめぐる人々を描き出すことを通して生きること自体を問う、壮大なスケールのファンタジーである。また、奏と出会う以前の「超騎士」たちの活躍を描いた〈シュバルツ・ヘルツ　ゲスタァンシリーズ〉も三冊刊行されている。（尾崎）

↓〈炎の蜃気楼シリーズ〉

瑠璃の風に花は流れるシリーズ《るりのかぜにはながれるしりーず》

槙ありさ作。二〇〇六（平18）年五月～一一年一一月、角川ビーンズ文庫。『瑠璃の風に花は流れる　黒の王太子』にはじまる全一二巻、短編集一冊。架空のアジアを舞台とした恋愛冒険ファンタジー。隣国・黒嶺の軍に制圧された朱根《あかね》の王女緋奈は、黒嶺の王太子芦琉《あしる》に恋慕され、嫌々黒嶺宮殿に連れて行かれる。やがて緋奈は「光の王女」として芦琉と様々な国難を乗り越え、世界を「闇」から守ることで芦琉との愛を深め、妃となる。挿絵の由貴海里による漫画版もある。（武内）

幻獣降臨譚シリーズ《げんじゅうこうりんたんしりーず》

本宮ことは作。二〇〇六（平18）年六月～一二年一二月、講談社X文庫ホワイトハート。全一九巻、短編集一巻。挿絵は池上紗京。第一巻は『聞け、我が呼ばいし声　幻獣降臨譚』。少女アリアが聖獣の巫女となり、戦いに身を投じていくファンタジー。少女たちが女神の加護を受け精霊を使役する世界が舞台。初潮を迎えたアリアは「契約の儀」で幻獣と契約できず、一度は「忌み女」と蔑まれる。しかし聖獣の光焔と契約を結んで聖獣の巫女となり、光焔の力を使役できるようになるため旅立つ。終盤では聖獣の巫女として成長したアリアが他国との戦争を終結させ、闇の教団の陰謀を阻止した後、幻獣なき世を創ろうとする姿を描く。純潔の女性のみが幻獣を使役できる設定や幻獣との契約の可否で女性が階層化されるなどの世界観が特色。アリアの力をめぐる人々の思惑が交錯する展開や美形男性キャラクターたちに囲まれたアリアの恋の行方も読みどころ。〇七年にドラマCD化。（菊地）

アラバーナの海賊たちシリーズ《あらばーなのかいぞくたちしりーず》

伊藤たつき作。二〇〇七（平19）年二月～一〇年二月、角川ビーンズ文庫。全九巻、短編集一巻。挿絵は七海慎吾。第一巻は『アラバーナの海賊たち　幕開けは嵐とともに』。少女海賊船長ジャリスと仲間たちの冒険を描くアラビアンファンタジー。ジャリスは真の海賊を目指す旅で魔王復活の企てを知り、四つの指輪を探す航海を経て魔王と対決する。仲間の美形キャラクターたちによる逆ハーレム設定が特色。〇九年に第一巻がドラマCD化。（菊地）

クリセニアン夢語りシリーズ《くりせにあんゆめがたりしりーず》

ひかわ玲子作。二〇〇七（平19）年五月～〇九年一月、小学館ルル文庫、第一巻『クリセニアン夢語り1　エル・デオの眠れる王に』以下全六巻。全一八巻（一九九三～二〇〇二）で完結した小学館キャンバス文庫〈クリセニアン年代記シリーズ〉の次世代を描く。エルミネール王国の王フェランが突然深い眠りにつき、それが古い王国エル・デオの呪いらしいと知った王子フェザンは、不思議な力を持つ少年アンジュと、かつてエル・デオ王国があった西クリセニアンへ旅立つ。旅の果て、二人は王国を地上に戻そうと千年を待ったデュオン皇子に会い、吟遊詩人が歌うエル・デオ滅亡の物語を聞く。滅亡の呪いをかけたのはエル・デオ皇帝に国を滅ぼされ、幽閉されデュオン皇子を生んだアマリエ皇女だった。アンジュが千年の呪いを解くと、アマリエ皇女の思いから生まれたシェナ皇女が、悪夢から解放されるようデュオンに説き、二人は永劫の眠りにつく。帰還したフェザンは、家族と共に過ごす穏やかで幸せな「夢」のような時間を守ろうと決意する。華麗な王族たちの愛と哀しみが切なく交錯する、優雅で長大な異世界ファンタジー。（久米）

→〈美族シリーズ〉〈ラヴェンダー野のユニコーンシリーズ〉

沙漠の国の物語シリーズ《さばくのくにのものがたりしりーず》

倉吹と

もえ作。二〇〇七（平19）年五月〜一〇年三月、小学館ルルル文庫。『沙漠の国の物語―楽園の種子―』にはじまる全九巻。沙漠の聖地カヴルの少女ラビサは、水をもたらす樹の種子を植える町を探して、謎の青年ジゼットと危険な旅をする。カヴル創建の際、一部の民が強制隔離された町こそがジゼットの故郷だと知ったラビサは、その町に種子を植える。その後二人は互いの愛を深めながら、盗賊団「砂嵐の後継者」や狂信的な宗教集団「星読みの徒」に立ち向かい、沙漠を平穏へと導く。（武内）

グランドマスター！シリーズ《ぐらんどますたーしりーず》　樹川さとみ作。二〇〇七（平19）年六月〜一〇年一〇月、集英社コバルト文庫。『グランドマスター！―総長はお嬢さま』以下全一一巻。松本テマリ画。東方からの侵攻を防ぎ、聖地を守り抜いてきた僧兵集団「ミトラーダ」。そこに、九三年ぶりの女性総長・聖女「シアシーカ」が誕生した。『水戸黄門』の物語構成を下敷きに、それをファンタジー世界に持ち込んだコメディ。ヒロインであるシーカの視点ではなく、周辺の男性たちからの視点で書かれている点が特徴。（大橋）

→〈楽園の魔女たちシリーズ〉

死神姫の再婚シリーズ《しにがみひめのさいこんしりーず》　小野上明夜作。二〇〇七（平19）年、「死神姫の再婚」にて、B's-LOG文庫新人賞優秀賞、えんため大賞ガールズノベル部門奨励賞を受賞。九月、B's-LOG文庫（エンタープレイン）より刊行されると、のち同名にてシリーズ化。現一六巻、短編集二冊。挿絵は岸田メル。「死神姫」と呼ばれる天然ボケの没落貴族アリシアと悪名高い公爵カシュヴァーンの夫婦が様々な困難を乗り越える冒険ラヴコメディー。初対面の公爵に、「お買い上げありがとうございます！」と微笑むアリシアの型破りな性格が魅力的。一一年二月から漫画化、一三年三月には舞台化もされている。（武内）

宮廷神官物語シリーズ《きゅうていしんかんものがたりしりーず》　榎田ユウリ作。二〇〇七（平19）年一〇月〜一一年一一月、角川ビーンズ文庫。全一〇巻、外伝一巻。第一作は『宮廷神官物語　選ばれし瞳の少年』。朝鮮王朝を思わせる麗虎国を舞台に、善悪を見抜く眼を持つ慧眼児・天青と、それを見出した美貌の神官・鶏冠の成長を描く。天青の守り役・曹鉄、聡明な王子・藍晶、その姉で男装の麗人・櫻嵐など、多彩な人物が登場し、権力や陰謀の渦巻く中で魅力的な人間ドラマが展開される。挿絵のカトーナオによる漫画化作品もある（あすかコミックスDX）。（芳賀）

少女小説事典

雑誌　関連事項　関連領域

少女界《しょうじょかい》 一九〇二（明35）年二月〜終刊不明、冊数不明。月刊。金港堂書籍株式会社発行。一九一一（明44）年五月に、臨時増刊一〇周年記念号（一〇巻六号）を刊行した。同社が発行した『少年界』の姉妹誌にして、本邦初の少女専門雑誌。A5判。一冊一〇銭。発行兼印刷人下河邊半五郎、編集人神谷徳太郎（鶴伴）。表紙絵は、鏑木清方、宮川春汀、富田秋香、水野年方他。執筆者には*神谷鶴伴、石井研堂、佐々醒雪、*三宅花圃、羽仁もと子、*吉屋信子、*水野仙子、*今井邦子ら多数。「をしへ草」「少女文学」「学芸」「雑録」「なぐさみ」「御伽噺」などの欄を設け、投稿作文も募集した。山田美妙「蝶の児」などの他、初期の少女小説としては、*尾島菊子「漁師の娘」や*横山碧川「胡蝶の宮」、小林花浪「お露の肩病」、神谷鶴伴「桃の宿」などがある。（橋本）

少女世界《しょうじょせかい》 一九〇六（明39）年九月〜三一（昭6）年一〇月。推定三三〇冊程度。月刊。博文館発行。菊判で、創刊号は一冊一〇銭。博文館の先行雑誌『少年世界』（一八九五年創刊）は、第一巻第一八号から「少女欄」を設けて、*若松賤子を書き手に迎え、少女向け読み物を掲載していた。さらに、女学校の新設やそれに伴う進学熱の高まりから読者の拡大を見込み、「少女欄」を発展させる形で『少女世界』を創刊した。

海賀變哲が編集実務を担当し、*巌谷小波を編集兼発行人においてスタート。すでに『少年世界』で地位を確立していた小波は、「おとぎばなし」「お伽小説」と銘打った作品を寄せたほか、手記も執筆した。明治期には*押川春浪の冒険小説の人気が高く、大正期後半からは*尾崎翠が複数の短編小説を寄せている。小説以外には、一九〇九年頃まで、*田山花袋が巻頭に「唱歌」として詩を書き、一つの特徴となっていた。さらに、佐々木信綱は和歌についてのエッセイを寄せ、木村小舟は理科的、社会的な読み物を提供した。表紙、挿絵は山村耕花、鏑木清方、竹久夢二、杉浦非水、清水良雄、深谷美保子らが担当している。『少年世界』に比べると、軍事や実業などの記事が全体的に少なく、手芸や家事、礼法の記事が目立つ。加えて、特に創刊当初は、三輪田眞佐子や跡見花溪、下田歌子ら教育者による訓話を多く載せ、良妻賢母主義の教育観が強く出ていた。〇七年一月号から沼田笠峰が編集を担当すると、訓話に近い形をとりながらも、ファッションや娯楽の記事が徐々に見え始める。沼田は読者共同体の形成にも力を尽くし、他の編集者とともに、各地で開かれる「愛読者大会」に参加しては、その記録を誌上に写真入りで載せた。さらに一〇年頃からは、*松井百合子の筆名で『少女世界』に小説を載せていた妻ふくとともに、「少女読書会」を自宅で開いた。*北川千代や*吉屋信子、*森田たまらがここで活動しており、女性文学者の揺籃となったことは、『少女世界』の功績の一つと言える。

創刊五周年を盛大に祝ったころが最盛期で、一七年には博文館創業三〇周年を記念して「少女世界愛読者大会」も開く。しかし、大正期末には沼田が編集から退き、長谷川天溪らを迎えるものの、後発のライバル誌『少女画報』や『少女の友』『少女倶楽部』等におされ苦戦した。折り込みで千代紙や紙人形のような付録をつけ、読み物でも、「探偵物語」「滑稽小説」「映画物語」などの新しいジャンルを加えて刷新をはかるが及ばず、廃刊となった。（藤本）

少女の友《しょうじょのとも》　一九〇八（明41）年二月～五五（昭30）年六月、少女雑誌中もっとも長期の四八年間刊行され、全五九八冊（推定）。月刊（年により春・夏・秋の増刊号、特別新年号、別冊を増刊）。実業之日本社発行。『日本少年』の姉妹誌として小学上級生から女学生を読者対象とした。第一巻は一冊一〇銭、第四八巻は一一〇円。抒情的雰囲気を基調に、娯楽と教養的読物と読者からの投書を中心に編集された。*星野水裏（初代）、*岩下小葉（二代・四代）、*浅原六朗（三代）、*内山基（五代）、中山信夫（六代）、森田淳二郎（七代）という歴代の主筆（編集長）が誌面で筆を揮った点にも特色がある。初代主筆星野水裏は教育者的信念を持って編集に当る一方、読者との家族的親愛主義の伝統を育て、一一年から、成績優秀な継続投稿者に懐中（のち腕）時計を贈呈する制度を設け、四五年の太平洋戦争末まで続けた。三一年六月号から四五年九月号まで主筆を務めた第五代主筆内山基は、誌風に知的抒情性を付加した名編集長と評され、無名の中原淳一を起用して三五年一月号から表紙を描かせ、圧倒的人気を博した（中原の少女像が非健康的とする戦時下政府の圧力により四〇年六月号で降板）。他に誌面を飾った画家は、川端龍子、深谷美保子、竹久夢二、蕗谷虹児、高畠華宵、松本かつぢ、河目悌二、初山滋など多数。創作では、*与謝野晶子が創刊号から「お伽噺」を、続いて*「環の一年間」を連載した。他に、*野上彌生子、*長谷川時雨、*小金井喜美子、*真山青果、相馬御風、*田山花袋、*徳田秋声、*長田幹彦、*秋田雨雀、*上司小剣、*吉田絃二郎、*室生犀星、*久米正雄など著名作家が少女小説を、*西條八十、浜田広介、*河井酔茗などが少女詩を掲載した。二三年に初登場した*吉屋信子は、*『紅雀』『桜貝』*『わすれなぐさ』『小さき花々』など三〇年にわたって健筆を揮った。続いて*横山美智子、岩下恵美子、

*由利聖子、*上田エルザ、*大佛次郎、*サトウ・ハチロー、*吉川英治、*山中峯太郎、*田村泰次郎、*島本志津夫、*芹沢光治良、佐藤春夫、丹羽文雄、船橋聖一、*井伏鱒二らが連載を担当。*川端康成も、三七年*『乙女の港』連載を皮切りに『花日記』*『美しい旅』などを連載した。三八年から*林芙美子が、四二年から壺井栄が度々執筆するようになるが、プロレタリア作家宮本（*中條）百合子の三九年一二月号・四一年二月号執筆は、翼賛体制に抗していて興味深い。村岡花子は、三五年頃からエッセイを発表、長年にわたり書評欄も執筆した。少女漫画の先駆けに、松本かつぢ『くるくるクルミちゃん』（三八〜四〇年）があるが、戦後は、長谷川町子や手塚治虫が漫画を連載している。

読者と編集部、読者同士の交流の場としての「友ちゃん会」を二〇年に設立、全国各地で開催していたが、五二年には「『少女の友』創刊四十五周年記念大会」を日比谷公会堂で開き、二〇〇〇名を超える参加者があったという。四一年に第二回児童文化賞（雑誌部門）を日本文化協会から受賞。四二年には、戦時の出版企業整備で、『少女画報』を合併した。二〇〇九年三月、「一号だけの復活号」として、創刊「一〇〇周年記念号」が刊行された。『少女の友』略年譜は、とりわけ有益である。（岩淵）

姉妹《しまい》　一九〇九（明42）年六月〜一〇（明43）年八月（推定）。月刊。国学院大学出版部より、『兄弟』と同時に発行された。編集主任は藤沢衛彦。小学校上級から女学校低学年の女子を読者対象とし、作文の手本としての活用を勧めたり、東京各区の小学校の校訓を集めて掲載したりするなど、教育的配慮のゆきとどいた上品な雑誌となっている。会費半年六〇銭の姉妹会があり、巻末には「姉妹通信」がつけられ、読者同士の交流も持たれている。表紙、口絵、挿絵などを宮崎与平らが担当し、執筆者は藤沢のほか、海賀変哲、*水野葉舟、*国木田治子、窪田空穂など。一九一〇年には『兄弟』と合併し、『兄弟姉妹』となり兄弟姉妹社より発行されている。（川原塚）

少女《しょうじょ》　一九〇九（明42）年九月〜一二（明45）年七月、全三五冊。月刊。女子文壇社発行。菊判、一冊一〇銭。*溝口白羊主筆、*河井酔茗、一色醒川編集。女子の文芸教育に力を入れ、泉鏡花「吉祥果」（一巻一号）、小川未明「赤い花」（二巻七号）を筆頭に、*与謝野晶子、*室生犀星などの作品を掲載。同時に*西崎花世（長曾我部菊子）、*永代美知代、平塚白百合等の『女子文壇』系の書き手を多く用い、投稿欄「少女文壇」の佳作も本編に採用した。後には欄自体を解消して混合型の誌面構成にするが、かえって『女子文壇』との差がなくなり、少女雑誌としての存在意義を喪失。一九一二年八月から『お伽世界』と改題されて終刊する。（高橋）

少女画報《しょうじょがほう》

一九一二（明45）年一月〜四二（昭17）年二月。推定三六〇冊程度。月刊。東京社発行。一冊一五〜六〇銭。独歩社の編集者だった鷹見久太郎（思水）が、その破産後興した東京社から『婦人画報』の姉妹誌として創刊。当初から誌面を「画報」欄と「読物」欄に分け、グラフ雑誌としての性格を打ち出す。初期には倉橋惣三ら教育者を顧問に、*三宅花圃・*与謝野晶子・*尾島菊子等の大家を揃えた他、*押川春浪や*三木春影の名前も並ぶ。四年目以降和田古江が編集長となり、自らも筆を執りつつ*田村俊子や*野上彌生子の作品を掲載、一九一六年には*吉屋信子の持込み原稿を採用し*「花物語」の連載を開始。この成功により*伊澤みゆきらの小品が受け持っていた抒情路線が拡大し、一九年に*水谷まさるが編集に加わると、*西條八十・*葛原滋・*加藤まさをらによる詩や小説がそれに拍車をかけた。挿絵も初期の竹久夢二から蕗谷虹児、高畠華宵へと展開、大正後半からは映画や宝塚、女子スポーツ等のヴィジュアル記事によって娯楽性を増し、最盛期には十数万部の発行部数を誇った。この勢いは昭和初期まで続き、*加藤武雄*「君よ知るや南の国」（一九三五）、*横山美智子「桜咲く国の乙女」（一九三八）などを送り出すが、一九年に発行所が新泉社に変わった後は時局の悪化と共に徐々に精彩を失い、四二年三月戦時下の雑誌統制により『少女の友』に統合されて終わる。（高橋）

少女《しょうじょ》

一九一三（大2）年一月〜終刊不明。一九二四年九月号まで確認でき、それが第一四六号。月刊。時事新報社発行。編集主任は安倍季雄。営利目的ではなく、「健全にして純潔なる理想的の少女雑誌」を提供するという姿勢で、良妻賢母を意識した内容になっている。画家に岡本帰一ら。執筆者には*松美佐雄、*大井冷光、新島栄子、吉野妙子などがいる。同社からは雑誌『少年』が発行されており、そこから移行してきた読者も多い。第一回愛読者大会には二〇〇〇人が集まり、帝国劇場で愛読者音楽会を開くなど、活発な読者交流が行われている。また、全国高等女学校長談や、各女学校の入試問題を掲載するなどの工夫もみられる。（川原塚）

新少女《しんしょうじょ》

一九一五（大4）年四月〜一九（大8）年一二月、全五七冊。一九二〇年一月より『まなびの友』と改題、二一年一二月終刊、二四冊。月刊。婦人之友社発行。『子供之友』と姉妹誌。A5判、一冊一〇〜二〇銭。発行人羽仁吉一、主幹羽仁もと子、編集長*河井酔茗、編集は島本久恵・野辺地天馬など。表紙絵は、竹久夢二・佐々木林風など。執筆者は、*与謝野晶子・*山田邦子・*秋田雨雀・*素木しづ・阿部磯雄・窪田空穂・村山知義・五来素川など多数。羽仁もと子は「新少女伝」「質問に答ふ」などを、晶子も創刊時から『私の生い立ち』「婦人百人一首」などを連載している。二年目から「運動号」「少女立志号」「勉強上手号」「少女活発号」などの特集を組み、大正デモクラシーを背景に、少女の自由で豊かな育成をめざした。（岩淵）

少女号《しょうじょごう》 一九一六（大5）年一二月～二八（昭3）年三月、全一三六冊。一九二六（大15）年二月号までは小学新報社、三月号以降は新報社発行。対象読者層は、尋常小学校中・高学年の女子児童とみられるが、巻末には二学年から六学年まで学年別に習字の課題が示されており、一年生は含まないという微妙な線引があったとも思われる。冒険小説・マンガ・探偵小説・お伽話・翻訳物語など掲載作品は幅広いジャンルにわたる。「通信」欄が存在し、編集部と読者、あるいは読者同士のサークル的交流やつながりが確認できるほか、作文や習字の投稿欄は学習成果の切磋琢磨の場ともなっており、いずれも読者の積極的な参加が確認される。唱歌の楽譜も掲載。カラー印刷で美しい絵が随所にちりばめられ、読者層の年齢にしては大人びたファッション画などもみられる。執筆陣の中に三カ島葭子・*林芙美子らの名前がある。（小林）

小学少女《しょうがくしょうじょ》 一九一九（大8）年五月～二八（昭3）年三月、全一〇七冊。月刊。研究社発行。記事にはぬり絵・クイズ・笑い話のほか、「ローマ字のおけいこ」「皆様の綴り方」「こども芝居台本」などもあり、口絵写真には、同年代の児童の夕涼み・水遊びといった暮らしのひとこまにキャプションを施したようなものや、皇族妃殿下の記念写真も掲載されている。総じて教育書あるいは大人の介在を想定した学習補助教材雑誌といった趣が感じられる。内容からは小学校低学年女子対象とも思われるが、投稿者の年齢には一一、二歳と高学年層の少女も含まれる。毎号竹久夢二が童謡や絵を載せているほか、一木惇や遠山陽子、清水勘一らも表紙をはじめ各頁を愛らしい絵で彩り、季節感あふれる楽しい一冊になっている。執筆陣には、*三宅やす子・三木露風・茅野雅子らの名もみられる。（小林）

小学女生《しょうがくじょせい》 一九一九（大8）年一〇月～二三（大12）年一〇月、全四九冊。月刊。実業之日本社発行。一九一九年一〇月に、『小学男生』とともに創刊された。幼稚園と小学校低学年対象の『幼年の友』と、小学校上級生ならびに中学低学年対象の『日本少年』『少女の友』の、中間に位置する小学校三、四年生を対象読者にし、編集された。本文六八頁の大半が二色刷で、創刊号の表紙絵は新井勝利、主筆は原達平（『婦人世界』編集長）だった（『実業之日本社七十年史』）。童話では、茅野雅子、江口千代子、片山伸、島崎藤村、*西條八十、野口雨情、浜田広介らが執筆。（沼田）

女学生《じょがくせい》　一九二〇（大9）年五月～二二（大11）年八月、全二八冊（推定）。月刊。研究社発行。同社の『中学生』の姉妹誌。A5判。一冊三五銭。編集兼発行人は、小酒井五一郎。「高等女学校程度の諸嬢、及び小学上級の諸嬢」を対象とした「典麗絢爛たる新女学雑誌」。内容は、「長詩」「短歌」「童謡」「少女絵物語」「世界少女めぐり」「女学校スケッチ」ほか多岐にわたる。特に誌友欄「皆さんのお室」では、「女学生倶楽部」と題し、女学校の日常や相談への投稿を促した。執筆者は、相馬御風、三木露風、*西條八十、秀しげ子、*水野葉舟ら多数。少女小説としては、中條百合子「いとこ同士」や*小寺菊子「十六の頃」、米澤順子「未だ見ぬ嫂」などがある。従来の子供雑誌と婦人雑誌の読者とは異なる、その中間層の需要に応え、少女たちに女学校や女学生をめぐる様々な情報を与えると同時に、書く場を広く提供した。（橋本）

少女の花《しょうじょのはな》　一九二二（大11）年四月～二五（大14）年九月、全三七冊。日本飛行研究会編集、正光社発行。執筆者は、上司小剣、木村小船、川路柳虹、高村逸枝（「少女小説哀話　お松の一生」）など。少女小説の他に、童話や短歌、少女詩、女学校哀話、冒険小説、探偵小説などを掲載し、当時の一般的な少女雑誌の内容になっている。一九二三年四月号は「新学期学校便り号」で女学校の特集があり、山中千代子「都下女学校の校服調べ」で、跡見女学校、成蹊高等女学校など、一二校の制服や運動服が写真入りで紹介され、女学生への読者の興味を感じさせる。（沼田）

令女界《れいじょかい》　一九二二（大11）年四月～五〇（昭25）年九月（ただし四四年五月～四六年三月まで休刊）。推定三二〇冊程度。宝文館発行。女学生向け文芸雑誌。創刊時は広く少女に向けたものだったが、しだいに対象年齢をあげていき、大正末期頃には女学校卒業前後の若い女性を読者とした。少女雑誌と婦人雑誌の中間に位置する。「美しい雑誌」を標語に掲げ、創刊時の企画から関わったという蕗谷虹児の表紙や口絵はもちろんのこと、岩田専太郎、*加藤まさを、竹久夢二等による口絵、挿絵などをふんだんに盛り込み、華やかかつモダンな誌面で多くの読者を魅了した。創刊当初の中心的な編集者は藤村耕一で、のちに北村秀雄や花村奨が担当した。*吉屋信子、*北川千代、*片岡鉄兵、*龍胆寺雄、*西條八十、*林芙美子、水谷まさるなど多くの作家が詩や小説、随筆、童謡等を寄せ、都会的な趣を醸した。また恋愛をテーマにした小説も多かったため（これらは「令女小説」ともよばれた）、購読を禁止する女学校もあった（『少年小説大系第24巻』三一書房、一九九三）。読者からは創作を含むたくさんの投書が寄せられ、投書家の一人であった*城夏子はのちに編集部員となり、少女小説執筆の傍ら編集作業も手がけるようになる。しかし投書の多くは頁数の都合で没にせざるを得なかったため、その解決策として、姉妹誌『若草』が読者文芸欄を前面に押し出すかたちで創刊された（高橋輝次『ぼくの古本探検記』大散歩通信社、二〇一一）。『若草』は一九二五年一〇月から五〇年二月まで刊行された。（中谷）

少女倶楽部《しょうじょくらぶ》

一九二三（大12）年一月～六二（昭37）年一二月、全五〇四冊。一九四六年四月『少女クラブ』に表記変更。月刊。大日本雄弁会（のち大日本雄弁会講談社、講談社へと改称）発行。『少年倶楽部』と兄妹誌。一冊四〇～六〇銭、戦後は物価上昇に伴い値上げを重ね、最高一七〇円。歴代編集長は宇田川鈞、高木三吉、鈴木松雄、丸山昭等。表紙絵は多田北烏（一八九六～一九四八）の他、柿内青葉、鏑木清方、太田三郎、小磯良平等。

尋常小学校高学年から高等女学校低学年の十代前半の女子を対象とし、編集方針「おもしろくてためになる」のもと、少女小説を主軸とし、充実した読者投稿欄の他、女学校案内や勉強法等教育的な記事も配した誌面構成で、一九二〇～三〇年代に圧倒的な支持を受けた（最高部数は三七年新年号の四九万二〇〇〇部）。

掲載された主な少女小説は以下の通り。*吉屋信子「あの道この道」「毱子」、*菊池寛*「心の王冠」、*佐藤紅緑*「あの山越えて」*「夾竹桃の花咲けば」、*佐々木邦*「全権先生」、*横山美智子「明けゆく空」、*北川千代「春やいづこ」、*細川武子*「乙女の国」、*北条誠*「花は清らに」、*高垣眸*「大陸の若鷹」*「黒潮の唄」、*山中峯太郎*「万国の王城」*「第九の王冠」*「黒星博士」、*吉川英治*「ひよどり草紙」、*川端康成「学校の花」、*陸奥速男（サトウ・ハチロー）*「あべこべ玉」、*西條八十*「流れ星の歌」、*海野十三*「美しき若蜂隊」、*千葉省三*「陸奥の嵐」。「波瀾万丈」「忍耐努力」「大団円」を基調とし、ダイナミックで娯楽性に富む、しかしそれ故に通俗性も有する傾向があった。また、挿絵を重視した点も特徴の一つ。挿絵画家には高畠華宵、蕗谷虹路、竹久夢二、田中良、佐藤五百枝、須藤しげる等。

　戦時中は国策追従を強めていき、「軍事美談特別号」（一九三二・六）、「皇軍万歳銃後の護号」（一九三八・二）等の特集号、西條八十「物語詩　守ってください満州を」（一九三二・九）、海野十三「愛国小説　防空戦線」（一九三七・九）等の掲載、四〇年代には表紙にも「国民挙って国策協力」等の標語掲載がなされ、戦時雑誌統合令の中でも『少年倶楽部』『少女の友』とともに発行され続けた。戦後は誌面を一新、西洋文学・文化紹介も積極的に行うが、五〇年代には手塚治虫「リボンの騎士」等の漫画が少女小説に代わって誌面の中心となり、少女スターの記事掲載や豪華付録等、娯楽雑誌の傾向が一層強まる。それに合わせ、A５判からB５判へと大型化、表紙も少女モデルのグラビアに切り替わったが、『週刊少女フレンド』にリニューアルされることになり、終刊を迎えた。（鈴木美）

五六年小學女生の友《ごろくねんしょうがくじょせいのとも》　少女の國《しょうじょのくに》　一九二六（大15）年一月〜終刊不明。推定一九二七年一二月号まで全二四冊。一九二七（昭２）年一二月号までのうち一一冊確認。月刊。成海堂、二六年四月より少女の國社発行。A５判、一冊四〇〜五〇銭。発行人原田繁一、編集長平方豊のち原田繁一。表紙絵は高畠華宵。口絵・挿絵は岩田専太郎他。執筆者は、*横山美智子、*加藤まさを、*百田宗治、*竹久夢二、*岡田八千代、平林たい子等多数。当初は少女小説・童謡・少女詩等の文芸欄を中心に、東京女高師小訓導による学習欄、読者投稿欄を配し、従来の少女雑誌を踏襲した構成をとっていたが、タイトルを『少女の國』とし、第三号以降、文芸と画に特化した誌面へとリニューアルして対象を小学校高学年以上に広げ、抒情に満ちた世界を発信した。（鈴木美）

それいゆ《それいゆ》　一九四六（昭21）年八月〜六〇（昭35）年八月、全六三冊。季刊だったが一九五六年八月の三九号から隔月刊に。ひまわり社（五号までヒマワリ社）発行。一冊二五〜一九〇円。中原淳一編集。戦後の焼跡に女性の夢や希望を甦らせようと創刊された日本初のスタイルブック。当初、誌名は仏語で向日葵を意味する『Soleil』『ソレイユ』とも表記。ファッションだけでなく生活・芸能・文学・音楽などの様々な話題を盛りこみ、戦後の女性文化をリードした。短編小説も度々掲載され、その執筆者は*芝木好子・*中里恒子・永井龍男・耕治人・*田村泰次郎・*沢野久雄・石井桃子・三浦哲郎など多彩だった。臨時増刊からはより若い十代向けの姉妹誌*『ジュニアそれいゆ』も誕生している。（武内）

ひまわり《ひまわり》　一九四七（昭22）年一月〜五二（昭

27）年一二月、合併号を含め全六七冊。月刊。ヒマワリ社（後ひまわり社に改名）発行。季刊『それいゆ』と姉妹誌。創刊時はB５判、一冊一五円（その後サイズはやや小さくなり、終刊時の価格は九〇円）。発行人・編集長は中原淳一。対象年齢は十代の少女。中原は、「美しくて、賢くて、優しくて、ものを考えることの出来る女性であってほしいと思って、『それいゆ』は生まれたのですが、そんな女性を作るためには、それにふさわしい少女のための雑誌がなくてはならないと思ったのです」（『中原淳一エッセイ画集　しあわせの花束』平凡社、二〇〇〇）と、創刊目的を説明している。表紙絵を中原が、挿絵を中原のほか玉井徳太郎・高井貞二・蕗谷虹児などが担当。戦後少女雑誌の原点となった。執筆者は、*川端康成・*深尾須磨子・*大田洋子・内村直也・川上喜久子・*北畠八穂・村岡花子（翻訳）など多数。川端は、*「歌劇学校」*「万葉姉妹」*「花と小鈴」などを、大田は「ホテル白孔雀」、内村は「あざみの抗議」、川上は「虹を描く少女」、北畠は「ささやかな滴も」、村岡はバーネットの翻訳「秘密の花園」などを執筆している。敗戦後の物資が乏しい時代、粗末な紙質の薄い雑誌だったが、文学・音楽・美術、実践的な身だしなみ・マナーを中原が美しいイラストで紹介。多彩な書き手が、戦後を生きる少女たちの夢や希望を育んだ。（矢澤）

少女《しょうじょ》　一九四九（昭24）年二月～六三（昭38）年三月、全一八六冊。月刊。光文社発行。「おしゃれ手芸セット」「おしゃれ下じき」などの付録付き。人気少女タレント・松島トモ子が表紙の多くを飾り、『松島トモ子増刊号』（一九五八年二月号）が発行されるなど、少女小説より芸能グラフィックや少女漫画の比重が大きく、「写真小説」や「絵物語」が話題を呼んだ。少女小説では、*西條八十*「探偵少女小説謎の紅ばら荘」、*白藤茂*「月の夜星の夜」、*橋田寿賀子*「くるみちゃんはもう泣かない」などがある他、*吉屋信子・*サトウ・ハチローなどが執筆。漫画では倉金章介の「あんみつ姫」や長谷川町子の「仲よし手帖」などが人気を集めた。（矢澤）

少女ロマンス《しょうじょろまんす》　一九四九（昭24）年七月～五一（昭26）年八月、全二六冊。明々社（のち少年画報社）発行。少女向け月刊誌。*北条誠、*西條八十、*大庭さち子、*露木陽子、新川和江、紅ユリ子などが作品を執筆し、池田かずお、上田とし子、深草みどり、*加藤まさを等が口絵、挿絵を描いた。読者欄は中村メイコが担当し、彼女を主役とする漫画「メイコ朗らか日記」（上田とし子）も連載されている。なお日本ビクター文芸部との提携で「お好み投票抒情歌募集大運動」と題した新しい抒情歌を作る運動が告知されており、ビクターと関わりの深かった西條八十の関与も考えられる。また付録やグラビアなどで歌劇スターを頻繁に取り上げた。

（中谷）

女学生の友《じょがくせいのとも》

一九五〇（昭25）年四月〜七七（昭52）年一二月（二八巻一〇号）。推定三六〇冊程度。一年に一二〜一六号。月刊。小学館発行。A5判。初期の中心は、西條八十、*芹沢光治良、*横山美智子、*吉屋信子らの小説で、村岡花子、*北畠八穂らの翻訳小説も人気を博し、三好達治や山村暮鳥の詩も掲載。付録には、「必修英単語カード」等、女子中学生の学習に資するものが多く、本誌にも「学習ページ」「教養ページ」が設けられ、女学生の教養の涵養を柱とする編集方針がうかがえる。しかし、一九六〇年頃より、付録の二大定番が別冊長編小説と、「スタイルブック」にかわり、本誌では、男性アイドルのグラビア特集が増加。他方、性教育特集が組まれる等、対象年齢の引き上げがはかられた。六五年には、タイトルがローマ字併記となり、編集後記に「『女学生の友』はジュニアの皆様の最高のアクセサリー」とあるように、小説中心の教養雑誌としての性格は薄れ、娯楽芸能重視のジュニア情報誌にシフト。この時期より、*佐伯千秋「赤い十字路」等、「ジュニア小説」と銘打たれた小説の掲載を開始。ジュニア小説が全盛期を迎えるなか、六六年、集英社から『小説ジュニア』が創刊されたのと時期を同じくして、ジュニア小説専門誌『別冊女学生の友』が本誌から独立、翌年には『ジュニア文芸』と改題された。女子中学生をおもな読者として創刊された『女学生の友』は、戦後ベビーブーム世代の成長に伴う少女雑誌の低迷と、相次ぐ廃刊のさなか、ファッション、アイドル、男女交際に力点を置きつつ、実用記事、ジュニア小説、マンガ等、多彩な情報を扱う総合雑誌としての路線を鮮明に打ち出すことで生き残りをはかる。七四年、『Jotomo』への誌名変更に前後して、誌面の中心は男性アイドルのグラビア、男女アイドルや宝塚スターのインタビュー、立原あゆみ、みつはしちかこらの青春マンガとなり、教養誌としての側面は一掃される。少女マンガ勃興期も、藤井千秋、藤田ミラノら人気挿絵画家を擁し、平均六編を維持してきた小説の連載は減少し、末期には、コミック誌に変貌。七七年一二月をもって終刊となるが、翌月に創刊された後継誌『プチセブン』には、副題として「女学生の友」の名が残された。明治大正期創刊の『少女倶楽部』『少女の友』や、戦後創刊の『少女』等、少女雑誌の代表格が、いずれも一九六〇年代前半までに終刊に至ったのに対し、本誌は

時流に乗った改変を重ね、長く命脈をつなぎ得たほとんど唯一の存在と言える。（渡部麻）

少女サロン《しょうじょさろん》　一九五〇（昭25）年六月～五五（昭30）年七月、全六三冊。月刊。偕成社発行。A5判、一冊六五～一二八円。発行人今村源三郎、編集長岡田安郎のち高森三夫。表紙絵は花房英樹・門脇卓一。口絵・挿絵は蕗谷虹児他。執筆者は*壇一雄、*横山美智子、*水島あやめ、*柴田錬三郎、高木彬光等多数。*円地文子は「あの星この花」「白百合の塔」を連載。文芸読物を中心に、国内外の社会動向紹介等充実した教養欄、芸能・漫画欄や付録・懸賞品も配し、最盛期には一五万五千部を発行。しかし、漫画雑誌の台頭や各社少女雑誌の視覚化を背景に部数が減少。表紙のグラビア化ののち、一九五五年八月号ではB5判に変更、芸能欄やグラビアも拡大されたがその号を以て廃刊となった。（鈴木美）

少女ブック《しょうじょぶっく》　一九五一（昭26）年九月～六三（昭38）年五月（一二巻六号）。推定一六五冊程度。一年に一二～一五号。月刊。集英社発行。B5判。後継誌『マーガレット』。同時期、集英社の児童雑誌に、小学一～三年向けの『幼年ブック』があり、これを卒業した少年向けに『おもしろブック』が、少女向けに本誌が発行されていた。絵入小説、マンガ、グラビアをおもなコンテンツとする。創刊当初はやや小説に比重が置かれていたが、終刊間近には、コミック誌に変貌。小説では、*大林清、北条誠、*吉屋信子、*西條八十、*佐伯千秋らの活躍が目立つが、*菊池寛、*川端康成などの名前も見られる。マンガでは上田とし子、早見利一、野呂新平、手塚治虫、わたなべまさこらが活躍。（渡部麻）

ジュニアそれいゆ《じゅにあそれいゆ》　一九五四（昭29）年七月～六〇（昭35）年一〇月、全三八冊（六〇年一〇月号奥付の「No.39」は誤り）、臨時増刊号一冊。ひまわり社発行。創刊号から五六年四月号までは季刊誌、五六年五月号から六〇年一月号までは隔月刊誌、六〇年四月号より月刊誌となる。B12取判。一九五二年に同社発行の少女向け月刊誌『ひまわり』が終刊した後、『それいゆ』臨時増刊ジュニア号を二冊刊行、同誌が好評を博したことから『ジュニアそれいゆ』を創刊。当初は中原淳一が表紙絵を手がけていたが、五九年七月に中原が心臓発作で倒れたため、同年九月号より内藤瑠根に交代。公募した「ジュニアの短編小説」を含む小説欄や美術欄、手芸欄のほか、流行の服の着こなし方や作り方を紹介する服飾記事が多く、ファッション誌としての性格も有していた。巻頭のスタイル画「それいゆジュニアぱたーん」を中原が手がけた他、服飾デザイナーの水野正夫やドレスメーカー女学院創設者の杉野芳子などが服飾記事を手がけた。中原蒼二監修『ジュニアそれいゆ　復刻版　別冊』（国書刊行会、一九八六・一二）に総目次等がある。（倉田）

小説ジュニア《しょうせつじゅにあ》　一九六六（昭41）年四月～八二（昭57）年六月、全二〇四冊。高校生くらいの十代の女性層を対象に季刊誌として創刊、第一巻第三号より月刊。集英社発行。『別冊小説ジュニア』もある。一冊一二〇～二九〇円。一九八二年八月号より誌名を*『Cobalt』に改め、廃刊となる。掲載小説は当初コバルト・ブックスとして単行本化、七六年からは集英社文庫コバルトとして文庫化されるようになり、多くの人気作家を生み出す。執筆者は、創刊号で長編*「制服の胸のここには」を掲載した*富島健夫をはじめ、*佐伯千秋・*吉田とし・*三木澄子・*川上宗薫・*三島正・*平岩弓枝・*諸星澄子など多数。一時少女の性やエロスを描く傾向を強くし、社会問題にもなった。第一巻第三号からは、姉妹誌『女性明星』の廃刊により同誌連載の平岩弓枝「アキとマキの愛の交換日記」、佐藤愛子「こちら2年A組」、富島健夫「ちぎれ雲の歌」の三作が一時加わる。また、七〇年代後半ごろには、同誌の小説ジュニア青春小説新人賞への投稿者の中から、のちに『Cobalt』を担う*氷室冴子・*久美沙織・*正本ノン・*田中雅美といった若手女性作家もデビューし、執筆者となる。彼女たちはより読者に近い等身大の少女の姿を瑞々しく描き出し、新しい少女小説の息吹をもたらした。小説以外に詩や漫画なども掲載。一年遅れで創刊された*『ジュニア文芸』（小学館）とともに六〇年代ジュニア小説ブームを牽引した。（武内）

Cobalt《こばると》　一九八二（昭57）年夏号～。集英社発行。一九八二年六月で終刊となった『小説ジュニア』の後続誌として創刊された、十代の少女を主な読者層とする少女小説専門誌。創刊号から八九年五月号までは季刊誌、八九年八月号より隔月刊誌となる。B5判、二〇〇八年九月号よりA5判。初期『Cobalt』は、七〇年代後半に『小説ジュニア』の青春小説新人賞にてデビューした作家たち、*氷室冴子、*新井素子、*正本ノン、*久美沙織、*田中雅美などによって牽引された。『Cobalt』も創刊号から新人賞（コバルト・ノベル大賞、後、ノベル大賞）を募ることで若手の発掘に力を入れてきた。とくに九〇年代までの新人賞募集には、新人輩出のためだけでなく「小説を書くことの楽しさ、創作することの喜びを広く若いかたちにも味わっていただきたい」とあり、読者と共に誌面を作る方針が打ち出されている。

氷室の*〈なんて素敵にジャパネスク・シリーズ〉と久

美の*〈丘の家のミッキー・シリーズ〉のヒットにより、少女小説ブームが到来。その後、コバルト・ノベル大賞（現ノベル大賞）は、*竹内志麻子（岩井志麻子）、*唯川恵、*藤本ひとみ、*山本文緒、*彩河杏（角田光代）など後に一般文芸で活躍する作家や、*前田珠子、*若木未生、*桑原水菜、*今野緒雪などの人気作家を輩出。これらの若手の活躍により、八〇年代には学園ラブコメディやミステリー、九〇年代にはファンタジー、二〇〇〇年代にはボーイズラブと、常に時代のモードと呼応しながら少女小説の世界を牽引してきた。また、二〇〇〇年代における今野の*〈マリア様がみてるシリーズ〉や*谷瑞恵*〈伯爵と妖精シリーズ〉の「ライトノベル」としての受容とメディア・ミックス展開により、『Cobalt』の読者層が多様化したと目されている。

（倉田）

宗教《しゅうきょう》　少女小説と聞いて連想される宗教といえば、やはりミッション系キリスト教だろう。寄宿舎、聖堂、マリア像、賛美歌、聖書、ロザリオ。それらの中で乙女たちが奏でるエス的友情。確かにそういったイメージは*『花物語』以来少女小説の一パターンとなり、*『乙女の港』などの名作も生んでいる。しかし近代少女へのキリスト教の影響はそうした表層的なイメージだけでなく、存在形成の根本に関わっている。

明治の初めに英米の宣教師たちが近代的女子教育を始めて以来、ミッションスクールは女学生風俗の定番となり、薔薇や百合をあしらった聖女のイメージが少女雑誌の誌面を飾ると共に、新たな少女規範に用いられた〝愛〟という言葉が無垢や献身、純潔等の価値観を広めた。勿論それらは正当な教義ではなく、最終的には少女を制度に回収する目的でデフォルメされたものではあったが、物堅い良妻賢母主義に代わるアイデンティティを求めた少女たちにとっては、華やかな魅力に満ちて積極的な内面化を誘うものでもあった。少女小説でも、*若松賤子らの翻訳家庭小説の受容なども相まって、次第に作中に〝神様〟〝天使〟などの言葉が使われるようになり、やがて明治の和洋折衷、玉石混淆の教育を通してリテラシーを身に着けた少女たちが書き手となった時、少女小説独特のキリスト教的イメージが大々的に花開く。『花物語』の登場は、近代化という複雑な時流を背景に、キリスト教とそれをベースにした西欧文化が在来文化やその他のものとキメラ状に入り混じり、溶解され、少女表象の隅々まで浸透した結果なのだ。

とすると、少女小説の本質にとって、より重要な『花物語』の宗教性とは、すぐにエキゾティズムや無国籍性に変換され、安易な表現様式として消費されてしまったキリスト教的ディテールではなく、全編に溢れる少女たちの同情や共感にあるだろう。感傷過多と誹られようと、それは明治の女学生だった*吉屋信子が自ら消化した〝愛〟の形である。そして現代でもその感情の在り方は、*『クララ白書』や*〈マリア様がみてるシリーズ〉などの正統派だけでなく、川原泉のマンガ『笑う大天使《ミカエル》』のようなパロディにさえ、少女間の連帯として揺るぎ無く受け継がれている。宗教を特定の教義ではなく一つの世界観と捉えるなら、社会的に最も弱い立場にあるからこそ形象化できるこのアナーキーな〝愛〟こそが、少女小説の宗教なのではないだろうか。（高橋）

家族《かぞく》　少女小説で表出されている〝家族〟は、一九世紀の終わりから二一世紀初頭までの、とくに二〇世紀の「家族の世紀」といわれた時代の近代家族である。

一九世紀末に始まった日本の近代天皇制国家は一八八九年に帝国民法を、九八年には明治民法を公布した。そして「家制度」を設定したが、一夫一婦制とはいえ、夫婦ではなく親子中心の家族関係を構成する家父長制社会であり、近代国民国家に適合的に形成された家族モデルであった。良妻賢母規範も明治という近代国家を担う女子教育として制度化されたもので、性別役割分業からなる近代社会の形成にとって不可欠なもの、近代家族の成立と不可分なものであった。

そのような家族も、新しい女の時代の『青鞜』運動以降、大正デモクラシーや第一次世界大戦前後から、良妻賢母教育も再編成され近代家族の内実も変化が始まる。第二次世界大戦後の新憲法下では男女平等が提唱され女性も選挙権を獲得、民法の改正など戦後民主主義制度に切り替わった。しかし、内実は家父長制が残存し、性別役割と良妻賢母の規範からなる近代家族は新しい民主的な装いのもとに続行する。ところが一九七〇年代から八〇年代にかけてのウーマンリブからフェミニズム運動への展開は、女性の動向に大きな変化をもたらし、近代家族にも地殻変動をもたらす。シングルマザー家族やポストファミリーが現出。九〇年代は家族崩壊に陥るなど典型的な近代家族は終焉に立ち至り、現代は多様な家族の形態が模索されている。

大家族から核家族へと移行してきた家族は、いまや単身家族、母子・父子家族、「崩壊する家族、危機のなかの家族、漂流する家族、逆噴射家族」、さらに「個人化する家族、ホテル家族、薄家族、孤食家族」へと、無家族化の時代に立ち至っている（金井淑子『依存と自立の倫理』ナカニシヤ出版、二〇一一）。

少女小説にも、明治以降は養子を得てまで家や家族を存続させようとし、敗戦後は一家離散や孤児になっても必死に捜そうとする家族の深い絆が見て取れる。だが、現代に近づくにつれて家族への関心が希薄になり、学園ものやSF、ファンタジー的な世界へと変更していくが、前記した家族現象と対応しているのではなかろうか。

（長谷川）

女学校《じょがっこう》教育《きょういく》

女学校が女子の中等教育の正式名称となるのは、一八九九（明32）年の高等女学校令からである。男子の旧制中学校に対応する形で、「女子ニ須要《しゅよう》ナル高等普通教育」を行う中等教育機関として制度化された。それまで女子の尋常小学校への就学率はまだ六〇パーセントほどであったが、高等女学校令によって各道府県に最低一校の高等女学校設置が義務づけられ、女子の進学率は大きく伸びることになる。

女子教育の重要性が叫ばれるようになるのは、近代国家として遅れていた日本が欧米諸国に追いつくためには近代国民を養育する賢母が必要不可欠であり、国益と不可分と認識され始めたからに他ならない。江戸時代には慮られなかった母役割を果たし、単なる従順さだけではなく、「男は仕事、女は家庭」という近代性別役割分業観に則り、家事労働を充分にこなし、家政を管理することのできる女性を良妻とする良妻賢母思想が女子教育の根幹となる。しかし、良妻賢母のための女学校教育は、教育内容に大きな限定を齎す。同じ中等教育機関でありながら中学校は五年制であるのに対し、高等女学校のほとんどは四年制であった。教育内容も一九〇一（明34）年のカリキュラムによると、中学校に比べ、漢文、博物、物理及化学、法制及経済が学科目として存在せず、数学や外国語の授業時間数は中学校の半分以下で、その分、修身、家事、裁縫、音楽が当てられていた。このように中学校に比して教育内容・程度は低くかったが、従来の女子教育より程度の高い普通教育が実施されたといえる。

こうした良妻賢母教育の内実が、現実の女学校教育のなかで国家・社会の変化に応じて変容してゆく過程については、小山静子『良妻賢母という規範』（勁草書房、一九九一）が詳しい。女子教育の基本となる修身の教科書の内容は、高等女学校教授要目によって規定されており、それは〇三（明36）年に公布され、一一（明44）年に改正される。また、高等女学校令は二〇（大9）年に改正され、さらに三二（昭7）年には高等女学校令施行規則改正が出され、それらに従い、修身の内実が変容してゆく。すなわち、一一年までは、家事・育児が国家・社会の基礎であることを自覚しつつ、妻・母・嫁役割を遂行し、万一の場合に備えて職業能力をも培っている女性をめざさせた。次に、二〇年までには、第一次世界大戦下の欧米女性の活動の影響を受け、女性に何らかの形で生産労働に参加させようとする傾向が出てくるだけでなく、柔和さ、優しさなどという「女らしさ」を社会に向けて発揮することを求めるようになる。さらに、戦時下の三二年まででは、出兵する男の代わりに国家が女の能力活用を必要とするようになったため、職業従事を積極的に奨励するようになり、職業においても「女らしさ」を発揮することを求めていく。このように良妻賢母教育は、妻・母としての性別役割をそのままに残して女性に二重労働を課すようになり、さらには職業のなかにも性役割を持ち込ませ、女性を新たな抑圧状況に組み込ませることになったといわれている。

女学校教育は第二次世界大戦終結とともに終りを迎え、

女性も男性と同一の教育を受けるようになった。しかし、性別役割分業を基軸とする良妻賢母思想は、今なお女性たちを深く絡め取っているのではないだろうか。（岩淵）

エス《えす》　若い女性が少し年上の女性に対し、恋愛に近い感情を持つこと、もしくはその関係を、「sister」の頭文字から「エス」と称した。「エス」の関係は二人だけの特別な関係でなくてはならず、持ち物や髪型をお揃いにしたり、手紙の交換をしたりといった交流を持つ。ことに「手紙」でのコミュニケーションは重要度が高く、便箋・封筒の紙質や柄、模様にもさまざまな思いが込められるので、あちこちの店で美しいレターセットを探し求める女学生の姿は、風俗の一つとして記録されている。

「エス」の関係は、どちらかが目上もしくは庇護者でなければならないという点で「親友」とは異なる関係を指し、多くは上級生と下級生、場合によっては女教師と女学生という組み合わせもあった。下級生が上級生に憧れを抱いて接近、というかたちばかりでなく、上級生が何も知らない下級生を優しく導く、というパターンもある。ただしこれらの庇護関係は、当時の夫婦関係のような上下差の存在を意味するものではない。「このような対等でプラトニックな友愛は、近い将来、家庭に入り良妻賢母として献身しなければならない当時の女学生たちにとって、一時のまばゆい夢の領域だった」（武内佳代「S（エス）」菅聡子編『〈少女小説〉ワンダーランド　明治から平成まで』明治書院、二〇〇八・七）と指摘されるように、男女間で求めがたい関係の実現を、最後の楽園たる女学校内に求めるというものであろう。が、現実に女学校内で「エス」の関係を持った者がどれだけいたかは定かではなく、少女小説の中のフィクションとして女学生の欲望を満たしたものとも思われる。

「レズビアン」という語が用いられ始める昭和三〇年代までは、肉体的な交渉を含め「エス」の呼称を使用した。女学校のスタートとともに明治初期から使用されたのかもしれないが、流行の俗語としては女学生の数が急速に増加した明治三〇年代以降、もしくは少女小説の隆盛期である大正期に一般化したのではないか。（小林）

宝塚少女歌劇《たからづかしょうじょかげき》　現在は宝塚歌劇とよばれる。一九一三（大正2）年、箕面有馬電気軌道（現・阪急電鉄）の小林一三が三越百貨店の少年音楽隊から想を得て宝塚唱歌隊を結成。その後、宝塚少女歌劇養成会と改称し翌年に宝塚新温泉で開催された「婚礼博覧会」の余興として第一回公演を行う。宝塚新温泉は、同軌道の乗客誘致のために同社が設立したもので、博覧会も少女歌劇もそのアトラクションとして考案された。だが、公演を行ううちに観客数は増し、大阪での有料公演にも成功する。一八年には東京帝国劇場で初公演、宝塚音楽歌劇学校（現・宝塚音楽学校）の設立も認可され、少女歌劇養成会は解散、宝塚音楽歌劇学校の生徒と卒業生からなる宝塚少女歌劇団が組織された。二四年宝塚大劇場落成、二七（昭和2）年に日本初のレビュー「モン・パリ」を上演、三四年には東京宝塚劇場が完成する。この頃には歌劇団員のポートレートやスナップが少女雑誌の誌面を華やかに飾っていた。歌劇団員や女優などのスターが少女雑誌に出現する回数を調べた今田絵里香によれば、二〇（大正9）年頃から増え始め、三〇（昭和5）年頃には圧倒的な勢いで誌面を埋めていたという。特に『少女の友』と『少女画報』にその傾向が見られた（『「少女」の社会史』勁草書房、二〇〇七）。それらの雑誌には、葦原邦子、小夜福子、天津乙女、春日野八千代などの写真が並び、二九年からは冨士野高嶺がスターの素顔や舞台上のエピソードを綴った「宝塚日記」が『少女の友』で始まっている。『少女倶楽部』が宝塚少女歌劇を取り上げなかったのに対し『少女の友』はかなりの頁を割いたが、戦時下の三八年、非常時を理由に記事掲載は中止される（「宝塚日記」だけは四〇年まで掲載、その後四九年に復活し、五二年まで連載された）。宝塚少女歌劇は同年にドイツ、イタリア、ポーランドでの初海外公演を、翌三九年にはアメリカ公演を行う。しかし四四年には宝塚大劇場に閉鎖命令が下る。敗戦後、四六（昭和21）年には大劇場での公演を再開し、少女雑誌の誌面にもスターたちが戻ってきた。『ひまわり』では中原淳一の配偶者でもあった葦原邦子が「忘れじの歌」や「宝塚エピソード」（「宝塚物語」との表記も見られる。これらは『宝塚物語』として一九八五年に国書刊行会から刊行されている）などで宝塚時代の想い出やスターたちのエピソードを記し、川端康成が宝塚音楽学校（戦後に改称）をモデルとする*「歌劇学校」を連載した。なお手塚治虫が「リボンの騎士」のイメージを宝塚歌劇から得たことはよく知られている。（中谷）

病《やまい》と死《し》　少女小説において、病と死は頻出するモチーフだ。病に倒れる、障害を負う、死を経験するなど、主人公が当事者になる場合と、主人公の家族や友人が当事者になる場合とがあり、物語をドラマティックに展開させる。ロイス・キース『クララは歩かなくてはいけないの？—少女小説にみる死と障害と治癒—』（明石書店、二〇〇三）では、少女小説の死と障害は、治癒とセットであり、彼女たちが治癒するためには「重要な変化を経験」し「違う人間にならなくてはいけない」とされる。主人公が病や障害を経験する、また他人の死を看取ることで、人生の試練から何かを学び、教訓を得るのだ。同書では、主人公が作品後半で病に伏す『すてきなケイティ』『少女ポリアンナ』が分析され、病に秘められた隠喩を分析している。また『ジェイン・エア』のヘレン・バーンズと『若草物語』のベスなど、消極的で従順なサブ主人公の死は純粋なものとして描かれ、強くて活発な主人公たちに、「抑制」を教えるとされる。ロイス・キースが指摘した傾向は、日本の少女小説にも重なる。*三木澄子*『紫水晶』では、主人公の一人・克子は平凡で地味な少女であったが、自動車事故で怪我を負い入院したのを契機に、友人・桃子との絆が深まり、後遺症は残るものの、歌の才能を見出す。少女たちのプラトニックラブを描いた*谷村まち子*『愛の夢』では、病気で亡くなった友人の遺書で、主人公が真実の愛とはなにか考え、気づきをもたらす。また少女小説では、親の病・死という設定も頻出する。三木澄子*『まつゆき草』では、父の病気により、母と三姉妹が協力して働き、苦労しながらも家計を支える展開が主軸となる。*外村繁*『愁いの白百合』では、母の病気のため疎開する姉弟が登場し、母の死後、父と姉弟で家庭をいとなむなど、母の不在が子供たちの成長を促す。庇護者である親の病気や死という試練を通過することで、少女たちは成長する。病や死は成長物語には重要なツールなのだ。一方で、少女文化では、〝病める身体〟が美的にロマン化され喧伝された面もある。『女学世界』では、「胸を病むオトメ」像が、恋愛の神聖化とともに「美的身体」の表象となった点が指摘される（川村邦光『オトメの身体　女の近代とセクシュアリティ』紀伊國屋書店、一九九四）。これらの少女小説の病と死のコードを、唯一逆照射した作品は、*素木しづ*「寝椅子」だろう。作者の実体験が題材でもあり、治癒でもロマンでもない病と死、障害が描かれている。（沼田）

男女共学《だんじょきょうがく》　一九四七（昭22）年に制定された教育基本法は、教育機会の男女平等、男女共学を掲げており、これにより、地域差はあるものの、新制中学校は四七年、高等学校は四八年から、男女共学が実施されることとなった。戦後、少女小説にもたらされた顕著な変化の一つに、男女共学化を背景とする異性愛の登場がある。この傾向は、『ひまわり』『女学生の友』等にとりわけ明らかで、戦後に初等教育を受けた新世代がティーンエージャーに成長し、主要な読者となる一九五〇年代半ば以降、これらの少女雑誌は、戦前の定番であった〝エス〟にかわり、男女交際を中心テーマに据えた誌面作りにシフトしてゆく。五〇年代半ば以前の少女小説では、新制中学を舞台とするものであっても、級友や先輩としての〝少年〟が登場することは稀で、少女たちは若く美しい女教師か上級生の「お姉さま」に恋情に似た憧れを抱き、学制が改まってもなお、〝少女〟という世界のなかで閉ざされた連帯を形作っていた。また、少女雑誌の描いた〝エス〟が、しばしば肉体の触れ合いを伴うエロチックな側面を有したのに対し、少女雑誌における草創期の異性愛小説は、プラトニックなばかりでなく、共学化された学校それ自体が男女交際の舞台となることも少なく、他校の生徒、兄の友人などをボーイフレンドに設定し、恋愛の場は、あくまでも学外に置く傾向が見られる。しかし、男女共学空間を経験した世代が、少女小説の書き手として活躍しはじめる七〇年前後からは、こうした傾向が薄れ、学校の先輩後輩、級友間での異性愛ストーリーが盛んに描き出される。なお、少女小説に〝男女共学〟の語が出現する比較的はやい例の一つに、四九年三月から『青空』誌上で連載が開始された*芹沢光治良*『美しき旅路』があり、本作は、異性の交際相手を持ったことで女子の仲良しグループから除名された少女に、「男女共学の時代に、ボーイフレンドがあってわるいのかしら。（略）積極的に、ボーイフレンドをつくらなければ、男の学生がどんなに勉強するか、どんな気持ちで生きているか、わからないもの。そしたら、大きくなって、男女同権なんていっても、どうにもならないものねえ」と発言させている。（渡部麻）

シリーズ《しりーず》 戦前において少女小説の単行本はおのおの独自の装丁で出版されたものが多く、叢書という意味でのシリーズは、円本ブームのおりの平凡社『令女文学全集』（山六郎装、一九二九〜三〇）や、一九三〇年代末からカバーを少年もの同様の黄色地のフォーマットにした講談社の少女小説くらいである。戦後、用紙事情による造本上の制約が厳しくなると、少女小説は統一感のある装丁のシリーズが主流となる。中原淳一のヒマワリ社の「ひまわり・らいぶらり」（一九四七〜四九）は、戦前作で未刊だった*川端康成『花日記』や*松田瓊子*『香澄』などを刊行。約一二・五センチ四方のフランス装の瀟洒な小型本である。*内山基の東和社は、松本かつぢ装で『吉屋信子少女小説選集』（戦前の『街の子だち』、戦後の『青いノート』が初刊）や*由利聖子の作（『次女日記』が初刊）、松本昌美らの装で*上田エルザ・*田郷虎雄の作など、戦前の『少女の友』で活躍した作家の少女小説を出版した。大槻さだを装による*西條八十の少女小説が中心の東光出版社、かつぢ装で*横山美智子・由利聖子・松田瓊子・*真杉静枝などの作を刊行した新浪漫社浅田書店とともに、いずれも一九四〇年代後半の少女小説の版元として、戦前の代表的な作品の再刊に初刊のものを加える目配りの行き届いたラインナップと、美麗な装本という点で秀でていた。

偕成社とポプラ社の少女小説シリーズは、戦前作の再刊を経て、戦後風俗を背景に不幸の連続からハッピーエンドに至る「お涙もの」や冒険活劇的ミステリなど、当代一流の作家による波瀾万丈の筋立ての作品を多く刊行。人気を博し、少女小説ブームを起こした。両者とも五〇年代初めに当時の貸本屋の隆盛にあわせて、並製だった造本が上製カバー装の堅牢な厚冊になっている。五〇年代後半から、旧来の児童文学者や教育者の側からの良書運動や少女漫画の台頭により、ブームは次第に下火となった。かわって秋元書房のジュニア・シリーズ（一九五五年創刊、当初は海外作品中心）、集英社のコバルト・ブックス（一九六五年創刊）など、思春期世代を描くジュニア小説が流行する。後者を継ぐ集英社文庫コバルトシリーズ（一九七六年創刊）は、*氷室冴子・*久美沙織らが登場した八〇年代に対象をやや若年向けにして、等身大の登場人物によるポップな少女小説がメインになる。田渕由美子・めるへんめーかーなどの漫画家による表紙・挿絵と相まって絶大な支持を受け、新たな少女小説ブームの火付け役となった。（谷内）

ジュニア小説《じゅにあしょうせつ》

一九五〇年代末ごろから七〇年代までに書かれた、愛や性、友情、親子関係などをテーマにした青春小説を指す。戦前の少女小説の伝統を引き継ぎつつもそれを脱し、青少年の身近な問題をリアルに取り上げた点、とりわけ戦前はタブー視されていた性を扱ったことが大きな特徴である。読者の中心は、ハイティーンと小学生の中間にあたるジュニア層（主に女子高校生）。執筆陣は、*富島健夫、*佐伯千秋、*吉田とし、*佐藤愛子、*川上宗薫、*津村節子ら。執筆者の多くは戦争体験世代であり、戦時下、青春を謳歌することのなかった若者たちへの鎮魂の意味を込めて筆を執った。主たる掲載誌は、一九六六（昭41）～六七年にかけて創刊された『小説ジュニア』（集英社）や『小説女学生コース』（学習研究社）、『ジュニア文芸』（小学館）などである。作品としては、ジュニア小説の大御所、富島健夫の*『制服の胸のここには』のほか、川上宗薫『初めてのデイト』や、佐藤愛子*『おさげとニキビ』、津村節子*『青い実の熟すころ』など多数ある。七〇年代に入ると、ジュニア小説はしだいに衰退し、少女漫画の隆盛期に突入するが、ジュニア小説が不調となった理由としては、執筆者と読者の年齢差が拡大し、少女たちの今を掬い上げられなくなったこと、また、主たる題材であった

性の問題が一人歩きし、メディアでスキャンダラスに報じられたことなどが挙げられる。（橋本）

レーベル《れーべる》　一九八〇年代の少女小説ブームを牽引したのは、集英社コバルト文庫と講談社X文庫ティーンズハートという二つの文庫レーベルである。コバルト文庫は、七六年の集英社文庫コバルトシリーズを前身とする、少女小説レーベルの草分け的存在だ。*氷室冴子や*久美沙織、*新井素子らの描く、好奇心と行動力に溢れた少女を主人公とする小説は人気を博し、若い女性作家が口語表現を積極的に取り入れて等身大の少女を描く現代少女小説のスタイルが確立された。また、SFやミステリーの要素が取り入れられるなど多様な作品が展開されており、イラストや表紙にも力がそそがれた。

続いて八七年、コバルト文庫よりもやや低い年齢層を対象とするティーンズハートが創設される。ピンクの背表紙が印象的なこのレーベルは、*花井愛子に代表される、改行を多用した読みやすい恋愛ものを得意とし、少女小説の爆発的なブームを支えた。主な作家に、林葉直子、*倉橋燿子、*折原みとらがいる。

やがて他社の参入、読者の低年齢化による棲み分けなどから、新レーベルが次々と立ち上げられていく。とくに八九年は創刊ラッシュで、MOE文庫スイートハート（MOE出版）、いちご文庫ティーンズ・メイト（双葉社）、レモン文庫（学習研究社）、徳間文庫パステルシリーズ（徳間書店）などが登場した。

しかし、九〇年代に入ると少女小説ブームは下火となり、その内容もファンタジーやボーイズラブに移行していく。九一年に創刊された講談社X文庫ホワイトハートは、ファンタジーとボーイズラブの作品を中心とするようになり、恋愛中心の少女小説を展開していた同社のティーンズハートは二〇〇六年終刊となった。また、同じく九一年創刊の小学館パレット文庫もボーイズラブへと中心を移し、九二年には角川ルビー文庫がもっぱらボーイズラブを扱うレーベルとして誕生した。さらに、ファンタジーを求める少女たちは、対象読者を少女に限定しないライトノベルレーベルへと居場所を移しているとも言われている。（川原塚）

ラブコメとファンタジー《らぶこめとふぁんたじー》　両者とも、近年の少女小説には欠かせない重要な要素であるが、特にライトノベルの領域で豊かに開花したと言えるだろう。ラブコメは、もともと一九六〇年代末から七〇年代の少女マンガでブームとなったジャンルであり、読者を共有する少女小説がその影響を受けて後追いのかたちで変容していったと考えられる。

本村三四子『おくさまは18歳』（一九六九～七〇）を原型とする説もあるが、基本的には少女が自身を投影しやすい日常的な舞台設定の中で、時に現実離れした「夢のような」状況が引き起こされるドタバタ喜劇である。主人公の恋愛顛末が中心になるが、多くは一見冴えない健気なヒロイン（眼鏡をとると実は美人というものも多いが）とハンサムな男性が結ばれるというハッピーエンドで幕を閉じ、そこに至るまでの涙と笑いのなかに〝真心〟や〝友情〟といったピュアなエッセンスが投入される。現代でも、このジャンルは根強い人気を誇っており、少女小説はこれにSFやファンタジー、歴史ものなどの要素を自在に添加して様々なジャンルへと発展させた。平安時代の宮廷を舞台にした、*氷室冴子*〈なんて素敵にジャパネスクシリーズ〉（一九八二～九一）は、「平成ラブコメディの決定版」と称され、一大少女小説ブームを引き起こした。

ファンタジーの定義は難しいが、少女小説の領域においては、現実世界に対して幻想的・神秘的・空想的な虚構世界、あるいは古代世界のなかで、魔法や超能力、ホラーなどの様々なサブ・ジャンルを含みつつ壮大な物語が繰り広げられる作品を広く呼称するものである。こちらも性別を超えて、幅広い読者を獲得している。評判となった作品に、*小野不由美*〈十二国記シリーズ〉や、*前田珠子*〈破妖の剣シリーズ〉・*毛利志生子*〈風の王国シリーズ〉などがあり、他にも*金蓮花や*谷瑞恵など多くの作家が活躍している。ファンタジーは、ラブコメ・ファンタジー、SFファンタジー、ファンタジック・ラブストーリー、ファンタジック・ホラー、サイキック・ファンタジーなどと細分化して呼ばれることもあるが、先述の氷室冴子のように多様な要素が混合された作品が多いのが現実である。古くは、古代日本の宮廷を舞台に夢幻の世界を構築した*野溝七生子『眉輪』（一九三五）に山岸涼子との類似性を見る向きもあり、ファンタジーの源を解明するのは今後の課題と言えよう。（矢澤）

BL《びーえる》　ボーイズラブ（Boys Love）、通称BLは、男性同士の恋愛を描いた女性向けのマンガ、小説、アニメ、ゲームなどを総称するジャンル名である。なかでも少女小説の一ジャンルを示すときにはBL小説と呼ばれ、一九六〇年代初頭の森茉莉の短編「恋人たちの森」（一九六一）などが嚆矢とされる。七〇年代には萩尾望都・竹宮惠子らいわゆる二四年組が少女マンガに耽美な少年愛のテーマを積極的に採り入れ、多くの読者を熱狂させる。この時期、少年向けアニメ作品などを少年愛物としてパロディ化した同人誌が多数現れ、七八年には少年愛の小説・マンガを専門とした初の商業誌「JUNE」（サン出版）

が創刊された。その中で、少年愛の小説は八〇年代から九〇年代初頭にかけて、商業誌系はＪＵＮＥ小説・耽美小説、同人誌系はやおい小説と呼び慣らわされるようになるが、この頃に最も影響力を持ったのが作家の栗本薫である。自身、少年愛をめぐるあまたの小説や評論を世に送り出したのは言うまでもないが、八四年、評論家としての中島梓の名義で「JUNE」誌上に「小説道場」欄を開設、読者投稿を募って指導を行い、後のＢＬ小説家を数多く輩出した。

　九〇年代半ばになると、男性同士の性愛に重きを置くマンガや小説を専門にした商業誌や文庫レーベルなどが書店に出回るようになる。この商業系の読み物がＢＬと指呼され、少女から主婦まで幅広いファンを獲得、大型書店を中心にＢＬ書籍コーナーが設置されるようになり、次第に同人誌系のやおいもＢＬと呼び慣らわされるようになった。

　ＢＬではカップリング、すなわち男性キャラクターの組み合わせが重視される。主に性行為において男性役割が「攻《せめ》」、女性役割が「受《うけ》」と分類され、攻×受のカップリングが基本形とされるが、作品によってはこうした関係に固定されず、また必ずしも性描写を伴うわけではない。舞台設定やキャラクターの年齢・容姿・性格・国籍・職業も非常に多様である。多様でありながらもＢＬは基本的に純粋な愛を核としており、性と愛の合一というラブ・ファンタジーを有する。自称・腐女子《ふじょし》のＢＬファンたちは、男性キャラクターのそうした恋愛模様を外から傍観して楽しむだけでなく、男性キャラクターに感情移入することで、自身の煩わしい産む性としての女性ジェンダーを脱ぎ捨て、束の間純粋な愛に没入することが可能となる。今日ＢＬは『Cobalt』（集英社）でも特集を組むほど少女小説の一大ジャンルとなっている。

（武内）

乙女ゲーム《おとめげーむ》

女性向け恋愛シミュレーションゲームの総称。男性向けの「美少女ゲーム」や男性同士の恋愛を扱う「ボーイズラブゲーム」とは区別し、プレイヤーが女性主人公となり男性キャラクターたちと恋愛をするゲームを指す。一九九四年七月にコーエーから発売されたスーパーファミコン・ソフト『アンジェリーク』を嚆矢とする。本作は、プレイヤーが宇宙を統べる次期女王候補アンジェリーク・リモージュとなり、守護聖と呼ばれる九人の男性キャラクターの力を借りながら女王試験に挑むものであり、女王となるエンディングの他に守護聖との恋愛エンディングが用意されている。多彩なキャラクター造形と甘美な恋愛イベントが熱狂的なファンを獲得した。乙女ゲームの社会的な認知度を飛躍的に高めたのは、二〇〇二年六月にKONAMIより発売された『ときめきメモリアル Girl's Side』であった。九四年に同社より発売された男性向け恋愛シミュレーションゲーム『ときめきメモリアル』の女性版であり、プレイヤーは私立はばたき学園の女子生徒となり、男性キャラクターの攻略を目指して、学力や芸術、運動などのパラメーターを上げつつデートを重ねる。本作の記録的なヒットによりD3パブリッシャーやカプコンなど各社が乙女ゲームに進出。以後、ファンタジーや学園ものに加えて、伝奇ロマン、芸能界もの、ホストもの、濃厚な性描写を含む一八歳以上向けのものなど、多彩なバリエーションが生み出される。また、ジャンル全体の活性化に伴い、漫画、小説、ドラマCD、映画、テレビアニメなど、メディアミックス展開も進んでいる。（倉田）

エンターテインメントへの道《えんたーていんめんとへのみち》

少女小説家の中には、一般文芸の作家に転じて成功した者も多い。戦前期の最も著名な少女小説家であった*吉屋信子からして、『花物語』を『少女画報』誌に連載中の一九一九（大8）年に『大阪朝日新聞』の懸賞小説に当選し、成人向けの新聞・雑誌小説を数多く発表するようになり、大衆文学作家として大成した。一般文芸進出の先駆者といえよう。*尾崎翠も、一般文芸でデビューした後、少女小説の書き手の時期を経てからモダニズム作家として本格的に活動している。新人が登用されやすい少女小説分野で技量を磨き、成人向け作品でも認められていくパターンである。第二次大戦後の一九五〇年代には、少女小説の刊行数が増加したため、この道筋をたどる男性作家もみられた。とはいえ彼らの多くは収入を得るため一時的に少女小説の注文を受け、その経験は以後の作家活動にあまり生かされなかったようだ。同じ頃、不遇時代の*円地文子も少女小説を書き、また*三谷（瀬戸内）晴美（寂聴）、*津村節子が少女小説から作家活動をスタートさせている。瀬戸内は「身すぎ世すぎの業」だったと回想しつつ、少女小説という「甘美」な楽しみに触れなかった人は気の毒だと述べている（『the寂聴』第九号、二〇一〇）。八〇年代になると集英社コバルト文庫を中心とする少女小説の一大ブームが起き、その作家群から成人向けエンターテインメント分野で人気作家となる者が続出し、衆目を集めた。それ以前の五〇～六〇年代は、少女小説が成人向け小説と類似したジュニア小説に変容する時期にあたり、そのためか少女小説家が一般文芸に進出しても特別視されなかったが、八〇年代少女小説は、軽妙な文体やイラストも含めて少女マンガとの近似性を感じさせるジャンルになったため、その分野から大人の読者を満足させる作家が出たことに、世間は驚きを覚えたようだ。転身作家の代表格が角田光代（*彩河杏）、*山本文緒、桐野夏生（*野原野枝実）、岩井志麻子（*竹内志麻子）であり、いずれも著名な文学賞を受賞し、第一線で活躍していく。おそらく少女小説家時代に、年少の読者にも読みやすいメリハリのきいた展開、輪郭の明確な人物像、テンポの良い会話表現などを試みる中で、ストーリーテリングの手腕を鍛えたものと推察される。少女読者のための修練が、一般向け作品でも高い評価を受ける素地を培ったのである。山本文緒はエッセイ集『日々是作文』（文藝春秋、二〇〇四）の中で「コバルトでの三年間の修業時代があったからこそ、何とかこの世界で生き残っているのだと思う」と証言している。（久米）

翻訳少女小説《ほんやくしょうじょしょうせつ》

明治から大正・昭和、そして平成の現代に至るまで、少女たちの読み物の中でかなりの比重を占めてきたのが、欧米で書かれ、輸入された翻訳少女小説である。中には祖母、母、娘の三代、いやその子どもも含め、四代に渡って愛読されてきたロングセラーの作品もあるし、とっくに本国ではお蔵入りになっていたものが、日本での続く大人気を引き金に、却って見直されたというものもある。

ひとくちに翻訳少女小説といっても、捉え方によって、想起される作品にはかなりの幅があろう。ここではさしあたり、少女読者を想定した作品で、少女を主人公としてその生き方を描いたもの、と考えておく。

そうすると、作品はだいたい次のようにカテゴライズされる。ただし、一つの作品にこれら三つの要素が重複して含まれる場合もある。

（1）家庭の中で、ひとりないしは複数の少女に焦点を当て、その成長／死を描いたもの。

（2）孤児の少女が、自らが帰属すべき居場所を見出すことに成功／失敗するもの。

（3）特別なキャリアを目指す少女の努力とその成功／不成功を描くもの。

（1）の例としては、ケイト・ダグラス・ウィギンの『少女レベッカ』、そして（3）の要素を交えたものとして、ルイザ・メイ・オールコットの『若草物語』がある。（2）には、ルーシー・モード・モンゴメリの『赤毛のアン』、エレノア・ポーターの『パレアナ』、フランシス・ホジソン・バーネットの『小公女』『秘密の花園』、（3）では若干（2）の要素もあるものの、ジーン・ウェブスターの『足ながおじさん』などを挙げることができるだろう。

共通点としては、いずれも北米の作品であること、主人公の少女が、たいていの場合、周りの人々を変えていくような、明るくポジティブなパワーにあふれた性格であることの二点が挙げられる。一つ目の理由として、当時の翻訳者がアメリカやカナダの宣教師らとの付き合いから、原書を知ったため、北米の作品が主になったということ、少女を中心とした家庭物語や孤児物語は、おおむねイギリスではなく、北米で盛んだったことが挙げられる。階級社会であり、おとなとは隔絶した「子ども部屋文化」が栄えたイギリスでは、家族の絆をたたえた物語も、明るく活動的なヒロインも生まれにくかった。

例外は、フランシス・ホジソン・バーネットで、彼女はイギリス生まれ、アメリカ育ちの女性で、『小公女』

の舞台はロンドン、『秘密の花園』の舞台はヨークシャーである。しかし、バーネットは、おおむねアメリカで創作活動を行い、「アメリカ人が見たいと思うイギリス」を描くのに長けていた。彼女はヨークシャーに行ったことはなかったはずである。

二番目の点は、一九世紀末から二〇世紀初頭の北米の児童文学の一つの特徴である。子どもは明るい未来を表し、かたくなで保守的なおとなを束縛から解き放ち、自由な生き方を教えてくれる天使だった。その伝統の中では、たとえ主人公が自己犠牲を払って人に尽くしたとしても、本人自身が心からその結果に満足し、犠牲を犠牲とは考えていない。

これらの翻訳は、大半が一九二〇年代から五〇年代に出揃うが、実はそれに先駆けて、一番早く翻訳されたのは、意外にも『セイラ・クルーの話』（*若松賤子、一八九三）である。これは、『小公女』の前身となった中編の物語で、原著が一八八八年出版であるから、驚くほど早くとりあげられたことがわかる。

『若草物語』の翻訳も比較的早く、一九〇六年、北田秋圃の名前で三人の女性が『小婦人』という題名で翻訳し、彩雲閣から出版された。この中では、四人の姉妹には日本人の名前がつけられている。よく知られている『若草物語』という題名は、*吉屋信子が映画版の日本上映を受けて名づけて以来の伝統で、映画公開の年、三四年にこの題名で、*矢田津世子訳で出版され、踏襲されるようになる。以後、『四人の姉妹』『四少女』などの題名を駆逐して生き残った。矢田の翻訳本では、映画にあわせ、『続若草物語』の内容も含めて、ジョーの結婚までをダイジェスト版で訳出し、挿絵には映画のスチール写真が使われている。現代に至るまで、もっとも読み継がれている少女小説のひとつといえるが、続編のジョーの子どもたちの活躍までをすべて網羅した翻訳は、角川文庫の吉田勝江訳、講談社青い鳥文庫の谷口由美子訳だけである。

天真爛漫な少女が、かたくなで年老いたおばたちの家で育てられ、いつのまにかおばたちの心をとかしてゆく物語、『少女レベッカ』（『野育ち』の題で、村上文樹が一九四〇年に初訳）。原作は『赤毛のアン』よりわずかに早い出版なのだが、似たプロットを持つ後者にすっかりお株を奪われた観がある（もっともレベッカは孤児ではない）。

並外れた楽天的な発想に周囲の人々を巻き込みつつ、最終的に、引き取ってくれた独身の叔母と親切な町医者の仲を取り持って、家族の絆をつなぎなおす『パレアナ』の主人公は、ポリアンナと表記されることもあり、「パレアナイズム」なることばまで生まれた。しかしこの作品も、『あしなが育英会奨学金』にその名前をのこした『足ながおじさん』には知名度で劣るだろう。女性の高等教育進出の物語でありつつ、孤児の少女がお金持ちの青年と結ばれるという、シンデレラ・ストーリーの王道を行くこの作品は、遠藤寿子の訳で一九五〇年に紹介され、現在もロングセラーの位置にある。

少女小説の翻訳に携わった人々は、現在まで含めて、数え切れないほどいるとはいえ、やはり村岡花子の業績が際立って大きいことは、今になっても変わらない。東洋英和女学院で、カナダ人の宣教師に英語を学んだ村岡は、第二次世界大戦が近づいて、帰国せざるをえなくなった知人から、モンゴメリの『赤毛のアン』を贈られ、その面白さに夢中になったという。大戦下、灯火管制の中で、こっそりと訳し続けたこの作品は、戦後ようやく日の目を見て、一九五二年から今に至るまで、翻訳少女小説を代表する一冊になっている。村岡は、『アン』の続編全一〇冊を始め、モンゴメリのそのほかの作品、その他、多数の少女小説作家の作品を精力的に翻訳し、日本の読者たちを、憧れのヒロインが活躍する世界にいざなった。戦後の日本の社会において、これらの少女小説の世界はまるでファンタジーの異世界のように捉えられた。「緑の切妻屋根の家のアン」という意味の原題を、思い切って「赤毛」にしたのにも、思わぬ効果があったようだ。アンをしばしば絶望させるこの美貌上の欠点は、日本人にとって、なんらマイナスの意味を持たないばかりか、今の若い人々には、異国風で可愛い特徴とすら受け取られているからである。

現在、『赤毛のアン』には、つぎつぎ新しい翻訳が出現している。全訳のある掛川恭子、詳細な注をつけた松本佑子、めずらしく男性訳者である山本史郎をはじめ、数多くの人が村岡訳に挑戦している。しかし、細部に省略や、誤解があるとはいえ、村岡花子の訳でないとしっくりこないという読者も多く、六〇年以上たってもあまり古びた感じを受けないというのも、移り変わりの激しい日本の翻訳事情を考えれば、驚くべき長命といえよう。

また、『赤毛のアン』は非常に多くの副産物をもたらした。料理本、手芸本、プリンスエドワード島の写真集といった、カナダの田舎の暮らしを賛美するカントリー・テイストの写真やイラスト入りの本は数え切れないほど出版されているし、プリンスエドワード島の赤毛のアンツアーは、島の観光資源に大いに貢献している。この現象は、とりわけ日本において見られるものであり、モンゴメリは長らくカナダ人自身にとっては、忘れ去られた過去の女性ロマンス作家だった。しかし、昨今、日本のアン・マニアによって、逆に彼女の魅力を教えられたかのように、カナダの人々も、新たにモンゴメリにローカルカラーの作家としての価値を見出しつつあるようである。

これらは古典的な位置づけをされた翻訳少女小説であるが、その後この伝統は、K.M.ペイトンの『フランバーズ屋敷の人々』（掛川恭子訳）、エルウィン・ハリスの『ヒルクレストの少女たち』のシリーズ（脇明子訳）、ミシェル・マゴーリアンの『イングリッシュ・ローズの庭で』（小山尚子訳）などのイギリスの大河小説的少女小説に引き継がれる。さらに現代になると、アメリカではメグ・キャボットやアン・ブランシェット、イギリスではジャックリーン・ウィルソンらが、現代ならではの課題を抱えつつ、少女たちを惹きつけてやまない小説を次々発表し、これらはほぼ即時に翻訳されて、日本の少女たちをも巻き込んでいる。（川端）

詩《し》

まず、雑誌『少女の友』に掲載された「少女詩」、*加藤まさを「春の日」（一九二七・三）を紹介してみたい。

歌留多の会が／うらめしく。――／いつそ知らずは／知らぬ儘、／／ひとり窓邊に／鳥を聴き、／ひとり野原に／花を摘み／／一年前を／そのまゝの／静かな春が／過ごせよに。／／なまじ、二人が／逢ひ初めた／雪のあの夜が／うらめしく。

「鳥」や「花」「雪」といった風物と結びつけて、十代の少女の心情、とりわけ、淡い慕情を抱いている相手（少年ではなく少女）への思いをうたう。こうした詩が、昭和のはじめ、少女雑誌の巻頭を美しく飾った。巻頭だから当然、目を楽しませる絵も必要で、絵も詩もかける加藤まさをや蕗谷虹児のような作家は重宝された。絵と組み合わされるのは詩だけではなく、「歌物語」のような短文、エッセイになることもあった。また、詩と小説、両方を書いた*西條八十は、小説の中に詩を取り入れて展開のポイントにしている。詩は絵や小説と融合して、昭和初期の少女雑誌文化を支えていた。ここでは、大正末期から昭和初期に一つの画期を迎える「少女詩」を、代表的な少女雑誌の動向を追いつつ概観したい。

少女あるいは女性と詩の関わりは、明治後半から始まっている。中島美幸「日露戦争下の女性詩」（『日本近代文学』一九九六・一〇）は、まず『新体詩抄』（一八八二）の時代、詩が軍事をはじめとする国の支配機構と結びついていたときには、「詩人なるものには女性は決して適当なるものにあらず」といわれていたことを指摘する。その後、島崎藤村『若菜集』（一八九七）の出現で抒情詩が主流となり、女性詩人の参入が可能になったという経緯を抽出したうえで、日露戦時、戦争による心の傷を癒す詩を書くことが女性詩人に求められたと考察する。大正期には、雑誌『赤い鳥』が起点となって童話童謡ブームが起こった。読者の投稿も促した童話童謡誌は、投稿者のなかから少女詩人・海達公子や女性詩人・金子みすゞを生む。幼いころから童謡（詩）に触れるだけでなく、自分で書いて投稿するという活動が一般化したのだ。

同時期の少女雑誌の状況をみてみると、明治創刊の『少女世界』では、一九〇九年ごろまで、*田山花袋が「唱歌」という角書きで巻頭に作品を寄せている。「唱歌」とはいえ作曲されていないため、詩に近い。花袋の詩は、新しい少女規範の創出にも関わったといわれる（久米依子「構成される「少女」―明治期「少女小説」のジャンル形成―」『日本近代文学』二〇〇三・五）。

『少女の友』でも、主筆をつとめた*星野水裏が一九〇九年ごろから一九年ごろまで、自作の「口語詩」を載せている。しかし、叙事的な「心ある人は訪へかし呉銀杏」（一九一四・一二）、あるいは教訓臭の強い「生鶏卵の教訓」（一九一七・三）のように、「少女詩」の趣から遠い詩も多い。ただ、一九一六年から、それまでの「作文」や「和歌」に加えて、読者の「新作子守唄」や「新作四季の唄」を募集、掲載しはじめる。その後、巻頭に原田なみぢらの絵と詩や和歌を組み合わせて掲載し、読者の支持を得た。一九二一年には、童謡とその曲譜、そして「少女詩」を掲載。二二年からは読者の「小曲」の募集も始まった。

『少女画報』では、一九一九年ごろから*水谷まさるや川路柳虹が詩を書く。二二年八月号では「歌と詩」に全一七ページ（全体の一割強）を割いて、水谷や下田惟直、*サトウ・ハチロー、*福田正夫の詩を掲載。読者の「長詩」も載せた。このあと読者の「抒情詩」を継続して募集し、昭和期まで維持する。一九二二年には、花袋のあと、あまり詩の書き手に恵まれなかった『少女世界』でも、読者の投稿する「抒情詩」（川路柳虹選）の掲載を始めた。

こうして主な雑誌の動きをみると、大正期半ばから、「小曲」「童謡」「抒情詩」「少女詩」など呼称は安定しないものの詩が重視されつつあり、二二年に読者の詩の募集を開始したことがわかる。この時期、少女たちは、読書の対象としてだけでなく、「和歌」や「作文」に代わる表現手段として詩を持つことを認められたようである。水谷まさるは『少女詩の作り方』（一九二三・九）で、「少女の特殊な心境をうたひ出て下さい」と少女たちを励ましている。詩人たちが、あるいは少女読者自身が、少女の心情をうたう詩は、少女雑誌にとってまぶしい新ジャンルだったにちがいない。

この流れのあと創刊された『少女倶楽部』では、当初から蕗谷虹児ら複数の書き手による「少女詩」や「小曲」に加え、読者投稿の「少女詩」も加藤まさをや水谷まさるの選で掲載された。ところが、昭和に入ると詩の分量を減らし、毎号一作ずつ童謡か詩を載せ、新年号のみに「詩画集」をつけるという形に落ち着く。

対照的に、詩の質と量をあげたのが『少女の友』である。一九二七年一月号では本誌内に「新春抒情詩画集」を設け、付録は「抒情詩歌双六」。翌年はさらに詩を押し出して、三月号に「新春少女愛唱集」、六月号に「初夏のごとく朗らかな詩画帖」、八月号に「四十八頁にわたる抒情詩画集」を入れる。「少女小唄」「少女小曲」など呼称の安定しなかった読者投稿の詩も、数年後には「少女詩」となって定着した。『少女の友』での詩のラッシュは、昭和一〇年代に入ると収まるが、巻頭に近いページに三〜五作の詩を挿絵付きで置く構成は維持された。「読者文芸欄」では、一九四二年四月から選を担当した*深尾須磨子が、「投稿の詩は一々ていねいに読んでをります。私の愛を感じて皆さんがめげずに勉強して下さるやういのります。」(一九四二・三)と、熱心な指導を行ったことが注目される。女性詩人がはじめて単独で詩集を出したのは一九一八年といわれる(米澤順子『聖水盤』)。深尾が活動を始めたのも、少女雑誌で詩が重視されはじめたのも同じころだが、時を経て、キャリアを重ねた女性詩人が後進の少女を指導できるようになった。このあたりに、女性と詩の関係の一つの成熟を見ることができるだろうか。

少女雑誌の外では、昭和に入って『日本女性詩人集』(一九三〇・七)や『現代女流詩人集』(一九四〇・一一)など、女性詩のアンソロジーが編まれるという動きがあった。モダニズム詩を書いた左川ちかや、戦後まで息の長い活動をする永瀬清子らも登場し、深尾は「日本女詩人会」を組織した。ところが、少女雑誌の投稿詩人がその枠外で詩人として活躍した例をあげることは難しい。作品をみても、ジャンル名の変遷をみても、少女のための詩「少女詩」が基本的に「抒情詩」であったことは明らかである。ふりかえってみれば、女性の詩がその存在を認められるようになった明治期に与えられたのは、「抒情」という限られた場所だった。少女雑誌における少女のための多くの詩は、そこを出ないままに存在した。「少女詩」が新ジャンルとして、一般読者に「作文」や「和歌」とは異なる表現手段を与えながらも、「抒情」にとどまったことは看過できない。象徴主義、モダニズム、プロレタリア、と詩のモードがうつりゆくなかで「抒情」にとどまった、あるいはとどまらざるを得なかった少女と詩の問題は、また別に考えてみなくてはならないだろう。（藤本）

挿絵《さしえ》　明治三〇年代から明治末にかけて、『少女界』『少女世界』『少女の友』等の少女雑誌が続々と創刊される。少女雑誌の草創期において、鏑木清方や宮川春汀、山村耕花等の日本画や浮世絵系の画家、洋画系の渡辺ふみ子（亀高文子）、洋画系で初めは日本画を学んだ渡辺（宮崎）与平、洋画家から日本画に転じた川端龍子、投書家から出発した*竹久夢二、この他多くの画家が活躍する。

なかでも各誌がこぞって起用したのが竹久夢二である。浮世絵や白馬会における明治浪漫主義、世紀末芸術等の影響の下、大きな目の「夢二式美人」を描いた。「線は、魂の完全なる象徴」（「日本画に就いての概念」手稿、一九三三）と考える夢二は、強弱や肥痩を変化させた、表情に富む描線で表現している。詩文にも才筆を振い、「宵待草」（原詩『少女』一九一二・六）は、多忠亮の付由により愛唱されている。*吉屋信子は、『少女の友』掲載の「〈露子と武坊〉の絵物語」を少女時代に愛読し、「文章もにおうように私を魅惑した」と述べる（「続　私の見た人」『朝日新聞』一九六三・六・四）。また、『新少女』では絵画主任を勤め、投稿画の選評も行う。

大正から昭和にかけて、高畠華宵、*加藤まさを、蕗谷虹児、須藤しげる、中原淳一、松本かつぢ等の人気画家が活躍する。

高畠華宵は、最初、日本画家平井直水に師事し、続いて京都市立美術工芸学校で日本画を、さらに関西美術院で洋画を学ぶ。写真製版の印刷効果を考慮し、いち早くペン画による写実的描写に基づく挿絵を描く（渡辺圭二「普遍の大衆性―高畠華宵の抒情画」『月刊絵本』一九七七・九）。一九一一年に、津村順天堂の「中将湯」の広告画に起用され、これを契機に新聞や雑誌、書籍等に多数の挿絵を手がける。一九二〇年代から少女雑誌に執筆する。正岡容作詞の「銀座行進曲」（一九二八）が、「華宵好み」と歌うよう、華宵画は都市のモダンな風俗を象徴した。また、彼が描く人物は、少年は少女に、少女は少年に見える。*内山基は、男女交際を禁じられていた時代に、「異性への欲求」を「〝憧れ〟という形で満たし」「理想像を挿絵の中で満足させていた」と述べる（『想いでの華宵絵ごよみ―抒情画家高畠華宵の生涯』成橋均他編、ノーベル書房、一九六九）。異性と隔離された少年少女にとって、両性具有的な華宵画が、理想美と映ったと解釈できよう。

加藤まさをは、立教大学予科を経て英文科に進学し、川端画学校にも学ぶ。一九一九年に、上方屋平和堂から「童話画集」シリーズや「こどものうた」シリーズ等の絵葉書を刊行し、人気を博す。初期にはエドマンド・デュラックの影響の下、幻想世界をモチーフとしている。少女雑誌では、同時代の中流家庭の少女像を主題とする。曖昧な輪郭と淡い色彩で描かれた作品は、甘く夢想的である。文筆にも長じ、*『遠い薔薇』（春陽堂、一九二六）等の小説を記し、また、「月の沙漠」（初出『少女倶楽部』一九二三・三）の詩は、後に佐々木すぐるによって作曲され、広く歌われている。

蕗谷虹児は、尾竹竹坡に入門し日本画を学ぶ。一九二〇年に竹久夢二に『少女画報』を紹介され、吉屋信子の*『花物語』等、多くの挿絵を手がけ、大正末には主要な少女雑誌に起用される。未婚女性を読者対象とする『令女界』には、企画段階より参加する。ペンによる硬質な線で表現された少女を、中井幸一は「生理的な匂い」が感じられず、「冷ややかな透明感で存在している」と評す（『残照の画家　―昭和初期のポピュラーアーチストたち』パッケージング社、一九八四）。初期には、ビアズリーの影響が色濃く、一九二五年の渡仏後はアールデコ様式を取り入れる。詩文にも多くの作品を残し、「花嫁人形」（初出『令女界』一九二四・二）の詩は、杉山長谷夫が曲を付し、歌い継がれている。

虹児は、「抒情画」という言葉を自身が創作したと述べる（「抒情画について」『さしゑ』一九三五・一〇）。だが、一九一八年に既に《竹久夢二抒情画展覧会》が開催されており、「感情又は情念の形化」による抒情画は、夢二によって一つの典型が生まれたと細野正信は述べる（『竹久夢二と抒情画家たち』講談社、一九八七）。須藤しげるは、虹児と同世代の人気画家で、たとえば、『花物語』の挿絵を、しげるもまた手がけている。しげるは、「竹久夢二先生こそ、この抒情画の道を歩いた人」と記す（「抒情画の描き方」『さしゑ』一九三五・三）。なお、虹児は、抒情画の典型を「娘が一人唯淋しげに窓辺に悄然としてゐる」様子とする（蕗谷前掲文）。少女を対象に描くことで、虹児は夢二との分流を図ったと細野は指摘する（細野前掲書）。上笙一郎は、抒情画に描かれた悲哀は男尊女卑を背景とし、少女の肢体が脆弱なのは、男性に従属的な女性の立場を示していると解釈する（「抒情画とは何か―〈日本的少女画〉の本質」『月刊絵本』一九七七・九）。抒情画の少女像は、異性愛男性から見て、好ましい性的客体という側面を持つ。久世光彦は、少年時代に姉の『花物語』を盗み見て、中原淳一の挿絵を「清楚なくせにどこかほんの少しだけ淫ら」に感じたという（『美の死―ぼくの感傷的読書』筑摩書房、二〇〇一）。

中原淳一は、日本美術学校絵画科や絵画研究所に学び、在学中の一九三二年に創作人形の個展を開催する。これを機に、『少女の友』の編集部の目にとまり、同年六月号より挿絵を描く。『少女の友』の主筆内山基は、編集の目途を「ヒューマニズム・ロマンチシズム・エキゾチズム」とし、これが統一的に表現された表紙絵、具体的には「健康で、夢を持った、清純な少女」像を求めた（上笙一郎編著『聞き書・日本児童出版美術史』太平出版社、一九七四）。投書家出身の深谷美保子の表紙絵に代え、次代を担う画家として、一九三五年一月号より中原を抜擢する。デフォルメした人体―極端に大きな瞳に特徴的な―のフォルム、洗練されたコスチューム、鮮やかな色彩感覚によって、中原は『少女の友』の理想とする少女理念を具象化した。戦後は、『ソレイユ』（後に『それいゆ』）『ひまわり』『ジュニアそれいゆ』『女の部屋』を創刊し、編集に携わる。その活躍は出版界に留まらず、シャンソンの訳詩、ミュージカルの制作・演出、ファッションデザイン等、多分野に渡る。

中原と並ぶ『少女の友』の看板画家が松本かつぢであり、ディズニーに学んだ軽快なタッチで、明朗な少女を描いた。挿絵だけでなく「くるくるクルミちゃん」等の連載漫画も手がける。

「夢二式」「華宵好み」という言葉は、大衆文化における美意識を、挿絵が象徴したことを示す。この挿絵の黄金期も終息を迎える時が来る。内山基は「挿絵は昭和二十年頃に没落してしまった」と述べ（成橋前掲書）、やなせたかしは、藤井千秋と藤田ミラノを最後の抒情画家と捉え、「昭和四〇年頃が抒情画の終末期」に当たり、少女漫画の時代に入ると記す（「最後の抒情画家 藤井千秋 パリに咲く抒情画家 藤田ミラノ」『乙女のファンタジア 藤井千秋、藤田ミラノ』高橋洋二編、平凡社、一九八六）。だが、今日に至るまで、挿絵に関する展覧会や画集の出版は絶えることなく、現代の少女小説の作り手も、挿絵の訴求力を重視している。また、少女漫画の絵柄に挿絵は影響を与えており、その血脈は引き継がれている。（渡部周子）

評論《ひょうろん》 児童文化をめぐる言説のモードの流れを大まかにたどるならば、大正の「童心主義」期、軍国主義下の「少国民」期、戦後の「戦後民主主義」期、平成の「ジェンダー論」期ということになるだろう。

「戦後民主主義」期の少女小説論として注目すべきものとしては『日本児童文学』の特集「マンガと児童文学」

（一九七八・三）「いわゆる少女小説および……」（一九八一・三）がある。また尾崎秀樹「ジュニア小説の基礎　ジュニア小説と少女小説の相違」（一九六九）は、男性作家が「ジュニア小説」をさかんに書いていた時代の貴重な証言である。しかし少女小説が批評・研究の対象として浮上してきた事情には、ジェンダー論の力が大きい。

本田和子『異文化としての子ども』（一九八二）は少女文化を学問の対象として広く認知させた。同書所収「ひらひら」の系譜　少女、この境界的なるもの」は、近代少女表象のなかでもリボンやフリルに代表される「儚さ」や「柔らかさ」の要素をクローズアップした。

本田は『少女浮遊』（一九八六）『オフィーリアの系譜　あるいは、死と乙女の戯れ』（一九八九）『女学生の系譜　彩色される明治』（一九九〇）で、さまざまな時代の少女表象を論じている。以降、*吉屋信子や中原淳一、*内山基といった昭和初期少女文化にたいする文化史的な視線が形成されていった。

横川寿美子『初潮という切札　〈少女〉批評・序説』（一九九一）は「「ひらひら」の系譜」にたいし騎馬や男装といった要素を持つ「ヅカヅカの系譜」を提示した。この発見は同時代のフェミニズムの知見に支えられたものだが、他方では後年の斎藤環『戦闘美少女の精神分析』（二〇〇〇）とも無縁ではない。『初潮という切札』はまた、早船ちよ以降の戦後民主主義的児童文学における初潮表象の意義と限界を明らかにしたことでも記憶される。

少女文化史の試みに民俗学や宗教史の視座を持ちこんだ著作として大塚英志『少女民俗学　世紀末の神話をつむぐ「巫女の末裔」』（一九八九）や川村邦光『オトメの祈り　近代女性イメージの誕生』（一九九三）『オトメの身体　女の近代とセクシュアリティ』（一九九四）『オトメの行方　近代女性の表象と闘い』（二〇〇三）がある。

また広義のカルチュラルスタディーズの業績として、渡部周子『〈少女〉像の誕生　近代日本における「少女」規範の形成』（二〇〇七）があり、少女表象から近代的な規範をあぶり出している。メディア論としては大塚『少女雑誌論』（一九九一）や今田絵里香『「少女」の社会史』（二〇〇七）が挙げられる。

同時代の少女文化もまた批評の対象となってくる。『思想の科学』特集「少女小説の力　「日本語」が生まれるとき」（一九九一・一〇）では初期のコバルト文庫が早くも歴史としてとらえられている。

一九九〇年以降、少女小説論は児童文学や近代文学の枠組自体を問う方向に発展した。「文学」一般の論じかたの偏りや硬直を、少女文化を視野に入れることによって補正する方向に進んだ、と考えていいだろう。

その象徴的な一歩が川崎賢子『少女日和』(一九九〇)である。吉屋信子や久生十蘭と吉本(よしもと)ばななを同じ比重で論じる構成はあまり先例のないことだった。川崎の『読む女 書く女 女系読書案内』(二〇〇三)にも同様の自在さがある。

大人向け小説とパラ文学としての「少女小説」とを同列に論じるものとしては、他に「エス」を取りあげた大森郁之助『考証少女伝説 小説の中の愛し合う乙女たち』(一九九四)などがある。久米依子『少女小説の生成 ジェンダー・ポリティクスの世紀』(二〇一三)も通史を素描するにあたって、大人向け作品への言及をためらわない。なお、これは菅聡子編『〈少女小説〉ワンダーランド 明治から平成まで』(二〇〇八)とともに、広い歴史的射程で近現代日本の少女小説の流れを一望しようという試みである。

『少女日和』以降の成果としてもう一点、高原英理『少女領域』(一九九九)が注目される。野溝七生子から大原まり子まで、「少女小説」ジャンル以外の小説における少女表象を「少女型意識」をキーワードに論じたもの。

九〇年代にはまた、過去の少女小説はモダン古書という切り口でサブカルチャーの一画を占めるようになる。『美少女の逆襲 甦れ!! 心清き、汚れなき、気高き少女たちよ』(一九九五)の著者・唐沢俊一はのちに*西條八十らの作品を『カラサワ・コレクション』全四巻として復刻し、『それいぬ 正しい乙女になるために』(一九九八)の嶽本野ばらも『吉屋信子乙女小説コレクション』を監修した。

二一世紀に入ると、横川寿美子の「ヅカヅカの系譜」の視点を継承した斎藤美奈子が「「少女小説」の使用法」(二〇〇一)において、少女小説周辺のさまざまなサブジャンルの流れを整理し、翻訳少女小説が日本文学(とりわけ高度成長期以降の)に与えた影響を指摘した。

斎藤はまた編著『L文学完全読本』(二〇〇二)で、同時代小説の水源のひとつとして翻訳少女小説やコバルト文庫の存在をクローズアップした。同書ではさまざまな論者が現代日本のおもに女性作家の小説を紹介し、漫画・歌詞・翻訳ヤングアダルト小説を論じ、斎藤による田辺聖子インタヴューも収録している。

翻訳少女小説の土台に政治やジェンダー、経済の問題を措定する試みとしては小倉千加子「戦後日本と「赤毛のアン」」(二〇〇二)『「赤毛のアン」の秘密』(二〇〇四)、長山靖生『謎解き少年少女世界の名作』(二〇〇三)、川端有子『少女小説から世界が見える ペリーヌはなぜ英語が話せたか』（二〇〇六）などがある。これらの著作が依拠する方法はそれぞれ大きく異なっている。

　後発分野であるボーイズラブ小説については、中島梓『小説道場』（一九八六〜八九）が実作指南書だったことからもわかるとおり、書くための非商業的ジャンルとして出発した。ついで作品自体ではなく書き手・読み手が（論者の自分語りとして、あるいはオリエンタリズム的に）分析される時期が長く続いた。作品自体を研究対象としたのは永久保陽子『やおい小説論　女性のためのエロス表現』（二〇〇四）である。児童文化を源流としながら同人誌漫画を経由して「アダルト」コンテンツと見なされるようになったという特異性を考えるにあたって、『やおい小説論』は石田美紀『密やかな教育　〈やおい・ボーイズラブ〉前史』（二〇〇八）とともに欠かせない文献となっている。

　最後に、二〇一四年の現状について二点記しておく。まず、少女小説は日本文学研究の研究対象として公認されている。飯田祐子・島村輝・高橋修・中山昭彦編『少女少年のポリティクス』（二〇〇九）や一柳廣孝・久米依子編『ライトノベル研究序説』（二〇〇九）『ライトノベル・スタディーズ』（二〇一三）、大橋崇行『ライトノベルから見た少女／少年小説史　現代日本の物語文化を見直すために』（二〇一四）といった成果がある。また新・フェミニズム批評の会編『大正女性文学論』（二〇一〇）は、『少女の友』文化の出自であると同時に抵抗の対象でもあった先行文化の総覧としても読める。

　もう一点は対照的に、「モダン古書趣味」以後の書き手がサブカルチャー全般に確認されている点である。在来の媒体だけでなくウェブやリトルプレスでも活躍する早川茉莉（暢子）、浅生ハルミン、山崎まどか、近代ナリコ、甲斐みのり、木村衣有子、市川慎子といった書き手の関心は、「少女」でも「小説」でもないことすら多いが、その横断的あるいは編集的な視線は、淀川美代子編集長時代の『Olive』誌にまで遡りうるものであり、アカデミズムとも「批評」とも異なった批評性をときに発揮するものである。　（千野）

少女マンガと少女小説《しょうじょまんがとしょうじょしょうせつ》

　現代におけるる少女マンガの源泉をたどると、明治から大正時代にかけて創刊された少女雑誌にたどりつく。この時期に創刊された少女雑誌には、主に女学生の生活や人気のある映画俳優、あるいは生活やファッションなどに関する記事が掲載され、また読者投稿欄も充実していた。なにより少女雑誌の果たした大きな役割は、少女たちに向けて書かれた読み物—少女小説—と、そうした小説や詩に添えられた叙情的なイラストをふんだんに読者に提供した点にあるといえるだろう。

*吉屋信子、*横山美智子、*野上彌生子といった作家による家庭や女学校などを舞台にした物語や、外国の家庭小説や児童文学の翻訳作品は、中原淳一や蕗谷虹児、松本かつぢなどの人気イラストレーターによる挿絵とともに、「少女」の世界を構築した。少女を主人公にした物語とその視覚的表現が相互に補完し合う作品の形態は、第二次世界大戦後の少女マンガの世界に受け継がれていくことになる。

吉屋信子*『花物語』（一九一六～二四、二五～二六）や*川端康成*『乙女の港』（一九三七～三八）をはじめとする女学校を舞台とした少女たちの友情、横山美智子『嵐の小夜曲』（一九二九～三〇）などに見られる父親の財政的転落と家族の別離と引き裂かれる友情といった物語のパターンは、初期少女マンガの基本的フォーミュラとして継承されることとなった（なお『乙女の港』は、女性初の芥川賞作家である中里恒子の草稿がもとになっている。実業之日本社版所収の内田静枝による解題に詳しい）。また挿画で頻繁に少女と共に描かれる花や星は、明治大正期の女学校で行われていた園芸教育と、少女を「地上の星」「菫」にたとえる「星菫調」と関係することが、渡部周子によって指摘されている（『〈少女〉像の誕生』）。このように少女小説やその挿画が生み出した形式は、少女マンガに踏襲される。

また、少女小説と外国文学の翻訳作品の関係は、外国を舞台にした少女マンガに影響を与えていると考えられる。特に明治期以降に出版された英米文学の文脈では家庭小説と呼ばれる児童文学の翻訳には*若松賤子、北田秋圃、*永山美知代をはじめとした女性作家らが携わっていた。吉屋信子は『三つの花』の序文にてフランシス・バーネットやルイザ・メイ・オルコットを好んでいることを記しており、『少女の友』の「特別編集別冊よみもの」で、吉屋自身が編者となった『リットルウヰメン』が刊行されている（一九三四）。また同じく「別冊よみもの」では『フランダースの犬』（一九三五）『足ながおじさん』（一九三八）があり、外国文学や文化への興味が、少女文学に内包されていたと見ることができる。

戦後復興期の一九四〇年代後半から五〇年代には『女学生の友』『少女の友』『少女クラブ』など児童向けの娯楽雑誌が創刊されるようになり、これらの雑誌にマンガが掲載されている。しかし当時もっとも多くページ数を占めていたのは映画スターや宝塚など芸能関係の記事であり、小説は全体の二割から四割、マンガにいたっては一割から二割程度であった。また当時のマンガは、物語性よりも笑いを提供する数ページの「コマ漫画」が主流であり、これは後のギャグマンガへ継承されている（米澤義博『戦後少女マンガ史』）。

少女マンガにストーリーマンガが導入されたのは一九五三年に連載が開始された手塚治虫の『リボンの騎士』をもって嚆矢とするが、この頃を境にして少女雑誌に占める小説とマンガの割合が逆転し始めることになる。一九五五年には、現在も刊行されている『なかよし』『りぼん』の刊行が開始されている。一九六三年には『週刊少女フレンド』『週刊マーガレット』が創刊され、『別冊マーガレット』がこれに続いている。

少女マンガの黎明期を支えた作家として筆頭にあがるのは水野英子である。彼女は一九五七年に初の長編『銀のはなびら』（一九五七～五九）の連載を開始するが、その原作を担当したのは少女小説作家の*佐伯千秋（緑川圭子名義）だった（荒俣宏『日本まんが』第壱巻）。幼い頃から世界文学全集が好きだったと語る水野の作品は文学や外国映画に影響をうけた世界をマンガというメディアで展開し、少女の世界を拡張した。特に少女マンガにおいてはじめて青年男女の恋愛を描いたとされる『星のたてごと』（一九六〇～六二）を初めとして、『すてきなコーラ』（一九六三）『白いトロイカ』（一九六四～六五）『ファイヤー！』（一九六九～七一）など異国を舞台にした作品は、読者である少女たちの現実生活とは異なる世界を描いている。少女マンガにおける長編ロマンの先鞭をつけた水野作品は、少女マンガが取り扱う題材の多様性を示唆している。

友情や親子関係などを描いた、従来の少女文学の世界を直接的に受け継いだ少女マンガ作品もあげておくべきだろう。生き別れになった家族を探すメロドラマ調の作品で人気を博したわたなべまさこ、母娘関係や少女の淡い憧れを描く田中美知子、また端正でスタイリッシュな絵柄の牧美也子、少女の身近な物語を描く木内千鶴子、新城さちこの名をあげることができる。

少女文学で学園マンガの草分けである西谷祥子は、多くの読者にとって身近な「学校」を舞台にした人間関係を描く。『マリィ・ルウ』（一九六五～六六）では外国のハイスクールを舞台にした少女の恋愛模様を描いた西谷は、続く『レモンとサクランボ』（一九六六）で日本の高校生たちの友情と恋愛、家族の葛藤を表現した。

七〇年代に入ると、萩尾望都、竹宮惠子、大島弓子などのいわゆる「二四年組」とよばれるマンガ家たちが、少女マンガに大きな変革を起こした。ヨーロッパを舞台にした萩尾の『トーマの心臓』（一九七四）、竹宮の『風と木の詩』（一九七六～八四）は、少年愛の世界を展開することで少女たちのセクシュアリティを照射し、また大島作品は、少女小説において描写されてきた少女達の心の内を柔らかな絵とモノローグで表現した。

同時に、より現実の少女たちに近い日常を描いた「オトメチックマンガ」も人気を博した。陸奥A子、田渕由美子、岩館真理子らの作品がその代表である。一方で、池田理代子の『ベルサイユのばら』(一九七二～七三)や、大和和紀『はいからさんが通る』(一九七五～七七)、細川智栄子『王家の紋章』(一九七七～)などの歴史ロマンス、青池保子『エロイカより愛をこめて』(一九七六～)などのスパイ活劇・ハードボイルドものも登場し、少女マンガの領域が広がった時期となる。

八〇年代に入ると、『小説ジュニア』の継続誌である『Cobalt』(一九八三)およびコバルト文庫は、ジャンルとしての現代に見られる少女文学のフォーミュラを形成した。少女マンガ家による表紙とイラストに彩られたコバルトシリーズを代表する少女文学作家が*氷室冴子である。一人称の口語体に近い文体で書かれ、平安時代の設定でありながらも、まったく時代の異なる世界に生きる現代の読者が共感できるヒロインを登場させた*〈なんて素敵にジャパネスクシリーズ〉(一九八四～九一)は、少女マンガ的な感性から生まれた少女小説といえるだろう。*〈丘の上のミッキーシリーズ〉(一九八四～八八)の*久美沙織、*〈マンガ家マリナシリーズ〉(一九八五～九五)の*藤本ひとみ、また少女的な感性を全面に押し出したSF作品で人気を博した*新井素子がいる。

現在の少女文化においては、少女小説の後継ジャンルとして少女マンガを位置づけることは適当ではないだろう。むしろ少女文学と少女マンガが相互に影響し合いながら少女文化を創り上げ、その可能性をさらに切り開いていく関係を構築したのである。 (大串)

少女小説とアニメ《しょうじょしょうせつとあにめ》

【昔話やコミックスを原作に】 少女小説にとって「アニメ」とは、「果実」の一つである。裏返して言えば、アニメにおいて少女小説や少女マンガは「種」の一つであり、アニメの市場においてこの「種」はほかの種に比べて優れたものであった。

少女小説のような文章によるコンテンツに比べ、アニメはより大人数で複雑な工程を経て視聴者に届けられる。このため、製作に掛かる費用はより多額となり、製作費の回収《リクープ》はより確実性が求められる。言い換えれば、アニメでは、はたしてこの作品がヒットするのか、といった事前の検討の切迫度がより高いのである。

そのために、さまざまな手法が模索されてきた。たとえば、知名度のある原作の活用である。すでに広く知られている原作のアニメ化であれば、ヒットが期待できる。

現代のアニメの直系の始祖であるディズニーは、知名度のある原作を多用した。最初のカラー長編アニメ『白雪姫』(一九三七)は、昔話が原作であった。東洋のディズニーを目指して一九五二年に設立された東映動画（現東映アニメーション)が制作した日本初のカラー長編劇場用『白蛇伝』(一九五八)も、中国の昔話を原作としていた。

昭和三十年代、テレビが普及すると、日本の娯楽の主役は映画からテレビへと移る。手塚治虫が設立した虫プロによる初の連続テレビアニメ『鉄腕アトム』(一九六三)が大ヒットをすると東映動画ほか多くの制作会社がこの動きに追従し、以降、コミックスを原作としたテレビアニメが制作される。少女向けには、横山光輝が原作コミックスを描いた『魔法使いサリー』(一九六六)や、赤塚不二夫が原作コミックスを描いた『秘密のアッコちゃん』(一九六九)などが人気となる。これら魔法を使うことができる少女を主人公にしたアニメは、コンピュータグラフィックスがまだない時代、ファンタジックなストーリーを映像的に表現することができ、世の中の少女の空想や変身願望を満たした。魔法の国の王女であるサリーちゃんや、魔法のコンパクトをもらった人間であるアッコちゃんの物語は、貴種流離譚や呪具獲得譚といった昔話の類型とみなすこともでき、後に「魔法少女もの」と言われるジャンルの原型となった。

【オイルショックとアニメ関連ビジネスの成立】テレビに押された劇場用映画の度重なる不入りと、オイルショックによる不景気やインフレなどにより、一九七三年に虫プロは倒産してしまう。相前後して、東映動画も大幅な人員整理を行った。これらを期に、制作体制は独立プロダクションや多数のフリーランスのクリエーターを活用する形態へと変容した。それでもなお、テレビアニメの制作費は不足していた。それを補うように、『マジンガーZ』(一九七二)では、ストーリーの内容と密接に関連した「超合金」や「ジャンボマシンダー」といった玩具のビジネスが成立した。

高畑勲や宮崎駿もこうした情勢に沿って東映動画を飛び出したクリエーターの一員である。彼らは、「三〇分の玩具CM」と揶揄されるようなアニメづくりをよしとせず「世界名作シリーズ」の制作に携わるようになった。『アルプスの少女ハイジ』(一九七四)に代表されるこのシリーズは、カルピスやハウス食品といったファミリー向けのスポンサーをしっかりと確保して、家庭で親子が安心して見ることのできるアニメ群である。こうしたシリーズ展開をするためには、コミックスよりも古典的な名作を原作とした方が、スポンサーや親世代にアピールができる。これらの作品では、背景美術などについて現地取材を行なうなど、アニメの表現のクォリティも高める工夫を凝らしていた。

このシリーズの作品としては、例えば、フランスの作家エクトル・マロの『家無き娘』を原作として、文化庁こども向けテレビ用優秀映画作品賞を受賞した『ペリーヌ物語』（一九七八）や、アメリカの作家エレナ・ホグマン・ポーターの『少女パレアナ』を原作とした『愛少女ポリアンナ物語《ストーリー》』（一九八六）、幅広い人気のあるL・M・オルコットの『若草物語』を原作とした『愛の若草物語』（一九八七）などを挙げることができる。

ただし、小説とアニメでは表現の特性が違うということがこの方式の問題点である。テレビアニメは数か月から一年に渡って毎週放送される表現形態である。このため、毎週の各話にクライマックスがあり、かつ翌週も見たいと思わせるような内容でなければならない。これに対して小説は、何十回という連続放送に耐えるエピソードを内包していないことが多い。また、多くの人がタイトルを聞いただけで見たくなるほどの知名度を持った作品は限られる。このため、原作にない登場人物やキャラクターを追加するなど設定を変更したり、エピソードを新たに創作しなければならず、本来持っていた原作ファンの不興を買ってしまう。また、何年もこうした傾向のシリーズを重ねるごとにメジャーな作品をアニメ化し尽くして、原作が小粒化してしまい、スポンサーを安定的に確保することが困難になってしまう。こうなると、作品をヒットさせることも難しくなり、名作シリーズはやがて一時期ほどの勢いは無くなってしまった。

【視聴者層の広がりと視聴環境の変化】平成に入ると、こうしてアニメを見て育ってきた世代が、子どもを持ち、その子どもたちにアニメを見せるようになってくる。すると、親の世代が楽しんだ作品のフォーマットを活用した作品作りが進むようになった。

さまざまな特技を持ったヒーローが力を合わせて敵を倒す『秘密戦隊ゴレンジャー』（一九七五）などの「スーパー戦隊」のフォーマットを下敷きにした『美少女戦士セーラームーン』（一九九二）や、玩具メーカーとの商品展開を密にしつつ『魔法使いサリー』に端を発する魔法少女のフォーマットを現代的に再展開した『おジャ魔女どれみ』（一九九九）、『ベルサイユのばら』のような宝塚歌劇を思わせるフォーマットが特徴的な『少女革命ウテナ』（一九九七）などが、既視感と同時に、刷新された印象を残している。すなわち、先行作では、あくまでも子どもだけを対象とした作品であったものが、若者や親世代の鑑賞にも耐えうるものとしてリファインされている。それはたとえば、主人公の親の職業を現代の子どもにとってカッコイイものとする変更といった小さなものから、ドイツ表現主義を思わせる書き割り背景や、前衛舞台を彷彿とさせる台詞回しや、同性愛を必ずしもタブー視しないストーリーといった大胆なものまで、多岐にわたる。

子どもは放送をリアルタイムで見るしか楽しむ手立てがないが、若者や親世代は録画したりパッケージソフトを購入したりして楽しむこともできる。加えて、少女向けの作品を若い男性が見る、といった楽しみ方の広がりも、視聴環境の変化に伴って出てきたのである。

テレビの黄金時代の後、ビデオやＤＶＤが普及した際には、劇場用映画の復権が見られた。『風の谷のナウシカ』(一九八四)や『魔女の宅急便』(一九八九)で、宮崎駿が行ったことは、客が不入りだった東映動画時代と基本的には変わらない。しかし、視聴環境の変化が、これらをヒット作へと生まれ変わらせ、『千と千尋の神隠し』(二〇〇一)がアカデミー賞を獲得するまでになった。ただし、東映動画時代の『ホルスの大冒険』(一九六八)や『長靴をはいた猫』(一九六九)では少年が主人公であったものが、後年のジブリの作品では少女が主人公となっていることが多いことに留意が必要だろう。三〇年ほどの時を経て、少女は主人公による救済を待つ存在から、自らの運命を自分の知恵と勇気で切り開く存在へと変容したのだと言えよう。別の視点から言えば、今の時代は、そうした少女を主人公として据えることがより多くの人々の共感が得られるのだということである。次代のアニメ制作者のホープの一人と目されている細田守による『時をかける少女』(二〇〇六)や『おおかみこどもの雨と雪』(二〇一二)のヒットもそれを裏付けるだろう。

今日ではネットの普及によってまたウインドウの交代が起ころうとしている。しかし、今進んでいる変化は、単に視聴環境の変化に留まらず、企画・制作から視聴の対価の支払いまで包括的なものである。アニメを取り巻く環境は根底からひっくり返りつつある。

アニメ制作もこれからの時代ではごく少人数で可能となりそうである。表現形態もネットやモバイルのオンデマンドに移行すると放送期間に縛られなくて済むであろう。これによって、アニメを縛っていた制作資金の回収の切迫度も下がりそうである。

こうした環境変化は、近年少女小説をアニメから遠ざけてきた要因を取り除くものと言える。少女文化の新たな「果実」であるアニメがまた新たに生まれると期待さ

れる。（鷲谷）

女性文学と〈少女〉表象《じょせいぶんがくと〈しょうじょ〉ひょうしょう》

日本の近代文学にみる少女像といえば、まず男性文学で想い起こすのは*川端康成の「伊豆の踊り子」と谷崎潤一郎の「痴人の愛」ではなかろうか。健気で可憐な少女像と、男の調教下にありながら自由奔放な少女像である。この二つのパターンはどこかでマリアとイヴを想わせるが、いわゆる清浄・純粋な少女と悪女、無欲と我欲の少女表象として、戦後の大衆的な少女小説に至るまで内包されているように思われる。

日本の近現代女性文学は、そうした少女像を脱して、少女の内面の真実に迫り、深層を描出してきたといえるだろう。女性の視点による生身の少女像の産出である。

女性作家なら大抵は自らの少女時代を回想し、少女空間を紡ぎ出しているが、近代から現代に向かうにしたがって量産されていく。まず明治時代では、女学生生活を通して鹿鳴館時代の浮薄な開化を批評した*三宅花圃の「薮の鶯」、男装して家出する向学心に燃える少女時代から書き始めている木村曙の「婦女の鑑」、おきゃんで勝ち気な少女が身売りして遊女にならねばならぬ動揺と初恋を描き出した名作・樋口一葉の「たけくらべ」を挙げておきたい。又、初恋を断念して嫁がなければならない七夕の翌朝の姉の痛切な哀しみを、妹である少女の目を通して描いた*野上彌生子の「七夕さま」。明治末から大正にかけての『青鞜』時代には、女学生のレズビアンや戯曲家としての自立志向、志半ばにして家のために帰郷する少女を表出した*田村俊子の「あきらめ」。右脚を切断して松葉杖を突くようになった身障者の少女の苦痛を抉り出した素木しづの「松葉杖をつく女」もある。

さらに俊子には、思春期の少女のセクシュアリティを見つめた「離魂」、見知らぬ男にレイプされ、家族からも差別される少女の行き場のない心の深層に分け入った「枸杞の実の誘惑」がある。この、心身がアンバランスで危険に充ち満ちた性に目覚める頃を描いたものに宮本（*中條）百合子の「未開な風景」や佐多稲子の「素足の娘」もある。ともに昭和期に入ってからの作品だ。前者は、母も娘も同じ男から誘惑され魅惑されつつ、偶然出会った少年にレイプされかかる少女の性に目覚める頃を表出し、同じく後者も、初潮が訪れ異性が気になり出す頃の溢れる感情が父の友人からレイプされる事態を招く、危うくも瑞々しい思春期の少女を活写している。

昭和の戦前期にはプロレタリアの少女像が頻出。貧しい家の娘が朝鮮に出稼ぎに行っている父の薦めで女学校に入ったが、嫁入り道具にしか役立たない学校を辞めて女工となりストライキを決行する女学生を描く平林たい子の「女学生」。一家の担い手として働く少女工の辛苦を描いた稲子の「キャラメル工場から」、風琴を鳴らして行商する父母とともに放浪の旅を続ける少女の悲哀を刻印した*林芙美子の「風琴と魚の町」がある。モダニズム系といわれる*尾崎翠は、「第七官界彷徨」で、故郷から上京した少女が兄たちの影響を受けつつ、やがて初恋や失恋も知る世界を幻想的に展開、「歩行」では、屋根裏部屋に閉じこもって眼だけで散歩する自閉的な少女を表出。すでに*野溝七生子は翠の世界に通じる「山梔」で、大人になりたくないモラトリアム少女を理知的幻想的に表象化していた。

敗戦後、壺井栄は戦争中を批判、反戦平和のベストセラー「二十四の瞳」で、大石先生を囲む少女たちを活写している。*大田洋子が「過去」で、広島の原爆で一家を喪い、自らも被爆して顔全面がケロイドになり整形手術の失敗で瞼も閉じることができなくなった少女の心身の荒廃と被差別の人生を凝視した。林京子は長崎の原爆を告発、「祭りの場」で学徒出陣を見送る場で女学生もろとも被爆死した光景を再現し、「空罐」では被爆死した両親の骨を入れた空き缶を持って登校する少女を描いている。*大原富枝は少女時代に肺結核になり敗戦後再発してストレプトマイシンの副作用で耳が聞こえなくなったことを「ストマイつんぼ」で表出した。いずれも敗戦後の現象である。

一九六〇年代に入ると現代女性作家が活躍し出し、これまでの価値観を転倒するような世界を展開する。河野多恵子は「塀の中」で戦時中の閉鎖的な女学校の寄宿舎で幼児を秘密に飼育する女学生たちを描出、彼女らしい倒錯した性の一端を示した。倉橋由美子が「聖少女」で「パパ」を異性として恋する少女を表出。この世代ではないが森茉莉も、少女と父親との恋愛めいた関係を「甘い蜜の部屋」で描出。そして、高橋たか子は「誘惑者」で、二人の自殺願望者をまるで誘うように三原山火口に道案内する自殺幇助者を描く。女学校時代からの親友同士の共依存性から生じた少女世界そのものであった。又、原田康子が五〇年代後半に「挽歌」でフランソワーズ・サガンの「悲しみよ、こんにちは」の日本版的少女像を紡ぐ。三枝和子が八〇年代に「響子微笑」で、自然児のように野山を駆けめぐっていた少女が、新しい世界に目覚め思春期を迎える姿を活写。

七〇年代のウーマンリブから八〇年代のフェミニズム時代にかけてでは、金井美恵子の「兎」が登場。父との繭のようなエロス的蜜月、偽善的で退屈きわまる世間の論理とは対局の快楽や嗜好に耽溺して生きた時代を、変幻自在な少女の感性と想像力で語っている。さらに、女友達へのかぎりない友愛を描く高樹のぶ子の「光抱く友よ」、思春期の少女の心身の混沌を〈海〉に喩えた中沢けいの「海を感じる時」。登校拒否する一四歳の少女の内層に迫った干刈あがたの「黄色い髪」、私生児として生まれた少女の母への反発や思いやりを表白した落合恵子の「あなたの庭では遊ばない」。高校も中退して子持ち山姥のごとく野性的なシングルマザーを生きる少女を活写した津島佑子の「山を走る女」。増田みず子の、自分探しの物語「あなたへ」や、自分の夢の実現のために無償の愛よりも有償（金銭契約）の恋を選択する一六歳の娼婦の反秩序感覚・反逆精神を活写した「小さな娼婦」。

八〇年代後半には、韓国にも日本にも帰属できない在日の娘の宙吊りのような苦悩を摘出した李良枝の「由熙」が発表される。そして、山田詠美の、少女から女へと羽ばたく季節を、少女同士の絆から異性愛へと目覚めていく少女を通して描いた「蝶々の纏足」と、苛めにあった転校生が立ち直っていくまでの心理を追った「風葬の教室」。吉本ばななには少女を描いた作品が多々あるが、何と言っても「キッチン」を挙げておかなければならないだろう。女性たちが自由と独立のために捨ててきた台所を心安らぐ場所と感じ、両親・祖父母を亡くして家族のいない少女に視点を据え、女装して母親となった父親と暮らす男友達の家に居候してポストファミリーを一時形成させている。近代家族の不在、孤児感覚、両性具有の母ならぬ父、生きる原点〈食〉へのまなざしなど、まさにポストモダンの現代感覚を象徴的に示しているからである。

八〇年代後半にすでに開始していたように九〇年代以降はポストモダンの時代に入り、文学世界もいっそう変容する。村田喜代子の、村の家を訪ねた少女たちが家族や家系の秘密が煮込まれた家霊のごとき祖母と暮らす「鍋の中」。犬男と交合する多和田葉子の「犬婿入り」や鯨に恋をする笙野頼子の「タイムスリップコンビナート」などの一種の異類婚譚。両親の離婚によって崩壊する家族のなかで右往左往する娘を描いた荻野アンナの「背負い水」と、在日家族の崩壊を通して現代の家族の解体光景を娘の醒めた視点で見つめた柳美里の「フルハウス」。幼児期に母親が出奔したことがトラウマとなり、愛の飢餓感から過食症に陥る娘を描出した松本侑子の「拒食症の明けない夜明け」。同じく母や学校制度の支配から心の病になる娘を描く赤坂真理の「ヴァイブレータ」。娘の闇やエロスを蛇に喩えて母との関係にも及んだ川上弘美の「蛇を踏む」や、母に振り回される少女のデリケートな初潮期を描く川上未央子の「乳と卵」。母親はもはや包容力ある母ではなく、自我を強く主張する母なのだ。「母」の変容である。江國香織の、父の不在の時だけ化粧する母や家族を少女の目から見た「流しのしたの骨」。小川洋子の「妊娠カレンダー」も、姉の妊娠状態は母になる歓びとは程遠い不快感として妹の目には映るのだ。

現代になればなるほど、近代のパラダイム解体は進む。角田光代（*彩河杏）の、母と別れた父親に少女が誘拐される「キッドナップ・ツアー」や、女子中学の苛めを取り上げた「学校の青空」。絲山秋子の、自殺を図って入院した精神病院から逃亡の旅に出る「逃亡くそたわけ」。男女の関係性の逆転を示す綿谷りさの「蹴りたい背中」。不登校の少女が歓楽街を浮遊し、刺青やセックスで自分の身体を傷つけ生を実感する金原ひとみの「蛇にピアス」。レズビアンラブ、多様な性を表象する松浦理英子の「ナチュラル・ウーマン」や「親指Ｐの修業時代」。異性愛を描く、女子中学生が若い教師と激しい恋に墜ちる姫野カオルコの「ツ、イ、ラ、ク」や、父と娘の性愛の深い闇を描出した*桜庭一樹の「私の男」など。女性文学は、近現代社会の深層を少女の視点から炙り出しているのである。

（長谷川）

収録作家名索引

あ

青木祐子《あおきゆうこ》　四
青柳友子《あおやぎともこ》　三
青山えりか《あおやまえりか》　四
青山櫻洲《あおやまおうしゅう》　四
赤川次郎《あかがわじろう》　四
赤羽建美《あかばねたつみ》　五
赤松光夫《あかまつみつお》　五
秋田雨雀《あきたうじゃく》　五
秋月達郎《あきづきたつろう》　五
秋野ひとみ《あきのひとみ》　五
朝香祥《あさかしょう》　六
浅原六朗（鏡村）《あさはらろくろう》　六
浅見淵《あさみふかし》　六
安倍季雄《あべすえお》　六
阿部艶子《あべつやこ》　七
雨川恵《あめかわけい》　七
綾乃なつき《あやのなつき》　七
新井素子《あらいもとこ》　七
有本芳水《ありもとほうすい》　八
淡路智恵子《あわじちえこ》　八
生田葵《いくたあおい》　八
生田春月《いくたしゅんげつ》　八
生田花世《いくたはなよ》　五三
池田亀鑑《いけだきかん》　四
池田宣政《いけだのぶまさ》　八〇
池田みち子《いけだみちこ》　九
伊澤みゆき《いざわみゆき》　九
石黒露雄《いしぐろつゆお》　九
泉斜汀《いずみしゃてい》　九
磯萍水《いそひょうすい》　九
磯野むら子《いそのむらこ》　一〇
伊藤佐喜雄《いとうさきお》　一〇
伊藤たつき《いとうたつき》　一〇
井上明子《いのうえあきこ》　一〇
井上ほのか《いのうえほのか》　一〇
伊福部隆輝《いふくべたかてる》　一一
井伏鱒二《いぶせますじ》　一一
今井邦子《いまいくにこ》　八五
岩井志麻子《いわいしまこ》　四七
岩下小葉《いわしたしょうよう》　一一
巌本善治《いわもとよしはる》　一一
巌谷小波《いわやさざなみ》　一二
上田エルザ《うえだえるざ》　一二
植松美佐男《うえまつみさお》　一二
牛田麻希《うしだまき》　一三
打木村治《うちきむらじ》　一三
内山基《うちやまもとい》　一三
宇野浩二《うのこうじ》　一三
浦川まさる《うらかわまさる》　一四
海野十三《うんのじゅうざ》　一四
榎田ユウリ《えだゆうり》　一四
江戸川乱歩《えどがわらんぽ》　一四
榎木洋子《えのきようこ》　一五
江間章子《えましょうこ》　一五
江見水蔭《えみすいいん》　一五
円地文子《えんちふみこ》　一五
大井冷光《おおいれいこう》　一六
大池唯雄《おおいけただお》　一六
大木惇夫《おおきあつお》　一六
大木圭《おおきけい》　一六
大木雄二《おおきゆうじ》　一七
大倉桃郎《おおくらとうろう》　一七
大下宇陀児《おおしたうだる》　一七
大田洋子《おおたようこ》　一七
太田黒克彦《おおたぐろかつひこ》　一七
大谷藤子《おおたにふじこ》　一七
大庭さち子《おおばさちこ》　一八
大林清《おおばやしきよし》　一八
大原富枝《おおはらとみえ》　一八
岡篠名桜《おかしのなお》　一九
岡田光一郎《おかだこういちろう》　一九
岡田美知代《おかだみちよ》　五九
岡田八千代《おかだやちよ》　一九

岡野麻里安 おかのまりあ 一九
荻野目悠樹 おぎのめゆうき 二〇
尾崎翠 おざきみどり 二〇
小山内薫 おさないかおる 二〇
大佛次郎 おさらぎじろう 二〇
小沢淳 おざわじゅん 二一
押川春浪 おしかわしゅんろう 二一
尾島菊子 おじまきくこ 二一
落合ゆかり おちあいゆかり 二五
小野不由美 おのふゆみ 二二
小野上明夜 おのがみめいや 二一
折原みと おりはらみと 二一

か

花衣沙久羅 かいさくら 二三
角田光代 かくたみつよ 二八
風見潤 かざみじゅん 二三
鹿島孝二 かしまこうじ 二三
柏木ひとみ かしわぎひとみ 二三
柏木光雄 かしわぎみつお 二四
片岡鉄兵 かたおかてっぺい 二四
加藤武雄 かとうたけお 二四
加藤まさを かとうまさお 二四
加藤みどり かとうみどり 二五
カトリーヌあやこ かとりーぬあやこ 二五
金子光晴 かねこみつはる 二五
上条由紀 かみじょうゆき 二五
上司小剣 かみつかさしょうけん 二五
神谷鶴伴 かみやかくはん 二六
茅野泉 かやのいずみ 二六
香山暁子 かやまあきこ 二六
河井酔茗 かわいすいめい 二六
川上宗薫 かわかみそうくん 二七
河崎酔雨 かわさきすいう 二七
川添利基 かわぞえとしもと 二七
川端康成 かわばたやすなり 二七
川村蘭世 かわむららんぜ 二八
神崎あおい かんざきあおい 二八
神崎清 かんざききよし 四二
樹川さとみ きかわさとみ 二八
菊田一夫 きくたかずお 二八
菊池寛 きくちかん 二九
北川千代 きたがわちよ 二九
喜多嶋隆 きたじまたかし(りゅう) 二九
北田薄氷 きただうすらい 三〇
北畠八穂 きたばたけやほ(やお) 三〇
北村寿夫 きたむらひさお 三〇
清川妙 きよかわたえ 三〇
桐野夏生 きりのなつお 六二
桐村杏子 きりむらきょうこ 三一
金蓮花 きんれんか 三一
葛原滋 くずはらしげる 三一
国木田治子 くにきだはるこ 三一
窪田僚 くぼたりょう 三一
久美沙織 くみさおり 三一
久米元一(舷一) くめげんいち 三一
久米正雄 くめまさお 三二
久米みのる(穣) くめみのる 三二
倉世春 くらせはる 三二
倉橋燿子 くらはしようこ 三二
倉吹ともえ くらふきともえ 三二
倉本由布 くらもとゆう 三四
黒田湖山 くろだこざん 三四
桑原水菜 くわばらみずな 三四
小糸のぶ こいとのぶ 三五
浩祥まきこ こうじょうまきこ 三五
高野冬子 こうのとうこ 三五
小金井喜美子 こがねいきみこ 三五
小林深雪 こばやしみゆき 三六
小松由加子 こまつゆかこ 三六
小室みつ子 こむろみつこ 三六
小森多慶子 こもりたけこ 三六
小山いと子 こやまいとこ 三六
小山勝清 こやまかつきよ 三七
小山寛二 こやまかんじ 三七
小山真弓 こやままゆみ 三七
今野緒雪 こんのおゆき 三七

さ

彩河杏 さいかわあんず 三八
西條八十 さいじょうやそ 三八
佐伯千秋 さえきちあき 三九
さくまゆうこ さくまゆうこ 三九
桜庭一樹 さくらばかずき 三九
佐々木邦 ささきくに 四〇
佐藤愛子 さとうあいこ 四〇
佐藤紅緑 さとうこうろく 四〇

サトウ・ハチロー《さとうはちろー》 四一
沢野久雄《さわのひさお》 四一
芝木好子《しばきよしこ》 四一
柴田錬三郎《しばたれんざぶろう》 四二
渋沢青花《しぶさわせいか》 四二
島田一男《しまだかずお》 四二
島本志津夫《しまもとしずお》 四二
子母澤寛《しもざわかん》 四二
城夏子《じょうなつこ》 四三
素木しづ《しらきしづ》 四三
白藤茂《しらふじしげる》 四三
須賀しのぶ《すがしのぶ》 四三
菅沼理恵《すがぬまりえ》 四四
図子慧《ずしけい》 四四
鈴木紀子《すずきのりこ》 四四
須藤鐘一《すどうしょういち》 四四
住井すゑ《すみいすえ》 四五
清閑寺健《せいかんじけん》 四五
瀬戸内晴美《せとうちはるみ》 七九
芹沢光治良《せりざわこうじろう》 四五

た

高垣眸《たかがきひとみ》 四五
高瀬美恵《たかせみえ》 四五
高遠砂夜《たかとおさや》 四六
高信峡水《たかのぶきょうすい》 四六
高群逸枝《たかむれいつえ》 四六
高谷玲子《たかやれいこ》 四六
瀧澤素水《たきざわそすい》 四七
竹内志麻子《たけうちしまこ》 四七
武内昌美《たけうちまさみ》 四七
竹岡葉月《たけおかはづき》 四七
武田桜桃《たけだおうとう》 四七
竹田敏彦《たけだとしひこ》 四八
竹貫佳水《たけぬきかすい》 四八
竹久夢二《たけひさゆめじ》 四八
田郷虎雄《たごうとらお》 四八
多田裕計《ただゆうけい》 四八
橘外男《たちばなそとお》 四八
立原とうや《たちはらとうや》 四九
立上秀二《たてがみしゅうじ》 四九
田中雅美《たなかまさみ》 四九
田中夕風《たなかゆうかぜ》 四九
谷瑞恵《たにみずえ》 五〇
谷村まち子《たにむらまちこ》 五〇
谷山浩子《たにやまひろこ》 五〇
田村泰次郎《たむらたいじろう》 五〇
田村俊子《たむらとしこ》 五〇
田山花袋《たやまかたい》 五一
壇一雄《だんかずお》 五一
団龍彦《だんたつひこ》 五一
断水楼主人《だんすいろうしゅじん》 五二
千葉省三《ちばしょうぞう》 五二
中條百合子《ちゅうじょうゆりこ》 五二
長曽我部菊子《ちょうそかべきくこ》 五三
塚原健二郎《つかはらけんじろう》 五三
月本ナシオ《つきもとなしお》 五三
堤千代《つつみちよ》 五三
津原やすみ《つはらやすみ》 五三
坪内士行《つぼうちしこう》 五三
津村節子《つむらせつこ》 五四
露木陽子《つゆきようこ》 五四
藤堂夏央《とうどうなつお》 五四
徳田秋声《とくだしゅうせい》 五四
徳永寿美子《とくながすみこ》 五五
外村繁《とのむらしげる》 五五
富岡皷川《とみおかこせん》 五五
富澤有爲男《とみさわういお》 五五
富島健夫《とみしまたけお》 五五
富田常雄《とみたつねお》 五六

な

中内蝶二《なかうちちょうじ》 五六
中江良夫《なかえよしお》 五六
中河与一《なかがわよいち》 五六
中里恒子《なかさとつねこ》 五七
長田幹彦《ながたみきひこ》 五七
中原涼《なかはらりょう》 五七
中村星湖《なかむらせいこ》 五八
中村八朗《なかむらはちろう》 五八
中村正常《なかむらまさつね》 五八
中山白峰《なかやましらね》 五八
永代静雄《ながよしずお》 五八
永代美知代《ながよみちよ》 五九

流星香 ながれせいか 五九
名木田恵子 なぎたけいこ 五九
那須田稔 なすだみのる 五九
南部修太郎 なんぶしゅうたろう 五九
西川澄子 にしかわすみこ 六〇
西田俊也 にしだとしや 六〇
西田稔 にしだみのる 六〇
西村渚山 にしむらしょざん 六〇
額田六福 ぬかたろっぷく 六〇
沼田笠峰 ぬまたりゅうほう 六一
野上彌生子 のがみやえこ 六一
野尻抱影 のじりほうえい 六一
野原野枝実 のばらのえみ 六二
野溝七生子 のみぞなおこ 六二
野村胡堂 のむらこどう 六二
野梨原花南 のりはらかなん 六二

は

灰野庄平 はいのしょうへい 六三
橋田寿賀子 はしだすがこ 六三
橋爪健 はしづめけん 六三
長谷健 はせけん 六三
長谷川幸延 はせがわこうえん 六三
長谷川時雨 はせがわしぐれ 六四
波多野鷹 はたのよう 六四
花井愛子 はないあいこ 六四
林芙美子 はやしふみこ 六五
原田琴子 はらだことこ 六五
榛名しおり はるなしおり 六五
東草水 ひがしそうすい 六五
ひかわ玲子 ひかわれいこ 六五
火野葦平 ひのあしへい 六六
日野鏡子 ひのきょうこ 六六
響野夏菜 ひびきのかな 六六
氷室冴子 ひむろさえこ 六六
日向章一郎 ひゅうがしょういちろう 六七
日吉早苗 ひよしさなえ 六七
平岩弓枝 ひらいわゆみえ 六八
平林英子 ひらばやしえいこ 六八
平山蘆江 ひらやまろこう 六八
深尾須磨子 ふかおすまこ 六八
深谷晶子 ふかやあきこ 六八
福田琴月 ふくだきんげつ 六九
福田正夫 ふくだまさお 六九
藤水名子 ふじみなこ 六九
藤木靖子 ふじきやすこ 六九
藤沢桓夫 ふじさわたけお 七〇
椹野道流 ふしのみちる 七〇
藤本ひとみ ふじもとひとみ 七〇
藤原眞莉 ふじわらまり 七〇
船山馨 ふなやまかおる 七一
紅ユリ子 べにゆりこ 七一
北条誠 ほうじょうまこと 七一
星野水裏 ほしのすいり 七二
細川武子 ほそかわたけこ 七二
穂積純太郎 ほづみじゅんたろう 七二
堀ひさ子（寿子） ほりひさこ 七二

ま

前田珠子 まえだたまこ 七二
槇ありさ まきありさ 七三
牧野信一 まきのしんいち 七三
牧原朱里 まきはらしゅり 七三
正本ノン まさもとのん 七四
真杉静枝 ますぎしずえ 七四
松井千尋 まついちひろ 七四
松井百合子 まついゆりこ 七四
松田瓊子 まつだけいこ 七四
松原至大 まつばらしだい 七五
松美佐雄 まつみすけお 一二
松本祐子 まつもとゆうこ 七五
真山青果 まやませいか 七五
馬里邑れい まりむられい 七六
三浦哲郎 みうらてつろう 七六
三浦真奈美 みうらまなみ 七六
三上於菟吉 みかみおときち 七六
美川きよ みかわきよ 七六
三木澄子 みきすみこ 七七
三島霜川 みしまそうせん 七七
三島正 みしまただし 七七
水木杏子 みずききょうこ 五九
水島あやめ みずしまあやめ 七八
水谷まさる みずたにまさる 七八
水野仙子 みずのせんこ 七八
水野葉舟 みずのようしゅう 七八
水守亀之助 みずもりかめのすけ 七九
溝口白羊 みぞぐちはくよう 七九

三谷晴美《みたにはるみ》 七九
三津木春影《みつぎしゅんえい》 七九
三津木貞子《みつぎていこ》 七九
三橋一夫《みつはしかずお》 七九
南達彦《みなみたつひこ》 八〇
南洋一郎《みなみよういちろう》 八〇
南川潤《みなみかわじゅん》 八〇
宮敏彦《みやとしひこ》 八〇
三宅花圃《みやけかほ》 八〇
三宅やす子《みやけやすこ》 八一
宮崎一雨《みやざきいちう》 八一
宮本百合子《みやもとゆりこ》 五三
宮脇紀雄《みやわきとしお》 八一
室生犀星《むろうさいせい》 八一
毛利志生子《もうりしうこ》 八二
本宮ことは《もとみやことは》 八二
百田宗治《ももたそうじ》 八二
森一歩《もりいっぽ》 八二
森桂園《もりけいえん》 八二
森奈津子《もりなつこ》 八三
森三千代《もりみちよ》 八三
森島まゆみ《もりしままゆみ》 八三
森田たま《もりたたま》 八三
森村桂《もりむらかつら》 八四
諸星澄子《もろぼしすみこ》 八四

や

矢田津世子《やだつせこ》 八四
山浦弘靖《やまうらひろやす》 八四
山岸荷葉《やまぎしかよう》 八五
山崎晴哉《やまざきはるや》 八五
山田邦子《やまだくにこ》 八五
山手樹一郎《やまてきいちろう》 八六
山中峯太郎《やまなかみねたろう》 八六
山本周五郎《やまもとしゅうごろう》 八六
山本藤枝《やまもとふじえ》 五四
山本文緒《やまもとふみお》 八六
唯川恵《ゆいかわけい》 八七
ゆうき☆みすず《ゆうきみすず》 八七
結城光流《ゆうきみつる》 八七
ゆうきりん《ゆうきりん》 八七
行友李風《ゆきともりふう》 八八
雪乃紗衣《ゆきのさい》 八八
由利聖子《ゆりせいこ》 八八
横溝正史《よこみぞせいし》 八九
横山壽篤《よこやまひさあつ》 八九
横山碧川《よこやまへきせん》 八九
横山美智子《よこやまみちこ》 八九
与謝野晶子《よさのあきこ》 九〇
吉川英治《よしがわえいじ》 九一
吉田甲子太郎《よしだきねたろう》 九一
吉田紘二郎《よしだげんじろう》 九一
吉田とし《よしだとし》 九一
吉田縁《よしだゆかり》 九二
吉屋信子《よしやのぶこ》 九二
米光関月《よねみつかんげつ》 九三

ら

龍胆寺雄《りゅうたんじゆう》 九三

わ

若木未生《わかぎみお》 九三
若杉慧《わかすぎけい》 九三
若松賤子《わかまつしずこ》 九四

収録作品名索引

※作品名に続く（ ）内は作家名

あ

か

さ

た

ま

◉編者略歴

岩淵　宏子（いわぶち・ひろこ）
日本女子大学大学院文学研究科修士課程修了。城西国際大学大学院客員教授。著書『宮本百合子――家族、政治、そしてフェミニズム』（翰林書房）、共編著『はじめて学ぶ 日本女性文学史【近現代編】』（ミネルヴァ書房）『ジェンダーで読む 愛・性・家族』（東京堂出版）など。

菅　聡子（かん・さとこ）
お茶の水女子大学大学院博士課程人間文化研究科修了。元お茶の水女子大学大学院教授。著書『時代と女と樋口一葉』（日本放送出版協会）『メディアの時代――明治文学をめぐる状況』（双文社出版）『女が国家を裏切るとき―女学生、一葉、吉屋信子』（岩波書店）など。二〇一一年五月没。

久米　依子（くめ・よりこ）
日本女子大学大学院文学研究科博士課程修了。目白大学教授。著書『「少女小説」の生成――ジェンダー・ポリティクスの世紀』（青弓社）、編著書『コレクション・モダン都市文化 第70巻 職業婦人』（ゆまに書房）、共編著『ライトノベル・スタディーズ』（青弓社）など。

長谷川　啓（はせがわ・けい）
法政大学大学院人文科学研究科修士課程修了。城西短期大学客員教授。著書『佐多稲子論』（オリジン出版センター）、共編著『女たちの戦争責任』（東京堂出版）『戦争の記憶と女たちの反戦表現』（ゆまに書房）など。

少女小説事典

二〇一五年二月二五日　初版印刷
二〇一五年三月一〇日　初版発行

編者　岩淵宏子　菅　聡子　久米依子　長谷川啓

発行者　小林悠一

発行所　株式会社東京堂出版
〒一〇一-〇〇五一
東京都千代田区神田神保町一-一七
電話〇三-三二三三-三七四一
振替〇〇一三〇-七-二七〇
http://www.tokyodoshuppan.com/

印刷・製本　東京リスマチック株式会社

ISBN978-4-490-10862-0 C0591